투 파라다이스 1

투 파라다이스 1

한야 야나기하라 장편소설 | 권진아 옮김

To Paradise

HANYA
YANAGIHARA

시공사

내 마음속을 꿰뚫어 보는
대니얼 로즈버리와
재리드 홀트에게
언제나

차례

&

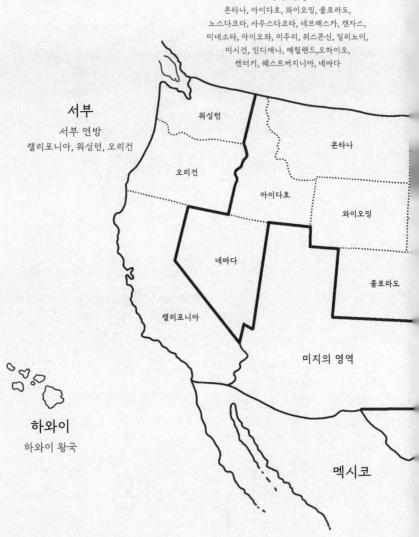

미국

미국 연방

몬타나, 아이다호, 와이오밍, 콜로라도,
노스다코타, 사우스다코타, 네브래스카, 캔자스,
미네소타, 아이오와, 미주리, 위스콘신, 일리노이,
미시건, 인디애나, 매릴랜드,오하이오,
켄터키, 웨스트버지니아, 네바다

서부

서부 연방
캘리포니아, 워싱턴, 오리건

워싱턴

몬타나

오리건

아이다호

와이오밍

네바다

콜로라도

캘리포니아

미지의 영역

하와이

하와이 왕국

멕시코

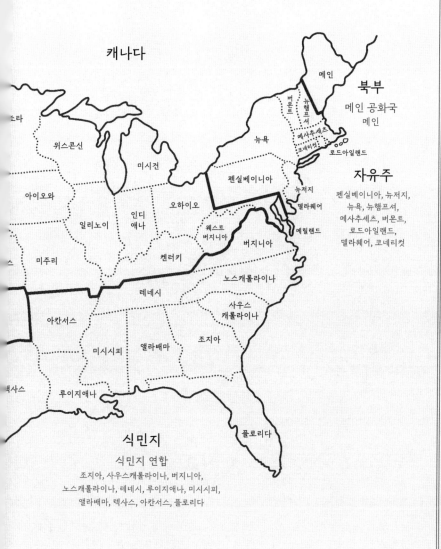

1부
1893년

캐나다

메인

북부
메인 공화국
메인

버몬트
뉴햄프셔
매사추세츠
코네티컷
로드아일랜드

자유주
펜실베이니아, 뉴저지,
뉴욕, 뉴햄프셔,
매사추세츠, 버몬트,
로드아일랜드,
델라웨어, 코네티컷

소타
위스콘신
미시건
뉴욕
펜실베이니아
뉴저지
델라웨어
메릴랜드

아이오와
일리노이
인디애나
오하이오
웨스트버지니아
버지니아

미주리
켄터키
노스캐롤라이나

테네시
사우스캐롤라이나
스
아칸서스
조지아

미시시피
앨라배마

색사스
루이지애나

플로리다

식민지
식민지 연합
조지아, 사우스캐롤라이나, 버지니아,
노스캐롤라이나, 테네시, 루이지애나, 미시시피,
앨라배마, 텍사스, 아칸서스, 플로리다

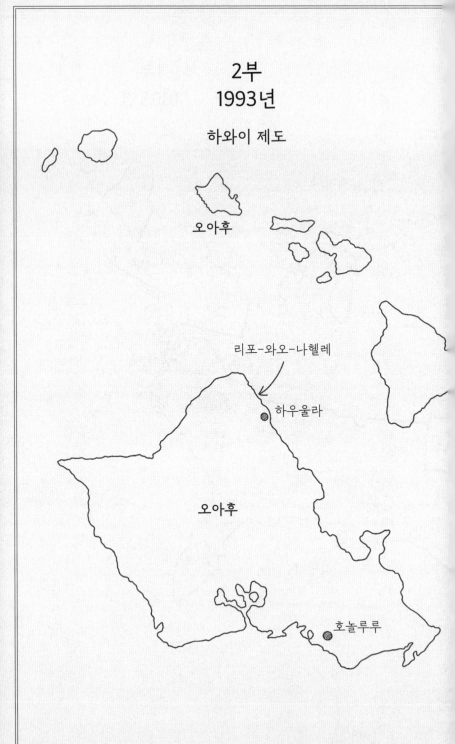

2부
1993년

하와이 제도

오아후

리포-와오-나헬레

하우울라

오아후

호놀루루

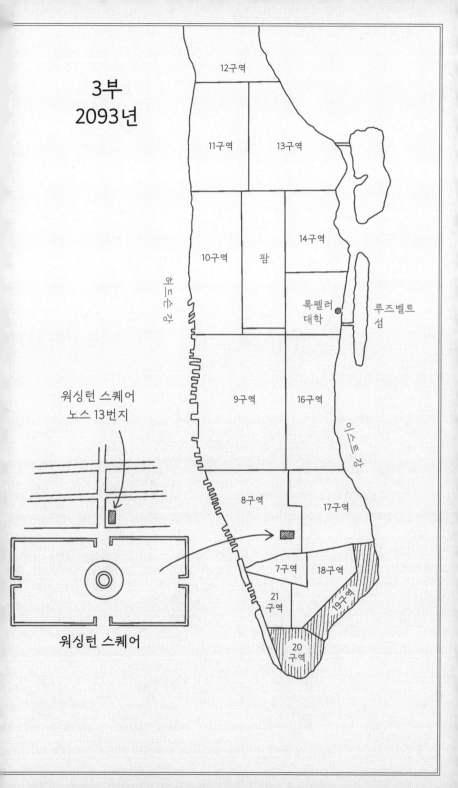

3부
2093년

워싱턴 스퀘어
노스 13번지

워싱턴 스퀘어

12구역

11구역   13구역

14구역

10구역   팜

록펠러
대학   루즈벨트
섬

허드슨 강

9구역   16구역

이스트 강

8구역   17구역

7구역   18구역

21
구역   19구역

20
구역

제1부

워싱턴 스퀘어

#1

저녁 식사 전 공원을 산책하는 습관이 생겼다. 마음 내키는 대로 어떤 날은 느릿느릿하게, 또 어떤 날은 기운차게 열 바퀴를 돈 다음, 다시 집 계단을 올라 방으로 가서 손을 씻고 타이 매무새를 고친 다음 내려와 식탁으로 간다. 그런데 오늘은 나가려는데 어린 하녀가 장갑을 건네주며 말했다. "빙엄 씨께서 동생 분들이 저녁 식사하러 오시는 거 잊지 말라고 하십니다." "알려줘서 고마워, 제인." 그는 진짜 잊어버리기라도 했던 것처럼 말했다. 하녀는 무릎을 살짝 굽혀 인사하고는 그의 등 뒤에서 문을 닫았다.

시간이 마냥 있는 게 아니니 마음과는 달리 걸음을 재촉해야 할 참이었지만, 그는 자기도 모르게 일부러 반대로 행동하고 있었다. 그는 구두 뒷굽이 인도에 따각따각 부딪혀 차가운 공기 속으로 결연히 울려 퍼지는 소리를 들으며 느릿느릿 걸었다. 날은 거의 저물었고, 하늘은 잉크처럼 짙은 보라색이었다. 저런 노을을 볼 때면 늘 집 떠나 학교 다니던 시절 만물이 어둠에 잠기고 나무들의 윤곽이 눈앞에서 스르르 사라지는 것을 지켜보던 기억이 가슴 아프게 되살아난다.

겨울이 곧 닥쳐오는데도 그는 가벼운 코트 차림이었지만, 그래도 단단히 팔짱을 끼고 옷깃을 여민 채 계속해서 걸었다. 다섯 시를 알리는 종소리가 울려도 고개를 숙이고 계속 걸어갔다. 다섯 바퀴를 돈 다음에야 그는 한숨을 내쉬며 방향을 틀어 북쪽 거리를 따라 집으로 걸어가 깔끔한 돌계단을 올랐다. 마지막 계단에 발을 올리기도 전에 문이 열렸고, 집사가 모자를 받으러 이미 손을 내밀고 있었다.

"거실에 계십니다, 데이비드 씨."

"고마워요, 애덤스."

거실 문 앞에서 그는 걸음을 멈추고 머리를 연거푸 쓸어 넘긴 다음—책을 읽거나 그림을 그릴 때 앞머리를 계속 정리한다거나, 체스를 두면서 자기 차례를 기다리거나 생각에 잠길 때 집게손가락으로 코 아래쪽을 가볍게 만진다거나, 그 밖에 자주 하는 온갖 동작들처럼 긴장하면 나오는 습관이다—다시 한 번 한숨을 쉬고는 자신만만하고 확신에 찬 몸짓으로 양개문을 단번에 열어젖혔다. 물론 자신이나 확신 같은 게 있을 리 만무하다. 다들 일제히 그를 쓱 훑어봤지만, 별반 반응이 없었다. 반가워하지도 실망하지도 않았다. 그는 의자, 시계, 소파에 걸쳐놓은 스카프, 막이 올라가기도 전에 이미 장면 안으로 끌고와 끼워놓은 익숙한 존재, 수없이 인지해서 이제는 쓱 보고 지나쳐버리는 그런 물건이었다.

"또 늦었군." 그가 뭐라고 입을 열기도 전에 존이 말했다. 그래도 목소리는 온화했고 비난하는 기색은 아니었다. 하지만 존의 속내는 알 수 없다.

"존." 그는 그 말을 무시하고 남동생, 그리고 그의 남편 피터와 악수했다. "이든." 먼저 여동생에게, 그리고 그 아내 일라이저의 오른쪽 뺨에 입을 맞췄다. "할아버지는 어디 계셔?"

"포도주 창고."

"아."

모두 잠시 아무 말 없이 서 있었다. 문득 빙엄 삼남매를 대신해 종종 느꼈던 해묵은 곤혹감, 즉 할아버지가 없으면 서로에게 아무 할 말이 없다는—아니, 그보다 어떻게 말을 해야 하는지 모른다는—곤혹감이 밀려왔다. 마치 서로를 진짜로 만들어주는 유일한 요소가 혈연이나 역사라는 사실이 아니라 할아버지인 것만 같다.

"바빴어?" 존이 질문했다. 데이비드는 재빨리 존을 쳐다봤지만, 존은 담뱃대 위로 고개를 숙이고 있어서 그 질문의 의도를 파악할 수가 없었다. 의구심이 들 때는 보통 피터의 얼굴을 보면 존의 진의를 해석할 수 있었다. 피터는 말수는 적었지만 표정이 더 풍부해서 이 두 사람이 하나의 의사소통 단위로 작동한다는 생각이 종종 들곤 했다. 피터가 존이 한 말을 눈과 턱으로 설명해준다면, 존은 피터의 얼굴을 스치고 지나가는 불쾌한 기색이나 찡그림, 짧은 미소를 분명한 말로 전달해준다. 하지만 지금 피터의 얼굴은 존의 목소리만큼이나 텅 비어 있어서 아무런 도움도 되지 않았기 때문에 데이비드는 그게 순수한 질문인 것처럼 대답하지 않을 수가 없었다. 어쩌면 진짜로 그랬을 수도 있다.

"뭐, 별로." 그는 대답했다. 그 대답의 진실성—빤하고, 부정할 수 없다—이 너무나 이론의 여지없이 분명해서 또다시 방 안에 정적이 내려앉은 느낌이 들었다. 심지어 존마저 괜한 질문을 한 게 멋쩍은 기색이었다. 그러자 데이비드는 가끔 하는 짓을 하기 시작했고, 그건 존의 질문보다 더 안 좋았다. 즉, 자기 상황을 설명하려고, 하루를 어떻게 보내는지 말로 형상화하려고 한 것이다. "책을 읽고 있었는데." 하지만 아, 더 이상의 굴욕은 모면했다. 할아버지가 거실에 들어오고 있었기 때문이다. 할아버지는 손주들 옆까지 오기도 전에 진회색 먼지를 두껍게 휘감은 거무스름한 와인 병을 높이 치켜들고 승리의 환호성—내가 찾아냈어!—을 지르면서 계획이 바뀌었으니 저녁 식사 때 마실 수 있게 이 와인을 지금 디캔팅해두라고 애덤스에게 지시했다. "오호, 봐, 이놈의 병을 찾는 사이 멋진 손자가 하나 더 왔군." 그는 이렇게 말하며 데이비드에게 미소를 짓고는 나머지 사람들 쪽으로 돌아서서 그 미소가 모두에게 향하도록 했다. 자신을 따라 식탁으로 가자는 신호였고, 다들 그렇게 했다. 한 달에 한 번 있는 일요일 식사 자리였다. 여섯 사람이 윤기 자르르한 오크 식탁을 둘러싸고 늘 앉던 자리—할아버지가 상석, 그 오른쪽에는 데이비드, 그리고 일라이저가, 그 왼쪽에는 존과 피터, 그리고 이든이 끝자리—에 앉아 늘 그렇듯이 은행 소식, 이든의 연구 소식, 아이들 소식, 피터네와 일라이저네 가족들 소식 같은 소소한 대화를 나직나직 나눴다. 바깥세상은 미처 날뛰고 있었다. 아프리카 더 깊숙이 진격 중인 독일, 여전히 인도차이나를 난도질하고 있는 프랑스, 가까이에서는 식민지에서 벌어지고 있는 최신판 참상들—총격과 교수형, 매질, 제물, 생각하기조차 끔찍하지만 지척에서 벌어지고 있는 사건들. 하지만 이런 일들, 특히 가까이서 벌어지고 있는 일들은 할아버지의 정찬을 둘러싸고 있는 구름을 절대 뚫고 들어올 수 없었다. 이곳에서는 모든 것이 부드러웠고, 딱딱한 것들은 유연해졌다. 혀가자미마저 어찌나 솜씨 좋게 쪄냈는지 은으로 된 숟가락으로 슬쩍 건드리기만 해도 스르르 뼈가 발라져서 그냥 뜨기만 하면 됐다. 그래도 바깥세상의 침입을 막기란 힘들었고, 점점 더 힘들어졌다. 우유 거품처럼 가벼운 거품을 낸 생강 와인 실라법 디저트를 먹으며 데이비드는 생각했다. 다른 사람들도 지금 자기처럼 식민지에서 발견, 채취되어 이곳 자유주까지 와서 쿡에게 비싼 값으로 팔린 저 귀한 생강 뿌리에 대해 생각하고 있을까? 어떤 사람들이 강제로 저 뿌리를 캐고 수확해야만 했을까? 누구의 손에서 빼앗은 것일까?

식사를 끝낸 후 그들은 다시 거실에서 모였다. 매튜가 커피와 차를 따르고 할아버지가 아주 살짝 자세를 고쳐 앉았는데, 일라이저가 갑자기 벌떡 일어나더니 말했다. "피터, 지난주에 말했던, 그 책에 있는 특별한 새 사진 보여주려고 계속 생각하고 있었어요. 오늘 밤에는 절대 잊어버리지 말아야지 다짐했거든요. 빙엄 할아버님, 그래도 되죠?" 할아버지가 고개를 끄덕이며 말했다.

"물론 되고말고." 그러자 피터도 자리에서 일어나 일라이저와 팔짱을 끼고 방에서 나갔고, 이든은 빙엄가 사람들이 언제 자기들끼리 있고 싶어 하는지를 미리 파악하고 우아하게 자리를 피해줄 줄 아는, 주변 분위기를 너무 잘 맞추는 아내를 뿌듯해하는 표정을 지었다. 일라이저는 붉은 머리에 팔다리가 다부진 체격을 가지고 있어서 그녀가 거실을 가로질러 걸어가자 탁자등들에 달린 조그만 유리 장식들이 흔들리며 짤랑거렸지만, 눈치 면에서는 민첩하고 날렵해서 일라이저의 분별력에 감사한 경험이 다들 있었다.

그래서 그들은 새로운 해가 시작된 지난 1월 할아버지가 그에게 언질을 줬던 대화를 할 참이었다. 하지만 다들 매달 기다렸는데도, 매달 가족 정찬을 마친 후에도, 그리고 첫 독립기념일을 보내고 부활절을 보내고 노동절을 보내고 할아버지 생신을 치르고 모두 모이는 다른 특별한 행사들을 치른 후에도 그 대화는 없었고, 없었고, 없었다. 이제 때가 왔다. 10월의 두 번째 일요일, 그들은 마침내 그 이야기를 할 참이었다. 다른 사람들도 즉시 그 화제를 이해했다. 다들 먹던 비스킷과 반쯤 마신 찻잔이 놓인 접시와 받침 접시들을 다시 들고, 꼬았던 다리를 풀고, 등을 꼿꼿이 펴는 와중에, 할아버지만 오히려 삐걱 소리를 내며 의자 깊숙이 기대어 앉았다.

"너희 셋을 정직하게 키우는 게 내겐 중요한 일이었다." 할아버지는 늘 그렇듯이 잠시 침묵을 지키다 말문을 열었다. "다른 할아버지들은 너희들과 이런 논의를 하지 않을 거야. 신중해서건, 여기서 불가피하게 생겨날 논쟁과 실망을 겪고 싶지 않아서건. 굳이 왜 그러겠냐? 그런 논쟁은 자기가 죽어서 더 이상 휘말릴 필요가 없을 때 얼마든지 할 수 있는데. 하지만 난 너희 셋에게 그런 할아버지가 아니고, 지금까지도 그랬던 적 없다. 그래서 분명하게 말하는 게 가장 좋겠다고 생각했어. 잘 들어라"—여기서 그는 잠시 말을 멈추고 세 사람을 차례차례 날카로운 눈길로 바라봤다—"이건 이제부터 실망을 감내할 작정이라는 뜻이 아니다. 이제부터 하려는 이야기를 한다는 게 마음속에서 결심이 완전히 서지 않았다는 뜻도 아니야. 이 대화로 이 문제는 끝이다, 시작이 아니라. 이 이야기를 하는 건 어떤 잘못된 해석도, 추측도 하지 말라고 하는 거야. 너희들은 자기 귀로 내게서 직접 듣는 거니까. 검은 상복 차림으로 프랜시스 홀슨의 사무실에서 서류를 통해 듣는 게 아니라.

내 재산을 너희 셋에게 똑같이 나눠줄 작정이라는 말은 별로 놀랍지 않겠지. 물론 너희 셋 다 부모에게 받은 개인 품목들과 자산이 있지만, 너희 각자에게 내 귀중품을 약간씩 배당해뒀다. 너희들이나 너희 아이들이 각각 좋아할 만한 물건들이지. 그게 무엇인지는 내가 더 이상 너희들 옆에 없는 날까지 기다려야만 알 수 있겠지만. 앞으로 태어날 아이들을 위해서는 따로 돈을 챙겨뒀다. 지금 있는 아이들을 위해서는 신탁을 설립해뒀고. 이든, 울프와 로즈메리를 위해 신탁을 각각 하나씩 해뒀다. 존, 티모시 것도 하나 있어. 그리고 데이비드, 향후 네 상속자가 될 아이들 몫으로도 똑같은 액수가 준비되어 있다.

빙엄 브러더스가 계속해서 이사회를 관리할 거고, 그 주식은 너희 셋에게 분배될 거다. 셋 다 각자 이사직을 유지할 거고. 혹시 자기가 소유한 주식을 팔기로 결정할 경우에는 엄청난 위약금을 물게 될 테고, 반드시 먼저 형제자매에게 낮은 가격으로 매수할 기회를 줘야 하며, 나머지 이사들에게 매각 승인을 받아야 한다. 이 문제는 전에 너희들과 개별적으로 이미 논의했으니, 새삼 놀랄 일은 없지."

이제 그가 다시 살짝 자리를 고쳐 앉았고, 세 남매도 그렇게 했다. 이제부터 발표될 이야기가 진짜 수수께끼라는 것을 알고 있기 때문에, 그리고 할아버지가 어떤 결정을 했건 간에 그 결정으로 인해 셋 중 둘은 불만을 가지게 되리라는 것을 알고 있으며, 할아버지도 그 사실을 안다는 것을 알고 있기 때문이다—문제는 다만 그게 어느 두 사람이 되느냐였다.

"이든." 할아버지가 선언했다. "네게는 프록스 폰드 웨이와 5번가 아파트를 주겠다. 존, 너에게는 라크스퍼 토지와 뉴포트 집을 주마."

이 시점에서 공기가 팽팽하게 긴장되면서 희미하게 가물거리는 듯했다. 모두들 그 말이 의미하는 바를 깨달았기 때문이다. 데이비드가 워싱턴 스퀘어의 집을 가지게 된다.

"그리고 데이비드에게," 할아버지가 천천히 말했다. "워싱턴 스퀘어. 그리고 허드슨 별장을."

할아버지는 피곤한 기색이었고, 그냥 연기가 아니라 진짜로 탈진한 것처럼 의자 깊숙이 기대앉았다. 그래도 침묵은 계속됐다. "이게 끝이야. 그게 내 결정이다." 할아버지가 선언했다. "모두 동의하기 바란다, 소리 내서, 지금."

"네, 할아버지." 모두 웅얼거렸다. 순간 데이비드가 문득 깨닫고 덧붙였다. "감사합니다, 할아버지." 그러자 존과 이든도 망연자실한 상태에서 깨어나 그 말을 반복했다.

"천만에." 할아버지가 말했다. "그래도 프록스 폰드에 있는 내 고향 같은 오두막집을 이든이 금세 헐어버리는 일은 없기를 희망해보자구나." 그러면서 그가 이든에게 미소를 짓자, 이든도 억지 미소로 화답했다.

그러고 나자, 아무도 뭐라 하지 않았는데도 저녁 모임은 돌연 끝이 났다. 존이 종을 울려 매튜를 소환해 피터와 일라이저를 데려오고 마차를 대령하게 했고, 그러고 나자 망토와 숄을 두르고 스카프로 감싼 동생들, 그 배우자들이 모두 문간으로 걸어가 악수와 입맞춤과 작별 인사를 나눴다. 보통 때 같으면 마지막으로 식사에 대한 찬사를 늘어놓고 자기들 바깥 생활에 대해 알릴 사항과 잊어버린 쓸모없는 정보들을 나누느라 이상하게 소란스럽고 질질 늘어지는 이 시간은 오늘은 조용하고 짧았고, 피터와 일라이저는 결혼으로 빙엄가의 궤도에 편입된 사람들 모두가 임기 초반에 습득하는 관대하고 공감하고 기대에 찬 표정을 이미 짓고 있었다. 따뜻하고 유쾌하지는 않아도 데이비드까지 포함하는 마지막 포옹과 작별 인사들을 뒤로 하고 그들은 떠났다.

이 일요일 정찬이 끝나면 데이비드와 할아버지는 보통 데이비드의 거실에서 포트와인이나 차를 더 마시며 그날 저녁의 일들을 논하곤 했다. 두 사람이 나누는 사소한 관찰 결과들은 뒷공론에 가깝고 할아버지는 살짝 더 씹어댄다. 그게 할아버지의 권리이자 방식이니까. 피터가 데이비드에 비해 살짝 창백해 보이지 않았나? 들어보니 이든의 해부학 교수는 참을 수 없는 인간 같던데? 하지만 오늘 밤은 문이 닫히고 다시 집에 두 사람만 남자, 할아버지는 피곤하다고, 길고 힘든 하루를 보냈으니 자러 가야겠다고 말했다.

"물론 그러셔야죠." 데이비드는 대답했다. 그의 허락을 구하는 말은 아니었지만, 그도 혼자 있으면서 오늘 벌어진 일에 대해 생각하고 싶었다. 그래서 그는 할아버지의 뺨에 입을 맞춘 다음 언젠가 자신의 것이 될 저택 현관을 밝히고 있는 황금색 촛불빛 속에 잠시 서 있다가 매튜에게 실라법 한 접시를 더 가져다 달라고 부탁한 다음 위층 자기 방으로 올라갔다.

#2

그는 잠을 이룰 수 있을 것 같지 않았고, 실제로도 몇 시간은 족히 될 것 같은 긴 시간 동안 꿈꾸고 있다는 걸 알면서도 여전히 의식이 깨어 있는 상태로 누워 있었다. 몸 아래에서 바삭거리는 면 침구의 촉감도 느꼈고, 왼쪽 다리를 삼각형으로 구부리고 자는 습관 때문에 다음 날에는 아프고 뻣뻣하겠다는 생각도 했다. 그런데도 결국은 잠이 들었던 것 같다. 눈을 떠보니 살짝 벌어진 커튼 사이로 가느다란 햇살이 들어오고 있었고, 타가닥거리며 거리를 달리는 말발굽 소리, 문밖에서는 양동이와 빗자루를 들고 왔다갔다 움직이는 하녀들의 소리가 들렸다.

월요일은 그에게 늘 비참한 날이었다. 그는 전날 밤의 두려움이 희석되지 않은 채로 잠에서 깼고, 보통 아침 일찍, 심지어 할아버지보다 먼저 일어나려고 애쓰곤 했다. 자기도 대다수 사람들의 삶에 활력을 주는 활동의 흐름에 동참하고 있다는 느낌, 자기도 존이나 피터나 이든처럼 해야 할 임무가, 혹은 일라이저처럼 가야 할 곳이 있다는 느낌을 가지고 싶어서였다. 하지만 그에게 월요일이란 다른 날과 다를 바 없는, 혼자서 애써 채워나가야만 할 또 하루에 불과했다. 그는 명목상으로는 회사 자선 재단의 대표여서, 모아놓고 보면 나름 집안 역사를 일별하게 해주는 다양한 대의와 사람들―남쪽의 저항 지도자들, 도망자 수용과 상봉을 돕는 자선 사업들, 니그로* 교육 발전을 위해 일하는 집단, 어린이 유기와 방치 문제를 다루는 단체들, 날이면 날마다 그들의 나라에 도착하는 울부짖는 가엾은 이민자 무리를 교육하는 사람들, 가족 중 누군가가 어쩌다 만나고 감명받아 어떤 식으로든 도와준 사람들―에 대한 지출을 승인하는 사람이었지만, 그의 책임은 오로지 수표를, 그리고 숫자와 지출이 적힌 월간 장부를 승인하는 것뿐이었고, 그것들은 실질적인 재단 운영자인 그의 비서, 알마라는 유능한 젊은 여성이 이미 회사 회계사와 변호사들에게 제출해놓은 상태였다. 그가 그 자리에 있는 것은 그저 빙엄이라는 이름을 내놓기 위해서였다. 그는 또한 반듯하게 자란, 여전히 청년에 가까운 사람 같은 다양한 자격으로 자원봉사도 했다. 식민지의 전투원들을 위해 거즈와 포장지 허브 연고 꾸러미들을 모았다. 가난한 사

---

* Negro. 역사적 함의를 담은 단어를 그대로 쓰고 싶다는 작가의 요청으로 원어 니그로(Negro)를 음차하고, Black은 흑인으로 옮겼다.

람들을 위해 뜨개질을 했다. 집안에서 기부하는 고아 학교에서 일주일에 한 번 그림 수업도 했다. 하지만 이런 노력과 활동들을 다 합쳐봤자 한 달이면 일주일 남짓 정도밖에 채울 수 없었고, 그 나머지 시간은 홀로 무의미하게 보냈다. 때로는 자기 인생이란 게 그저 다 써버리려고 기다리는 물건 같다는 느낌마저 들었다. 그래서 하루를 마치고 침대에 누우면 한숨을 쉬며 자기 존재를 조금이나마 더 움직여 그 자연스러운 결론을 향해 1센티 더 다가갔다고 생각하는 것이다.

하지만 오늘 아침에는 늦게 일어난 게 좋았다. 전날 밤의 일을 어떻게 이해해야 할지 아직 확신이 서지 않아 좀 더 맑은 정신으로 차분히 생각해볼 수 있을 것 같아서 고마웠다. 그는 벨을 울려 달걀과 토스트, 차를 시켜 침대에서 조간신문—상세 사항은 배제한 식민지의 새 숙청 소식, 간혹 극단적 견해를 내놓는 걸로 악명 높은 괴짜 박애주의자의 내용 없는 평론 (자유주 수립 이전부터 이곳에 살던 니그로들에게는 시민권 특권을 줘야 한다는 주장을 또다시 제기하고 있다), 지난 9개월 동안 아홉 번째로 실린 브루클린 다리 완공 10주년 축하 기사 (이번 긴 기사는 강 위로 높이 치솟아 오른 기둥들을 자세히 그린 삽화와 함께 이 다리가 도시의 상업 교통량을 어떻게 바꾸어 놓았는지 찬양하고 있다)—을 읽은 다음, 씻고 옷을 입은 후 점심은 클럽에서 먹을 거라고 애덤스에게 소리쳐 알리며 집을 나섰다.

날씨는 따뜻하고 햇살이 환했고, 오전으로 접어드는 유쾌하고 활발한 에너지가 담겨 있었다. 아직은 이른 시간이라 다들 여전히 부지런하고 희망—바로 오늘이 오랫동안 꿈꿔왔던 즐거운 전환점이 되는 날일지도, 뜻밖의 횡재를 하거나 남쪽의 분쟁이 끝나거나 하다못해 저녁 식사에 베이컨이 한 장 아니라 두 장이 나오는 그런 날일지도 모른다—에 차 있었지만, 또다시 아무 화답 없이 그 희망들을 접을 정도로 늦지는 않았다. 보통 그는 걸을 때 딱히 목적지를 염두에 두지 않고 그냥 발길 가는 대로 걸었고, 이제 막 5번가로 들어선 그는 마차 차고 앞 마구간에 갈색 말을 묶고 있던 마부 옆을 지나치며 가볍게 목례했다.

집: 이제 집 밖으로 나왔으니 그는 그 집에 대해 좀 더 객관적으로 생각해볼 수 있었으면 했다. 하지만 객관적이라는 게 도대체 뭘까? 유년기 초반에는 그를 포함한 삼남매 모두 그 집에서 살지 않았지만—그 영광을 누린 것은 저 북쪽 파크 애비뉴 서편에 자리한 싸늘한 대저택이었다—그 집은 전부터 거기 있었고, 삼남매가, 그리고 그전에는 부모님이 중요한 가족 행사 때마다 방문한 곳, 부모님이 병으로 돌아가신 후에는 삼남매의 집이 된 곳이었다. 그때 어린 시절 집에서 가졌던 물건들 중 이가 나올 수 있는 것들, 태울 수 있는 것들은 모조리 버려두고 가야 했다. 아끼던 말총 인형을 버릴 수 없다고 그가 울고불고하자 할아버지가 똑같은 인형을 하나 더 주겠다고 약속했던 기억이 있다. 삼남매가 각각 워싱턴 스퀘어의 자기 방으로 들어갔을 때, 그곳에는 예전의 생활—인형, 장난감, 담요, 책, 깔개, 가운, 코트, 쿠션 들—이 고스란히 그대로 재현되어 있었다. 빙엄 브러더스 문장(紋章) 맨 밑에는 세르바투르 프로미숨(Servatur Promissum)—지킨 약속—이라는 문구가 적혀 있다. 워싱턴 스퀘어의 새 방에 들어선 순간, 삼남매

는 그 문구가 자신들에게도 해당된다는 것을, 할아버지는 그들에게 한 말은 무엇이건 반드시 지킨다는 것을 깨닫게 됐고, 할아버지 슬하에서 어린 시절을, 그리고 성인기를 보내고 있는 지금까지도 그 약속이 허언임이 증명된 적은 한 번도 없었다.

그들이 처한 새로운 상황을 할아버지가 어찌나 철저하게 통솔했던지 훗날 그는 그저 슬픔이 거의 금세 사라졌던 것으로 기억했다. 물론 그를 비롯한 삼남매도, 갑자기 유일한 자식을 잃은 할아버지도 그랬을 리가 없지만, 생각해보면 당시 할아버지가 보여준 확신과 완전함, 또한 삼남매에게 만들어준 왕국에 너무 깜짝 놀랐던 그는 이제 그 시절을 다른 식으로는 상상할 수조차 없었다. 마치 할아버지는 삼남매가 태어났을 때부터 언젠가는 당신이 손주들의 보호자가 되고 당신이 혼자 살던 저택에 손주들이 들어오는 상황을 다 계획하고 있었던 것만 같았다. 그런 상황에 느닷없이 부닥친 게 아니라 오로지 할아버지의 리듬에 따른 것처럼. 나중에 데이비드는 그런 느낌을 받곤 했다. 본래부터 광대했던 그 저택이 쪼개지면서 새 방들이 생겨났고, 삼남매를 품을 새로운 구역과 공간들이 마법처럼 나타났으며, 그가 자기 방이라 부르게 된 (그리고 여전히 부르고 있는) 방은 전에 거의 사용하지 않았던 여분의 거실을 고쳐 만든 게 아니라 필요에 의해 요술처럼 소환된 거라고. 오랫동안 할아버지는 손주들이 그 집에 목적을 줬다고, 손주들이 없었다면 그저 뒤죽박죽 늘어선 방들에 불과했을 거라고 말하곤 했다. 삼남매가, 심지어 데이비드까지도 그 말을 사실로 받아들이고 자기들이 집에—따라서, 할아버지의 인생에—뭔가 결정적이고 진귀한 것을 마련해줬다고 진심으로 믿게 게 된 것은 할아버지에게는 성약과도 같았다.

자기를 포함한 삼남매 모두 그 집을 자기 것으로 생각하겠지만, 데이비드는 그곳이 자기의 특별한 은신처라고, 살고 있는 집일 뿐만 아니라 자기가 이해받고 있는 곳이라고 상상하고 싶었다. 이제 성인으로서 그는 가끔 외부인들의 시각—잘 정리되어 있긴 해도 할아버지가 영국과 대륙, 심지어 (짧았던 평화 시기에 자신도 가본 적 있는) 식민지를 여행하며 수집한, 여전히 괴상한 물건들로 가득한 공간—에서 그 집을 바라볼 수 있었지만, 대체로 끈덕지게 남은 인상은 어린 시절, 몇 시간이고 이 층 저 층을 왔다 갔다 하고, 서랍과 찬장을 열어보고, 서늘하고 매끈한 마룻바닥에 맨 무릎에 댄 채 침대와 소파 아래를 들여다볼 수 있었던 그 시절에 만들어진 것들이었다. 어린 시절 어느 날 아침 늦게까지 침대에 누워 창문 사이로 들어오는 햇살을 바라보다가 이곳이 자기가 속한 곳임을 깨달았던 순간, 그리고 그 깨달음이 준 편안한 느낌을 그는 생생히 기억하고 있었다. 심지어 나중에 집 밖으로, 방 밖으로 나가지도 못하고 오로지 침대에서만 생활하게 됐을 때조차도 그는 그 집을 오로지 피난처로 여겼다. 사방의 벽들은 세상의 공포를 막아줬을 뿐만 아니라 그의 자아를 단단히 붙들어 매줬다. 이제 그 집이 그의 소유가 되고 그가 그 집의 소유가 될 거라고 생각하니, 평생 처음으로 그곳이 갑갑하게 느껴졌다. 이제는 영원히 벗어날 수 없을 곳, 자기가 소유한 만큼 자기를 소유하는 곳으로.

23번가까지 가는 동안 그는 그런 생각에 빠져 있었고, 다시는 클럽—예전 동창들을 만나기 싫어서 점점 덜 찾게 된 곳—에 들어가고 싶지 않았지만 배가 고프자 할 수 없이 들어가 차와 빵, 소시지를 시켜 재빨리 먹고 나와 다시 북쪽 방향으로 걸어갔고, 브로드웨이를 따라 센트럴 파크 남단까지 간 다음 방향을 틀어 집으로 걸어갔다. 워싱턴 스퀘어에 돌아왔을 때는 5시가 넘었고 하늘은 또다시 어둑어둑한, 쓸쓸한 남색으로 물들어가고 있었다. 서둘러 옷을 갈아입고 매무새를 가다듬고 있는데 아래층에서 할아버지가 애덤스에게 말하는 소리가 들렸다.

할아버지가 전날 밤 일을 하인들 있는 자리에서 언급하지 않으리라는 건 예상하고 있었지만, 데이비드의 거실에 둘만 앉아 차를 마실 때도 할아버지는 계속 은행이며 낮에 있었던 일들이며 선대(船隊)를 소유한 로드아일랜드의 새 고객에 대해서만 이야기했다. 매튜가 차와 바닐라 아이싱을 두껍게 바른 스폰지케이크를 가져왔다. 데이비드의 취향을 잘 아는 쿡이 생강 설탕조림 조각들로 장식한 케이크였다. 할아버지는 깔끔하고 신속하게 케이크를 먹었지만, 데이비드는 어젯밤 대화에 대해 할아버지가 무슨 말을 할지 노심초사 기다리느라 케이크 맛을 제대로 느낄 수가 없었다. 자기 입에서 의도치 않은 말이 나올까 봐, 어쩌다 자신의 양가적인 감정을 내비치게 될까 봐, 은혜를 모르는 사람처럼 들릴까 봐 두려웠다. 하지만 마침내 할아버지가 파이프를 두 번 뻐끔뻐끔 빨더니 그를 쳐다보지도 않고 말했다. "자, 데이비드, 너랑 의논해야 할 일이 한 가지 더 있다. 하지만 물론 어젯밤의 흥분된 상태로 할 수는 없는 일이었지."

할아버지에게 다시 한 번 감사 인사를 할 기회였지만, 할아버지는 담배 연기를 뿜으며 손사래를 쳤다. "감사할 필요 없다. 이 집은 네 거야. 네가 좋아하는 곳이잖니, 어쨌거나."

"네." 그는 입을 열었다. 그건 맞는 말이니까. 하지만 그래도 그는 여전히 그날 오전 수많은 블록을 산책하는 동안 느꼈던 이상한 감정에 대해 생각하고 있었다. 왜 그 집을 물려받는다는 생각에 안정감이 아니라 두려움 같은 게 밀려드는 걸까. "그렇지만."

"하지만 뭐?" 할아버지가 이상한 표정을 지으며, 이번에는 그를 쳐다보며 물었다. 데이비드는 자기 말이 회의적으로 들렸을까 봐 서둘러 덧붙였다. "그냥 이든이랑 존이 걱정이 되어서요. 그게 다예요." 그 말에 할아버지가 다시 손사래를 쳤다. "이든이랑 존은 괜찮을 거다." 그는 기운차게 말했다. "걔들 걱정은 할 필요 없어."

"할아버지." 그가 말하며 미소 지었다. "제 걱정도 하실 필요 없어요." 그 말에 할아버지는 아무 말도 하지 않았고, 그러자 두 사람 모두 그게 거짓말이며 어마어마한 거짓말이라는 사실에 똑같이 당황했다. 어찌나 터무니없는 거짓말인지 예의상으로조차 부정할 필요가 없었다.

"너한테 중매가 들어왔다." 마침내 그 침묵 속으로 할아버지가 말했다.

"낸터킷의 그리피스 가문이라고, 좋은 집안이야. 물론 시작은 배 만드는 일로 했지만, 지금은 자기 선대를 가지고 있어. 작지만 수익성 좋은 모피 무역업도 있고. 그 신사 세례명은 찰스다. 사별했고. 여동생이랑―그 여동생도 사별했다― 같이 살면서 여동생의 아들 셋을 함께 키우고 있어. 교역 철에는 섬에서, 겨울에는 케이프에서 지내고 있어. 그 집안과 직접 아는 건 아니지만, 존경받는 가문이야. 지역 정부에도 꽤 영향력이 있고. 남동생, 여동생이랑 같이 사업을 운영하는데, 그 남동생이 상인협회장을 맡고 있다. 여동생이 하나 더 있는데, 그 여동생은 북부에 살고 있고. 그리피스 씨가 장남이고, 부모님도 아직 생존해 계신다. 사업을 시작하신 건 그리피스 씨의 외조부님이었고. 중매는 그쪽 변호사를 통해서 프랜시스에게 들어왔다."

뭐라도 말을 해야 할 것 같았다. "그 신사 분 나이는요?"

할아버지가 헛기침을 했다. "마흔하나다." 미적거리는 대답이었다.

"마흔하나라구요!" 그는 의도했던 것보다 더 격렬하게 외쳐버렸다. "죄송합니다." 그는 말했다. "하지만 마흔하나라니요! 세상에, 나이가 많잖아요!"

그 말에 할아버지가 미소 지었다. "뭐 별로." 그가 말했다. "나한테는 안 그렇다. 그리고 세상 사람 대부분에게도 그렇지 않고. 하지만, 그래, 나이가 많긴 하지. 적어도 너보다는." 그리고 그가 아무 말도 하지 않자 덧붙였다. "애야, 네가 원하지 않는데도 결혼하라는 소리는 아니야. 하지만 이건 널 위해 논의해왔던 일이야. 너도 관심이 있는 일이고. 안 그랬으면 그런 제안은 응하지도 않았을 거다. 프랜시스한테 네가 거절하더라고 할까? 아니면 한 번 만나볼 생각이 있느냐?"

"제가 할아버지께 짐이 되고 있는 것 같아요." 마침내 그가 나직히 말했다.

"아냐." 할아버지가 말했다. "짐일 리가. 말했다시피 내 손주 누구도 자기가 원하지 않으면 결혼할 필요 없다. 그래도 네가 고려는 해볼 거라고 믿는다. 프랜시스한테는 당장 대답해주지 않아도 돼."

그들은 말없이 앉아 있었다. 마지막 중매를, 아니 어떤 관심이든 받아본 게 몇 달, 일 년, 어쩌면 그 이전인 건 사실이다. 비록 그 이유가 그가 마지막 두 번의 청혼을 너무 빨리, 또 너무 무심히 거절해버렸기 때문인지, 아니면 할아버지와 그가 그렇게 애써 감추려고 했음에도 불구하고 그의 유폐 생활에 대한 소문이 결국 사교계까지 퍼졌기 때문인지는 알 수 없지만. 결혼 생각을 하면 어느 정도 두려운 마음이 드는 것이 사실이지만, 지금 이 제안이 모르는 집안에서 왔다는 사실 또한 걱정스럽지 않은가? 물론 적절한 지위와 신분이야 있겠지만—그렇지 않다면 프랜시스가 할아버지께 감히 언급하지조차 하지 못했을 거다—이는 또한 할아버지와 프랜시스가 빙엄가 사람들이 알고 지내고 함께 어울리는 사람들, 즉 자유주를 건설한 쉰 남짓 되는 가문들, 삼남매뿐만 아니라 부모님, 그 전에 할아버지까지도 평생 벗어나본 적 없는 집단에 속하지 않은 후보자들도 이제 받아들여야 한다고 결정했다는 뜻이다. 피터도, 일라이저도 이 작은 공동체에 속해 있었지만, 이제 빙엄가의 장남 후계자가 배우자를 이 최고 집단의 바깥에서 찾아야 한다는 게, 다른 집단의 사람을 고려해야만 한다는 게 명백해졌다.

빙엄가 사람들은 건방지지도, 배타적이지도 않았다. 상인과 무역업자들, 이 나라에서 한 종류의 사람들로 출발해서 성실과 유능함으로 다른 종류의 사람들이 된 사람들과는 상대하지 않는 그런 부류의 사람들도 아니었다. 피터의 집안은 그런 식이었지만, 그들은 아니었다. 그래도 자기가 실망시켰다는 느낌, 조상들이 그렇게 힘들여 확립해놓은 유산이 자신의 존재로 인해 줄어들고 있다는 느낌을 떨쳐버릴 수가 없었다.

하지만 할아버지의 말에도 불구하고 이 제안을 당장 거절할 수는 없다는 느낌이 들었다. 지금 이 상황에 대해 비난할 대상은 자기 자신뿐이었고, 그리피스 가문의 존재가 분명히 보여주듯이 그의 이름과 할아버지의 재력에도 불구하고 그의 앞에 놓인 선택지는 무한하지 않을 것이다. 그래서 그는 할아버지에게 만나보겠다고 말했고, 할아버지는—안도의 표정(그렇지 않나?)을 가까스로 감추며—프랜시스에게 곧장 그렇게 말하겠다고 대답했다.

그러고 나자 피곤해진 그는 핑계를 대고 자기 방으로 물러갔다. 이제 그 방은 그가 처음 왔을 때의 모습과는 알아볼 수도 없을 만큼 달라져 있었지만, 그는 어둠 속에서도 돌아다닐 수 있을 정도로 그 방을 속속들이 알고 있었다. 두 번째 문을 열면 과거 삼남매의 놀이방이었다가 이제 그의 서재가 된 공간이 나온다. 밤 인사를 하기 전, 할아버지에게 받은 봉투를 가지고 그가 들어간 곳은 바로 여기였다. 봉투 안에는 그 남자, 찰스 그리피스의 초상을 그린 조그만 에칭화가 들어 있었고, 그는 등불 아래서 그 그림을 자세히 들여다보았다. 그리피스 씨는 흰 피부에 금발, 옅은 눈썹,

부드럽고 둥그스름한 얼굴을 하고 있었고, 콧수염을 너무 덥수룩하게는 아니지만 풍성하게 기르고 있었다. 얼굴과 목, 어깨 윗부분만 담은 초상이지만, 그것만으로도 건장한 체격이라는 것을 알 수 있었다.

갑자기 공포에 사로잡힌 그는 창가로 가서 황급히 창문을 열고 차갑고 맑은 공기를 들이마셨다. 늦은 밤이었다. 알고 보니 생각보다 더 늦은 시각이어서 아래쪽에는 어떤 기척도 없었다. 정말로 워싱턴 스퀘어를 떠날 생각을 하게 될까? 어쩌면 이곳을 영영 못 떠날지도 모른다는 마땅찮은 상상을 했던 게 바로 얼마 전일인데? 그는 몸을 돌려 방을 물끄러미 바라보며 그 안의 모든 것들—책장, 이젤, 종이와 잉크, 액자에 담긴 부모님 초상화가 놓인 책상, 대학 시절부터 써서 이젠 진홍색 테두리 장식이 납작해지고 쪼개진 소파, 2년 전 할아버지가 인도에 특별 주문해서 크리스마스 선물로 주신, 페이즐리 무늬 자수가 놓인 보들보들한 울 스카프, 그를 편안하게 혹은 즐겁게 해주기 위해, 혹은 그 두 가지 다를 위해 정돈된 모든 것들—이 낸터킷의 목조 저택으로 옮겨진 모습을 그려보려고 애썼다. 그리고 그 물건들 사이에 있는 자신의 모습을.

하지만 상상이 되지 않았다. 이 물건들은 여기, 이 집에 속해 있었다. 마치 집 자체가 그것들을 길러낸 것 같았다. 그것들은 살아 있는 존재여서 다른 곳에다 옮겨놓으면 말라 죽어버릴 것 같았다. 그러자 이런 생각이 들었다. 그 자신 역시 마찬가지 아닌가? 이 집이 그를 낳은 건 아니지만, 그 또한 이 집이 소유하고 기르고 먹인 존재 아닌가? 워싱턴 스퀘어를 떠나면 자신이 진정 세상 어디에 있는지 어떻게 알 수 있겠는가? 그의 온갖 모습을 무심히, 똑똑히 지켜봤던 이 벽들을 어떻게 떠날 수 있겠는가? 그가 방 밖으로 나가지도 못했던 몇 달 동안 할아버지가 늦은 밤 직접 사골수프와 약을 가지고 걸어왔던 이 바닥들을 어떻게 떠날 수 있겠는가? 이 집이 늘 즐거운 곳만은 아니었다. 때로는 끔찍했다. 하지만 세상 그 어느 곳이 이렇게 딱 자기 것처럼 느껴질 수 있을까?

#3

1년에 한 번 크리스마스 일주일 전, 히럼 빙엄 자선 학교의 피후견인들을 위한 오찬회가 빙엄 브러더스의 한 회의실에서 열린다. 햄과 사탕과자, 사과조림, 커스터드가 차려지고, 마지막에는 그들의 후원자이자 은행 소유주인 너대니얼 빙엄이 행원 두 명을 대동하고 직접 와서 아이들을 환영해준다. 행원들은 바로 그 학교의 졸업생이며 아이들이 그려보기에는 아직 너무나 멀고 관념적인 (그리고 안타깝게도 대부분에게는 멀고 관념적인 일로 남을) 성인기 삶에 대한 약속을 제시한다. 빙엄 씨가 말 잘 듣고 성실하게 살라고 격려하는 짧은 연설을 하고 나면, 아이들은 두 줄로 서서 행원들로부터 넓적하고 두꺼운 박하 막대사탕을 하나씩 받는다.

삼남매 모두 이 오찬회에 참석한다. 여기서 데이비드가 가장 좋아하는 순간은 차려진 진수성찬을 봤을 때 아이들이 짓는 표정이 아니라 은행 로비에 처음 들어왔을 때 짓는 표정이다. 그는 아이들의 경탄을 이해했다. 자신도 어김없이 경험하는 감정이기 때문이다. 반짝반짝 윤을 낸 은빛 대리석으로 덮인 광활한 바닥, 같은 대리석을 잘라 만든 이오니아식 기둥들, 번쩍이는 모자이크 무늬를 새겨 넣은 웅대한 둥근 천장, 세 개의 벽을 바닥부터 천장까지 가득 채운 세 개의 벽화, 너무 높아서 제대로 보기 위해선 거의 탄원하다시피 하는 자세를 취해야 하는 그 벽화들 중 첫 번째는 영국으로부터의 독립전쟁에서 혁혁한 공을 세운 전쟁영웅인 에즈라 5대조 할아버지를, 두 번째는 훗날의 자유주를 세우기 위해 동료 유토피아주의자들과 함께 버지니아에서 뉴욕까지 북쪽으로 행진하는 에드먼드 고조부를, 세 번째는 그가 만난 적은 없지만 빙엄 브러더스를 설립하고 뉴욕 시장으로 선출된 히럼 증조부를 담고 있다. 갈색과 회색 톤의 배경에는 빙엄 가문과 국가 역사에서 중요한 순간들이 묘사되어 있다. 에즈라 5대조 할아버지가 활약했던 요크타운 전투─아내와 어린아이들은 샬럿빌의 집에 있다. 에드먼드 고조부와 남편 마크의 결혼식. 자유주의 승리로 끝났지만 인적, 경제적 피해가 컸던 식민지와의 첫 번째 전쟁들. 히럼 증조부와 그 형제 분들인 데이비드 종증조부와 존 종증조부─세 사람 중 막내인 히럼 증조부만 마흔을 넘길 때까지 살고 후계자, 바로 데이비드의 할아버지인 너대니얼을 남긴다는 것을 모르던 젊은 시절의 모습이다. 그림 아래쪽에는 각각 한 개의 단어─정중, 겸손, 박애─가 새겨진 대리석 판이 붙어 있는데,

이는 은행 문장(紋章) 속의 문구와 함께 빙엄 가문의 좌우명을 이루는 가치들이다. 네 번째 화판, 그러니까 월 스트리트를 향해 난 정문 위의 벽은 매끈하게 텅 비어 있는데, 바로 여기에 데이비드의 할아버지의 업적—빙엄 브러더스를 자유주뿐만 아니라 미국 전체에서 가장 부유한 금융기관으로 키워낸 것, 미국의 반란 전쟁 자금을 지원해 조국의 자치권 획득을 도왔을 뿐 아니라 그전부터도 자유주를 무너뜨리고 그 시민권을 없애려던 모든 시도에 맞서 자유주의 존재를 성공적으로 지켜냈던 것, 식민지에서 탈출한 사람들은 물론이고 자유주에 들어온 자유 니그로들이 북부와 서부에서 새로운 삶을 시작할 수 있도록 재정착 자금을 지원한 것—이 언젠가 기록될 것이다. 그렇다, 빙엄 브러더스는 더 이상 자유주에서 유일한, 혹은 혹자들이 주장하듯 가장 막강한 기관은 아니었다. 특히 벼락출세한 유대인 은행들이 득세하는 최근 상황에선 더욱 그렇다. 하지만 빙엄 브러더스는, 모든 사람이 동의하듯이, 여전히 가장 영향력 있고, 가장 칭송받고, 가장 명성 높은 기관이었다. 데이비드의 할아버지가 즐겨 하는 말이 있다. 빙엄은 야심과 욕심을, 혹은 영리함과 교활함을 혼동하지 않는다. 빙엄은 고객들만큼이나 국가에 책임 의식을 가진다. 신문들은 너대니얼을 "위대한 빙엄 씨"라고 불렀다. 그 명칭에는 그가 좀 더 야심찬 프로젝트—예를 들어, 보통 선거를 미국 전역으로 확대하자고 했던 10년 전 제안—를 시작하려 할 때처럼 가끔은 조롱이 담길 때도 있지만, 대개는 진심이었다. 데이비드의 할아버지는 이론의 여지없이 위대한 사람, 행동으로 보나 용모로 보나 회반죽 벽에 그려지기 마땅한 사람이었으니까. 대리석 바닥 저 위에서 위태위태하게 흔들리는 밧줄 의자에 앉아 아래를 내려다보지 않으려 애쓰며 반짝이는 물감을 듬뿍 적신 붓으로 벽 표면을 칠해나가는 화가에 의해 말이다.

하지만 그럼에도 불구하고 다섯 번째나 여섯 번째 화판은 없었다. 가문의 두 번째 전쟁영웅인 데이비드의 아버지나 삼남매를 위해 배정된 공간은 없었다. 그렇다고 한들—그의 몫이 될 화판 3분의 1이 무엇을 보여주겠는가? 할아버지 집에 살면서 한 계절이 다음 계절 속으로 스러지길 기다리는 사람, 인생이 마침내 시작되기를 기다리는 사람?

그런 동정, 그런 응석은 매력적이지도, 어울리지도 않다는 걸 그는 알고 있었다. 그는 로비를 성큼성큼 가로질러 방 뒤쪽의 거대한 오크 문들을 향해 걸어갔다. 그가 기억하는 한 삼남매 모두가 늘 노리스라고 불러온 할아버지의 비서가 거기서 벌써 그를 기다리고 있었다.

"데이비드 씨." 그가 말했다. "오랜만입니다."

"안녕하세요, 노리스." 그가 말했다. "그러네요. 그동안 잘 지내셨죠?"

"네, 데이비드 씨는요?"

"네, 굉장히요."

"신사 분은 벌써 와 계십니다. 제가 모셔다드리죠. 그러고 나면 할아버님께서 보길 원하실 겁니다."

그는 노리스를 따라 판벽 널을 댄 복도를 걸어갔다. 노리스는 우아하고 섬세한 이목구비를 가진 깔끔하고 단정한 남자로, 데이비드가 어렸을 때는 밝은 금발이었던 머리카락이 수십 년의 세월이 흐르는 사이 양피지 색으로 희미하게 바래져 있었다. 할아버지는 자신과 가족 문제에 관한 한 거의 모든 일에 대해 솔직했지만, 노리스에 대해서는 언급을 피했다. 모두가 노리스와 할아버지가 비공식적으로는 결혼한 사이나 다름없다는 사실을 받아들이고 있었지만, 너대니얼 빙엄은 모든 계급에 대한 관용을 공언하고 예법에 맞지 않는 일에는 대놓고 불만을 표하면서도 결코 노리스를 자신의 동반자로 소개하지 않았고 손주들에게건 누구에게건 노리스와의 법적 관계 가능성에 대한 암시도 절대 하지 않았다. 노리스는 워싱턴 스퀘어 집을 마음대로 드나들었지만, 거기에 그의 침대는 없었다. 삼남매가 어릴 때부터 지금까지 그들 이름 뒤에 "씨"나 "양"을 붙이지 않고 부르는 법도 없었고, 그들도 말리기를 이미 오래전에 포기했다. 그는 몇몇 가족 행사는 참석했지만, 저녁 식사 후 거실에서 할아버지와 나누는 대화나 크리스마스, 부활절 모임에는 한 번도 끼지 않았다. 심지어 지금도 데이비드는 노리스가 어디에 사는지—예전에 어디선가 노리스가 수년 전 할아버지가 사준 그래머시파크 근처 아파트에 산다는 이야기를 들었던 것도 같다—정확히 몰랐고, 출신과 집안에 대해서도 구체적인 것은 알지 못했다. 노리스는 데이비드가 태어나기 전 식민지에서 건너와 빙엄 브러더스에서 사환으로 일하다가 할아버지를 만났다. 빙엄가 사람들과 함께 있는 자리에서 그는 나서지 않고 조용히, 하지만 편안하게 있었다. 너무 익숙한 존재라 때로는 잊힐 때도 있었다. 있으면 당연하게 여겨졌고, 없어도 눈에 띄지 않았다.

이제 노리스가 한 전용 회의실 앞에서 걸음을 멈추고 문을 열었다. 그가 들어가자 방 안에 있던 남자와 여자가 자리에서 일어나 그를 바라봤다.

"그럼 저는 이만 물러나겠습니다." 노리스는 조용히 문을 닫았고, 여자가 데이비드를 향해 걸어왔다.

"데이비드!" 여자가 말했다. "너무 오랫만이야." 이 사람은 오랫동안 할아버지의 변호사로 일해온 프랜시스 홀슨, 노리스와 함께 빙엄가 사람들의 생활 거의 모든 일에 내밀히 관여하는 사람이다. 프랜시스 역시 늘 거기 있는 존재였지만, 이 가족의 천계 내에서 더 중요하고 인정받는 위치를 차지하고 있었다. 프랜시스는 존과 이든의 결혼을 모두 중매했고, 데이비드의 결혼도 기어코 중매할 기세였다.

"데이비드." 프랜시스가 계속해서 말했다. "낸터킷과 팰머스의 찰스 그리피스 씨를 기쁜 마음으로 소개할게. 그리피스 씨, 이쪽이 그동안 이야기 많이 들으셨던 젊은이, 데이비드 빙엄 씨에요."

그는 데이비드가 두려워했던 것처럼 늙어 보이지 않았고, 피부는 희지만 불그스레한 기미는 없었다. 키도 몸집도 크지만 어깨가 넓고 몸통과 목이 두꺼워서 자신만만해 보였다. 그는 딱 맞게 재단된 부드러운 고급 울 재킷을 입었고, 콧수염 아래로 보이는 모양 좋고 여전히 발그스레한 입술은 지금 끝이 살짝 치켜 올라가 미소 짓고 있었다. 딱히 잘 생겼다고 할 수는 없지만 능숙하고 활력 넘치고 건강한 인상을 줘서 전체적으로 거의 호감형이라 할 만한 외모였다.

말할 때 목소리도 매력적이어서, 굵은 저음에 모서리가 부드러운 느낌의 목소리였다. 덩치는 컸지만, 그게 암시하는 힘과 대조되는 부드러움, 상냥함이 있었다. "빙엄 씨." 악수를 하며 그가 말했다. "만나서 반갑습니다. 이야기 정말 많이 들었습니다."

"저도요." 그가 말했다. 하지만 거의 6주 전 찰스 그리피스의 이름을 처음 들은 이래로 더 알게 된 사항은 별로 없었다. "여기까지 와주셔서 정말 감사합니다. 여행은 즐거우셨는지요?"

"네, 꽤나요." 그리피스가 대답했다. "부탁인데―그냥 찰스라고 불러주십시오."

"저도 데이비드라고 불러주세요."

"자!" 프랜시스가 말했다. "그럼 전 나갈 테니 신사 분들끼리 이야기 나누세요. 데이비드, 끝나면 종을 울려줘. 노리스가 그리피스 씨를 모시고 나갈 테니까."

그들은 프랜시스가 나가서 문을 닫을 때까지 기다린 다음 자리에 앉았다. 두 사람 사이에는 쇼트브레드 쿠키와 찻주전자가 놓인 조그만 테이블이 놓여 있었다. 향만으로도 데이비드는 그게 어마어마하게 비싸고 구하기 힘들며 가장 특별한 자리에만 내놓는, 할아버지가 가장 좋아하는 랍상소우총 차라는 것을 알았다. 이게 행운을 비는 할아버지의 방식이었다. 그게 감동적이면서도 슬펐다. 찰스의 차는 이미 따라져 있었고, 데이비드는 자기 잔에 차를 조금 따랐다. 데이비드가 찻잔을 입술에 가져다 대자 찰스도 그렇게 했고, 두 사람은 동시에 차를 조금씩 마셨다.

"향이 좀 세죠." 그가 말했다. 많은 사람들이 이 차 맛이 너무 강렬하다고 하는 것을 알기 때문이다. 랍상소우총이라면 질색하는 피터는 그 맛을 "지나치게 훈제된 나무 연기가 액체 형태"로 된 것 같다고 묘사했다.

하지만 "전 아주 좋아합니다," 찰스가 말했다. "샌프란시스코에서 살던 시절이 생각나거든요. 거기서는 예전엔 꽤 쉽게 구할 수 있었어요. 물론 비싸긴 했지만. 하지만 여기 자유주에서만큼 진귀하지는 않아요."

데이비드는 깜짝 놀랐다. "서부에서 사셨다구요?"

"네. 그게, 아, 20년 전이군요. 아버지가 그 바로 직전에 북부의 모피 사냥꾼들과 협력 관계를 갱신하셨는데, 샌프란시스코는 물론 그땐 이미 부유한 주가 되어 있었거든요. 아버지는 제가 거기 가서 사무실을 차리고 판매를 좀 해보는 게 좋겠다고 하셨어요. 그래서 그렇게 했죠. 사실 근사한 경험이었습니다. 전 젊었고 도시는 성장하고 있었죠. 굉장한 시기를 거기서 보냈습니다."

인상적이었다—실제로 서부에서 살아본 사람을 만나본 것은 처음이었다. "세간의 이야기들이 다 사실인가요?"

"사실인 게 많습니다. 그곳엔, 뭐랄까, 건강하지 못한 분위기가 있어요. 확실히 절제가 없죠. 가끔은 위험하게 느껴집니다. 엄청나게 많은 사람들이 새 인생을 시작하려 하고, 그 많은 사람들이 부를 갈망하는데, 수많은 사람들이 결국엔 실망하게 되어 있으니까요. 하지만 그래서 생기는 해방감도 있어요. 물론 불안정하기도 하지만. 거기선 운이 너무 빨리 오고 가요. 사람들도 그렇고. 당신한테 돈을 빌린 사람이 다음 날 사라져버릴 수도 있거든요. 그러면 다시는 그 사람을 찾을 길이 없죠. 사무실을 3년간 애써 유지했는데, 법안들이 통과되고 나니 76시간 만에 떠나야 했어요."

"그래도," 그는 말했다. "부럽군요. 아세요? 전 서부에 한 번도 가본 적 없어요."

"하지만 유럽 여기저기 많이 여행하셨잖아요. 홀슨 변호사님께 들었습니다."

"그랜드 투어는 했죠, 맞아요. 17세기에서 19세기까지 유럽 귀족 자제들의 필수적인 교육 과정이었던 유럽 문화 여행이요. 하지만 그곳엔 무절제라곤 없었어요. 차고 넘치는 카날레토와 틴토레토, 카라바조의 그림들을 무절제라고 생각한다면 모를까."

그러자 찰스가 웃었고, 그러고 나자 대화가 자연스럽게 이어졌다. 그들은 각자의 여행 경험—찰스는 여행을 굉장히 많이 했다. 사업차 서부와 유럽뿐만 아니라 브라질과 아르헨티나에도 갔다—과 뉴욕—찰스는 한때 뉴욕에서 살았고 지금도 뉴욕에 저택을 가지고 있어서 가끔 방문하곤 했다—에 대해 더 많은 이야기를 나눴다. 대화를 나누는 동안 데이비드는 찰스의 말투에서 학교 동창들이 많이 쓰던 매사추세츠 억양, 모음에 힘을 주지 않고 굉장히 속도가 빠른 특유의 억양을 찾아보려 귀를 기울였지만, 허사였다. 찰스의 목소리는 듣기 좋았지만 특징이 없어서 출신을 거의 드러내지 않았다.

"너무 주제 넘는 발언이라고 생각지는 말아주셨으면 합니다만," 찰스가 말했다. "저희 매사추세츠 사람들은 모두 이 중매결혼이라는 전통에 흥미를 가지고 있습니다. 오랫동안요."

"네." 그는 전혀 불쾌해하지 않고 웃었다. "다른 주들도 다 마찬가지죠. 왜 그런지 알아요. 뉴욕과 코네티컷에만 한정된 지역관습이니까요." 중매결혼은 자유주에 처음 정착한 집안들끼리 전략적 동맹을 맺고 재산을 합병할 방편으로 약 1세기 전에 시작되었다.

"왜 여기서 시작되는지 이해합니다만─여기가 늘 가장 부유한 지역이었잖아요─왜 이렇게 오래 지속되었다고 생각하십니까?"

"저도 딱히 설명할 수는 없네요. 할아버지의 이론은 이래요. 그런 결혼을 통해서 곧 주요 명문가들이 생겨났기 때문에 자유주의 재정을 보존하기 위해서 중매결혼을 지속하는 게 필수가 되었다고요. 할아버지는 중매결혼을 마치 나무를 재배하는 것처럼 말씀하시죠."─그 순간 찰스가 듣기 좋은 웃음을 터뜨렸다─"복잡하게 얽힌 뿌리를 잘 유지하면 그 위에서 국가가 번성하고 꽃을 피우는 것처럼요."

"은행가이신데 꽤 시적으로 말씀하시는군요. 그리고 애국적이기도 하고."

"네, 할아버지는 그 둘 다예요."

"음, 여러분의 중매결혼 성향 덕분에 저희 나머지 자유주 주민들이 계속 잘살고 있으니 감사할 일이죠." 놀리는 말이라는 것을 알았지만, 찰스의 목소리가 다정했기 때문에 데이비드도 그의 미소에 미소로 화답했다.

"네, 그런 것 같군요. 찰스 씨와 매사추세츠 주민들을 대신해서 제가 할아버지께 감사드리죠. 그런데 뉴잉글랜드에서는 중매결혼을 전혀 안 해요? 거기서도 한다고 들었는데요."

"해요. 하지만 훨씬 드물어요. 중매결혼을 하는 경우에는 이유는 비슷해요—생각이 같은 집안들끼리 합치는 거죠. 하지만 그 결과는 절대 여기에서처럼 큰 의미를 갖지 않아요. 예를 들어, 제 여동생이 최근 자기 하녀랑 우리 회사 선원 사이에 중매를 섰는데, 그건 그 하녀의 가족이 조그만 재목업을 하고 있고 선원의 가족은 밧줄 작업장을 가지고 있어서 양가의 자원을 합하고 싶어했거든요. 물론 두 젊은이도 서로를 마음에 들어 했는데 너무 숫기가 없어서 구애를 시작하지 못했기 때문이기도 하고요.

하지만 말씀드렸듯이, 나머지 국민들에게는 어떤 영향도 끼치지 않죠. 그러니, 맞습니다, 저희를 대신해서 할아버님께 감사 인사를 전해주십시오. 그러자니 마치 당신이 동생분들에게도 감사 인사를 해야 할 것 같은 상황인데요. 홀슨 변호사님께 들으니 두 분도 중매결혼을 하셨다고요."

"네, 오랫동안 가깝게 지낸 집안들과요. 존의 남편인 피터도 이 도시 출신이고, 이든의 아내인 일라이저는 코네티컷 출신입니다."

"아이들은 있습니까?"

"존과 피터는 하나, 이든과 일라이저는 둘 있어요. 찰스 씨는 조카들 양육을 돕고 계시다구요?"

"네, 맞습니다. 아주 소중한 아이들이죠. 하지만 제 아이들도 가지고 싶어요, 언젠가."

여기서 동의해야 한다는 것을, 자기도 아이들을 원한다고 말해야 한다는 것을 알았지만, 왠지 말이 나오지 않았다. 하지만 찰스는 그의 대답이 채웠어야 하는 공백을 가볍게 채웠고, 두 사람은 찰스의 조카들, 여동생들, 남동생, 낸터킷의 집에 대해 이야기를 나눴다. 그래서 또다시 대화가 이어지다가 마침내 찰스가 자리에서 일어났고 데이비드도 일어났다.

"이제 가야겠습니다." 찰스가 말했다. "즐거웠어요. 절 만나주셔서 정말 기쁩니다. 두 주 후에 여기 다시 오는데, 그때 또 만나주시겠죠?"

"네, 물론이죠." 그는 대답하고 종을 울렸다. 두 사람이 다시 악수를 나누고 나자 노리스가 찰스를 입구로 안내했고, 데이비드는 방의 반대쪽에 있는 문을 두드렸다. 들어오라는 대답이 들리자 그는 곧장 할아버지의 사무실로 들어갔다.

"아!" 할아버지가 책상에서 일어나 회계사에게 서류 더미를 넘기며 말했다. "왔구나! 사라."

"네, 지금 나가겠습니다." 사라가 대답하고 조용히 문을 닫은 다음 나갔다.

할아버지가 책상 뒤에서 나와 책상을 마주하고 있는 두 개의 의자 중 하나에 앉더니 데이비드에게 나머지 의자에 앉으라고 손짓했다. "자," 할아버지가 말했다. "점잔빼지 않으마. 너도 그래야 하고. 어서 널 만나서 그 신사 분 인상이 어땠는지 듣고 싶어서 아주 혼이 났다."

"그분은," 그는 입을 열었지만 머뭇거렸다. "그분은 호감이 가는 분이었어요." 그가 마침내 말했다. "생각보다 더요."

"그거 잘 됐구나." 할아버지가 말했다. "무슨 이야기를 나눴니?"

두 사람이 나눈 대화를 전달하면서 그는 찰스가 서부에서 살았다는 부분을 마지막까지 남겨뒀고, 마침내 그 이야기를 하자 할아버지의 하얀 눈썹이 치켜올라가는 게 보였다. "그래?" 말투는 온화했지만, 데이비드는 할아버지가 무슨 생각을 하고 있는지 알고 있었다. 그런 정보가 찰스 그리피스의 신상 조사에서 드러나지 않았다는 것. 빙엄 브러더스는 온갖 직종―의사, 변호사, 투자가―에서 최고로 유능한 인물들에게 접근할 수 있기 때문에 할아버지는 혹시 모르는 일이 더 있는 것인지, 알아내야 할 다른 미스터리가 있는지 생각하고 있는 것이다.

"다시 만날 거냐?" 이야기를 마치자 할아버지가 물었다.

"두 주 후에 다시 온다면서 또 만날 수 있을지 물었어요. 그렇다고 했어요."

그는 이 대답에 할아버지가 만족할 거라고 생각했다. 하지만 할아버지는 만족스러운 반응을 보여주는 대신 생각에 잠긴 표정으로 자리에서 일어나 커다란 창문 앞으로 걸어가더니 길고 묵직한 실크 커튼 가장자리를 가볍게 쓰다듬으며 거리를 내려다봤다. 할아버지는 잠시 말없이 그 자리에 서 있었고, 다시 몸을 돌렸을 때는 다시 미소를 짓고 있었다. 인생이 아무리 비참해 보여도 자신이 편안한 장소에 있다는 느낌을 주는, 할아버지의 익숙하고 소중한 미소를.

"흠," 할아버지가 말했다

"그렇다면 굉장히 운이 좋은 사람이구나."

#4

늦가을이면 늘 그렇듯이 한 주 한 주가 순식간에 지나갔고, 크리스마스는 절대 느닷없이 들이닥치는 법이 없는데도 결국 제대로 준비되지 않은 듯한 상황에서 맞게 된다. 이번 추수감사절까지는 메뉴도 다 결정되고, 아이들 선물도 리본으로 예쁘게 포장되어 있고, 하인들에게 줄 금일봉 봉투도 다 봉해져 있고, 장식들도 다 매달려 있도록 미리미리 계획하겠다고 작년에 아무리 열심히 맹세를 했다 해도 말이다.

이런 일들로 분주하던 12월 초, 그는 두 번째로 찰스 그리피스를 만났다. 두 사람은 뉴욕 필하모니 오케스트라가 연주하는 리스트 초기작 콘서트에 갔다가 북쪽으로 걸어가 파크 남쪽 끝에 있는 카페에 갔다. 데이비드가 시내를 정처 없이 걷다가 케이크와 커피를 먹으러 가끔 들르는 곳이다. 이번에도 대화는 자연스레 이어졌고, 그들은 읽었던 책, 봤던 연극과 전시, 그리고 데이비드의 가족에 대해―할아버지, 그리고 여동생과 남동생에 대해서도 잠시―이야기했다.

중매결혼 과정에서는 어쩔 수 없이 친밀함을 급속히 다져야 하고, 그 결과 표준적인 예의범절에서 벗어날 수밖에 없는 일이 생긴다. 그래서 한참 이야기를 나눈 후 그는 용기를 내어 찰스에게 전남편에 대해 물어봤다.

"아," 찰스가 말했다. "음, 그 사람 이름이 윌리엄, 윌리엄 홉스라는 건 이미 알고 계시겠죠. 9년 전에 세상을 떠났어요." 데이비드가 고개를 끄덕였다. "목에 암이 생겼는데 순식간에 떠나버렸죠.

윌리엄은 북부의 포획 업자 집안 출신이고, 팰머스의 조그만 학교에서 선생으로 일했어요. 제가 캘리포니아에서 돌아온 직후 만났습니다. 우린 그때 정말 행복했어요. 전 여동생과 남동생과 함께 가업 경영을 배우고 있었고, 우린 둘 다 젊고 모험적이었죠. 학교가 쉬는 여름에는 윌리엄이 저를 따라 낸터킷으로 왔고, 거기서 우리 모두―제 여동생과 남편과 아들들, 남동생과 아내와 딸들, 우리 부모님, 다른 여동생과 북부에서 놀러온 그 집 가족들―가족 저택에서 다 함께 살았어요. 어느 해에는 아버지가 절 국경으로 보내 모피 사냥꾼들을 만나게 한 적 있는데, 그때 우린 사냥철 전체를 동업자들과 메인과 캐나다 여기저기를 돌아다니며 보냈죠. 정말 아름다운 곳입니다.

윌리엄과 평생을 함께할 거라고 생각했습니다. 아이는 나중에 가지기로 했죠. 딸 하나, 아들 하나요. 런던과 파리, 피렌체에도 가고—윌리엄은 저보다 훨씬 더 똑똑했어요. 윌리엄이 평생 책에서만 읽었던 프레스코화와 조각상들을 제가 보여주고 싶었어요. 이런 꿈들을 꿨죠. 함께 성당들을 보고 강가에서 홍합을 먹는 꿈, 제가 아름답다고 생각했던 곳들에 같이 가는 꿈을요. 윌리엄과 함께 가서 윌리엄의 눈을 통해 보면 그 아름다움을 새롭게 느끼게 될 거라고 생각했습니다.

선원이거나 선원들과 많은 시간을 보내게 되면 계획을 세우는 게 어리석은 일이라는 걸 깨닫게 돼요. 신은 당신 뜻대로 하실 테고, 우리 계획은 그분의 계획 앞에서는 아무것도 아니라는 걸 알게 되죠. 그걸 알고는 있었지만, 멈출 수가 없었습니다. 어리석은 일이라는 걸 알면서도 멈출 수가 없었어요. 꿈을 꾸고, 또 꿨습니다. 우리를 위한 집을 지을 계획을 세웠죠. 바위와 바다를 굽어보는 절벽 위에 루핀을 울타리처럼 둘러친 집을 짓고 싶었어요.

그런데 윌리엄이 죽은 겁니다. 1년 뒤엔 여동생 남편이 85년도에 돈 병으로 죽었고, 그 후로는 아시다시피 여동생이랑 같이 살았어요. 윌리엄이 제 곁을 떠나고 처음 3년 동안은 미친 듯이 일에 몰두했습니다. 일 속에서 위안을 얻었죠. 하지만 이상하게도 윌리엄의 죽음에서 멀어지면 멀어질수록 더 많이 생각이 나더군요. 윌리엄뿐만 아니라 함께했던 우리의 관계, 영원하리라고 생각했던 그 관계가요. 이제 조카들도 거의 다 컸고 여동생도 약혼을 하고 나니, 요 몇 년 사이 이런 생각이 들더군요, 저도." 여기서 찰스는 얼굴을 붉히며 갑자기 말을 멈췄다. "제가 재미도 없는 이야기를 너무 오래 떠들었군요." 마침내 그가 말했다. "제 사과를 받아주시기 바랍니다."

"사과라니 당치 않아요." 데이비드는 조용히 말했지만, 사실 그는 외로움을 고백하다시피 한 찰스의 솔직함에 당혹까지는 아니라도 솔직히 놀랐다. 하지만 그러고 나자 두 사람 다 대화를 어떻게 다시 시작해야 할지 몰랐고, 만남은 이내 끝났다. 찰스는 정중하게 감사 인사를 했지만 세 번째 만남을 제안하지 않았고, 두 사람은 각자 코트와 모자를 집어 들었다. 밖으로 나와서 찰스는 마차를 타고 북쪽으로 갔고, 데이비드도 자기 마차를 타고 남쪽으로, 워싱턴 스퀘어로 돌아왔다. 돌아와서 그는 이 이상한 만남에 대해 곰곰이 생각해봤다. 찰스와의 만남은 이상하긴 했지만 불쾌하지 않았고, 사실 다른 사람의 속내를 보게 되자, 그런 약한 모습을 보도록 허락받자, 자기가 의미 있는—다른 어떤 단어도 생각할 수 없다—사람이 된 느낌이 들었다.

그래서 크리스마스 오찬 (진주 같은 심홍색 커런트 베리를 빙 둘러 장식한, 껍질을 바삭하게 구워낸 오리고기) 후 거실에 앉아 있다가 존이 살짝 의기양양한 어조로 "데이비드 형, 매사추세츠에서 온 신사에게 구애받고 있다는 소리가 들리던데"라고 말했을 때, 그는 생각보다 더 준비되어 있지 않았다.

"구애는 아니다." 할아버지가 재빨리 대답했다.

"그럼 제안인가요? 음, 누군데요?"

그는 할아버지가 최소한의 간략한 설명을 하도록 내버려뒀다. 선주, 무역업자, 케이프와 낸터킷, 사별, 아이 없음. 일라이저가 먼저 입을 열었다. "좋아 보이네요." 일라이저—통통한 목에 페이즐리 실크 스카프를 매고 회색 모직 바지를 입은, 생기 넘치는 일라이저—는 확고하게 말했지만, 다른 가족들은 묵묵히 앉아 있었다.

"그럼 낸터킷으로 갈 거야?" 이든이 물었다.

"몰라." 그가 말했다. "생각 안 해봤어."

"그럼 수락하지 않은 거군요." 피터가 말했다. 질문이라기보다 서술이었다.

"네."

"하지만 그럴 계획인가요?"(또, 피터.)

"모르겠어요." 그는 또다시 인정했다. 점점 당황스러웠다.

"하지만 만약."

"그만." 할아버지가 말했다. "오늘은 크리스마스야. 게다가 그건 데이비드가 선택할 일이다, 우리가 아니라."

그 후 곧 파티는 끝났고, 아이들용 놀이방으로 개조된 존의 방으로 다들 자기 아이들과 유모들을 데리러 갔다가, 작별 인사와 덕담이 이어졌고, 또다시 집에는 그와 할아버지만 남았다.

"다시 같이 올라가자." 할아버지가 말했고, 데이비드는 그 말에 따라 할아버지 응접실에서 늘 앉던 자리, 할아버지 맞은편에서 살짝 왼쪽에 놓인 자리에 다시 앉았다. "꼬치꼬치 캐묻고 싶지는 않았지만 궁금한 건 어쩔 수 없구나. 이제 두 번 만남을 가졌으니까. 그 신사를 받아들이고 싶은 마음이 들 것 같으냐?"

"그래야 한다는 건 알지만, 모르겠어요. 이든이랑 존은 정말 빨리 결정을 내렸는데. 저도 알면 좋겠어요. 동생들처럼."

"이든과 존이 뭘 어떻게 했는지는 생각하지 마라. 너는 그 애들이 아니고, 이건 경솔하게 내릴 결정이 아니다. 네가 해야 할 일은 단지 그 신사의 제안을 진지하게 고려해보고, 아니라는 결심이 서면 즉시 알려주는 것뿐이다. 아니면 프랜시스에게 전달시키던가―하지만 사실 두 번을 만났으니 그건 네가 하는 게 옳을 것 같구나. 하여간 천천히 충분히 생각해봐라. 거기 대해 죄책감을 가질 필요도 없어. 네 아버지와 어머니가 맞선을 봤을 때, 네 어머니는 6개월 후에야 수락했다." 할아버지는 살짝 미소를 지었다.

"그걸 모범으로 삼아서야 안 되겠지만."

그도 미소를 지었다. 그런 다음 그는 반드시 해야만 할 질문을 던졌다. "할아버지." 그는 말했다. "그 사람이 저에 대해 뭘 알고 있어요?" 할아버지가 아무런 대답도 하지 않고 위스키 잔만 물끄러미 바라보고 있자, 그는 한 걸음 더 나아갔다. "제 유폐 생활에 대해 알고 있어요?"

"아니." 할아버지가 갑자기 고개를 치켜들며 매섭게 말했다.

"모른다. 그리고 알 필요도 없어. 그 사람이 상관할 일이 아니다."

"하지만," 그가 말했다. "말하지 않으면 일종의 사기 아닐까요?"

"말도 안 되는 소리. 사기란 우리가 의도적으로 뭔가 중요한 걸 감추는 경우를 말할 텐데, 이건 중요한 게 아니야. 그 사람의 결정에 영향을 줄 정보가 아니니까."

"안 그럴지도 모르죠. 하지만 그럴 수도 있지 않을까요?"

"그렇다면 그 사람은 애당초 결혼할 가치가 없는 사람이겠지."

보통은 흠잡을 데 없는 할아버지의 논리가 이 문제에 있어서는 어찌나 허술한지, 설령 데이비드가 할아버지의 말에 반론을 제기하는 습관이 있다 하더라도 이번에는 할아버지가 구축해둔 이야기 전체가 와르르 무너져 내릴 것만 같은 두려움에 그러지 않았을 것이다. 그의 유폐 생활이 별 의미 없는 일이라면, 왜 누설되면 안 된단 말인가? 진실을 완전히 정직하게 말하는 게 찰스 그리피스의 진정한 품성을 판단할 방법 아닌가? 게다가, 그 병이 실제로 부끄러운 일이 아니라면 왜 두 사람 다 그걸 숨기려고 애를 썼겠나? 그들이 예상과 달리 찰스의 모든 것—그 첫 번째 만남 이후 할아버지는 찰스가 샌프란시스코에서 살았다는 사실을 몰랐다는 것을 언짢아했다—을 미리 알지 못했던 것은 사실이지만, 그들이 알게 된 것은 단순하고 반박할 수 없는 것들이었다. 찰스 그리피스가 정직하지 못한 사람이라는 증거는 없었다.

그런 말이 자기 귀에 들어올 리도 없고. 만약 실제로 듣는다면 모욕감을 느끼겠지만, 그는 어쨌거나 할아버지가 자기의 결함들을 찰스가 빙엄과 결혼하는 대신 떠맡아야 할 정당한 짐이라고 결정한 것 같아 걱정스러웠다. 그렇다, 찰스는 부유했지만—빙엄가만큼 부유하지는 않지만, 누구도 빙엄가만큼 부유할 수는 없다—그 돈은 신흥 부자의 돈이었다. 그렇다, 그는 지적이지만 교육을 받지는 않았다. 대학을 다니지도 않았고, 라틴어나 그리스어도 모르고, 세계를 여행했지만 지식을 추구해서가 아니라 사업을 위해서였다. 그렇다, 그는 세속적이지만 세련되지는 않았다. 데이비드는 자기가 그런 것들을 믿는 사람이라고 생각해본 적은 없었지만, 궁금했다. 할아버지가 그와 찰스를 장부 속 거래 대상에 해당된다고 생각할 정도로 자신의 하자가 큰 것일까? 자신의 병과 찰스의 부족한 품위. 자신의 부족한 성실함과 찰스의 지긋한 나이. 맨 아래로 가면 그 두 가지가 등가라고 나올까? 할아버지가 잉크로 쓰고 한 번 밑줄을 그은 0이라는 숫자로?

"곧 새해가 된다." 할아버지가 고요한 적막을 깨고 말했다. "새해들은 늘 지나간 해들보다 더 흥미로운 일들을 보여주지. 넌 결정을 하게 될 테고, 그건 네 아니면 아니오야. 해들은 계속해서 끝나고 시작되고 끝나고 시작될 거다. 네가 어떤 선택을 하든지 간에." 그 말을 듣자 데이비드는 이제 가도 좋다는 뜻임을 알았다. 그는 일어나서 몸을 굽혀 할아버지에게 잘 주무시라고 입을 맞춘 후 자기 방으로 내려왔다.

순식간에 새해가 목전으로 다가왔고, 빙엄가 사람들은 새해를 축하하러 또다시 모였다. 한 해의 마지막 날 하인들을 모두 초대해 식당에서 가족들과 샴페인을 한잔하는 것이 그들의 전통이어서, 모두—손주들, 증손주들, 하녀와 하인들, 요리사, 집사, 우두머리 하녀, 마부, 그들의 다양한 조수들—가 하녀들이 미리 크리스털 얼음볼에 담가놓은 샴페인 병들, 정향을 찔러 넣은 오렌지, 구운 호두, 다진 고기 파이 들을 차려놓은 식탁을 둘러싸고 서서 할아버지의 새해 인사를 들었다. "20세기까지 이제 6년!" 할아버지는 의기양양하게 외쳤고, 하인들은 불안하게 킥킥댔다. 그들은 변화와 불확실을 싫어했다. 한 시대가 끝나고 새로운 시대가 시작된다는 것은 그들에게는 두려운 일이었다. 워싱턴 스퀘어의 집에서는 그 어떤 것도 변하지 않으리라는 것을 알면서도. 데이비드는 늘 썼던 방을 차지하고 있을 테고, 그의 동생들은 오고 갈 테고, 너대니얼 빙엄이 영원토록 그들의 주인일 것이다.

새해 파티 며칠 후, 데이비드는 마차를 타고 고아원에 갔다. 이곳은 이 도시 최초의 고아원 중 하나였고, 빙엄 가문은 자유주가 설립되고 겨우 몇 년 후에 만들어진 이 고아원의 설립 당시부터 지금까지 가장 중요한 후원자였다. 지난 수십 년 동안 고아원의 인구는 식민지 형편이 그나마 좀 나아지거나 더 곤궁해지는 시기별로 늘어나고 줄어들었다. 북쪽으로의 여정은 어렵고 고됐고, 자유주로 탈출하려던 부모들이 도중에 사망하면서 많은 아이들이 고아가 됐다. 최악의 시기는 데이비드가 태어나기 직전 발발한 반란 전쟁 도중과 그 직후인 30년 전으로, 당시 뉴욕 난민 인구는 최고점을 찍었고 뉴욕과 펜실베이니아 주지사들은 펜실베이니아 남쪽 국경으로 기마병들을 보내 식민지 탈출자들을 찾아내어 이주시키는 인도적 작전을 펼쳤다. 그들이 발견한 보호자 없는 아이들—부모가 있긴 해도 아이들을 돌볼 수 있는 상태가 아닌 부모와 있는 일부 아이들—은 나이에 따라 자유주 내의 직업학교로 보내지거나 자선 기관으로 가서 입양 대상자가 됐다.

비슷한 대부분의 자선 기관과 마찬가지로 히럼 빙엄 자선 기관에도 영유아는 거의 없었다. 영유아는 찾는 사람이 수두룩해서 금방 입양됐다. 병이 있거나 기형아나 저능아가 아니고서야 아기가 고아원에 한 달 이상 있는 일은 드물었다. 데이비드의 형제들도 여기서 아이들을 데려왔고, 데이비드가 상속자를 원하게 되는 날이 온다면 그도 이 기관에서 아이를 찾을 것이다. 존과 피터의 아들은 식민지 고아였고, 이든과 일라이저의 아이들은 형편이 안 되는 비참한 아일랜드 이민자 부부의 누추한 오두막집에서 구조된 아이들이었다. 점증하는 맨해튼 내 이민자들—요즈음은 동양은 물론이거니와 이탈리아, 독일, 러시아, 프러시아에서도 왔다—에 대처할 방안을 놓고 신문과 거실에서 자주 열띤 토론이 벌어졌지만, 마땅치 않아도 모두가 동의할 수밖에 없는 한 가지 사실은 유럽 이민자들이 이 도시뿐만 아니라 자유주 전역에서 아이를 원하는 부부들에게 아이들을 공급해준다는 것이었다.

아이를 데려가려는 경쟁이 워낙 심하자 최근 정부는 좀 더 큰 아이 입양을 권하는 캠페인을 시작했다. 하지만 그 캠페인은 대체로 성공하지 못했고, 사람들은 여섯 살 넘은 아이들은 가정을 찾기 힘들다는 사실을 받아들였다. 심지어 아이들 본인조차도. 그러니 빙엄 기관도 다른 곳들과 마찬가지로 피보호자들이 일을 배울 준비를 갖추도록 읽고 셈하는 법을 가르치는 데 집중했다. 열네 살이 되면 아이들은 재단사나 목수, 침모, 요리사 등 자유주가 계속해서 번영을 누리고 작동하는 데 필수적인 기술을 가진 사람들의 도제가 된다. 혹은 용병이나 해군에 들어가서 그런 식으로 나라에 봉사하게 된다.

하지만 그때까지는 그들은 아이들이었고, 아이들로서 자유주의 법이 요구하는 대로 학교에 다녔다. 새로운 교육 철학은 아이들이 삶에 필수적인 것(산수, 읽기, 쓰기)뿐만 아니라 예술과 음악과 운동도 접할 때 더 건강하고 훌륭한 시민이자 어른으로 자라난다고 했다. 그래서 작년 여름 할아버지가 데이비드에게 기관 미술 교사를 구하는 일을 도와달라고 청했을 때, 데이비드는 그 일에 자원했고 스스로조차 놀랐다—왜냐하면, 그는 몇 년이나 미술 공부를 하지 않았나? 자신의 날들을 정의할 무엇을, 뭔가 쓸모 있는 일을 찾고 있지 않았나?

그는 매주 수요일 아이들이 저녁을 먹기 직전인 오후 늦게 수업을 했고, 처음에는 아이들이 안절부절못하며 킥킥대는 게 자기를 향한 것인지 얼른 저녁을 먹고 싶어서인지 가끔 궁금했다. 심지어 사감에게 오전 수업을 해도 될지 물어볼까 생각도 했지만, 그녀는 (이상하게도 학생들에게는 사랑받았지만) 어른들에게는 무서운 사람이었고, 그가 요청하면 들어줘야만 했겠지만 그는 너무 겁이 나 그러지 못했다. 그는 늘 아이들을 경계했었다. 눈도 깜박이지 않고 빤히 쳐다보는 아이들의 시선은 어른들은 더 이상 굳이 신경 쓰지도, 하지도 못하는 방식으로 그를 꿰뚫어 볼 수 있을 것만 같았기 때문이다. 하지만 시간이 가면서 그는 아이들에게 익숙해지다 결국 좋아하게 됐고, 몇 달이 흐르면서 아이들도 조용한 선생님 앞에서 더 착실하고 차분해져서, 선생님이 교실 앞 의자 위에 올려놓은, 모과가 가득 담긴 흰색과 푸른색의 중국풍 사발을 최대한 비슷하게 그리려고 애쓰며 스케치북 위로 목탄을 분주히 움직였다.

그날 그는 문을 열기도 전에 음악 소리—어딘가 익숙한 대중가요, 아이들이 듣기엔 적절하지 않다고 생각되는 노래—를 듣고 손잡이를 잡고 확 돌렸지만, 경악이나 분노를 표출하기도 전에 눈

앞에 펼쳐진 이런저런 광경과 소리에 놀라 말문이 막힌 채 그 자리에 얼어붙었다.

거기, 교실 앞에는 교실 한구석으로 추방되어 오랫동안 방치되어 있던 낡아빠진 피아노가 놓여 있었다. 나무가 온통 뒤틀려서 조율도 소용없다고 생각했던 피아노였다. 그런데 그 피아노가 이제 말끔하게 청소되고 수리되어 교실 한가운데 당당하고 근사한 물건처럼 놓여 있었고, 거기 한 젊은이, 그보다 몇 살 정도 어려 보이는 잘 생기고 생기 넘치고 아름다운 얼굴의 젊은이가 저녁 파티라도 온 듯이 검은 머리를 매끄럽게 뒤로 빗어넘기고는 그 얼굴에 어울리는 아름다운 목소리로 노래하고 있었다. 당신은 왜 독신이죠, 왜 혼자 사나요?/ 아기들이 없나요, 집이 없나요?

남자의 머리는 뱀처럼 길지만 유연하고 강인한 목 위에서 뒤로 젖혀 있었고, 데이비드는 노래하는 남자의 목 근육의 움직임을, 진주 같은 울대뼈가 위로 올라갔다가 다시 미끄러져 내려오는 모습을 지켜보았다.

"커다란 무도회장에 환한 불빛이 비치고,
달콤한 멜로디가 부드럽게 흘러나왔죠.
저기 내 연인, 내 사랑, 내 사람이 왔어요,
목이 타요, 날 좀 내버려 둬요!
다시 돌아오니, 세상에, 저기 선 남자가
내 연인에게 애인처럼 키스하고 있군요……"
그 노래는 저급한 곳, 보드빌 극장과 순회극단 쇼 같은 데서 들을 수 있는 노래였고, 그런고로 아이들, 특히 처지상 그런 감상적인 오락거리에 자연히 끌리게 마련인 이런 아이들에게는 몹시 적절하지 않았다. 그런데도 데이비드는 그 남자에게, 그 달콤하고 나지막한 목소리에 아이들만큼이나 홀린 나머지 아무 말도 할 수가 없었다. 그는 이 노래를 달콤하고 애조 띤 왈츠로만 들어봤는데, 이 남자는 그 노래를 흥겹고 활기차게 바꾸어 불렀고, 그래서 신파 같은 가사 내용—어린 소녀가 나이 지긋한 독신 삼촌에게 왜 삼촌은 한 번도 사랑에 빠지지도, 연인을 가지지도, 가족을 꾸리지도 않았는지 설명해달라고 묻는 이야기—이 능청스럽고 명랑하게 재탄생되었다. 데이비드는 왠지 그 노래가 언젠가 자기의 경험을 담아 부를 수 있는 노래, 자신의 피치 못할 운명을 담은 노래처럼 느껴졌기 때문에 싫어했지만, 각색된 노래 속 남자는 쾌활하고 무심해 보였다. 마치 결혼을 하지 않아서 불쌍한 게 아니라 음울한 미래로부터 해방된 것 같았다.

"무도회가 끝나고 나면, 아침이 밝고 나면,
무용수들이 떠나고 나면, 별들이 사라지고 나면,
무수한 사람들이 가슴앓이를 하지, 그 마음을 읽을 수만 있다면.
무도회가 끝나고 나면 무수한 희망들이 사라져버리지."

젊은이가 멋들어지게 노래를 끝내고 자리에서 일어나 옹기종기 모인 스무 명 남짓 되는 아이들에게 허리 굽혀 인사하자, 정신없이 노래에 빠져 있던 아이들은 그제야 환호성을 지르며 박수를 쳤고, 데이비드는 더 꼿꼿하게 서서 목청을 가다듬었다.

그러자 남자가 그를 쳐다보며 미소 지었다. 그 미소가 어찌나 크고 환한지 데이비드는 또다시 당황했다. "얘들아," 그가 말했다. "나 때문에 너희들이 다음 수업에 늦은 것 같구나. 자, 끙끙거리지 마, 그건 굉장히 무례한 일이야"—데이비드는 얼굴을 붉혔다—"가서 스케치북을 가져와라. 우린 다음 주에 보자." 그는 여전히 미소 지으며 여전히 문 앞에 서 있는 데이비드를 향해 걸어왔다.

"아이들에게 불러주기엔 굉장히 이상한 노래군요." 그는 최대한 엄하게 말하려고 애쓰며 입을 열었지만, 남자는 데이비드가 그저 놀리기라도 한 것처럼 전혀 기분 상해하지 않고 웃었다. "그런 것 같네요." 그는 온화하게 대답하더니, 데이비드가 묻기도 전에 말했다. "제가 대단히 무례했습니다. 선생님이 수업을 늦게, 아니, 선생님 수업을 지체시켰을 뿐만 아니라—선생님은 정시에 오셨는데요!—제 소개도 드리지 않았네요. 제 이름은 에드워드 비숍입니다. 이 멋진 학교에 새로 온 음악 선생이죠."

"그렇군요." 그는 도대체 어떻게 대화가 순식간에 자신의 통제에서 벗어나 버렸는지 갈피를 잡지 못하며 대답했다. "음, 꽤 놀랐다고 말씀드려야겠습니다. 노래가."

"선생님이 누군지 알아요." 젊은이가 그의 말을 잘랐지만, 그 말투가 어찌나 매력적이고 따뜻한지 데이비드는 다시 한번 완전히 무장해제됐다. "데이비드 빙엄 씨죠, 뉴욕 빙엄 가문의. '뉴욕'은 굳이 말할 필요도 없을 것 같은데, 안 그런가요? 그래도 자유주 어딘가에 빙엄 성을 가진 다른 사람들도 분명 있긴 하겠죠, 그렇

64

죠? 예를 들어, 채섬의 빙엄이라거나, 포츠머스의 빙엄이라거나. 이 군소 빙엄가 사람들은 어떤 기분일까요? 그 이름은 언제나 오로지 한 가문을 뜻하는데 자기들은 거기 속하지 않고, 그래서 영원히 사람들을 실망시킬 수밖에 없잖아요. 사람들이 '오, 그 빙엄요?'라고 물으면 '아, 아니에요. 저흰 우티카의 빙엄이에요'하고 변명하듯 대답하면서 캐묻는 사람이 실망하는 얼굴을 봐야 하니까."

그는 유쾌한 어조로 속사포같이 쏟아져 나온 말에 말문이 막힌 나머지 "그런 생각은 해보지 못했습니다"라고 간신히 뻣뻣하게 말했고, 그러자 젊은이는 또다시 웃었다. 하지만 데이비드를 비웃는 게 아니라 데이비드가 뭔가 넘치는 소리라도 한 것처럼 조용히 웃었고, 그렇게 두 사람은 비밀을 공유했다.

그러더니 그는 데이비드의 팔을 잡고 여전히 쾌활한 어조로 말했다. "자, 데이비드 빙엄 씨, 만나서 정말 반가웠고, 수업을 지체시킨 것 다시 한번 사과드립니다."

그가 나가고 문이 닫히자, 꼭 있어야만 할 무언가가 교실에서 빠져나간 것만 같았다. 정신을 바짝 차리고 집중하고 있던 아이들은 갑자기 생기와 의욕을 잃었고, 데이비드마저 기운이 쭉 빠졌다. 좋은 본보기를 보여주려면 열의 넘치고 꼿꼿한 모습을 보여줘야 하는데, 자기 몸은 더 이상 그런 연기를 할 수 없을 것만 같았다.

그는 힘겹게 수업을 시작했다. "안녕, 얘들아." 그의 인사에 "안녕하세요, 빙엄 선생님" 하고 시들하게 대답하는 아이들의 소리를 들으며 그는 그날 그릴 정물로 반지르르하게 광택이 도는 크림색 도자기 꽃병에 호랑가시나무 몇 가지를 정돈해서 담아 걸상 위에 올려놓았다. 그리고는 아이들을 지도하고, 마음이 내키면 자기도 스케치를 하려고 늘 하던 대로 교실 뒤쪽에 자리를 잡았다. 하지만 오늘은 보잘것없는 솜씨로 정리한 정물을 올려놓은 걸상 뒤쪽에 자리한 피아노 외에는 교실 안 그 무엇도 눈에 들어오지 않았다. 흠집투성이인 피아노인데도, 그 피아노가 그곳에서 최고로 아름답고 가장 대단한 물건 같았다. 횃불, 빛나고 깨끗한 그 무엇.

오른쪽에 앉은 추레하고 자그마한 여덟 살짜리 학생의 그림을 슬쩍 보니 아이는 꽃병과 꽃만 아니라 피아노까지 (어설프게) 스케치하고 있었다.

"앨리스, 정물만 그려야지." 그가 다시 주지시켰다.

아이가 고개를 들었다. 조그만 야윈 얼굴에 커다란 두 눈과 뼛조각을 닮은 툭 튀어나온 앞니 두 개가 도드라져 보였다. "죄송합니다, 빙엄 선생님." 아이는 속삭였고, 그는 한숨을 내쉬었다. 왜 피아노를 안 넣고 싶겠나? 피아노를 치던 그 사람이 교실 안에 여전히 유령처럼 남아 있어서 그저 바라기만 하면 마법처럼 나타나기라도 할 것처럼 자기도 피아노에서 눈을 뗄 수가 없는데. "괜찮아, 앨리스." 그가 말했다. "새 도화지에다 다시 그리렴." 주변의 다른 아이들은 아무 말 없이 실쭉하게 앉아 있었다. 아이들이 앉은 채 뒤척거리는 소리가 들렸다. 이런 상황에서 깊이 상처받는다는 게 바보 같았지만, 그는 상처받았다. 그는 늘 아이들이 자기 수업을 즐긴다고, 적어도 거의 자기가 아이들을 가르치는 것을 즐기게 된 것만큼은 즐긴다고 생각했지만, 조금 전 즐거워하던 아이들의 모습을 보고 나니 그게 한때는 사실이었다 할지라도 이제는 아니라는 것을 깨달았다. 그가 사과 한 입이라면, 에드워드 비숍은 설탕을 넉넉히 뿌린, 껍질 바삭바삭하고 기름진 사과 파이였다. 한 번 그런 맛을 보고 나면 다시는 사과로 돌아가지 못한다.

그날 저녁 식사 자리에서 그는 침울했지만, 할아버지는 기분이 썩 좋았다—세상 사람 모두 그렇게 행복한 걸까? 데이비드가 가장 좋아하는 새끼 비둘기 구이와 아티초크 스튜가 나왔는데도 그는 먹는 둥 마는 둥 했고, 수요일이면 늘 그렇듯이 할아버지가 오늘 수업은 어땠냐고 물었을 때도 그는 그저 "좋았어요, 할아버지"라고 중얼거리기만 했다. 평소 같으면 아이들이 어떤 그림을 그렸고 어떤 질문을 했으며 자기가 정물 중 과일이나 꽃을 가장 잘 그린 학생들에게 어떻게 나눠줬는지 이야기하며 할아버지를 웃게 하려고 애썼을 텐데 말이다.

하지만 할아버지는 말없이 생각에 잠긴 그를 눈치채지 못했거나, 적어도 거기 대해 뭐라 하지 않기로 한 것 같았다. 식사 후 이층 거실로 터벅터벅 걸어 올라가면서 데이비드는 터무니없게도 에드워드 비숍을, 자기가 할아버지 맞은편 난롯가에 앉아 또 하룻저녁을 보낼 준비를 하는 동안 그는 뭘 하고 있을까 상상했다. 그 상상 속에서 그 젊은이는 클럽에, 데이비드가 한 번밖에 가본 적 없는 그런 클럽에 있었다. 그는 긴 목을 드러낸 채 입을 벌리고 노래하고 있었고, 밝은 실크 옷을 입은 아름다운 청년들과 아가씨들이 그를 둘러싸고 있었다. 삶은 즐겁고, 공기는 백합과 샴페인 향기로 가득했고, 그들 머리 위에서는 크리스털 샹들리에가 흔들리는 빛의 조각들을 사방에 던지고 있었다.

#5

다음 수업까지 엿새는 평소보다 훨씬 더디게 흘러갔다. 다음 주 수요일 그는 기대감에 벅차 학교에 너무 일찍 도착했고, 마음을 가라앉히고 시간을 때우기 위해 산책을 하기로 했다.

소박하지만 관리가 잘 된 커다란 사각형 건물로 이루어진 그 학교는 웨스트 12번가와 그리니치 스트리트가 만나는 모퉁이에 자리하고 있는데, 거기서 북쪽으로 세 블록, 서쪽으로 한 블록 떨어진 곳에 사창가가 들어오는 바람에 지난 몇 십 년 사이 그다지 건전하지 못한 동네가 되어버렸다. 학교 평의회에서는 몇 년에 한 번씩 이사 여부를 놓고 논쟁이 벌어졌지만, 결국에는 늘 그 자리에 그대로 있기로 했다. 이 도시의 성격상 극과 극—부자와 빈자, 제대로 정착한 사람들과 새로 온 사람들, 죄 없는 사람들과 범죄자들―이 가까이 붙어살 수밖에 없기 때문이다. 땅이 충분하다면 자연스러운 구분이 가능하겠지만, 이곳에는 그럴 만한 땅이 없으니까. 그는 남쪽으로 페리 스트리트까지 걸어갔다가 서쪽, 또 북쪽으로 방향을 틀어 워싱턴 스트리트까지 갔지만, 그 코스를 두 번 돌고 나자 그조차 견딜 수 없을 정도로 너무 추운 나머지 할 수 없이 산책을 그만두고 준비해온 꾸러미를 가져오기 위해 손을 호호 불며 마차로 돌아갔다.

지난 몇 달 동안 그는 아이들에게 뭔가 특별한 것을 그리게 해주겠다고 약속했었다. 하지만 그날 아침 제인에게 포장을 부탁하며 물건을 건넬 때, 이렇게 옮기기 버겁고 이상한 물건을 안고 가는 자신을 에드워드 비숍이 보고 궁금해하기를, 심지어 교실에 남아 포장을 푸는 걸 보고 경탄하기를 내심 바라고 있었다는 것을 본인도 잘 알고 있었다. 물론 그런 바람도, 교실을 향해 복도를 걸어가며 느꼈던 흥분도 자랑스럽지는 않았다. 숨이 가빠오고, 심장이 뛰었다.

하지만 문을 열었을 때, 교실에는 아무것도―음악도, 젊은이도, 매혹도―없었다. 오직 학생들만 장난치고 드잡이하며 시끄럽게 고함을 질러대고 있다가 그를 보더니 서로 쿡쿡 찌르며 잠잠해졌다.

"안녕, 얘들아." 그가 마음을 수습하며 말했다. "음악 선생님은 어디 계시니?"

"이젠 목요일에 오세요, 선생님." 남학생 하나가 대답했다.

"아." 실망감이 쇠사슬처럼 목을 죄어들어왔고, 동시에 그런 감정을 느끼는 자신이 수치스러웠다.

"그 꾸러미는 뭐예요, 선생님?" 다른 학생 하나가 질문하고서 야 그는 자기가 여전히 문에 기대서서 감각 없는 손으로 물건을 꼭 잡은 채 품에 안고 있다는 것을 깨달았다. 갑자기 모든 게 바보 같고 광대극 같았지만, 그날 스케치용으로 가져온 물건이라고는 그것뿐이고 교실 안에도 정물 소재로 쓸 물건은 없었기 때문에 그 는 꾸러미를 교실 앞 책상으로 가져가 조심스레 포장을 풀고 조각 상을 드러냈다. 로마 시대 대리석 토르소를 본떠 석회로 만든 모 작이었다. 진품은 할아버지가 그랜드 투어 당시 구매해 소장하고 있고, 이 조각상은 데이비드가 처음 그림을 배우기 시작했을 때 제작해준 복제품이었다. 사실 재산상 가치는 없지만, 그 조각상 을 가지고 있던 지난 20여 년 동안 그는 몇 번이나 그걸 스케치했 다. 다른 남자의 가슴을 보기 훨씬 전, 그는 그 조각을 통해 인체 구조에 대해, 근육이 뼈 위에, 그리고 피부가 근육 위에 놓여 있는 모습에 대해, 한쪽으로 몸을 구부렸을 때 복부 측면에 나타나는 한 개의 여성스런 주름과 사타구니를 향해 화살처럼 내려가는 두 개의 사선에 대해 알게 되었다.

적어도 아이들은 관심을 보였고, 감탄하기까지 했다. 그는 조 각상을 걸상 위에 놓으며 로마의 조상술에 대해, 그리고 예술가의 기량이 가장 잘 드러나는 영역이 인체 묘사라고 설명했다. 도화지 를 내려다보다 고개를 들어 조각상을 슬쩍 봐가며 스케치하는 아 이들의 모습을 지켜보며 그는 이 수업이 어리석다고 했던 존을 생 각했다. "걔들이 어른이 되고 나면 전혀 상관없을 일을 도대체 왜 가르치는 거야?" 그는 의아해했다. 그렇게 생각하는 사람이 존만은 아니었다. 심지어 데이비드에게 한없이 관대한 할아버지마저 나중에는 비용은 고사하고 즐길 시간도 없을 게 뻔한 취미와 흥미를 아이들에게 접하게 하는 이 시간이 잔인하다고 할 순 없다 해도 기묘하다고 생각했다. 하지만 데이비드의 주장은 달랐다. 그가 아이들에게 가르치는 것은 종잇조각과 조금의 잉크, 몽당연필만 있으면 즐길 수 있는 일이다. 게다가 예술을 좀 더 이해하는, 예술품의 가치와 값어치를 아는 하인들이 있다면, 자기들이 쓸고 닦는 집안 예술품들을 좀 더 알아주며 정성껏 관리하지 않겠는가. 이에―과거 서툰 하녀와 하인들이 의도치 않게 예술품 몇 점을 망가뜨리는 것을 봐왔던―할아버지는 웃음을 터뜨리며 그 말도 일리 있다고 인정하지 않을 수 없었다.

그날 밤, 그는 할아버지와 앉아 있다 자기 방에 돌아와 그날 수업 시간을 떠올렸다. 교실 뒤에 앉아 학생들과 함께 스케치를 하면서 걸상에 놓인 석회 흉상이 아니라 에드워드 비숍을 상상했던 것을, 그 생각을 떨치기 위해 연필을 놓고 아이들 사이를 돌아다니며 그림 그리는 걸 봐줘야 했던 것을.

다음날은 목요일이었다. 학교에 또 갈 핑계를 만들려고 궁리하고 있던 차에 그는 프랜시스의 전언을 받았다. 온갖 프로젝트에 자금을 대는 빙엄 재단 관련 장부에 오차가 있어서 함께 검토하고 싶다는 것이었다. 물론 그에게는 안 된다고 할 핑계가 없었고, 프랜시스도 그걸 잘 알고 있다는 걸 알기 때문에, 그는 할 수 없이 시내로 가서 함께 장부를 검토했고 마침내 숫자 1 하나가 번지면서 7이 되는 바람에 계산이 엉망이 되었다는 것을 발견했다. 1에서 7, 몹시 단순한 실수이지만, 두 사람이 그 실수를 발견하지 못했다면 알마가 조사를 받았을 테고 심지어 어쩌면 빙엄가에서 해고당했을 수도 있다. 일을 마쳤을 때는 아직 에드워드의 수업이 끝나기 전에 학교에 도착할 수 있는 시간이 충분히 남아 있었지만, 할아버지가 차를 마시고 가라고 청했고 이번에도 그에게는 거절할 명분이 없었다. 그가 한가하다는 것은 너무 잘 알려진 사실이라, 그 자체가 일종의 감옥, 스케줄 없는 스케줄이 되어버렸다.

"굉장히 안절부절못하는 것 같은데." 할아버지가 데이비드의 찻잔에 차를 따르며 말했다. "어디 가야 할 곳이라도 있니?"

"아뇨, 아무 데도요." 그가 대답했다.

그는 무례하지 않은 선에서 최대한 빨리 그 자리에서 나와 마차를 타고 마부에게 서둘러 달라고 말했지만, 마차가 웨스트 12번가에 도착했을 때는 이미 네 시가 훨씬 넘은 시각이었다. 에드워드가 아직도, 특히나 이렇게 추운 날에, 여기서 어슬렁거리고 있을 리가 없었다. 그럼에도 불구하고 그는 마부에게 기다리라고 한 다음 교실을 향해 단호하게 걸어갔고, 눈을 감고 심호흡을 한 다음 문손잡이를 돌렸다. 교실 안에는 침묵만 감돌고 있었고, 그는 한숨을 내쉬었다.

그 순간. "빙엄 씨," 목소리가 들렸다.

"여기서 만나다니 놀랍군요!"

물론 이런 순간을 바라고 있었는데도, 눈을 뜨자 바로 앞에 에드워드 빙엄이 예의 그 환한 미소를 띤 얼굴로 한 손에 장갑을 든 채 마치 방금 데이비드에게 질문이라도 한 것처럼 고개를 까딱 기울이고 서 있는 것을 보자 그는 아무 대답도 할 수 없었다. 그의 표정에서 혼란스러운 감정이 드러난 게 분명했다. 에드워드의 표정이 걱정스럽게 바뀌며 그를 향해 다가왔기 때문이다. "빙엄 씨, 괜찮으세요?" 그가 물었다. "안색이 굉장히 창백해요. 여기, 이 의자에 좀 앉아보세요. 제가 물을 좀 갖다 드릴게요."

"아니, 아니에요." 그는 마침내 가까스로 말했다. "전 멀쩡해요. 그냥 어제 여기 스케치북을 두고 왔다고 생각해서요. 오늘 찾았는데 없어서, 그런데 여기 두고 온 것도 아니군요. 방해해서 죄송합니다."

"방해라니요! 스케치북을 잃어버리다니. 그런 끔찍한 일이 있나. 공책을 잃어버리면 저라도 경황이 없을 것 같네요. 제가 좀 찾아볼게요."

"그러실 필요 없어요." 그는 힘없이 입을 열었지만—그건 빤한 거짓말이었다. 교실에는 가구랄 게 별로 없어서 상상의 스케치북이 있을 자리가 거의 없으니까—에드워드는 이미 교실 앞 책상의 텅 빈 서랍들을 열어보고 책상 뒤 칠판 옆의 텅 빈 장 안도 들여다보며 스케치북을 찾기 시작했다. 심지어 데이비드가 만류하는데도 무릎을 꿇고 피아노 밑까지 들여다봤다 (마치—집 서재에 안전하게 놓인—스케치북이 어떻게든 여기 있다면, 데이비드가 금방 보지 못하고 놓쳤을 거라는 듯이 말이다). 그러는 내내 에드워드는 데이비드를 위로하며 커다란 소리로 연신 놀라움과 낙담을 표했다. 연극적이고, 작정한 듯한 구식에, 몹시 과장된—오!와 아!를 남발하는— 말투였지만, 이상하게도 별로 거슬리지 않았다. 그 말투는 부자연스러우면서도 진정성이 있었고, 가장이라기보다는 예술적 감수성을 드러내고 활력과 유머 감각을 암시하는 것처럼 느껴졌다. 에드워드 비숍은 대부분의 사람들이 세상에 보이는 진지함이 열의가 아니라 연기라는 듯이 너무 진지해지지 않으려고 작정이라도 한 사람 같았다.

"여긴 없는 것 같군요, 빙엄 씨." 에드워드가 마침내 일어나 데이비드를 똑바로 쳐다보며 선포했다. 그는 미소 짓고 있는 것 같았지만, 그 표정을 데이비드는 해석할 수가 없었다. 끼를 부리는 걸까, 혹은 이 특정 무언극 속에서 두 사람의 역할을 인정하고 심지어 유혹하는 걸까? 아니면 (아무래도 그보다는) 놀리는, 심지어 조롱하는 걸까? 에드워드 비숍은 짧은 인생 경험 속에서 멍청한 계획과 애정을 가진 남자들을 몇 명이나 겪어봤을까? 이제 데이비드가 자기 이름을 올리게 될 그 명단은 얼마나 길까?

그는 이 연극을 끝내고 싶었지만 어떻게 해야 할지 알 수가 없었다. 자기가 쓴 극이지만, 연극을 시작하고서야 결론을 생각하지 못했다는 것을 뒤늦게 깨달았다. "이렇게 찾아봐주다니 정말 친절하시군요." 그는 바닥을 바라보며 비참하게 말했다. "하지만 분명 집 어딘가 잘못 둔 것 같아요. 여기 오는 게 아니었는데. 더 이상 성가시게 하지 않겠습니다." 절대로, 그는 스스로 다짐했다. 결코 다시는 성가시게 하지 않을 거야. 그래놓고도 그는 떠날 기색을 조금도 보이지 않았다.

침묵이 흐르다 다시 입을 열었을 때 에드워드의 목소리는 달랐다. 덜 과장되고, 모든 것이 덜했다. "전혀 성가시지 않습니다, 전혀요." 그는 말했다. 그리고 잠시 침묵 후, "여기 굉장히 춥네요, 안 그래요?"(그랬다. 사감은 수업 시간 동안 실내온도를 썰렁하게 유지시키고는, 그게 학생들의 집중력을 높이고 결의를 가르쳐준다고 주장했다. 아이들은 그 온도에 익숙해진 채 자랐지만 어른들은 절대 익숙해지지 못해서, 선생과 직원들은 늘 코트와 숄을 겹겹이 껴입고 있었다. 한 번은 밤에 학교에 간 적 있는데, 학교가 따뜻한 데다 심지어 아늑한 느낌까지 들어 깜짝 놀란 적 있다.)

"늘 그렇죠." 그는 여전히 침울하게 대답했다.

"몸이 녹게 커피 한잔할까 싶은데." 에드워드가 말했다. 데이비드는 이번에도 그 말을 어떻게 해석해야 할지 몰라 아무 말도 하지 않았다. "생각이 있으시면 길모퉁이에 카페가 있습니다만?"

거절해야 한다는 생각을 하기도 전에, 이 제안의 진정한 의미가 무엇인지 생각해보기도 전에 그는 이미 그러자고 대답하고 있었고, 다음 순간 놀랍게도 에드워드는 코트를 입고 있었고, 두 사람은 학교를 나와 동쪽으로, 그리고 허드슨 스트리트를 따라 남쪽으로 걸어갔다. 아무 대화도 없이 걸었지만, 에드워드는 또 다른 대중가요를 흥얼거렸고 일순간 데이비드는 의구심이 들었다. 저 번지르르한 표면이 다가 아닐까? 에드워드의 미소와 몸짓, 그 하얗고 가지런한 치아 뒤에 진지한 사람이 있을 거라고 생각했지만, 혹시라도 그게 아니라면? 그가 그저 경박하고 쾌락만 좇는 남자라면 어떡하나?

하지만 이런 생각도 들었다. 그렇다고 한들 뭐 어떤가? 이건 청혼이 아니라 커피 한 잔에 불과한데. 그렇게 마음을 다잡자 찰스 그리피스가, 크리스마스 전 마지막 만난 이후로 그 사람에게서 아무 소식을 듣지 못했다는 생각이 났고, 그러자 추운 날씨인데도 목덜미가 화끈 달아올랐다.

도착하고 보니 그곳은 카페라기보다 일종의 찻집으로, 거친 바닥에 삐걱거리는 나무 탁자와 등받이 없는 걸상들이 놓인 비좁은 장소였다. 앞쪽에는 가게가 있어서 그들은 커피콩과 말린 카모마일 꽃, 민트잎 등이 다양하게 담긴 통들을 살펴보고 있는 한 무리의 손님들 사이를 비집고 들어가야 했다. 중국인 점원 두 명이 종이봉투에 차를 퍼 담아 놋쇠 저울에 무게를 달고 그 숫자를 나무 주판에 더하고 있어서, 규칙적으로 딱딱거리는 주판알 소리가 배경 음악처럼 울려 퍼졌다. 그럼에도 불구하고, 아니 그렇기 때문에 그곳 분위기는 활기차고 명랑했다. 두 사람은 벽난로 근처에 자리를 잡았다. 벽난로에서 나온 깜부기불이 타닥거리며 불꽃처럼 공중으로 휘휘 날아 올라갔다.

"커피 두 잔요." 에드워드가 통통한 동양인 여자 종업원에게 말하자, 종업원은 고개를 끄덕이더니 총총거리며 사라졌다.

잠시 그들은 조그만 탁자를 사이에 두고 서로를 물끄러미 바라보며 앉아 있다가, 에드워드가 미소를 짓자 데이비드도 미소에 화답했고, 둘은 그렇게 마주 보며 미소를 짓고 있다가 동시에 웃음을 터뜨렸다. 그러자 에드워드가 친밀하게 이야기하려는 듯이 그의 쪽으로 몸을 바싹 기울였는데, 말을 꺼내기도 전에 한 무리의 젊은 남녀들—외모와 말투로 봐서 대학생들—이 들어와 옆 탁자에 자리를 잡으며 하고 있던 논쟁을 계속했다. 대학생 또래의 젊은이들 사이에서 심지어 반란 전쟁 이전부터 수십 년째 유행하는 논쟁 주제였다. "내 말은 그저 우리가 니그로들을 완전한 시민으로 환영하지 못한다면 우리나라는 자유국가라고 할 수 없다는 거야." 윤곽이 뚜렷하고 예쁘장한 여학생이 말했다.

"하지만 니그로들은 여기서 환영받고 *있다고*." 맞은편의 남학생이 반박했다.

"그래, 하지만 그건 캐나다나 서부로 가려고 통과하는 경우뿐이지. 우린 니그로들이 여기 머물길 원하지 않아. 식민지에서 오는 모든 사람들에게 우리 국경을 개방한다고 할 때도 니그로들을 말하는 건 아니야. 하지만 니그로들은 우리가 피난처를 제공하는 사람들보다 훨씬 더 박해받고 있어! 우리가 아메리카와 식민지보다 훨씬 나은 줄 알지만, 그렇지 않아!"

"하지만 니그로들은 우리 같은 사람이 아니야."

"하지만 같아! 난…… 음, 내가 아니라 우리 삼촌이 식민지를 여행했을 때 안 사실이기는 하지만—우리와 *완전히* 똑같은 니그로들을 알고 있어!"

그 말에 몇몇 학생들이 야유를 보냈고, 한 남학생이 느릿느릿하고 거만한 말투로 말했다. "애너는 심지어 우리 같은 인디언들도 있다고 믿으라고 할 기세인 걸. 인디언을 박멸하지 말고 야만적으로 살도록 내버려뒀어야 했다고 말이야."

"우리 같은 인디언들이 *있었어*, 이썬! 그건 기록으로 남아 *있다고*!"

그 말에 그 탁자에 앉은 무리 전체가 언성 높여 반박했고, 그

야단법석과 전보다 더 시끄럽게 딱딱거리는 주판알 소리, 등 뒤 난로의 열기 사이에서 데이비드는 정신이 혼미해지기 시작했다. 그게 얼굴에 나타났는지, 에드워드가 다시 탁자 위로 몸을 내밀더니 거의 고함을 지르다시피 하며 다른 곳으로 옮기고 싶냐고 물었고, 데이비드는 그렇다고 대답했다.

에드워드가 가서 종업원을 찾아 커피가 필요 없다고 말했고, 두 사람은 학생들과 차 봉지를 기다리는 손님들 사이를 헤치고 다시 길거리로 나왔다. 가게 안이 아무리 떠들썩하고 활기찼어도 널찍하고 조용한 바깥에 나오니 안도감이 느껴졌다.

"꽤 시끄러울 때도 있어요." 에드워드가 말했다. "특히 늦은 오후에는요. 그 생각을 했어야 했는데. 그래도 보통은 괜찮은 곳이에요, 정말로."

"분명 그렇겠죠." 그는 예의 바르게 중얼거렸다. "어디 다른 갈만한 곳이 있을까요?" 이 학교에서 가르친 지 6개월이 됐지만, 그는 이 근처에서 시간을 보낸 적이 없었다. 그 동네는 잠깐 와서 할일만 하는 곳이었고, 학생들에게 인기 많은 술집이나 값싼 커피집을 드나들기에는 자기 나이가 너무 많은 것 같았다.

"음." 에드워드가 잠시 침묵을 지키다 말했다. "괜찮으시다면 제집에 가도 좋아요. 바로 이 근처거든요."

그는 이 제안에 깜짝 놀랐지만, 한편으로는 감사했다. 바로 이런 식의 행동 때문에 애초에 에드워드에게 매력을 느꼈던 게 아닌가? 자유분방함이 엿보이고, 유쾌하게 관습을 무시하고, 구식 행동과 격식은 생략하는 태도가? 그는 현대적이었고, 그와 함께 있으면 데이비드도 현대적인 기분이 들었다. 이 새로운 친구의 불경한 제안에 대담해진 나머지 당장 이를 수락해버릴 정도로 말이다. (데이비드 본인조차 스스로의 대담함에 경악해 순간적으로 멍해져 있는데도) 에드워드는 마치 이런 대답을 예상했다는 듯이 고개를 끄덕이며 북쪽으로, 그리고 베튠 스트리트에서 서쪽으로 그를 이끌었다. 거리에는 창문에 가느다란 촛불들이 일렁이고 있는 근사한 새 사암 주택들이 늘어서 있었지만—오후 다섯 시밖에 안 됐는데도 이미 어둠이 몰려오고 있었다—에드워드는 그 집들을 성큼성큼 다 지나쳐서 강 가까이 자리한, 한때는 위풍당당했을 크고 낡은 건물로 갔다. 상태는 좋지 않았지만, 데이비드의 할아버지가 어린 시절 살았던 집 같은 대저택, 데이비드가 거듭 잡아당겨야 열 수 있었던 거대한 목조 문이 달린 대저택이었다.

"두 번째 계단 조심해요. 돌이 빠진 데가 있어요." 에드워드가 경고하고는 데이비드를 돌아봤다. "여긴 워싱턴 스퀘어가 아니에요, 인정하죠. 그래도 제집입니다." 변명이었지만, 그의 미소—그 환한 미소!—때문에 뭔가 다른 말처럼 들렸다. 자랑이라고는 할 수 없지만, 도전적인 선언이랄까.

"제가 워싱턴 스퀘어에 사는 건 어떻게 아셨어요?" 그가 물었다.

"세상 사람 다 알잖아요." 에드워드가 대답했다. 마치 워싱턴 스퀘어에 사는 게 데이비드 스스로가 이룬 성취인 것처럼, 축하해 줄 만한 일인 것 같은 말투였다.

(문제의 두 번째 계단을 조심조심 피하며) 안으로 들어가 보니 그 대저택은 하숙집으로 개조되어 있었다. 거실이 있었을 왼쪽에는 다 다

른 스타일의 탁자 여섯 개와 모양이 각각인 의자 열두 개가 놓인 아침 식사 공간 같은 게 있었다. 쓱 보기만 해도 조잡하게 만들어진 가구들이었다. 그런데 다음 순간 할아버지 응접실에 놓인 것과 비슷한 근사한 세기말 스타일 책상이 구석에 놓인 것을 보고 가서 자세히 살펴봤다. 나무는 분명 족히 몇 달은 닦지도 않았고, 저질 기름을 쓰는 바람에 마감이 망가진 데다가, 표면은 끈적끈적했다. 손을 떼자 손가락에 먼지가 묻어났다. 그래도 한때는 근사했던 물건이었다. 그가 묻기도 전에 에드워드가 뒤에서 말했다. "이 건물 주인 아주머니가 예전엔 부자였대요. 그런 이야기를 들었습니다. 물론 빙엄 급의 부자는 아니지만,"—또 그 소리, 그의 가족과 재산에 대한 언급이다—"부유했죠."

"그런데 어떻게 된 거죠?"

"남편이 도박에 빠졌다가 아주머니 여동생이랑 도망갔대요. 그렇게 들었습니다. 아주머니는 꼭대기층에 살고 계신데, 본 적이 거의 없어요—연세가 꽤 많으세요—이곳 관리는 지금 먼 사촌이 하고 있고요."

"그분 성함은요?" 데이비드가 물었다. 정말로 집주인이 한때 부자였다면 할아버지가 알 것이다.

"라슨. 플로렌스 라슨요. 오세요, 제 방은 이쪽이에요."

계단에 깔린 양탄자는 여기저기가 나달나달했고 몇 군데는 완전히 구멍이 나 있었다. 계단을 오르며 에드워드는 여기 하숙인이 몇 명인지(그를 포함해서 열두 명), 여기서 얼마나 살았는지(1년) 설명했다. 이런 환경, 그 빈곤과 절망(꽃무늬 벽지는 물에 변색되어 불규칙한 커다란 노란 얼룩들이 제멋대로 배열된 것처럼 보였다)도, 하숙집에 사는 것도 전혀 부끄러워하지 않는 듯했다. 물론 많은 사람들이 하숙집에 살고 있지만, 데이비드는 그런 사람을 만나본 적도, 이런 건물에 들어와본 적도 없었다. 그는 호기심과 약간의 두려움을 느끼며 주변을 둘러보았다. 이 도시에서 사람들이 이렇게 사는구나! 식민지 피난민과 유럽 이민자들에게 살 곳을 마련해주고 재정착을 돕는 자선사업을 하는 일라이저의 말에 따르면, 새 거주민 대부분은 비참한 환경에서 살고 있었다. 열 식구가 방 한 칸에 끼어 사는 가구, 최악의 한파에도 바람이 숭숭 새는 창문들, 온기를 쬐려는 욕심에 쇠간살도 없는 벽난로에 너무 바싹 붙어 있다가 화상을 입은 아이들, 생활공간 안으로 그대로 비가 들이치는 지붕 이야기들을 일라이저는 들려줬다. 이런 이야기들을 들으며 그들은 고개를 절레절레 저었고 할아버지는 혀를 찼고 그러고 나면 대화는 다른 화제—이든의 연구라거나 피터가 최근 본 미술 전시회—로 넘어갔고, 일라이저의 비참한 집들 이야기는 기억에서 희미하게 사라졌다. 그런데 그런 곳에 그가, 데이비드 빙엄이 와 있는 것이다. 형제들이라면 들어올 엄두도 내지 못했을 그런 집에. 모험을 하고 있다는 생각을 하고 있었던 걸 깨닫자 그는 자신의 오만이 부끄러웠다. 사실 방문객에게는 전혀 용기가 필요 없는 일 아닌가.

3층 층계참에서 에드워드는 오른쪽으로 갔고 데이비드는 그를 따라 복도 끝방으로 걸어갔다. 주위는 고요했지만, 문을 열면서 에드워드는 입술에 손가락을 갖다 대고 옆방 문을 가리켰다. "자고 있을 거예요."

"이렇게 일찍요?" 그도 그에 맞춰 속삭였다. (아니면 사실 너무 늦게까지인 건가?)

"밤에 일하거든요. 부두 노동자예요. 7시는 넘어야 집에서 나가요."

"아." 그는 말했다. 다시 한 번 그는 자기가 세상을 너무 모르고 있다는 사실에 충격 받았다.

그들은 방에 들어갔고, 에드워드는 조용히 문을 닫았다. 너무 어두워서 아무것도 보이지 않았지만, 연기와 희미한 수지양초 냄새가 났다. 에드워드가 초를 좀 켜겠다고 했고, 치이익 하고 성냥 소리가 날 때마다 방의 형체들과 색깔들이 점점 분명하게 드러났다. "커튼은 늘 쳐놓고 있어요. 그래야 더 따뜻하거든요." 에드워드는 그렇게 말하면서도 커튼을 걷었고, 마침내 전체 공간이 드러났다.

그 방은 워싱턴 스퀘어에 있는 데이비드의 서재보다 작았다. 한쪽 구석에는 좁은 침대가 놓여 있고, 그 위에는 거친 모직 담요가 단정하게 정리되어 있었다. 침대 발치에는 여기저기 가죽이 벗겨진 트렁크 하나가, 그 오른쪽에는 나무 벽장이 있었다. 반대쪽에는 좁고 보잘것없는 탁자가, 그 위에는 구식 석유램프와 압지로 눌러놓은 서류 한 묶음, 그 주위에는 낡은 책들이 쌓여 있었다. 걸상도 하나 있었는데, 다른 가구들과 마찬가지로 딱 봐도 비싸지 않은 물건이었다. 침대 맞은편 구석에는 벽돌로 만든 튼실한 난로가 있었고, 난로 쇠걸이에는 무거운 구식 검정 주전자가 걸려 있었다. 업타운 집에 살던 시절 하녀들이 뒷마당에서 커다란 솥에 세탁물을 삶으며 젓던 것을 지켜보곤 했는데, 그 어린 시절에 봤던 그런 난로였다. 난로 양쪽에는 커다란 창문이 있었고, 앙상한 오리나무 가지들이 창문에 거미줄 같은 그림자를 드리우고 있었다.

데이비드에게 그곳은 신문에서나 보는 놀라운 곳이었다. 다시 한번 자기가 그런 곳에 있다는 게 신기했다. 그 방의 주인인 사람과 함께 있다는 사실보다 자기가 그런 방에 있다는 게 더 인상적이었다.

문득 예의를 잊고 있었다는 생각이 들어 그는 다시 방 한가운데 서 있는 에드워드에게 시선을 돌렸다. 손을 다소곳이 모은 채 깍지를 끼고 서 있는 모습이 데이비드가 이미 알고 있는 에드워드답지 않게 약해 보였다. 안 지는 얼마 되지 않았지만, 그의 얼굴에서 뭔가 주저하는 기색을 느낀 것은 처음이었고, 전에 본 적 없는 그 표정에 데이비드는 더 다정하고 용감해졌다. 그래서 에드워드가 마침내 "차를 좀 드릴까요?" 하고 말했을 때, 그는 한 발짝 앞으로 다가갈 수 있었다. 단 한 발짝에 불과했지만, 방이 워낙 작다 보니 그는 순식간에 에드워드 비숍의 코앞에 서 있었다. 어찌나 가까운지 잉크로 칠한 것처럼 까맣고 촉촉한 속눈썹이 한올한올 다 보였다.

"네." 그는 몹시 나지막이 말했다. 마치 조금이라도 더 크게 말하면 에드워드가 놀라서 도망가버리기라도 할 것처럼. "그거 정말 좋겠네요."

그래서 에드워드는 물을 가지러 갔고, 그가 나가자 데이비드는 방과 그 안의 물건들을 더 자세히 꼼꼼하게 검사했고, 자신이 이 집의 현실을 침착하게 받아들인 줄 알았지만 사실은 그게 아니라 충격으로 마비된 상태였다는 것을 깨달았다. 이제는 알 수 있었다. 에드워드는 가난했다.

하지만 무엇을 기대했던가? 에드워드가 당연히 자기 같은 사람, 좋은 교육을 받고 잘 자라서 돈 때문이 아니라 자선 행위 삼아 아이들을 가르치는 사람이기를? 하지만 이제는 아마도, 아니 확실히 돈 때문임을 알 수 있었다. 에드워드의 아름다운 얼굴, 옷의 재단을 보고 동류라고 추정했지만, 같은 점은 전혀 없었다. 이제 침대 발치에 놓인 트렁크에 앉아 에드워드가 벗어놓고 나간 코트를 보니, 그렇다, 모직과 재단은 훌륭했지만, (더 자세히 살펴보려고 뒤집어 보니) 옷깃은 지금 유행보다는 살짝 너무 넓었고, 어깨는 너무 많이 입어 비단처럼 반질반질 윤이 났고, 앞섶 조각은 몇 줄로 촘촘히 꿰매져 있었으며, 소매 가장자리를 늘인 부분에는 주름이 져 있었다. 몸이 떨렸다. 오판도 오판이지만 자신의 결함도 두려웠다. 에드워드는 자기를 속이려고 한 적이 없었다. 데이비드가 그저 에드워드를 멋대로 판단하고 그와 반대되는 증거를 무시했던 것이다. 그는 자기 같은 사람, 그리고 자기 세상에 속한 사람들의 표시를 찾았고, 그런 표시나 그 비슷한 것을 발견하면 더 이상 보지 않았다, 그냥 보기를 멈췄다. "이제 세상을 아는 사람이 되었구나." 1년 동안 유럽을 돌아보고 온 다음 날 할아버지는 이런 말로 그를 맞이했고, 데이비드는 그 말을 믿었다, 심지어 동의했다. 하지만 정말로 그가 세상을 아는 사람일까? 아니면 그저 빙엄이 만든 세상을 아는 사람일까? 부유하고 다양하지만, 그도 알다시피 한없이 불

완전한 그 세상만? 지금 그는 워싱턴 스퀘어에서 마차로 15분도 걸리지 않는 집의 방에 앉아 있지만, 그곳이 런던이나 파리, 로마보다 더 외국 같았다. 익숙한 물건들이 있기는 해도 차라리 베이징이나 달이라고 하는 게 나을 정도였다. 게다가 그의 생각은 더 어처구니가 없었다. 이 상황을 믿고 싶지 않은 마음에 그는 철없는 생각, 불쾌할 뿐만 아니라 위험할 정도로 철없는 생각을 했다. 이 집을 들어서는 순간조차 그는 에드워드가 가난을 가장하기 위해 장난삼아 여기에 산다는 생각을 끈덕지게 고수하고 있었던 것이다.

이런 깨달음이 방 전체에 명백하게 퍼져 있는 거의 축축한 느낌의 한기와 합쳐지자 그는 자기가 여기 있는 게 얼마나 우스꽝스러운 일인지 깨달았다. 자리에서 일어나 아직 벗지도 않았던 코트 단추를 다시 여미고 계단에서 에드워드 비숍과 만나 변명과 사과를 할 준비를 하며 막 나가려는데, 방주인이 물이 출렁거리는 구리냄비를 힘겹게 들고 돌아왔다.

"좀 비켜주시겠습니까, 빙엄 씨." 벌써 예전의 자신감을 회복한 에드워드가 장난스레 격식을 차리는 척 말하며 물을 주전자에 따른 다음 무릎을 꿇고 불을 지피자, 마치 소환이라도 한 것처럼 불씨가 타닥타닥 살아났다. 그러는 동안 데이비드는 속절없이 서 있었고, 에드워드가 다시 그를 돌아보자 체념하고 침대에 앉았다.

"이런, 제가 주제넘게 침대에 앉았군요." 그는 벌떡 일어나며 말했다.

에드워드가 미소를 지었다. "달리 앉을 자리도 없잖아요." 그는 담백하게 말했다. "앉으세요." 그래서 데이비드는 다시 앉았다.

난롯불이 켜지자 창문에는 뿌옇게 김이 서리고 방안은 덜 황량하고 더 친근해 보였다. 에드워드가 차를 따를 때 즈음―"진짜 차는 아니에요. 그냥 말린 카모마일 봉오리에요"―에는 데이비드의 불편함도 많이 가셨다. 잠시 편안한 침묵 속에서 두 사람은 차를 마셨다.

"비스킷이 있는데, 좀 드시겠어요?"

"아뇨, 괜찮습니다."

그들은 홀짝홀짝 차를 마셨다. "그 카페에 다시 가봐야겠어요. 좀 이른 시각에."

"그러게요, 그게 좋겠네요."

잠시 두 사람 다 무슨 말을 해야 할지 몰라 고심하는 것 같았다. "빙엄 씨는 니그로들을 들어오게 해야 한다고 생각하세요?" 에드워드가 놀리듯 물었고, 에드워드는 미소 지으며 고개를 저었다. "물론 니그로들의 처지에 공감하지만," 그는 할아버지의 의견을 고스란히 되풀이하며 단호하게 말했다. "니그로들끼리 살 곳을 찾는 게 가장 좋아요. 서부라거나." 니그로들이 배울 능력이 없어서가 아니다, 할아버지는 말했다. 사실 현실은 그 반대고, 바로 그게 문제다. 일단 니그로들이 박식해지면, 그들도 자유주의 기회들을 누리고 싶지 않겠나? 할아버지는 니그로 현안을 절대 니그로 딜레마라거나 니그로 문제라고 부르지 않고 오로지 "니그로 사안"이라고만 칭했다. "일단 그렇게 부르기 시작하면 우리가 해결해야 할 일이 된다"는 이유에서였다. "니그로 사안은 미국의 핵심적인 죄야." 할아버지는 종종 말했다. "하지만 우린 미국이 아니고, 그건 우리 죄가 아니지." 다른 많은 안건들도 그렇지만, 이 일에 대해서도 그는 할아버지가 현명하다고 생각했고 다른 의견을 가진다는 건 생각도 해본 적 없었다.

또 침묵이 흘렀고, 그 침묵을 깨는 소리는 찻잔이 이에 부딪치는 소리뿐이었다. 에드워드가 미소 지었다. "제 사는 모습에 충격 받으셨군요."

"아닙니다." 그가 말했다. "충격 안 받았어요." 하지만 그랬다. 사실 너무 경악한 나머지 그는 대화 능력과 예의를 완전히 상실해 버렸다. 친구도 잘 못 사귀고 반 친구들에게 종종 무시당했던 내성적인 학창 시절에 할아버지가 재미있는 사람처럼 보이려면 그냥 다른 사람들에 대해 질문을 하면 된다는 충고를 해준 적 있다. "사람들이 제일 좋아하는 건 자기 이야기를 하는 거란다." 할아버지는 말했다. "혹시라도 네 자리나 위치에 자신이 없는 상황에 처하게 되면 말이다. 물론 그래서는 안 되겠지만. 넌 빙엄이야, 잊어선 안 돼, 게다가 내가 아는 최고의 아이고. 하여간 그럴 땐 그저 상대방에게 그 사람에 대한 질문을 하면 된다. 그러면 그 사람들은 자기가 만난 사람 중 네가 제일 매력적이었다고 영원히 확신할 거야." 그건 당연히 과장이었지만, 할아버지의 말은 틀린 적이 없었고, 이 충고는 비록 또래들 사이에서 그의 위치를 완전히 바꿔 놓진 않았지만 평생 치욕감이 되었을 상황은 확실히 모면하게 해주었고, 그때 이후로 그는 수많은 상황에서 이 충고에 의지해왔다.

지금도 그는 둘 중에선 에드워드가 훨씬 더 신비롭고, 강력하게 흥미를 자아내는 인물이라는 것을 알고 있었다. 그는 데이비드 빙엄이고, 그에 관한 것들은 다 알려져 있다. 익명으로 사는 건 어떤 기분일까? 이름이 아무런 의미가 없고, 그림자처럼 인생을 스쳐 지나갈 수 있고, 교실에서 대중가요를 불러도 모든 지인들에게 소문이 퍼져나가지도 않고, 사람들이 거실에 앉아 차를 마시고 이야기를 나누면 이웃이 잠을 깨는 하숙집 추운 방에서 살고, 아무에게도 신세 지지 않고 산다는 건 어떤 기분일까? 그는 딱히 이런 것을 바랄 정도로 비현실적인 사람은 아니었다. 강 코앞에 있는 이런 춥고 작은 방, 차를 마시고 싶으면 그냥 종 줄을 한 번 획 당기는 대신 그때마다 물을 가져와야 하는 방에서 살고 싶지 않았다. 그렇게 살 수 있을 것 같지도 않았다. 하지만 이렇게 유명하면 모험 대신 확실함을 택하게 되고, 그 결과 놀라움이라고는 없는 삶으로 유배당한다. 심지어 유럽에서도 그는 할아버지의 지인에게서 지인으로 넘겨지며 지냈다. 그가 가는 길은 결코 그가 닦은 길이 아니었다. 누군가 벌써 그를 대신해, 그로서는 있었는지조차 모를 장애물들을 치우고 닦아놓았기 때문이다. 그는 자유로웠지만, 또한 자유롭지 않았다.

그래서 그는 진심으로 알고 싶어서 에드워드에 대해, 그가 누구이며, 어떻게 지금처럼 살게 되었는지 질문하기 시작했고, 에드워드는 마치 데이비드가 그의 인생에 나타나 이런 질문들을 던지기를 몇 년이나 기다려왔던 사람처럼 자연스럽고 거침없이 답했다. 그 이야기를 들으며, 새롭고 불쾌한 자만감이 느껴졌다. 에드워드의 이야기를 흥미진진하게 듣고 있으면서도, 그는 이런 예상

밖의 공간에 있는 자신, 이 이상하고 아름다운 예상 밖의 남자와 이야기하고 있는 자신, 하얗게 김이 서린 창문 너머로 어두워지고 있는 하늘이 보이는데도, 그러니 할아버지가 곧 저녁 식탁에 앉아 그의 행방을 궁금해 할 텐데도 인사를 하고 떠날 기색조차 없는 자신을 뿌듯하게 여기고 있었던 것이다. 마치 뭔가에 홀린 것만 같았다. 그 사실을 알면서도 거기 맞서 싸우기는커녕 그냥 굴복해 자기가 안다고 생각했던 세상을 떠나 다른 세상으로 가고 싶어 하는 것만 같았다. 오로지 지금의 자신이 아니라 자기가 꿈꾸던 사람이 되어 보고 싶다는 이유로.

#6

다음 몇 주 동안 그는 에드워드와 처음에는 한 번, 그리고 두 번, 그리고 세 번, 그리고는 네 번을 더 만났다. 에드워드의 수업이나 그의 수업이 끝난 후에 만났다. 두 번째 만났을 때는 먼저 카페에 가는 시늉이라도 했지만, 다음부터는 곧장 에드워드의 방으로 갔고, 거기서 데이비드가 배짱부릴 수 있는 한 최대한 늦게까지 머물다가 학교 앞에서 기다리고 있는 마차로 돌아가 할아버지 저녁 식사 시간 전에 서둘러 집에 돌아갔다.

첫 번째 만남 후 데이비드가 몹시 늦게 귀가했을 때, 할아버지는 화내기보다 궁금해했고 데이비드는 그 질문들을 어물쩍 피했지만, 다시 한번 지각 사태가 생기면 할아버지의 질문은 더 집요해질 것이다. 그 질문에 그는 대답할 준비가 되어 있지 않았다.

사실, 추궁이라도 당할 경우 에드워드와의 우정을 어떻게 설명해야 할지도 몰랐다. 밤에 할아버지와 거실에서 차를 마시고 대화를 나눈 다음—"너 괜찮으냐?" 할아버지가 물었다. 에드워드와 세 번째 비밀 만남을 가진 후였다. "평소와 달리…… 딴 생각에 빠져 있는 것 같구나"—데이비드는 자기 서재로 가 그날 에드워드에 대해 알게 된 사실들을 일기에 적은 다음, 마치 그게 직접 실제로 들은 이야기가 아니라 피터가 좋아하는 미스터리 소설이라도 되는 것처럼 다시 읽곤 했다.

에드워드는 데이비드보다 다섯 살 어린 스물세 살이었고, 매사추세츠주 우스터의 한 음악 학교를 2년간 다녔다. 하지만 장학금을 탔는데도 학위를 딸 돈이 없어서 일자리를 찾아 4년 전 뉴욕으로 왔다.

"뭘 했는데?" 데이비드가 물었다.

"아, 뭐 이것저것 다." 그의 대답은 알고 보니 거짓은 아니었다, 적어도 완전히는. 에드워드는 잠시 주방보조("무시무시했어. 직접 봤겠지만, 난 물도 거의 못 끓이잖아"), 보모("끔찍했지. 애들 교육은 완전 나 몰라라 하고 사탕이나 먹도록 내버려뒀어"), 석탄상 조수("도대체 왜 그게 왜 나한테 절대 안 어울리는 일이라고 생각했을까"), 그리고 그림 모델("생각하는 것보단 훨씬 덜 따분해. 말도 안 되는 자세로 온몸이 쑤시고 싸늘해질 때까지 앉아 있으면, 억지웃음을 띤 귀족 미망인들과 괴팍한 노인들이 추파를 던지며 스케치하는 거지") 일을 했다. 그래도 (그래도는 설명을 해주지 않았다는 뜻이다) 마침내 그는 조그만 나이트클럽에서 피아노 연주하는 일을 얻었다.

("나이트클럽이라고!" 데이비드는 자기도 모르게 고함을 질렀다. "어, 맞아, 나이트클럽! 빙엄 가문의 귀에 그렇게 거슬리는 저 못된 노래들을 다 어디서 배웠겠어?" 하지만 마지막은 놀리는 말투였고, 그들은 서로 마주 보며 미소 지었다.)

나이트클럽에서 일하던 중학교 선생 제안을 받았고 (이 또한 자세한 설명은 해주지 않아서, 데이비드는 사감이 어두운 방 안으로 위풍당당하게 걸어 내려와 에드워드의 옷깃 뒤쪽을 휙 낚아채서는 계단을 오르고 거리를 걸어 학교 안으로 끌고 오는 만족스러운 상상을 잠시 했다) 최근 그는 개인 교습으로 부족한 수입을 보충하려고 애쓰고 있었지만, 그런 일자리를 구하는 것은 거의 불가능하진 않지만 힘든 일이었다.

("하지만 당신은 자격이 있잖아." 데이비드가 이의를 제기했다.

"하지만 나보다 자격 있고 더 좋은 신임장을 가진 사람들이 수두룩하거든. 봐, 당신도 조카들이 있잖아? 당신 동생들이 나 같은 사람을 고용할까? 아니면—솔직하게 말하자고—국립음악 학교 출신 가정 교사나 전문 음악가들에게 소중한 자식들 교육을 맡길까? 오, 아니, 미안해하지는 마, 당신이 사과할 일 아니니까. 그게 사실인걸. 세상이 그냥 그런 거야. 삼류학교 학위조차 없는 가난한 무명의 젊은이를 찾는 사람은 별로 없으니까. 앞으로도 계속 그럴 테고.")

그는 가르치는 것을 좋아했다. 그의 친구들(자세한 이야기는 해주지 않았다)은 모든 면에서 수수한 그의 직업을 놀려댔지만, 그는 선생 일을 좋아했고 아이들을 좋아했다. "그 애들을 보면 예전의 내가 생각나." 그는 이렇게 말했지만, 이번에도 왜 그런지는 설명해주지 않았다. 데이비드와 마찬가지로 그도 자기가 맡은 아이들이 결코 음악가가 될 수 없다는 것을, 음악회에 갈 여유를 누릴 가능성조차 없으리라는 것을 알고 있었지만, 적어도 그 아이들의 삶에 조그만 즐거움을, 기쁨을 줄 수 있을 거라고 생각했다. 그 아이들이 가지고 갈 수 있는 무엇인가, 언제나 자기 것이라 부를 수 있을 기쁨의 원천 같은 것을.

"나도 그렇게 생각해." 아이들 교육에 대해 같은 생각을 가진 사람을 보고 흥분한 나머지 그는 고함을 질렀다. "아이들이 직접 악기를 연주하지는 못한다 해도—아무도 못 할 거야, 아마도—영혼은 정제시켜주겠지, 안 그래? 그렇다면 가치 있는 일 아닐까?"

그 말에 에드워드의 얼굴에 한 줄기 어둠 같은 무엇인가가 한순간 재빨리 스쳐 지나갔다. 데이비드는 자기가 뭔가 언짢은 소리라도 했나 생각했다. 하지만 새 친구는 "지당하신 말씀"이라고만 대답했고, 대화는 다른 주제로 넘어갔다.

이 모든 것을 그는 기록해두었다. 에드워드가 들려준 웃기고 놀라운 이웃들 이야기도 빼놓지 않았다—방에서는 절대 안 나오면서 구두를 양동이에 담아 방 아래 보도에서 기다리는 구두닦이에게 내려보내는 나이 지긋한 독신남, 간혹 얇은 벽 너머에서 드르렁드르렁 코 고는 소리를 내는 항만 노동자, 시끄럽게 또각거리며 나무 바닥을 오가는 구두굽 소리로 보아 낮 시간에 나이 많은 여자들에게 춤교습을 하는 게 분명한 윗방 청년. 그는 에드워드가 자기를 세상 물정 모르는 사람으로 보는 것을, 또 자기를 깜짝 놀라게 하면서, 때로는 충격을 주면서 재미있어한다는 것을 알고 있었다. 그 장단에 맞춰주는 게 즐거웠다. 그는 정말로 세상 물정을 몰랐다. 놀라는 게 즐거웠다. 에드워드와 함께 있으면 연상이면서 동시에 연하 같은 기분, 또 중력이 사라진 느낌이 들었다. 청춘을 다시 사는, 마침내 젊은이들이 느끼는 방종한 기분을 경험할 기회가 그에게 주어지고 있었다. 다만 그게 얼마나 소중한지 알 정도로 그가 나이 들었을 뿐. "우리 순진씨," 에드워드는 그를 이렇게 부르기 시작했고, 아랫사람 취급을 받는다는 느낌이 들 법도 한 애정 표현―사실 아랫사람처럼 대하는 거니까, 그렇지 않나?―이었지만, 그는 그렇게 생각하지 않았다. 에드워드에게 그는 결국 무지한 게 아니라 순진한 사람, 작고 소중한 존재, 하숙집 벽 바깥에 존재하는 모든 것들로부터 소중히 지켜야 할 존재였다.

하지만 그가 대부분의 시간 머릿속에서 곱씹으며 생각하고 있는 것은 에드워드를 세 번째 만났을 때 들은 이야기였다. 그날 두 사람은 처음으로 관계를 가졌다. 에드워드는 서서 이야기하다 말고 (그는 데이비드가 들어본 적 없는 어느 부유하다는 가문에서 수학 가정 교사로 일하는 친구 이야기를 하던 중이었다) 커튼을 치더니 무덤덤하게 침대로 올라왔고, 물론 이번이 데이비드의 처음은 아니지만―부자건 가난하건 이 도시의 모든 남자들과 마찬가지로 그도 가끔 마차를 타고 하숙집에서 북쪽으로 몇 블록 떨어진 갠스부트 스트리트 동쪽 끝으로 가곤 했다. 거기서 그와 같은 성향의 남자들은 남쪽에 늘어선 집들 쪽으로, 여자를 원하는 남자들은 북쪽 집들 쪽으로 갔고, 전혀 다른 것을 원하는 사람들은 여성 고객 전용인 단정한 독채들을 포함해 더 구체적인 욕구를 만족시켜주는 몇몇 가게들이 있는 서쪽 끝으로 갔다―그 경험은 특별했다. 마치 걷는 법을, 혹은 먹거나 숨 쉬는 법을 새로 배우는 것만 같았다. 아주 오랫동안 한 가지 방식으로만 알아 왔던 육체적 감각이 완전히 다른 것이었다는 게 드러나는 경험이었다.

그러고 나서 두 사람은 함께 누워 있었는데, 에드워드의 침대가 너무 좁아서 둘 다 옆으로 누워야만 했다. 그러지 않으면 데이비드가 완전히 굴러떨어졌을 것이다. 그들은 이것 또한 재미 있어 하며 웃었다.

"그거 알아?" 그는 쐐기풀을 엮은 실타래를 덮고 있는 것처럼 참을 수 없이 거칠거칠한 모직 담요—새 담요를 하나 갖다줘야겠어, 그는 생각했다—밑에서 팔을 움직여 에드워드의 부드러운 피부 위에 올려놓으며 말했다. 피부 아래로 그의 갈빗대가 느껴졌다. "지금까지 당신에 대해 정말 많은 이야기를 해줬지만, 당신이 어디서 왔는지, 당신 가족은 누군지에 대해선 전혀 말해주지 않았다는 거." 그런 과묵함은 처음에는 흥미로웠지만, 이제는 좀 신경이 쓰였다. 에드워드가 자기 출신을 부끄러워하고 있을까 봐, 데이비드가 인정해주지 않을 거라고 생각할까 봐 두려웠다. 하지만 데이비드는 그런 사람이 아니었다. 에드워드는 아무것도 두려워할게 없었다. "어디서 왔어?" 그가 에드워드의 침묵 속으로 질문했다. "뉴욕은 아니고." 그는 계속했다. "코네티컷? 매사추세츠?"

마침내 에드워드가 입을 열었다. "식민지." 그는 조용히 말했고, 그 말에 데이비드는 말문이 막혔다.

식민지 출신 지인은 한 명도 없었다. 아, 보기는 했다. 일라이저와 이든이 해마다 집에서 피난민을 위한 모금 모임을 열었고, 거기엔 늘 탈주민, 주로 최근에 탈출한 사람이 와서 식민지인들의 사랑스럽고 달콤한 목소리로 자기 경험담을 떨면서 이야기했으니까. 탈주민들은 점점 더 종교적인 이유나 박해를 피하기 위해서가 아니라 (식민지 주민들은 절대 이 명칭을 쓰지 않겠지만) 반란 전쟁에서 패한 후로 식민지가 계속해서 점점 더 빈곤해져갔기 때문에 이곳으로 왔다—물론 완전히 파산 지경에 이른 건 아니지만, 자유주가 한 세기 남짓한 세월 만에 이룩한 부는 말할 것도 없거니와 자신들이 한때 누렸던 번영조차 결코 다시는 누리지 못할 것이다. 하지만 여동생과 아내가 초대한 사람들은 이런 이주민들이 아니라 반역자들, 자신들이 태어나고 자란 곳에 있으면 위험하기 때문에 자유롭게 살고 싶어서 북쪽으로 온 사람들이었다. 전쟁은 끝났지만 싸움은 계속됐다. 작은 전투들과 야간 급습이 수없이 계속되는 식민지는 많은 이들에게 처참한 곳이 되었다.

그렇다, 그래서 그는 식민지의 혼란상을 모르지 않았다. 하지만 이건 완전히 다른 문제였다. 이건 그가 알게 된 사람, 함께 이야기하고 웃고, 함께 옷을 벗은 채 안고 있는 사람이었다.

"하지만 말투가 식민지 사람 같지 않은데." 그는 겨우 말했고, 그 말에 에드워드가 웃자 마음이 놓였다.

"맞아, 하지만 여기서 오랫동안 살았거든." 그가 말했다.

처음에는 천천히, 그러다 몰아치듯 그의 이야기가 쏟아져나왔다. 그는 어린 시절 자유주 필라델피아로 왔다. 가족은 사바나 근처 조지아에서 4대째 살았고, 거기서 아버지는 남학교에서 아이들을 가르쳤다. 하지만 그가 일곱 살 정도 되었을 때, 아버지가 여행을 갈 거라고 선언했다. 가족은 그와 어머니, 아버지, 누나 둘과 여동생, 총 여섯 명이었다.

데이비드가 계산해봤다. "그러니까 77년도였겠네?"

"맞아, 그해 가을."

그 이후는 전형적인 탈주민 이야기였다. 전쟁 전 남부 주들은 자유주에 찬성하지는 않았지만 시민들의 이동에 대해 판결을 내리지도 않았다. 하지만 전쟁이 벌어지고 그에 따라 남부가 연방에서 탈퇴하면서, 자유주에서 이제 식민지 연합으로 명칭이 바뀐 남부로 가거나 식민지에서 북부로 가는 것은 불법이 되었다. 그래도 많은 식민지 주민들은 그렇게 했다. 북부로의 여행은 고되고 길었고 보통 도보로 이루어졌다. 단체로 움직이는 게 더 안전하다고 보통 권고하지만, 전체 인원이 열 명을 넘으면 안 되고 아이들이 다섯 이하여야 한다. 아이들은 빨리 지치고 순찰대가 나타났을 때 가만히 있기 쉽지 않기 때문이다. 끔찍한 실패 사례들이 돌아다녔다. 울부짖는 아이들을 부모에게서 억지로 떼어내 지역 가족들에게 농장 일꾼으로 판다는 소문, 남편들과 떨어진 아내들을 강제로 재혼시킨다는 소문, 투옥, 죽음. 최악은 그들 같은 사람들, 합법적인 삶을 꿈꾸며 자유주로 온 사람들 이야기였다. 얼마 전 일라이저가 친구 커플과 함께 최근 버지니아에서 자유주로 온 남자 둘을 초청 손님으로 부른 적 있다. 그들은 매릴랜드를 반 마일도 안 남긴 곳에서 떡갈나무에 기대 잠시 쉬었다가 계속해서 펜실베이니아로 가기로 했다. 거기서 서로 안은 채 누워 막 긴장을 풀려던 순간 첫 번째 말발굽 소리가 들렸고, 소리가 들리기 무섭

97

게 벌떡 일어나 달리기 시작했다. 하지만 두 번째 커플은 그들만큼 잽싸지 못했고, 친구들이 쓰러지며 지르는 비명 소리를 들으면서도 그들은 뒤돌아보지 않고 이제껏 상상조차 해보지 못한 속도로 죽어라 달렸다. 뒤에서는 또 다른 말발굽 소리가 점점 더 가까이 다가왔고, 추적자가 바로 몇 미터 뒤까지 육박해온 순간 두 사람은 간신히 국경을 넘었다. 그들은 그제야 뒤로 돌아 순찰병을 바라봤고, 후드에 가려 얼굴이 보이지 않는 병사가 말고삐를 힘껏 잡아당겨 가까스로 말을 세우더니 총을 들어 그들을 향해 겨눴다. 탈주민을 잡기 위해 순찰병이 국경을 넘는 것은 불법이었고, 사살은 하물며 말할 것도 없지만, 다들 알다시피 총알 하나면 그 법은 무용지물이었다. 두 사람은 다시 뒤돌아 달렸고, 히힝 하고 울려 퍼지는 말 울음소리가 몇 마일은 계속해서 쫓아오는 환영에 시달렸다. 다음 날 주 안쪽까지 안전하게 들어오고 나서야 그들은 친구들을 위해 울 수 있었다. 자유주에서 함께 새로운 삶을 꿈꿨기 때문만이 아니라 그들 같은 사람들이 잡혀서 어떤 일을 당하는지 잘 알고 있었기 때문이다. 얻어맞고, 살이 지져지고, 고문당하다, 결국은 죽음을 당한다. 일라이저와 이든의 거실에서 그 이야기를 들려주며 그들은 또다시 울었고, 데이비드는 그 자리에 참석한 다른 모든 사람과 마찬가지로 공포에 질려 넋이 나간 채 이야기를 경청했다. 그날 밤 워싱턴 스퀘어에 돌아와서 그는 생각했다. 자유주에 태어난 자신은 얼마나 복 받은 인생인가. 그 남자들이 겪은 야만을 안 적도 없고 앞으로도 절대 모를 테니.

에드워드의 가족은 단독으로 길을 떠났다. 믿을 만한 밀수꾼

(몇몇 사람들은 그렇다)을 고용하면 탈출에 성공할 가능성이 높지만 아버지는 아무도 고용하지 않았고, 다른 가족과 함께 움직이면 한 부부가 아이들을 돌보는 동안 다른 부부는 잘 수 있다는 이점이 있는데도 그들 가족들끼리만 떠났다. 조지아에서 자유주까지는 14일 남짓 걸리지만, 길을 떠난 지 일주일이 됐을 때 날씨가 춥고 험해졌고 준비해온 음식도 거의 동이 났다.

"부모님은 동트기 무섭게 우리를 깨웠고, 우린 사방을 돌아다니며 도토리를 주웠어." 에드워드가 말했다. "위험해서 불을 피울 수는 없었지만, 어머니가 도토리를 빻아 반죽을 해줘서 그걸 건빵 위에 발라 먹었지."

"끔찍하네." 그가 중얼거렸다. 바보 같았지만, 달리 할 말이 없었다.

"어, 그랬어. 여동생, 벨에게 가장 끔찍했지. 걘 겨우 네 살이어서 왜 조용히 있어야 하는지 이해도 못 했거든. 아는 거라곤 그저 배가 고프다는 것뿐인데, 그 이유도 몰랐으니까. 걔가 하도 울어대는 통에 발각되지 않으려고 어머니가 동생 입을 손으로 막고 있어야 했어."

그의 부모님은 아침도, 점심도 먹지 않았다. 그들은 남은 음식을 저녁용으로 아꼈고, 밤에는 다 같이 부둥켜안고 온기를 나눴다. 에드워드와 아버지는 몸을 숨기고 잘 수 있는 덤불숲이나 하다못해 도랑 같은 데라도 찾으려고 애썼고, 다들 나뭇잎과 나뭇가지들을 덮고 잤다. 바람도 막고 순찰 견들이 그들의 냄새를 맡지 못하게 하기 위해서였다. 뭐가 더 힘들까, 그 와중에도 에드워드는 그런 생각을 했었다. 공포일까, 배고픔일까? 그 두 가지가 그의 매일매일을 지배했다.

천신만고 끝에 메릴랜드에 당도한 그들은 곧장 에드워드 아버지의 친구가 말해준 센터로 갔고, 거기서 몇 달 동안 머물렀다. 아버지는 다른 탈주민 자녀들에게 읽기와 수학을 가르쳤고, 솜씨 좋은 재봉사인 어머니는 센터에서 그곳 체류자들을 위해 기부받은 망가진 옷들을 수선했다. 봄이 오자 그들은 센터를 떠나 다시 여행—이제는 적어도 연방 내에 있으니 어렵긴 해도 덜 고된 여행—을 떠났다. 이번에는 자유주를 향해서였다. 그리고 거기서 계속 북쪽으로 와서 뉴욕까지 왔다. 이 도시에서 비숍 씨는 결국 한 인쇄소에서 일자리를 얻었고(자유주와 연방 사람들은 식민지 탈주민들의 교육 수준에 대한 편견을 가지고 있어서, 배운 사람들 다수가 전보다 못한 처지에 놓인다), 여섯 가족은 오차드 스트리트의 조그만 아파트에 자리를 잡았다.

그래도 가족 대부분은 잘 풀렸다고 에드워드는 말했다 (그 목소리에서 진심과 자부심이 느껴졌다). 부모님은 90년도 독감에 걸려 돌아가셨지만, 누나 둘은 버몬트주에서 선생님으로 일하고 있고 간호사가 된 벨은 뉴햄프셔주 맨체스터에서 의사인 남편과 함께 살고 있다고 했다.

"사실 내가 유일한 실패지." 그는 이렇게 말하며 연기하듯 한숨을 쉬었다. 그래도 데이비드는 그 말에 에드워드의 본심이 어느 정도는 담겨 있다는 것을 느끼고 마음이 불편해졌다.

"당신은 실패하지 않았어." 그는 그렇게 말하며 에드워드를 바싹 당겨 안았다.

그들은 한동안 아무 말 없이 누워 있었고, 데이비드는 턱을 에드워드의 머리에 올린 채 그의 등에 손가락으로 모양을 그렸다. "당신 아버지 말이야," 그가 마침내 말했다. "우리 같은 사람이었어?"

"아니, 우리완 달랐어. 우리 같은 사람들을 반대했다 하더라도 그런 말은 한 번도 하신 적 없어. 그랬을 것 같지도 않고."

"그럼 폭슬리 목사님 신도였나?" 많은 탈주민들이 자유주 창건자이자 열린 결혼을 옹호하는 유명한 유토피아주의자의 가르침을 몰래 믿고 있었다. 그는 식민지에서는 이단으로 여겨져서 그의 책을 소지하는 것은 불법이었다.

"아니, 아니야. 아버지는 종교를 믿는 사람이 아니었어."

"그럼—이런 질문을 해도 된다면—당신 아버지는 왜 북쪽에 오고 싶어 하셨을까?"

여기서 에드워드가 한숨 쉬는 게, 그의 따스한 입김이 가슴에 와닿는 게 느껴졌다. "솔직히 말해서, 이렇게 많은 세월이 흘렀는데도 잘 모르겠어. 우린 조지아에서 잘 살았거든. 알려지고 친구들이 있었고.

좀 더 머리가 굵어져서 버릇이 없어졌을 때, 아버지에게 왜 거길 떠났냐고 물어봤거든. 우리한테 좀 더 나은 삶을 주고 싶었다고만 하더라고. 더 나은 삶이라니! 아버지는 존경받는 선생님에서 인쇄공이 되었잖아. 물론 인쇄공도 대단히 훌륭한 직업이긴 하지만, 보통 머리 쓰는 일을 하는 사람이 손으로 하는 일을 더 낫다고 하진 않잖아. 그래서 이해할 수가 없었어. 납득이 안 돼—아마도 앞으로도 결코 못 할 테고."

"하지만 어쩌면," 데이비드가 조용히 말했다. "어쩌면 당신을 위해서 그랬을지도 모르지."

에드워드도 조용히 있다가 말했다. "여섯 살짜리를 보고 아셨을 것 같진 않은데."

"아셨을 수도 있어. 우리 아버진 그랬거든. 우리 삼남매 모두에 대해 다 아셨던 것 같아. 음, 이든은 아닐지도 모르지만, 아버지와 어머니가 돌아가셨을 때 이든은 아직 아기에 불과했으니까. 하지만 존과 난, 우리가 아주 어리긴 했지만……. 그래, 아버지는 분명 아셨을 거야."

"그것 때문에 걱정하시진 않았고?"

"아니, 왜 그러셨겠어? 할아버지가 우리랑 같은데. 우린 아버지에게 낯설거나 혐오스런 존재가 아니었어."

그 말에 에드워드는 한 줄기 바람 같은 웃음을 웃더니 그에게서 떨어져 똑바로 누웠다. 이젠 밤이어서 방안은 이미 어두워져 있었다. 저녁 식사 시간을 또 놓치지 않으려면 곧 나가야만 했다. 하지만 그는 까슬까슬한 저질 모직 담요와 힘없이 타고 있는 난롯불에서 나오는 미적지근한 열기, 그리고 옆에 누운 에드워드의 피부를 느끼며 그 딱딱하고 좁은 침대에 계속 누워 있고만 싶었다. "식민지에서 자유주를 뭐라고 부르는지 알아?" 에드워드가 물었다. 데이비드는 식민지에서 자기들을 어떻게 생각하건 별로 신경 쓰지 않지만, 그래도 그들이 자기 나라를 칭하는 잔인하고 저속한

별명들을 물론 모르지는 않았다. 그 질문에 대답하는 대신, 그는 에드워드의 입에 손바닥을 가져다 댔다.

"알아," 그는 말했다. "키스해줘." 그리고 에드워드는 그렇게 했다.

그 후 그는 마지못해 옷을 입고 추운 바깥으로 나와 워싱턴 스퀘어로 돌아왔지만, 그 대화, 그 만남으로 자신이 변했다는 것을 깨달을 수 있었다. 그에게는 비밀이 생겼고, 그 비밀은 에드워드였다. 에드워드와 그의 매끈하고 하얀 피부, 부드러운 검은 머리카락뿐만 아니라 에드워드의 경험들, 그가 보고 겪은 일들 모두가 그의 비밀이었다. 에드워드는 다른 곳, 다른 존재에서 왔고, 자기 인생을 데이비드와 함께 나눔으로써 데이비드의 인생을 갑자기 더 풍부하게, 더 심오하고 황홀하면서도 신비롭게 만들었다.

이제 그는 서재에 앉아 다 알고 있는 사실들을 마치 처음으로 알게 된 것처럼 일기를 다시 꼼꼼히 읽었다. 에드워드의 중간이름 (마틴스—어머니의 결혼 전 이름), 에드워드가 제일 좋아하는 음악 (바흐의 첼로 조곡 G 장조 작품 번호 1번), 에드워드가 가장 좋아하는 음식 ("웃으면 안 돼—베이컨을 넣은 옥수수죽 호미니야. 아니, 웃으면 안 된다니까! 어쨌거나 난 조지아 사람이잖아!"). 그는 자기가 쓴 일기장을 지난 몇 년 동안 느껴본 적 없는 탐욕에 휩싸여 읽어나갔고, 하품을 참지 못하고 마침내 잠자리에 들 때도 즐거웠다. 그러면 곧 다음 날이 될 테고, 그러면 또다시 에드워드를 만날 수 있을 테니까. 그는 에드워드에게 느끼는 이끌림에, 또한 그 감정의 강렬함과 속도에 흥분했다. 아마도 평생 처음으로 그는 무모하고 방종한 기분을 느끼고 있었다—마치 길게 뻗은 평야를 전속력으로 질주하며 도망가는 말에 겨우 매달려 헐떡이며 웃고 두려워하고 있는 것 같았다.

몇 년 동안―아주 오랫동안―그는 자신이 그냥 좀 잘못된 정도가 아니라 뭔가 모자란 게 있는 게 아닐까 생각해왔다. 존과 이든이 가는 파티들에 그가 초대받지 않는 것은 아니었다. 문제는 거기서 일어나는 일들이었다. 그들이 그저 빙엄 삼남매라고 알려졌던 예전, 그가 "독신"이나 "미혼"이나 "아직 워싱턴 스퀘어에 사는 손자"가 아니라 그저 장손으로만 인지되던 시절 이야기다. 파티에 가서 새로 지은 파크 애비뉴 대저택의 낮고 넓은 석조 계단을 오른다. 이든과 존이 팔짱을 끼고 앞장서고, 그는 뒤를 따른다. 그들이 휘황찬란하고 반짝이는 공간에 들어서는 순간, 환호성 같은 소리가 들리며 존과 이든이 와서 기뻐하는 사람들이 키스하며 그들을 반긴다.

그런데 그는? 물론 그도 환영받는다. 그 사람들은 교육 잘 받고 자란 지인들과 또래들이고 그는 빙엄이다. 감히 불친절하게 굴 수 있는 사람은 아무도 없다, 그의 면전에다 대고는 절대. 하지만 파티가 벌어지는 내내 그는 방위에서 떠다니는 것처럼 이상하게도 거기 속하지 않는 기분이 들고, 정찬 때 그의 자리는 반짝반짝 빛나는 젊은이들이 아니라 부모님 친구와 친척들―예를 들어, 고모라거나 나이 지긋한 외외종조부―사이에 있다. 그는 부정할 수 없는 자신의 이질성을 속속들이 느낀다. 기를 쓰고 감추려 했던 것들을 이 집단 사람들이 다 알고 있고 해명 받았다는 것을 느낀다. 식탁 저쪽 끝에서는 간간이 웃음소리가 터져 나오고, 그러면 옆자리 어른은 관대하게 고개를 젓다가 그를 돌아보며 경박함을 억누르지 못하는 젊은이들에 대해 한마디 하고는 그래도 그 정도 자유는 허용해줘야 한다고 말한다. 가끔은 그렇게 말해놓고 자신의 실수를 깨닫고는 그도 때로는 즐기고 살아야 한다고 부랴부랴 덧붙일 때도 있지만, 그러지 않을 때도 있다. 그는 때가 되기도 전에 늙어버렸고, 나이 때문이 아니라 기질 때문에 젊은이들 무리에서 소외되었다. 어쩌면 그건 기질 때문이 아니라 다른 이유 때문일 수도 있다. 그는 한 번도 명랑하거나 쾌활한 기분을 느낀 적이 없었다. 심지어 어린아이였을 때조차. 한 번은 할아버지와 프랜시스의 대화를 엿들은 적 있는데, 할아버지는 그의 음울한 성격에 대해 이야기하면서 아무래도 그가 장남이고, 그래서 부모님을 잃었을 때 슬픔이 가장 컸기 때문이라고 말했다. 하지만 그에게는 그런 내향적인 성격에 종종 동반되는 특징들—신중함, 진지한 목표 설정, 학문적 탐구심—이 없었다. 그의 마음은 세상의 위험을 향해 조율되어 있었고, 세상의 즐거움과 기쁨은 포착하지 못했다. 사랑조차도 그에게는 득의양양한 기쁨이 아니라 불안과 공포의 근원이었다. 애인이 정말로 그를 사랑할까? 버림받으면 어떡하지? 그는 먼저 이든, 그리고 존의 구혼 과정을 지켜봤다. 그들이 와인으로 발그스레해진 뺨을 하고 춤을 추며 밤늦게 귀가하는 모습을, 애덤스가 내민 쟁반에 놓인 편지를 잽싸게 낚아채 서둘러 방에서 나가는 중에 벌써 미소가 귀에 걸려 봉투를 뜯는 모습을 지켜봤다. 그런 행복을 경험하지 못했다는 사실이 슬프고 걱정스러웠다. 최근 그는 아무도 그를 사랑하지 않을지도 모른다는 것뿐만 아니라 자기는 그런 사랑을 받을 능력이 없는 사람이 아닐까 싶어 두려워지기 시작했다. 그건 더 끔찍한 일 같았다. 에드워드에게 미친듯이 빠져드는 마음, 그리고 그의 안에서 깨어나는 새로운 느낌은 그 감각 자체만으로도 황홀했지만 안도감으로 인해 더 강렬해졌다. 결국 그에게는 아무 문제도 없는 것이다. 그가 망가진 게 아니라 기쁨을 느낄 수 있는 능력을 완전히 그에게 일깨워주는 사람을 찾는 게 문제였을 뿐이다. 하지만 이제 그는 그런 사람을 찾았고, 사랑이 주변 모든 사람들에게 췄지만 그는 한 번도 느껴보지 못했던 변화를 마침내 경험하고 있었다.

그날 밤, 그는 꿈을 꿨다. 몇 년 후의 일이었다. 그와 에드워드는 워싱턴 스퀘어에서 같이 살고 있었다. 두 사람은 이제는 공원 북쪽 면을 바라보는 창문 밑에 피아노가 놓인 거실에서 의자에 나란히 앉아 있었다. 발밑에는 검은 머리 아이들 셋, 여자아이 하나와 남자아이 둘이 그림책을 읽고 있었고, 여자아이는 윤기 나는 머리 위에 진홍색 벨벳 리본을 묶고 있었다. 벽난로에는 난롯불이 타고 있고 위에는 솔가지들이 장식되어 있었다. 바깥에는 눈이 내리고 있었고, 식당에서는 구운 자고새 향이 풍겨 나오고 와인을 잔에 쿨럭쿨럭 따르는 소리, 식탁 위에 자기를 놓는 소리가 들려왔다.

이 꿈속에서 워싱턴 스퀘어는 감옥이나 두려운 장소가 아니었다. 그곳은 그의 집, 그들의 집이었고 이것이 그들의 가족이었다. 그 집이 마침내 자신의 것이 되었다는 것을 그는 깨달았다. 에드워드의 집도 되었기 때문에 그의 집이 된 것이다.

#7

다음 수요일, 수업을 하려고 나가는데 애덤스가 서둘러 문 쪽으로 왔다. "데이비드 씨, 오늘 아침 빙엄 씨가 은행에서 전갈을 보내셨습니다. 오늘 다섯 시 정각에 집에서 보자고 하십니다." 그가 말했다.

"고마워, 매튜, 여기서부턴 내가 들고 가지." 그는 스케치용으로 가져가는 과일 상자를 시동에게서 받으며 집사를 바라봤다. "이유를 말씀하시던가요, 애덤스?"

"아뇨, 그냥 그때 보자고만 하셨습니다."

"알았어요. 그렇게 하겠다고 전해줘요."

"네."

전갈은 정중했지만, 데이비드는 그게 요청이 아니라 명령이라는 것을 알고 있었다. 단지 몇 주 전만 해도―몇 주라니! 에드워드를 만난 지, 그의 세상이 새로 그려진 게 겨우 한 달밖에 안 됐다니?―할아버지가 무슨 말을 하려는 건가 불안해하며 벌벌 떨었겠지만 (사실 그럴 이유도 없다. 할아버지는 한 번도 그에게 고약하게 군 적이 없고 야단을 친 적도 거의 없으니까. 심지어 어린 시절에도 그랬다), 지금은 그냥 짜증만 났다. 그러면 에드워드와 있을 시간이 줄어든다는 뜻이니까. 그래서 그는 수업을 마치자마자 곧장 에드워드의 집으로 갔고, 눈 깜짝할 사이에 다시 옷을 입고는 곧 다시 오겠다고 약속하며 나와야만 했다.

에드워드의 방문 앞에서 두 사람은 미적거렸다. 데이비드는 코트와 모자를 갖춰 입고 있었고, 에드워드는 그 끔찍한 거친 담요를 두르고 있었다.

"그럼 내일?" 에드워드가 간절한 열망을 감추지도 않고 묻자―긍정적 대답으로 타인의 행복을 결정하는 역할에 익숙하지 않은―데이비드는 미소를 지으며 고개를 끄덕였다. "내일." 답을 하자 그제야 에드워드는 그를 놓아줬고, 데이비드는 가벼운 발걸음으로 계단을 내려왔다.

집 계단을 오르며 그는 할아버지와 이제까지와는 전혀 다른 방식으로 만나는 듯한 불안한 마음이 들었다. 24시간도 지나지 않고 만나는 게 아니라 몇 달 동안 멀리 떨어져 있다가 처음 만나는 기분이었다. 하지만 할아버지는 벌써 자기 응접실에서 기다리고 있다가 평소와 다름없이 데이비드의 입맞춤을 받았고, 두 사람은 셰리주를 놓고 앉아 별것 아닌 이야기들을 나눴고, 그러다 애덤스가 들어와 저녁 식사 시간을 알렸다. 식당으로 내려가면서 마침내 그는 할아버지에게 살짝 물어봤지만, 할아버지는 "식사 후에"라고만 대답했다.

저녁 식사 때도 별일은 없었고, 그렇게 식사가 끝나가자 데이비드는 평소답지 않게 할아버지에게 화가 치밀어 올랐다. 소식도, 할아버지가 전달할 이야기 같은 것도 없는 건가? 이건 그저 그의 의존도를 상기시켜주기 위한 작전, 그가 이 집 주인이 아니라는 사실, 심지어 어른조차 아니라 그저 이론상으로만 자기 마음대로 왔다 갔다 할 수 있는 사람이라는—그 자신도 너무나 잘 알고 있는—사실을 상기시켜주기 위한 작전인 건가? 할아버지의 질문에 답하는 그의 대답은 점점 퉁명스러워졌고, 과묵함을 넘어 무례를 범하기 전에 그는 마음을 고쳐먹어야 했다. 무엇을 할 수 있겠나, 무슨 반론을 제기할 수 있겠나? 이 집은 그의 집이 아니었다. 그는 독립된 인간이 아니었다. 하인들이나 은행 직원들, 학교 학생들과 하등 다를 바 없었다. 그는 너대니얼 빙엄에 의지해 사는 신세이고, 앞으로도 늘 그럴 것이다.

그래서 위층 난로 옆 늘 앉던 의자에 앉았을 때 그의 마음속에서는 온갖 감정—짜증, 자기연민, 분노—이 들끓고 있었다. 그때 할아버지가 젖었다 말라서 가장자리가 딱딱하고 쭈글쭈글해진 두툼한 편지를 내밀었다.

"이게 오늘 사무실로 왔다." 할아버지가 무미건조하게 말했다. 데이비드가 궁금해하며 뒤집어보니 매사추세츠 직인이 찍히고 빙엄 브러더스 주소에 자기 이름이 적혀 있었다. "속달로 왔다." 할아버지가 말했다. "가져가서 읽고 다시 와라." 데이비드는 아무 말 없이 일어나 자기 서재로 가서 봉투를 손에 든 채 잠시 앉아 있다가 마침내 편지를 개봉했다.

1894년 1월 20일
___

친애하는 데이비드,

편지를 시작하기에 앞서 좀 더 빨리 소식을 전하지 못한 데 대해 마음 깊은 곳에서 우러나오는 진심 어린 사과를 전합니다. 저로 인해 혹시라도 마음 상하셨거나 아프셨을지도 모른다는 생각만 해도 견딜 수가 없습니다. 비록 이런 생각도 저 혼자만의 착각일지도 모르지만요. 어쩌면 당신은 거의 7주에 달하는 지난 시간 동안 제가 당신을 생각하듯이 자주 제 생각을 하지 않았을 수도 있을 테니까요.

이런 결례에 대해 변명은 하고 싶지는 않습니다만, 소식을 전하지 못한 이유는 설명드리고 싶습니다. 제 침묵을 애정의 부족으로 오해받고 싶지는 않거든요.

12월 초 당신과 헤어진 직후 모피 사냥꾼들을 만나러 북쪽에 갈 일이 있었습니다. 전에 말씀드린 것 같은데, 저희 집안은 북부 메인의 사냥꾼 집안과 오랫동안 계약을 맺어왔고, 시간이 갈수록 그게 우리 사업에서 주요한 부분이 되었거든요. 이번 여행은 지난봄 가업을 함께 하겠다며 대학을 그만둔 제 큰 조카 제임스와 동행했습니다. 당연히 제 누이는 그 결정을 탐탁히 여기지 않았고, 저도 그랬지만 ─ 제임스는 우리 집안 최초의 대학졸업자가 될 참이었거든요 ― 조카도 다 컸으니 결국 그 아이 의견을 따를 수밖에 없었죠. 제임스는 기운과 열정이 넘치는 멋진 청년이지만, 배 타는 데 익숙지 않았고 뱃멀미를 해서 우리 가족들은 제임스가 나중에 모피 무역을 감독하려면 훈련이 필요하다고 결정했어요.

올해 북부는 유독 추웠고, 말씀드렸듯이 우리 사냥꾼들은 캐나다 국경 바로 근처에 삽니다. 방문은 대부분 의례적인 것이어서, 제가 제임스를 소개하고 그 사람들이 제임스에게 자기들이 어떻게 동물들을 사냥해서 껍질을 벗기고 고기를 저장하는지 보여주고 나면 크리스마스에 맞춰서 케이프로 돌아올 예정이었죠. 하지만 그렇게 되지 않았어요.

처음에는 모든 게 계획대로 순조롭게 진행되었습니다. 제임스는 금세 그 집안사람들 중 퍼시벌이라는 호감 가고 똑똑한 젊은이와 친구가 되어서, 퍼시벌이 며칠 동안 제임스에게 자기들이 하는 일을 소개해주었지요. 그러는 동안 전 집에 남아 물량을 늘일 방법을 논의했구요.

지난 60년간 모피업은 사양길이었는데도 우리가 왜 이 사업에 종사하는지 아마 궁금하시겠지요. 분명 다른 사업자들은 상황이 안 좋았어요. 하지만 전 영국이 그 지역을 거의 버리다시피 한 이 시점이 그쪽 사업을 더 굳건히 할 기회라고 생각합니다. 비버뿐만 아니라 결정적으로 밍크와 담비를 팔아서요. 밍크와 담비는 더 부드럽고 고급이어서, 작지만 의미 있는, 충성도 높은 고객층이 있을 거라고 믿고 있거든요. 이 들라크루아 집안은 이 업계에 남은 얼마 안 되는 유럽인 집안 중 하나예요. 더 믿음직하고 사업의 현실과 복잡함에 더 적합한 사람들이라는 뜻이죠.

방문한 지 닷새째 되던 날 오후에는 휴식을 취했고 저녁에는 협력 관계를 축하하기 위한 만찬이 예정되어 있었습니다. 그전에 들라크루아 집안 영지를 둘러보던 중 얼어붙은 조그만 호수 하나를 지나쳤는데, 제임스가 거기서 스케이트를 타고 싶다고 했어요. 몹시 춥긴 해도 날이 맑고 고요했고, 호수는 본가에서 겨우 몇백 미터 거리에 있었고, 제임스는 처신을 잘하는 아이였기 때문에 전 그래도 된다고 했습니다.

제임스가 간 지 한 시간 정도 되었을 때, 느닷없이 날씨가 돌변했어요. 겨우 몇 분 사이에 하늘이 처음에는 하얘졌다가 짙은 백랍색으로 변하더니 거의 캄캄해지더군요. 그러더니 순식간에 눈이 내리기 시작했습니다. 덩어리진 눈송이들이 떨어지는 폭설이요.

가장 먼저 제임스 생각이 들었습니다. 그 집안 가장인 올리비에도 마찬가지여서, 제가 올리비에를 찾아 달려가고 있는데 절 찾으러 달려오더군요. "퍼시벌과 개들을 보내겠습니다." 그가 말했습니다. "어둠 속에서 이 경로를 따라 걸으면 돼요. 퍼시벌이 잘 아는 길입니다." 그는 안전을 위해 기다란 밧줄 한쪽 끝을 계단 난간 끝에 묶고 반대쪽 끝을 조카의 벨트에 묶은 다음 호신용으로 도끼와 칼을 주고는 최대한 빨리 돌아오라고 조카에게 말했습니다.

퍼시벌은 두려워하지 않고 차분하게 출발했고, 저와 올리비에는 계단에 서서 밧줄이 풀려나가다가 마침내 팽팽해지는 광경을 지켜봤습니다. 그때쯤에는 눈발이 너무 거세져서 문 앞에 서 있는데도 흰색 외에는 아무것도 보이지 않더군요. 그러더니 바람이 불기 시작했어요. 처음에는 가볍게, 그러다가 맹렬하게 윙윙거리며 휘몰아치는 통에 안으로 들어갈 수밖에 없었습니다.

그래도 밧줄은 여전히 팽팽하게 당겨진 채 있었어요. 올리버가 두 번 휙 잡아당기자, 몇 초 후 대답으로 두 번 휙 당겨지는 게 보였습니다. 그때쯤 퍼시벌의 아버지이자 올리비에의 동생인 마르셀도 옆에 와서 같이 말없이 초조하게 기다렸습니다. 또 다른 동생인 줄리엔과 그 아내들, 늙으신 부모님도요. 바깥에서 바람이 너무 시끄럽게 불어대서 튼튼한 오두막집마저 흔들흔들했어요.

그때 갑자기 밧줄이 느슨해졌습니다. 퍼시벌이 떠난 지 20분 정도 된 때였어요. 올리비에가 밧줄을 다시 한번 잡아당겼지만, 아무도 그 신호에 답하지 않았습니다. 들라크루아 집안사람들은 극기심이 강한 사람들이에요. 그런 지역에서 (다른 위험들 — 늑대와 곰, 퓨마, 그리고 물론 인디언들 — 은 차치하고라도) 그런 날씨 속에서 살면 긴박한 상황 속에서도 평정을 유지하지 않을 수 없는 법이죠. 그런데도 모두가 퍼시벌을 아꼈기 때문에 불안한 웅성거림이 순식간에 입구까지 퍼져나갔습니다.

신속하고 조용하게 앞으로의 대책에 대한 논의가 진행되었습니다. 퍼시벌이 집안 최고의 사냥개 두 마리를 데려갔으니 개들이 보호해줄 거라고, 개들은 한 단위로 행동하도록 훈련받았으니, 한 마리가 주인과 함께 남아 있는 동안 다른 한 마리가 집으로 돌아와 도움을 청할 거라고 하더군요. 그건 퍼시벌이 개들에게, 예컨대, 제임스를 찾아서 그 옆에 있으라고 명령하지 않았다고 가정하고 하는 말이었습

113

니다. 그때쯤엔 눈과 바람이 너무 심해져서 집 전체가 앞뒤로 휘청거리고 창문들은 딱딱 부딪치는 이빨들처럼 창틀 안에서 덜컹거리고 있었어요.

모두 퍼시벌이 떠난 지 얼마나 되었는지 시간을 재고 있었습니다. 10분. 20분. 30분. 우리 발밑에는 기다란 밧줄이 죽은 뱀처럼 놓여 있었죠.

퍼시벌이 떠난 지 거의 40분이 지난 그때, 문에서 쿵, 하는 소리가 났습니다. 처음에는 바람 소리인 줄 알았지만, 뭔가 문에 몸을 부딪치는 소리라는 걸 깨달았죠. 마르셀이 외마디 소리를 지르며 둔중한 나무 빗장을 재빨리 풀었고, 그와 줄리엔이 문을 열자 마치 소금에 구운 것처럼 눈을 수북이 뒤집어쓴 개 한 마리가 나타났습니다. 그리고 그 등에 제임스가 매달려 있었어요. 제임스를 안으로 끌어들이자 — 제임스는 아직 스케이트를 신고 있었는데, 나중에야 깨달았지만 아마도 언덕을 올라갈 때 스케이트를 지레 삼아 버린 덕분에 목숨을 건진 듯합니다 — 줄리엔과 올리비에의 부인들이 담요를 가져와 제임스를 감싸서 서둘러 침실로 데려갔습니다. 아이들이 돌아올 때를 대비해 부인들이 물을 끓여놓았기 때문에, 물이 가득한 양동이들을 들고 왔다 갔다 달리는 소리, 철제 목욕통에 물을 쏟아붓는 소리가 들렸습니다. 올리비에와 저는 제임스에게 질문을 해보려 했지만, 그 가엾은 아이는 몸이 꽁꽁 얼어붙고 탈진한 데다 몹시 흥분해서 앞뒤도 안 맞는 헛소리만 했습니다. "퍼시벌," 계속 그 말만 했어요. "퍼시벌." 눈동자가 앞뒤로 막 움직여서 미친 사람처럼 보이더군요. 솔직히 말해서 저도 무서웠습니다. 무슨 일이 일어난 겁니다,

제 조카를 공포에 질리게 만든 어떤 일이.

"제임스, 퍼시벌은 어디 있어?" 올리비에가 다그쳤습니다.

"호수." 제임스가 더듬거리며 대답했어요. "호수." 하지만 더 이상의 정보는 얻을 수 없었습니다.

나중에 줄리엔에게 들으니, 돌아온 개가 다시 나가게 해달라고 낑낑대며 발로 문을 두드리고 긁었다고 하더군요. 마르셀이 목줄을 잡고 안으로 잡아당겨도 어찌나 켕켕 짖으며 필사적으로 버티던지 결국 아버지가 명해서 빗장을 다시 풀어주자 개는 흰 눈 속으로 달려 나갔습니다.

또다시 기다림이 시작되었습니다. 전 제임스에게 깨끗한 플란넬 옷을 갈아입히고 줄리엔 부인이 위스키에 따뜻한 물과 설탕을 탄 뜨거운 토디를 먹여주는 동안 안아서 잡아주다가 침대에 눕힌 후에야 문 앞에서 기다리고 있던 사람들에게 갔고, 얼마 안 되어 다시 쿵, 하는 그 무시무시한 소리가 들렸습니다. 이번에는 마르셀이 당장 문을 열었지만, 안도의 외침은 곧 비탄의 울부짖음으로 변했습니다. 문 앞에는 개 두 마리가 꽁꽁 얼고 탈진해 거칠게 숨을 몰아쉬며 서 있었고, 그 사이에는 머리카락에 고드름이 주렁주렁 매달린 퍼시벌이 있었습니다. 그 젊고 잘생긴 얼굴은 오직 한 가지를 의미하는 섬뜩한 푸른 색조를 띠고 있었어요. 개들이 호수에서부터 그 아이를 내내 끌고 온 겁니다.

그 이후 시간은 참혹했습니다. 부모 말에 따라 위층에 있던 퍼시벌의 형제자매들과 사촌들이 달려 내려와 사랑하는 형제가 얼어 죽은 모습과 통곡하는 부모의 모습을 보고는 훌쩍이기 시작했습니다.

그 아이들을 어떻게 진정시켰는지, 어떻게 모두 재웠는지 기억도 안 납니다. 그 밤이 끝나지 않을 것만 같았고, 바깥에선 바람이 계속해서 — 이제는 악의적으로 느껴지는 — 고함을 질러댔고, 계속해서 눈이 내렸다는 것 외에는요. 제임스는 다음날 오후 늦게야 겨우 깨어나 정신을 차리고는 무슨 일이 벌어졌는지 떨리는 목소리로 이야기해줬습니다. 폭풍이 몰아닥쳤을 때, 제임스는 공포에 질려 혼자 돌아가려고 했습니다. 하지만 한 치 앞이 보이지 않을 정도로 눈이 퍼붓는 데다 바람이 어찌나 거센지 그는 연거푸 호수로 다시 떠밀려 갔습니다. 여기서 죽는구나 하고 포기하려던 바로 그 순간, 희미하게 개 짖는 소리가 들리더니 퍼시벌의 밝은 심홍색 모자 꼭대기가 보였고, 이젠 살았다고 생각했죠.

퍼시벌이 내민 팔을 제임스가 잡았지만, 그 순간 강력한 돌풍이 불어와 퍼시벌까지 얼음 위로 미끄러져 내려와 두 사람 다 눈더미에 내동댕이쳐졌습니다. 둘은 다시 일어나 연못 가장자리로 한 걸음 한 걸음 함께 나아갔지만, 또다시 쓰러졌죠. 하지만 또 한 번 바람에 밀려 두 번째로 넘어졌을 때, 퍼시벌이 공교로운 각도로 넘어져버렸어요. 손에 도끼를 들고 있었는데 — 퍼시벌은 도끼로 호숫가를 찍은 다음 그걸 지지대 삼아 호수 밖으로 나오려고 했답니다 — 그게 얼음을 찍는 바람에 발밑 얼음이 금이 간 겁니다.

"이런," 퍼시벌이 외쳤습니다. "제임스, 얼음 밖으로 나가."

제임스는 그렇게 했고 — 개들이 물가로 다가와서 그 목줄기를 잡고 버티고 나올 수 있었답니다 — 그런 다음 돌아서서 퍼시벌에게 팔을 내밀었습니다. 퍼시벌은 다시 한번 얼음 위를 지치며 호숫가를 향해 다가왔지만, 제임스의 팔을 잡기도 전에 또 한 번의 돌풍을 맞고 세 번째로 넘어졌고 이번에는 거미줄처럼 실금이 간 얼음 옆에 자빠지고 말았습니다. 순간 얼음이 소름 끼치는 신음소리를 내며 갈라졌고, 물이 퍼시벌을 집어삼켰습니다.

제임스가 공포에 질려 필사적으로 고함을 지르고 있는데, 순간 퍼시벌의 머리가 떠올랐습니다. 조카는 퍼시벌의 벨트에서 풀려나와 있던 밧줄 끝부분을 잡고 그에게 던졌습니다. 하지만 퍼시벌이 바깥으로 기어 나오려는 순간 얼음구멍이 더 갈라지면서 그의 머리는 다시 한번 수면 밑으로 사라졌습니다. 물론 그때쯤 제임스는 제정신이 아니었지만, 퍼시벌은 굉장히 침착했다고 하더군요. "제임스," 그가 말했습니다. "집으로 가서 구조대를 보내라고 해줘. 로지 ― 두 마리 개들 중 하나입니다 ― 가 나랑 있을 거야. 루퍼스를 데리고 가서 무슨 일이 있었는지 말해." 그리고는 제임스가 주저하자 외쳤습니다. "가! 어서!"

그래서 제임스는 그 자리를 떠났습니다. 돌아보니 로지가 얼음 위로 퍼시벌에게 살살 다가가고 퍼시벌이 로지를 향해 팔을 뻗는 게 보였다더군요.

몇 미터도 가지 않아 뒤에서 둔탁한 소리가 들렸습니다. 바람이 너무 거세서 온갖 소리를 덮었지만, 제임스는 뒤로 돌아 한 치 앞도 보이지 않는 눈보라를 헤치며 루퍼스와 함께 연못으로 되돌아갔습니다. 로지가 얼음 위에서 계속 짖으면서 빙빙 원을 그리며 달리고 있는 모습이 보였고, 그러자 루퍼스도 그쪽으로 달려가더니 두 마리가 함께 서서 낑낑댔습니다. 눈보라 사이로 퍼시벌의 빨간 장갑이 얼음표

면을 붙들고 있는 게 보였지만, 퍼시벌의 머리는 보이지 않았습니다. 하지만 물이 요동치는 모양으로 보아 몸부림의 흔적 같은 게 보였습니다. 그러더니 빨간 장갑이 스르르 미끄러지면서 퍼시벌은 사라져 버렸습니다. 제임스가 서둘러 연못으로 갔지만, 얼음 위로 발을 내딛자 얼음이 조각조각 금이 가며 발이 빠졌고, 가까스로 다시 물가로 기어 올라오기 무섭게 얼음이 다시 깨어졌습니다. 개들을 소리쳐 불렀지만, 로지는 아무리 불러도 깨진 얼음판 위에서 꼼짝도 하지 않았습니다. 루퍼스가 그를 안내해 집으로 오는 도중에도 몇 분 동안이나 로지의 울부짖음이 바람결에 실려 들려왔습니다.

제임스는 울면서 이 이야기를 전했고, 이제는 숨을 헐떡이며 흐느끼기 시작했습니다. "죄송해요, 찰스 삼촌!" 그가 말했습니다. "정말 죄송합니다, 들라크루아 씨!"

"그 애는 가라앉기도 전에 죽었을 겁니다." 마르셀이 목이 꽉 막힌 이상한 목소리로 조그맣게 말했습니다. "개들이 구할 수 있었다 하더라도요."

"퍼시벌은 수영을 못해요." 올리비에가 나지막이 덧붙였다. "가르치려고 애썼지만 배우질 못했어요."

짐작하시겠지만, 그날 밤도 끔찍했습니다. 전 제임스가 겨우 잠이 들 때까지 꼭 안고 어르며 달래줬습니다. 다음 날에는 눈과 바람이 멈추더니 하늘이 화창하고 파랗게 변했지만, 날씨는 더 추워졌어요. 저랑 퍼시벌의 사촌들 몇이서 얼음집까지 눈을 치워 길을 냈고, 마르셀과 줄리엔은 땅이 녹아 제대로 매장할 수 있을 때까지 퍼시벌의 시신을 거기다 두기로 했습니다. 그다음 날 제임스와 저는 그곳을 떠났고, 뱅고르에 들러 여동생에게 그간의 사정을 알렸습니다.

아시겠지만, 그 이후로 많은 것이 바뀌었습니다. 사업 차원의 이야기가 아닙니다. 거기 대해선 감히 물어볼 생각조차 못하고 있어요 — 전 들라크루아 가족에게 깊은 애도의 뜻을 전했고, 아버지는 그 가족들이 계획하고 있던 훈제소를 지을 돈을 보냈습니다. 하지만 아무런 답도 듣지 못했어요.

제임스는 이제 굉장히 변했습니다. 연말 내내 방안에 틀어박혀 거의 먹지도 않고 말도 하지 않고 지냈어요. 그저 멍하니 앉아 있기만 하고, 가끔은 울기도 하지만 대부분은 아무 말도 하지 않습니다. 제임스의 형제들과 엄마, 제가 아무리 애를 써도 예전의 제임스로 되돌릴 수 없을 것 같아요. 조카는 퍼시벌의 비극적 죽음이 자기 탓이라고 생각하고 있어요. 네 잘못이 아니라고 제가 아무리 말해도 소용이 없어요. 사업은 남동생이 임시로 맡아 운영하고 여동생과 저는 가능한 모든 시간을 제임스와 함께 보내고 있습니다. 그 슬픔의 안개를 뚫어서 다시 한번 제임스의 소중한 웃음소리를 들을 수 있기를 바라면서요. 제임스에게, 사랑하는 누이에게 무슨 일이 생길까 봐 두렵습니다.

끔찍하고 이기적인 말처럼 들리겠지만, 최근 매일매일 몇 주를 제임스와 함께 보내면서 전 자꾸 지난번 우리의 대화를 떠올리곤 했습니다. 제가 — 너무 많은 말을 해서, 너무 감정에 빠져들어서, 그리고 당신에게 너무 부담을 줘서 — 당황한 나머지 그냥 자리를 피해버렸던 그때의 대화를 생각하며 당신이 절 어떻게 생각하실지 궁금해합니다. 비난의 뜻으로 하는 말이 아니라, 그 일 때문에 편지를 쓰시지 않는 걸까 궁금한 겁니다. 물론 당신은 제 침묵을 관심 없는 것으로 오해하고 기분 상하셨을 수도 있겠지요. 이해합니다.

퍼시벌의 죽음으로 인해 윌리엄에 대해서, 윌리엄이 죽었을 때의 그 미칠 듯한 슬픔에 대해서 더 자주 생각하게 됐습니다. 그리고 당신과 함께 한 짧은 시간 동안, 삶의 기쁨뿐만 아니라 슬픔도 나눌 수 있는 동반자와 함께 하는 삶을 다시 꿈꾸기 시작했던 것에 대해서도요.

소식 전하지 못한 결례를 부디 용서해주시기를, 그리고 이 긴 편지가 저의 여전한 관심과 애정을 분명히 보여주기를 바랍니다. 두 주 후에 당신 도시로 돌아갑니다. 제가 찾아뵙는 것을 부디 허락해주시기 바랍니다. 그저 직접 뵙고 용서라도 구하고 싶습니다.

당신과 가족분들의 건강을 바라며 늦은 새해 인사를 전합니다. 답장을 기다리겠습니다.

진심을 담아,
찰스 그리피스

#8

데이비드는 찰스의 이야기를 읽고 몇 분 동안 멍하게 앉아 있었다. 그 이야기에 그가 느끼고 있던 현란한 행복감뿐만 아니라 할아버지를 향해 느꼈을지 모를 짜증까지 갑자기 김이 빠져버렸다. 가엾은 제임스를 생각하니 마음이 아팠다. 찰스가 말했듯이 그의 인생은 이제 완전히 달라졌고 그는 앞으로 영원히 이 일을 잊지 못하고 괴로워할 것이다―그의 잘못은 아니지만, 그는 절대 그 사실을 완전히 받아들이지 못할 것이다. 남은 인생 내내 자기가 저질렀다고 생각하는 일을 변명하거나 아니면 부정하려 애쓰며 살게 될 것이다. 첫 번째 길을 따르면 나약한 사람이, 두 번째 길을 따르면 모진 사람이 될 것이다. 그리고 가엾은 찰스, 또다시 죽음과 마주치다니, 또다시 그런 젊은이의 죽음에 휘말리다니!

하지만 스스로가 부끄럽기도 했다. 할아버지가 편지를 건네주기 전까지 그는 찰스 그리피스를 완전히 잊고 있었기 때문이다.

아니, 어쩌면 완전히 잊어버린 건 아니지만, 더 이상 그가 궁금하지 않았다. 또, 결혼에 대해서도 예전과는 달리 흥미를 잃었다. 어차피 경계심이 뒤섞인 흥미이긴 했지만. 갑자기 때맞춰 고분고분 결혼하는 것이, 사랑을 포기하고 안정이나 체면이나 확실성을 택하는 것이 겁쟁이 선언처럼 느껴졌다. 다른 인생을 살 수 있는데 왜 체념하고 칙칙한 인생을 받아들이겠는가? 상상해봤다—찰스 그리피스의 집을 한 번도 본 적 없으니 부당한 상상이라는 것은 알지만—아름다운 수국 덤불 울타리에 둘러싸인 넓지만 수수한 흰 판벽이 널 저택에서 할머니처럼 무릎에 책을 올려놓고 흔들의자에 앉아 바다를 바라보며 현관에 들어서는 남편의 묵직한 발소리를 기다리는 자신의 모습을. 순간적으로 또다시 할아버지에게, 그를 그런 무미건조한 삶 속으로 폐기처분하려는 할아버지에게 화가 치밀어 올랐다. 할아버지는 그게 그가 바랄 수 있는 최대치라고 생각하는 걸까? 말로는 반대하면서도 사실은 그에게 가장 적합한 곳은—보호 시설은 아니라 해도—학교, 그다음에는 가정이라고 믿는 걸까?

이런 복잡한 생각에 빠져 할아버지 응접실로 들어오다가 문을 살짝 세게 닫는 바람에 할아버지가 놀라서 고개를 들고 쳐다봤다. "죄송합니다." 그가 중얼거리자, 할아버지는 그저 이렇게만 물었다. "뭐라고 썼더냐?"

그는 아무 말 없이 할아버지에게 편지를 건넸고, 할아버지는

122

편지를 받아 안경을 펴고 읽기 시작했다. 데이비드는 할아버지를 지켜봤고, 깊어지는 미간 주름으로 보아 이야기의 어디쯤 왔는지 알 수 있었다. "세상에," 마침내 할아버지가 안경을 벗어 다시 접으며 말했다. "이런 가여운 일이 있나. 애들도, 그 가족도. 그리고 찰스 그리피스도—마음고생이 심해 보이는구나."

"네, 끔찍한 일이에요."

"지난번 대화로 당황했다고 하는데, 그건 무슨 소리냐?"

그는 할아버지에게 찰스의 외로움에 대해, 그가 속내를 기꺼이 털어놓았던 일에 대해 말했고, 할아버지는 비난이 아니라 공감을 표하며 고개를 저었다.

"그래서," 잠시 침묵하던 할아버지가 말했다. "다시 만날 생각이냐?"

"모르겠어요." 데이비드는 무릎만 쳐다보며 잠시 침묵을 지키다 대답했다.

세 번째 침묵이 이어졌다. "데이비드," 할아버지가 상냥하게 말했다. "무슨 문제라도 있는 거냐?"

"무슨 말씀이세요?"

"네가 요즘 좀—멀게 느껴져서. 너 괜찮은 거냐?"

그 순간 그는 할아버지가 그의 증상이 또 시작되었다고 생각하고 있다는 것을 깨달았다. 그게 짜증 나면서도 할아버지가 자신의 생활을 얼마나 잘못 해석하고 있는지, 자신을 얼마나 모르는지 실소가 나오려 했고, 그걸 이해하자 슬프기도 했다.

"전 정말 괜찮아요."

"난 네가 그리피스 씨와 만나는 걸 좋아한다고 생각했다."

"좋아해요."

"그 신사는 너와 만나는 걸 정말로 좋아하는 것 같더구나. 데이비드. 그렇게 생각하지 않니?"

그러더니 할아버지는 의자에서 일어나 부지깽이를 들고 난롯불을 쑤시고는 켜켜이 쌓인 땔나무들이 타오르며 무너지는 것을 지켜보았다. "제 생각엔," 그랬다가, 할아버지가 아무 말도 하지 않자 물었다. "왜 제가 결혼하길 바라시는 거죠?"

할아버지의 목소리에서 놀란 감정이 느껴졌다. "무슨 소리냐?"

"할아버진 결혼은 제 결정에 따른다고 하시지만, 제가 보기엔 결혼은 분명 할아버지가 결정하는 문제 같아요. 할아버지와 그리피스 씨가요. 왜 제가 결혼하길 바라시는 거죠? 그게 저한텐 최대치라고 생각하시기 때문인가요? 제가 스스로를 돌볼 수 없다고 생각하시기 때문인가요?"

차마 돌아서서 할아버지의 얼굴은 볼 수 없었지만, 난롯불과 무례한 언행으로 인해 자기 얼굴이 화끈 달아오르는 것은 느껴졌다.

"왜 그런 소리를 하는지 모르겠구나, 이해도 안 되고." 할아버지가 천천히 말하기 시작했다. "너뿐만 아니라 모두에게 말했지만, 난 내 손주들이 결혼해야 하는 이유는 오로지 동반자 때문이라고 분명히 말해왔다. 데이비드, 그 가능성에 관심을 보였던 건 너야. 그래서 우리가 맞선 제안을 받는다고 프랜시스가 알리기 시작했는데. 너도 알다시피, 신사들―나무랄 데 없는 후보자들이라고 짚고 넘어가는 게 좋겠구나―을 만나보기도 전에 몇 차례 맞선을 거절한 건 너 아니냐. 그래서 그리피스 씨의 제안이 들어왔을 때, 프랜시스가 내게 제안했다. 모두 시간을 더 낭비하기 전에 적어도 그 신사를 만나볼 생각을 *해보라고* 너한테 강력하게 이야기하라고. 나도 동의했다. 이건 *네* 미래의 행복을 위해서야, 데이비드—이 모든 게. 내가 좋자고, 아니면 프랜시스가 좋자고 하는 일이 아니다, 믿어. 널 위해, 오로지 널 위해 해온 일이야. 내 말에서 혹시 화나 언짢은 기색이 느껴진다면, 그건 내 진심이 아니야—난 그저 당황스러울 뿐이다. 책임지고 결정 내릴 사람은 *너*야, 그리고 이 과정이 진행된 것도 *네가* 그러자고 해서고."

"그러니까, 제가 이제까지 수두룩한 후보자들을 거절했기 때문에 이제 남은 사람이라고는—뭐죠? 아무도 거들떠보지도 않을 사람들? 홀아비? 교육도 안 받은 늙은 남자라고요?"

그 말이 끝나기 무섭게 할아버지가 벌떡 일어나는 바람에 데이비드는 자기를 때리려는 줄 알고 놀랐지만, 할아버지는 데이비드의 어깨를 잡고 얼굴을 똑바로 마주보게 했다.

"놀랍구나, 데이비드. 난 너도, 네 동생들도 다른 사람들에 대해 그런 식으로 말하도록 키우지 않았다. 넌 젊어, 그래, 그 신사보다 젊지. 하지만 넌—난 그렇게 생각했었다—현명하고, 그 신사는 분명 좋은 사람이야. 많은 결혼이 훨씬, 훨씬 못한 이유로도 이루어진다. 무엇 때문에 네가 이렇게—이렇게 성질을 부리는지, 이런 의심을 품게 된 건지 이해할 수가 없구나.

그 신사는 분명히 너를 좋아해. 심지어 사랑할 수도 있고. 네가 무슨 걱정을 하고 있건—예컨대, 네가 살고 싶은 곳이라거나 하는 문제―그 사람은 뭐든 의논할 자세가 되어 있을 거야. 그리피스 씨는 시내에 집이 있어. 네가 꼭 매사추세츠에서 살아야 한다는 뜻을 프랜시스에게 비친 적은 결코 없다, 만약 그게 네 걱정이라면 말이다. 하지만 네가 정말로 그 신사에게 관심이 없다면, 반드시 말해야 해. 그게 그 신사 분에 대한 너의 예의다. 그리고 직접 만나서, 감사를 전하며 친절하게 말해야 하고.

난 네게 무슨 일이 벌어지고 있는지 몰라, 데이비드. 지난 한 달 동안 넌 변했어. 계속 그 이야기를 하려고 했지만, 네가 도무지 그럴 기회를 주지 않더구나."

할아버지가 말을 마치자, 데이비드는 다시 난롯불로 시선을 돌렸다. 수치심으로 얼굴이 뜨겁게 달아올랐다.

"아, 데이비드," 할아버지가 상냥하게 말했다. "넌 내게 너무도 소중한 아이야. 네 말이 참으로 옳아―난 진심으로 네가 널 돌봐줄 사람과 함께하길 바란다. 너한테 그럴 능력이 없다고 생각해서가 아니라 다른 사람에게도 보살핌을 받을 때 네가 가장 행복할 거라고 믿기 때문이야. 유럽에서 돌아온 이후로 넌 점점 더 세상과 멀어져갔지. 네 병들이 견디기 힘들다는 걸 안다―그 때문에 네가 얼마나 고갈됐는지, 그리고 그 병을 얼마나 부끄러워하는지도 잘 안다. 하지만 얘야, 이 사람은 과거 깊은 슬픔과 병을 겪었고 거기서 도망치지 않은 사람이야. 그러니 고려해볼 만한 사람이다. 네 행복을 늘 자기 일로 여길 사람이니까. 널 위해서 그런 사람을 바라는 거야."

두 사람은 말없이 함께 서 있었다. 할아버지는 그를, 데이비드는 바닥만 바라봤다. "말해봐라, 데이비드." 할아버지가 천천히 말했다. "다른 사람이 있는 거냐? 말해도 좋아, 얘야."

"아니에요, 할아버지." 그는 바닥에 대고 말했다.

"그렇다면," 할아버지가 말했다. "곧장 그리피스 씨에게 편지를 써서 다시 만나자는 요청을 수락한다고 말해라. 그리고 만난 자리에서 완전히 헤어지던지, 아니면 계속 연락할 생각이라고 꼭 말해야 한다. *진짜로* 계속 만나기로 결정한다면—내 생각은 물어보지 않았지만, 난 네가 그래야 한다고 본다—진지하고 관대한 마음으로 만나야 해. 넌 그럴 수 있는 사람이라는 걸 안다. 그게 그 사람에 대한 예의야. 약속해주겠니?"

데이비드는 그러겠다고 대답했다.

#9

다음 며칠은 평상시답지 않게 바빠서―하루 저녁은 울프의 생일이어서 가족들이 모였고, 그 다음날 저녁에도 일라이저의 생일이어서 모였다―다음 주 목요일이 되어서야 그는 수업을 마친 후 학교 밖에서 에드워드를 만날 수 있었고, 함께 하숙집으로 걸어갔다. 가는 길에 에드워드는 왼팔을 슬쩍 데이비드의 오른팔 사이로 끼워 넣었고, 누군가와 팔짱을 끼고 걸어본 적 없던 데이비드는 에드워드를 더 가까이 끌어당겼다. 처음에는 혹시라도 마부가 봤을까 봐 뒤를 돌아보며 확인하기는 했다. 애덤스에게, 그래서 할아버지에게까지 보고가 들어가는 것은 원치 않았기 때문이다.

그날 오후 함께 누워 있을 때―데이비드가 가져온 연한 비둘기색 고급 모직 담요에 에드워드는 감탄했고, 이제 두 사람은 그 담요를 둘둘 말고 있었다―에드워드가 친구들 이야기를 들려줬다. "부적응자 무리지." 그는 거의 자랑하듯 웃었고, 친구들은 정말 그래 보였다. 코네티컷의 부유한 집안의 방탕한 딸로 "당신이 질색하는 나이트클럽" 가수가 되고 싶어 하는 시어도라. 땡전 한 푼 없지만 엄청나게 잘 생겼고 "할아버님이 아실 수도 있을―굉장히 부유한 은행가"의 동반자인 해리. 화가라지만 이야기를 들어보면 부랑자 같은 느낌의 프릿츠 (물론 데이비드는 그 이야기는 하지 않았다). 미술학교에 다니며 돈을 벌기 위해 그림 과외를 하는 마리앤. 모두 같은 부류의 사람들이었다. 젊고, (출생 환경상 일부에 국한되지만) 가난하고, 태평한 사람들. 데이비드는 그 친구들을 상상해봤다―반짝이는 검은 머리에 예쁘고 날씬하고 신경질적인 시어도라. 금발 머리에 검은 눈, 두툼한 입술을 가진 해리. 창백한 얼굴에 능글맞은 옅은 미소를 띠고 안절부절못하는 프릿츠. 덥수룩한 복숭아색 곱슬머리를 하고 악의 없는 미소를 띤 마리앤. "언젠가 정말 만나보고 싶어." 그는 진짜로 만나고 싶은지도 잘 모르면서 말했고―그 친구들은 존재하지 않는 척, 에드워드는 자기만의 것인 척하고 싶었다―에드워드는 마치 다 안다는 듯이 그저 미소를 지으며 언젠가는 만날 거라고 말했다.

순식간에 가야 할 시간이 됐고, 그는 코트 단추를 잠그며 말했다. "그럼 내일 봐."

"아, 이런―깜박했네. 나 내일 떠나!"

"떠난다고?"

"응, 누나가―버몬트에 있는 누나 둘 중 하나―곧 아기를 낳아서, 누나랑 다른 사람들 좀 보러 가려고."

"아." 그가 말했다. (만나자는 말을 안 했으면 에드워드는 말도 안 했을까? 데이비드는 평소처럼 하숙집에 와서 자기가 왔다고 알리고 응접실에 앉아 에드워드가 나타나기를 기다렸을까? 얼마나 기다리다—한 시간 이상은 당연하고, 몇 시간이나?—실패를 인정하고 워싱턴 스퀘어로 돌아갔을까?) "언제 돌아오는데?"

"2월 말."

"하지만 그건 너무 길잖아!"

"별로 안 길어! 2월은 짧잖아. 게다가 마지막 날도 아니고—2월 20일에 와. 전혀 안 길다고! 그리고 편지도 쓸 테고." 에드워드의 얼굴에 의미심장한 미소가 서서히 번져나가더니 담요를 옆에다 휙 던지고는 팔로 데이비드를 껴안았다. "왜? 내가 보고 싶을 거라서?"

그는 얼굴을 붉혔다. "알면서."

"그래도 너무 귀엽잖아! 너무나 영광입니다." 지난 몇 주 동안 에드워드의 말투에서 연극적 느낌, 극적 어조가 좀 사라졌는데, 지금 그 말투가 다시 돌아왔다. 그 억양을 다시 듣자 데이비드는 갑자기 불편해졌다—전에는 그를 동요시키지 않았던 것들이 이제는 가짜에다 경박하고, 이상하게 불안하게 느껴졌다. 그래서 에드워드에게 작별 인사를 하는 데이비드의 마음속에는 진심 어린 슬픔뿐만 아니라 뭔가 다른 감정, 뭐라고 형언할 수 없지만 불쾌한 감정이 뒤섞였다.

하지만 다음 주가 되자, 그런 불편함은 안개처럼 사라지고 순수한 그리움으로 바뀌었다. 이렇게 순식간에 사람을 바꿔놓다니! 그가 없는 삶의 황량함이란! 이제 데이비드의 오후는 또다시 공허해졌고, 그 시간을 예전처럼 독서와 스케치, 자수를 하며 보냈지만, 대부분은 망상을 하거나 공원을 무기력하게 산책하며 보냈다. 심지어 에드워드와 처음으로 커피를 마실 뻔했던 카페에도 가봤고, 이번에는 앉아서 커피를 주문해 천천히 마시며 문이 열릴 때마다 에드워드가 들어올 것처럼 그쪽을 힐끔거렸다.

카페에서 돌아오니 애덤스가 편지가 와 있다고 알렸다. 찰스 그리피스의 편지였다. 다음 주 이곳 집에 있으니 데이비드를 저녁 식사에 초대한다는 내용이었다. 그는 정중하게 초대에 응했지만, 전혀 기대는 되지 않았다. 그건 그저 할아버지의 요청과 직접 사과하고 싶다는 찰스의 요청을 존중하기 위해서였고, 만나기로 한 날 저녁에는 그 카페에서 너무 늦게 귀가한 나머지 간신히 옷을 갈아입고 얼굴을 대충 씻은 다음 부랴부랴 기다리는 마차에 올라탔다.

찰스 그리피스의 집은 5번가 옆 대로변이긴 하지만 데이비드가 어린 시절 살던 집 근처에 있었다. 그 집도 컸지만, 찰스의 집은 더 컸고 대놓고 호화로웠다. 곡선을 그리며 내려오는 넓은 대리석 계단이 응접실 바닥까지 이어져 있었고, 찰스는 그를 기다리고 있다가 데이비드가 들어오기 무섭게 벌떡 일어났다. 그들은 정중하게 악수를 나눴다.

"데이비드―이렇게 만나니 너무 반갑군요."

"저도요." 그가 대답했다.

자기가 말해놓고도 놀랐지만, 그 말은 사실이었다. 그들은 호사스러운 응접실에 앉았고―데이비드는 이런 것들에 관심이 많은 피터가 이곳을 본다면 얼마나 콧방귀를 뀔까 생각했다. 과하게 화려한 직물과 색깔들, 지나치게 사치스러운 소파들, 즐비하게 놓인 번쩍이는 램프들, 그림은 거의 없고 무늬를 넣어 짠 직물, 브로케이드가 걸린 벽들―이번에도 대화는 자연스럽게 이어졌다. 데이비드가 제임스의 안부를 묻자 슬픈 표정이 찰스의 얼굴을 스치고 지나갔고 ("물어봐주셔서 감사합니다만, 조카는 아직도 별로 달라지지 않았어요."), 그들은 들라크루아 가족의 계속된 침묵에 대해, 각자 연말을 어떻게 보냈는지 이야기했다.

저녁 식탁에 앉았을 때, 찰스가 말했다. "굴 스튜를 가장 좋아하신다고 하셨죠."

"맞아요." 맛있는 향기를 풍기는 김이 모락모락 나는 수프 그릇이 식탁에 놓이고 그의 그릇에 수프가 한 국자 가득 담겼다. 그는 맛을 보았다―수프는 진하고 간이 적당했고, 굴은 통통하고 부드러웠다. "맛있네요."

"입맛에 맞으신다니 기쁩니다."

그는 그 태도에, 그리고 그 스튜의 뭔가―너무도 소박하고 정직한 음식, 고작 두 사람이 아니라 스무 명은 앉을 수 있을 길고 윤기 흐르는 식탁, 방금 따온 꽃들이 담긴 꽃병들이 시선 닿는 곳마다 놓인, 공들여 장식한 식당에서 먹으니 더욱 소박하고 정직하게 느껴지는 음식―에 감동했고, 이런 준비를 한 다정한 마음을 생각하자 찰스에게 따뜻한 정이 느껴지면서 뭔가 보답해주고픈 생각이 들었다. "그거 아세요?" 그는 스튜를 한 그릇 더 받으며 이야기를 시작했다. "제가 이 근처에서 태어났다는 거?"

"궁금했습니다." 찰스가 말했다. "아직 어렸을 때 부모님이 돌아가셨다고 전에 말씀하셨죠."

"네, 71년도에요. 전 다섯 살이었고, 존은 네 살, 이든은 두 살이었죠."

"독감 때문이었나요?"

"네―순식간에 돌아가셨어요. 그 직후에 할아버지가 우릴 거두셨죠."

찰스가 고개를 저었다. "가엾은 어르신―아들과 며느리를 그렇게 잃으시고."

"네, 그리고 꼬마 악마 셋을 짊어지게 되신 거죠, 한 달도 안 되는 사이에."

찰스가 웃었다. "당신은 절대 아니었을걸요."

"아, 하지만 우린 그랬어요. 제가 힘든 아이였긴 해도, 존이 더 했지만."

그 말에 두 사람 다 웃음을 터뜨렸고, 그는 자기도 모르게 한동안 이야기한 적 없던 얼마 안 되는 부모님 기억들을 꺼내놓기 시작했다. 부모님은 아버지는 은행가, 어머니는 변호사로 빙엄 브러더스에서 일했다. 기억 속 부모님은 언제나 어디론가 떠나고 있었다―아침에는 직장으로, 저녁에는 정찬 모임과 파티 또는 오페라나 극장으로. 아련한 기억 속 어머니 모습은 콧날이 길고 곧고 숱 많은 검은 머리를 한 단정하고 날씬한 여성이지만, 그게 정말로 자기가 기억하는 어머니인지 어머니가 돌아가셨을 때 받은 조그만 초상화를 보고 머릿속에서 만든 이미지인지 알 수가 없었다. 아버지에 대한 기억은 더 적다. 아버지는 금발에 녹색 눈―할아버지는 아이는 너무 많고 돈은 너무 없었던 한 독일인 직원 가족의 아기를 입양해서 홀로 길렀다―을 가지고 있었고, 그 색깔을 삼남매에게 물려줬다. 아버지는 점잖았지만 어머니보다는 장난기가 있어서, 일요일 교회에서 돌아오면 데이비드와 존을 앞에 세워 놓고 꼭 쥔 두 주먹을 내밀곤 했다. 그들은―한 주는 데이비드가, 그 다음 주에는 존이―어느 주먹에 사탕이 숨어 있는지 선택했고, 추측이 틀리면 아버지는 늘 휙 돌아서서 가버리고 아이들은 항의했고, 그러면 아버지는 미소를 지으며 다시 돌아와 사탕을 나눠주곤 했다. 할아버지는 늘 기질상 데이비드는 아버지를 닮았고 존과 이든은 어머니를 닮았다고 말했다.

형제들 이야기가 나온 김에 그는 존과 피터는 결혼하고 나서 점점 감수성이나 습관이 닮아간다고, 두 사람 다 빙엄 브러더스에서―부모님이랑 똑같이 존은 은행가로, 피터는 변호사로―일하고 있다고 설명했다. 그리고 이든과 이든이 하는 의학 연구, 일라이저의 자선 사업 이야기도 했다. 찰스는 그 이름을 다 알고 있었고―모든 사람이 아는 이름이다. 그들이 갈라에 참석하거나 코스튬 파티를 주최한 소식, 이든의 감각과 재치, 존의 화술을 찬미하는 글이 사교란에 늘 실리니까―데이비드에게 동생들을 좋아하냐고 물었다. 데이비드는 찰스의 의견에 대단히 신경 쓰지도 않는데도, 왠지 모르게 거짓말을 하며 그렇다고 대답했다.

"그러니까, 당신과 이든이 반란군이군요, 가업을 함께 하지 않으니. 아니, 존이 반란군일 수도 있겠네요. 결국 수적으로 열세에 몰렸으니까!"

"그러게요." 대답은 했지만, 그는 이제 대화가 어디로 이어질지 알기 때문에 점점 더 불안해졌고, 그래서 찰스가 묻기 전에 먼저 말을 꺼냈다. "저도 정말로 할아버지와 일하고 싶었어요─진짜예요. 하지만 전." 당황스럽고 끔찍하게도, 더 이상 말이 나오지 않았다.

"음," 찰스는 데이비드가 남긴 침묵 속으로 상냥하게 말했다. "하지만 당신은 근사한 화가라던데요. 예술가가 은행에서 힘들게 일하며 인생을 낭비해서는 안 되는 법이죠. 할아버지도 분명 동의하실 거예요. *저희* 집안에서 조금이라도 예술적 기량을 보이는 사람이 나온다면, 장담하는데 저흰 그 친구가 숫자를 기록하고 해도를 만들고 업자들을 달래고 합의 중개나 하면서 살게 하지 않을 겁니다! 하지만 슬프게도 그럴 일은 거의 없어 보이네요. 안타깝지만 우리 그리피스는 극단적으로 평범하고 실제적인 사람들이거든요!" 그가 웃자 분위기가 밝아졌고, 데이비드도 정신을 차리고 드디어 같이 웃었다. 찰스가 벅차게 고마웠다.

"실용적인 건 장점이죠." 그가 말했다.

"그럴지도 모르죠. 하지만 지나치게 실용적이면 굉장히 따분해요, 어떤 장점이건 지나치면 다 그렇듯이."

저녁 식사를 하고 술도 한 잔 한 다음, 찰스가 그를 입구까지 배웅해줬다. 찰스가 두 손으로 자기 손을 잡은 채 꾸물거리는 모습으로 보아 키스하고 싶어 한다는 것을 데이비드는 눈치챘다. 하지만 저녁 시간도 즐거웠고 솔직히 찰스가 마음에 들었는데도, 사실 굉장히 마음에 들었는데도, 그는 와인을 마셔 불그스레해진 찰스의 얼굴과 솜씨 좋게 재단된 조끼로도 감춰지지 않는 뱃살에서 눈을 뗄 수가 없었고, 계속해서 그와 에드워드를, 그 마르고 날씬한 체격, 그 매끄럽고 창백한 피부를 부정적으로 비교하고 있었다.

찰스가 그에게 애정을 강요하지 않으리라는 건 알고 있었기 때문에 그는 자기의 뜻이 확실하게 전달되기를 바라는 마음으로 그냥 다른 한 손을 찰스의 손 위에 얹고 즐거웠다고 감사 인사를 했다.

실망했을 수도 있겠지만, 찰스는 티를 내지 않았다. "당신이라면 언제나 환영이에요." 그가 말했다. "몹시 힘든 해였는데, 당신을 만나니 그래도 조금 행복하네요."

"하지만 아직 연초인 걸요."

"그렇죠. 그래도 당신이 또 만나주신다면, 분명히 더 좋은 날만 있을 겁니다."

그는 그러겠다고 대답하든지, 아니면 찰스의 결혼 제안을 거절해야 한다는 것을 알고 있었다. 그 제안을 깊이 감사하고 영예롭게 여기며―정말로 그랬다―앞으로 많은 행복과 행운이 함께 하길 바란다고 말해야만 했다.

하지만 그날 밤 두 번째로 아무 말도 나오지 않았다. 찰스는 데이비드의 침묵을 암묵적 동의로 받아들였는지 그냥 고개 숙여 그의 손에 입을 맞추고는 문을 열었다. 쌀쌀한 밤공기 속에서 점점이 내리는 하얀 눈을 검은 코트에 맞으며 보도에서 기다리고 있던 빙엄가의 보조 마부가 부지런히 마차 문을 열었다.

#10

다음 주에는 (지난주에 그랬듯이) 매일매일 에드워드에게 편지를 썼다. 에드워드는 첫 번째 편지에서 누나 집 주소를 알려주겠다고 약속했지만, 떠난 지 거의 두 주가 되었는데도 편지 한 통 없었다. 데이비드는 그 주소를 알기 위해 하숙집에도 물어봤고 심지어 그 무서운 사감과의 만남까지 감수했지만, 더 이상의 정보를 가진 사람은 아무도 없었다. 그래도 그는 하루에 한 통씩 계속 편지를 썼고, 에드워드가 하숙집에 자기 거처를 알릴 경우를 대비해 하인을 시켜 에드워드의 하숙집으로 보냈다.

정처 없는 공허가 절망으로 변하기 시작하자, 그는 밤마다 다음 날 할 일, 첫 번째 우편물이 오는 시각을 딱 넘길 정도까지 워싱턴 스퀘어에서 떠나 있을 수 있는 일을 계획했고, 박물관이나 클럽에 가거나 일라이저―동생들 중 그는 일라이저를 제일 좋아해서 이든이 수업에 가고 없는 시간에 종종 찾아가곤 했다―를 만나 이야기를 하다 그 시각에 맞춰 마차에서 내리거나 건물 모퉁이를 돌며 나타나곤 했다. 할아버지는 찰스 그리피스와의 저녁 식사에 대해 의미심장한 침묵을 지켰고, 그도 굳이 나서서 설명하지 않았다. 삶은 에드워드 이전의 리듬을 되찾았지만, 이제는 전보다 더 회색빛이었다. 이제는 그는 우편물이 오고도 30분은 지나고서야 마침내 집 계단을 올랐고, 애덤스나 매튜에게 우편물 여부를 묻지도 않았다. 마치 그렇게 하면 그의 자제심과 인내심에 대한 보상으로 편지가 나타나기라도 할 것처럼. 하지만 하루, 그리고 또 하루가 가도 배달부가 가져온 것은 극장에 가자고 청하는 찰스의 편지 두 통뿐이었다. 첫 번째는 가족 행사를 핑계로 곧장 정중히 거절했고, 두 번째는 에드워드에게 온 편지가 아니라는 게 화가 나서 무시하고 있다가 결례를 저지를 지경이 되어서야 감기로 집에 있다는 짤막한 사과 편지를 보냈다.

에드워드가 가고 세 번째 주가 시작되었을 때, 그는 에드워드의 소재를 알아내고야 말겠다고 작정하고 그날 쓴 편지를 가지고 마차를 타고 서쪽으로 갔다. 하지만 하숙집에 있는 사람은 대부분의 시간 구정물 양동이 같은 걸 들고 이 층에서 저 층으로 힘겹게 다니는 파리한 어린 여자 하녀뿐이었다. "전 몰라요." 하녀는 데이비드의 신발을 미심쩍은 눈으로 바라보며 중얼거렸고, 그가 내민 편지에 화상이라도 입을 것처럼 뒷걸음질 쳤다. "언제 돌아오는지 말 안 했어요." 그는 집 밖으로 나와 보도에 서서 에드워드 방 창문을 올려다봤지만, 창에는 지난 16일 동안 그랬듯이 짙은 색 커튼이 드리워져 있을 뿐이었다.

하지만 그날 저녁 갑자기 좋은 생각 하나가 떠올라서, 그는 저녁 식사 후 할아버지와 마주 앉았을 때 물었다. "할아버지, 플로렌스 라슨이라는 여성 분 이름 들어본 적 있으세요?"

할아버지는 차갑게 그를 살펴보다가 파이프에 담배를 다져 넣고 뻐끔뻐끔 피웠다. "플로렌스 라슨이라." 그가 이름을 되풀이했다. "굉장히 오랜만에 듣는 이름이구나. 그건 왜 묻는 거냐?"

"아, 찰스 직원 하나가 그분 소유 하숙집에서 산다고 해서요." 그는 자기의 신속한 거짓말뿐 아니라 찰스를 끌어들인 것에도 실망하면서 대답했다.

"그러니 그 말이 사실이었구나." 할아버지가 혼잣말하듯 중얼거리더니 한숨을 쉬었다. "직접 아는 사람은 아니지만 — 나보다 더 나이도 많은 사람이다. 솔직히 말해서 아직도 살아 있다니 놀랍구나 — 네 나이 정도였을 때 끔찍한 스캔들에 휘말렸던 사람이야."

"어떤 일이요?"

"음. 그 사람은 꽤 부유한 집 — 아버지가 의사였을 거야 — 외동딸이었고 본인도 의사가 되려고 공부 중이었어. 그러던 어느 날 밤, 사촌이 연 파티에서 한 남자를 만났지 — 이름은 기억나지 않는구나. 겉보기에는 깜짝 놀랄 정도로 잘생기고 매력 넘쳤지만 돈 한 푼 없는 남자였다 — 어디 출신인지도 모르고 아는 사람도 없는 사람이지만, 외모와 재치 있는 언변으로 사교계에 들어와 최고의 사람들과 어울리는 그런 남자 말이다."

"그래서 어떻게 되었어요?"

"안 됐지만, 그런 상황에서 종종 벌어지는 그런 일이야. 남자는 여자에게 구애했고, 여자는 사랑에 빠졌고, 그 아버지는 그자와 결혼하면 의절하겠다고 으름장을 놨지만…… 그래도 여자는 어쨌거나 결혼해버렸지. 돌아가신 어머니에게 받은 유산이 있었거든. 그런데 결혼하고 얼마 안 돼서 남자가 몽땅 가지고 달아나버렸다, 한 푼도 안 남기고. 여자는 비참한 신세가 되었지. 아버지에게 돌아갈 수 있었지만, 그 아버지는 노발대발한 나머지—몹시 냉혹한 사람이라고 다들 그랬다—협박했던 그대로 딸의 상속권을 완전히 박탈해버렸어. 그 사람이 아직도 살아 있다면, 돌아가신 숙모 집에서 살고 있겠구나. 아버지가 돌아가신 후로 계속 거기 살았겠지. 그 사람은 모든 걸 다 빼앗겼어. 학업도 그만뒀고. 결혼도 하지 않았다—내가 알기론 가능성조차 마음에 담지 않았어."

한기가 그의 온몸을 휘감았다. "그 남자는 어떻게 되었어요?"

"누가 알겠니? 오랫동안 여러 소문이 떠돌았지. 여기저기서 봤다거나, 영국, 혹은 대륙으로 이민 갔다거나, 이런저런 상속녀들과 재혼했다거나 하는—그래도 확실한 걸 아는 사람은 아무도 없었고, 어쨌거나 어떤 소식도 들리지 않았어. 그런데 데이비드—무슨 일이냐? 얼굴이 창백하구나!"

"아무것도 아니에요." 그는 간신히 말했다. "저녁때 먹은 생선이 소화가 잘 안 되는 것 같아요."

안전한 위층 자기 서재에 돌아온 그는 마음을 진정시키려고 애썼다. 자기도 모르게 말도 안 되는 비교를 했었다. 그렇다, 에드워드가 그의 재산에 대해 알긴 하지만, 돈을 달라고 한 적은 한 번도 없었고―담요를 받을 때도 부끄러워했다―두 사람은 결혼 이야기를 한 적도 없었다. 그래도 그 이야기의 뭔가에 마음이 심란했다. 마치 다른 이야기, 그보다 더한 이야기, 예전에 들었지만 아무리 생각해도 기억나지 않는 어떤 이야기가 반복되는 것만 같았다.

그날 밤 그는 잠을 이루지 못했고, 다음 날 아침에는 오랜만에 처음으로 침대에서 일어나지 못하고 하녀가 가져온 아침도 손사래를 쳐서 보낸 뒤 두 벽이 브이 자로 만나는 지점 굽도리 널을 따라 난 물 얼룩만 물끄러미 바라봤다. 이 노란 얼룩은 그의 비밀이었다. 방에서 나오지 않고 지내던 시절, 그는 몇 시간이고 그 얼룩을 바라보고 지냈다. 거기서 시선을 돌리거나 눈을 깜박하기만 해도 다시 눈을 떴을 때는 방이 낯선 장소, 무시무시하게 어둡고 좁은 공간, 이를테면 수도승의 독방이라거나 배의 선창, 우물 바닥 같은 곳으로 변해 있을 것 같았다. 그 얼룩이 그를 이 세상에 붙들어뒀고, 그래서 그는 거기에만 집중할 수밖에 없었다.

그 시절에는 일어서지조차 못할 때도 있었지만, 지금은 아픈 게 아니다. 그저 말할 수 없는 무언가가 두려운 것이었다. 그래서 그는 결국 씻고 옷을 입었고, 용기를 내어 아래층으로 내려왔을 때는 이미 늦은 오후였다.

"편지가 있습니다, 데이비드 씨."

심장이 빠르게 뛰었다. "고마워, 매튜." 일단 은쟁반에서 편지를 휙 잡아채 온 후, 그는 탁자 위에 편지를 두고 맞잡은 손을 무릎 위에 올리고 앉아 심장을 진정시키고 호흡을 가다듬었다. 마침내 그는 조심스레 팔을 뻗어 편지를 집어 들었다. 에드워드의 편지가 아니야, 그는 마음속으로 되뇌었다.

정말로 아니었다. 또 찰스의 편지였다. 그의 건강 상태를 물으며 금요일 밤 낭송회에 같이 갈 의향이 있는지 묻는 편지였다. 당신이 좋아하는 셰익스피어 소네트 낭송회에요.

그는 뭐라 형언할 수 없는 감정이 뒤얽힌 실망감에 휩싸여 편지를 든 채 멍하니 앉아 있었다. 그리고는 주저하기 전에 매튜를 불러 종이와 잉크를 가져오게 한 다음 초대를 수락한다는 답장을 재빨리 휘갈겨 써서 매튜에게 봉투를 건네고 당장 전하게 했다.

그러고 나자 마지막 남은 기운마저 사라져버렸다. 그는 자리에서 일어나 천천히 계단을 올라 다시 자기 방으로 돌아간 다음, 하녀를 불러 아직도 상태가 좋지 않아 오늘 저녁 식사는 함께 못 하겠다고 애덤스를 통해 할아버지에게 전해달라고 말했다. 그리고 나서 그는 서재 한가운데 서서 주위를 둘러봤다. 주의를 돌릴 수 있는 것―책, 그림, 스케치 포트폴리오―을, 지금 속에서 치밀어 오르는 불안감을 억누를 수 있는 뭔가를 찾아야 했다.

#11

소네트를 낭송한 여성 공연단은 재능보다는 열정이 더 넘쳤지만, 다들 어려서 실력은 부족해도 생기 있고 매력적이어서 보기 좋았다—공연이 끝났을 때는 기꺼이 박수를 보낼 수 있었다. 공연 후 그는 배가 고프지 않았지만, 찰스가 배가 고프다며 자기 집에서 뭘 좀 먹자고 제안했다—그의 바람이 느껴졌다. "간단한 걸로요." 그가 말했고, 데이비드는 할 일도 없고 딴생각을 하게 해줄 일이 필요했기 때문에 그러자고 했다.

집에 오자 찰스는 위층 응접실에 가자고 제안했다. 그곳도 아래층 응접실만큼이나 터무니없이 화려했지만—카펫은 너무 두꺼워서 발밑에 생가죽을 깐 것 같았고, 견모 커튼은 스치기만 해도 불에 타는 종이처럼 딱딱 소리가 났다—적어도 규모는 더 작고 아

143

늦했다. "그냥 여기서 먹을까요?" 데이비드가 물었다.

"그럴까요?" 찰스가 눈썹을 올리며 물었다. "월든에게 식당에 준비시켰지만, 당신이 좋다면 저도 여기가 훨씬 좋습니다."

"좋으실 대로 하세요." 갑자기 음식에도, 음식에 관한 대화에도 흥미가 사라졌다.

"제가 말하죠." 찰스가 종을 울렸다. "빵이랑 치즈, 버터, 그리고 찬 고기도 조금 갖다주게." 집사가 오자 그는 지시를 내리면서 데이비드를 돌아보고 찬성을 구했고 데이비드는 고개를 까딱해서 의사를 표시했다.

그는 아무 말 없이 아이처럼 뚱하게 있을 작정이었지만, 또다시 찰스의 상냥한 태도에 구슬려 대화를 나눴다. 그는 데이비드에게 다른 조카들 이야기를 들려줬다. 앰허스트 대학 졸업반인 테디 ("그래서 애가 제임스 대신 우리 집안 최초의 대학 졸업자가 될 겁니다. 그에 합당한 보상을 해줄 생각이에요"), 곧 펜실베이니아 대학에 등록할 헨리 ("그래서, 앞으론 남쪽에 ㅡ 뭐, 맞아요. *저한텐* 그게 남쪽이에요! ㅡ 훨씬 더 자주 가야 할 겁니다"). 조카들 이야기를 하는 그의 목소리에 어찌나 사랑과 애정이 듬뿍 담겼는지, 말도 안 되게도 데이비드는 질투심을 느꼈다. 물론 그럴 이유가 없었다 ㅡ 할아버지는 한 번도 그에게 나쁜 말을 한 적 없었고, 그는 편안하게만 살아왔으니까. 하지만 어쩌면 그 질투의 방향이 다를 수도 있다. 아마도 그 이유는 찰스가 조카들을 너무나 자랑스러워한다는 것을, 자신은 할아버지에게 그런 자부심을 안겨준 일이 없다는 것을 알기 때문이었다.

밤이 깊도록 그들은 자기 인생의 여러 가지 면에 대해 이야기를 나눴다. 가족들, 찰스의 친구들, 남쪽에서 벌어지는 전쟁, 개선된 메인주와의 관계 ― 메인주는 연방으로부터 반자치권을 가지고 있어서, 자유주 시민들을 전적으로 수용하지는 않아도 더 관대하게 대해줬다 ― 와 잠재적 위험이 훨씬 더 커져가는 서부와의 관계에 대해. 간혹 끔찍한 화제들을 입에 올리는데도 함께 있는 게 편안하다 보니, 데이비드는 찰스가 마치 맞선 상대가 아니라 친구라도 되는 것처럼 몇 번이나 에드워드 이야기를 털어놓을 뻔했다. 에드워드의 생기 넘치는 검은 눈, 음악이나 미술 이야기를 할 때면 목아래 움푹한 부분이 발그레해지는 것, 혼자 고군분투하며 살아오느라 겪은 온갖 고생들에 대해. 하지만 다음 순간 그는 자기가 어디에 있는지, 찰스가 누군지 정신을 차리고는 그 말들을 삼켰다. 에드워드를 품에 안을 수 없다면 그의 이름이라도 입에 올리고 싶었다. 에드워드 이야기를 해서 그를 되살리고 싶었다. 그를 자랑하고 싶었다. 아무나 붙들고 이 사람이 자신을 선택한 사람이라고, 이 사람이 자신과 함께 시간을 보내는 사람이라고, 이 사람이 자신을 다시 살아나게 했다고 말하고 싶었다. 하지만 그럴 수 없으니 에드워드라는 비밀을 가지고 있는 것으로 만족해야만 한다. 그는 그 비밀을 눈부시게 하얀 한 줄기 불꽃, 높고 순수하게 타올라 오로지 그에게만 온기를 나눠주지만 너무 자세히 보면 사라져버릴 불꽃처럼 가슴속에 간직했다. 그를 생각하고 있으니, 마치 마법으로 소환이라도 한 것처럼 그의 존재가 느껴졌다. 에드워드는 그의 눈에만 보이는 유령처럼 찰스의 뒤편 방 뒤쪽에 놓인 책상에 기대어 데이비드에게, 오로지 데이비드에게만 미소를 짓고 있었다.

그래도—그도 알고 있었다—에드워드는 거기 없었다, 몸뿐만 아니라 영혼도. 지난 몇 주 동안 성실하게 편지(그의 생활과 도시에서 있었던 재미있는 소식 전달 대 애정과 그리움 토로의 비율은 그의 바람과는 달리 거의 후자 쪽으로 압도적으로 기울어졌다)를 쓰며 에드워드의 소식을 기다리고 또 기다리는 동안, 그의 걱정은 혼란으로, 혼란은 당황스러움으로, 당황스러움은 상처로, 상처는 좌절로, 좌절은 분노로, 분노는 절망으로 변해갔고, 그러다 보면 어느덧 그 순환 주기의 출발점으로 다시 돌아가 있었다. 이제 그는 시시각각 그 모든 감정을 동시에 느꼈고, 어느 게 어느 것인지 구분도 되지 않았으며, 그 감정들은 순수하고 깊은 갈망에 의해 더 고조되었다. 이상하게도 찰스, 친절하고 함께 있으면 긴장이 풀리는 이 사람과 함께 있으면 그 감정은 더 강렬해졌고, 그래서 더 숨이 막혔다—그도 알고 있었다, 찰스에게 이 고통을 이야기한다면 조언을, 아니면 적어도 동정을 해주리라는 것을. 하지만 물론 이 상황의 잔인한 점은 찰스야말로 절대로 이 이야기를 해서는 안 되는 사람이라는 것이었다.

마치 이 문제를 다시 생각해보면 해결책이 마법처럼 나타나기라도 할 것처럼 자신이 처한 곤경을 다시, 또다시 검토하며 이런 생각들에 빠져 있던 데이비드는 찰스가 이야기를 멈췄다는 것을, 자기의 딜레마에 너무 골몰해 있느라 아무것도 듣지 않고 있었다는 것을 깨달았다.

그는 황급히 연거푸 사과했지만, 찰스는 그냥 고개를 젓고는 앉아 있던 의자에서 일어나 데이비드가 앉은 긴 의자로 와서 옆에 앉았다.

"무슨 일 있어요?" 찰스가 물었다.

"아뇨, 아니에요―정말 미안합니다. 그냥 피곤해서요. 게다가 이 불이 너무 기분 좋고 따뜻해서 조금 졸았던 것 같아요―부디 실례를 용서해주십시오."

찰스는 고개를 끄덕이고는 그의 손을 잡았다. "그래도 마음이 딴 데 가 있는 것 같아요." 그는 계속해서 말했다. "심지어 불안해 보이구요. 저한테 말할 수 없는 일입니까?"

그는 찰스가 걱정하지 않도록 미소 지었다. "당신은 정말 친절하세요." 그러고는 좀 더 열렬하게 말했다. "너무나요. 당신 같은 친구가 있으면 어떤 기분일까요."

"하지만 전 이미 당신 친구인 걸요." 찰스가 미소로 화답하며 말했고, 데이비드는 말실수를 했다는 것을 깨달았다. 그는 할아버지가 해서는 안 된다고 했던 바로 그런 짓을 하고 있었다. 의도치 않았다고 해서 달라지는 것은 없었다.

"절 친구로 생각해주셨으면 합니다만," 찰스가 나지막한 목소리로 계속해서 말했다. "다른 식으로도 생각해주시면 좋겠군요." 그리고는 데이비드의 어깨에 손을 얹고 키스하기 시작했다. 계속 키스를 하던 찰스는 마침내 데이비드를 일으켜 세우고 바지 단추를 풀기 시작했고, 데이비드는 찰스가 옷을 벗기는 대로 가만히 있다가 찰스가 옷을 벗는 것을 기다렸다.

집으로 오는 마차 안에서 그는 자신의 어리석음을, 머리가 혼란스러운 상태에서 찰스에게 결혼 문제에 대해 오해를 심어준 것을 한탄했다. 찰스를 만날 때마다, 대화를 나눌 때마다, 편지에 답장을 쓸 때마다, 그는 오로지 하나의 목적지로 곧장 이어지는 길로 점점 더 나아가고 있다는 것을 알고 있었다. 지금도 멈추기에는, 자신의 의중을 말하고 돌아서기에 늦지 않았다―약속을 하지도 않았고 서류에 서명을 한 것도 아니니까. 오해의 소지가 있는 행동을 했다 하더라도 약속을 깨는 건 아닐 테니까. 하지만 그렇게 한다면, 찰스와 할아버지 모두 격노하진 않더라도 당연히 상처를 받을 테고, 그 비난은 온전히 그의 몫이 될 것이다. 찰스가 하는 대로 내버려둔 이유는 그가 보여준 연민에 감사하는 마음(그리고 인정하지 않을 수 없지만, 에드워드의 애정에 자신감이 없을 때 자기를 좋아해 준 데 대한 보답)도 어느 정도 있었지만, 다른 이유들은 그렇게 올바르고 관대하지 않았다. 그것은 엉뚱한 사람을 대상으로 한 욕구 해소, 연락 불가에다 묵묵부답인 에드워드를 벌주고 싶은 마음, 자신의 곤경을 잊고 딴 곳으로 주의를 돌리기 위한 몸부림이었다. 그렇게 해서 그는 문제를 더 키워버렸고, 스스로 자초한 이 상황에서는 그가 분명 쫓기는 대상, 갈망의 대상이었다. 그는 너무나 오만하고 이기적인 사람이어서, 자만심에 상처를 입자 달콤한 칭찬이 필요하다는 이유만으로 그냥 아무나도 아니고 착하고 좋은 사람에게 거짓 희망과 기대를 품도록 부추겼다. 자기가 무슨 생각을 하고 있었는지 깨닫자 등골이 서늘해졌다.

그래도 그 감정이, 에드워드의 부재와 끈질기게 계속되는 침묵이 일깨운 불쾌한 기분을 억누르고 싶은 열망이 너무나 강력한 나머지, 다음 3주―2월 20일이 왔다 간 3주, 에드워드에게서 어떠

한 소식도 듣지 못한 3주—동안 그는 찰스의 집을 다시, 또다시 찾았다. 찰스를, 조금도 감출 기색 없이 기뻐하고 흥분하는 그를 보며 데이비드는 자신이 가진 힘과 그에 대한 경멸을 느꼈다. 다급한 나머지 서툴게 더듬거리며 그의 단추를 푸는 찰스, 월든이 그를 위층 응접실 안으로 안내하자마자 허둥지둥 문을 닫고 잠그는 그를 보고 있으면 자기가 유혹자에 마법사라도 된 기분이었지만, 그러고 나서 찰스가 속삭이는 달콤한 말들을 듣고 있으면 그저 거북하기만 했다. 잘못된 행동, 심지어 사악한 행동—남자들끼리의 중매결혼 전 관계는 권장되기는 해도 보통은 한두 번 정도 탐색해봐서 상대방과 잘 맞는지 결정하려는 목적이었다—을 하고 있다는 것을 알았지만 멈출 수가 없었다. 그의 내밀한 동기가 점점 더 옹호의 여지를 잃어가고, 찰스에게 새로 느끼게 된, 변명의 여지라고는 없는 경멸이 일종의 혐오로 굳어지기 시작하는데도 멈출 수가 없었다. 하지만 여기서도 그는 혼란스러웠다. 그는 찰스와의 관계를 딱히 즐기지 않았지만—자신에게 보여주는 관심, 한결같이 지속되는 흥분과 육체적 힘은 좋았지만, 찰스는 너무 진지했다. 지루하고, 우아하지 않았다—관계를 계속할수록 에드워드의 기억이 이상할 정도로 선명해졌다. 늘 두 사람을 비교하면서 찰스의 부족함을 느끼고 있었기 때문이다. 찰스의 허리가 자기 몸에 닿아 움직이는 것을 느끼며, 그는 에드워드의 요정처럼 호리호리한 육체를 갈망했고, 에드워드에게 찰스 이야기를 해주는 자신과 그 이야기를 듣고 낮고 매혹적인 웃음소리를 내며 웃는 에드워드를 상상했다. 하지만 물론 거기에는 그런 이야기를 해줄 에드워드가, 자기 앞에 있는 남자, 모든 면에서 한결같고 진실하며 호의적인 찰스 그리피스에게 은밀히 품고 있는 못돼먹은 조롱을 함께 나눌 에드워드가 없었다. 데이비드는 찰스가 자기 마음대로 할 수 있는 사람이기 *때문에* 마음에 들지 않았지만, 그가 바로 그렇게 아낌없이 맞춰줬기 때문에 에드워드가 계속 침묵을 지키는 와중에도 덜 상처받고 덜 무력해질 수 있었다. 찰스가 자기를 너무 사랑하기 때문에, 무엇보다 에드워드가 아니기 때문에 그는 찰스에게 작은 증오심을 품게 됐다. 이렇게 싹튼 혐오감으로 인해 그와 함께하는 게 희생처럼, 자신에게 내린 통쾌한 형벌처럼, 언젠가 에드워드와 다시 만나기 위해 이런 일까지 견디고 있다는 것을—비록 스스로에게뿐일지라도—보여주는 경건하기까지 한 타락 행위처럼 느껴졌다.

"당신을 사랑합니다." 5월 초 어느 날 밤, 집에 가려고 셔츠 단추를 잠그며 타이를 찾아 두리번거리고 있는데 찰스가 말했다. 하지만 그가 분명하게 말했는데도 데이비드는 못 들은 척하면서 어깨 너머로 황급히 작별 인사를 하고 나와버렸다. 태연자약한 그의 모습에, 찰스의 애정 표명에 응답을 거부하는 그의 태도에 이제는 찰스도 혼란스럽고, 심지어 상처받았을 것이다. 찰스를 대하는 자신의 태도가 작지만 진짜 나쁜 짓, 존중을 잔인함으로 갚는 짓이라는 것을 그도 알고 있었다.

"가야겠어요." 찰스의 선언이 남긴 침묵을 깨고 그가 말했다. "내일 편지 쓸게요."

"그럴래요?" 찰스는 부드럽게 말했고, 짜증과 정이 뒤섞인 감정이 또 치밀어 올랐다.

"네," 그가 말했다. "약속해요."

다음번 두 사람은 일요일 오후에 만났고, 그가 나가려는데 찰스가―관계를 갖고 나서는 늘 그러듯이―좀 더 있으면서 저녁을 먹지 않겠느냐고, 이 콘서트나 저 연극을 보러 가지 않겠느냐고 물었다. 이렇게 만남이 이어질 때마다 찰스가 감히 묻지 못하고 있는 그 질문이 점점 분명하게 모습을 드러내고 있다는 것을 알고 있었기 때문에 그는 늘 거절했다. 하지만 마침내 그 질문은 안개처럼 형체가 느껴지기 시작했고, 한 치 앞도 보이지 않는 혼란스러운 암흑 속으로 두 사람을 점점 더 끌고 들어가는 것 같았다. 데이비드는 또다시 찰스와 있으면서도 대부분 에드워드 생각에 골몰했다. 찰스가 에드워드라고 상상하려고 애썼고, 찰스에게는 늘 그렇듯이 예의를 지켰지만 관계를 가질수록 점점 더 격식을 차리며 딱딱하게 굴었다.

"잠깐만요," 찰스가 말했다. "너무 빨리 옷 입지 말아요―좀 더 보고 싶으니까." 하지만 데이비드는 할아버지가 기다리고 있다며 찰스에게 다시 청할 틈도 주지 않고 나왔다.

찰스를 만나고 올 때마다 점점 더 비참한 기분이 들었다. 점잖은 찰스를 그렇게 박대하다니, 할아버지 슬하에 사는 빙엄으로서 그런 처신을 하다니, 에드워드에 대한 미칠 듯한 갈망 때문에 그런 행동을 하다니. 무슨 사정이 있어서 에드워드가 편지를 안 쓰는지는 몰라도 자기가 선택한 일들을 에드워드 탓으로 돌릴 수는 없다―그건 그의 결정이었고, 오로지 그의 결정이었지만, 고통을 홀로 용감하게 짊어지는 대신 이제 그는 찰스에게까지 고통을 전염시키고 있었다.

그는 복잡한 생각을 잊기 위해 찰스를 찾았지만, 그와 함께 있으면 또다시 원치 않는 질문들, 새로운 의구심이 생겨났다. 찰스가 친구들 이야기, 조카들 이야기, 동업자 이야기를 할 때마다 에드워드가 본인을 찾을 수 있는 정보를 전혀 알려주지 않았다는 것을 새삼 깨닫게 됐다. 에드워드는 친구들의 이름만 알려줬지, 성을 말해준 적이 없었다―생각해보면 누나들의 남편 성조차 몰랐다. 찰스가 그에 대해, 그의 어린 시절과 학창 시절, 할아버지와 형제들에 대해 질문할 때마다, 에드워드는 그런 질문을 한 적이 거의 없다는 게 생각났다. 그때는 눈치채지 못했지만, 이제는 기억났다. 관심이 없는 것일까? 에드워드가 자기에게 승인을 바라고 있고 자기가 동의하면 감사해한다고 생각했던 시절을 생각하면 쓴웃음이 났다. 완전히 잘못 짚고 있었다는 것을 그는 이제야 깨달았다. 내내 주도권을 쥐고 있었던 것은 에드워드였다.

다음 수요일, 수업을 마치고 교실을 정리하고 있는데 복도에서 누군가 그의 이름을 부르는 소리가 들렸다. 에드워드를, 그러다가 이제는 그의 부재를 상기시키는 기념물처럼 교실 앞쪽에 놓여 있던 피아노는 지난주 예전의 구석 자리로 좌천당했고, 이제 방치된 채 원래의 황폐한 상태로 돌아갈 것이다.

돌아보니 사감이 늘 그렇듯이 못마땅한 시선으로 그를 바라보며 교실로 들어섰다. "방으로 돌아가라, 얘들아." 아직 남아 있는 몇몇 아이들이 인사하자 사감은 머리와 어깨를 쓰다듬어주며 말했다. 그러더니 그에게 물었다. "빙엄 씨. 수업은 잘 되고 있어요?"

"아주 좋아요, 감사합니다."

"아이들을 가르치러 와주시다니 정말 감사해요. 아이들이 선생님을 굉장히 좋아하는 거 알고 계시죠?"

"저도 좋아합니다."

"이걸 갖다드리려고 왔어요." 그는 사감이 주머니에서 꺼내 건넨 얇은 흰 봉투를 받았다가 그 필체를 보고 봉투를 떨어뜨릴 뻔했다.

"네, *비숍 씨*가 보낸 편지예요." 그녀는 에드워드의 이름을 내뱉듯이 야멸차게 말했다. "황송하옵게도 드디어 다시 돌아와주실 것 같네요." 에드워드가 사라진 지난 몇 주 동안 사감은 바람직하지 않지만 뜻하지 않게 생긴 데이비드의 유일한 동지, 데이비드만큼이나 에드워드의 행방에 관심을 가진 유일한 사람이었다. 하지만 사감이 에드워드를 찾고 싶어 하는 이유는 좀 달랐다—데이비드가 마침내 용기를 짜내어 사감에게 물어봤을 때 살짝 들은 바에 의하면, 에드워드는 집안에 급한 일이 생겼다며 휴가를 달라고 사정했다고 했다. 22일에는 돌아와서 수업을 하겠다고 약속했지만, 그날은 이미 지났고 아무 소식도 없어서 사감은 결국 수업을 완전히 중단시킬 수밖에 없었다는 것이다.

("뉴잉글랜드에 사는 어머니가 위중하신 것 같아요." 사감은 에드워드의 어머니가 아파서 화가 난 사람처럼 말했다. "에드워드는 고아로 알고 있는데요." 데이비드는 잠시 아무 말도 못하다가 용기를 내어 말했다. "누나가 아기를 낳는다고 하지 않았어요?" 사감은 말을 멈추고 잠시 생각했다. "분명히 어머니라고

153

말했어요." 그녀가 말했다. "아기라면 휴가를 주진 않았겠죠. 하지만, 뭐," 사감의 목소리가 누그러졌다—데이비드와 이야기를 할 때마다 사감은 어느 순간 갑자기 그가 학교의 후원자라는 사실을 상기하고 티 나게 목소리와 태도를 바꿨다—"제가 잘못 알았을 수도 있죠. 사람들이 자기 사는 이야기, 어려운 이야기를 하루종일 해대는데 제가 어떻게 세세한 것까지 다 기억할 수가 있겠어요. 버몬트라고 했어요, 맞죠? 여자 형제가 셋이고?" "네," 안도감이 몰려왔다. "정확합니다.")

"이거 언제 받으신 거죠?" 그는 가까스로 물었다. 앉고 싶었다. 편지를 얼른 찢어볼 수 있게 사감이 당장 나갔으면 싶었다.

"어제요." 사감이 씩씩대며 말했다. "직접 들러서는—뻔뻔스럽기도 하지!—마지막 급여를 달라는 거예요. 그래서 화가 나서 한마디 해줬죠. 애들을 이렇게 실망시켜도 되냐, 너무 이기적이다, 그렇게 가서는 약속한 날에 오지도 않냐. 그랬더니."

데이비드가 말을 잘랐다. "사감 선생님, 정말 죄송한데, 저 정말로 가야 합니다. 늦어선 안 되는 약속이 있어서요."

품위를 확실히 손상당한 사감이 자세를 꼿꼿하게 가다듬었다. "물론 그러셔야죠, 빙엄 씨." 그녀가 말했다. "절대 빙엄 씨에게 폐를 끼치고 싶진 않아요. 그럼 적어도 다음 주에 뵙죠."

학교 정문에서 마차까지 거리는 겨우 몇 미터에 불과했지만, 그는 그 정도도 기다릴 수 없었다. 추위와 기다림으로 손가락이 덜덜 떨리는 바람에 편지를 거의 떨어뜨릴 뻔하면서 계단에서 당장 편지를 뜯었다.

사랑하는 데이비드,

당신이 날 뭐라고 생각하고 있을지. 너무 부끄럽고, 너무 당황스럽고, 너무 사무치게 미안해. 그간의 침묵이 내 선택이 아니라는 것, 매일 매시간 매분 당신 생각을 했다는 것밖엔 할 말이 없어. 어제 돌아오자마자 당장 워싱턴 스퀘어 당신 집 계단에 몸을 던지고 용서를 기다리고 싶었지만, 간신히 참았어. 날 어떻게 맞아줄지 알 수가 없어서. 지금도 모르겠어. 하지만 이 일을 바로 잡을 수 있는 기회를 주겠다면, 부디 언제든 하숙집에 들러줘.

그때까지 사랑을 담아,
에드워드

#12

그에게는 선택이 없었다. 그는 마부를 통해 그날 밤 찰스 그리 피스를 만난다는 전갈을 보내고 자기가 한 거짓말에 진저리를 치며 마차가 길모퉁이를 도는 것을 지켜본 다음 사람들 시선도 상관하지 않고 달리기 시작했다. 에드워드를 다시 만난다는 생각을 하면 체면을 구길지도 모른다는 생각 같은 것은 들지도 않았다.

하숙집에서는 예의 그 창백한 하녀가 그를 맞이했고, 그는 계단을 한달음에 뛰어 올라갔다. 마지막 층계참에 가서야 그는 지금의 흥분된 마음 밑에 다른 감정 ─ 의심과 혼란, 분노 ─ 이 숨어 있다는 것을 느끼고 주저했다. 하지만 그 정도로 단념할 수는 없었다. 그가 두드리기도 전에 문이 열리더니 에드워드가 그의 품에 안겨 강아지처럼 간절하게 키스를 퍼부었고, 그러자 데이비드가 느끼고 있던 불안도 행복과 안도감에 휩쓸려 사라졌다.

하지만 가까스로 에드워드를 붙들어 밀어내고 보니 얼굴이 눈에 들어왔다. 오른쪽 눈 주위가 시커멓게 멍이 들고 아랫입술이 찢어져 피딱지가 앉아 있었다. "에드워드," 그가 말했다. "내 소중한 에드워드! 이게 다 뭐야?"

"이것 때문에도," 에드워드는 거의 애교를 부리며 말했다. "편지를 쓸 수가 없었어." 두 사람 다 마음을 진정시킨 후, 그는 운 나빴던 방문기를 들려주기 시작했다

처음에는 모든 게 순조로웠다. 매섭게 춥기는 했지만 가는 길에는 별일이 없었다. 그는 보스턴에 들러 오랜 가족 친구들을 만나 사흘을 보낸 뒤 벌링턴으로 갔고, 누나들과 누이—곧 출산 예정인 로라, 마거릿, 그리고 뉴햄프셔에서 온 벨—의 환영을 받았다. 로라와 마거릿은 나이나 모든 면에서 죽이 잘 맞아서 커다란 목조 주택에서 각자의 남편들과 한 층씩 쓰며 함께 살고 있어서, 벨은 로라의 층에, 에드워드는 마거릿의 층에서 지냈다.

마거릿은 아침마다 학교에 갔지만, 로라와 벨, 에드워드는 웃고 떠들고 로라와 마거릿과 남편들이 떠서 만든 조그만 스웨터와 담요, 양말들을 보고 감탄하며 시간을 보냈고, 오후에 마거릿이 돌아오면 난롯불 앞에 앉아 부모님과 어린 시절 추억을 나눴으며, 그 사이 로라와 마거릿의 남편들—로라는 남편도 선생이었고, 마거릿의 남편은 회계사였다—은 남매들이 좀 더 많은 시간을 함께 보낼 수 있도록 보통 때는 누나들이 하는 집안일을 다 마쳐놓곤 했다.

("물론 난 당신 이야기를 했지." 에드워드가 말했다. "오?" 그는 우쭐해서 물었다. "뭐라고 했는데?" "아름답고 훌륭한 남자를 만났다고, 벌써 보고 싶다고." 데이비드는 좋아서 얼굴이 달아올랐지만, 이렇게만 말했다. "계속 이야기해줘.")

행복한 방문 엿새째 날 로라는 건강한 사내아이를 낳았고 아버지 이름을 따서 프랜시스라고 이름 붙였다. 그 아이는 사남매에게서 태어난 첫 번째 아이여서 모두 자기 아이처럼 기뻐했다. 에드워드와 벨은 2주 정도 더 머무르기로 했었고, 로라가 탈진하긴 해도 다들 행복했다. 아기를 예뻐할 어른이 여섯이나 되니까. 하지만 너무나 오랜만에 넷이 함께 있으니 부모님 생각도 자꾸 났다. 자식들이 자유주에서 더 나은 삶을 살게 해주려고 어머니, 아버지가 얼마나 많은 희생을 치렀던가, 기대에 어긋나는 일들도 있었지만 자식들이 이렇게 한 자리에 모여 있는 것을 보면 얼마나 기뻐할까 그런 이야기를 하다가 다들 눈물을 흘린 적도 한두 번이 아니었다.

("다들 너무 바빠서 다른 일을 할 틈이 거의 없었어." 왜 편지를 쓰지 않았냐고 데이비드가 묻기도 전에 에드워드가 말했다. "늘 당신 생각은 했지. 머릿속에서 편지를 쓴 건 100통은 더 될 거야. 그런데 그럴 때마다 아기가 울고, 우유를 데워야 하고, 매형을 도와 집안일을 해야 하다 보니—조그만 아기 하나 때문에 생기는 일들이 이렇게 많을 줄이야, 정말 꿈에도 몰랐어!—종이에 펜을 갖다 댈 시간조차 없더라구."

"하지만 적어도 누나 주소라도 보내줬어야지?" 그는 목소리에서 떨림을 감추지 못하는 자신이 싫었다.

"참! 그건 오로지 내가 멍청해서 그래—떠나기 전에 주소를 줬다고 철석같이, 정말 철석같이 믿었지 뭐야. 사실 당신이 나한테 편지 한 통 보내지 않는 게 너무 이상하다고 생각했어. 매일매일 누가 편지를 가지고 들어올 때마다 당신한테 온 편지가 없냐고 물었지만, 한 통도 없었으니까. 얼마나 슬펐는지 몰라. 날 잊어버렸을까 봐 두려웠어."

"보다시피 난 안 잊었어." 그는 토라진 티를 감추려 애쓰며 하녀가 실로 묶어 놓은, 부끄러울 정도로 두툼한 편지 꾸러미를 가리켰다. 편지들은 아직 뜯지도 않은 채 에드워드의 침대 발치 트렁크 위에 놓여 있었다. 하지만 에드워드는 이번에도 데이비드의 상처를 예상하고 그를 품에 안았다. "당신을 만나서 내 부재를 직접 설명하려고 아껴두고 있었어." 그가 말했다. "그러고 나서―내가 미칠 듯이 바랐고 바라고 있는 것처럼―당신이 날 용서해주고 나면 함께 읽고 싶었거든. 그 편지들을 쓸 때 어떤 심정이었고 무슨 생각을 했는지 당신이 하나하나 다 설명해주면서 읽는 거야. 그러면 헤어져 있던 시간은 존재하지도 않았고 마치 늘 함께 있었던 것처럼 느껴질걸.")

거의 2주 후에 에드워드와 벨은 떠날 준비를 했다. 함께 맨체스터로 가서 누이 집에 며칠 머물다가 뉴욕으로 돌아올 계획이었다. 하지만 집에 도착해 벨이 남편을 부르며 현관문에 들어섰는데, 오직 정적만이 그들을 맞이했다.

처음에는 둘 다 걱정하지 않았다. "아직 병원에 있는 게 분명해." 벨은 명랑하게 말하고 에드워드를 위층 손님방으로 올려보낸 다음 먹을거리를 좀 만들려고 부엌으로 갔다. 하지만 에드워드가 다시 아래층으로 내려와 보니 벨이 부엌 한가운데 서서 식탁을 쳐다보며 꼼짝도 하지 않고 서 있었다. 고개를 들어 그를 쳐다보는 벨의 얼굴은 백지장 같았다.

"그 사람이 가버렸어." 벨이 말했다.

"무슨 소리야, 가버리다니?" 그는 그렇게 물었지만, 주위를 둘러보니 부엌에는 적어도 일주일은 사람이 쓴 흔적이 없었다. 화덕은 시커멓고 싸늘했고, 접시와 주전자, 냄비들은 바싹 마른 채 옅은 먼지를 뒤집어쓰고 있었다. 벨이 들고 있던 쪽지를 낚아채어 보자 매제 메이슨의 글씨였다. 자기는 무가치한 인간이며 다른 사람과 새 인생을 찾아 떠난다는 소리를 하며 누이에게 용서를 구하는 쪽지였다.

"실비." 벨이 속삭였다. "우리 집 하녀. 걔도 여기 없어." 벨은 정신을 잃었고, 그런 동생을 에드워드가 넘어지기 전에 붙들어 침대에 눕혔다.

다음 며칠 동안은 그야말로 엉망진창이었다! 가엾은 벨은 침묵을 지키거나 울기만 했고, 에드워드가 누나들에게 이 불행한 소식을 알렸다. 메이슨의 병원에 쳐들어가봤지만, 간호사 둘 다 아무것도 모른다고 주장했다. 심지어 경찰에 메이슨을 신고도 해보았지만, 경찰은 가정사에는 관여할 수 없다고 했다. "하지만 이건 단순한 가정사가 아니에요." 에드워드는 고함쳤다. "이 남자는 자기 아내이자 제 누이, 착하고 충실한 여성인 배우자를 버렸습니다. 누이가 버몬트에서 임신한 언니를 보살피는 사이에 몰래 도망갔다고요. 반드시 찾아서 법의 심판을 받게 해야 합니다!" 경찰은 상황은 딱하지만 자기들이 할 수 있는 일은 없다고 했고, 날이 갈수록 절망과 함께 에드워드의 분노도 커져갔다―머리를 대충 틀어 올린 누이가 지난 나흘 내내 입었던 모직 드레스 차림으로 손만 만지작거리며 아무 말 없이 텅 빈 화덕만 쳐다보고 있는 모습을 보며 그는 내내 자신의 무력함을 실감했고 사랑하는 누이의 남편을 되찾아오지는 못하더라도 적어도 복수는 해주겠다고 결심했다.

그러던 어느 날 밤, 동네 술집에서 사과술을 마시며 누이가 처한 곤경에 대해 생각하고 있는데, 그 순간 바로 메이슨이 걸어들어온 것이다.

("전혀 다름없는 모습인 거야." 에드워드는 데이비드의 질문에 대답했다. "그때 깨달았지. 다시 만나면 메이슨이 어떤 식으로든 완전히 다른 사람이 되어 있을 거라고 생각하고 있었다는 걸. 마치 그 저열한 인격과 천한 행동이 어떻게든 얼굴에 나타나기라도 할 것처럼 말이야. 하지만 안 그렇더라고. 그 여자, 실비랑 같이 있지 않아서 정말 다행이었어. 그랬으면 한 방 먹여주지도 못했을 테니까.")

메이슨에게 살금살금 다가갈 때만 해도 아무 계획도 없었지만, 자기를 알아보는 메이슨의 표정을 본 순간 그는 주먹을 뒤로 뺐다가 그의 턱을 힘껏 강타했다. 갑자기 한 대 맞은 메이슨이 정신을 차리고 응수했지만, 두 사람의 난투는 다른 손님들이 떼어놓는 바람에 금세 끝났다—그래도 메이슨이 저지른 비열한 짓을 사람들에게 고발할 수는 있었다고 그는 만족스럽게 말했다.

"맨체스터는 조그만 동네야." 그가 말했다. "서로 빤히 다 아는 동네인데, 의사가 메이슨만 있는 건 아니거든. 그 인간 평판은 이제 절대 회복되지 못할 거야. 왜 그래야 해? 그런 짓거리로 제 앞길을 스스로 망쳤는데."

벨은 에드워드의 행동에 경악했지만—사실 에드워드도 후회가 됐다. 메이슨을 폭행해서가 아니라 그 일로 인해 벨이 더 고통과 혼란을 겪었기 때문이다—속으로는 몰래 기뻐했을 거라고 그는 생각했다. 벨은 에드워드의 얼굴을 씻고 입술을 봉합해줬고, 다음 날 남매는 긴 대화를 나눴다 ("자랑하고 싶지는 않지만, 메이슨 꼴은 분명 더했을 거야. 그래도 내 직업을 생각하면 주먹을 날리는 게 가장 현명한 수단은 아니긴 했지"). 두 사람은 벨이 ― 메이슨의 대가족 모두가 사는 ― 맨체스터에 계속 사는 것도, 결혼을 유지하는 것도 불가능하다는 결론에 도달했다. 로라와 마거릿은 이미 전보를, 그리고는 편지를 보내 벨에게 ― 집에는 방도 충분하고 벨은, 데이비드도 기억하겠지만, 훈련받은 간호사이니 거기서도 좋은 직장을 구할 수 있을 거라며 ― 버몬트에 와서 같이 살자고 간곡히 청했다. 하지만 벨은 로라 인생에서 그렇게 행복하고 분주한 시기에 자기가 방해가 될까 봐 주저했고, 단지 그 이유만이 아니라 어디 조용한 곳에서 시간을 가지며 생각할 여유를 가지고 싶다고 에드워드에게 털어놓았다. 그래서 벨은 에드워드를 따라 보스턴에 가서 에드워드가 뉴욕으로 돌아가기 전 다시 보스턴의 가족 친구들 집에서 며칠을 보낼 때 함께 머물기로 했다. 벨도 이 친구들을 굉장히 좋아했고 그 친구들도 벨을 좋아했기 때문에, 거기서 앞으로의 선택을 좀 더 차분하게 생각해볼 수 있을 것 같았다. 메이슨과 이혼하는 것은 확실했지만, 맨체스터에서 계속 살지 버몬트에 가서 언니들과 살지는 아직 정해지지 않았다.

"그러니 알겠지만," 에드워드는 이야기를 마무리했다. "이번 여행은 전혀 예상대로 흘러가지 않았고, 아무리 좋은 계획이 있었다 한들 벨이 처한 곤경 앞에서는 다 소용없는 일이 됐지. 편지를 안 쓴 건 내가 정말 잘못했지만 ― 정말 잘못했어 ― 누이의 고통에 나도 제정신이 아니어서 다른 모든 건 다 무시해버렸어. 알아, 내가 심했다는 거—하지만 이해해줬으면 해. 제발 용서한다고 말해줘, 사랑하는 데이비드. 제발 그러겠다고 말해줘."

용서해줬나? 용서하기도 했고, 용서하지 않기도 했다—물론 벨의 일은 안타까웠지만, 이기적인 그로서는 에드워드가 아주 짤막한 쪽지 정도는 휘갈겨 쓸 시간을 낼 수 있었을 거라는. 심지어 그렇게 했어야 했다는 생각을 떨칠 수가 없었다. 사정을 털어놓았다면 그가 어떻게든 도울 수 있었을 것이다. 방법은 잘 모르겠지만—도울 기회를 줬다면 좋았을 것이다.

하지만 이런 말을 하면 너무 유치하고 너무 치졸하게 들렸을 테고, 그래서 그는 "물론이야"라고 말했다. "가엾은 에드워드. 당연히 용서하지"라며 키스로 화답했다.

하지만 에드워드의 이야기는 아직 끝나지 않았다. 친구인 쿡 부부의 집에 도착할 때쯤 되자 벨은 벌써 마음이 훨씬 더 진정되고 단단해져서 친구들이랑 같이 며칠 더 있으면 더 안정될 것 같았다. 에드워드의 친구인 수재너 쿡과 오브리 쿡은 마거릿보다 조금 나이가 많은 부부인데, 본인도 식민지 탈주민인 수재너는 부모님과 함께 비숍네 옆집에서 살아서 어릴 때부터 양쪽 형제들 모두 절친한 친구들이었고, 이제는 남편과 함께 보스턴에서 조그만 직물공장을 하면서 강 근처 근사한 새 집에서 살고 있었다.

에드워드는 쿡 부부를 다시 만나서 기뻤다. 특히 수재너가 세 번째 언니라 할 정도로 벨과 죽고 못 사는 사이이기 때문에 더 좋았다—두 사람은 벨의 방에 가서 밤늦게까지 이야기를 나누곤 했고, 그러면 에드워드와 오브리는 거실에 남아 체스를 뒀다. 그런데 온 지 나흘째 되던 밤, 오브리와 수재너가 비숍 남매에게 중요한 문제로 이야기를 좀 하자고 했고, 저녁 식사 후 응접실로 자리를 옮긴 다음 중요한 소식을 알렸다.

1년 좀 전에 수년째 거래해왔던 프랑스인이 그들을 찾아와 거부하기 힘든 제안을 내놓았다. 캘리포니아를 신세계 최고의 실크 재배지역으로 만들자는 제안이었다. 에티엔 루이라는 그 프랑스인은 이미 로스앤젤레스 북부에 약 5천 에이커에 달하는 땅을 확보해 거의 1천 그루의 나무를 심고 수만 마리의 누에와 알을 품을 수 있는 사육장을 만들었다. 종국적으로 그 농장은 자립적인 부락이 될 것이다. 루이는 이미 나무를 보살피고 누에를 먹이고 고치를 수확하는 단계부터 실을 자아 실크를 짜는 단계에 이르기까지 실크 생산 과정의 다양한 측면들을 담당할 100명의 전문가 중 첫 번째 팀을 뽑고 있었다. 일꾼들은 대부분 중국인일 테니―대륙횡단철도가 완성된 후 많은 중국인들이 집으로 돌아가지도 못하고 92년 법으로 인해 동양에서 가족들을 데려오지도 못한 채 무기력에 빠져 있었고, 그중 충격적인 숫자가 빈곤과 악행, 그리고 불미스럽게도 마약 중독에 빠져 있었다―쿡 부부와 루이는 조금의 수당만 줘도 될 것이다. 중국인 대다수가 살고 있는 샌프란시스코 시까지 나서서 루이가 남쪽으로 데려갈 적당한 후보들을 찾는 것을 도와주고 있었다. 그들의 계획은 초가을에 농장을 가동시키는 것이었다.

계획을 발표하는 쿡 부부만큼이나 비숍 남매도 그 이야기에 흥분했다. 네 사람 다 굉장한 계획이라는 데 동의했다—캘리포니아 인구는 급속히 늘어나고 있고, 제대로 된 직물 산업은 거의 없으니, 한몫 잡을 게 확실했다. 똑똑하고 성실하면 서부에서 큰돈을 벌 수 있다는 것은 세상 사람이 다 아는 사실이었고, 쿡 부부는 똑똑하고 성실한 한 사람이 아니라 똑똑하고 성실한 두 사람이었다. 성공은 보장되어 있었다. 힘든 한 주를 보낸 후여서 더욱 반가운 소식이었다.

하지만 놀라운 소식은 거기서 끝이 아니었다. 그들이 벨과 에드워드에게 사업 감독을 맡기려고 했기 때문이다. "안 그래도 부탁할 참이었어." 수재너가 말했다. "두 사람이랑 메이슨에게. 하지만 이젠—그런데 벨, 어떤 나쁜 뜻도 없이 하는 말이란 거 너도 알 거야—이게 신의 뜻 같아. 이건 너한테 새로운 기회, 새로운 인생, 새롭게 시작할 기회야."

"너무 고마운 말이긴 한데," 마음을 가라앉힌 벨이 말했다. "하지만—에드워드 오빠도 나도 직물에 대해서 아무것도 몰라, 공장 운영도 마찬가지고!"

"맞아." 에드워드가 말했다. "수재너, 그리고 오브리—정말 영광스럽게 생각하지만—당신들에게 필요한 건 그런 일에 경험이 있는 사람이야."

하지만 수재너와 오브리는 굽히지 않았다. 공장장도 있을 테고, 오브리 자신도 가을에 서부로 가서 루이를 만나 초기 단계에는 사업을 감독할 것이다. 벨과 에드워드는 거기 와서 일하면서 배우면 된다. 중요한 것은 쿡 부부에게는 신뢰할 수 있는 사람이 필요하다는 사실이다. 서부에 대해서는 모르는 것 천지라 의지할 수 있는, 이력과 성격을 속속들이 알고 있는 동업자가 필요하다. "우리한테 너희보다 더 잘 알고 전적으로 믿을 수 있는 사람이 누가 있어?" 수재너가 외쳤다. "너랑 벨은 우리한텐 형제나 다름없는데!"

"하지만 루이는?"

"물론 그 사람은 믿어. 하지만 너희처럼 잘 아는 사람은 아니잖아."

벨이 웃었다. "오브리, 난 간호사예요. 에드워드는 피아니스트고. 우린 누에 재배나 뽕나무나 직물이나 사업에 대해선 아무것도 몰라요! 세상에, 우리 때문에 망할 수도 있다고요!"

네 사람은 열렬히, 하지만 다정하게 논쟁을 벌였고, 결국 오브리와 수재너는 비숍 남매로부터 제안을 고려해보겠다는 약속을 받아냈다. 그러고 나자 이미 한밤중이라 자러 갔지만, 남매의 입꼬리에는 감사의 미소가 걸려 있었다. 말도 안 되는 제안이라는 생각에는 변함이 없었지만, 그래도 그런 제안을 받았다는 게 우쭐했고 친구들의 아량과 믿음이 새삼 고마웠다.

다음 날은 에드워드가 떠나는 날이었다. 쿡 부부에게 작별 인사를 하고 마차를 타기 전 에드워드와 벨은 잠깐 산책을 했다. 한참 동안 남매는 팔짱을 긴 채 아무 말 없이 걷다가 걸음을 멈추고 물오리들이 강에 날아와 갈퀴발을 물에 넣었다가 차가운 물에 깜짝 놀라 화가 나서 까악까악 시끄럽게 울며 다시 날아가는 광경을 바라봤다.

"넌 두 사람이 뭘 좀 알고 하는 말일 거라고 생각하지?" 에드워드가 물오리들을 쳐다보다 말했다. 그리고는 누이에게 말했다. "어쩔 거야?"

"잘 모르겠어." 벨이 말했다. 하지만 다시 에드워드의 짐이 기다리고 있는 쿡 부부의 집 근처에 왔을 때, 벨이 말했다. "하지만 그 제안을 고려해봐야 할 것 같아."

"벨!"

"우리한테 새 인생이 될 수 있어, 에드워드, 새로운 모험을 시작할 수 있어. 우린 아직 젊잖아—난 겨우 스물하나야! 그리고—내 말 좀 들어봐—우린 완전히 혼자도 아닐 테고. 서로를 의지할 수 있잖아."

이번에는 두 사람 사이에 옥신각신 논쟁이 벌어졌다. 남매는 에드워드가 마차를 놓칠 지경까지 가서야 겨우 헤어졌고, 에드워드는 쿡 부부의 제안을 받아들일 생각이 전혀 없었지만 그래도 고려해보겠다고 벨에게 다정하게 약속했다. 하지만 일단 마차에 타자 처음 몇 시간 동안 자기도 모르게 자꾸 그 제안이 생각났다. 서부에 못 갈 것 없잖아? 큰돈을 벌 생각을 해볼 수도 있지 않나? 모험하고 싶은 생각이 왜 없겠어? 벨 말이 맞았다. 그들은 젊었고, 그건 성공이 보장된 사업이었다. 설령 그렇지 않더라도, 늘 흥미진진한 일을 꿈꾸지 않았던가? 뉴욕이 진짜 집처럼 느껴진 적이 있기는 했나? 이미 누나들은 멀리 떨어진 곳에 있고, 그는 홀로 그 도시—의 돈, 지위, 날씨—가 무심히 가하는 폭력에 깎이고 쓸린 나머지 고작 스물셋밖에 되지 않았는데도 벌써 늙고 지친 기분이었다. 그곳에서는 한 번도 따뜻한 적 없었고, 늘 돈에 허덕였고, 상상했던 것과는 달리 여전히 지나가는 손님, 최종 목적지에 가기 위해 대기 중인 식민지 아이 같은 느낌이 문득문득 들었다. 그리고 다시 부모님 생각이 났다. 새 인생을 살기 위해 한곳에서 다른 곳으로 긴 여행을 했던 부모님—이젠 그 여행을 본받아 자기만의 여행을 해야 할 때가 아닐까? 로라와 마거릿은 자유주 안에서 자기 가정을 꾸렸고, 그건 정말 기쁜 일이었다. 하지만 솔직히 말해서 그 또한 기억이 희미한 어린 시절부터 지금까지 일평생 누나들이 누리는 그런 만족감, 그런 안전함을 꿈꿔왔지만, 해가 가고 또 가도 그런 안정된 삶은 그를 피해가기만 했다.

이런 생각에 며칠 동안 빠져 있다 다시 뉴욕에 돌아왔더니, 마치 도시가 그의 흔들리는 마음을 감지하고 그가 올바르고 필연적인 결론을 내릴 수 있게 해주려고 가장 불쾌한 점들만 잔뜩 긁어모아뒀다가 퍼붓는 듯한 일들이 연속적으로 벌어졌다. 돌아와서 처음 발을 디딘 도시의 땅은 마른 땅이 아니라 마차 바퀴 자국에 패어 생긴 커다란 웅덩이였고, 그 얼음장 같은 구정물에 그는 종아리 중간까지 흠뻑 젖고 말았다. 다음은 소리와 냄새, 광경들이었다. 보도에서 떨어져 진흙탕 거리에 처박힌 꼴사나운 바퀴가 달린 수레를 끌어당기는 행상인들, 노새처럼 등이 구부정한 남자들, 공장에서 몇 시간이고 조잡한 옷에 단추를 달다가 느릿느릿 줄지어 걸어 나오는, 허기에 지친 눈빛에 핏기없는 얼굴의 아이들, 극빈자가 아니고야 누가 원할까 싶은 물건 몇 개를 팔아보겠다고 필사적인 행상인들, 말라빠지고 굴껍질처럼 딱딱한 조그만 양파, 회백색 구더기가 꿈틀대는 콩 한 줌 살 1페니 동전 하나 없는 불쌍한 인간들, 거지와 호객꾼과 소매치기들, 이 지긋지긋하고 오만하고 무정한 도시에서 고군분투하며 하찮은 인생을 터벅터벅 살아가는 이 딱하고 차가운 인간 군상들, 그리고 그 수많은 불행의 유일한 목격자—사람들로 우글대는 거리 위로 치솟은 장대한 건물의 횃대에 앉아 냉소를 띤 채 야비하게 이 광경을 곁눈질하는 이 무기둘들. 다음은 하숙집이었다. 하숙집에 들어서자마자 그는 보이지 않는 플로렌스 라슨이 보낸 퇴거 협박 편지를 하녀에게서 건네받고는 오랜 여행으로 체납된 집세와 더불어 한 달 치 집세까지 미리 내어 집주인을 달랬고, 양배추 냄새가 풍기고 여름에도 축축하게 습기가 차는 계단을 또다시 올라, 벌거벗은 시커먼 나무만 을씨년스럽게 내다보이고 빈약한 살림살이가 놓인 얼음장 같은 방으로 들어왔다. 바로 그 순간, 지긋지긋해도 방은 덥혀야 하니 물을 가져오려고 감각 없는 손가락을 호호 불고 있던 중, 그는 결심했다. 캘리포니아에 가야겠다. 쿡 부부의 실크 사업 시작을 돕는 거다. 부자가, 남에게 기대지 않는 사람이 되고야 말겠다. 혹시—그럴 일은 없을 거라고 생각하지만—다시 뉴욕에 돌아온다면, 거지처럼 돌아오지 않을 것이다, 변명하며 돌아오지 않을 것이다. 뉴욕은 결코 그에게 자유를 주지 않았지만, 캘리포니아는 그럴 수 있으니까.

오랜 침묵이 이어졌다.

"그럼 떠나는 거구나." 데이비드가 가까스로 말했다.

에드워드는 방 이곳저곳을 바라보며 말했지만 이제는 데이비드에게 시선을 돌렸다. "응." 그가 말했다. 그리고는 "그리고 당신도 같이 가는 거야."

"내가?" 간신히 말이 나왔다. 그리고는 "내가! 아니, 에드워드. 아니야."

"하지만 안 될 이유가 뭐야?"

"에드워드! 아니—난—아냐. 여기가 내 집이야. 난 절대 못 떠나."

"하지만 왜?" 에드워드는 침대에서 내려와 데이비드 앞에 무릎을 꿇고 앉아 그의 양손을 자기 손으로 꼭 잡았다. "생각해봐, 데이비드. 생각해보라고. 우린 같이 있을 거야. 새 인생이 펼쳐지는 거지, 함께하는 새 인생, 햇살 가득하고 따뜻한 곳에서 함께하는 새 인생. 데이비드, 나랑 같이 있고 싶지 않아? 날 사랑하지 않는 거야?"

"알면서 왜 그래." 그는 비참하게 인정했다.

"나도 당신 사랑해." 에드워드가 열렬하게 말했지만, 데이비드가 간절하게 기다렸고 듣고 싶었던 그 말은 지금 상황 속에서 그 특별한 빛을 잃었다. "데이비드, 우린 함께 있을 수 있을 거야. 마침내 함께 있을 수 있을 거라고."

"여기서도 함께 있을 수 있잖아!"

"데이비드—내 사랑—그건 사실이 아니라는 거 알잖아. 당신 할아버지가 나 같은 사람을 허락해줄 리 없다는 거 알잖아."

데이비드는 할 말이 없었다. 그게 사실이라는 것, 에드워드도 알고 있다는 걸 그는 알고 있었다. "하지만 서부에서는 절대 함께 못 있어, 에드워드. 정신 차려! 거기선 우리 같은 사람으로 사는 건 *위험해*─감옥에 갈 수도 있어. 죽을 수도 있다고."

"우리한텐 아무 일 없을 거야! 조심하면 돼. 데이비드, 위험해지는 사람들은 그러니까, 그러니까─*지나치게* 자신에게 골몰해서 자기를 과시하는 사람들, 봐달라고 청하는 사람들이야. 우린 그런 사람들이 아니고, 절대 그러지 않을 거야."

"하지만 우리가 그런 사람들이야, 에드워드! 그 사람들이랑 우린 다르지 않아. 만약 의심받거나 잡힌다면 결과는 참혹할 거라고. 우리 자신으로 살 수 없는데 어떻게 자유로울 수가 있어?"

그 말에 에드워드는 일어나 그에게서 돌아섰고, 다시 돌아봤을 때 그의 얼굴은 상냥했다. 그는 데이비드 옆에 앉아 다시 그의 손을 잡았다. "용서해줘, 데이비드, 이런 질문을 하는 걸." 그는 조용히 말했다. "당신 지금 자유로워?" 데이비드가 대답하지 못하자 계속해서 말했다. "데이비드, 우리 순진씨. 만약 당신 이름의 무게가 없다면 당신 인생이 어떨지 생각해본 적 있어? 당신이 어떤 사람이어야 하고 어떤 사람이 되어야 하는지에서 벗어나 되고 싶은 사람이 될 수 있다면? 빙엄이라는 이름이 거대한 사회 꼭대기 대리석 명판에 새겨진 이름이 아니라 비숍이나 스미스나 존스처럼 그냥 이름에 불과하다면?

내가 그저 비숍인 것처럼 당신도 그저 빙엄이라면 어떨 것 같아? 로스앤젤레스의 빙엄, 재능 있는 화가, 귀엽고 착하고 명석한 남자, 그리고 에드워드 비숍의─아마도 비밀로 해야겠지만, 그렇다고 해서 진실성이 절대 떨어지지 않을─남편이라면? 얼음도,

겨울도, 눈도 없는, 은빛 잎사귀들을 단 나무들이 가득한 드넓은 과수원 안 조그만 집에서 에드워드와 함께 사는 사람, 자기가 어떤 사람이 되고 싶은지 알게 된 사람, 어느 정도—어쩌면 몇 년, 어쩌면 여러 해—시간이 흐른 뒤 남편과 같이 동부에 돌아오거나, 혹은 사랑하는 할아버지를 만나러 혼자 동부에 들를 수도 있는 사람이라면 어떨 것 같아? 매일 밤, 매일 낮 나를 품에 안을 수 있고, 늘 남편에게 사랑받고, 그 남편은 오로지 자기만의 것이니 더 많이 사랑받을 수 있는 사람, 원하면 언제든 자유주 뉴욕 워싱턴 스퀘어의 데이비드 빙엄이자 너대니얼 빙엄이 가장 사랑하는 장손이 될 수 있는데도, 그보다 작은 사람, 그래서 더 큰 사람이 되고자 하는 사람이라면? 자기가 선택한 사람에게 속하면서도 오로지 자기 자신에게 속하고자 하는 그런 사람이라면 어떨 것 같아? 데이비드. 이런 사람이 당신일 수 있잖아? 이게 진짜 당신일 수는 없어?"

그는 에드워드의 손을 뿌리치고 일어나 한 걸음 만에 난로 옆으로 갔고, 난로는 시커멓게 텅 비어 차가웠지만 마치 불이라도 응시하는 것처럼 물끄러미 바라봤다.

뒤에서는 에드워드가 계속해서 이야기하고 있었다. "당신은 겁먹은 거야." 그가 말했다. "이해해. 하지만 당신은 늘 날 가질 수 있어. 나, 내 사랑, 당신에 대한 애정과 존경을—데이비드, 그걸 영원히 가질 수 있다고. 하지만 캘리포니아에서 사는 게 이곳에 있는 것과 정말로 어떤 면에서 그렇게 다른 걸까? 여기서는 우리 같은 사람들로서는 자유롭지만, 연인으로서는 아니야. 거기서는 이런 사람으로 자유롭지는 않겠지만, 연인이 될 수 있어. 서로에게 숨김없이 같이 살면서 말이야. 우리에게 혀를 찰 사람도, 우리를 떼놓을 사람도, 우리 집 안에서 함께 있어서는 안 된다고 말할 사람도 없어. 데이비드, 당신한테 묻고 싶어. 우리가 진정 자유로울 수 없다면 자유주가 무슨 소용이야?"

"날 정말로 사랑해?" 마침내 그가 겨우 말했다.

"오, 데이비드." 에드워드가 일어나 그의 뒤로 가서 그를 안았고, 데이비드는 자기 몸에 와 닿던 찰스의 육중한 몸을 떠올리고 자기도 모르게 소스라쳤다. "난 당신과 남은 인생을 함께 하고 싶어."

그는 에드워드를 향해 돌아섰고, 그 순간 두 사람은 울음을 터뜨렸다. 그 후 함께 기진맥진한 채 누워 있는데, 또다시 혼란이 데이비드를 덮쳤다. 그는 일어나 옷을 입기 시작했고, 에드워드는 그런 그를 가만히 바라봤다.

"가야겠어." 그가 침대 옆에 떨어진 장갑을 주우며 말했다.

"데이비드." 에드워드가 담요를 둘둘 말고 일어나 데이비드 앞에 서서 그를 굽어봤다.

"내 제안 잘 생각해봐. 이건 벨한테도 아직 말하지 않았어. 하지만 이제 당신한테 이야기했으니 벨에게도 내 결정을 알릴 거야. 하지만 지금 편지를 쓰건 조만간 소식을 전하건 간에 내가 결혼한 남자로, 내 남편과 함께 간다고 말하고 싶어. 쿡 부부는 우리가 제안을 받아들일 경우 한 사람은 5월에, 나머지는 늦어도 6월에는 떠나야 한다고 했어. 벨은 자기 한 몸만 생각하면 되니까, 벨한테 먼저 가라고 할 거야. 걘 그럴 능력이 충분할 뿐만 아니라 기꺼이 즐기면서 할 거야. 하지만 데이비드, 난 6월에 갈 거야. 무슨 일이 있어도 가. 그리고 내가 바라는 건, 데이비드, 정말로 내가 바라는 건, 얼마나 간절하게 바라는지 말할 수조차 없어. 그 여행을 홀로 떠나지 않는 거야. 부디 생각해보겠다고 말해줘. 제발 데이비드? 제발."

#13

자유주 독립기념일인 3월 12일에 파티를 여는 것이 빙엄가의
전통이지만, 그 모임의 성격은 축제라기보다는 성찰로, 빙엄가의
친구와 지인들이 빙엄가의 수집 자료—자유주 건국 과정과 그 과
정에서 빙엄가 사람들의 공헌을 기록한 유물과 단명자료—를 살
펴보는 자리였다.

하지만 올해 그 날짜는 너대니얼 빙엄이 설립한 조그만 박물관
의 개관식과 겹쳐졌다. 박물관의 주요 소장품은 빙엄가의 문서와
기사들이지만, 앞으로 다른 건국 공신 집안들도 각자의 기록 보
관소에서 편지와 일기, 지도 등 각종 자료를 기부하리라는 바람을
가지고 있었다. 일라이저의 집안을 비롯한 몇몇 가문들이 이미 그
렇게 했고, 박물관 개관 이후 더 많은 기부가 이어지기를 기대하

고 있었다.

개관식 날 밤, 데이비드는 침실 거울 앞에 서서 재킷을 솔질하고 있었다. 이미 매튜가 솔질하고 또 한 터라 더 이상 손질이 필요 없는 재킷이었다. 어쨌거나 그도 그 작업에는 신경도 쓰고 있지 않았다. 아무 의미 없는 동작이었지만 그냥 마음이 진정되니 하는 일이었다.

이젠 거의 일주일 전인 에드워드와의 만남 이후로 첫 저녁 외출이었다. 그 놀라운 밤, 그는 집에 와서 곧장 앓아누웠고, 다음 엿새 동안 집에만 있었다. 할아버지는 그의 병이 또 시작된 줄 알고 충격 받았고, 할아버지를 속이는 게 마음에 걸렸지만, 그가 느끼는 바닥 모를 불안감을 설명하려고 애쓰기보다는 그렇게 생각하도록 두는 게 더 나을 것 같았다—그 불안을 전달할 수 있는 말들이 있다 해도 그렇게 되면 에드워드의 존재를, 그가 누구이며 데이비드에게 어떤 존재인지를 그 이야기에 담아낼 방법을 찾아야만 한다. 데이비드는 그런 대화에 조금도 준비가 되어 있지 않았다. 그래서 그는 아무 말 없이 꼼짝도 하지 않고 방에 누운 채, 가족 주치의 암스트롱 씨가 와서 그를 진찰하고 눈과 입을 열어보고 맥박을 짚어보고 결과를 보고 쯧쯧거리도록, 하녀들이 그가 가장 좋아하는 음식들을 들고 왔다가 몇 시간 후 건드리지도 않은 쟁반을 고스란히 들고 가도록, 애덤스가 (분명 할아버지의 명으로) 늦겨울 혹한에 어마어마한 가격을 주고 모처에서 매일 신선한 꽃들—아네모네와 양귀비, 작약—을 사 오도록 내버려뒀다. 그러는 내내 그는 그 수많은 시간을 그 물 얼룩만 물끄러미 보고 있었다. 하지만 진짜 병증이 덮쳤을 때는 아무 생각도 할 수 없었지만, 지금은 생각 外에는 아무것도 할 수가 없었다. 피할 수 없는 에드워드와의 이별, 그의 충격적인 제안, 두 사람이 나눴던 대화에 대해. 그때는 제대로 이해하지 못했지만, 이제 그는 다시 또다시 그 대화로 되돌아갔다―그는 에드워드가 정의한 자유 개념에, 데이비드가 할아버지와 그의 이름에, 따라서 자기 것이 아닌 삶에 예속되어 있다는 암시에 반박했다. 서부의 반동성애 법을 어기는 사람들에게 주어지는 처벌을 자기들을 어떻게든 피할 수 있으리라는 그의 확신에 반박했다. 예전에도 있었던 법이지만 76년도에 강화된 이후로는 한때 유망한―너무 유망해서 자유주 수많은 입법 의원들이 심지어 그 땅을 자유주 지배하에 두고 싶어 하기까지 했다―지역이었던 서부는 어떤 면에서는 식민지보다 더 위험한 곳이 되어버렸다. 식민지에서와 마찬가지로 그런 불법 행위를 폭로하는 것은 불법이었지만, 발각될 경우 그 결과는 엄하고 가차없었다. 돈으로도 피고의 자유를 살 수는 없었다. 그가 할 수 없는 것은 에드워드 본인과의 논쟁이었다. 에드워드는 그를 찾아오지도, 어떤 전갈도 보내지도 않았기 때문이다. 눈앞에 놓인 이 곤란한 상황에 이렇게 몰두하고 있지 않았다면, 그 때문에도 괴로웠을 것이다.

에드워드로부터는 소식이 없었지만, 찰스에게서는 왔다, 아니 적어도 찰스는 데이비드와 이야기하려고 노력했다. 찰스와의 마지막 만남 이후로 일주일 이상이 지나자, 찰스의 전갈들은 그의 절망감―에드워드에게 보낸 데이비드의 편지들에 담긴 그런 절망감—을 감추지 못하고 날이 갈수록 애원조가 되었다. 하지만 그 전날 어마어마하게 큰 파란 히야신스 꽃다발이 배달되어왔고, 데이비드의 침묵이 관심이 없어서가 아니라 그저 병 때문이었음을 알고 명백히 안도한 듯한 카드—"소중한 데이비드, 홀슨 양으로부터 당신 몸이 좋지 않다는 소식을 들었어요. 몹시 마음이 아픕니다. 최고의 보살핌을 받고 계시겠지만, 필요하거나 원하는 게 있으시면 말씀만 해주세요. 제가 당장 해드리겠습니다. 그때까지, 제 헌신적인 마음과 호의를 담아 보냅니다"가 동봉되어 있었다. 그는 그 꽃을 보고 찰스의 카드를 봤고, 또다시 찰스의 존재를 완전히 잊고 있었다는 것을, 자기 인생에 에드워드가 다시 나타나자 다른 모든 것들이 희미해지고 시들해졌다는 것을 깨달았다.

그럼에도 불구하고 그는 떠나기가 주저됐다—아니 그게 아니라 떠나겠다는 생각 자체를 할 수 있을까 고민됐다. 서부와 거기서 그에게, 그들에게 벌어질 수 있는 일들에 대한 두려움은 논쟁의 여지없는 당연한 것이었고, 그가 보기에 정당한 두려움이었다. 하지만 할아버지를, 워싱턴 스퀘어를 떠나는 것에 대한 두려움은? 그 또한 그의 발목을 잡는 요소 아닌가? 그는 에드워드 말이 옳다는 것을 알고 있었다. 뉴욕에 있는 한 그는 언제나 할아버지의, 이 가문의, 이 도시의, 이 나라의 소유일 것이다. 그 또한 이론의 여지가 없었다.

논쟁의 소지가 있는 것은 과연 그가 새로운 삶, 다른 삶을 바라는지 여부였다. 이제껏 그는 늘 그렇다고 생각했다. 그랜드 투어 당시, 그는 사실 다른 사람이 되는 실험을 해보려고 했다. 하루는 우피치미술관 복도에 서서 비인간적일 정도로 완벽한 대칭을 이루어 당황스럽기까지 한 바사리의 복도에서 걸음을 멈추고 구경하고 있는데, 가무잡잡하고 날씬한 한 젊은이가 그의 옆에 멈춰 섰다.

"비현실적이죠, 안 그래요?" 둘 다 잠시 아무 말 없이 서 있다가 그가 데이비드에게 물었고, 데이비드는 고개를 돌려 그를 쳐다봤다.

이름은 모건, 런던에서 와서 그랜드 투어 중, 변호사의 아들, 몇 달 뒤 귀국 예정. 그가 말했다. "돌아가면 아무것도 없어요. 어쨌거나, 재미있는 건 하나도 없어요. 아버지 회사에 한자리—아버지가 강력히 원하세요—얻어서 지내다 결국에는 어머니가 구해줄 여자랑 결혼하겠죠. 어머니가 강력히 원하시거든요."

두 사람은 거리를 쏘다니고 커피와 과자를 먹으며 그날 오후를 함께 보냈다. 그때까지 여행을 해오면서 데이비드가 이야기를 나눠본 사람은 각 도시에서 그를 자기 집으로 맞아준 할아버지 친구들이 거의 다였다. 그러다 자기 또래의 청년과 대화를 하니 물에 스르르 들어가 그 실크 같이 매끄러운 촉감을 피부로 느끼는 기분이었다. 이런 대화가 얼마나 편안한지 새삼 기억났다.

"고향에서 기다리는 여자가 있어요?" 피아자 산타 크로체를 가로지르며 모건이 묻자, 데이비드는 미소를 지으며 아니라고 했다.

"잠깐만요." 모건이 그를 빤히 쳐다보며 말했다. "정확히 미국 어디서 왔다고 했죠?"

"말 안 했는데요." 그는 미소 지으며 대답했다. 무슨 이야기가

179

나올지 뻔했다. "그리고 미국에서 온 거 아니에요. 전 뉴욕에서 왔어요."

그 말에 모건의 눈이 휘둥그레졌다. "그럼 자유주 사람이군요!" 그가 외쳤다. "당신 나라 이야기는 정말 많이 들었어요! 몽땅 다 이야기해줘요." 그래서 대화는 자유주 이야기로 넘어갔다. 자유주와 미국은 이제 대체로 우호적인 관계를 유지하고 있으며, 그 관계 내에서 자유주는 결혼과 종교 문제에 있어서는 독자적인 법을 유지하지만, 세금과 민주주의 문제에 있어서는 연방법을 채택한다는 것. 반란 전쟁을 치르는 연방에 자유주가 재정적, 군사적 지원을 제공하고 있다는 것, 메인 주는 자유주와 대부분 뜻을 같이하고 있으며 자유주민들의 안전을 대체로 보장하고 있다는 것, 자유주민들에게 여러모로 위험한 식민지와 서부의 상황. 식민지는 전쟁에서 패했으면서도 연방에서 탈퇴한 후 해가 갈수록 더 빈곤해지며 악화일로를 겪고 있어서, 자유주에 진 빚도, 따라서 자유주에 대한 증오심도 점점 더 커져가고 있다는 것, 다른 나라들로부터 독자적인 국가로 인정받기 위한 자유주의 계속된 투쟁, 그걸 인정해준 나라는 통가 왕국과 하와이 왕국뿐이라는 사실 등 이야기는 계속해서 이어졌다. 모건은 대학에서 근대사를 공부해서 수많은 질문들을 퍼부었고, 그 질문에 대답하다 보니 데이비드는 자기가 자기 나라를 얼마나 사랑하는지, 얼마나 그리워하는지 깨닫게 됐고, 그 느낌은 모건이 살고 있는 허름한 하숙집의 너저분한 방에 가자 더 강해졌다. 그날 늦은 시각, 신세 지고 있는 집으로 걸어 돌아오면서 그는 자유주에 살아서 정말 행운이라고 생각했다. 여행 중 자주 든 생각이었다. 문 뒤에 숨어서 누군가 이제 눈에 띄지 않고 나올 수 있다고 알려주기를 기다리지 않아도 되는 곳, 대륙 전역의 광장에서 흔히 볼 수 있는 남녀 커플들처럼 (그에게 그런 사람이 혹시라도 생긴다면) 사랑하는 사람과 도시 광장에서 팔짱을 끼고 돌아다닐 수 있는 곳, 언젠가는 사랑하는 남자와 결혼할 수도 있는 곳. 그는 모든 남녀가 자유와 존엄을 누리며 살 수 있는 나라에서 살고 있었다.

하지만 그날 일을 잊을 수 없는 또 다른 이유는 그날의 데이비드는 데이비드 빙엄이 아니었기 때문이다. 그는 할아버지와 어머니의 이름을 붙여 급조해낸 너대니얼 프리어로, 뉴욕으로 돌아가 법대에 들어가기 전에 유럽에서 1년을 보내는 중인 의사의 아들이었다. 형제자매도 여섯 명 만들어줬고, 수수하지만 편안한 동네의 소박하고 즐거운 집에서 안락하지만 사치스럽지 않게 사는 집안 아들이라고 했다. 모건이 예전 학교 친구의 대저택 화장실에서는 다 온수가 나올 거라는 이야기를 들려줬을 때, 데이비드는 워싱턴 스퀘어의 집에는 이미 온수 시설이 갖춰져 있고 수도꼭지를 살짝 돌리기만 하면 맑은 물이 금세 쏟아져나온다는 이야기를 하지 않았다. 대신 그는 그 친구의 재력과 현대 기술 혁신에 대해 모건과 함께 경탄했다. 나라는 부정할 수 없지만—그건 반역처럼 느껴졌다—자신의 인생은 부정했고, 거기엔 뭔가 머리가 어찔어찔할 정도로 흥분되는 점이 있었다. 어찌나 들떴는지 그날 밤늦게 할아버지 친구의 집—자유주에서 이주해온 할아버지의 대학 친구와 그가 작위를 노리고 결혼한 게 분명한, 늘 찌푸린 인상을 하고 쿵쿵

거리며 걷는 백작 부인이 소유한 장대한 궁전—에 돌아오자, 그가 데이비드를 아래위로 쳐다보며 능글맞게 웃었다.

"무슨 좋은 일이라도 있었나 보지?" 데이비드의 몽롱하고 멍한 표정을 보더니 그가 느릿느릿 말했다. 피렌체에 있는 일주일 내내 데이비드는 언젠가는 휙 강하해 뭔가 낚아챌 맹금처럼 늘 어떻게든 그 주변에서 부유하는 할아버지 친구의 손길을 피하려고 아침 일찍 나갔다가 저녁 늦게 돌아오곤 했다. 그는 그냥 씩 웃으며 그렇다고만 대답했다.

그 일은 별로 생각해본 적도 없었는데, 그 거짓말을 지어내던 순간 기분이 어땠는지 가물가물한 기억을 쥐어짜다 깨달았다. 그때 황홀한 기분을 느꼈던 것은 어느 정도는 그게 얄팍한 거짓말이라는 것을 자기도 알고 있었기 때문이다. 그는 언제라도 진짜 자기가 누구인지 밝힐 수 있었고, 모건조차도 빙엄이라는 이름은 알고 있었을 것이다. 그것은 그 혼자만 아는 연극이었지만, 그 연극 아래에는 진짜인 무엇인가가, 의미 있는 무엇인가가 깔려 있었다. 바로 그의 할아버지, 그의 재력, 그의 이름이었다. 만약 서부로 간다면, 거기서 그 이름이 뭐라도 상징한다면, 그건 오로지 악일 뿐이다. 자유주와 복부에서 빙엄으로 산다는 것은 존중, 심지어 존경 받는 것을 뜻한다. 하지만 서부에서 빙엄으로 산다는 것은 증오, 타락, 위협의 대상이 되는 일이다. 캘리포니아에서 이름을 바꿀 가능성이 없다는 말이 아니라, 바꿔야만 한다는 뜻이다. 그 자신으로 사는 것은 너무 위험한 일일 테니까.

이런 생각들을 해보는 것만으로도 양심에 찔렸다. 그래서 할아버지가 아침에 은행으로 출근하기 전 한 번, 저녁때는 식사 전후 한 번씩 두 번 그를 들여다볼 때마다, 그는 그 생각에서 깨어나 화들짝 놀라곤 했다. 마지막 세 번째 방문이 늘 제일 길었고, 할아버지는 데이비드가 누운 침대 옆 의자에 앉아 다짜고짜 그날 신문이나 시집을 읽어주기 시작했다. 가끔은 그냥 그날 있었던 일을 차분하게 조곤조곤 들려줬고, 그 혼잣말을 듣고 있으면 고요한 강 위에 떠 있는 듯한 느낌이 들었다. 이렇게 옆에 앉아 이야기를 하거나 책을 읽어주는 것이 데이비드의 병에 대처하는 할아버지의 방법이었다. 다정하고 한결같은 할아버지의 행동이 어떤 식으로 도움이 되는지는 증명되지 않았지만—주치의가 할아버지에게 그 비슷한 소리를 하는 것을 엿들은 적 있다—마음이 안정되고 예측 가능하기 때문에 안심이 됐다. 그건 벽지 얼룩처럼 그를 세상에 붙들어 매어놓는 요소였다. 하지만 이번에는 진짜 병이 아니라 꾀병이었기 때문에 이제 할아버지의 목소리를 듣고 있으면 수치심—할아버지에게 걱정을 끼치고 있다는 수치심, 심지어 할아버지를, 할아버지뿐만 아니라 할아버지와 선조들이 투쟁해가며 그를 위해 만들어준 모든 권리와 안전함을 버릴 생각을 하고 있다는 더 큰 수치심—밖에 느껴지지 않았다.

할아버지가 박물관 개관식 날이라고 상기시켜준 적은 없지만, 이 수치심을 덜기 위해 그는 벨을 울려 목욕물을 준비시키고 옷을 다리게 했다. 솔질을 마친 옷을 입고 거울을 보니 얼굴이 창백하고 일그러져 있었지만, 그건 어쩔 수 없는 일이었다. 휘청거리며 계단을 내려와 할아버지의 방문을 두드리자 "들어오게, 애덤스!"

할아버지의 깜짝 놀란 얼굴이 그를 맞이했다. "데이비드! 애야, 좀 괜찮으냐?"

"네." 그는 거짓말했다. "오늘 밤은 놓치고 싶지 않아요."

"데이비드, 계속 몸이 안 좋으면 안 가도 된다." 말은 그렇게 했지만, 그가 오길 바라는 할아버지의 간절한 마음이 데이비드에게 는 들렸다. 몇 날 며칠을 배신할 생각만 했는데 이게 그나마 그가 유일하게 할 수 있는 일 같았다.

할아버지가 박물관용으로 구입한 공동주택은 5번가에서 서쪽으로 조금 떨어진 13번 스트리트에 있어서 걸어서 금방이었지만, 할아버지는 추위와 데이비드의 건강 상태를 생각해서 마차를 타야 한다고 우겼다. 박물관에는 존과 피터, 이든, 일라이저, 그리고 노리스와 프랜시스 홀든, 그 외 집안 친구와 지인, 사업 동료들이 와 있었고, 데이비드는 모르지만 할아버지는 따뜻하게 인사를 건네는 사람들도 있었다. 오래 전부터 빙엄가에서 일한 단정하고 자그마한 역사가가 박물관장직을 맡아 몇몇 손님들에게 전시된 그림에 대해 설명해주고 있었다. 한때 빙엄가의 소유였던 샬럿빌 근교의 부지, 대지주의 아들이었던 에드먼드가 북쪽으로 가 자유주를 건설하기 위해 버렸던 농장과 토지를 스케치한 그림들이다. 빙엄가 사람들은 가장을 따라 전시실을 돌아다니며 기억에 있기도 하고 없기도 한 전시물들을 보며 감탄을 표했다. 1790년 11월 데이비드의 고조부 에드먼드가 초안을 작성하고 일라이저의 외고조모를 포함한 건국공신 열넷이 서명한 자유주 헌법 원본—결혼의 자유를 보장하고 노예제와 도제살이를 폐지하며 니그로들에

게 완전한 시민권은 허락하지는 않지만 학대와 고문은 금지한다
는 내용을 담은 이 양피지 조각은 이제 너덜너덜해져 유리판 아
래 전시되어 있다. 에드먼드가 새뮤얼 폭슬리 목사와 버지니아에
서 법대를 다니며 남녀 모두 원하는 사람을 사랑할 자유가 있는
미래 국가를 꿈꾸던 시절 참조하던 성경책―폭슬리가 그런 사상
을 가지게 된 것은 런던에서 만난 특이한 프러시아 신학자의 영향
인데, 훗날 폭슬리의 학생과 신봉자들 사이에서 프리드리히 다니
엘 에른스트 슐레이어마허로 추정되는 그 신학자가 기독교를 정
서적, 공민적으로 해석해볼 것을 권했다. 그리고 에드먼드의 누이
커샌드라가 처음 디자인한 자유주 국기―진홍색 사각 모직 천 한
가운데 피라미드 모양으로 배치된 소나무와 여자, 남자를 둘러싸
고 자유주를 구성하는 주들―펜실베이니아, 코네티컷, 뉴저지,
뉴욕, 뉴햄프셔, 매사추세츠, 버몬트, 로드아일랜드―을 각각 상
징하는 여덟 개의 별이 호를 그리고 있고 그 아래에는 자유주의
모토 "자유는 존엄이고 존엄이 자유다"가 수놓인 국기. 여성에게
교육권을, 그리고 1799년에는 투표권을 허락하자는 법안 제안서.
1790년에서 1791년 사이 에드먼드가 대학 친구에게 당시 자유주
의 비참한 상황―복수심에 찬 인디언들과 강도와 도둑들이 들끓
는 숲들. 총과 유혈 사태에 기대지 않고 재원과 산업기반 공고화
를 통해 신속히 승리한 기존 주민들과의 싸움, 돈을 줘서 남쪽으
로 보낸, 자유주 사상을 혐오하는 광신도들, 한때 자신들이 호령
하던 숲에서 가축처럼 떼로 내몰려 서쪽으로 쫓겨나거나 학살당
한 인디언들, 배에 실어 캐나다로 보내거나 마차 대열에 넣어 서부

로 이주시킨, 영토 획득 전쟁을 돕지 않은 토착 니그로들(과 식민지에서 온 탈주민 니그로들)을 증언하며 쓴 편지들. 미연방에서 탈퇴하겠다는 선언과 함께 앞으로도 어떤 외적, 내적 침략이건 함께 싸우겠다는 맹세를 담아 1791년 3월 12일 필라델피아 대통령 관저로 손수 가져간 편지 사본. 편지의 저자들인 폭슬리와 빙엄을 조국의 부와 자원을 앗아가는 반역자라며 비난하는 워싱턴 대통령의 신랄한 답서. 길고 긴 협상 과정, 결국 대통령 재량으로 마지못해 자유주에 존재권을 부여한 워싱턴의 결정과 그 조건—향후 미국의 다른 주들이나 영토를 자유주의 대의에 끌어들이지 않으며 속국처럼 계속해서 미국 수도에 세금을 낸다—을 담은 편지들.

1793년 폭슬리 목사의 주례로 이루어진 자유주 최초 남성 간의 법적 결혼인 에드먼드의 결혼식을 담은 판화—그는 3년 전 출산 도중 아내가 사망한 후로 함께 살던 남자와 결혼했다—와 50년 후 빙엄가의 두 오랜 충복의 결혼을 기록한 판화. 1822년 뉴욕 시장으로 선서하는 히럼을 그린 스케치(당시 어린아이였던 너대니얼이 숭배하듯 히럼을 올려다보며 옆에 서 있다). 반란 전쟁 발발 당시 너대니얼이 연방에 충성을 맹세하며 링컨 대통령에게 보낸 편지 사본과 그 옆에 나란히 놓인 링컨의 감사 편지 원본—너무나 유명해서 자유주 아이들 모두가 암송할 수 있는 이 편지에서 링컨 대통령은 자유주의 자치권을 존중하겠다고 암묵적으로 약속했고, 그 맹세는 워싱턴에 자유주 존재의 정당성을 입증할 때마다 다시 또다시 인용되었다: "……여러분께 영원히 감사드리며 귀국이 우리나라 내 하나의 국가임을 엄중히 인정합니다." 이 편지 직후 미의회와 자유주 의회가 초안을 잡아 자유주가 종교, 교육, 결혼에 있어 명백한 자유를 누리는 대신 미국에 막대한 세금을 낼 것을 약속한 협약서. 전쟁 직후 델라웨어의 자유주 가입을 허락한 법적 발표문―델라웨어의 자발적 결정이었지만 그럼에도 불구하고 자유주 존재를 또 한 번 위태롭게 한 사건. 너대니얼이 공동 설립했으며 니그로들이 미국이나 북부에 재정착할 수 있도록 자유주 통행권과 재정적 지원을 제공하는 자유주 노예제 폐지 협회의 설립강령―자유주 시민들은 자기들 땅에 도망친 니그로들이 우글거리는 것은 물론 원하지 않았지만 그들이 겪는 비참한 곤경은 동정했기 때문에 쇄도하는 도망 노예들로부터 국가를 보호해야만 했다.

미국은 모든 사람을 위한 곳은 아니었다―그들을 위한 곳은 아니었다. 그래도 미국을 달래기 위해, 자유주의 자율성과 독립을 지키기 위해 했던, 그리고 지금도 계속해서 하고 있는 세심하고 부단한 노력을 일깨워주는 물건들이 사방에 전시되어 있었다. 이쪽에는 조지 워싱턴 장군을 기념하여 만들어진 광장의 대미를 장식할 워싱턴 기념 아치의 초기 시안들―아치는 빙엄가의 이웃이 5년 전 석고와 목재로 지었다―이 놓여 있었고, 또 이쪽에는 웨스트체스터의 빙엄가 땅에서 잘라 온 번쩍이는 대리석으로 이제 다시 지어질 아치의 후속 설계도들―데이비드의 할아버지는 워싱턴 스퀘어의 집과 5번가를 사이에 두고 마주 보는 그다지 장대하지도 않은 집에 사는 별것 아닌 사업가에게 관심을 빼앗기는 데 분노하여 대리석 비용을 아낌없이 지불했다―이 전시되어 있었다.

전에 이미 여러 번 본 것들인데도 데이비드는 다른 사람들과 마찬가지로 생전 처음 보는 물건 보듯이 주의 깊게 하나하나 꼼꼼히 살펴봤다. 전시실은 참으로 조용해서, 실크 치맛자락이 사각거리며 스치는 소리와 이따금 들리는 남자들의 헛기침 소리 외에는 아무 소리도 들리지 않았다. 잉크색이 진한 머스타드색으로 바랜 그림 속 링컨의 바싹 마른 손을 자세히 들여다보고 있는데, 뒤에서 소리도 없는 인기척이 느껴져 고개를 들고 돌아봤더니 찰스가 서서 놀라움과 행복과 슬픔과 고통이 오락가락하는 표정을 짓고 있었다.

"당신이군요." 찰스가 목멘 목소리로 조그맣게 말했다.

"찰스." 그는 일단 이렇게 대답은 했지만 더 이상 뭐라고 해야 할지 알 수가 없었다. 침묵이 흐르다 찰스가 더듬거리며 말했다.

"아프다는 소식 들었습니다." 데이비드는 고개를 끄덕였다. "이렇게 살금살금 다가와서 정말 죄송합니다─프랜시스가 초대했어요─제 생각엔─그러니까─당신을 난처하게 하려는 것도 아니고, 몰래 놀라게 하려 했다고는 생각하지 않았으면 좋겠어요."

"아니, 아니에요─그런 생각 안 했어요. 그동안 아팠는데─그래도 제가 오는 게 할아버지에겐 중요한 일이라, 그래서" 데이비드는 속절없이 손을 저었다. "왔어요. 보내주신 꽃 감사히 받았습니다. 정말 아름다운 꽃이더군요. 그리고 카드도."

"천만에요." 찰스는 대답했지만, 그 표정이 어찌나 불행하고 심란해 보이는지, 혹시라도 쓰러질까 봐 걱정스런 마음에 데이비드가 한 걸음 다가가려는데 오히려 찰스가 그에게 다가왔다. "데이비드." 그가 나지막하고 간절한 목소리로 말했다. "지금이 당신에게 이런 말을 할 때도, 장소도 아니라는 건 알지만—전—그러니까—당신은—왜 안—전 기다렸는데." 그의 목소리는 조용했고 동작도 자제하고 있었지만, 데이비드는 얼어붙었다. 방 안에 있는 모든 사람들이 찰스를 휘감고 있는 열정과 고통을 분명히 느낄 것만 같았다. 그 고통의 원인, 그 비탄의 원인이 자기라는 것도 모두가 명백히 알 것만 같았다. 찰스와 자신이 걱정되어 공포에 질린 와중에도 그 고통으로 인해 찰스가 어떻게 변했는지가 보였다—턱선은 축 늘어지고, 둥그스름하고 사람 좋아 보이던 얼굴은 얼룩덜룩하고 식은땀이 축축했다.

찰스가 입을 열고 다시 뭐라고 말하려는데 프랜시스가 등장해 그의 팔을 툭 쳤다. "찰스!" 그녀가 말했다. "세상에—당장 기절할 것 같은 얼굴이네! 데이비드, 그리피스 씨에게 물 좀 갖다주라고 해줘!" 사람들이 갈라지며 프랜시스가 찰스를 데리고 벤치로 걸어갔고 노리스는 물을 가지러 슬쩍 나갔다.

하지만 찰스를 부축해서 가기 전 프랜시스가 자신을 향해 던진—못마땅한, 심지어 역겨워하는—표정을 보고 데이비드는 갑자기 거기서 나가려고 뒤돌아섰다. 찰스가 정신을 차리고 프랜시스가 자신을 찾기 전에 떠나야 할 것 같았다. 하지만 그러다가 그의 어깨 너머로 프랜시스의 뒷모습을 쳐다보고 있던 할아버지와 거의 부딪힐 뻔했다. "도대체 무슨 일이야?" 할아버지가 물었고, 데이비드가 대답을 생각하기도 전에 질문이 또 이어졌다. "저런, 찰스 그리피스 아니냐? 어디가 아픈 거야?" 그는 찰스와 프랜시스가 있는 곳으로 걸어가기 시작했고, 그러다가 뒤를 돌아 방안을

189

둘러봤다. "데이비드?" 그는 손자가 서 있던 자리를 향해 물었다. "데이비드? 어디 있는 거니?"

하지만 데이비드는 이미 그곳을 떠나고 없었다.

#14

눈을 떴을 때 그는 잠시 혼란에 빠졌다―여기가 어디지? 다음 순간 기억이 났다. 아, 맞아. 그는 이든과 일라이저 집의 한 침실에 있었다.

이틀 전 파티장에서 도망친 후로 그는 그래머시파크에 있는 여동생 집에 머물고 있었다. 할아버지에게서는 아무 소식도 없었고―다음 날 아침 수업을 하러 나가기 전 이든이 할아버지 얼굴이 납빛이었다고 확실히 말해주긴 했다―찰스에게서도, 짧은 편지를 보냈던 에드워드에게서도 아무 연락이 없었다. 적어도 지금은 설명해야 하는 상황은 면했다.

이제 그는 씻고 옷을 입고 아이방에 가서 조카들을 본 다음 아래층으로 내려갔다. 응접실에서 일라이저가 바지 차림으로 바닥에 무릎을 꿇고 앉아 있었고, 카펫 위에는 보송보송한 뜨개실 덩이들과 회색 울양말, 면잠옷 더미들이 널려 있었다. "아, 데이비드!" 일라이저가 고개를 들고 예의 그 환한 미소를 지으며 말했다. "여기 와서 나 좀 도와줘요!"

"뭘 하는 거예요, 일라이저?" 그는 옆에 쭈그리고 앉으며 물었다.

"탈주민 구호 물품을 정리하고 있어요. 봐요, 각 꾸러미마다 양말 한 켤레, 잠옷 두 벌, 뜨개실 두 덩이, 뜨개바늘 두 개가 들어가요─바늘은 그 옆 상자에 있어요. 그 물건들을 이렇게 묶어서─끈이랑 칼은 여기 있고요─다 된 꾸러미를 여기 내 옆 상자에 넣는 거예요."

그는 미소 지었고─일라이저와 함께 있으면 절망에 빠져 있기도 힘들다─두 사람은 작업에 열중했다. 아무 말 없이 몇 분 동안 일하다 일라이저가 말했다. "자, 이제 사랑하는 그리피스 씨 이야기 좀 해보시죠."

그는 움찔했다. "그런 거 아니에요."

"하지만 좋은 사람 같던데요. 어쨌거나 상태가 안 좋아지기 전에 본 바로는요."

"좋은 사람 맞아요. 정말 좋은 사람이에요." 그리고 그는 찰스 그리피스에 대해 이야기하기 시작했다─그의 친절함과 관대함에 대해, 근면함에 대해, 실제적이면서도 예상치 않게 언뜻 보이는 낭만적인 면모에 대해, 잘난 척하는 기색이라고는 털끝만큼도 없는 권위에 대해, 그가 겪은 비통한 일들과 그 일을 견디는 품위 있는 인내심에 대해.

192

"음." 일라이저가 잠시 침묵을 지키다 말했다. "정말 좋은 사람 같네요, 데이비드. 그리고 정말로 당신을 좋아하는 것 같고요. 하지만 당신은 그 사람 좋아하지 않는 거죠?"

"모르겠어요." 그가 인정했다. "아닌 것 같아요."

"왜요?"

"왜냐하면," 그는 입을 열었다가 자기의 대답이 무엇인지 깨달았다. 그건 찰스가 에드워드가 아니기 때문이다. 안았을 때 느낌이 에드워드와 다르니까, 에드워드처럼 쾌활하지 않으니까, 에드워드처럼 어디로 튈지 모르는 사람이 아니니까, 에드워드 같은 매력이 없으니까 좋아할 수 없는 거다. 에드워드와 비교하면, 찰스의 일관성은 지루함, 견실함은 소심함, 성실함은 우둔함으로 느껴졌다. 에드워드와 찰스 모두 동반자를 원했지만, 찰스의 동반자가 적당히 만족하며 규칙적으로 사는 사람이라면, 에드워드의 동반자는 모험을 즐기고 대담하고 용감한 사람일 것이다. 찰스가 지금 자신의 모습을 보여줬다면, 에드워드는 그가 되고자 하는 사람의 모습을 보여줬다. 찰스와 함께 보내는 인생이 어떨지 빤히 보였다. 찰스는 아침에 일하러 가면 데이비드는 집에 남아 있다가 찰스가 저녁에 돌아오면 함께 묵묵히 식사를 하고, 그러고 나면 찰스의 우람한 손, 따끔따끔한 콧수염, 지나치게 열정적인 키스와 찬사에 몸을 맡겨야 할 것이다. 가끔은—그리피스 씨의 잘생기고 부유하고 젊은 남편으로—찰스와 동업자들의 정찬 모임에 동반 참석하고, 그가 자리를 비우면 찰스의 친구와 동료들이 결혼 잘했다고 칭찬—젊고 멋진 데다가 빙엄이라니! 그리피스, 이 음흉한 인

간 같으니, 자넨 정말 행운의 사나이야!―을 퍼붓고, 그러면 찰스
는 당황하고 뿌듯해서 정신을 못 차리며 싱글벙글 웃을 테고, 그
런 밤이면 찰스는 끝도 없이 데이비드를 원해서 그의 침실로 느릿
느릿 들어와 이불 끝자락을 들어 올리고 손을 뻗을 것이다. 그렇
게 살다가 어느 날 데이비드는 거울을 보고 자신이 찰스―찰스와
똑같이 두툼한 뱃살, 똑같이 빈약해져 가는 머리숱―가 되었다
는 것을, 이렇게 때가 되기도 전에 자기를 늦게 만든 남자에게 청
춘의 마지막 날들을 바쳤다는 것을 깨닫게 될 것이다.

　하지만 에드워드의 제안을 들은 후로 데이비드는 계속 다른 날
들을 꿈꿨다. 실크 농장에서 무슨 일을 할지 모르지만―나무들
을 스케치하고 건강 상태를 감독하는 기록인이 될 수도 있을 것이
다―하루 일을 마치면 에드워드와 함께 사는 방갈로로 돌아온다.
거기에는 누군가의 고발로 불시 수색당할 경우를 대비해 침대가
하나씩 놓인 침실 두 개가 있지만, 밤이 대지를 커튼처럼 감싸면
두 사람은 한 침실로 가서, 그 방, 그 침대에서 뭐든 하고 싶은 대
로 할 것이다. 하숙집에서의 만남이 끝도 없이 계속될 것이다. 살
아 숨 쉬는 삶, 사랑이 넘치는 삶을 사는 것, 그게 모든 사람의 꿈
아닌가? 서른 살까지는 채 2년도 안 남았고, 그때가 되면 자기 재
산 중 부모님께 상속받은 재산은 받을 수 있지만, 에드워드는 그
의 재산에 대해서는 한마디도 한 적 없었다. 오로지 데이비드, 그
리고 두 사람이 함께 할 인생 이야기뿐이었다. 그러니 어떻게, 무
슨 이유로 거절할 수 있단 말인가? 물론 조상들이 힘들게 싸우고
노력해서 그가 자유로이 살 수 있는 땅을 건설한 것은 맞지만, 그

럼으로써 다른 종류의 자유, 더 작기 때문에 더 큰 자유를 보장하고, 결과적으로 권장하지 않았나? 자신이 바라는 사람과 함께 있을 자유, 다른 무엇보다 자신의 행복을 우선시할 자유 말이다. 그는 데이비드 빙엄, 늘 올바르게 처신하고 늘 신중하게 선택하는 사람이다. 이제 그는 고조부 에드먼드가 그랬듯이 새로운 시작을 할 테고, 그의 시작은 사랑의 용기가 될 것이다.

이걸 깨닫자 머리가 어질어질했다. 그는 벌떡 일어나 일라이저에게 마차를 빌려도 되겠냐고 물었고, 일라이저는 허락했다. 하지만 그가 막 나가려는데, 일라이저가 소매를 잡아 그를 가까이 끌어당겼다. "조심해요, 데이비드." 일라이저는 상냥하게 말했지만, 그는 일라이저의 뺨에 살짝 입만 맞추고 허둥지둥 계단을 내려가 거리로 나섰다. 그 말을 현실로 만들기 위해서는 입 밖에 내서 말해야만 했다. 또 깊이 생각해보기 전에 그렇게 해야만 했다.

가는 도중에야 그는 에드워드가 하숙집에 있는지 없는지조차 모른다는 것을 깨달았다. 그래도 그는 하숙방으로 올라갔고, 에드워드가 문을 열기 무섭게 그 품에 안겼다. "갈게." 자기 목소리가 말하고 있었다. "같이 갈게."

난리가 났다! 두 사람은 울고 불며 서로 얼싸안았다가 옷을 붙들었다가 머리카락을 잡았다 하며 어쩔 줄을 몰랐다. 그 광경을 누가 봤으면 통곡을 하는지 흥분한 상태인지 알 수 없을 정도였다.

"답장이 오지 않길래 안 가기로 완전히 마음을 정한 줄 알았어." 어느 정도 진정된 다음 에드워드가 털어놓았다.

"답장?"

"응. 나흘 전 내가 보낸 편지 말이야—벨한테 아직 당신을 설득할 희망을 가지고 있다고 말했다고, 다시 한 번 설득할 기회를 달라고 썼잖아."

"그런 편지 받은 적 없어!"

"없다고? 하지만 난 보냈는데—그럼 그건 어디 있는 거지?"

"음—난—그동안 집에 없었어. 하지만—나중에 설명할게." 또다시 충동이, 열정이 그들을 덮쳤기 때문이다.

한참 후 두 사람이 에드워드의 좁고 딱딱한 침대에 평소 자세로 누웠을 때 에드워드가 물었다. "할아버지는 이 일에 대해 뭐라고 하셔?"

"어, 그게 말이야—말씀 안 드렸어. 아직은."

"데이비드! 세상에. 뭐라고 하시겠어?"

그 순간 그들의 행복에 눈물 한 방울이 떨어졌다. 그래도 데이비드는 단호하게 "이해해주실 거야"라고 말했다. 실제로 믿어서라기보다 그 말을 듣고 싶어서 하는 말이었다. "그러실 거야. 시간은 좀 걸리겠지만, 그렇게 될 거야. 그리고 어쨌든—할아버지는 날 못 막아. 어쨌거나 난 성인이고, 할아버지의 법적 보호를 받는 게 아니니까. 2년 후면 재산도 일부 받을 수 있어."

에드워드가 바싹 다가왔다. "할아버지가 막을 수 있는 거 아냐?"

"절대—어쨌거나 그건 할아버지가 막을 수 있는 재산이 아냐. 부모님께 받은 거니까."

잠시 침묵이 흐르다 에드워드가 말했다. "음—그때까진—격정할 필요 없어. 내가 월급을 받아서 우리 둘 다 책임질 거니까."
누군가에게서 생계를 책임져주겠다는 말을 처음 들어본 데이비드
는 감동해서 그를 올려다보는 에드워드의 얼굴에 키스했다.

"난 어릴 때부터 받은 용돈 거의 한 푼도 안 쓰고 모아뒀어."
그가 에드워드를 안심시켰다. "수천 달러 정도는 쉽게 생길 거야.
당신이 내 걱정하게 하지 않을 거야." 그는 알고 있었다. 사실 그
가 에드워드를 책임지게 될 것이다. 에드워드는 부지런하고 야심
이 있으니까 일을 하고 싶어 하겠지만, 데이비드가 두 사람 삶을
대담할 뿐만 아니라 안락하게 만들 것이다. 집에는 에드워드를
위한 피아노와 그를 위한 책들, 그리고 워싱턴 스퀘어에 있는 모
든 것—장미색 동양 카펫과 얇은 흰색 도자기, 실크를 씌운 의자
들—이 다 있을 것이다. 캘리포니아가 그들의 새로운 집, 새로운
워싱턴 스퀘어가 되고, 데이비드는 그 집을 최대한 익숙하고 기분
좋게 꾸밀 작정이었다.

그들은 오후 내내, 밤이 되도록 그렇게 누워 있었다. 이번에는
데이비드가 가야 할 곳이 없었다. 졸다가 화들짝 잠이 깨어 어두
워져 가는 하늘을 보고는 당황해서 미친 듯이 옷을 입고 에드워
드의 간절한 손길을 뒤로 한 채, 마치 학창 시절로 되돌아가 식당
문을 닫는 마지막 종을 놓치기 일보 직전인 아이처럼, 저녁도 못
먹고 잠자리에 들지 않으려고 질주하는 아이처럼 마차에 뛰어들
어 마부—뭐지? 능글맞게 웃는 거야? 나한테? 감히!—에게 최대
한 빨리 가달라고 애원할 필요가 없었다. 그날은 낮에도, 밤에도
함께 자다 깨다 했고, 누워 있다 못해 난롯불에 달걀이라도 좀 삶

으려고 일어났을 때도 에드워드는 데이비드가 회중시계를 확인하지 못하게 했다. "뭐가 중요해?" 그는 말했다. "우리한텐 시간이 무궁무진하게 있는데, 안 그래?" 그래서 그는 달걀 대신 갈색 빵을 잘라 불에 구웠다.

다음 날 그들은 느지막이 일어나 함께 할 새 인생에 대해 이야기했다ー데이비드가 정원에 심을 꽃들에 대해, 에드워드가 살 피아노("하지만 제대로 정착한 다음에 살 거야." 그가 진지하게 말하자 데이비드는 웃음을 터뜨렸다. "내가 하나 사줄게." 그는 깜짝 놀라게 해주려던 계획을 누설하며 약속했지만, 에드워드는 고개를 저었다. "나한테 당신 돈 쓰는 건 싫어ー그건 당신 돈이야")에 대해, 데이비드가 벨을 얼마나 좋아할지, 벨도 데이비드를 얼마나 좋아할지 이야기했다. 그러다 보니 데이비드의 수업 시간ー지난 두 주 동안 수업을 빠졌기 때문에 사감에게 수요일 대신 목요일에 특별 수업을 하겠다고 말해뒀다ー이되어, 옷을 입고 학생들을 보러 가서 그리고 싶은 것을 마음대로 그리라고 해놓고는 학생들이 그린 균형 안 맞는 얼굴, 개, 무서운 눈의 고양이, 조잡한 모양의 데이지와 잎이 뾰족한 장미를 한 번씩 슬쩍 쳐다보며 교실을 슬렁슬렁 돌아다녔고, 그러는 내내 그의 얼굴에서는 미소가 사라지지 않았다. 나중에 집에 돌아오자, 새로 지핀 난롯불과 그가 준 돈으로 에드워드가 준비한 음식이 놓인 식탁, 그리고 에드워드가 그를 기다리고 있었고, 데이비드는 그날 오후 있었던 일들을 에드워드에게 들려줬다ー예전에는 할아버지에게 이런 이야기를 했다는 생각을 하자 얼굴이 확 달아올랐다. 다 큰 어른이 할아버지 외엔 대화 상대가 없다니! 그는 두 사람에 대해, 할아버지 응접실에서 조용히 시간을 보내다 나중에 자기 서재로 돌아와 노트에 스케치를 하곤 했던 밤들에 대해 생각했다. 그건 환자의 삶이었지만, 이제 그는 건강을 회복했다—이제 그는 병이 나았다.

에드워드의 집에 왔던 저녁, 그는 간단한 쪽지와 함께 이든과 일라이저의 마차를 돌려보냈었다. 그런데 사흘째 밤, 문을 두드리는 소리가 나서 열었더니 지저분한 행색의 하녀가 편지를 내밀었고, 그는 편지를 받고 동전을 쥐어 보냈다.

"누가 보낸 거야?" 에드워드가 물었다.

"프랜시스 홀든." 그가 얼굴을 찌푸렸다. "우리 집안 변호사야."

"읽어 봐—난 이쪽 벽을 보면서 딴 방에 가 있는 척할게. 혼자만의 시간을 주고 싶어."

3월 16일
───────────────────

데이비드에게,

좋지 않은 소식이 있어 편지를 쓴다. 그리피스 씨가 아파. 박물관 개관일 밤 고열이 나서—할아버님이 집까지 안전하게 모셔다드리도록 조치했어.

두 사람 사이에 무슨 일이 있었는지 난 잘 모르지만, 그리피스 씨가 너한테 진심이라는 건 말할 수 있어. 네가 내가 아는 그 사람, 어릴 때부터 봐왔던 그 사람이 맞다면, 그리피스 씨 댁을 방문하도록 해. 그분은 너와 자기 사이에 암묵적인 결혼 약속이 되어 있다고 생각하고 있으니까 더욱 그래야만 해. 그리피스 씨는 파티 직후 케이프로 떠날 예정이었지만 어쩔 수 없이 여기 더 머물고 있어. 내가 보기엔, 어쩔 수 없어서만이 아니라 — 그러고 싶어서 있는 것 같아. 널 보고 싶어서. 양심과 선의가 있다면 부디 그분 소원을 들어줬으면 한다.

이 일을 할아버지에게 말씀드릴 필요는 없다고 생각해.

진심을 담아,

F. 홀슨.

프랜시스는 분명 이든을 통해 그의 소재를 알아냈을 테고, 이든은 당연히 마부, 그 배신자에게 들었을 것이다. 그래도 오랫동안 가족의 변호사이자 막역한 친구인 프랜시스의 사려 깊음에는 감사하지 않을 수 없었다—꾸짖는 어조이긴 하지만, 할아버지에게 알리는 일은 없을 것이다. 프랜시스는 어렸을 때부터 늘 그에게 관대했으니까. 그는 편지를 구겨서 난롯불에 던져버린 다음 걱정하는 에드워드에게 손사래를 치고는 프랜시스에 반항하듯 다시 침대로 기어 들어갔다. 하지만 나중에 또다시 서로를 품에 안고 눕자 찰스가 생각나면서 슬픔과 분노가 치밀어 올랐다. 찰스에 대한 슬픔, 자신에 대한 분노가.

"당신 너무 심각해." 에드워드가 그의 뺨을 부드럽게 쓰다듬으며 말했다. "나한테 말해줄 수 없어?"

마침내 그는 다 이야기했다. 할아버지의 제의와 찰스의 결혼 신청, 찰스가 어떤 사람인지, 두 사람이 어떻게 만났는지, 찰스가 어떻게 자신을 사랑하게 되었는지에 대해. 침대에서 허둥대던 찰스의 몸짓에 대해 그와 에드워드가 함께 웃으며 이야기할 거라고 상상했던 것을 생각하면 수치심으로 가슴이 아팠고, 그런 일은 일어나지 않았다. 에드워드는 조용히 공감하며 들었고, 그런 에드워드를 보자 더 깊이 후회됐다. 그는 찰스를 형편없이 대우했다.

"가없은 사람." 마침내 에드워드가 동정하며 말했다. "그 사람한테 말해야 해, 데이비드. 혹시…… 혹시라도 당신이 사실 그 사람을 사랑하는 게 아니라면."

"절대 아니야!" 그가 흥분해서 말했다. "난 당신을 사랑해!"

"음, 그렇다면," 에드워드가 바싹 몸을 붙이며 말했다. "정말로 말해야 해. 데이비드, 꼭."

"알아." 그가 말했다. "나도 알아, 당신 말이 옳다는 거. 착한 에드워드. 여기서 하룻밤만 당신이랑 더 있게 해줘. 그러면 내일 갈게."

그리고 두 사람은 자기로 했다. 아직 하고 싶은 이야기가 많지만, 둘 다 너무 피곤했다. 그래서 그들은 촛불을 불어 껐고, 데이비드는 다음날 감내해야 할 일 걱정에 잠을 이루지 못할 거라 생각했지만, 그렇지 않았다―하나뿐인 에드워드의 납작한 베개에 머리를 대고 눈을 감자마자 잠이 그를 감쌌고 그의 걱정은 음울한 꿈속으로 사라졌다.

#15

"빙엄 씨," 월든이 차갑게 말했다. "기다리시게 해서 정말 죄송합니다."

데이비드의 몸이 뻣뻣하게 굳었다―그는 월든이 싫었다. 이런 유형의 인간은 잘 알고 있었다. 찰스가 분명 엄청난 비용을 들여 런던에서 고용해온 그는 명성도 없는 신흥 부자의 집사로 일한다는 자괴감과…… 부자가 바다 건너까지 찾아와 모셔올 정도로 흠잡을 데 없는 권위자라는 자부심 사이에서 괴로워하는 인간이었다. 물론 유혹이란 게 다 그렇듯이 그런 환상도 서서히 김이 빠졌고, 이제 그는 이 비천한 신세계 땅에서 옴짝달싹 못한 채 돈은 있지만 취향은 천박한 사람 밑에서 일하는 신세가 됐다. 데이비드는 월든에게 이보다는 나은 자리, 적어도 *이렇게까지* 신흥 부자는 아닌 집안의 집사 자리 정도는 구할 수도 있었다는 것을 일깨워주는 사람이었다.

"괜찮네, 월든." 데이비드가 쌀쌀맞게 말했다. "어쨌거나 미리 연락하지 않고 왔으니까."

"그렇습니다. 한동안 못 뵈었네요, 빙엄 씨."

그 주제넘는 발언은 그를 당황하게 하려는 수작이었고, 실제로 그는 당황했다. 하지만 그가 아무 말도 하지 않자 결국 월든이 말을 이어갔다. "안타깝게도 그리피스 씨는 여전히 상태가 안 좋으십니다. 괜찮으시다면 침실로 모셔도 될까요. 물론 그러고 싶지 않으시다면 이해하실 겁니다."

"물론. 괜찮네. 그리피스 씨가 그걸 바라신다면."

"아, 네. 물론입니다. 따라오시죠. 길은 알고 계시겠지만."

월든은 온화하게 말했지만, 데이비드는 화가 치민 나머지 벌떡 일어나 월든을 따라 위층으로 올라갔다. 한껏 몸이 달아오른 찰스가 허리를 잡고 침실로 자기를 이끄는 것을 월든이 몇 번이나 목격했던 것, 그때 집사의 얼굴에 조롱하듯 희미하게 스쳐 간 음탕하고 능글맞은 웃음을 생각하자 얼굴이 화끈 달아올랐다.

문간에서 그는 비꼬듯이 정중하게 인사—"빙엄 씨 오셨습니다"—하는 월든을 휙 지나쳐 안으로 들어갔다. 침실 안은 커튼으로 늦은 아침 하늘을 막고 침대 옆 등불 하나만 밝혀놓아 어두침침했다. 찰스는 여전히 잠옷 가운 차림으로 겹겹이 쌓은 베개에 기대앉아 있었다. 주위에는 종이들이 흩어져 있고 무릎에는 잉크병과 깃털 펜이 놓인 조그만 서판을 올려놓고 있었는데, 그를 보더니 옆으로 치웠다.

"데이비드." 그가 조용히 말했다. "이리 와요, 얼굴 좀 보게." 그는 손을 뻗어 침대 다른 한쪽 등불을 밝혔고, 데이비드는 침대 옆으로 의자를 끌고 갔다.

그는 찰스의 수척한 얼굴을 보고 깜짝 놀랐다. 낯빛과 입술이 거무죽죽하고, 눈 밑은 축 늘어지고 자글자글 주름이 지고, 빗질도 안 한 숱 없는 머리카락이 사방으로 봉봉 떠 있었다. 그가 티가 날 정도로 놀란 표정을 지었는지, 찰스가 억지 미소를 지으며 말했다. "들어오시기 전에 경고라도 드렸어야 했는데."

"무슨 말씀을요." 그가 말했다. "찰스 씨와의 만남은 늘 즐겁습니다." 이 말은 사실이기도 하고 아니기도 했고, 찰스는 무슨 뜻인지 다 아는 것처럼 움찔했다.

그는 찰스가 자기 때문에 상사병에 걸렸을까 봐 두려워하고—나중에 인정해야만 하겠지만, 반쯤은 기대하고—있었기 때문에, 찰스가 감기로 앓아누웠었다고 설명하자 크게 안도하면서도 뜻밖의 실망감에 살짝 가슴이 아렸다. "이런 호된 감기는 몇 년 만에 처음이에요." 찰스가 말했다. "하지만 최악은 지나간 것 같아요. 계단을 오르내리는 건 여전히 피곤하기는 하지만. 그동안 이 방과 서재에 거의 갇혀 지내다시피 했어요. 이—" 그가 종이 더미를 가리켰다—"회계 서류와 장부들을 검토하고 편지를 쓰면서요." 데이비드가 중얼중얼 위로의 말을 꺼냈지만, 찰스는 무례하지 않으면서도 단호한 손짓으로 그 말을 막았다. "그러실 필요 없어요." 그가 말했다. "감사합니다만 괜찮을 겁니다. 벌써 나아지고 있어요."

한참 동안 침묵이 이어졌다. 찰스는 그를, 데이비드는 바닥만 바라보다가 마침내 그가 입을 여는 순간 찰스도 말을 꺼냈다.

"미안해요." 그들은 서로에게 사과했고, 다음 순간 동시에 말했다. "먼저 말씀하세요."

"찰스," 그가 말했다. "당신은 근사한 사람이에요. 당신과 대화하는 건 정말 즐거워요. 당신은 좋은 분일 뿐만 아니라 현명한 분이세요. 제게 관심과 애정을 가져주셔서 정말 영광이었습니다. 지금도 그렇고요. 하지만—결혼은 할 수 없어요. 당신이 무정하거나 이기적인 사람이었더라도 제 행동은 용납될 수 없어요. 하지만 당신이 어떤 사람인지 생각하면, 정말 괘씸한 짓이죠. 어떤 설명도, 정당화도, 변명도 있을 수 없어요. 모두 철저하게 제 잘못입니다. 저로 인해 겪으신 아픔을 슬퍼하며 저는 남은 평생 괴로움에 시달릴 겁니다. 당신은 저보다 더 나은 사람을 만나셔야 해요, 그건 분명해요. 언젠가 저를 용서해주실 수 있기를 바랍니다. 물론 감히 용서를 바라는 건 아니에요. 늘 평안하시길 빌고 있겠습니다—이것만은 말씀드릴 수 있어요."

찰스의 방으로 올라올 때까지도 사실 그는 무슨 말을 해야 할지 잘 몰랐다. 사과가 넘치는 시기구나, 이제 그는 알았다. 편지를 쓰지 않았다고 찰스가 그에게 사과했고, 편지를 쓰지 않았다고 에드워드가 그에게 사과했고, 이젠 그가 찰스에게 사과했다. 이제 남은 건 하나, 할아버지께 드려야 할 사과였다. 하지만 그건 생각할 수가 없었다. 적어도 지금은.

찰스는 말이 없었고, 한동안 두 사람은 데이비드가 한 말의 반향 속에 앉아 있었다. 마침내 찰스가 입을 열었을 때, 그는 눈을 감은 채 갈라지고 쉰 목소리로 말했다. "그럴 줄 알았습니다." 그가 말했다. "이게 당신 대답일 줄 알고 있었어요. 그럴 줄 알았습니다. 그래서 며칠 동안—솔직히 말해서 몇 주 동안—마음의 준비를 하고 있었어요. 하지만 당신 입으로 직접 들으니……" 그는 말을 잇지 못했다.

"찰스." 그가 부드럽게 말했다.

"말해줘요—아니, 하지 말아요. 그래도—데이비드, 전 당신보다 나이도 많고 외모도 잘생긴 당신과는 비교도 안 된다는 거 잘 압니다. 하지만—이런 대화를 예상하고 정말 많은 생각을 해봤어요—우리가 함께할 수 있는 방법이 있지 않을까 싶어서—당신이 다른 사람들에게서도 만족을 구할 수도 있고."

그는 찰스의 말을 금세 알아듣지 못했다가, 그 뜻을 이해하고는 마음이 울컥해서 한숨을 내쉬었다. "아, 찰스, 당신은 정말 잘생겼어요." 그가 한 거짓말에 찰스는 희미한 미소를 지었지만 아무 말도 하지 않았다. "정말 친절하시기도 하고요. 하지만 그런 결혼을 하고 싶진 않으시잖아요."

"맞아요." 찰스도 인정했다. "그렇진 않아요. 하지만 그렇게 해서 당신과 함께할 수 있다면."

"찰스, 그럴 수는 없어요."

찰스는 한숨을 쉬며 고개를 돌렸다. 그리고는 잠시 말이 없었다. 그러더니, "사랑하는 사람이 있어요?"

"네." 그는 대답했고, 그 대답에 두 사람 다 깜짝 놀랐다. 마치 그가 끔찍한 말, 지독한 비난이라도 퍼부은 듯한 분위기였다. 두 사람 다 어떻게 반응해야 할지 몰랐다.

"얼마나 됐어요?" 마침내 찰스가 낮고 기운 없는 목소리로 물었다. 데이비드가 대답하지 않자, "우리가 정을 나누기 전입니까?" 그러더니 다시, "누구예요?"

"오래 되진 않았어요." 그는 중얼거렸다. "아뇨. 그냥 별것 아닌 사람이에요. 그냥 만난 남자요." 에드워드를 별것 아닌 사람, 이름 없는 사람으로 후려치는 것은 배신이었지만, 찰스의 감정도 생각해줘야 했다. 그냥 자세한 설명은 하지 말고 에드워드의 존재를 인정하는 정도로 충분하다.

세 번째 침묵이 이어지더니, 베개에 기댄 채 축 늘어져 있던 찰스가 데이비드를 외면한 채 부스럭거리며 일어나 앉았다. "데이비드, 꼭 해야 할 말이 있어요. 안 그러면 계속 후회할 것 같습니다." 그는 천천히 이야기를 시작했다. "아무리 가슴 아파도—정말 아픕니다—다른 사람을 사랑한다는 당신 선언을 진지하게 받아들일 수밖에 없겠죠. 하지만 얼마 전부터 이런 의문이 계속 들었어요. 혹시 당신이—겁에 질린 게 아닐까 하는 의문이요. 결혼에 대한 두려움은 아니라도 비밀을 들키지 않으려는 두려움, 그래서 그것 때문에 주저하는 게 아닐까, 내게 다가오지 못하는 게 아닐까 하고. 당신 병에 대해선 알고 있어요, 데이비드. 누구에게 들었는지는 묻지 말아요. 하지만 알게 된 지 좀 됐고, 이젠 당신한테 말하고 싶어요—어쩌면, 아니 분명 진작 말했어야 했어요. 그걸 알았다고 해서 당신이 내 남편이 되었으면 하는 마음, 당신과 내 인생을 보내고 싶은 마음에는 조금도 달라진 게 없다는 걸."

앉아 있어서 다행이었다. 기절할 것만 같았다. 아니, 그보다 더
했다. 마치 옷이 찢어발겨지고 발가벗은 채 그를 손가락질하고 조
롱하며 끈적끈적한 썩은 양배추잎을 머리에 집어 던지는 군중들
과 날뛰는 마차 말들에 둘러싸여 유니언 스퀘어 한가운데 서 있
는 기분이었다. 찰스 말이 맞았다. 누가 그 비밀을 말해줬는지 밝
히려 해봤자 소용없는 일이다. 아무리 동생들과 냉랭하게 지낸다
해도 가족은 아니다. 그런 정보는 백이면 백 하인들을 통해 퍼지
는 법이다. 빙엄가 하인들이 충성도가 높고 몇 십 년 동안 일한 사
람들도 있지만, 다른, 더 나은 일자리를 찾아 떠나는 사람들이 늘
몇 명은 있고, 떠나지 않는 하인들도 자기들끼리는 떠들어댄다. 그
냥 방 담당 하녀 하나가 다른 집 부엌 하녀인 여동생에게 말하기
만 하면 된다. 그러면 그 여동생이 다른 집 마부인 자기 애인에게
말하고, 그 애인이 보조 시동에게 말하고, 그 시동이 다시 주방보
조인 자기 애인에게 말하고, 그 주방 보조가 상사 비위를 맞추려
고 주방장에게 말하고, 주방장은 때로는 친구지만 늘 원수 같은
인간, 집주인보다 그의 삶의 리듬, 따라서 자잘한 안위를 더 좌지
우지하는 사람인 집사에게 말하고, 그러면 그 집사가 주인의 젊은
친구가 밤에 워싱턴 스퀘어의 대저택으로 돌아가고 난 뒤 주인의
침실 문을 두드리고 허락을 받고 방에 들어온 후 헛기침을 하며
말을 꺼내는 것이다. "용서해주십시오, 주인님—이야기를 해야
하나 말아야 하나 고민했지만, 하는 게 제 도덕적 의무일 것 같습
니다." 그러면 하인들이 자기 고용주들 삶의 가장 내밀한 부분까

지 은밀히 관여하는 걸 불쾌해하면서도 즐긴다는 것을 알고 있는 주인은 하인들이 한껏 빠져 있는 이런 식의 드라마에 익숙하면서도 짜증이 나서 말한다. "음, 뭐지? 말해보게, 윌든!" 그러면 윌든은 겸손의 몸짓이기도 하지만 자신의 길고 얇은 입술에 자꾸만 떠오르는 미소를 감추기 위해 머리를 조아리며 이야기를 시작하는 것이다. "젊은 빙엄 씨에 대한 이야기입니다."

"협박하는 거예요?" 그가 겨우 정신을 차리고 속삭였다.

"협박이라뇨! 아닙니다, 데이비드, 천만에요! 오해하셨어요. 전 그저 당신을 안심시켜주려는 겁니다. 과거 일 때문에 그렇게 조심하고 경계하는 거라면 저 때문에 두려워할 필요는 없다고요. 또……."

"그럴 필요 없습니다. 잊었나본데 난 여전히 빙엄이에요. 그런데 당신은요? 당신은 아무것도 아니에요. 아무것도 아니라고. 돈이야 있겠죠. 그쪽 매사추세츠에서는 심지어 지위도 좀 있을지도 모르고. 하지만 이곳에선요? 당신 말을 들을 사람은 아무도 없어요. 아무도 당신 말은 안 믿을 거라고."

지독한 말들이 두 사람 사이 허공에 떠 있었고, 한동안 아무도 입을 열지 않았다. 다음 순간 찰스가 갑자기 휙 움직이는 바람에, 데이비드는 순간적으로 찰스가 자기를 한 대 치려는 줄 알고 벌떡 일어났다. 하지만 찰스는 이불을 젖히고 일어나 한 손으로 침대를 짚고 몸을 지탱하더니 입을 열었다. 그 목소리에서는 데이비드가 한 번도 들어본 적 없는 쇳소리가 났다.

"제가 오해했나봅니다. 당신의 두려움에 대한 추측도. 당신이라는 사람에 대해서도. 하지만 이제 제가 하고 싶은 이야기는 다 했으니 이제 우린 다시는 만날 필요 없겠어요. 잘 지내기를 바랄게요, 데이비드. 진심입니다. 당신이 사랑하는 사람이 당신을 사랑하고 앞으로도 늘 사랑하기를, 두 사람이 오랜 생을 함께 하기 바랍니다. 그래서 제 나이가 됐을 때, 저 같은 꼴, 품위 있고 좋은 사람이라고 생각하고 마음을 다 바쳤는데, 알고 보니 품위도 인격도 없는 응석받이 아이에 불과한 아름다운 청년 앞에서 잠옷 바람으로 서 있는 꼴은 되지 않기를요."

그가 데이비드에게 등을 돌렸다. "월든이 배웅해드릴 겁니다." 그가 말했다. 하지만 말을 한 순간 자기가 얼마나 끔찍한 짓을 저질렀는지 깨달은 데이비드는 그 자리에서 꼼짝도 못한 채 얼어붙었다. 몇 초나 지났을까, 찰스가 다시 돌아보지 않으리라는 게 분명해지자, 그도 돌아서서 문을 향해 걸어갔다. 문밖에서는 분명히 월든이 미소 띤 얼굴로 나무 문에 귀를 바싹 갖다 댄 채 이 놀라운 소식을 그날 밤 고용인 식사 시간에 동료들에게 어떻게 전할지 벌써부터 계획을 세우며 기다리고 있을 것이다.

#16

그는 제정신이 아닌 상태로 그 집에서 나왔고, 일단 밖으로 나와서는 보도에 멍하니 서 있었다. 주위 세상은 말도 안 되게 선명했다. 하늘은 공격적으로 파랬고, 새들은 숨이 막힐 정도로 시끄럽게 울어댔고, 이 엄동설한에도 말똥 냄새는 불쾌하게 역했고, 그가 낀 고급 염소 가죽 장갑의 바늘땀은 어쩌나 정교하고 작고 촘촘한지 그걸 세다 보면 모든 걸 쉽게 잊을 수 있을 것 같았다.

마음속에서 폭풍이 휘몰아치고 있었고, 그 폭풍에 맞서기 위해 그도 새로운 폭풍을 불러일으켰다. 마차를 타고 가게들을 휩쓸고 다니며 전에 없이 흥청망청 돈을 써댔다. 비계처럼 희고 부드러운 머랭 상자들, 에드워드의 눈동자색인 검정 캐시미어 스카프, 꽃송이처럼 통통하고 향기로운 오렌지 한 부셀 36리터, 진주빛 광택이 흐르는 캐비어 한 깡통. 그는 사치스럽게 돈을 뿌렸고, 사치품만 샀다―필요해서 산 물건은 하나도 없었고, 실제로 그 상품 대부분은 제대로 먹을 시간도 없이 썩거나 상할 것이다. 그는 끝없이 사고 또 사들였다. 일부 꾸러미는 직접 챙겼지만, 대부분은 곧바로 에드워드 집으로 보냈고, 그래서 마침내 베튠 스트리트 집에 왔을 때는 개화 중인 금귤나무를 현관 안으로 낑낑거리며 들고 현관으로 들어오는 배달부 둘과 아프리카 정글 동물 문양의 리모쥬 찻잔 세트가 담겨 있던 빈 나무상자를 들고나오는 배달부 둘을 먼저 보내주기 위해 계단 밑에서 기다려야 했다. 위층에서는 에드워드가 방 한가운데 서서 머리를 부여잡고 나무를 어디에 둘지 지시하고―아니, 지시하지 못하고―있었다. "맙소사," 그는 연신 같은 말만 되풀이했다. "여기 둘까 싶어요―아니면, 아니, 어쩌면 여기. 하지만―아니야, 거기도 아니에요." 그러다 데이비드를 보자 그는 외쳤다. "자기! 이게 다 뭐야?―그러고는 배달부에게―아뇨, 저쪽에 좀 두세요, 생각 좀 해야겠어요. 데이비드! 너무 늦었잖아! 뭘 하고 있었던 거야?"

그 대답으로 그는 주머니에서 이것저것 꺼내 침대에 던지기 시작했다. 캐비어, 화이트 스틸턴 삼각형 치즈, 그가 가장 좋아하는 생강 설탕 조림 과자가 담긴 조그만 나무 상자, 화려한 색종이로 낱개 포장한 리큐어 넣은 봉봉―오로지 즐겁기 위해, 자신을 구름처럼 둘러싸고 있는 후회를 마법처럼 날려버리기 위해 사들인 달콤하고 맛있는 것들이었다. 미친 듯이 사들이다 보니 같은 물건을 몇 개나 산 것도 있었다―구즈베리 박힌 초콜릿 바 하나가 아니라 둘, 밤 조림 한 봉지가 아니라 세 봉지, 에드워드에게 사준 고급 모직 담요와 짝 맞출 담요 한 장이 아니라 두 장.

하지만 그걸 발견하고 웃음을 터뜨린 것도 사온 음식들을 허겁지겁 먹어 치운 후의 일이었다. 겨우 제정신이 돌아왔을 때에는—쇼핑 꾸러미들이 침대를 온통 다 차지하고 있어서 두 사람은 옷을 벗은 채 바닥에 누워 방안의 축축한 한기에도 불구하고 땀을 흘리고 있었다—둘 다 방금 먹어 치운 온갖 설탕과 진한 크림 지방과 훈제오리와 파테로 인해 배를 움켜잡고 연극하듯 끙끙대고 있었다.

"아, 데이비드," 에드워드가 말했다. "이거 후회 안 하겠어?"

"전혀." 그는 대답했고, 사실 후회하지도 않았다—평생 처음 해보는 짓이었다. 이런 행동이 필요하다는 느낌이 들었다—자기 재산이 정말로 자기 것인 양 행동하지 않으면 진짜 자기 돈이라는 생각이 들지 않을 것 같았다.

"캘리포니아에서는 이렇게 살지 못해." 에드워드가 몽롱하게 중얼거렸고, 데이비드는 대답 대신 일어나—(좁아터진) 방 저쪽 구석에 던져 놓은—바지를 찾아 호주머니에 손을 넣었다.

"이게 뭐야?" 에드워드가 조그만 가죽 상자를 받아 뚜껑을 열며 물었다. "아," 그가 말했다.

그것은 검은 눈동자를 빛내며 작은 부리를 벌린 채 노래하고 있는 완벽한 모양의 조그만 도자기 비둘기였다. "당신을 위한 거야. 넌 내 작은 새니까." 데이비드가 설명했다. "앞으로도 영원히 그랬으면 좋겠으니까."

에드워드가 상자에서 새를 꺼내 손바닥에 올려놓고 감쌌다. "청혼하는 거야?" 그가 조용히 말했다.

"응." 데이비드가 말했다. "맞아." 그러자 에드워드가 그를 포옹하며 말했다. "나야 당연히 하지." 그가 말했다. "물론 할 거야!"

그들이 그날 밤처럼 행복한 날은 다시없을 것이다. 온 사방이, 온 마음이 기쁨으로 가득 찼다. 데이비드는 특히 새로 태어난 기분이었다. 하루 사이에 그는 하나의 결혼 제안은 놓쳤지만 스스로 결혼을 제안했다. 그날 밤 그는 천하무적이 된 기분이었다. 그 방이 품고 있는 행복의 조각들은 모두 그 덕분이었다. 두 사람의 혀에 남아 있는 달콤한 맛, 머리를 눕히고 있는 부드러운 쿠션, 공기 중에 떠도는 향기, 그 모든 게 그 덕분이었다. 그 모든 것들을 그가 마련했다. 하지만 그 승리감 아래에는 독을 품은 어두운 강처럼 치욕이 흐르고 있었다—그가 찰스에게 한 터무니없는 말들이, 그리고 그 아래에는 그의 행동, 그가 찰스를 얼마나 무례하게 대했는지, 불안함과 두려움 때문에, 칭찬과 관심을 원했기 때문에 찰스를 어떻게 이용했는지가. 그리고 그 아래에는 그가 배신한, 어떤 사과로도 충분치 않을 할아버지의 유령 같은 모습이. 이런 생각이 슬금슬금 떠오를 때마다 그는 자기 또는 에드워드의 입에 봉봉을 집어넣거나 에드워드를 잠자리로 유혹해 꾹 억눌렀다.

그래도 그걸로는 충분치 않다는 것을, 자기가 오점을 남겼다는 것을, 그 오점은 지울 수 없다는 것을 알고 있었다. 그래서 다음 날 아침, 어린 하녀가 문을 두드렸다가 방안의 광경에 눈이 휘둥그레진 채 거역할 수 없는 할아버지의 짧은 편지를 내밀었을 때, 그는 결국 발각되었으며 워싱턴 스퀘어로 돌아가는 수밖에 없다는 것을 알았다. 거기서 그는 치욕에 응하고―자유를 선언할 것이다.

#17

집이다! 떠난 지 채 일주일도 안 됐는데 벌써 너무 낯설어 보였다―가구 왁스와 백합, 얼그레이 티와 난롯불 향기가 너무 낯설면서도 익숙했다. 그리고 물론 할아버지의 담배와 오렌지꽃 화장수 향도.

워싱턴 스퀘어에 들어갈 때 겁먹지 않겠다고―여긴 그의 집이고, 그의 집이 될 테니까―다짐했었지만, 계단 맨 위 칸에 서자 망설여졌다. 보통 때 같으면 성큼성큼 들어가겠지만, 순간 노크를 해야 할 것 같은 기분이 들었다. 그때 갑자기 문이 열리지 않았다면 (노리스를 배웅하는 애덤스였다) 거기서 영원히 서 있었을지도 모른다. 그를 본 순간 노리스의 눈이 티 나게 커졌지만, 그는 재빨리 정신을 차리고 데이비드에게 저녁 인사를 하더니 곧 다시 만나기

216

를 바란다고 덧붙였다. 불쾌한 월든보다 훨씬 잘 훈련된 애덤스마
저 자기도 모르게 눈썹을 치켜 올렸다가 급히 심하게 내리는 바람
에 마치 제멋대로 행동한 눈썹을 벌주기라도 하듯 찌푸린 표정을
지었다.

"데이비드 씨, 건강해 보이시군요. 잘 오셨습니다. 할아버님께
서는 거실에서 기다리고 계십니다."

그는 애덤스에게 감사 인사를 하며 모자를 건네고 코트도 벗어
준 다음 위층으로 올라갔다. 일요일에는 저녁 식사를 일찍 했기 때
문에 그도 할아버지의 점심시간이 막 지난 이른 시간에 왔다. 워
싱턴 스퀘어에서 떠나 있으니 이제까지 모든 시간을 그 집의 리듬
에 맞춰 살아왔다는 것을 깨닫게 됐다. 정오는 그냥 정오가 아니
었다. 그와 할아버지가 주말 점심을 마치는 시간이었다. 오후 5시
도 그냥 오후 5시가 아니었다. 그건 그와 할아버지가 다시 저녁 식
탁에 앉는 시각이었다. 아침 7시는 할아버지가 은행으로 출근하
는 시각, 오후 5시는 할아버지 퇴근 시각이었다. 그의 시간, 그의
날들은 할아버지가 결정했고, 그는 평생 아무 생각 없이 할아버지
뜻에 따랐다. 심지어 집을 떠나 있는 동안에도 일요일 저녁이면 그
오랜 아픔이 느껴졌고, 동생들과 할아버지가 거울처럼 반짝반짝
윤나는 식탁에 둘러앉은 모습이 마치 그림을 보는 것처럼 눈에 선
했고, 구운 메추라기의 진한 풍미가 코끝에 감돌았다.

할아버지 응접실 문밖에서 그는 다시 걸음을 멈추고 심호흡을
한 다음 마침내 문을 살짝 두드렸고, 할아버지의 대답이 들리자
안으로 들어갔다. 그가 들어가자 할아버지는 평소와 달리 자리에

서 일어났고, 두 사람은 마치 예전에 한 번 만났다가 잊어버렸던 사람처럼 말없이 서로를 물끄러미 바라보며 서 있었다.

"데이비드." 할아버지가 온화하게 말했다.

"할아버지." 그가 말했다.

할아버지가 다가왔다. "어디 좀 보자." 그러더니 마치 현재 데이비드의 삶이라는 수수께끼가 얼굴에 쓰여 있기라도 한 것처럼 데이비드의 뺨을 손으로 감싸고 머리를 이쪽저쪽으로 살짝 돌려 봤다가 다시 손을 내렸다. 그 표정은 어떤 감정도 드러내지 않았다. "앉아라." 할아버지가 말했고, 데이비드는 늘 앉던 의자에 앉았다.

한동안 두 사람 다 말이 없다가 할아버지가 입을 열었다. "널 꾸짖거나 질문을 할 수도 있겠지만 그러지 않으마. 그래도 끝까지 그러고 싶은 마음을 참을 수 있을지는 장담 못 하겠다. 그래도 일단 너한테 보여줄 게 두 가지 있다." 할아버지가 옆 탁자 위에 놓인 상자에서 끈으로 묶은 편지 수십 통을 꺼내 그에게 건넸고, 그게 모두 에드워드에게서 온 편지들이라는 것을 본 데이비드는 분노하며 고개를 들었다. "아서라." 그가 입을 열기도 전에 할아버지가 말했다. "어디 감히." 데이비드는 화가 치밀어 올랐지만, 허겁지겁 끈을 풀고 말없이 첫 번째 편지를 찢어 열었다. 안에는 에드워드가 누나들을 만나러 간 동안 그가 보낸 첫 번째 편지와 함께 다른 종이에 쓴 에드워드의 답장이 들어 있었다. 개봉했다가 다시 봉한 두 번째 봉투에도 그의 편지와 에드워드의 답장이 들어 있었다. 세 번째도, 네 번째도, 다섯 번째도―에드워드가 답하지 않앗던 편지들이 마침내 모두 답장을 받았다. 편지를 읽으며 데이비드는 그 낭만적인 행동에 감동해서, 이런 답장이 얼마나 필요했는지 깨달아서, 이 답장들이 그에게 전해지지 않고 있었다는 게 잔인해서, 그 편지들이 그가, 오로지 그 혼자서 읽을 때까지 개봉되지 않고 있었다는 안도감 때문에, 미소를, 떨리는 손을 멈출 수가없었다. 여기에는 에드워드가 말했던 편지, 데이비드가 고통에 시달리며 멍하게 누워 지내던, 박물관 개관 파티 이틀 전에 보냈다는 편지도 있었고, 그 외에도 많은 편지들이 있었다. 여기 단어 하나하나마다, 편지지 한 장 한 장마다 데이비드를 향한 에드워드의사랑, 헌신의 증거가 있었다—방안에만 유폐되어 지내던 시간 동안 에드워드에게 아무 소식도 듣지 못한 이유가 바로 여기 있었다. 에드워드는 이 편지들을 쓰고 있었기 때문이다. 갑자기 침대에 누워 얼룩만 물끄러미 바라보고 있던 자신과 여기서 서쪽에서 촛불 빛에 의지해 뻣뻣하고 아픈 손으로 편지를 쓰고 있는 에드워드의모습이 떠올랐다. 상대방의 슬픔을 전혀 모르지만 오로지 서로만생각하고 있는 두 사람의 모습이.

그러자 분노가 치밀었지만 또 다시 뭐라고 하기도 전에 할아버지가 먼저 입을 열었다. "날 너무 모질다고 생각해서는 안 된다, 얘야—그래도 이 편지들을 주지 않았던 것은 사과하마. 하지만 넌 너무 아프고 너무 혼란스런 상태여서 이 편지들이 더 해가되지나 않을지 알 수가 없었다. 편지 다발이 어마어마하게 크길래발신자가 혹시—혹시나." 할아버지가 입을 다물었다.

"어, 그 사람 아니에요." 그가 쏘아붙였다.

"이젠 안다." 할아버지가 엄한 표정으로 말을 이었다. "그래서 여기 네가 읽어봐야 할 게 한 가지 더 있다." 그리고 할아버지는 또다시 상자 안에 손을 넣더니 이번에는 커다란 갈색 봉투를 데이비드에게 내밀었다. 봉투 안에는 철한 종이 한 다발이 들어 있었고, 맨 윗 장에는 "극비—너대니얼 빙엄 씨 요청으로 드립니다"라고 커다란 글씨로 쓰여 있었다. 갑자기 데이비드의 마음속에서 두려움이 물결처럼 퍼져나갔다. 그는 종이 다발을 쳐다보지 않으려 애쓰며 무릎에 올려놓았다.

하지만 할아버지가 변함없이 엄하고 침착한 목소리로 말했다. "읽어라." 데이비드가 꼼짝도 안 하고 있자 다시 말했다.

"*읽으라고.*"

1894년 3월 17일

빙엄 씨께,

문제의 신사, 에드워드 비숍에 관한 보고서를 완성하여 그의 삶에 대한 상세한 정보들을 여기 기록했습니다.

그는 1870년 8월 2일 조지아주 서배너에서 학교 선생인 프랜시스 노울턴과 사라베스 노울턴 (결혼 전 성은 마틴스) 부부의 아들 에드워드 마틴스 노울턴으로 태어났습니다. 슬하 다른 자식으로는 1873년 1월 27일에 태어난 딸 이자벨(벨이라고 불림)이 있습니다. 노울턴 씨는 사랑받는 선생님이었지만 상습적 도박꾼으로 알려졌고, 가족은 빚에 시달리는 일이 잦았습니다. 친가와 처가로부터 많은 돈을 빌리고도 학교 기금에까지 손을 댄 것이 발각되면서 노울턴은 해고는 물론이거니와 감옥살이를 해야 할 위기에 놓이게 됐습니다. 그 시점에 노울턴에게 가족들도 몰랐던 큰 빚이 있다는 게 드러났습니다 ─ 수백 달러의 이자가 쌓였는데, 갚을 방법이라고는 전무했던 거죠.

법정에 소환되기 전날 밤, 노울턴은 아내와 두 아이들과 함께 도주했습니다. 그들의 집은 가족들이 부랴부랴 도망친 흔적을 고스란히 담은 채 내버려졌죠. 식료품실은 건조식품을 뒤져 가느라 어수선했고, 서랍은 열린 채 방치되어 있었으며, 계단 위에는 흘리고 간 아이 양말 한 짝이 놓여 있었습니다. 당국은 즉시 추적을 시작했지만, 노울턴은 아마도 종교적 박해를 주장하며 비밀가옥에 피신했던 것 같습니다.

여기서부터 노울턴과 아내의 흔적은 사라집니다. 에드워드와 벨 남매는 1877년 10월 4일 매릴랜드 주 프레더릭의 한 안전가옥에 등록된 기록이 남아 있는데, 고아로 분류되어 있습니다. 보호소의 기록에 의하면 두 아이 모두 부모에게 무슨 일이 있었는지 이야기할 수도, 이야기하려고도 하지 않았다고 하지만, 나중에 "말에 탄 남자가 아빠엄마를 발견해서 우리는 숨었다"고 남자아이가 말했고, 시설 관리자는 노울턴 부부가 매릴랜드 주 경계선을 넘기 직전 식민지 순찰대에게 체포되었고 아이들은 어느 친절한 사람에게 나중에 발견되어 보호소로 넘겨졌다고 추정했습니다.

남매는 거기서 두 달 동안 머무르다 그 지역에서 발견된 다른 고아들과 함께 1877년 12월 12일 필라델피아에 소재한 식민지 아이들을 위한 고아원으로 보내졌습니다. 여기서 그들은 버몬트 주 벌링턴에서 온 루크 비숍과 빅토리아 비숍 부부에게 즉시 입양되었습니다. 부부에게는 이미 딸 둘, 로라(8세)와 마거릿(9세)이 있었습니다. 그 아이들도 식민지 고아들이지만, 아기 때 입양했죠. 비숍 부부는 형편이 넉넉하고 올바른 시민이었고, 비숍 씨는 아내와 함께 목재 사업체를 성공적으로 운영하고 있었습니다.

하지만 비숍 부부와 새 아들 사이의 좋은 관계는 곧 틀어졌습니다. 벨은 새로운 생활에 재빨리 적응한 반면, 에드워드는 저항했습니다. 그 아이는 매력이 넘칠 뿐만 아니라 똑똑하고 잘생겼지만, 빅토리아 비숍에 의하면 "진정한 성실함과 자제심이 부족"했습니다. 사실 다른 아이들은 집안 허드렛일과 숙제를 성실하게 마치는 데 반해, 에드워드는 늘 각종 책임을 피할 궁리를 했습니다. 심지어 치졸한 공갈을 해서 자기가 해야 할 일을 벨이 대신 하게 하기도 했어요. 머리는 명백히 비상했지만 공부에는 관심이 없었고, 수학 시험에서 컨닝을 하다가 들키는 바람에 정학까지 당했습니다. 에드워드는 단 것을 좋아해서 몇 번이나 가게에서 사탕을 훔치기도 했습니다. 그래도 새어머니는 에드워드가 누나와 누이, 특히 벨에게 사랑받았다고 강조하더군요. 벨의 경우 에드워드에게 종종 소소하게 기만을 당했는데도 말입니다. 어머니는 에드워드가 집에서 키우던 절름발이 개를 비롯해 동물들에게는 몹시 아량이 넘쳤고, 노래와 글쓰기, 독서에 뛰어난 재능을 보였으며, 애정이 넘치는 아이였다고 했습니다. 진정한 친구는 거의 없고 벨과 같이 노는 것을 더 좋아했지만, 그래도 두루두루 사랑을 받았고 지인들도 많아서 외로움을 타는 일은 거의 없었다고 합니다.

그가 열 살이 되었을 때 집에 피아노가 생겼는데 ― 비숍 씨가 어릴 때 피아노를 배웠습니다 ― 모두 피아노 교습을 받긴 했지만 에드워드가 가장 재능이 뛰어났습니다. "피아노가 애 안의 무엇인가를 잠재운 것 같았어요," 비숍 부인은 이렇게 말하며, 아들이 마음 붙일 데를 찾은 것 같아 부부 모두 "마음이 놓였다"고 덧붙였습니다. 부부는 에드워드를 위해 피아노 선생님들을 더 구했고, 드디어 에드워드가 뭔가에 그렇게 성실히 매진하는 모습을 보고 기뻐했습니다.

에드워드가 성장하면서 부부의 어려움도 커져갔습니다. 어머니에 의하면, 그는 부부에게 수수께끼 같은 존재였습니다. 머리가 있으면서도 학교를 따분해하며 수업을 빼먹기 시작했고, 또다시 급우들 물건 ― 연필과 동전 같은 것들 ― 을 좀도둑질하다 발각되어 부모를 당황하게 만들었죠. 원하는 걸 안 준 적이 없었는데 그런 일이 생겼으니까요. 3년 사이에 세 번째 예비학교에서 퇴학당하자, 부모는 에드워드가 학업을 마칠 수 있도록 개인 교사를 구했고, 에드워드는 가까스로 졸업장을 따고 매사추세츠 서부에 있는 이름 없는 음악 학교에 진학했지만, 겨우 1년을 다녔을 때 삼촌에게 조그만 유산을 받자 뉴욕으로 달아나서는 할렘에 살고 있는 베데스다 외대고모의 집에 들어갔습니다. 부모는 그 상황을 승인했습니다. 9년 전 혼자가 된 베데스다는 정신이 깜박깜박하는 상태인데 시중드는 사람들이 많기는 해도 ― 외대고모가 상당한 부자였습니다 ― 에드워드가 같이 있으면 안정에 도움이 될 거라고 생각했기 때문입니다. 외대고모는 늘 에드워드를 굉장히 아꼈고, 아이가 없어서 그를 자기 아들처럼 여겼다고 합니다.

학교를 떠나고 첫 번째 가을에 에드워드는 추수감사절을 지내러 집에 왔고, 모두 즐거운 주말을 보냈습니다. 에드워드가 뉴욕으로, 누나들과 여동생 — 갓 결혼해서 부모님 댁 근처 벌링턴에 살고 있는 로라와 마거릿, 그리고 뉴햄프셔에서 간호학교 입학을 앞두고 있던 벨 — 이 각자의 집으로 돌아간 후, 비숍 부인은 집안 청소를 시작했습니다. 그러다가 침실에서 기념일에 남편에게 선물받은, 금줄에 진주알이 달린 가장 아끼는 목걸이가 없어진 것을 발견한 겁니다. 부인은 즉시 목걸이를 찾아 나섰지만, 몇 시간 동안 있을 만한 장소란 장소는 샅샅이 다 뒤졌는데도 여전히 목걸이는 나오지 않았습니다. 그 순간 부인은 목걸이가 어디로 사라졌을지, 아니 누가 목걸이를 사라지게 했을지 불현듯 깨달았고, 그 생각을 떨쳐버리려는 듯이 남편 손수건들을 다 다시 정리해서 개기 시작했습니다. 물론 새로 정리할 필요가 없었지만, 그래야만 할 것 같았던 거죠.

너무 두려워서 에드워드에게 혹시 목걸이를 가져갔냐고 묻지도, 남편에게도 이야기하지도 못했습니다. 남편은 부인보다 아들에게 훨씬 엄격해서 나중에 후회할 말을 할 게 뻔하다는 것을 알고 있었거든요. 아들을 의심하지 않겠다고 다짐했지만, 크리스마스 휴일이 지나고 아이들이 떠난 후, 그 아이들과 함께, 아니 그중 한 아이와 함께 은세공 팔찌가 사라지자(이 사실도 나중에 발견했습니다), 부인은 그 의심을 다시 마주할 수밖에 없었습니다. 에드워드가 왜 돈이 필요하다고 그냥 말하지 않는지 알 수가 없었어요. 남편은 주지 않더라도 부인은 돈을 줬을 테니까요. 하지만 다음에 에드워드가 왔을 때는 에드워드가 쉽게 찾을 만한 것들은 몽땅 상자에 넣어 옷장 속 트렁크 안 깊숙이 넣고 잠갔습니다. 자기 자식에게서 귀중품들을 숨긴 거죠.

부인은 에드워드의 현재 생활에 대해서는 거의 아는 바가 없었습니다. 지인들로부터 에드워드가 나이트클럽에서 노래를 부른다는 소식을 듣고 걱정하고 있었습니다 — 가족의 평판을 걱정해서가 아니라 아들이 똑똑하긴 해도 너무 어린 나이라 쉽게 영향을 받을 수 있을 것 같아서요. 아들에게 계속 편지를 썼지만 답장이 온 일은 거의 없었고, 그 침묵 속에서 부인은 자기가 과연 아들을 알고 있는 게 맞는지 생각하지 않으려고 노력했습니다. 그래도 적어도 고모와 함께 있는 건 알고 있고, 베데스다의 상태가 계속 악화되고 있기는 해도 가끔 정신이 명료할 때 종손 에드워드가 옆에 있는 것을 감사하며 애정을 가지고 쓴 편지들이 오기도 했다고 합니다.

그러다가 2년 좀 전에 에드워드와의 연락이 끊겼습니다. 그런데 어느 날 베데스다 고모의 계좌에서 큰돈이 인출되었다는 경보를 은행으로부터 받았다는 급한 전보가 고모의 변호사로부터 온 겁니다. 비숍 부인은 즉시 뉴욕으로 갔고, 당황스런 모임을 몇 차례 거치면서 지난 12개월 동안 에드워드가 외대고모의 신탁에서 점점 더 많은 돈을 인출하고 서명한 사실을 알게 되었습니다. 은행 (빙엄 씨의 경쟁업체 중 하나입니다, 걱정하지 마십시오) 조사 결과, 에드워드가 피신탁인 베데스다 캐럴의 비서인 평범하고 어리숙한 청년을 유혹했다는 것이 밝혀졌고, 그 청년은 에드워드가 원하는 신탁기금 — 비숍 부인은 정확한 액수를 말하기 거부했지만, 수천 달러 — 을 가질 수 있도록 회사

조례를 고의적으로 어겼다고 술술 털어놓았습니다. 집에 돌아온 비숍 부인은 고모가 보살핌은 받고 있지만 주변 상황을 전혀 인지하지 못하며 심지어 에드워드가 누군지조차 모른다는 사실을 알게 됐습니다. 뿐만 아니라 작은 물건들 — 은식기와 도자기, 고모의 다이아몬드 목걸이 — 도 사라졌고요. 부인에게 그걸 가져간 게 고모님의 하인들이나 수행원 중 하나가 아니라 아들이라는 것을 어떻게 확신하느냐고 물었더니, 울음을 터뜨리며 말하더군요. 그 사람들은 고모네 집에서 몇 년 동안이나 일했지만 이제껏 어떤 물건도 없어진 적이 없다고요 — 고모의 삶에 새로 생긴 변화는 아들밖에 없다고 울면서 인정했습니다.

하지만 그 아들은 어디에 있었을까요? 그는 사라져버린 것 같았습니다. 비숍 부인은 아들의 행방을 수소문했고 수사관까지 고용했지만, 그는 부인이 할 수 없이 벌링턴으로 돌아갈 때까지도 그의 행방을 알아내지 못했습니다.

그때까지 내내 부인은 에드워드의 잘못을 남편 모르게 잘 숨겼습니다. 하지만 이제 에드워드의 행동이 범죄의 영역으로 들어서자 털어놓을 수밖에 없었죠. 두려워하던 대로 남편은 격노한 나머지 에드워드와 완전히 의절했고, 딸들을 불러 에드워드의 악행을 들려준 후 다시는 그와 연락하지 말라고 명했습니다. 모두 에드워드를 사랑했기 때문에 울음을 터뜨렸고, 벨은 특히 괴로워했습니다.

하지만 비숍 씨는 완고했습니다. 모두 다시는 에드워드와 연락해서는 안 되며, 그가 연락을 취하려 하면 무시해야 한다고요. "우리가 실수했어." 남편이 이렇게 말했다가 황급히 "넌 아니야, 벨"이라고 덧붙였지만, "벨의 얼굴을 보자 이미 늦었다는 것을 알았어요"라고 부인은 말했습니다.

하지만 에드워드와 만나도 된다고 허락을 *받았다* 할지라도, 그럴 수 없었을 겁니다. 에드워드는 완전히 사라져버린 듯했으니까요. 부인이 고용한 수사관은 조사를 멈추지 않았지만, 결국 에드워드가 그 도시를, 아무래도 그 주를, 어쩌면 자유주를 완전히 떠난 게 틀림없다고 결론내렸습니다. 거의 1년 동안 아무 소식도 들리지 않았습니다. 그러다가 6개월쯤 전, 수사관이 비숍 부인에게 다시 연락을 취했습니다. 에드워드를 찾았다고요. 그가 뉴욕에 있고, 젊고 부유한 사교계 인사들 사이에서 인기 있는 월스트리트 근처 나이트클럽에서 피아노를 치며 베튠 스트리트의 하숙집에서 방 한 칸을 얻어 살고 있다는 것이었습니다. 비숍 부인은 이 소식에 당황했습니다. 하숙집이라니! 그 돈, 고모에게서 훔친 그 돈은 어디에 가고? 죽은 친아버지처럼 에드워드도 도박꾼일까? 그런 행동의 징후는 전혀 없었지만 아들에 대해 얼마나 아는 게 없었던가를 생각하면 말이 안 되는 생각 같지 않았습니다. 부인은 에드워드의 매일의 행적에서 정보를 좀 더 수집할 수 있지 않을까 하고 수사관에게 일주일 동안 에드워드의 움직임을 지켜보라고 명했지만, 그 또한 별 소용없었습니다. 에드워드는 한 번도 은행에 가지 않았고, 도박장에도 가지 않았습니다. 대신 그는 자기 방과 그래머시파크 근처 대저택 사이만 오갔습니다. 조사해보니 그곳에는 크리스토퍼 D(그분과 가족의 사생활을 보호하기 위해 이 보고서에서 이름은 삭제했습니다)라는 사람이 살고 있었는데, 그는 좋은 가문에서 태어난 스물아홉 살의 남자로 무역 업체를 소유한 상당한 자산가인 부모님과 함께 살고 있었습니다. 수사관은 젊은 D씨를 "외롭고" "수수한 외모"의 청년으로 묘사했는데, 에드워드 비숍은 그를 신속히 유혹할 수 있었던 것으로 보입니다. 알게 된 지 3개월 만에 D씨가 청혼을 할 ― 그리고 수락을 받을 ― 정도로요. 하지만 그의 부모님은 아들의 청혼 사실을 알고는 맹렬히 반대하며 에드워드를 불러 만났던 것 같습니다. 거기서 부부는 그에게 상속자인 자기 아들과의 관계를 완전히 끝낸다고 약속한다면 그 대가로 자기들이 아는 자선 단체에 교사 자리를 구해주겠다는 제안과 함께 두둑한 현금을 제시했죠. 에드워드는 동의했고, 돈이 건네졌고, 그는 젊은 D씨와의 만남을 끝냈습니다. D씨는 지금까지도 "슬픔에 젖어" 있으며 옛 약혼자를 만나기 위해 계속해서 더 필사적인 시도를 하고 있다고 비숍의 수사관은 말했습니다. (말씀드리기 안타깝지만, 그 자선 단체는 히럼 빙엄 자선 학교입니다. 지난 2월까지 에드워드 비숍이 음악 선생으로 일했던 곳이죠.)

여기서 우리는 비숍 씨의 현재 상황에 도달합니다. 학교 사감에 의하면, 비숍 씨 ― 사감은 그를 "괴상"하고 "경박한 인간"이라고 경멸조로 묘사했지만, 학생들 사이에서 인기는 어마어마했다고 인정했습니다: "안타깝지만, 이 학교 역사상 가장 인기 있는 선생이었어요" ― 는 1월 말 경 벌링턴에 계신 병든 어머니를 돌보기 위해 휴가를 신청했습니다. (명백한 거짓말이었죠. 비숍 부인은 지금도, 과거에도 늘 탁월한 건강을 자랑했으니까요.) 에드워드는 실제로 북쪽으로 가기는 했지만, 여기서도 그의 이야기는 진실에서 벗어납니다. 그가 가장 먼저 들른 곳은 보스턴에 사는 친구들 집이었죠. 신혼부부 행세를 하고 있는 쿡 남매인데, 그렇게 가장하는 이유는 나중에 말씀드리겠습니다. 두 번째 들른 곳은 벨이 점잖은 하숙집에서 살면서 간호사 훈련을 마치고 있는 맨체스터였습니다. 벨은 아버지의 훈계에도 불구하고 에드워드가 집에서 추방당한 후에도 계속 연락을 해왔고, 심지어 자기 용돈도 일부 매달 보내준 듯합니다. 남매간에 정확히 무슨 일이 있었는지는 알 수 없지만, 에드워드가 사감에게 돌아오겠다고 약속한 날로부터 적어도 일주일은 지난 2월 말, 두 사람은 벌링턴으로 갔습니다. 아마도 벨이 오빠와 아버지를 화해시키려고 했던 것 같습니다. 벨은 둘째 언니 로라가 최근 아이를 낳았기 때문에 분명 부모님이 용서할 마음이 되어 있을 거라고 생각했던 것 같습니다.

말할 필요도 없지만, 그 방문은 남매가 바라던 대로 풀리지 않았습니다. 비숍 씨는 망나니 아들을 보자마자 폭발했고, 둘 사이에 격한 대화가 오갔습니다. 이제는 비숍 씨도 아들이 아내의 보석과 소장품들을 훔친 사실을 알고 있어서 에드워드에게 그 일에 대해 다그쳤습니다. 에드워드는 그 말을 듣자 그때까지도 에드워드가 그저 순간적인 충동으로 그런 짓을 했을 뿐 정말로 해를 끼칠 생각은 없었다고 굳게 믿고 있던 부인에게 갑자기 돌진했고, 그 행동에 놀란 비숍 씨는 아들에게 주먹을 날려 바닥에 쓰러뜨렸습니다. 난투가 이어졌고, 여자들이 모두 달려들어 두 사람을 떼어놓으려 하는 혼란스러운 와중에 비숍 부인이 얼굴을 강타당했습니다.

그 주먹을 날린 게 에드워드였는지는 확실치 않지만, 그건 중요하지 않습니다. 비숍 씨는 에드워드에게 당장 집에서 나가라고 명령한 다음 벨에게 선택권을 줬습니다 — 가족으로 남아 있든지 오빠와 함께 떠나라, 하지만 둘 다 가질 수는 없다고요. 충격적이게도 벨은 자기를 키워준 가족들에게 한마디 말도 없이 등을 돌리고 떠났습니다. (비숍 부인은 울면서 말했습니다, 에드워드의 매력과 그가 유혹한 사람들에게 행사하는 마력이 그 정도로 막강하다고요.)

에드워드와 벨 — 이제 벨은 전적으로 오빠에게 의지하고 있었습니다 — 은 함께 달아났습니다. 남매는 맨체스터로 돌아와 벨의 귀중품들(과 당연히 돈)을 챙기고 계속 여행하여 보스턴의 쿡 남매의 집으로 갔습니다. 비숍 남매와 마찬가지로 쿡 남매도 식민지 고아들이었고, 그들과 마찬가지로 쿡 남매도 부유한 집안에 입양되었습니다. 오빠인 오브리는 에드워드가 베데스다 외대고모 집에서 살던 당시 뉴욕에서 만나서 지금까지도 계속되는 — 소문에 의하면 몹시 열정적이고 진실한 — 관계가 되었던 것 같습니다. 오브리는 스물일곱 살 정도의 놀랄 만큼 잘생긴 남자로 잘 교육받고 점잖은 사교계에 익숙한 사람이었고, 남매에게는 편안한 삶이 보장된 거나 다름없었습니다. 하지만 오브리가 스무 살, 동생 수재너가 열아홉 살 때, 부모가 길에서 갑작스레 사고를 당해 사망했고, 사고 수습이 마무리되고 나서 보니 남매가 늘 자기들 몫이라 생각했던 돈은 수년에 걸친 잘못된 투자와 막대한 빚으로 줄어들어 존재하지 않았습니다.

다른 종류의 사람들이었다면 정직한 일을 찾았겠지만, 오브리와 수재너는 그런 사람들이 아니었습니다. 그러는 대신 그들은 신혼부부로 가장하여 돈은 많지만 종종 사랑 없는 결혼 생활을 하고 있는 외로운 남녀 — 그들은 성별을 가리지 않았습니다 — 를 먹잇감으로 삼아 친구가 되어주기 시작했어요. 그러다가 그들이 사랑에 빠지면, 배우자에게 폭로하겠다고 협박하며 돈을 요구하는 거죠. 희생자들은 결과가 너무 두렵고 자신의 어리석음이 너무 수치스러워서 남매 중 하나에게 돈을 지불했고, 이렇게 쿡 남매는 함께 두둑한 돈을 모았습니다. 그 돈에다가 추정컨대 에드워드가 외대고모에게 훔친 돈과 가엾은 D씨 부모로부터 받은 돈을 합쳐서, 그들은 서부에서 실크 직물 사업을 시작할 작정입니다. 제가 조사한 출처에 따르면, 에드워드는 쿡 남매와 함께 이 일을 적어도 1년 동안 준비하고 있었습니다. 76년 법안을 고려해서 에드워드는 수재너 쿡과, 벨은 오브리와 부부 행세를 한다는 게 그들의 계획입니다.

작년 11월부로 그들의 계획은 실행할 준비가 거의 되어 있었는데, 그때 마름병이 유행하는 바람에 뽕나무 대부분이 죽어버렸습니다. 충격에 빠진 오브리와 에드워드는 마지막 돈줄을 찾아보자고 결의했습니다. 조만간 쿡 남매의 희생자들 중 누군가가 입을 열 테고, 그러면 심각한 법적 문제에 봉착할 수 있다는 것을 다들 잘 알고 있었습니다. 필요한 것은 농장을 시작해서 처음 몇 년을 버틸 수 있게 해줄 마지막 한탕이었죠.

바로 그때인 올해 1월, 에드워드 비숍이 빙엄 씨의 손자를 만난 겁니다.

#18

보고서는 계속됐지만, 그는 더 이상 읽을 수가 없었다. 이미 몸이 사시나무 떨리듯 떨리고 있어서―그리고 방안은 쥐 죽은 듯이 고요해서―들고 있는 종이가 버석거리며 흔들리는 소리, 헉하고 놀라는 자기 숨소리도 다 들렸다. 마치 둔탁하면서도 푹신한 뭔가, 예를 들면 쿠션 같은 것으로 머리를 호되게 맞아서 숨도 쉴 수 없고 머리가 뒤죽박죽된 느낌이었다. 서류를 내려놓고 불안하게 일어나다 휘청거리자, 누군가―거기 있다는 사실도 거의 잊고 있었던 할아버지―가 연신 그의 이름을 부르며 부축해서 긴 의자에 앉히는 게 느껴졌다. 할아버지가 애덤스를 외쳐 부르는 소리도 저 먼 곳에서 들리는 소리처럼 아련하게 들렸다. 정신을 차리고 보니 그는 다시 똑바로 앉아 있었고 할아버지가 입술에 찻잔

232

을 갖다 대주고 있었다.

"생강이랑 꿀을 넣은 차다." 할아버지가 말했다. "천천히 조금씩 마셔. 착하지. 그래, 착하지. 당밀 쿠키도 있어. 잔 들 수 있겠니? 옳지."

그는 눈을 감고 머리를 뒤로 기댔다. 또다시 그는 데이비드 빙엄이고, 그는 약하고, 할아버지는 그를 달래고 있었다. 마치 탐정 보고서를 읽은 일 같은 것은 존재하지 않는 것 같았다. 그 종이들에 무슨 내용이 적혀 있었는지 몰랐던 것만 같았다. 에드워드를 만난 적도 없는 것만 같았다. 그는 너무 혼란스러웠다. 위험했다. 하지만 아무리 애를 써도, 아무리 이야기의 가닥들을 구분하려고 애를 써봐도 그럴 수가 없었다. 마치 그 이야기를 읽었다기보다 경험한 것만 같았고, 그러면서도 동시에 자기와는, 혹은 자기가 아는 에드워드와는 아무 상관도 없는 일 같았다. 결국 중요한 것은 자기가 아는 에드워드 아닌가. 방금 읽은 이야기, 그 이야기는 수천 리그 깊이 물속으로 빠르게 떨어져 내려가고 있는 닻이었다. 내려가고 또 내려가다 마침내 해저 모래 속으로 삼켜지고 마는 닻. 그 위에는 에드워드의 얼굴과 에드워드의 눈이, 새처럼 물 위를 스쳐 지나가는 몸과 바람에 속삭이는 목소리, 그를 돌아보고 미소 지으며 "날 사랑해?"하고 묻는 에드워드가 있었다. 그는 자신의 몸과 맞닿은 에드워드의 피부를, 문 앞에서 데이비드를 봤을 때 그의 얼굴에 피어나는 즐거움을, 데이비드의 코끝을 톡 치며 1년 후면 캘리포니아의 선물인 캬라멜색 반점들이 생겨나 주근깨투성이가 될 거라고 말하던 그의 모습을 생각했다.

눈을 뜨고 할아버지의 엄하고 잘생긴 얼굴과 회색 눈을 보자 말해야 한다는 것을 알았다. 하지만 막상 말을 하자 그 말에 둘 다 깜짝 놀랐다. 데이비드는 그게 자신이 정말로 원하는 바라는 것을 알았기 때문에, 할아버지 본인도—아닌 척하고 싶었지만—그게 사실이라는 것을 알았기 때문에.

"전 안 믿어요." 그는 말했다.

할아버지의 걱정스러운 표정이 믿을 수 없는 표정으로 바뀌었다. "안 믿는다고? 안 믿어? 데이비드—할 말이 없구나. 이게 군나르 웨슬리, 이 도시, 아마도 자유주 최고의 사립 탐정인 군나르 웨슬리의 보고서라는 거 알고 있냐?"

"하지만 그 사람은 전에도 실수를 저질렀어요. 그리피스 씨가 서부에 있었던 사실을 놓쳤잖아요?" 말을 하는 순간에도 그는 찰스의 이름을 입에 올리지 않았어야 했다는 것을 알고 있었다.

"아, 제발, 데이비드. 그건 사소한 문제지. 게다가 그건 그리피스 씨가 감추려고 한 일도 아니고—웨슬리가 놓친 건 그것뿐이고, 누구에게도 피해를 주지 않았다. 하지만 수집한 정보는 모두 정확했어. 데이비드. 데이비드. 난 화난 게 아니다. 장담해, 진짜 아니야. 이걸 받았을 때는 화가 났었다. 하지만 너한테가 아니라 여기—널 이용한, 아니 적어도 이용하려고 했던 이 사기꾼한테 화가 난 거야. 데이비드. 애야. 네가 읽기 힘든 이야기라는 거 안다. 그래도 이제라도, 심각한 피해를 입기 전에, 너와 그리피스 씨의 관계를 위태로워지기 전에 아는 게 낫지 않니? 네가 이런류의 인간이랑 어울리고 있었다는 걸 그리피스 씨가 알게 된다면."

"이건 그리피스 씨와는 아무 상관없는 일이에요." 그의 목소리가 말했다. 자신도 알아볼 수 없는, 너무나 차갑고 딱딱한 목소리였다.

"아무 상관없다니! 데이비드, 그리피스 씨는 널 굉장히 배려하고 있어—보통 아니게 많이. 하지만 이건 그리피스 씨처럼 헌신적인 사람마저 눈감아주지 못할 수도 있다. 당연히 이건 그 사람에게도 중요한 일일 거야!"

"하지만 아니에요, 앞으로도 아닐 거구요. 전 그 제안을 거절했으니까요." 말도 못하고 경악해서 불에 데기라도 한 것처럼 뒤로 화들짝 물러나는 할아버지의 모습을 보며 그는 마음속 저 깊은 곳에서 똘똘 뭉친 승리감을 느꼈다.

"거절했다고! 데이비드, 언제 그런 거냐? 왜?"

"최근에요. 여쭤보시기 전에 먼저 말씀드리는데, 아뇨, 제 쪽에서건 그쪽에서건 다시 고려할 일은 없어요. 끝이 안 좋았으니까요. 이유를 물으시니 말씀드리는데, 그건 간단해요. 전 그 사람을 사랑하지 않아요."

"안 한다고!" 할아버지는 갑자기 자리에서 일어나 방 반대편 구석으로 걸어가더니 다시 돌아 데이비드를 바라봤다. "이렇게 말해서 미안하다만, 데이비드—그건 네가 판단할 일이 아니다."

자신의 웃음소리, 꼴사납게 짖는 듯한 커다란 웃음소리가 들렸다. "그럼 누가 하는데요? 할아버지요? 프랜시스? 그리피스 씨? 전 성인이에요. 6월이면 스물아홉이 된다고요. 판단할 사람은 저뿐이에요. 전 에드워드 비숍을 사랑하고, 그 사람과 함께할 거예요. 할아버지나 웨슬리, 다른 사람들이 뭐라고 한들."

그는 할아버지가 폭발할 거라고 생각했지만, 반대로 할아버지는 무시무시하게 조용해지더니 마침내 양손으로 의자 뒤를 붙들고 다시 입을 뗐다.

"데이비드, 난 이 일을 다시는 언급하지 않겠다고 다짐했다. 맹세했어. 하지만 지금은, 그리고 오늘 밤 두 번째로 해야겠다. 왜냐하면 네 현재 상황과 관계있으니까. 용서해라, 얘야, 하지만 넌 전에도 사랑에 빠졌다고 생각한 적 있어. 그리고 최악의 방식으로 그게 틀렸다는 게 증명됐지. 내가 거짓말하는 것 같지? 내 오해라고 생각할 거다. 확실히 말하는데, 아니야. 그리고 또 확실히 말하는데, 비숍을 오해한 거라면 내 전 재산을 줄 수 있다. 그리고 네가 그자한테 상처받지 않게 할 수 있다면 네 전 재산도 줄 수 있고. 그 사람은 널 사랑하지 않아, 얘야. 그 사람은 이미 다른 사람을 사랑하고 있다. 그자가 사랑하는 건 네 돈, 그 돈이 자기 것이 된다는 생각이야. 널 *진짜*로 사랑하는 사람으로서 이런 말을 하는 게, 이런 이야기를 입밖에 내야 한다는 게 고통스럽구나. 하지만 해야겠다. 널 멀쩡하게 지킬 수도 있었는데 네가 또다시 실연으로 망가지는 모습은 보지 않을 작정이니까. 예전에 왜 네 상대로 그리피스 씨를 원하느냐고 네가 물었을 때, 나는 정직하게 대답했다. 왜냐하면 프랜시스의 보고서를 읽고 그 사람은 널 해칠 사람이 아니라는 걸, 너와 함께 하는 것 외에는 네게서 어떤 것도 바라지 않을 사람이라는 걸, 널 절대 버리지 않을 사람이라는 걸 느꼈거든. 넌 똑똑해, 데이비드. 통찰력도 있고. 하지만 이 문제에 있어서는 현명하지 않아. 오랫동안 그랬다, 어린 시절부터. 네가 가진 재능들은 내 덕분이라고 할 수 없지만—난 네가 가진 결함들로부터 널 보호해줄 수는 있다. 이젠 널 멀리 보내버릴 수는 없지. 그래도 네가 그럴 의향이 있다면, 그러고 싶다면, 기꺼이 그렇게 할 거야. 하지만 내가 가진 모든 걸 걸고 경고할 수는 있다. 다시는 같은 실수를 되풀이하지 마라."

좀 전에 넌지시 암시했음에도 불구하고 그는 할아버지가 7년 전 일, 자기 자신을 송두리째 바꿔놓았다고 종종 생각하는 일을 언급하리라고는 생각지도 못했다. (그래도 그건 잘못이었다는 걸 알고 있었다. 마치 거의 운명처럼 미리 예정되어 벌어진 일 같았다.) 막 대학을 졸업한 스물한 살 때, 그는 빙엄 브러더스에 들어가기 전 1년 동안 미술 학교에 다니고 있었다. 학기 초 어느 날, 수업을 마치고 나오다가 재료들을 떨어뜨리는 바람에 무릎을 꿇고 주우려는데 누군가가 다가왔다. 앤드류라는 동급생이었는데 어찌나 햇살같이 밝고 자연스러운 매력이 넘치는 친구인지 데이비드는 수업 첫날 그의 존재를 인지하자마자 그쪽은 쳐다보지도 않았다—앤드류는 자기 같은 사람을 궁금해할 사람이 절대 아니었다. 데이비드는 자신과 비슷한 학생들, 조용하고 진지한 겁쟁이 부류에게 말을 걸고 친구가 되려고 애썼고, 그렇게 몇 주 사이에 그런 학생들과 차나 점심을 하며 읽은 책들이나 나중에 실력이 좋아지면 모사하고 싶은 작품에 대한 이야기를 나누는 사이가 됐다. 이들이 그가 속한 집단의 사람들이었다—보통 더 활발한 손위 형제들이 있고, 유능한 학생이지만 눈에 띄지는 않고, 외모는 괜찮지만 특출나지는 않으며, 사람들과 대화는 나누지만 기억에 남을 만한 상대는 아닌 사람들. 그들은 모두 풍족하거나 엄청난 부를 상속받을 사람들이 었고, 다들 부모님 집에서 나와 기숙 학교, 대학을 다닌 후 다시 부모님 집으로 돌아가 살다가 주선을 통해 만날 적당한 상대와 결혼하게 된다—그중 몇몇은 심지어 그 무리 내에서 결혼하게 될 것이다. 그들 무리는 부모님으로부터 1년 동안의 유예기간을 받은, 예술에 관심 있는 섬세한 청년들로, 이 기간이 끝나고 나면 다시 학교로 돌아가거나 부모님의 회사에 들어가 은행가, 선적 회사 화주, 무역 업자, 변호사가 될 예정이었다. 그는 이 사실을 알고 있었고 그걸 받아들였다. 그는 그런 부류의 사람이었다. 심지어 그때도 존은 대학에서 법과 은행업을 공부하며 과에서 일등을 도맡고 있었고—스무 살밖에 되지 않았지만 학교 친구인 피터와의 결혼도 이미 예정되어 있었다—이든도 학교에서 선두를 달리고 있었다. 할아버지가 매년 한여름에 여는 파티에는 동생들의 친구들이 떼로 몰려와 하인들이 정원을 가로질러 그물처럼 주렁주렁 매달아 놓은 촛불들 밑에서 함성을 지르고 웃으며 즐겼다.

하지만 데이비드는 절대 그런 사람이 아니었고, 그런 일은 결코 없으리라는 것도 알고 있었다. 그는 평생 외톨이였다. 이름 덕분에 괴롭힘을 당하진 않았지만 대체로 무시당했고, 찾는 사람도, 없다고 아쉬워하는 사람도 없었다. 그래서 그날 오후 앤드류가 그에게 말을 걸고 그 후로도 계속 점점 더 많이 이야기를 나누자, 데이비드는 자기가 전혀 다른 사람이 되어가는 것만 같았다. 그는 거리에서 크게 웃었다, 마치 이든처럼. 그가 까칠하게 말다툼을 하

238

면 그걸 귀엽게 봐주는 사람이 있었다, 마치 피터와 있을 때의 존처럼. 그는 늘 사람들과의 친밀한 관계를 즐겼지만, 내내 너무 수줍어서 그런 관계를 추구하지 못했다—대신 열여섯 살 때부터 줄곧 찾던 사창가를 찾는 편을 선호했다. 그곳에서는 결코 거절당할 일이 없다는 것을 알고 있으니까. 하지만 앤드류와 있으면 자기가 원하는 것을 요구하고 받을 수 있었다. 그는 젊고 부유한 남자, 세상사에 능통한 사람이 된다는 게 어떤 것인지 새로이 이해하고 의기양양해져 대담해졌다. 바로 *이거구나!* 하고 생각했던 기억이 난다. 이게 바로 존이, 피터가, 이든이 느꼈던 감정이구나, 즐겁게 떠들며 명랑하게 웃어대던 학교 친구들이 다 느꼈던 감정이구나!

마치 광기에 휩싸인 기분이었다. 그는—코네티컷 출신 박사의 아들인—앤드류를 할아버지에게 소개시켰지만, 앤드류가 최고로 반짝반짝 빛났고 그가 하는 모든 말에 데이비드가 미소를 지었던 그 저녁 식사 자리에서 할아버지는 내내 입을 다물고 있다시피 해서 데이비드를 의아하게 만들었다. 나중에 할아버지는 앤드류의 태도가 "너무 부자연스럽고 건방"진 것 같다고 했고, 그는 차갑게 그 말을 무시했다. 그리고 6개월 후, 앤드류는 함께 있을 때도 정신이 딴 데 가 있기 시작했고, 그러다가 더 이상 찾아오지 않았고, 그러다가 완전히 그를 피하기 시작했다. 꽃다발과 초콜릿 상자—지나치게 과하고 당황스러운 사랑 고백—를 보내기 시작했지만 아무런 답도 듣지 못했고, 그러더니 나중에는 리본도 풀지 않은 초콜릿 상자들과 뜯어보지도 않은 편지들, 열어보지도 않은 귀한 책 상자들이 되돌아왔다. 그는 여전히 할아버지를, 할아버지의 다정한 안부 인사와 극장과 연주회, 해외여행으로 그의 기분을 풀어주려는 제안들을 무시했다. 그러던 어느 날, 워싱턴 스퀘어 근방을 정처 없이 걷고 있다가 그는 앤드류가 다른 남자, 그가 그만둔 학교 수업에서 본 남자와 팔짱을 끼고 가는 모습을 봤다. 얼굴만 알지 이름은 모르는 사람이었지만 앤드류가 그를 포함한 무리와 같이 어울려 다니다가 거기서 벗어나—아마도 호기심에서—데이비드와 어울렸던 것은 알고 있었다. 그들은 비슷했다. 행복감에 빛나는 얼굴로 이야기를 나누며 젊은이답게 활기차게 함께 걸어가고 있었다. 데이비드는 처음에는 그들을 향해 걸어갔지만 이내 있는 힘을 다해 달려가 앤드류에게 달려들어서는 울고 불며 애정과 그리움과 상처를 토로했고, 앤드류는 처음에는 어리둥절해서 놀랐다가 경악한 나머지 달래려 했던 애초의 시도를 그만두고 데이비드를 밀어냈고 친구는 장갑으로 그의 머리를 후려쳤다. 이 소동을 더 끔찍하게 만든 것은 모여들어 손가락질하고 웃으며 구경하는 행인들의 존재였다. 그러자 앤드류가 있는 힘을 다해 그를 밀쳤고, 데이비드는 엉덩방아를 찧으며 넘어졌고, 두 친구는 달아나버렸다. 여전히 필사적으로 앤드류를 찾던 데이비드는 어느새 애덤스의 품에 안겨 있었고, 애덤스는 넋을 잃고 바라보는 구경꾼들에게 비키라고 소리 지르면서 데이비드를 반은 부축해서 반은 질질 끌다시피 하며 집으로 데리고 왔다.

며칠 동안 그는 침대 밖으로도, 방 밖으로도 나가지 않았다. 앤드류 생각이, 우스꽝스럽게 된 자기 처지 생각이 머리에서 떠나지 않아 미칠 것 같았다. 그중 한 가지 생각을 하지 않을 때면 나머지 하나를 생각하고 있었다. 세상과 관계가 끊어져버린 것만 같았고, 세상도 자기와 관계를 끊을 것 같았다. 그런 날들이 몇 주나 이어지는 동안 그는 침대에 누워 아무 생각도, 이 현기증 나도록 거대한 세상 속 자신이라는 존재에 대해서는 절대 생각하지 않으려고 애썼다. 몇 주가 지나자 마침내 세상이 정말로 감당할 수 있을 정도의 크기로 줄어들었다―그의 침대, 방, 아무것도 요구하지 않는 할아버지의 아침, 저녁 방문으로. 거의 석 달이 지난 후 마침내 뭔가 깨어졌다. 마치 껍질에 싸여 있었는데―그가 아닌―누군가가 그걸 툭 깨뜨려 열어줘서 기운 없이 창백한 모습으로, 앤드류와 그때의 굴욕에 무뎌진 (무뎌졌다고 생각하는) 상태로 바깥세상으로 나온 것 같았다. 그때 그는 다시는 그런 열정에 휩싸이지 않겠다고, 다시는 그렇게 행복으로 충만한 열애에 빠지지 않겠다고 맹세했고, 그 맹세를 사람뿐만 아니라 예술로까지 확장시켜 할아버지가 그랜드 투어라는 미명(그러나 실제로는 두 사람 다 알고 있듯이 여전히 그 도시에서 이제는 약혼자가 된 연인과 살고 있는 앤드류를 피하기 위한 방편)으로 그를 1년 동안 유럽에 보냈을 때도 사방의 벽과 천장에서 그를 내려다보는 프레스코화와 그림들 사이를 어슬렁거리며 다니기만 했다. 고개를 들어 그림들을 쳐다봐도 아무것도 느껴지지 않았다.

14개월 후 워싱턴 스퀘어로 돌아왔을 때, 그는 더 차분하고 냉담해졌지만 또한 더 외로운 사람이 되어 있었다. 그가 무시하고 있다가 앤드류와 사귀기 시작하면서 버렸던 조용한 친구들은 이미 자기 인생을 살고 있었고―그 친구들은 거의 만나지 않았다.

존과 이든도 전보다 더 유능해진 것 같았다. 존은 곧 결혼할 예정이었고, 이든은 대학에 다니고 있었다. 거리감, 더 커진 힘처럼 얻은 것들도 있었지만, 잃어버린 것들도 있었다. 그는 쉽게 지쳤고, 혼자 있기를 갈망했고, 빙엄 브러더스에서―회사에 처음 들어갔을 때 아버지와 할아버지처럼 행원으로 시작한―첫 달은 어쩌나 부담이 크고 힘이 들었는지 거의 탈진할 지경이었다. 같은 실습 행원이지만 숫자를 능수능란하게 다루는 데다 야심도 있어서 처음부터 독보적이었던 존과 비교되니 특히 더했다. 데이비드가 정체 모를 탈진증에 걸렸을지도 모른다며 몇 주 쉬는 게 어떻겠냐고 제안한 것은 할아버지였지만, 그건 꾸며낸 소리이고 사실 할아버지는 실패를 인정하지 않고도 빠져나갈 수 있는 길을 데이비드에게 제시하고 있다는 것을 두 사람 다 알고 있었다. 피곤에 지친 데이비드는 이를 수락했고, 그 몇 주가 몇 달이, 몇 년이 됐지만 그는 다시는 은행에 돌아가지 않았다.

그는 앤드류와 함께 있을 때 느꼈던 무모한 감정과 열정을 잊으려고 최선을 다했지만, 때로는 그때의 기억과 그 굴욕감에 사로잡혔고, 그러면 또다시 자기 방에 틀어박혀 침대에만 누워 있었다. 그와 할아버지가 유폐라고 부르게 된―그리고 할아버지가 애덤스와 동생들에게는 데이비드의 "신경 문제"라고 세심하게 칭한―이런 증상이 재발할 때면 보통 그 전 혹은 후로 미친 듯이 쇼핑을 하거나 그림을 그리거나 산책을 하거나 매춘 굴을 들락거리는 조증 시기가 며칠이고 계속됐다. 모두 그가 평소에도 하던 일들이긴 하지만, 더 격렬하고 과해졌다. 그런 행동들이 스스로에게서 벗어나기 위한 방편이라는 것을 알고 있었지만, 그건 자기가 생각해낸 방법은 아니었다. 그건 그를 위해 만들어진 방법들이었고 그의 의지로 하는 일들이 아니었다. 그의 몸은 속절없이 미친 듯이 움직이기도 하고 꼼짝도 하지 않기도 했다. 유럽에서 돌아오고 2년 후, 그는 앤드류와 남편이 여자아이를 첫 아이로 입양했다는 소식을 알리는 카드를 앤드류에게서 받고 축하 카드를 썼다. 하지만 그날 밤 그는 문득 궁금해졌다. 앤드류는 무슨 의도로 그런 카드를 보낸 걸까? 진짜 의도적으로 보낸 걸까, 아니면 무심결에 보낸 걸까? 우정의 뜻으로 보낸 걸까, 조롱하려는 걸까? 그는 안부를 묻고 그리움을 고백하는 긴 편지를 앤드류에게 보냈다.

그러고 나자 안에서 뭔가가 풀려버린 것 같았다. 그는 앤드류에게 비난을 퍼부었다가 간청했다가 욕했다가 애원했다가 하며 오락가락하는 편지를 수도 없이 쓰기 시작했다. 저녁 식사 후 할아버지 응접실에 함께 앉아 있을 때에는 안절부절못하는 손가락을 꾹누르며 체스 판을 보고 있지만 마음속에서는 종이와 압지가 놓인자기 책상을 보고 있었고, 그 방에서 나올 수 있게 되자마자 계단을 뛰어 올라가 또 앤드류에게 편지를 쓰고 늦은 밤 매튜를 불러최신 편지를 부치라고 시켰다. 마침내 찾아온 치욕—그 자신도이런 일이 생길 줄 알고 있었다—은 어마어마했다. 앤드류 남편의집안을 대리하는 변호사가 프랜시스 홀슨에게 만남을 요청했고, 데이비드가 앤드류에게 보낸 편지 꾸러미, 마지막 스무 통 남짓은 개봉조차 하지 않은 수십 통의 편지들을 심각한 얼굴로 가방에서 꺼내더니 데이비드가 자신의 의뢰인을 괴롭히는 일을 당장 멈추게 해달라고 프랜시스에게 말했다. 프랜시스는 할아버지에게 이 사실을 고했고, 할아버지가 그에게 이야기했다. 할아버지는 상냥하게 말했지만, 데이비드의 고통이 너무 큰 나머지 이번에는 할아버지가 그를 방에 가두고 하녀 하나를 시켜 밤낮으로 지켜보게 했다. 데이비드가 자해를 할까 봐 너무 걱정이 됐기 때문이다. 데이비드도 알지만, 그때가 동생들이 그나마 그에게 가지고 있던 마지막 존경심을 잃어버리고 그가 명실상부 환자가 된 시점이었다. 정상적인 상태가 건강한 상태가 아니라 병이 든 상태가 되고 건강이란 게 간혹 한 번씩 측정할 수 있는 상태, 원래의 광증으로 돌아가기 전 잠깐 동안 누리는 휴식 같은 상태가 된 그런 사람 말이다. 그는 자신이 할아버지의 골칫거리가 되었다는 것을 알고 있었고, 할아버지는 절대 말하지 않아도 자신이 골칫거리를 넘어서서 짐덩어리가 될 날이 곧 올 것 같아 두려웠다. 외출도 하지 않았다. 아는 사람도 없었다. 스스로 사람을 찾을 능력이 없으니 분명 결혼은 남이 주선해줘야 할 것이다. 그럼에도 그는 프랜시스가 찾아온 후보자들을 모두 거절했다. 누군가를 속여 자신과 결혼하게 만드는 데 들여야 할 에너지와 기만은 생각하고 싶지도 않았다. 결혼 제안들은 점차 뜸해지다가 완전히 사라졌고, 그러다 어느 시점쯤 프랜시스와 할아버지가 다른 급의 사람을 찾아보자는 이야기를 한 게 분명하다―프랜시스는 아마 이렇게 말했을 것이다. 다른 급, 이를테면 조금 더 성숙한 사람 같은? 너대니얼 생각은 어때요? 그래서 중매인이 찰스 그리피스를 찾았고, 가능한 후보자로 데이비드의 기록을 그에게 보낸 것이다.

이번이 그에게는 마지막이었다. 올해 그는 스물아홉이 된다. 찰스가 그의 유폐 생활을 알았다면, 다른 사람들도 다 안다─아닐 거라는 미망에 빠져서는 안 된다. 세상이 점점 더 부유해지고 있으니, 해가 갈수록 그의 돈도 점점 의미가 줄어들 것이다. 당장은 아니지만 향후 몇 십 년 사이에는 빙엄가보다 더 부유한 가문이 등장할 테고, 그는 모든 기회를 거절하고 쪼글쪼글한 백발노인이 되어 아이가 사탕과 장난감을 사듯 오락거리─책과 도화지, 물감, 남자들─에 돈을 쓰며 여전히 워싱턴 스퀘어에 살고 있을 것이다. 그는 에드워드를 믿고 *싶을* 뿐만 아니라 믿어*야만* 했다. 캘리포니아에 간다면 집과 할아버지를 두고 떠나겠지만, 자신의 병, 과거, 굴욕도 두고 떠나게 되지 않을까? 뉴욕이라는 도시는 그의 과거와 자체와 떼려야 뗄 수 없이 뒤엉켜 있어서 걸어 다니는 블록들 하나하나마다 과거의 당혹스러운 일을 떠올리게 되는 곳 아닌가? 도시 전체를 커다란 천으로 덮어 겨울 코트처럼 옷장 뒤쪽에 걸어둘 수는 없는 걸까? 아무리 가능성 적다 해도 진짜 자기 것인 감정을 느낄 기회, 스스로 만들고 파괴할 수 있는 기회, 흙처럼 모양 짓고 도자기처럼 부술 수 있는 기회를 가질 수 없다면, 살아갈 가치가 있을까?

할아버지가 대답을 기다리고 있다는 것을 그는 깨달았다. "에드워드는 절 사랑해요." 그는 속삭였다. "전 그걸 알아요."

"얘야."

"결혼하자고 했어요." 그는 어쩔 도리 없이 말을 이었다. "그리고 에드워드는 수락했고요. 우린 함께 캘리포니아로 갈 거예요."

그 말을 듣자 할아버지는 털썩 의자에 앉더니 벽난로를 향해 몸을 돌렸다. 다시 몸을 돌렸을 때, 데이비드는 할아버지의 눈이 반짝하는 걸 보고 깜짝 놀랐다. "데이비드." 할아버지가 조용히 말을 꺼냈다. "이 사람과 결혼한다면, 난 널 상속에서 제할 수밖에 없다. 너도 알지? 그래야만 하니까 그렇게 할 거야. 그게 내가 널 보호할 수 있는 유일한 방법이니까."

그럴 줄 알고 있었지만, 막상 직접 듣자 바닥이 꺼지는 기분이었다. "그래도 부모님 신탁이 있어요." 그는 겨우 말했다.

"그래, 그렇겠지. 그건 내가 막을 수 없어. 아무리 그러고 싶다 해도. 하지만 내가 주는 용돈, 내 증여분, 그건 끝날 거다. 워싱턴 스퀘어도 이젠 네 것이 아니야. 그자와 떠나지 않겠다고 약속하지 않는다면."

"그건 약속드릴 수 없어요." 그는 말했다. 이제 그도 울음이 터지기 일보직전이었다. "할아버지, 제발요. 제가 행복해지는 걸 바라지 않으세요?"

할아버지는 숨을 깊게 들이마셨다가 길게 내쉬었다. "난 네가 안전하기를 바란다, 데이비드." 그리고 다시 한숨을 내쉬었다. "데이비드, 얘야 급할 게 뭐 있니? 왜 기다리질 못해? 그자가 널 진심으로 사랑한다면 기다릴 거다. 그리고 오브리라는 사람은 어쩌고? 웨슬리 말이 정말로 다 맞는 거면 어쩔 거냐? 그런데 넌 에드워드와 캘리포니아—우리 같은 사람들에겐 위험할뿐더러 실제로 목숨을 잃을 수도 있는 곳이야—까지 가서 속았다는 걸, 그 사람들이 애인이고 넌 들러리에 불과하다는 걸 알게 된다면 말이다."

"그건 사실이 아니에요. 사실일 리가 없어요. 할아버지, 에드워드가 저랑 있을 때 어떤지, 얼마나 절 사랑하는지, 얼마나 제게 잘해주는지 보실 수만 있다면."

"당연히 잘하겠지, 데이비드! 그자한텐 네가 필요하니까! 그자들한테 네가 필요하니까—에드워드와 그 애인 말이다. 그걸 모르겠니?"

그러자 화가 났다. 속에서 계속 쌓여가고 있었지만, 입 밖에 내어 진짜로 만들어버리고 싶지 않았기 때문에 감히 소리 내어 말하지 못했던 분노가 터져 나왔다. "절 그렇게 모자란 인간으로 보고 계신 줄 몰랐네요, 할아버지. 누군가가 실제로 저란 사람만 보고 사랑할 수 있다는 걸 믿는 게 그렇게 힘드세요, 그렇게 불가능하세요? 젊고 아름답고 자수성가한 사람이? 이젠 알겠어요, 할아버지는 한 번도 제가 에드워드 같은 사람을 만날 수 있다고 생각해보신 적 없다는 걸, 절 부끄러워하셨다는 걸요. 이해해요, 왜 그런지 알아요. 하지만 제가 할아버지가 보지 못한 다른 사람, 1년 사이에 다른 두 남자에게 두 번 사랑받은 사람일 수도 있잖아요? 할아버지가 절 잘 아시긴 해도 제 한 가지 모습만 알고 계실 수도 있잖아요? 너무 익숙하기 때문에 제 가능성을 못 보셨을 수도 있잖아요? 절 보호하려는 마음에 제 가치를 제대로 보지 못하고 절 다른 방식으로 볼 능력을 잃어버리셨을 수도 있잖아요? 전 가야만 해요, 할아버지. 꼭요. 여길 떠나면 제 인생을 날려버릴 거라고 할아버지는 말씀하시지만, 전 여기 남는 게 제 인생을 무덤에 묻어버리는 짓 같아요. 제 뜻대로 인생을 살아갈 권리를 허락해주실 수 없어요? 제가 할 일을 용서해주실 순 없어요?"

그가 계속 애걸하고 있는데도, 할아버지는 다시 자리에서 일어
났다. 화가 난 것도, 선전포고를 하려는 태세도 아니었다. 끔찍한
고통이라도 겪는 것처럼 지칠 대로 지친 표정이었다. 갑자기 할아
버지가 고개를 오른쪽으로 격렬하게 휙 돌리더니 오른손으로 얼
굴을 가렸고, 데이비드는 할아버지가 울고 있다는 것을 깨달았다.
놀라운 광경이었지만, 그는 그 순간 자신을 휩싼 망연자실한 심정
을 잠시 이해할 수가 없었다.

하지만 다음 순간 그는 알았다. 그건 그저 할아버지가 눈물을
흘렸다는 사실 때문이 아니라는 것을. 그 눈물과 함께 할아버지
는 데이비드가 결국 자신을 거역하리라는 사실을 이해했다고 인
정하고 있었다. 그리고 그와 함께 데이비드는 할아버지가 굴복하
지 않으리라는 것을, 워싱턴 스퀘어를 떠날 때는 그곳을 영영 떠
나게 된다는 것을 알았다. 이게 이 응접실 벽난로 앞에 앉아 있는
마지막 시간이라는 것을 이해한 그는 꼼짝도 못한 채 앉아 있었
다. 이제 그의 삶은 여기 있지 않았다. 이제부터 그의 삶은 에드워
드와 함께였다.

#19

4월 하순은 이 도시를 부드럽다고 묘사할 수 있는 유일한 시기였다. 그 소중한 몇 주 동안, 나무들은 연분홍 꽃송이들을 구름처럼 두르고, 공기는 먼지 없이 쾌청하고, 부드러운 산들바람이 분다.

에드워드는 이미 나가고 없었고, 데이비드도 나가야 했다. 하지만 그는 이 고요—비록 이 하숙집이 완전히 고요해지는 일은 없지만—가 좋았다. 나가기 전에 마음을 가라앉힐 필요가 있었기 때문이다.

이 하숙집에서 에드워드와 함께 산 지도 4주가 좀 넘었다. 그날 밤 할아버지와 워싱턴 스퀘어를 떠난 후 그는 곧장 하숙집으로 왔지만 에드워드는 집에 없었다. 그래도 어린 하녀가 데이비드를 춥고 캄캄한 방에 들여보내줬고, 데이비드는 몇 분 동안 가만히 앉아 있다가 일어나서 처음에는 체계적으로, 그러다가 미친 듯이 방 안을 조사하기 시작했다. 에드워드의 트렁크에서 옷들을 꺼냈다 가 다시 집어넣고, 에드워드가 가진 책들을 한 장, 한 장 다 넘겨 보고, 서류들을 샅샅이 뒤지고, 혹시 아래에 비밀을 숨기고 있는 느슨한 널이 있을까 봐 마룻바닥도 쿵쿵 밟아봤다. 해답을 찾은 것 같긴 했지만, 그게 그가 찾던 답인지는 알 길이 없었다. 《아에 네이드》책 사이에 끼워놓은 예쁘장한 검은 머리 소녀의 판화 스 케치―이게 벨인가? 건달처럼 모자를 삐딱하게 쓰고 의미심장한 미소를 띠고 있는 잘생긴 남자의 은판 사진―이게 오브리인가? 돌돌 말아서 끈으로 묶어놓은 지폐 한 다발―이건 베데스다 외 대고모에게 훔친 돈일까, 아니면 학교에서 받은 임금일까? 성경책 사이에 끼워진, 휘갈겨 쓴 글씨로 "늘 널 사랑할 거야"라고 쓴 구 겨진 종이―이건 어머니가 쓴 걸까, 첫 번째 아니면 두 번째? 벨? 베데스다? 오브리? 아니면 완전히 새로운 사람? 그가 에드워드에 게 사준 놋쇠 걸쇠와 가죽 손잡이가 달린 두 번째 트렁크에는 조 그만 도자기 새와 안 쓴 작곡 공책 몇 권이 들어 있었지만, 그가 할아버지를 만나러 가기 전 넣어뒀던 찻잔 세트―이삿짐을 싸서 앞으로 함께 꾸려나갈 새로운 집을 생각하며 의례 삼아 해본 행 동―는 없었다. 그가 사준 은식기도 없었다.

이게 무슨 의미일까 생각하고 있는데 에드워드가 들어왔고, 데 이비드는 돌아서서 자기가 저질러놓은 난장판을 봤다. 에드워드 의 소지품들은 사방에 널브러져 있었고, 에드워드 본인이 알 수 없는 표정으로 그 앞에 서 있었다. 바보 같은 첫 번째 질문, 어디

서부터 시작해야 할지 알 수가 없었기 때문에 유일하게 생각할 수 있었던 질문—"내가 사준 찻잔 세트는 어디 있어?"—을 내뱉고 나서 그는 바닥에 털썩 주저앉아 울기 시작했다. 에드워드가 쌓여 있는 옷과 책 더미 사이를 헤치고 와서 옆에 쭈그리고 앉아 그를 안아주자, 데이비드는 고개를 돌려 그의 코트에 대고 흐느껴 울었다. 말을 할 수 있는 상태가 되어서도 그의 질문들은 스타카토로 폭발하듯 쏟아졌다. 연거푸 터져나온 그 질문들 사이에는 어떤 논리나 순서도 없었지만, 모두 똑같이 절박해 보이는 질문들이었다. 에드워드는 다른 사람을 사랑하고 있나? 오브리는 그에게 정말로 어떤 존재인가? 자기와 가족에 대해 거짓말을 했나? 정말 버몬트에 간 게 맞나? 자기를 사랑하나? 정말로 자기를 사랑하나?

에드워드는 그의 질문들에 대답하려 했지만, 그가 설명을 마무리하기도 전에 데이비드가 말을 막았다. 그는 에드워드가 뭐라고 하는지 하나도 이해할 수가 없었다. 그가 워싱턴 스퀘어에서 가져온 거라곤 에드워드가 쓴 답장 꾸러미와 웨슬리의 보고서뿐이었고, 그가 여전히 흐느끼며 마침내 코트 주머니에서 그 보고서를 꺼내 에드워드에게 내밀자, 그는 그걸 받아들고 처음에는 호기심에 차서, 그러다가 분노하며 읽기 시작했다. 에드워드가 "제기랄!" 이라거나 "이런 악마 같은!"이라고 소리 지르며 격분하는 모습을 바라보고 있으려니 이상하게도 흥분된 마음이 진정됐다. 보고서를 다 읽은 에드워드는 그 종이들을 방 맞은편에 있는 시커먼 난로 안으로 집어 던지고 데이비드를 돌아보며 말했다. "가엾은 데이비드, 가엾은 우리 순진씨. 날 뭐라고 생각했을까?" 그러더니 그의 표정이 굳어졌다. "그 여자가 나한테 이런 짓을 하리라곤 생각도 못했어." 그가 중얼거렸다. "그런데 이런 일을 저질러서 내 가장 소중한 관계를 위태롭게 하다니."

그는 설명하겠다고 했고, 실제로 했다. 그의 부모님은 정말로 돌아가셨고, 누나들은 버몬트에, 누이는 뉴햄프셔에 있는 게 맞다. 하지만 베데스다 외대고모를 돌보는 루시 이모와 자기 사이에 불화가 있었다고 시인했다. 그는 음악 학교를 그만둔 후 한동안 베데스다 외대고모와 살았지만 "말하고 싶지 않았어. 당신이 날 독립적인 사람이라고 생각하길 바랐거든. 당신이 내게 감탄했으면 했어. 그런 두려움 때문에 말하지 않았던 이 일 때문에 이제 당신이 내 진실성을 의심하게 된다면 그건 너무 잔인한 일이야"—몇 달 뒤에는 거기서 나와서 혼자 살 하숙집을 구했다. "난 외대고모를 엄청나게 좋아해. 늘 그랬어. 외대고모와 이모는 우리가 자유주에 정착한 직후 도착했고, 내겐 할머니나 다름없는 사람이야. 하지만 외대고모가 부자라거나, 하물며 내가 외대고모에게서 돈을 훔쳤다는 소리는 정말 웃기지도 않아."

"그럼 루시 이모는 왜 당신이 그런 짓을 했다고 한 거야?"

"누가 알겠어? 이모는 쩨쩨하고 악의 가득한 여자야. 결혼을 한 적도, 엄마가 된 적도 없고, 친구도 없지만, 상상력은 풍부했지—당신도 보다시피. 어머니는 이모가 그렇게 심술궂은 건 계속 외롭게 살아서 그런 거라며 우리더러 이모에게 잘해주라고 했고, 우린 최선을 다해 잘해줬어. 하지만 이건 너무 심하고 너무 선을 넘었네. 어쨌거나 베데스다 외대고모는 2년 전에 돌아가셨고, 그 후로 루시 이모는—명목상으로만 이모지만—본 적도 없어. 하지만 비록 최악의 증거이긴 해도, 이걸 보니 이모가 아직 살아 있긴 하구나. 여전히 원한이 가득하고 여전히 구제 불능으로 파괴적인 성격 그대로."

"돌아가셨다고? 하지만 좀 전에 베데스다 외대고모 이야기를 할 때는 외대고모를 엄청나게 좋아한다고 말했잖아. 마치 아직 살아 계신 것처럼."

"돌아가셨어. 그래도 내가 여전히 엄청나게 좋아할 수 있는 거 아냐? 내 애정은 그분이 돌아가셨다고 해서 사라지지 않았거든."

"그래서 당신은 자유주 부부에게 입양되지 않았다는 거야?"

"물론 아니야! 내가 도둑질을 했다는—아무리 생각해봐도 그저 재미 삼아, 그리고 내 젊음을 시기해서 만들어 낸—루시 이모의 거짓말은 소름 끼치지만, 내 가족 (그리고 덧붙이자면, 자기의 가족)을 부정하는 거짓말은 완전히 구역질이 나. 우리 부모님을 부정하다니! 그 여잔 제정신이 아니야. 이 자리에 벨이 있어서 이게 얼마나 말도 안 되는 소리인지, 이모가 어떤 사람인지 직접 말해줄 수 있으면 좋으련만."

"어, 난 알고 싶은 게 더, 더 많이 있어."

"어떻게 안 그럴 수 있겠어? 이런 보고서를 읽고서. (당신 할아버지를 정말로 존경하긴 하지만, 완전히 제정신이 아닌 외로운 여자가 한 이야기를 모조리 믿는 사람을 그렇게 신뢰하신다니 좀 충격이네.) 아, 가엾은 데이비드! 이 여자의 장난질 때문에 당신이 받은 고통을 생각하면 뭐라 말할 수 없이 화가 나. 내가 꼭 다 설명하게 해줘."

그는 그렇게 했다. 에드워드는 데이비드가 걱정하는 모든 것에 대한 대답을 가지고 있었다. 아니, 그는 분명히 오브리와 사랑하는 사이가 *아니며*, 그는 어쨌거나 수재녀(여동생이라니! 맙소사, 물론 아니다! 이런 타락한 보고서가 있나!)와 결혼한 사람이고, 게다가 우리 같은 사람도 아니다. 두 사람은 소중한 친구지만 그 이상은 아니다—캘리포니아에 가면 데이비드도 직접 보게 될 테고 "난 당신과 오브리가 나랑 오브리보다 훨씬 더 좋은 친구가 되더라도 놀라지 않을 거야. 둘 다 굉장히 실제적인 사람들이니까. 그럼 그땐 내가 의심하는 사람이 되겠지!" 맞다, 크리스토퍼 D. 와는 사귄 적 있고, 그렇다, 끝이 안 좋긴 했지만 ("그 사람은—이건 자랑하려는 게 아니라 사실이라 말하는데—나한테 완전히 홀딱 빠졌었거든. 그런데 청혼을 거절했더니 나한테 집착하기 시작했고, 그래서 부끄러운 말이지만 난 그 사람을 피하기 시작했어. 그 사람을 사랑하지 않는다는 걸 납득시킬 방법이 없어서. 위압적인 사람이긴 했지만, 비겁하게 군 건 오로지 내 잘못이었고, 그건 진심으로 후회하고 있어"), 아니, 절대 돈을 보고 사귄 게 아니었고 그의 부모가 아들 대신 개입하려 한 적도 없었다. 직접 물어볼 수 있도록 데이비드를 D씨에게 소개시켜줄 수도 있다. 아니, 그렇게 하겠다! 반드시 그럴 것이다! 그에게는 숨길 것이 없다. 아니, 그는 그 누구에게서도, 특히 부모님에게서는 아무것도 훔친 일이 없고, 어쨌거나 설령 그가 그런 사람이었다 해도 부모님에게는 훔칠 만한 것도 없었다. "이 잔인무도한 보고서에서 가장 잔인한 점은 내 부모님과 어린 시절, 부모님이 우리 남매들을 위해 한 희생을 부정하고 아버지를 중상모략한 거야. 도박꾼? 도망자? 사기꾼? 아버지는 내가 아는 사람들 중 제일 정직한 사람이었어. 그런 아버지를 이런…… 이런 *범죄자*로 조작하다니 루시 이모가 이 정도 바닥까지 내려갈 수 있는 악당일 줄이야."

그들은 계속해서 이야기했고, 그렇게 한 시간 남짓 시간이 흐르자 에드워드가 데이비드의 손을 잡았다. "데이비드—우리 순진 씨. 난 이 보고서에 적힌 모든 것들을 반박할 수 있고 그렇게 할 거야. 하지만 무엇보다 먼저 당신에게 깨우쳐줘야 할 건 이거야. 난 당신 돈 때문에 당신을 사랑하는 게 아냐. 당신 돈 때문에 당신과 앞으로의 인생을 함께하고 싶은 게 아니야. 당신 돈은 당신 것이고, 내겐 필요 없어. 그런 돈을 가지고 살아본 적도 없고—그런 돈을 어떻게 해야 하는지도 난 몰라. 게다가 곧 내 돈이 생길 테고—배은망덕한 소리를 하려는 건 아니지만—그러는 편이 더 좋아.

찻잔 세트를 어떻게 했냐고 물었지. 팔았어, 데이비드. 나중에야 큰 실수를 했다는 걸 깨달았어. 그건 당신이 날 사랑해서 준 선물인데, 당신을 돌볼 수 있다는 걸, *우리*를 돌볼 수 있다는 걸 증명하려는 욕심에 돈으로 바꿔버렸어. 하지만 이게 내 나름 사랑해서 한 일이라는 걸 모르겠어? 난 당신한테 부탁 같은 것 하고 싶지 않아—당신이 불편하게 사는 것도 바라지 않아. 내가 우리 둘 다 책임질 거야. 사랑하는 데이비드. 당신은 당신이 데이비드 빙엄이 아니라 그저 사랑하는 동반자, 믿는 남편, 소중한 배우자이기만을 기대하는 사람과 있고 싶지 않아? 여기……" 이 시점에서 에드워드는 바지 주머니에 손을 넣어 지갑을 꺼내 데이비드의 손에 쥐어주었다. "……여기 그 돈이 있어. 당신이 바란다면 내일 다시 사올게. 그거랑 은식기 세트도. 하지만 어느 쪽이건 그 돈은 당신이 가지고 있어. 우린 그 돈으로 캘리포니아에서 첫 번째 식사를 하고 당신의 첫 번째 새 물감 세트를 살 거야. 하지만 중요한 건 그 돈을 함께 쓸 거라는 거지. 함께 인생을 꾸려나가면서."

그는 머리가 아팠다. 머릿속이 뒤죽박죽이었다. 눈물이 뺨에 말라붙어 피부가 뻣뻣하고 가려웠다. 팔다리에는 뼈가 없어진 것만 같았고 몹시 극심한 피로가 덮쳐와서 에드워드가 옷을 벗기고 침대에 눕혔을 때도 그럴 때 보통 느꼈던 기대감이나 흥분은 전혀 느껴지지 않고 그저 따분하기만 했다. 에드워드의 요구에 반응하기는 했지만, 마치 팔다리가 자신이 주인이 아니라 자기들 멋대로 움직이는 것처럼 멍하게 움직였다. 할아버지가 했던 말이 머릿속에서 계속 맴돌았다 "그자들한텐 네가 필요하니까. 에드워드와 그 애인 말이다." 다음 날 아침 일찍 잠에서 깨자, 그는 에드워드의 품에서 살짝 빠져나와 조용히 옷을 입고 하숙집 밖으로 나왔다.

이른 새벽이라 가로등 랜턴에는 여전히 촛불이 깜박거리면서 회색 그림자들 속으로 빛을 드리우고 있었다. 그는 조약돌 깔린 길을 또각거리며 걸어 강 쪽으로 갔고, 거기서 목재 부두에 물결이 밀려와 찰싹찰싹 부딪히는 모습을 지켜봤다. 축축하고 쌀쌀한 날이 될 것 같았다. 그는 팔짱을 단단히 끼고 건너편 강변을 물끄러미 바라봤다. 앤드류와 함께 가끔 강변을 따라 산책하며 이야기를 나눴는데, 그런 일들이 지금은 까마득한 옛날 일, 수십 년 전 일 같았다.

무엇을 해야 할까? 여기, 강 한쪽에는 그가 아는 에드워드가, 저기, 건너편에는 할아버지가 안다고 생각하는 에드워드가 있었고, 그 사이에는 넓진 않지만 건널 수 없을 것 같은 깊은 강이 묵직하게 흐르고 있었다. 에드워드와 함께 떠나면 영원히 할아버지를 잃게 된다. 여기 남으면 에드워드를 잃을 것이다. 에드워드를 믿었나? 믿었다. 아니, 안 믿었다. 지난밤 에드워드가 얼마나 속상해했는지 계속 생각났다―속상해했지만 당황한 건 아니었다고, 그는 되짚었다. 그가 거듭 확인시켜준 이야기는 앞뒤가 안 맞는 데가 거의 없었고, 있다 해도 걱정할 정도로 중요해 보이지는 않았다―그것만 해도 그의 진실성은 증명됐다. 에드워드의 다정한 말투, 그를 쓰다듬고 안아주던 다정한 손길을 생각했다. 분명 그게 그의 상상은 아니지 않나? 그게 연기일 수는 없지 않나? 서로에게 느끼는 열정, 격렬한 잠자리―그게 가짜일 리 없다, 안 그런가? 여기 뉴욕이, 그리고 그가 아는 모든 것들이 있다. 저기에는 에드워드와 함께할 다른 곳, 한 번도 가본 적 없는 곳, 하지만 이제 깨달았지만 평생 찾아 헤맸던 곳이 있다. 그것을 앤드류와 함께 발견할 수 있었다고 생각했었지만, 그건 신기루였다. 찰스와는 절대 발견하지 못했을 것이다. 그게 삶의 목적, 그의 선조들이 이 땅을 건설한 이유 아닌가? 자유롭게 느끼고 행복을 누릴 권리를 그에게 주기 위해서?

그는 해답을 찾지 못했지만, 돌아서서 에드워드가 기다리고 있는 하숙집으로 다시 걸어갔다. 다음 며칠은 똑같이 흘러갔다. 데이비드가 먼저 일어나 강 쪽으로 산책을 하러 갔다가 돌아와서는 취조를 계속했고, 에드워드는 이를 묵묵히, 심지어 관대하게 참아 냈다. 그렇다, 그림 속 여자는 벨이다. 아니, 은판 사진 속 남자는 오브리가 아니라 음악 학교 시절 옛 남자친구다. 그게 데이비드 의 마음에 걸린다면, 그가—보이나? 지금 하고 있지 않나! 사진 을 태워버리겠다. 그 남자는 이제 아무 의미도 없는 존재다. 그렇 다, 그 쪽지는 어머니가 썼다. 그는 언제나 설명할 준비가 되어 있 었고, 데이비드는 그 설명을 들이키고 또 들이키다 밤이 오면 다 시 혼란에 빠져 탈진했고, 그러면 에드워드는 그의 옷을 벗기고 침대로 이끌었고, 그러고 나면 그 주기가 또다시 처음부터 시작되 는 것이다.

그는 마음을 진정시킬 수가 없었다. "사랑하는 데이비드, 아직 도 의심이 남아 있다면, 아무래도 우린 결혼하지 않는 게 좋겠어." 어느 날 오후 에드워드가 말했다. "난 여전히 당신과 함께하고 싶 지만, 그래도 당신 재산은 안전할 테니까."

"그래서 나랑 결혼하고 싶지 않다는 거야?"

"하고 싶어! 물론 그러고 싶어! 하지만 이게 나한테 당신 돈을 가지려는 의도나 욕심이 없다는 걸 확신시킬 수 있는 길이라면."

"하지만 어차피 우리 결혼은 캘리포니아에선 인정되지 않을 테 니, 그게 당신한테 대단한 희생도 아니지 않아?"

"당신 돈을 훔칠 의도가 있다면 더 큰 희생이지. 왜냐하면 그 럴 의도가 있다면 당장 당신이랑 결혼해서 당신이 가진 모든 걸 빼앗아버린 다음 당신을 버리면 되니까. 하지만 그건 내 의도가 아니야. 그래서 이런 제안을 하는 거고!"

앞으로 몇 달, 몇 년 동안, 그는 이 시기를 곱씹으며 자신의 기억이 잘못된 건지 생각할 것이다. 매 순간, 매시간, 매일 그는 에드워드를 사랑한다고, 그 사랑이 에드워드의 거듭된 확언에도 불구하고 자기 마음속에 여전히 남아 있는 불안을 극복하게 해줄 거라고 명백히, 확고히 결심하지 않았던가? 하지만 그렇지 않았다—날짜를 기억하고 종이에 써서 기념할 만한 사건, 새로운 사실의 등장 같은 것은 하나도 없었다. 워싱턴 스퀘어로 돌아가지 못한 매일매일, 무시하고 난롯불에 던져 넣거나 집에서 가져온 에드워드의 편지 꾸러미 안에 뜯지도 않고 넣어둔—처음에는 할아버지에게서만 왔지만, 그 뒤에는 일라이저, 존, 이든, 프랜시스, 심지어 노리스에게서까지 온—편지 한 통 한 통, 하숙집으로 보내달라고 본가에 요구해서 받은 옷가지와 책, 공책 등 자기 물건 하나하나, 크리스토퍼 D.에게 만나서 이야기하자는 편지를 보내지 않기로 한 매일매일, 에드워드가 사실은 벨에게 자기 이야기에 장단을 맞춰달라고 부탁하는 편지를 보낸 게 아닌지 묻지 못하고 흘려보낸 한 주 한 주, 벨에게서 답장이 오지 않고 지나간 한 주 한 주가 쌓여가는 동안 그는 그저 또 다른 삶, 새로운 인생, 완전히 새 인생을 시작하겠다는 의도를 그저 선언하고 있었을 뿐이었다.

이런 식으로 거의 한 달이 지나갔고, 에드워드는 데이비드에게 결국 자기를 따라 캘리포니아로 갈 생각인지 최종 결정을 알려달라고 한 번도 요구하지 않았지만, 에드워드가 대륙 횡단 급행 기차표 두 장을 사왔을 때 데이비드는 이의를 제기하지 않았고 자기 물건들이 에드워드의 물건들 사이에 숨겨져 트렁크 하나에 들어갈 때도 반대하지 않았다. 에드워드는—짐을 싸고 계획하고 연신 재잘거리며—분주히 움직였고, 그가 더 부지런히 움직일수록 데 이비드는 더 조용해졌다. 매일 아침, 그는 지금 당장, 그리고 앞으 로 영원히 어떤 굴욕을 견뎌야 한다 할지라도, 이제 다 결정되다 시피 한 이 일들을 아직은 멈출 수 있다고, 아직은 자신에게 그럴 힘이 있다고 되뇌었다. 하지만 밤이 왔을 때는 에드워드의 흥분 의 여파에 조금씩 더 휩쓸려 하루하루 육지에서 더 멀리 표류해 나갔다. 하지만 저항하고 싶지 않은 마음도 있었다. 왜 그래야 하 나? 에드워드가 자기를 원하는 만큼 커다란 욕망의 대상이 된다 는 건, 귀여움 받고 키스받고 속삭임을 듣고 소중히 여겨지고, 자 기 재산에 대해서는 단 한 번도 어떤 질문도 요청도 받지 않고, 그 렇게 허겁지겁 옷이 벗겨지고 그렇게 노골적인 욕정의 대상이 된 다는 건 얼마나 멋지고 유혹적인 일인가? 이런 경험을 해본 적이 있었나? 해본 적은 없었지만, 그는 알았다. *이게 행복이다, 이게 사는 거다.*

그래도 머리가 좀 더 차가워지는 순간—동트기 직전 시간—이 면 지난 한 달 동안 어려움이 없지 않았다는 게 데이비드에게도 보였다. 그는 아는 게 너무 없었다. 허드렛일은 단 한 번도 해본 적 없었다. 계란 삶는 법이나 양말 꿰매는 법, 못 박는 법도 모르는 그의 무지로 인해 두 사람 사이에 긴장이 흐른 순간들이 있었다. 하숙집은 실내 화장실이 없고 야외 세면장 하나밖에 없어서, 한겨 울에 처음 데이비드가 거기 갔다가 아무것도 모르고 하숙생 전체 가 같이 쓰는 물을 몽땅 다 써버리는 바람에 에드워드가 냉랭하게 군 적도 있었다. "당신은 도대체 아는 게 뭐야?" 데이비드가 불을 피워본 적이 없다고 고백하자 그가 쏘아붙였다. 그리고는 "당신 뜨개질이나 스케치나 자수 솜씨로는 우린 먹고 살지 못할 거야"라고 하는 바람에 데이비드는 뛰쳐나가 눈물을 흘리며 거리를 배회하기도 했다. 마침내 그가—날씨는 춥고 달리 갈 곳도 없어서—하숙방으로 돌아오자, (난롯불이 타닥타닥 타고 있고) 에드워드는 사과하며 그를 다정하게 맞이해 침대로 데려가서는 다시 몸을 덥혀주겠다고 약속했다. 나중에 그는 에드워드에게 다른 곳, 더 넓고 편리하고 현대적인 곳으로 이사하면 안 되겠냐고, 자기가 기꺼이 돈을 내겠다고 물었지만, 에드워드는 그저 그의 눈 사이에 입만 맞추고는 아껴가며 살아야 한다고 말했다. 캘리포니아에 가면 결국 농장에서 살 거라 이런 기술들이 필요할 테니 어차피 데이비드가 배워야 하는 일들이라는 것이었다. 그래서 그는 나아지려고 애썼다. 하지만 그의 성공에는 한계가 있었다.

그러다 보니 갑자기 출발 닷새 전, 나흘 전, 사흘 전, 이틀 전이 되었고—벨이 캘리포니아에 도착하고 며칠 뒤에 그들도 도착할 수 있도록 출발이 앞당겨졌다—좁은 하숙방에 가득 쌓여 있던 짐들이 사라지고 갑자기 텅 빈 방이 되었다. 두 사람이 가진 물건들은 그가 워싱턴 스퀘어에 전갈을 보내 가져오게 한 트렁크 하나를 포함하여 세 개의 커다란 트렁크에 꾸렸다. 떠나기 이틀 전날 밤, 에드워드는 떠나기 전 찾을 수 있는 돈은 다 챙기는 게 좋을 것 같다고 데이비드에게 제안했다. 다음 날 에드워드는 아침 일찍 필요한 물건들을 사러 나갈 테고, 명시적으로 말은 하지 않았지만 데이비드는 할아버지를 만나러 갈 것이다.

부당한 요구가 아니었다. 사실 필연적인 요구였다. 하지만 그날 아침 데이비드가 그의 인생에서 마지막이 될 일을 하기 위해 하숙집을 나와 부서진 계단을 내려와 거리에 섰을 때, 그는 도시의 날 것 그대로의 지저분한 아름다움에, 조그만 연두색 잎사귀들이 달린 머리 위 나무들에, 타가닥타가닥 하고 기분 좋게 울려 퍼지는 말발굽 소리에, 온 사방에서 부지런히 움직이는 사람들—집 앞 계단을 닦는 청소부 여인들, 힘겹게 석탄 수레를 끌고 가는 소년, 흥겹게 휘파람을 불며 양동이를 들고 가는 굴뚝 청소부—의 모습에 얼굴을 한 대 얻어맞은 기분이었다. 이 사람들은 물론 그와 관계 있는 사람들이 아니었다. 하지만 그들 또한 자유주 시민들이었고, 모두 함께 이 나라, 이 도시를 현재의 모습으로 만들었다—그들은 노동을 통해, 데이비드는 자기의 돈으로.

그는 원래 마차를 타려고 했지만, 그 대신 천천히 걷기로 했다. 처음에는 남쪽, 그리고는 동쪽으로 꿈꾸듯이 거리를 걸어가는 그의 발은 어디에서 똥 더미를, 순무 조각을, 날쌔게 달리는 길고양이를 피해 가야 하는지 눈보다 더 빨리 간파하고 있었다. 자신이 마치 조그만 횃불이 되어서 평생을 걸어 다녔던 소중하고 지저분한 거리를 발자국도 남기지 않고 소리도 없이 널름거리며 내려가고 있는 것 같았고, 사람들은 그가 헛기침으로 기적을 알리기도 전에 길을 비켜줬다. 그래서 마침내 빙엄 브러더스에 도착했을 때, 그는 자신에게서 멀리멀리 떨어져 심지어 공중을 날고 있었다. 마치 도시 저 위를 떠돌다가 석조 건물 주위로 천천히 강하해 계단에 착지

262

한 다음 수많은 문들을 지나 걸어가는 기분이었다. 거의 스물아홉 해를 똑같이 해왔던 일이지만, 당연히 전혀 같지 않았다.

그는 복도를 내려와 은행 사무실 문들을 지난 다음 왼쪽으로 가서 가족 계좌를 관리하는 담당자를 만나 저금을 모두 찾았다. 자유주 화폐는 서부에서 받아주기는 하지만 탐탁지 않아 하기 때문에 미리 전갈을 보내 금으로 달라고 부탁해두었다. 그는 담당자가 금괴들의 무게를 재고 천으로 싸서 조그만 검정 가죽 가방에 차곡차곡 쌓아 넣은 다음 걸쇠를 잠그는 과정을 지켜봤다.

담당자—그가 모르는 새로운 직원이었다—가 가방을 건네고 고개 숙여 인사했다. "행운이 있기를 바랍니다, 빙엄 씨." 그는 침울하게 말했고, 데이비드는 무거운 금괴를 들고 있느라 팔을 축 늘어뜨린 채 갑자기 숨이 막혀 그저 고개만 까닥하며 감사를 표했다.

또다시 그의 이야기가 사방에 알려진 것이다. 담당자를 뒤로 하고 할아버지 사무실로 향하는 카펫 깔린 긴 복도를 마지막으로 걸어가고 있으니 아무와도 마주치지도 않았는데도 벌들이 윙윙거리는 소리처럼 사람들이 모여 속삭이는 소리가 느껴졌다. 닫힌 사무실 문 앞에 거의 다 와서야 누군가가, 노리스가 대기실에서 복도로 재빨리 걸어 나왔다.

"데이비드 씨." 그가 말했다. "할아버지께서 기다리고 계십니다."

"고마워요, 노리스." 그는 간신히 말했다. 말을 할 수가 없었다. 목이 메어 말이 나오지 않았다.

그가 돌아서서 문을 두드리는데, 노리스가 갑자기 그의 어깨에 손을 얹었다. 노리스는 한 번도 그나 동생들에게 손을 갖다 댄 적이 없었기 때문에 데이비드는 깜짝 놀랐고, 다시 고개를 들고 봤다가 그 눈이 젖어 있는 것을 보고 충격 받았다. "정말로 행복하기 바라요, 데이비드 씨." 노리스가 말했다. 그리고 그는 사라졌고, 데이비드는 할아버지 방의 황동 손잡이를 밀고 안으로 들어갔다. 아! 거기 할아버지가 있었다. 할아버지는 책상 뒤에서 일어났지만 평소처럼 그에게 이리 오라고 손짓하지 않고 그가 바닥 카펫, 너무 폭신해서―어릴 때 데이비드가 한 번 그런 적 있었는데―크리스탈 술잔을 떨어뜨려도 깨어지지 않고 살짝 튕겨 나올 정도로 부드러운 카펫을 가로질러 걸어오기를 기다리고 있었다. 그는 할아버지의 시선이 휙 가방으로 향하는 것을 즉시 보고 그 안에 무엇이 들어 있는지 할아버지도 안다는 것을, 사실 그 안에 든 금의 가치를 센트 단위까지 알고 있다는 것을 알았다. 자리에 앉아도 할아버지는 한마디도 하지 않았고, 연기와 흙 향내에 눈을 떠보니 할아버지가 랍상소우총 차를 잔에 따르고 있었다. 다시 눈시울이 뜨거워졌다. 하지만 다음 순간 그는 깨달았다. 잔은 하나뿐이었고, 그건 할아버지의 잔이었다.

"작별 인사드리러 왔어요." 참기 힘든 무거운 침묵이 흐르다 그가 견디지 못하고 말했지만, 목소리 속 떨림이 자기 귀에도 들렸다. 그래도 할아버지는 아무런 대답도 하지 않았다. "아무 말씀도 안 하실 생각이세요?" 그는 이 일에 대해 다시 설명할―에드워드가 어떻게 부정했는지, 에드워드가 그를 얼마나 사랑하는지, 에드워드가 그의 걱정을 어떻게 달래주었는지―작정이었지만, 그 순간 깨달았다. 그럴 필요가 없었다. 그의 발치에는 금괴가 든 트렁크가 동화 속 물건처럼 놓여 있고, 그건 그의 재산이며, 여기서 1마일 정도 떨어진 곳에는 그를 사랑하는 남자가 있고 그들은 먼 곳으로 함께 여행할 것이다. 두 사람의 사랑도 그 여행에 함께 하기를 데이비드는 바랄 것이다―그걸 믿고 있기 때문에, 믿어야 했기 때문에.

"할아버지," 그는 주저하며 말했다. 할아버지가 그저 차를 한 입 마시는 것으로 반응하자, 데이비드는 다시 한번 말했다. 그리고는 한 번 더, 그리고는 고함을 질렀다. "할아버지!" 그래도 할아버지는 무심히 찻잔만 입술에 갖다 댔다.

"아직 늦지 않았다, 데이비드." 마침내 할아버지가 말했다. 할아버지의 목소리―데이비드가 이제껏 한 번도 의심할 필요도, 이유도, 바람도 가져본 적 없는 참을성 있고 권위적인 목소리―를 듣자 고통이 그를 휩쌌고, 그는 몸을 웅크린 채 아픈 배를 부여잡고 싶은 것을 가까스로 참았다. "넌 선택할 수 있어. 내가 널 안전하게 지켜줄 수 있다―아직은 널 안전하게 지켜줄 수 있어."

그 순간 그는 알았다. 늘 알고 있었던 바지만, 결코 자신을 설명할 수 없다는 것을―논쟁이란 결코 있을 수 없다는 것을, 논의란 결코 있을 수 없다는 것을, 자신은 결코 너대니얼 빙엄의 손자 이상은 될 수 없다는 것을―알았다. 에드워드 비숍이 뭐라고 너대니얼 비숍에게 맞설 수 있나? 사랑이 뭐라고 할아버지가 상징하는 모든 것, 할아버지라는 존재에 맞설 수 있나? 그가 뭐라고 그런 것들에 맞설 수 있나? 그는 아무것도 아닌 사람이었다. 그는

265

아무것도 아니었다. 그는 에드워드 비숍을 사랑하는 남자였고, 아마도 평생 처음으로 자기가 원하는 바, 자기를 두렵게 하는 일, 자기만의 것인 뭔가를 하고 있었다. 그는 발치를 향해 팔을 뻗었다. 가방 손잡이에 손가락을 집어넣고, 손으로 단단히 잡은 다음, 일어났다.

"안녕히 계세요." 그는 속삭였다. "사랑해요, 할아버지."

그가 문까지 절반 정도 걸어갔을 때, 할아버지가 한 번도 들어본 적 없는 소리로 외쳤다. "넌 바보다, 데이비드!" 그래도 그는 계속 걸어갔고, 방을 나와 문을 닫는 순간 부른다기보다 신음하듯이 고통스럽게 그의 이름 세 글자를 부르는 할아버지의 목소리가 들렸다. "데이비드!"

아무도 나가는 그를 막지 않았다. 그는 다시 카펫 깔린 복도를 걷고, 장엄한 문들을 지나, 대리석 로비를 가로질러 걸어갔다. 그리고 그는 바깥으로 나와 빙엄 브러더스를 등 뒤에, 도시를 눈앞에 두고 섰다.

옛날 삼남매가 아직 어렸던 시절, 아마 워싱턴 스퀘어에 들어간 직후였던 것 같은데, 할아버지와 낙원에 대해 다 함께 이야기를 나눈 적이 있었다. 할아버지가 천국에 대해 설명하고 나자, 존이 즉시 말했다. "내 천국은 몽땅 아이스크림으로 만들어져 있었으면 좋겠어." 하지만 당시 찬 것을 좋아하지 않았던 데이비드는 그 말에 반대하며 자기의 천국은 케이크로 이루어져 있을 거라고 했다. 눈에 선히 보였다—버터 크림이 봉긋하게 솟아오른 바다, 스폰지로 만들어진 산들, 설탕에 졸인 체리가 주렁주렁 달린 나무들. 그는 존의 천국에 있고 싶지 않았다. 자기만의 천국에 있고 싶었다. 그날 밤, 할아버지가 밤 인사를 하러 왔을 때 그는 간절하게 물었다. 사람들이 각자 원하는 걸 하나님은 어떻게 알 수 있어요? 하나님은 어떻게 사람들이 자기들이 꿈꾸던 곳에 있게 할 수 있어요? 할아버지는 웃음을 터뜨렸다. "그분은 다 아신단다, 데이비드." 할아버지는 말했다. "다 알고 계셔, 그래서 필요한 만큼 수많은 천국들을 만드실 거야."

그래서 만약 여기가 천국이라면? 그렇다면 그는 알 수 있을까? 모를지도 모른다. 하지만 그가 떠나온 곳이 천국이 아니라는 것은 알고 있었다. 그건 다른 사람의 천국이지, 그의 천국은 아니었다. 그의 천국은 다른 곳에 있지만, 그의 눈앞에 나타나지는 않을 것이다. 그곳은 그가 찾아야 한다. 사실 그게 바로 그가 평생 배웠던 바, 희망하라고 배운 바 아닌가? 이제 찾을 때가 되었다. 이제 용감해질 때가 되었다. 이제 그는 혼자서 가야만 했다. 그래서 그는 무거운 가방을 손에 든 채 이곳에 잠시 서 있다가 심호흡을 한 뒤 첫발을 내디딜 것이다. 그의 첫 발걸음을. 새로운 인생을 향하여—낙원을 향하여.

리포-와오-나헬레

#1

그 편지는 파티 날 사무실에 도착했다. 그에게 편지가 오는 일은 드물었고, 편지가 온다 해도 진짜로 그에게 온 편지는 아니었기 때문에—그냥 "법률 보조원" 앞으로 온 잡지나 법학 저널 구독 요청 편지를 우편실 사환이 그냥 아무 보조원 책상 위 편지 묶음 사이에 떨어뜨려둔 것이었다—오후 커피를 마실 때가 되어서야 그는 편지를 묶어놓은 고무줄을 심드렁하게 풀고 휘리릭 넘겨봤고, 그러다가 갑자기 자기 이름을 봤다. 반송 주소를 본 순간, 숨을 쉴 수가 없었다. 뜨겁고 건조한 바람 소리를 제외한 모든 소리가 순간적으로 사라졌다.

그는 봉투를 바지 주머니에 쑤셔 넣은 다음 그 층에서 혼자 있기 가장 좋은 방인 문서실로 허둥지둥 가서 잠시 편지를 가슴에 대고 있다가 봉투를 뜯었다. 급하게 뜯느라 편지까지 찢어버렸다. 하지만 그는 봉투 안의 종이를 반쯤 꺼내다가 다시 집어넣고 편지를 반으로 접어 셔츠 주머니에 욱여넣었다. 그런 다음 그는 쌓여 있는 낡은 법학서들 위에 주저앉아 손을 깍지 껴 오므리고는 그 안에 후후 숨을 내쉬었다. 불안할 때 그가 하는 행동이다. 그렇게 좀 진정이 되고서야 그는 문서실에서 나왔다.

책상으로 돌아왔을 때는 4시 15분 전이었다. 오늘은 4시 조기 퇴근 신청을 이미 해두었지만, 그는 매니저에게 가서 조금 더 일찍 나가도 되겠냐고 물었다. 물론. 그녀는 말했다—오늘은 별로 할 일도 없으니까. 월요일에 봐. 그는 고맙다고 하고 편지를 가방에 쑤셔넣었다.

"주말 잘 보내." 나가는 그에게 매니저가 말했다.

매니저님도요, 그가 말했다.

엘리베이터로 가는 길에 찰스의 사무실이 있지만, 그는 들여다보고 인사하지 않았다. 평범한 시니어 파트너와 주니어 법률 보조원 사이 이상으로 가까운 사이로 보이지 말자고 둘 다 합의했기 때문이다. 처음 사귀기 시작했을 때 그는 찰스의 일상적인 모습을 슬쩍 보고 싶은 마음을 참지 못하고 하루에도 열두 번씩 그의 사무실 앞을 오락가락했다. 더 일상적일수록 더 좋았다. 예컨대, 서류를 읽으며 머리를 쓸어 넘긴다거나, 녹음기에 대고 메모 거리를 말한다거나, 법학서를 휘리릭 넘겨본다거나, 문 쪽으로 등을 돌린 채 창문 너머 허드슨강을 바라보며 전화하는 모습 같은. 찰스는 한 번도 아는 체하지 않았지만, 자기가 지나가는 것을 알고 있다고 데이비드는 확신했다.

그게, 찰스가 아는 체하지 않는 것이 초기에 두 사람이 다툰 이유 중 하나였다. "뭐, 내가 뭘 어쩌겠어, 데이비드?" 어느 날 밤 침대에 나란히 누워 있을 때, 찰스가 그에게 물었다. 방어적인 어조는 아니었다. "보고 싶을 때마다 내가 보조원들 구역에 들를 수는 없잖아. 너한테 전화를 할 수도 없고. 내가 누구에게 전화하는지 로라 전화기에 다 보이기 때문에 결국엔 알아채게 될 거야."

그가 아무 말 없이 베개에 얼굴을 묻자 찰스는 한숨을 내쉬었다. "널 안 보고 싶어하는 게 아니잖아." 그는 다정하게 말했다. "그냥 복잡해. 너도 알잖아."

결국 그들은 암호를 만들었다. 그가 사무실 앞을 지나가는데 찰스가 바쁘지 않으면 헛기침을 하면서 손가락으로 연필을 빙빙 돌리는 것이다. 그게 데이비드를 봤다는 찰스의 신호다. 바보 같은 짓—데이비드는 친구들에게 사무실에서 찰스와 이런 식으로 소통한다고 말할 엄두조차 낼 수 없었다—이었지만, 흐뭇하기도 했다. "낮엔 라슨, 웨슬리가 내 주인이지만, 밤엔 네가 내 주인이야." 찰스는 늘 이렇게 말했고, 그 또한 흐뭇했다.

그래도 수임료 청구 가능 시간은 나보다 회사가 더 많이 가져가잖아요, 한번은 찰스에게 그렇게 말했다.

"그건 아니지." 찰스가 말했다. "주말이랑, 공휴일, 그리고 밤은 네가 가지잖아." 그는 팔을 뻗어 계산기를 쥐더니—그가 잠자리를 함께하거나 데이트한 사람들 중 침대 옆에 계산기를 두는 사람, 심지어 논쟁이나 논의 도중 걸핏하면 사용하는 사람은 찰스가 유일했다—숫자판을 누르기 시작했다. "하루 24시간, 일주일 7일," 그가 말했다. "라슨, 웨슬리는—얼마지? 5일 동안 12시간에다가, 맞아, 주말 7시간을 더하면. 그럼 총 67시간. 일주일 168시간에서 67시간을 빼면—그러니까, 난 매주 최소 101시간은 완전히, 전적으로 네 거라고. 게다가 거기엔 내가 라슨에서 네 생각을 하거나, 네 생각을 하면서 생각하지 않으려고 애쓰는 시간은 포함되지도 않지."

그게 몇 시간인데? 그가 물었다. 그때는 두 사람 다 미소를 짓고 있었다.

"어마어마해." 찰스가 말했다. "셀 수도 없어. 청구 가능 시간으로 치면 수만 달러. 내 어떤 고객보다도 더 많지."

이제 데이비드는 찰스 사무실 앞을 지나갔고, 찰스는 헛기침을 하며 손가락으로 연필을 돌렸고, 그는 미소 지었다. 자기를 본 것이다. 이제 가도 된다.

집에서는 모든 것이 착착 준비되고 있었다. 그가 들어왔을 때 애덤스가 한 말이다. "모든 게 착착 준비되고 있습니다, 데이비드 씨." 언제나 그렇듯이 그는 약간 당혹스러워 보였다—데이비드라는 사람, 데이비드가 이 집에 사는 것, 데이비드를 모셔야 하는 것, 그리고 지금은 애덤스가 오랫동안, 데이비드가 살아온 날들보다 더 긴 세월 동안 해온 디너파티 준비를 도와줄 수 있다고 생각하는 데이비드의 믿음을 당혹스러워하는 것 같았다.

1년 전 이 집에 들어왔을 때, 그는 애덤스에게 자기를 데이비드 씨가 아니라 그냥 데이비드라고 불러달라고 몇 번이나 부탁했지만, 애덤스는 절대 그러려고 하지 않았고, 적어도 절대 그런 적도 없었다. 데이트 초반 찰스와 함께 밤을 보내고 난 어느 날 아침, 침대에서 뜨겁게 애무하고 있는데 찰스의 이름을 부르는 근엄한 목소리를 듣고 데이비드는 대경실색해서 꽥하고 소리를 질렀고, 고개를 들고 쳐다보니 애덤스가 침실 문간에 서 있었다.

"찰스 씨, 지금 아침 식사를 가져다드릴까 합니다. 기다리시겠다면 말고요."

"기다리지, 애덤스, 고마워."

애덤스가 가고 나서 찰스는 그를 다시 끌어당겼지만 데이비드가 밀어내자 웃음을 터뜨렸다. "그 소리는 도대체 뭐였어?" 그가 놀리면서 높고 짧게 짖는 소리를 몇 번 냈다. "돌고래 같아." 그가 말했다. "귀엽네."

저 사람 맨날 저래요? 그가 물었다.

"애덤스? 응. 내가 규칙적인 생활을 좋아하는 걸 알거든."

좀 오싹해요, 찰스.

"아, 악의는 없어." 찰스가 말했다. "그냥 좀 구식일 뿐이지. 애덤스는 탁월한 집사거든."

지난 몇 달 동안 그는 찰스에게 애덤스에 대해 이야기해보려고 애썼지만 한 번도 성공하지 못했고, 그렇게 된 이유의 어느 정도는 그가 자신의 반감을 결코 명확하게 설명하지 못했기 때문이었다. 애덤스는 음울하고 초연한 태도로 한결같이 예의를 깍듯이 차렸지만, 어쩐지 데이비드는 애덤스가 그를 못마땅해하고 있다는

것을 느낄 수 있었다. 절친이자 옛 룸메이트인 이든에게 애덤스 이
야기를 하자 그녀는 눈알을 굴렸다. "집사라고?" 이든이 말했다.
"말도 안 돼, 데이비드. 아무튼 그 사람은 아마 척에 데려오는 하
룻밤 상대들을 다 미워할 걸." (이든은 찰스를 척이라고 불렀다. 이제 친
구들 모두가 그를 척이라고 부른다.)

난 하룻밤 상대가 아냐, 그가 이든의 말을 정정했다.

"아, 맞다, 미안." 이든이 말했다. "넌 척의 *남자친구*지." 그리고
는 입술을 오므리고 속눈썹을 파르르 떨었다―이든은 일부일처
제를 지지하지 않았고, 남자들도 지지하지 않았다. "너만 빼고, 데
이비드." 그녀는 그렇게 말하곤 했다. "넌 남자라고 칠 수도 없지."

젠장, 고맙네, 그는 그렇게 받아쳤고 이든은 웃곤 했다.

하지만 애덤스가 찰스의 남자친구를 다 못마땅해했던 게 아니
라는 걸 그는 알고 있었다. 두 사람이 찰스가 데이비드 이전에 만
났던 남자친구 올리비에 이야기를 하는 걸 어쩌다 들은 적이 있기
때문이다. "올리비에 씨가 전화했었습니다." 애덤스가 찰스에게
메시지를 전했고, 그때 바로 서재 문밖에 서 있던 데이비드는 애
덤스의 목소리에서 뭔가 다른 느낌을 받았다.

"목소리 괜찮아 보였어?" 찰스가 물었다. 그와 올리비에는 여
전히 잘 지냈지만 1년에 기껏해야 한두 번 만나는 사이였다.

"네, 아주." 애덤스가 말했다. "제 안부 전해주십시오."

"물론이지." 찰스가 말했다.

어쨌거나 애덤스 문제로 불평해봤자 소용없었다. 찰스는 애덤
스를 절대 버리지 않을 테니까. 그는 10대 시절부터 찰스 부모님

의 집사였고, 두 분이 돌아가시자 외동아들이었던 찰스가 집뿐만 아니라 애덤스까지 물려받았다. 친구들에게는 절대 그런 말은 할 수 없었다. 데이비드가야 찰스가 애덤스에게 일을 주는 것을 즐기는 만큼 애덤스도 그 일을 좋아한다는 것을 알고 있지만, 친구들은 찰스가 육체적으로 벅찬 일자리에 일흔다섯 살 노인을 고용하는 것을 노인 착취라고 볼 것이다. 친구들은 결코 이해하지 못했다—어떤 사람들에게는 세상에서 자신의 존재를 진짜로 만드는 유일한 게 일이라는 것을.

"집사를 두는 게 시대착오적으로 보인다는 거 알아." 찰스는 말했었다—찰스의 친구 중에서도 집사가 있는 사람은 거의 없었다. 더 부자이거나 더 조상 대대로 부자 집안인 친구들조차—"하지만 집사가 있는 집에서 자라면 그 습관을 포기하기가 쉽지 않아." 그는 한숨을 내쉬었다. "너든, 누구든 이해는 바라지 않아." 데이비드는 아무 말도 하지 않았다. "이 집은 네 집인 만큼 애덤스의 집이기도 해." 그는 종종 그렇게 말했고, 데이비드는 그 말이 사실은 아니라도 나름 진심이라는 것을 알았다. 거주지가 소유권과 동일하지는 않죠, 그가 로스쿨 1학년 때 교수님 말을 찰스에게 인용하자, 찰스는 그를 꼭 껴안았다 (그때도 그들은 침대에 있었다). "지금 나한테 법 원칙을 설명하는 거야?" 그는 놀리며 물었다. "나한테? 정말 귀엽네." 넌 이해 못 해, 찰스는 이 문제에 대해서도, 여타 많은 문제에 대해서도 이렇게 말했고, 그럴 때면 데이비드는 갑자기 할머니 얼굴이 떠올랐다. 할머니라면 우리 집이 우리 집인 만큼 매튜나 제인의 집이라고 했을까? 그럴 것 같지 않았다. 그 집은 오로지 빙엄가 사람들의 집이었고, 빙엄이 되는 유일한 길은 빙엄으로 태어나거나 빙엄과 결혼하는 것뿐이었다.

매튜나 제인 또한 빙엄 저택이 자기 집이라는 생각은 단연코 한 번도 해보지 않았을 테고, 애덤스 역시 마찬가지일 거라고 데이비드는 생각했다. 여긴 찰스의 집이고, 늘 그럴 테고, 애덤스는 이 집의 일부이긴 해도 그건 의자나 콘솔—자신만의 욕구나 의지, 자율성 같은 것은 전혀 없는 고정된 물건—같은 의미에서일 뿐이다. 여기가 자기 집인 양 행동할 수야 있겠지만—케이터링 팀은 부엌으로, 가구 이동 팀은 식당으로 가도록 지시하고 있는 파티 플래너의 존재를 무시하는 지금 그의 모습을 보라—애덤스의 권위는 타고난 게 있긴 해도 많은 부분 찰스와의 관계에서 나왔고 그 이름을 그는 필요할 때만, 그래도 뜸하지 않게 소환했다. "그리피스 씨는 그건 안 좋아하십니다." 지금 그는 플로리스트를 질책하고 있었고, 그녀는 꽃송이가 피기 시작한 부활절 백합 한 다발이 든 초록색 플라스틱 양동이를 가슴에 안은 채 애덤스 앞에 서서 반박하고 설득하려고 애쓰고 있었다. "이 문제는 다 이야기했습니다. 그리피스 씨는 부활절 백합 향이 장례식 같다고 생각하세요."

"하지만 이걸 다 주문한 걸요!"(플로리스트는 울부짖다시피 했다.)

"그렇다면 그리피스 씨를 만나서 설득해보실 것을 제안드리죠." 애덤스는 플로리스트가 절대 그러지 않으리라는 것을 알면서 말했고, 실제로 그녀는 돌아서서 저쪽으로 걸어가며 팀원들에게 말했다. "백합은 취소해야겠어!" 그리고 더 낮게 읊조렸다. "재수 없어."

데이비드는 의기양양한 기분으로 플로리스트가 떠나는 걸 지켜봤다. 꽃 장식은 원래 그의 몫으로 예정되어 있었다. 지난번 큰 파티가 끝났을 때—데이비드가 이 집에 들어와 살기 시작한 직후의 일이다—그는 찰스에게 꽃이 좀 생기 없고 향이 너무 강하다고 넌지시 말했다. 지나치게 향이 강한 꽃들 때문에 음식에 집중이 되지 않는다는 것이다. "네 말이 맞아." 찰스가 말했다. "다음번에는 네가 꽃 장식을 맡아 봐."

정말?

"물론이지. 내가 꽃에 대해 뭘 알겠어? 네가 전문가지." 찰스는 이렇게 말하며 키스했다.

그때는 그게 특권이나 선물처럼 느껴졌지만, 그 후로 찰스가 어떤 주제에 대해 무지를 선언할 때는 그게 별것 아니라고 생각하기 때문이라는 것을 알게 됐다. 그는—꽃, 야구, 축구, 현대 건축, 현대 문학과 미술, 남미 음식에 대한—지식의 부족을 자랑처럼 말할 수 있었다. 그가 모르는 것은 알아야 할 이유가 없기 때문이었다. 넌 알 수도 있지만, 그건 네가 시간을 낭비했기 때문이고—그에게는 배우고 기억해야 할 다른 더 중요한 일들이 있었다. 어쨌거나 그런 일은 일어나지 않았다. 찰스는 지난번 플로리스트를 쓰지 말라고 파티 플래너에게 말하는 것은 기억했지만, 데이비드가 꽃 장식을 맡을 거라고 이야기하는 것은 잊어버렸다. 지난달 데이비드는 플라워 디스트릭트의 여러 꽃집에 전화해서 스테파노티스와 프로티아를 특별 주문할 수 있을지 알아보며 꽃 장식 계획을 세웠는데, 불과 2주 전 거실에서 찰스와 한잔하던 중 찰스가 애덤스에게 파티 플래너 준비 상황을 확인—"네, 다른 플로리스트를 구했답니다"—하는 것을 듣고야 꽃 장식이 자기 일이 아니라는 것을 알게 되었다.

그는 애덤스가 나갈 때까지 기다렸다가 찰스에게 어떻게 된 일이냐고 물었다. 둘 다 애덤스 앞에서 다투는 일은 피하려 했기 때문이기도 하고 할 말을 미리 연습해보고 싶었기 때문이기도 했다. 징징거리는 것처럼 보이고 싶지 않았다. 하지만 어쨌거나 그렇게 됐다. 꽃 장식은 *내가* 감독하는 줄 알았는데, 애덤스가 방을 나가자마자 그가 말했다.

"뭐라고?"

기억 안 나요? 내가 해도 된다고 했던 거?

"맙소사, 내가 그랬어?"

네.

"기억이 안 나. 하지만 네가 그렇다고 하면, 내가 그랬던 거지. 아, 데이비드, 미안해." 그래도 데이비드가 아무 말도 하지 않자, "화난 거 아니지, 어? 그냥 바보 같은 꽃다발일 뿐이잖아. 데이비드, 속상한 거야?"

아뇨, 그는 거짓말했다.

"하지만 그렇잖아. 미안해, 데이비드. 다음번은 네가 해, 약속할게."

그는 고개를 끄덕였고, 그때 애덤스가 다시 나타나 저녁 준비가 다 되었다고 알렸고, 두 사람은 식당으로 갔다. 저녁을 먹으면서 그는 명랑한 모습을 보이려고 애썼다. 그게 찰스가 좋아하는 모습이니까. 하지만 나중에 침대에서 찰스는 어둠 속에서 그를 향해 돌아누우며 물었다. "아직도 화나 있는 거지, 아니야?"

왜 그런지 설명하기란 어려웠다—그러면 쩨쩨하게 보일 게 뻔했다. 그냥 돕고 싶었어요, 그는 입을 열었다. 나도 여기서 뭔가 하고 있다는 느낌을 갖고 싶어서.

"하지만 이미 날 돕고 있어." 찰스가 말했다. "나랑 여기 있는 매일 밤마다 날 돕고 있다고."

음—고마워요. 하지만—우리가 함께 뭔가 하고 있다고, 내가 당신 삶에 뭔가 공헌하고 있다고 느끼고 싶어요. 난—내가 그냥 이 집에서 자리만 차지하고 있지, 실제로 뭘 하는 것 같지 않아요. 무슨 말인지 알겠어요?

찰스는 말이 없었다. "알겠어." 그가 마침내 말했다. "데이비드, 다음번엔 약속할게. 그리고—생각해봤는데—네 친구들 불러서 저녁 먹는 게 어때? 네 친구들만. 넌 내 친구들을 다 알지만, 내가 네 친구들을 본 일은 거의 없잖아."

정말?

"그래. 여긴 네 집이기도 하잖아. 네 친구들이 여기서 환영받기를 바라니까."

그날 밤에는 마음이 놓였지만, 그 후 찰스는 그 제안을 다시 하지 않았고, 데이비드도 굳이 상기시키지 않았다. 찰스가 정말 진심으로 한 말인지 확신할 수 없어서이기도 했지만, 한편으로는 친구들에게 찰스를 만나게 해주고 싶은지 알 수 없어서였기 때문이었다. 사귄 지 이렇게 오래된 지금까지도 서로를 소개시켜주지 않았다는 것은 이제는 이상한 일을 넘어 의심스러운 일이 됐다. 데이비드가 뭘 숨기고 있는 거지? 뭘 보여주고 싶지 않은 것일까? 찰스가 얼마나 나이가 많으며, 얼마나 부자이며, 어떻게 만났는지는 이미 다들 알고 있는데, 그 외에 뭐가 당혹스러운 걸까? 그래서, 맞다, 친구들은 오겠지만 증거 수집을 위해 올 테고, 식사가 끝나면 다 같이 나가서 데이비드가 왜 찰스와 같이 있는지부터 시작해서 자기보다 서른 살은 더 먹은 남자에게서 과연 무엇을 보고 있는 건지 떠들어댈 것이다.

"난 하나는 알아." 이든이 말하는 게 들리는 것만 같았다.

하지만 가끔 궁금했다. 찰스 옆에 있으면 어린아이처럼 느껴지는 게 그저 나이 차 때문일까. 남자친구보다 다섯 살 젊은 아버지 옆에서는 한 번도 그렇게 어린아이 같은 기분을 느낀 적 없었는데. 지금 그의 모습을 보라. 그는 사람들에게 들키지 않으면서 아래층을 훤히 볼 수 있는, 응접실에서 2층으로 올라가는 계단 한구석에 쭈그리고 앉아 숨은 채, 여전히 투덜투덜거리며 노간주 가지를 묶은 끈을 싹둑 자르고 있는 플로리스트와 그 바로 뒤에서 원래 거실에 있던 18세기 나무 찬장을 흰 장갑을 낀 채 관짝처럼 들고 오늘 밤 동안 임시로 둘 부엌으로 천천히 옮기고 있는 일꾼 두 명을 지켜보고 있다. 어린 시절에도 그는 여차하면 일어나 자기 방으로 달려가 필요하다면 이불을 뒤집어쓸 준비를 한 채 계단에 숨어 처음에는 아버지와 할머니가 싸우는 소리를, 나중에는 에드워드와 할머니가 싸우는 소리를 듣곤 했다.

오늘 밤 그의 역할은 감독으로 강등되었다. "넌 품질 관리 감독이야." 찰스가 말했다. "모든 게 제대로 준비될 수 있도록 도와줘." 하지만 그는 그게 찰스가 다정하게 하는 말이라는 것을 알고 있었다—이 집에서 그의 존재는 다른 많은 것들과 마찬가지로 정체도 없고 궁극적으로 어떤 능력도 없었다. 그의 생각, 의견을 내놓아봤자 달라지는 것은 거의 없다. 여기, 찰스의 집에서 그의 제안들은 직장에서와 마찬가지로 아무런 의미도 없다.

"자기 연민에 빠진 남자는 매력 없다." 할머니 목소리가 들리는 것 같았다.

그럼 여자는요?

"매력 없긴 마찬가지지만 그래도 이해는 되지." 할머니는 말하곤 했다. "여자는 자기를 불쌍히 여길 일이 훨씬 더 많으니까."

(밤마다 마찬가지지만) 오늘 밤 그의 진짜 역할은 남 보기 번듯하게 매력적인 모습을 보이는 것이었고, 적어도 그건 그가 할 수 있는 일이었다. 그래서 그는 일어나 계단을 하나 더 올라가 그와 찰스의 방으로 갔다. 5년 전 찰스가 북쪽으로 한 블록 떨어진 건물에 조그만 아파트 하나를 사기 전까지 애덤스는 그 방 바로 위 4층에서 잤다. 지금은 손님방으로 변경된 그 방에서 여전히 검은 양복 차림의 애덤스가 바닥에 무릎을 꿇고 양탄자에 귀를 바싹 갖다 댄 채 아래층 찰스와 올리비에의 소리를 듣고 있는 광경이 상상됐다. 늘 그에게서 얼굴을 돌리고 있어서 어떤 표정을 짓고 있는지 전혀 알 수 없는 애덤스의 모습이 마음에 들지 않았지만, 그래도 데이비드는 계속해서 그런 상상이 들었다.

오늘 밤 파티는 찰스의 다른 전 남자친구를 위한 파티였지만,

굉장히 오래전—기숙학교 시절—남자친구라 위협적이지도, 질투심이 생기지도 않았다. 피터와 찰스는 두 사람이 각각 열여섯, 열네 살 때 처음 같이 잔 상대였고, 그 후로도 계속 좋은 친구로 지내왔다. 때로는 몇 달, 몇 년 동안 다시 성적인 관계가 될 때도 있었지만, 지난 10년 동안은 그런 적 없었다.

하지만 이제 피터는 죽어가고 있었다. 그래서 찰스가 선호하는 토요일이 아니라 금요일에 파티를 여는 것이다—다음 날 피터가 취리히행 비행기 티켓을 사두었기 때문에. 거기서 그는 지금은 의사가 된 옛 대학 시절 스위스인 친구를 만나서 미리 약속된 바에 따라 그의 심장을 멈추게 할 진정 수면제인 바르비투르산염 주사를 맞게 될 것이다.

찰스의 심정이 어떨지 데이비드는 가늠할 수도 없었다. 물론 그는 속상해했지만—"속상해." 찰스는 말했다—"속상하다"는 게 정말로 무슨 뜻일까? 찰스는 절대 울거나 분노하거나 멍하니 정신을 놓는 법이 없었다. 7년 전 친구가 처음 죽었을 때, 그 이후 다른 친구들이 죽었을 때 데이비드의 반응과는 달랐다. 피터의 결정을 데이비드에게 알려주는 찰스의 태도는 거의 뒤늦게 생각난 추가 사항을 덧붙이듯이 사무적이었고, 데이비드가 깜짝 놀라 (피터를 잘 알지도 못하는 데다가 많이 좋아하지도 않았음에도 불구하고) 울먹거리다시피 하자 오히려 찰스가 그를 달래줬다. 찰스는 피터와 같이 스위스에 가고 싶어 했지만, 피터가 거부했다—찰스에게 너무 힘든 일이 될 거라는 이유에서였다. 그는 찰스와 마지막 밤을 보내고, 다음 날 아침 수행원으로 고용한 간호사만 데리고 비행기에 오를 것이다.

"적어도 그 병은 아니야." 찰스가 말했다. 그는 자주 그렇게 말했다. 때로는 데이비드에게 직접 말했지만, 때로는 뜬금없이, 마치 선언하듯이 말했다. 그 말을 들을 사람은 데이비드 밖에 없는데도. "적어도 그 병은 아니야. 적어도 피터는 그렇게 죽지는 않아." 피터는 지난 9년 동안 앓고 있던 다발성골수종으로 죽어가고 있었다.

"이제 내 시간은 다 끝났어." 지난번 찰스의 정찬 파티에서 그는 오랫동안 보지 못했던 두 지인에게 빈정대며 일부러 쾌활하게 말했다. "이 노인네한테 이젠 추가 시간이 없어."

"혹시……."

"아, 아냐. 그냥 고루한 암이야."

"넌 늘 구식이었지, 피터."

"난 전통적인 거라고 생각하고 싶어. 전통은 중요하잖아. 누군가는 그걸 지켜나가야지."

이제 데이비드는 양복으로 갈아입고—그가 가진 고급 양복들은 다 찰스가 사줬지만, 다른 보조원 하나가 고급이라고 언급한 다음부터 직장에는 입고 가지 않았다—넥타이를 골랐다가 매지 않기로 결정했다. 양복으로 충분할 것이다. 전복적 의미로 양복을 입는 이든을 제외하고 데이비드의 지인들 중 직장 밖에서도 양복을 입는 스물다섯 살짜리는 자신밖에 없었다. 하지만 넥타이를 다시 걸어놓으려고 옷장에 갔다가 그는 가방을, 그리고 그 옆에 쑤셔 넣은 편지를 지나쳤다.

그는 침대에 앉아 편지를 찬찬히 바라봤다. 저 안에 좋은 일이 적혀 있을 리 만무했다. 아버지 소식일 테고, 나쁜 소식일 테고, 그러면 집에, 진짜 집에 가서 아버지를 만나야 한다, 어떤 면에서 그에게는 더 이상 존재하지 않는 사람이 된 아버지를. 아버지는 데이비드의 꿈에나 나타나는 사람, 이미 오래 전 의식의 영역에서 어딘가로 사라져서 그에게는 잊힌 사람, 유령이나 마찬가지인 사람이었다. 마지막으로 만나고 10년이 넘는 세월 동안, 데이비드는 아버지 생각을 하지 않으려고 부단히 노력했다. 아버지 생각을 하면 거센 역조에 휩쓸려 절대 헤어 나오지 못하고 육지에서 멀리멀리 실려 가 다시는 돌아오지 못할 것 같아 두려웠다. 그는 매일 잠에서 깨어나 아버지 생각을 하지 않는 연습을 했다. 육상 선수가 단거리 경주를 연습하듯이, 음악가가 음계를 연습하듯이 연습했다. 이제 그 노력이 엉망진창이 될 판이었다. 그 봉투 안에 무엇이 있건 간에 그로 인해 찰스와 여러 번, 아니면 적어도 굉장히 긴 한 번의 대화를, 어딜 좀 가야 한다고 찰스에게 말하는 것으로 시작되는 대화를 해야 할 것이다. *왜? 찰스는 묻겠지. 그리고는, 어딜? 누구? 아버지는 돌아가셨다고 하지 않았나. 잠깐, 차근차근 말해 봐. 누구라고?*

오늘 밤에는 그 대화를 하지 않겠다고 그는 결정했다. 이건 피터의 파티였다. 그는 이미 아버지를 애도했고, 수년 동안 애도했으니, 저 봉투 안에 뭐가 들었건 그건 지금은 기다려도 된다. 그래서 그는 봉투를 가방 속 깊숙이 집어넣었다. 읽지만 않으면 내용이 무엇이건 간에 그 편지를 존재하지 않는 것으로 만들 수 있을 것처럼—편지는 뉴욕과 하와이 사이 어딘가에서 정지했다. 거의 일어날 뻔한 사건이었지만, 그가 인정을 거부하는 바람에 저지당했다.

파티는 7시에 시작됐고, 6시까지는 무슨 일이 있어도 집에 오겠다고 맹세했던 찰스는 6시 15분이 됐는데도 여전히 코빼기도 보이지 않았다. 데이비드는 창문가에 서서 거리와 그 너머 그늘진 워싱턴 스퀘어를 바라보며 찰스가 도착하기를 기다렸다.

대학 시절 학교 드라마 동아리에서 돈을 노리고 구애한다고 아버지가 확신하는 남자와 결혼하려고 하는 19세기 상속녀 이야기를 다룬 연극을 공연한 적 있었다. 상속녀는 수수한 외모였지만 남자는 잘 생겼고, 누구도—아버지도, 억지웃음을 짓는 독신의 고모도, 친구들도, 극작가도, 관객도—그 연인이 진짜로 그녀에게 매력을 느낄 수 있다고 믿지 않았다. 그렇지 않다고 믿는 사람은 상속녀가 유일했다. 그 고집스러운 믿음은 그녀가 우둔하다는 증거였지만, 데이비드는 그게 무쇠 같은 단단함, 찰스에게서 존경하는 점인 탁월한 침착함에서 나오는 단단함으로 보였다. 2막은 자기 집 창문가에 서 있는 여자의 모습으로 시작된다. 여자는 머리를 앞가르마를 해서 뒤로 넘겨 목덜미에 틀어 올리고 고수머리 두 가닥을 동그랗고 상냥한 얼굴 양쪽에 커튼처럼 늘어뜨린 채 바삭거리는 복숭아색 실크드레스를 입고 있었다. 침착하고 걱정 없는 표정으로 허리춤에 손을 가지런히 포개 얹고 있었다. 그녀는 연인이 오는 것을 지켜보고 있었다. 그가 온다고 확신하고 있었다.

지금 여기 그가 그 비슷한 자세로 *자신의* 연인을 기다리고 있었다. 상속녀와는 달리 그에게는 불안할 이유가 훨씬 적은데도 그는 불안했다. 하지만 왜? 찰스는 그를 사랑하고, 언제나 그를 아낄 테고, 그 혼자서는 꿈도 못 꿀 생활을 하게 해줬다. 비록 때로는 그게 진짜 자기 것이 아니라 기억도 안 나는 장면 한중간에 허겁지겁 무대로 끌려 나와 상대 배우의 신호를 파악하려고 애쓰며 대사가 기억나기를 바라고 있는 임시 대역 같은 기분이 들기도 하지만.

1년 반 전 찰스를 만났을 때, 그는 8번 스트리트와 애비뉴 비가 만나는 곳에 있는 침실 하나짜리 아파트에서 이든과 같이 살고 있었다. 이든은—그냥 사람들을 기겁하게 하려고 알아듣지도 못할 소리를 질러대며 투덜거리는 술주정뱅이들, 아침이면 현관 입구 계단에 종종 정신을 잃고 널브러져 있는 긴 머리 소년들이 있는—그 동네가 흥미진진하다고 했지만, 그는 생각이 달랐다. 거기에 살면서 그의 법률 회사 출근 시간은 7시 정각으로 고정됐다. 그보다 일찍 나오면 밤새 파티에서 놀다가 귀가하는 패거리들이나 휘청거리며 귀가하는 운 나쁜 마약상과 마주치기 일쑤였고, 그보다 늦게 나오면 톰킨스 스퀘어 파크에서 세인트 막스 플레이스를 향해 서쪽으로 비척비척 걸어가며 동전 좀 달라고 웅얼거리는 첫 번째 거지를 지나쳐야만 했다.

"쿼터 있어요? 쿼터 있어요? 쿼터 있어요?" 그들은 물어댔다.

미안해요, 25센트 동전은 없어요, 하루는 그는 거지를 피하려고 뭔가 부끄러워하는 사람처럼 고개를 푹 숙인 채 중얼거렸다.

보통 때는 그 정도로 충분했지만, 그날은 그 남자—오물이 엉

288

겨 붙은 덥수룩한 금발 수염 다발을 빵 끈으로 묶은 백인 남자—
가 그를 쫓아오기 시작했다. 어찌나 바싹 따라오는지 뒤꿈치에 그
남자의 신발 코가 부딪히는 게 느껴졌고, 후추와 돼지고기 악취
가 뒤섞인 입 냄새가 풍겨왔다. "거짓말." 그가 씩씩댔다. "왜 거짓
말해? 주머니에서 짤랑대는 동전 소리가 다 들리는데. 왜 거짓말
해? 네놈이 우라질 남미 새끼라 그래, 우라질 남미 새끼, 맞지?"

그는 겁에 질렸다—7시 반밖에 안 된 이른 아침이어서 거리에
는 몇 사람을 제외하곤 거의 인적이 없었고, 그 사람들도 마치 두
사람이 자기들 보라고 공연이라도 하고 있는 것처럼 멀뚱멀뚱 서
서 구경하기만 했다. (그 일로 그는 순식간에 그 동네에 만정이 떨어졌다. 뉴
욕 사람들은 유명인을 보고도 모른 척하며 잘난 체하지만, 거리에서 벌어지는
평범한 사람들의 소소한 드라마는 부끄러운 줄도 모르고 게걸스레 구경한다.)
그때쯤 그는 3번가에 거의 다 왔고, 그 순간 그 도시에서 자주 보
기 힘든 귀한 구원의 손길이 내려오더니 버스가 정류장에 와서 섰
다—열 걸음만 더 가면 안전하다. 열, 아홉, 여덟, 일곱. 순간 그는
버스에 올라타 고개를 돌리고 남자에게 공포에 질린 날카로운 목
소리로 고함질렀다. 난 남미 새끼가 아냐!

"아!" 남자는 버스 쪽으로 다가오지도 않고 말했다. 남자의 목
소리에 환희가, 반응을 얻어냈다는 기쁨이 녹아들었다. "우라질
동남아 놈! 우라질 중국 놈, 우라질 호모 새끼! 우라질 이태리 놈!
꺼져버려!" 문이 닫히는데 남자가 허리를 굽혔고, 버스가 출발하
는 순간 버스 옆구리에서 탁 하고 부딪히는 소리가 났다. 데이비
드가 뒤로 돌아 창문 밖을 보자, 남자는 이젠 한쪽 신발만 신은

채 나머지 한 짝을 회수하러 절뚝절뚝 걸어오고 있었다.

56번 스트리트를 따라 브로드웨이 방향으로 도시를 가로질러 사무실에 도착해서야 그는 겨우 마음이 진정됐지만, 그 순간 건물 판유리에 비친 자기 모습을 보자 볼펜이 새서 셔츠 오른쪽이 온통 남색 잉크로 물들어 있었다. 위층 화장실로 올라갔더니, 말도 안 되게도 화장실이 잠겨 있었다. 그는 당황해서 숨도 제대로 못 쉬며 그 대신 비어 있는 중역 화장실로 갔다. 무력하게 셔츠를 톡톡 두드려봤지만, 잉크는 조금 옅어지기는 해도 완전히 없어지지는 않았다. 이제 손가락과 뺨에까지 파란 물이 들었다. 어떻게 해야 하지? 날씨가 따뜻해서 재킷도 입고 오지 않았다. 가게에 가서 셔츠를 사는 수밖에 없겠지만, 그에게는 그럴 돈이 없었다―셔츠 자체를 살 돈도, 셔츠를 사러 가는 시간 동안 못 받을 임금을 메꿀 돈도 없었다.

욕설을 내뱉으며 얼룩을 지우고 있는데, 문이 열려 고개를 들었더니 찰스였다. 찰스에 대해서는 알고 있었다. 시니어 파트너 중 하나로, 잘 생겼다고 생각했던 사람이었다. 잘생겼다는 것을 인지하는 정도 이상의 생각은 한 번도 해본 적 없었다―찰스는 막강하고, 나이 많은 사람이었다. 그의 외모에 대해 더 이상 생각하는 것은 비생산적일뿐더러 잠재적으로 위험한 일이었다. 그는 비서들도 찰스가 잘생겼다고 생각한다는 것을 알고 있었다. 찰스가 미혼이라는 것도 알고 있었다―사람들 사이에서 추측이 무성한 주제였다.

"변호사님이 게이라고 생각하지?" 비서 하나가 다른 비서에게 속삭이는 말을 어쩌다 들은 적 있다.

"그리피스 씨?" 그녀가 말했다. "아냐! 그분은 그런 사람 아니야."

이제 그는 사과하기 시작했다—중역 화장실에 있는 걸, 잉크로 온통 얼룩진 옷을 입고 있는 걸, 살아 있는 걸.

하지만 찰스는 그의 사과를 무시했다. "그 셔츠 가망 없다는 거 알고 있죠?" 그가 물었고, 셔츠를 두드리고 있던 데이비드가 고개를 들자 그는 미소 짓고 있었다. "여벌 셔츠는 없겠죠."

없습니다, 그가 실토했다. 변호사님.

"찰스." 찰스는 여전히 미소 지으며 말했다. "찰스 그리피스. 악수는 나중에 하죠."

네, 그가 말했다. 그러죠. 전 데이비드 빙엄입니다.

그는 중역 화장실에 들어와서 죄송하다고 또 사과하려는 충동을 억눌렀다. *어떤 땅에도 주인은 없어*, 에드워드가 여전히 에드워드라고 불리던 시절, 에드워드는 그렇게 말하곤 했다. *넌 어디든 네가 있고 싶은 곳에 있을 권리가 있어.* 그는 에드워드가 맨해튼 미드타운 법률 회사 중역 화장실에도 같은 원칙이 적용된다고 생각할까 궁금했다. 그럴지도 모른다. 하지만 에드워드는 회사에 직원들 직급에 따른 화장실들이 있다는 어처구니없는 소리를 듣기도 전에 이미 법률 회사, 뉴욕의 법률 회사, 데이비드가 뉴욕에 있는 법률 회사에서 일한다는 생각 자체에 넌더리를 칠 것이다. *부끄러운 줄 알아, 카위카. 부끄러운 줄 알아. 난 널 그렇게 가르치지 않았어.*

"여기서 기다려요." 찰스는 그렇게 말하더니 나갔고, 데이비

드는 거울을 쳐다봤다가 자기 꼴이 얼마나 엉망진창인지 깨닫고
는―오른쪽 눈 위에 잉크 덩어리가 마치 멍처럼 피부에 스며들고
있었다―다른 파트너 변호사가 들어올 경우를 대비해 종이 타월
뭉치를 가지고 칸막이 안으로 들어갔다. 하지만 다시 화장실 문이
열렸을 때 들어온 사람은 찰스뿐이었다. 그는 옆구리에 납작한 종
이 상자를 끼고 있었다. "어디 있어요?" 그가 물었다.

그가 칸막이 문 주위를 두리번거렸다. 여기요, 그가 말했다.

찰스가 재미있다는 표정을 지었다. "거기 숨어서 뭘 하는 거
죠?" 그가 물었다.

여긴 제가 있으면 안 되는 곳이잖아요, 그가 말했다. 전 법률
보조원이라, 그는 명확히 하기 위해 덧붙였다.

찰스의 미소가 약간 더 커졌다. "음, 법률 보조원." 그는 상자
뚜껑을 열어 반듯하게 접힌 깨끗한 흰 셔츠를 보여줬다. "가진 게
이거뿐이라. 조금 클 것 같긴 하지만, 달의 어두운 쪽 같은 모양새
로 돌아다니는 것보다야 낫겠지, 안 그래요?"

아니면 상의 탈의라거나, 그는 자기도 모르게 말했고, 찰스가
날카롭게 감정하는 듯한 표정을 짓는 것을 봤다. "그렇죠." 잠깐
침묵이 흐르다 그가 말했다. "상의 탈의라거나. 그럴 수야 없지."

감사합니다, 그는 찰스에게서 상자를 받으며 말했다. 면을 만져
보니 비싼 셔츠인 것을 알 수 있었다. 그는 잉크로 얼룩진 손가락
으로 카라를 고정시키는 마분지 지지대를 빼내고 단추를 풀었다.
칸막이 문 안쪽에 셔츠를 걸어 두고 입고 있던 셔츠 단추를 풀려
고 하는데, 찰스가 손을 내밀었다. "내가 들고 있죠." 그는 그림

속 고풍스러운 웨이터처럼 자기 팔에 깨끗한 셔츠를 걸쳤고, 데이비드는 옷을 벗기 시작했다. 이 시점에 문을 닫고 혼자 있게 해달라고 청하는 것은 무례한 짓 같았고, 사실 찰스도 움직이지 않았다. 그는 그냥 거기 서서 데이비드가 셔츠 단추를 풀고 벗은 다음 자기가 들고 있던 셔츠로 갈아입고 새 셔츠의 단추를 끼우는 모습을 말없이 지켜봤다. 두 사람의 숨소리, 속옷을 입지 않은 것, 화장실이 딱히 추운 것도 아닌데 피부에 소름이 오소소 돋아나는 게 굉장히 의식됐다. 그는 셔츠 단추를 다 잠그고—벨트를 풀기 위해 찰스에게서 돌아서서 (옷을 입고 벗는 과정이란 왜 이렇게 꼴사납고 품위가 없는가)—바지 안에 쑤셔 넣은 다음, 다시 한 번 찰스에게 감사 인사를 했다. 셔츠 들어주셔서 감사합니다, 그가 말했다. 모두 다요. 그건 다시 주세요. 하지만 찰스는 싱긋 웃었다. "그냥 버리는 게 나을 것 같은데." 그가 말했다. "구제할 수 있을 것 같지 않은데요." 네, 그도 동의했지만, 그래도 해봐야 한다는 말은 덧붙이지 않았다—그에게는 셔츠가 여섯 벌밖에 없었고, 하나를 잃을 여유는 없었다.

찰스의 셔츠는 바삭거리는 면 풍선처럼 헐렁헐렁하게 품이 남아돌았다. 칸막이에서 나오자 찰스가 재미있다는 듯이 조그맣게 감탄사를 내뱉으며 말했다. "이걸 잊고 있었네." 데이비드가 왼쪽을 내려다보니, 신장 위치 바로 위쯤에 찰스의 이름 첫 글자들—CGG—이 검정색 실로 수놓여 있었다. "음." 찰스가 말했다. "나라면 가리고 다니겠어요. 내 셔츠를 훔쳤다고 오해받으면 안 되니까." 그러고는 바보같이 서 있는 데이비드에게 눈을 찡긋하고 밖으로 나갔다. 잠시 후, 다시 문이 열리더니 찰스가 얼굴을 들이밀었다. "누가 와요." 그가 말했다. "들라크루아." 들라크루아는 전무이사였다. 그리고는 다시 눈을 찡긋하고 사라졌다.

"안녕하세요." 들라크루아가 들어와 그를 살펴보며 말했다. 분명 그를 알아보지 못한 기색이었지만, 알아봐야 하는 사람일까 생각하는 얼굴이었다—중역 화장실을 쓸 사람처럼 보이진 않는데, 그래도 요즘은 오십 아래는 다 어린애처럼 보이니 누가 알겠나? 아마 이 친구도 파트너겠지.

안녕하세요, 데이비드는 최대한 자신 있게 대답한 다음 허둥지둥 화장실에서 나갔다.

그날 내내 그는 팔을 배 위로 90도 구부려 그 모노그램을 가리고 다녔다. (그날 밤에야 그냥 그 위에 종잇조각을 붙였어도 됐는데 라는 생각이 들었다.) 아무도 눈치채지 못했지만 그는 낙인이나 표시가 찍힌 기분이었고, 문서실에서 나오다가 다른 파트너와 그쪽으로 걸어오고 있는 찰스를 봤을 때는 얼굴이 확 달아올랐고, 모퉁이를 돌기 전 찰스의 등을 살짝 보려다가 책을 떨어뜨릴 뻔했다. 퇴근 시간 즈음이 되자 그는 완전히 지쳤고, 이미 고분고분 잘 훈련된 그의 팔은 그날 밤에도 스르르 움직여 배 쪽을 가렸다.

다음 날은 토요일이었고, 죽어라고 열심히 문질러봤지만 찰스의 말이 맞았다—셔츠를 살릴 방도는 없었다. 그는 찰스의 셔츠를 직접 빨아서 다려도 될지 고민해봤지만, 그러자면 자기 빨래 가방에 넣어서 빨래방에 가지고 가야 하는데, 자기 속옷과 티셔츠들이 들어 있는 그물망에 그 셔츠를 넣는 게 뭔가 민망했다. 그래서 가뜩이나 없는 돈을 써가며 셔츠를 세탁소에 맡길 수밖에 없었다.

월요일에 그는 작정하고 특별히 일찍 회사에 왔지만, 찰스의 사무실로 가던 중 상자를 그냥 사무실 밖에 두고 올 수는 없다는 것을 깨달았다. 걸음을 멈추고 어떻게 해야 할지 생각하고 있는데, 갑자기 양복과 넥타이를 차려입고 서류 가방을 든 찰스가 나타나 지난주와 똑같이 재미있다는 표정을 지으며 그를 바라보고 있었다.

"안녕, 데이비드 법률 보조원." 그가 말했다.

안녕하세요, 그도 말했다. 음—셔츠를 가져왔어요. (그제야 그는 찰스에 대한 감사 표시로 뭔가 가져왔어야 했다는 생각이 들었지만, 그게 무엇일지는 떠오르지 않았다.) 감사합니다—정말 고마워요. 덕분에 살았어요. 깨끗해요. 그는 바보같이 덧붙였다.

"그러길 바라요." 그는 계속 미소를 띤 채 말하고는, 데이비드를 문간에 세워둔 채 사무실 문을 열고 상자를 가져가 책상 위에 놓았다. "저기," 찰스는 잠시 말을 멈췄다가 그를 돌아보며 말했다. "이렇게 됐으니 나한테 신세를 진 것 같은데."

제가요? 마침내 그가 겨우 말했다.

"그런 것 같은데요." 찰스가 가까이 다가오며 말했다. "덕분에 살았다면서요?" 그가 다시 미소 지었다. "언제 나랑 저녁 같이하는 거 어때요?"

아, 그가 말했다. 그러고는 다시, 아. 좋아요. 네.

"좋아요." 찰스가 말했다. "전화하죠."

아, 그가 되풀이했다. 그래요. 네. 좋아요.

사무실에는 있는 사람은 둘뿐이었는데도, 두 사람 다 거의 속삭이듯 조용조용 말했다. 다시 법률 보조원 구역에 돌아왔을 때 데이비드의 얼굴은 뜨겁게 달아올라 있었다.

저녁 식사 약속은 다음 주 목요일로 잡혔다. 찰스의 지시에 따라 그는 7시 반에 먼저 사무실에서 나와 레스토랑으로 갔고, 어둡고 고요한 레스토랑의 칸막이 좌석으로 안내되어 가죽장정의 커다란 메뉴판을 받았다. 8시가 몇 분 지난 후 찰스가 도착했고, 데이비드는 지배인이 그를 맞이하며 귀에다 뭔가 속삭이자 찰스가 미소 지으며 눈을 굴리는 모습을 지켜봤다. 그가 자리에 앉자 시키지도 않은 마티니가 나왔다. "저쪽도 한잔할 겁니다." 찰스가 데이비드를 향해 고개를 까딱하며 웨이터에게 말했고, 그의 마티니가 오자 찰스가 비꼬듯이 잔을 들고 그의 잔에 갖다 대며 말했다. "폭발하지 않는 펜을 위하여."

폭발하지 않는 펜을 위하여, 그도 따라했다.

나중에 그날 밤을 돌이켜 보며 그는 그게 자기가 해본 첫 번째 진짜 데이트라는 것을 깨달았다. 찰스는 두 사람 음식(로즈메리를 얹어 구운 감자와 시금치를 곁들인 레어 포터하우스 스테이크)을 알아서 주문했고 대화도 주도했다. 그가 데이비드에 대해 짐작한 것들이 있다는 게 곧 분명해졌고, 데이비드는 그걸 바로잡지 않았다. 게다가 그 대부분은 틀리지 않았다. 그는 가난했다. 고급 교육도 받지 않았다. 고지식했다. 가본 곳도 없었다. 그래도 그 진실들 아래에는 법정에서라면 찰스가 감형 사유로 봐줄 만한 요소들이 있었다. 그가 늘 가난했던 것은 아니었다. 한때는 고급 교육도 받았다. 세상 물정을 전혀 모르지는 않았다. 한때는 찰스도, 자기가 아는 그 누구도 가볼 수 없는 곳에서 살았다.

스테이크를 반쯤 먹었을 때 데이비드는 찰스에 대해 아무것도 묻지 않았다는 것을 깨달았다. "아, 아니에요, 이야기할 게 뭐가 있다고? 난 굉장히 따분한 사람인 걸." 찰스는 자기가 따분하지 않다는 것을 아는 사람들만 보일 수 있는 무심한 태도로 말했다. "내 이야기는 차차 하기로 하고, 당신 아파트 이야기나 들려줘요." 데이비드는 진에 취하고 굉장한 매혹과 지혜의 원천인 양 대우받는 진기한 감각에 취해서 이야기를 시작했다. 그는 찰스에게 먼지가 덕지덕지 낀 창틀과 쥐들에 대해, 걸핏하면 자기 집 현관 계단에서 죽치면서 새벽 2시에 호주 민요 〈춤추는 마틸다〉를 고래고래 부르는 딱한 드래그퀸에 대해, 대개는 예술가이자 화가이지만 낮에는 출판사에서 교정자로 일하는 룸메이트 이든에 대해 들려줬다. (이든이 매일 오후 3시마다 회사로 전화하고, 데이비드는 소리 죽여 속삭이다 웃음을 참지 못해 가짜 재채기를 해가며 둘이서 한 시간씩 떠든다는 이야기는 하지 않았다.)

"어디 출신이에요?" 데이비드가 들려주는 이야기를 미소 짓거나 웃음을 터뜨리며 다 듣고 나서 찰스가 물었다.

하와이요, 그는 말했고, 찰스가 묻기 전에 덧붙였다. 오아후 섬. 호놀룰루요.

물론 그곳은 찰스가 가본 곳이고, 모든 사람이 가본 곳이다. 잠시 동안 데이비드는 자기 인생 주변부 이야기를 했다. 그렇다, 가족들은 여전히 거기 있다. 아니, 살가운 사이는 아니다. 아니, 아버지는 돌아가셨다. 아니, 어머니에 대해서는 아는 바가 없다. 아니, 형제자매는 없고, 아버지도 외동이었다. 그렇다, 할머니 한 분—친할머니만 계신다.

찰스는 고개를 갸우뚱하며 그를 잠시 유심히 바라봤다. "이런 말을 한다고 무례하다고 생각지 말아줬으면 해요." 그가 말했다. "그런데 당신은 뭐죠? 당신은······." 데이비드의 방해로 그의 말은 끊겼다.

하와이 사람이에요, 그게 진실의 다는 아니지만, 그는 단호하게 말했다.

"하지만 당신 성은······."

선교사 이름이에요. 미국 선교사들이 19세기 초반 굉장히 많이 오기 시작했잖아요. 그중 많은 수가 하와이 원주민들과 결혼했고.

"빙엄이라······ 빙엄." 찰스가 생각에 잠겨 말하자, 데이비드는 다음에 무슨 말이 나올지 알았다. "예일대 기숙사 중 빙엄 홀이라는 곳이 있거든요. 신입생 때 거기서 살았죠. 무슨 관계 있어요?" 그가 눈썹을 치켜올리며 싱긋 웃었다. 그는 이미 관련 없다고 생각하고 있었다.

네, 조상이에요.

"그래요?" 얼굴에서 미소가 사라지면서 그가 뒤로 기대앉았다. 그는 말이 없었고, 데이비드는 처음으로 자기가 찰스를 놀라게 했다는 것을, 찰스의 허를 찔렀다는 것을, 데이비드에 대한 자신의 평가가 결국 옳았는지 생각하게 만들었다는 것을 알았다. 찰스와 있었던 시간은 한 시간도 채 안 되지만, 그는 찰스가 놀라는 걸 좋아하지 않는다는 것을, 자기 의견, 자기 시각을 수정하기를 좋아하지 않는다는 것을 이미 파악했다. 나중에 찰스 집으로 들어간 후에 그는 그 순간을 되돌아보면서 그때 두 사람 관계의 방향을 수정할 수도 있었다는 것을 깨달았다. 그때처럼 대답하는 대신 이렇게 했다면 어땠을까. 아, 네, 우리 집안은 하와이에서 가장 오래된 집안이에요. 왕족의 후손이죠. 거기 사람들은 모두 우리가 누군지 알아요. 상황이 달랐었다면 전 왕이 되었겠죠. 그건 진실이었을 것이다.

하지만 진실이 무슨 소용인가? 삼류대학에 다니던 시절, 당시 남자친구─침실 밖에서는 데이비드를 무시하거나 데이비드가 존재하지 않는 것처럼 행동했던 라크로스 선수─에게 집안 이야기를 간략하게 들려줬더니 그는 콧방귀를 뀌었다. "대단히 재미있네." 그가 말했다. "그렇다면 난 영국 여왕의 후손이야. 맞아." 그가 계속 주장하자, 마침내 남자친구는 데이비드의 이야기에 진력을 내며 그에게서 떨어져 옆으로 누웠다. 그 후 그는 아무 이야기도 하지 않아야 한다는 것을 배웠다. 사람들이 안 믿어주는 것보다 차라리 거짓말하는 게 더 쉽고 나은 것 같았다. 그의 가족은 머나먼 사람들이었지만, 그래도 그들이 조롱당하는 것은 듣고 싶지 않았다. 할머니의 자긍심의 근원이 대부분 사람들에게는 조롱거리라는 것을 상기하고 싶지 않았다. 사라진 가엾은 아버지 생각을 하고 싶지 않았다.

그래서 그랬다. 우린 그 집안에서 돈 한 푼 없는 쪽이에요, 그가 대신 이렇게 말하자 찰스는 마음을 놓으며 웃었다.

"그럴 수도 있는 거죠." 그가 말했다.

시내로 가는 택시 안에서 그들은 아무 말도 하지 않았지만, 찰스가 앞을 똑바로 바라보면서 손을 데이비드의 무릎에 올리자 데이비드는 그 손을 잡아 사타구니에 갖다 댔고 유리창에 비친 찰스의 옆모습이 미소로 바뀌는 것을 봤다. 그날 밤에는 아무 일 없이 순수하게 헤어졌다—자기가 실제로 사는 건물을 찰스에게 보여주는 것을 데이비드가 너무 부끄러워해서 찰스는 2번가에 그를 내려줬다. 찰스의 집은 거기서 겨우 1마일 떨어진 곳에 있지만, 그곳은 완전히 다른 나라나 마찬가지였다—하지만 다음 몇 주 동안 그들은 만나고 또 만났고, 첫 데이트 후 6개월 만에 그는 워싱턴 스퀘어에 있는 찰스 집으로 들어갔다.

찰스와 함께 한 지난 몇 달 사이, 그는 늙었으면서도 동시에 젊어진 기분이 들었다. 친구들과 분리되어 찰스와 더 많은 시간을 보내며 정찬 모임들에 참석했고, 그런 자리에서 찰스의 정중한 친구들은 그를 대화에 끼워주려고 애썼고 그렇게 정중하지 못한 친구들은 그를 대화의 소재로 삼았다. 하지만 결국에는 두 부류 모두 그는 잊어버리고 법이나 주식 시장 같은 불가해한 이야기들을 나누기 마련이었고, 그러면 그는 인사를 하고 그 자리에서 나와 침대에 기어 들어가 찰스를 기다리는 것이다. 때로 찰스 친구들 집에서 열리는 정찬 모임에 갈 때면, 그는 (다행히도 일찍) 집에 갈 때까지 말없이 그들이 하는 이야기—그는 들어본 적도 없는 사람들, 읽어본 적도 없는 책들, 관심도 없는 영화배우들, 그가 태어나기도 전에 일어난 사건들 이야기—를 들었다.

하지만 어린아이 같은 기분도 들었다. 그의 옷, 휴가를 보낼 장

300

소, 그들이 먹을 음식은 찰스가 다 골랐다. 모두 그가 아버지를 위해 해야 했던 일들, 아버지가 해줬으면 했던 일들이었다. 명백히 불평등한 동거 생활이어서 어린애 취급받는 기분을 느껴야 할 것 같았지만, 그런 느낌이 들지 않았다―오히려 좋았다, 마음이 편안했다. 이렇게 분명하고 자신감 있는 사람과 있는 게 안심됐다. 생각하지 않으니 편안했다. 두 사람의 생활 구석구석까지 뻗어 있는 찰스의 자기 확신이 든든했다. 찰스는 데이비드와 침대에 있을 때 보여주는 활기차고 따스한 권위를 가지고 애덤스나 요리사에게 명령을 내렸다. 때로는 이번에는 찰스를 아버지로 해서 어린 시절을 다시 사는 느낌이 들기도 했고, 그러면 구역질이 났다. 찰스는 아버지가 아니라 연인이니까. 그래도 그 느낌은 끈질기게 사라지지 않았다―여기, 그를 걱정시키는 게 아니라 걱정해주는 사람이 있다. 여기, 설명할 수 있고 믿을 수 있는 리듬과 패턴을 가진 사람, 일단 알게 되면 그 리듬과 패턴이 지속된다고 믿어도 되는 사람이 있다. 평생 그는 자기 인생에 존재하지 않는 무언가가 있다는 걸 알고는 있었지만, 찰스를 만나고서야 그게 논리라는 것을 깨달았다―찰스의 삶에서 환상이란 침대에 국한되어 있었고, 거기서마저 나름의 의미를 가지고 있었다.

나중에 어떤 사람과 살게 될지 한 번도 깊게 생각해본 적 없었는데도 그는 찰스의 남자친구 역할에 너무나 수월하게 빠져들었고, 그래서 자기가 전혀 예상도, 상상도 해본 적도 없는 방식으로 아버지와 비슷해졌음을 깨닫는 가슴 철렁한 순간은 극히 드물었다. 그래도 그런 순간들―어둑어둑한 창가에 서서 덧문에 손을 대고 어둠이 내린 광장을 내다보며 주인이 돌아오기를 기다리는 고양이처럼 찰스를 기다리는 순간들—이 올 때면, 그는 자기 모습이 누구를 상기시키는지 알 수 있었다. 그건 과하게 사랑스러운 분홍색 드레스를 입은 그 상속녀가 아니라 아버지였다. 종일토록 불안과 희망에 시달리며 기다리느라 지쳤으면서도 해 질 녘 집 창가에서 여전히 거리를 주시하며 에드워드가 탄 덜덜거리는 낡은 차가 나타나기를, 현관 계단을 달려 내려가 친구를 만나기를, 그가 자신을 어머니와 아들로부터, 그리고 도망칠 수 없는 비루한 인생의 온갖 실망들로부터 데려가 주기를 기다리고 있는 아버지였다.

찰스가 아직 옷을 다 입지도 않았는데 첫 번째 벨소리가 울렸다. "젠장." 그가 말했다. "누가 약속 시간에 정확하게 맞춰서 와?"

미국인들요, 그가 어떤 책에서 읽은 대로 이야기하자, 찰스는 웃음을 터뜨렸다.

"맞는 말이야." 그리고는 그에게 키스했다. "누군지 몰라도 먼저 내려가서 이야기 상대 좀 해주겠어? 난 10분 후에 내려갈게."

10분? 그가 화내는 척하며 물었다. 준비하는데 아직도 10분이 더 필요하다고요?

찰스가 수건으로 그를 찰싹 때렸다. "샤워만 하고 나와서 다 너처럼 보일 수는 없어." 그가 말했다. "노력해야 하는 사람들도 있다고."

그래서 그는 싱글거리며 아래층으로 내려갔다. 그들은 그런 대화—자기를 깎아내리면서 상대방의 외모를 치켜주는 대화—를 자주 하긴 하지만, 자기들끼리 있을 때만 했다. 두 사람 다 스스로가 잘생겼다는 것을 알고 있고, 또한 그런 말을 대놓고 하는 건 매력적이지 않을 뿐만 아니라 요즘 같은 시절에는 잠재적으로 잔인한 일이 될 수도 있다는 것도 잘 알고 있기 때문이다. 둘 다 자만심이 있지만, 자만심이란 즐거운 도락이자 살아 있다는 신호, 건강하다는 알림, 감사할 일이었다. 함께 외출하거나 심지어 친구들과 함께 다른 사람의 집에 있을 때 가끔 그들은 슬쩍 서로를 쳐다봤다가 시선을 돌리곤 했다. 여전히 통통한 뺨, 여전히 근육이 살아 있는 팔이 불쾌할 수 있다는 것을 알기 때문이다. 그들은 어떤 자리에서는 분노를 유발하는 존재였다.

아래층에는 백합은 흔적조차 보이지 않았고, 음료를 내가고 남은 빈 은쟁반을 들고 부엌으로 돌아가고 있는 애덤스밖에 없었다. 아까 확인한 식당 안에서는 케이터링 업체 직원이 호랑가시나무와 프리지아를 꽂은 꽃병들 주위로 음식을 담은 접시들을 차리고 있었다. 찰스는 피터에게 스시를 제안했지만, 피터가 거부했다. "죽음을 앞두고 있는 지금 생선을 먹기 시작할 필요는 없을 것 같아." 그가 말했다. "평생 열심히 피해왔는데 이제 와서 굳이. 그냥 평범한 음식으로 해, 찰스. 평범하고 맛있는 걸로."

그래서 찰스는 파티 플래너에게 지중해풍 전문 케이터링 업체를 고용하게 했고, 그래서 지금 식탁에는 질그릇에 담긴 스테이크와 구운 가지, 올리브와 말린 토마토를 넣은 엔젤헤어 파스타 접시들이 차려져 있었다. 검정 바지와 셔츠 차림의 웨이터들은 여자들이었다—데이비드는 비록 꽃 장식은 맡지 못했지만 방법을 찾아내 찰스가 좋아하는 업체에다 여자 직원들만 보내달라고 요청했다. 늘 오던 직원들—하나같이 젊고 금발인 그 남자들이 지난번 파티 때 찰스를 주시하고 찰스도 그런 관심을 즐기는 모습을 봤었다—이 바뀐 걸 보면 찰스가 싫어하리라는 것을 알지만 침대에 갈 때쯤에는 용서받으리라는 것 또한 알고 있었다. 찰스는 데이비드가 질투하는 것을, 자기에게 아직도 선택권이 있다고 알려주는 것을 좋아했다.

외출하지 않는 날이면 데이비드와 찰스가 늘 함께 저녁 식사를 하는 식당은 찰스 부모님이 거기서 사실 때부터 거의 건드리지 않아서 케케묵은 구식이었다. 집의 다른 구역들은 찰스가 10년 전 들어올 때 새로 고쳤지만, 이 방을 여전히 꾸미고 있는 것들은 길고 윤나는 마호가니 식탁, 식탁과 짝을 이루는 남북전쟁 시대 찬장, 나팔꽃 덩굴무늬가 있는 진녹색 벽지, 진녹색 두피오니 실크 커튼, 나란히 걸린 찰스 조상들—스코틀랜드에서 미국으로 건너온 최초의 그리피스 부부—의 초상화와 그 사이 벽난로 위에 놓인—찰스가 몹시 자랑스러워하는 가보인—크림색 고래상아 문자판 시계였다. 찰스는 식당을 왜 고치지 않았는지 딱히 설명하지 못했지만, 그 식당에 있을 때면 데이비드는 늘—전반적인 모습에서 세세한 요소에 이르기까지 완전히 다른 공간이지만 변함없기로는 마찬가지인—할머니의 식당이, 그리고 그 식당 자체보다도 가족들의 저녁 식사가 생각나곤 했다. 긴장해서 수프 그릇 안에 국자를 빠뜨려 식탁보에 수프를 튀기는 아버지와 화내는 할머니 모습이. "제발 좀." 할머니가 말한다. "좀 조심할 수 없니? 이 꼴 좀 봐라."

"미안해요, 엄마." 아버지가 중얼거린다.

"네가 어떤 본을 보이고 있는지 좀 봐라." 할머니는 아버지가 아무 말도 하지 않은 것처럼 잔소리를 이어가더니 데이비드를 보고 말했다. "넌 네 아비보다는 조심성 있는 사람이 될 거지, 카위카?"

네, 그는 약속하지만 그런 대답을 하는 게 아버지를 배신하는 것처럼 죄의식이 들고, 그래서 그날 밤 아버지가 이불을 여며주러 방에 들어왔을 때 자기는 딱 아버지 같은 사람이 되고 싶다고 아버지에게 말한다. 그러자 아버지의 눈에 눈물이 고인다. 그게 거짓말이라는 것을 알기 때문에, 그럼에도 그렇게 말해주는 데이비드가 고마워서다. "나처럼 되지 마, 카위카." 아버지는 뺨에 입을 맞춰주며 말한다. "그리고 그렇게 되지도 않을 거야. 넌 나보다 나은 사람이 될 거야, 난 알아." 그 말에 어떻게 대답해야 할지 몰라서 그는 보통 아무 말도 하지 않고, 그러면 아버지는 자기 손가락 끝에 입을 맞추고 그 손가락을 데이비드의 이마에 갖다 댄다. "이제자, 우리 카위카. 우리 아들."

갑자기 머리가 어질했다. 지금 그의 모습을 보면 아버지는 뭐라고 생각할까? 뭐라고 말할까? 아들이 자기의 소식, 게다가 나쁜 소식이 담겨 있을지도 모를 편지를 받고도 읽지 않았다는 것을 알면 어떤 심정일까? 우리 카위카. 우리 아들. 그는 2층으로 달려 올라가 편지 봉투를 찢고 무슨 소식이 담겨 있건 간에 그 편지를 게

305

걸스레 읽고 싶은 충동에 사로잡혔다.

하지만 아니, 그럴 수가 없었다. 그러면 이 밤은 끝이다. 대신 그는 피터와 찰스의 오랜 친구들인 존과 티모시, 퍼시벌이 앉아 있는 거실로 들어갔다. 그들은 그가 들어올 때만 재빨리 아래위로 훑어본 다음 그 후로는 저녁 내내 얼굴만 바라보는, 가장 점잖은 부류의 친구들이었다. "세 자매." 찰스는 그 셋을 그렇게 불렀다. 셋 다독신에다 매력이 없고 피터가 별로 재미있어하지 않는 친구들이었기 때문이다. "노처녀들." 티모시와 퍼시벌은 아프다. 티모시는 누가 봐도 안 좋고, 퍼시벌은 비밀리에 아프다. 그는 7개월 전 찰스에게 비밀을 터놓았고, 찰스는 데이비드에게 말해줬다. "나 괜찮지, 안 그래?" 퍼시벌은 만날 때마다 찰스에게 물었다. "똑같지 않아?" 그는 작지만 명망 있는 출판사의 편집장이었다—그는 사주들이 이 사실을 알게 되면 해고될까 봐 두려워하고 있었다.

"넌 안 잘려." 찰스는 늘 말했다. "만약 그러려고 하면, 딱 누구한테 전화를 해야 할지 내가 알지. 소송을 걸어서 아주 혼쭐을 내주는 거야. 내가 도와줄게."

퍼시벌은 그 말은 듣지도 않았다. "그래도 나 똑같아 보이지, 안 그래?"

"그래, 퍼시. 똑같고말고. 근사해 보여."

그는 퍼시벌을 슬쩍 쳐다봤다. 다른 사람들은 와인잔을 들고 있지만, 퍼시벌은 찻잔을 들고 티백을 우리고 있었다. 면역 체계를 강화시켜준다고 철석같이 믿고 있는 차이나타운 침술사에게서 받은 약초 티백이다. 퍼시벌이 차에 정신이 팔려있는 동안 데이비드는 그를 찬찬히 살펴봤다. 똑같아 *보이나*? 지난번 만난 이후로 5개월이 지났다—좀 마른 건가? 안색이 좀 칙칙해졌나? 판단하기 어려웠다. 그가 보기에 찰스 친구들은 실제로 건강하건 아니건 다 살짝 건강이 안 좋아 보였다. 아무리 건강을 잘 유지했건 튼튼하건, 그들 모두에게선 뭔가가 사라졌다—그들의 피부는 빛을 빨아들이는 것 같았다. 그래서 이런 모임용 조명으로 찰스가 선호하게 된 너그러운 촛불 빛 아래 앉아 있어도 살이 아니라 차가운 진흙 같은 물질로 만들어진 사람들처럼 보였다. 대리석 아니라 석회암. 주말에 누드 스케치를 하는 이든에게 전에 이걸 설명해보려고 했더니, 이든이 눈을 굴리며 말했다. "그건 그 사람들이 늙어서 그래."

다음으로 그는 티모시를 봤다. 그는 이제 병색이 완연해서 마치 눈화장이라도 한 것처럼 눈두덩이가 보랏빛이었고, 치아는 너무 길고, 머리는 부스스했다. 티모시는 피터와 찰스와 함께 기숙학교를 다녔는데, 찰스는 그 시절의 티모시를 이렇게 말했다. "티모시가 얼마나 잘 생겼었는지 넌 못 믿을 거야. 학교에서 제일 아름다운 소년이었어." 데이비드는 티모시를 처음 만나고 온 날 이말을 들었고, 다음에 만났을 때는 찰스가 홀딱 반했던 소년을 찾아 그를 자세히 관찰했다. 그는 성공하지 못한 배우였고 아름다운 여성과 결혼했다가 그 후로는 수십 년 동안 굉장한 재력가의 애인으로 살았다. 하지만 재력가가 죽자 재력가의 성인 자식들에 의해 그 저택에서 쫓겨나 존과 살림을 합쳤다. 덩치 크고 명랑한 존이 도대체 어떻게 돈을 버는지는 아무도 모르지만—그는 중서부 수수한 집 출신에다 한 가지 일을 몇 달 넘게 해본 적도 없고 남의 애인으로 살 정도로 잘생기지도 않았다―그는 웨스트빌리지에서 타운하우스 하나를 통째로 차지하고 살고 있었고 터무니없을 만큼 많이 먹었다 (하지만 찰스가 지적하듯이 보통 다른 사람이 돈을 낼 때만 그랬다). "이 도시에서 존 같은 사람이 불가사의한 방법으로 살아남지 못하는 날이 온다면, 그땐 이 도시는 더 이상 살 곳이 못 돼." 찰스는 애정을 담아 말하곤 했다. (자립을 중시하는 확고한 생각을 가진 사람치고 찰스에겐 아무 일도 안 하는 것 같은 친구들이 유별나게 많았다. 데이비드는 찰스의 그런 점이 좋았다.)

늘 그렇듯이, 세 사람은 그를 반기며 무엇을 하고 어떻게 지내냐고 물었지만, 그는 별로 할 말이 없었고 결국 그들은 다시 자기들끼리 하던 대화로 돌아가 어린 시절 함께 했던 일들을 미주알고주알 늘어놓았다.

"……뭐, 존이 그 노숙자랑 데이트했던 때만큼은 나쁘지 않았어!"

"우선, 그건 *데이트*라고 할 수도 없고, 두 번째로……."

"그 이야기 또 해줘!"

"음. 그건, 어, 15년 전쯤, 내가 5번가와 6번가 사이 20번 스트리트에 있던 액자 가게에서 일할 때였는데."

"네가 도둑질하다가 잘렸던 곳 말이지."

"이보세요. 난 도둑질 때문에 잘린 게 *아냐*. 상습적 지각과 무능력, 서투른 고객 응대 때문에 잘렸다고. 도둑질로 잘린 곳은 서점이었어."

"아, 그래, *미안*."

"어쨌거나, 계속해도 돼? 그래서 F라인을 타고 23번 스트리트에서 내렸는데, 맨날 이 남자가 보이더란 말이지. 굉장히 귀여운 외모에 체크무늬 셔츠를 입고 수염을 조금 기른 추레한 예술가 타입인데, 장바구니를 들고 6번가 남동쪽 모퉁이 빈 부지 근처에 서 있었어. 그래서 내가 어슬렁대며 추파를 던지니까 걔도 나한테 추파를 던지더라고. 며칠 동안 그랬어. 그러다가 나흘째 되던 날, 내가 다가갔고 우린 이야기를 나눴지. 나보고 '이 근처 살아요?' 그러길래, '아뇨, 저 아래에서 일해요' 그랬어. 그러니까 '어, 이 뒷골목에 들어가죠' 하는 거야―거긴 딱히 뒷골목이라기보다 주차장 뒷벽이랑 철거 중인 다른 건물 사이 틈 같은 거였어―하여간, 우린 거기서 했어."

"자세한 이야기는 말아줘."

"질투야?"

"허, 아니."

"어쨌거나, 다음 날 그 거리를 걸어가고 있는데 걔가 또 있더라고. 그래서 또 그 뒷골목에 갔지. 그런데 그다음 날에도 또 있는 거야. 생각했지. 뭔가 이상한데. 그 순간 깨달았어. 지난 두 번이랑 완전히 똑같은 옷을 입고 있다는 걸! 속옷까지 완전히. 또 냄새도 좀 나더라고. 사실은, 바로잡을게, 냄새가 *지독했어.* 불쌍한 것. 아무 데도 갈 데가 없었던 거지."

"그래서 넌 가버렸어?"

"당연히 아니지! 우린 거기 있었는데, 안 그래?"

다들 웃음을 터뜨렸고, 티모시는 노래를 부르기 시작했다. "라다디라디다, 라다디라디다." 거기에 퍼시벌이 가세했다. "걘 너랑 나랑 같아. 하지만 걘 노숙자지. 걘 노숙자지." 데이비드는 미소를 지으며 거실에서 나왔다—그는 그 세 사람이 함께 있는 모습을 보는 게 좋았다. 세상 그 누구보다 자기들에게만 관심이 있어 보이는 모습이 좋았다. 에드워드가 티모시나 퍼시벌, 존 같았다면, 아버지에게 과거 일들을 통제해야 할 이야기가 아니라 재미있는 이야깃거리로 만드는 친구들이 있었다면 아버지 인생은 어떻게 달라졌을까? 그는 찰스의 집, 이 파티에 참석한 아버지 모습을 상상해보려고 애썼다. 아버지는 무슨 생각을 할까? 무엇을 할까? 그는 계단 기둥 뒤에 서서 다른 사람들을 쳐다보면서도 평생 다른 사람들이 그랬듯이 그 사람들도 자기를 무시할까 봐 대화에 끼어들지 못하고 수줍은 미소만 짓고 있는 아버지의 모습을 상상했다. 섬을 떠났다면, 할머니를 무시할 수 있었다면, 아버지를 소중히 여겨줄 사람을 찾았다면 아버지 인생은 어떻게 됐을까, 그 미래 속에는 데이비드는 없을지도 모른다. 그는 그 자리에 서서 다른 인생을 사는 아버지의 모습을 떠올려봤다. 스퀘어 북쪽에 자리한 기념 아치 옆에서 옆구리에 소설 한 권을 끼고 하늘을 바라보며 사과처럼 새빨간 단풍이 든 늦가을 나무들 아래를 여유롭게 걷고 있는 아버지 모습을. 그날은 일요일일 테고, 아버지는 친구를 만나 영화를 본 다음 저녁을 먹으러 가는 길이다. 하지만 그 순간 그 장면은 멈칫 정지됐다. 이 친구란 사람은 누구지? 남자일까, 여자일까? 사귀는 사인가? 아버지는 어디 사는 거지? 생활은 어떻게 하고? 다음날, 그다음 날엔 어디로 갈까? 건강할까, 그렇지 않다면 누가 돌봐주고 있을까? 절망 같은 감정이 몰려왔다. 상상 속에서마저 아버지가 파악되지 않는 게, 아버지에게 행복한 삶을 만들어줄 수가 없다는 게 절망스러웠다. 그는 아버지를 구할 수 없었다. 심지어 아버지가 어떻게 됐는지 알아볼 용기마저 낼 수 없었다. 그는 현실에서 아버지를 버렸고, 이제는 상상 속에서도 아버지를 버리고 있었다. 적어도 아버지에게 더 나은 삶, 더 친절한 삶은 꿈꿔줄 수 있어야 하지 않나? 그 정도조차 못한다는 게 아버지 아들인 그에 대해 무엇을 말해주나?

하지만 어쩌면, 어쩌면 그가 아버지에게 다른 삶을 상상해줄 수 없는 이유는 아버지에게 공감하기 힘들어서가 아닐지도 모른다—어쩌면 그건 아버지가 너무 어린애 같아서, 그때도, 그 이후로도 그가 봐온 세상 어떤 부모, 세상 어떤 어른과도 다르게 행동했기 때문일지도 모른다. 예를 들어, 그 산책, 데이비드가 예닐곱 살이었을 때 시작된 밤 산책만 해도 그렇다. 아버지는 한밤중에 손을 내밀며 데이비드의 잠을 깨웠고, 두 사람은 익숙하던 것들이 밤에는 얼마나 달라 보이는지 서로에게 보여주면서 손을 잡고 말없이 동네를 걸어 다녔다. 거꾸로 뒤집힌 코넷처럼 수풀에 매달린 꽃들도, 이웃집 마당의 아카시아 나무도 어둠 속에서는 마법에 걸린 심술쟁이, 어디 머나먼 나라에서 온 존재처럼 보였고, 그 나라에서 두 사람은 뽀드득뽀드득 눈밭을 밟고 헤쳐나가는 여행자가 되었다. 저 멀리에는 유일한 창 하나에 노르스름한 촛불 하나를 밝혀놓고 비곗덩어리와 구운 고구마로 달콤짭짤한 맛을 낸, 죽처럼 걸쭉한 수프 두 그릇을 차려놓은 채 친절한 과부로 위장한 마녀가 앉아 있는 농가가 있을 것이다.

그렇게 산책을 하다 보면, 늘 처음에는 단조롭고 고요한, 아무 특징 없는 검은 화면처럼 보였던 밤이 보기보다 밝다는 것을 깨닫게 되는 순간이 있었다. 그는 자기 눈이 이 여과된 빛에 적응하는 순간이 정확히 언제인지 알아내겠다고 늘 다짐했지만 한 번도 성공하지 못했다. 변화가 어찌나 서서히, 그가 참여할 틈도 없이 벌어지는지, 마치 정신은 육체를 통제하기 위해서가 아니라 육체의 적응력에 감탄하기 위해서 존재하는 것만 같았다.

함께 걸으며 아버지는 어린 시절 이야기를 들려주면서 어릴 때 놀거나 숨었던 곳들을 보여주곤 했고, 밤에 들으면 이런 이야기들은 할머니에게 들었을 때처럼 슬프게 느껴지지 않고 그냥 이야기 같았다. 하교하는 아버지에게 자기 집 나무 위에서 아보카도를 던졌던 이웃 아이들 이야기, 아이들에게 내몰려 앞마당 망고나무에 올라갔다가 내려오면 때려주겠다는 협박에 내려오지도 못한 채 사방이 컴컴해질 때까지, 끝까지 남은 아이가 드디어 저녁을 먹으러 집에 갈 때까지 나무 둥치와 가지가 만나는 편평하고 약간 우묵한 자리에 몇 시간이고 쪼그리고 앉아 있다가―허기와 피로에 지쳐 다리를 덜덜 떨며―겨우 내려와 마지못해 집에 들어가서는, 사색이 된 얼굴로 말없이 식탁에 앉아 기다리고 있던 어머니에게 어디에 있었는지 설명해야 했던 때 이야기.

왜 그때 할머니한테 무슨 일이 있었는지 그냥 말하지 않았어요? 그는 아버지에게 물었다.

"아." 아버지는 입을 열었다가 다시 말을 멈췄다. "어머니는 듣

312

고 싶어 하지 않았어. 그 애들이 사실은 내 친구가 아니라는 말을 듣고 싶지 않았던 거야. 부끄러워서." 그는 말없이 아버지 이야기를 들었다. "하지만 너한텐 그런 일 없을 거야, 카위카." 아버지는 계속 말했다. "넌 친구들이 있잖아. 네가 정말 자랑스러워."

아버지의 이야기와 그 슬픔이 납으로 만든 모루처럼 그의 심장을 지나 내장까지 묵직하게 가라앉아서 그때 그는 아무 말도 하지 못했다. 그때를 생각하니 같은 슬픔이, 이번에는 혈관에 주사기로 주입하기라도 한 것처럼 몸 안으로 퍼져나갔다. 돌아서서 무슨 가짜 핑계―음식 플레이팅을 확인한다거나, 퍼시벌에게 곧 뜨거운 물을 더 갖다줘야 할 것 같다고 애덤스에게 말한다거나―를 대고 부엌에 가려는 순간, 찰스가 계단을 내려오는 것을 봤다.

"왜 그래?" 그를 보자마자 찰스의 얼굴에서 미소가 사라졌다. "무슨 일 있었어?" 아니, 아뇨, 아무 일도 없었어요. 그는 말했지만, 찰스는 어쨌거나 팔을 내밀었고, 데이비드는 그 안으로, 찰스의 따스한 견고함, 든든한 커다란 품 안으로 들어갔다. "괜찮아, 데이비드, 무슨 일이건 간에." 찰스가 잠시 가만히 있다가 말했고, 그는 찰스의 어깨에 대고 머리를 끄덕였다. 괜찮을 거다, 그는 알고 있었다―찰스가 그렇게 말했고, 데이비드는 그를 사랑하고, 그는 전에 있던 곳에서 멀리멀리 떠나 왔고, 찰스가 해결하지 못할 일은 절대 일어나지 않을 것이다.

8시까지는 피터를 마지막으로, 초대한 열두 명의 손님이 모두 도착했다―그때는 눈이 내리고 있었고, 찰스와 데이비드와 존이 무거운 휠체어에 앉은 피터를 들고 계단을 올랐다. 데이비드와 존이 양쪽을 들고, 찰스가 뒤에서 받쳤다.

바로 얼마 전 추수감사절 때 만났는데 삼 주 만에 급격히 쇠약해진 피터의 모습에 데이비드는 충격받았다. 가장 두드러지는 증거는 휠체어—머리 받침과 높은 등받이가 있는 휠체어—였지만, 체중도 엄청나게 빠졌다. 특히 얼굴 피부는 마치 쪼그라들기라도 한 것처럼 입술이 치아를 다 가리지조차 못했다. 혹은 피부가 쪼그라든 게 아니라 잡아당겨졌을지도 모른다. 마치 누군가가 피터의 뒤통수 두피를 한 줌 잡아당기기라도 한 것처럼 피부가 고통스러울 정도로 팽팽하게 당겨져 눈알이 튀어나올 지경이었다. 피터가 집안에 들어오자 친구들이 그를 둘러쌌지만, 그들도 피터의 모습에 충격받은 게 보였다. 모두 할 말을 잊은 것 같았다.

"왜 이래, 죽어가는 사람 처음 봐?" 피터가 넉살 좋게 묻자, 모두 시선을 딴 데로 돌렸다.

그건 수사의문문이고 잔인한 질문이지만, 찰스가 사무적으로 대답했다. "물론 본 적 있지, 피터." 그는 서재에서 울 담요를 가져와 피터의 어깨에 두르고 가슴 주위를 꼭꼭 여며주고 있었다. "자, 너 뭘 좀 먹어야지. 이봐, 다들! 저녁은 식당에 차려져 있으니까 마음껏 들라구."

찰스의 원래 계획은 앉아서 먹는 정찬 모임이었지만, 피터가 반대했다. 긴 만찬 내내 앉아 있을 기운이 있을지도 모르겠고, 게다가 이 모임의 목적은 그가 모두에게 작별 인사를 하는 게 아니냐는 게 그의 이야기였다. 그는 돌아다니며 사람들과 이야기하다가 필요하면 사람들로부터 물러나 있기를 원했다. 사람들이 거의 내

키지 않는 태도로 미적거리며 식당을 향해 줄지어 걸어가기 시작
하자, 찰스가 그에게 말했다. "데이비드, 피터에게 음식 한 접시
가져다주겠어? 난 피터를 소파에 앉힐 테니까."

그럼요, 그가 말했다.

식당 안 분위기는 과도하게 명랑했다. 사람들은 다 먹지도 못할
음식을 덜면서 다이어트는 잠시 중단할 거라고 커다랗게 선언했
다. 모두 피터를 위해 왔지만, 아무도 피터를 언급하지 않았다. 오
늘이 피터를 볼 마지막 시간, 작별 인사를 할 마지막 시간이었고,
그러자 갑자기 이 파티가 무섭고 기괴하게 느껴졌다. 데이비드는
줄을 새치기해서 이 접시, 저 접시를 부지런히 돌아다니며 피터의
접시에 고기와 파스타, 익힌 야채를 수북이 담았고, 얼른 거기서
나가고 싶은 마음에 두 번째 접시도 가져와 찰스가 좋아하는 음
식들을 다 담았다.

거실로 돌아오니 피터는 소파 끝에 앉아 다리를 발판 의자에
올려놓고 있었고, 찰스는 오른팔을 피터의 어깨에 두른 채 피터에
게 기대고 있고 피터는 찰스의 목에 얼굴을 묻고 있었다. 데이비
드가 다가가자, 찰스가 고개를 돌리고 미소 지었다. 울었던 흔적
이 보였다. 찰스는 절대 울지 않는 사람인데. "고마워." 그는 데이
비드에게 말하고 피터에게 접시를 들어 보였다. "봐. 생선은 없어.
네가 명령한 대로."

"훌륭해." 피터가 해골 같은 얼굴로 데이비드를 쳐다보며 말했
다. "고마워요, 젊은이." 피터가 그를 칭하는 말이다. "젊은이." 데
이비드는 그 말이 싫었지만, 뭐 어쩌겠나? 이번 주만 지나면 피터

가 그를 "젊은이"라고 부르는 걸 참아야 할 일도 다시는 없다. 다음 순간 그런 생각을 했다는 걸 깨닫자, 그는 마치 그 말을 입 밖에 내기라도 한 것처럼 부끄러웠다.

하지만 음식에 대해 그렇게 단호한 의견을 내어놓고는 피터는 어떤 음식도 먹고 싶어 하지 않았다―심지어 냄새만 맡아도 구역질이 난다고 했다. 그래도 데이비드가 가져온 접시는 단정히 접은 천 냅킨에 끼워놓은 커틀러리와 함께 피터가 언제라도 마음을 바꿔 접시를 들고 거기 담긴 음식을 먹기라도 할 것처럼 그날 밤 내내 오른쪽 탁자 위에 놓여 있었다. 피터가 식욕을 잃은 것은 병 때문이 아니었다. 한 달 좀 전부터 받기 시작한 새 화학치료 때문이었다. 하지만 그 약도 효과가 없었고, 암은 없어지지 않았지만 피터의 체력은 그렇지 않았다.

찰스에게 이 이야기를 듣고 그는 어리둥절했다. 피터는 이미 자살을 결심했는데, 왜 화학치료를 시작한 거죠? 옆에서 찰스는 한숨을 쉬고 아무 말도 하지 않았다. "희망을 포기하기란 쉽지 않아." 그가 마침내 말했다. "최후의 순간마저도."

사람들이 음식을 담은 접시를 들고 거실로 돌아와 왕좌 주위에 모이는 조신들처럼 의자와 발판 의자, 두 번째 소파에 머뭇거리며 앉기 시작하자, 데이비드도 가서 음식을 가져오기로 했다. 식당은 비어 있고, 음식도 줄어들어 있었다. 남은 음식들을 접시에 담고 있는데, 웨이터 하나가 부엌에서 들어왔다. "아." 그가 말했다. "죄송합니다. 곧 음식을 더 내올 거예요." 그는 데이비드가 스테이크 쪽으로 손을 뻗고 있던 것을 봤다. "새 걸로 내오겠습니다."

그는 나갔고, 데이비드는 그 뒷모습을 쳐다봤다. 젊고 잘생긴 남자(그가 엄격하게 금지했던 모든 것)였다. 그가 돌아오자, 데이비드는 그가 빈 접시를 치우고 새 접시를 놓도록 말없이 옆으로 비켜섰다.

빨리 없어졌네요, 그가 말했다.

"음, 그래야죠. 정말 맛있잖아요. 우린 먼저 시식회도 했어요." 웨이터가 고개를 들고 미소 지었고, 데이비드도 미소로 화답했다. 잠시 침묵이 흘렀다.

전 데이비드가에요, 그가 말했다.

"제임스입니다."

"만나서 반가워요." 두 사람은 동시에 말했고, 다음 순간 웃음을 터뜨렸다.

"저기, 이거 생일파티인가요?" 제임스가 물었다.

아뇨—아니에요. 피터—휠체어 탄 사람요—를 위한 파티예요. 피터—피터는 아프거든요.

제임스가 고개를 끄덕였고, 다시 침묵이 흘렀다. "집이 근사해요." 그가 말하자, 데이비드가 고개를 끄덕였다. 네, 그래요. 그가 말했다.

"누구 집이에요?"

찰스—체격 좋은 금발요. 초록색 스웨터 차림. 내 남자친구예요. 그렇게 말했어야 하지만, 그는 그러지 않았다.

"아—아, 그렇군요." 제임스는 여전히 접시를 들고 있었는데, 이제 그 접시를 빙그르르 돌리더니 다시 고개를 들고 미소 지었다.

"그런데 당신은요?"

저라뇨? 그도 살짝 끼를 부리며 물었다.

"당신 계획은요?"

그런 거 없어요.

제임스가 턱으로 거실 쪽을 가리켰다. "저 중에 남자친구 있어요?"

그는 아무 말도 하지 않았다. 첫 번째 데이트 이후로 18개월이 지났는데도 그는 자기와 찰스가 연인이라는 사실에 여전히 가끔 놀랐다. 찰스가 그보다 훨씬 나이가 많기 때문만은 아니었다. 찰스는 그가 이제껏 끌려본 적 없는 유형의 사람이었기 때문이다—그는 너무 금발이고 너무 부자고 너무 백인이었다. 두 사람이 함께 있으면 사람들 눈에 어떻게 보일지 알고 있었다. 사람들이 뭐라고 하는지도 알고 있었다. "음, 사람들이 네가 거래라고 생각하면 어쩔 거야?" 데이비드가 털어놓았을 때 이든은 물었다. "거래는 사람이기도 하거든." 알아, 나도 안다고, 그는 말했다. 하지만 달라. "네 문제는," 이든이 말했다. "사람들이 널 아무것도 아닌 갈색 피부 인간으로 생각하는 걸 못 받아들인다는 거야." 실제로 그는 사람들이 그가 가난하고 못 배웠고 돈 때문에 찰스를 이용한다고 생각하는 게 신경 쓰였다. (이든: "넌 가난하고 못 배운 거 맞아. 게다가, 이 늙다리들이 널 어떻게 생각하건 무슨 상관이야?")

하지만 그게 아니라 그와 이 제임스, 젊고 가난하고 백인 아닌 이 두 사람이 연인이라면? 상대를 보면 그저 겉모습뿐일지라도 자기 자신이 보이는 그런 사람과 같이 있다면? 데이비드가 그렇게 자주 무력감과 열등감을 느끼는 건 찰스의 재력 때문일까? 나이 때문일까? 인종 때문일까? 그와 남자친구 사이가 더 평등하다면 더 단호하고 덜 수동적인 사람일 수 있을까? 배신자 같은 기분이 덜할까?

하지만 지금 그는 찰스가 남자친구라고 말하지 않음으로써, 죄의식을 느낌으로써 배신자 짓을 하고 있었다. 네, 그는 제임스에게 말했다. 찰스요. 찰스가 남자친구예요.

"아." 제임스가 말했고, 데이비드는 그의 얼굴에 뭔가—동정심? 경멸?—스쳐 지나가는 것을 지켜봤다. "너무 안타깝네요." 그가 덧붙였다. 그러고는 다시 한 번 데이비드만 남겨둔 채 접시를 들고 싱긋 웃으며 부엌문을 밀고 들어가 사라졌다.

그는 몹시 당황스러우면서도, 설명하기는 힘들지만, 자신과 어울리지 않는 부류의 사람이란 이유로, 이런 부끄러움을 느끼게 했다는 이유로 찰스에게 화가 치밀었다. 이러는 게 부당하다는 것은 알고 있었다. 그는 찰스의 보호를 원했고, 그러면서도 자유롭기를 원했다. 교외로 나가지 않고 시내에 있기로 한 토요일 밤, 서재에 앉아 찰스가 좋아하는 찰스 젊은 시절의 흑백영화를 함께 보고 있으면 가끔 집 앞을 지나 클럽이나 바, 파티에 가는 사람들 소리가 길에서 들려온다. 그 웃음소리, 목소리 높이로 보아 그 사람들이 어떤 사람들인지 알 수 있다—구체적으로 누구인지 알 수 있다는 말이 아니라 어떤 부류인지 알 수 있다는 말이다. 그들은 그가 18개월 전까지 속했던, 빈털터리에다 미래가 없는 젊은이들이다. 때로는 자기 조상들이 이런 심정이었을 것도 같았다. 꼬임에 빠져 배를 타고 세계를 돌아다니며 보스턴과 런던과 파리의 의대에서 의사와 학생들이 정교한 문신을 새긴 피부와 땋은 머리카락을 꼬아 만든 목걸이를 자세히 볼 수 있도록 연단 위에 서 있어야 했던 조상들—찰스는 그의 가이드이자 보호자이지만 동시에 감시인이었고, 이제 자기 일족들로부터 납치당한 그는 절대 그들에게 돌아가지 못할 것이다. 그런 느낌은 창문을 열어놓고 지내는 여름밤에 제일 심해서, 그는 새벽 3시에 술에 취해 노래를 부르며 스퀘어를 지나가는 행인들 소리에 잠에서 깨어나 그 목소리가 나무들 사이로 서서히 사라질 때까지 듣고 있곤 했다. 그러고 나서 옆에 누운 찰스를 보면, 동정과 사랑과 혐오와 짜증—이렇게나 다른 사람과 같이 있다는 실망감, 그 사람이 찰스라는 고마움—이 마구 뒤섞인 감정이 들었다. "나이는 숫자에 불과해." 별로 재미없는 친구 하나는 좋게 말해주려고 이렇게 말했지만, 그는 틀렸다—나이는 다른 대륙이었고, 찰스와 함께 있는 한 그는 거기 정박해 있을 것이다.

그렇다고 달리 있을 곳도 없었다. 그의 미래는 모호하고 안개 같았다. 혼자는 아니었다. 많은 친구들, 과친구들도 비슷한 상황이어서 다들 집에서 직장으로, 그리고 다시 집에 왔다가 바나 클럽이나 다른 친구 집으로 표류하며 살았다. 다들 돈도 없었고, 앞으로 얼마나 더 살지도 아무도 알 수 없었다. 마흔이나 쉰은 고사하고 서른 살을 준비하는 것조차 모래로 지은 집에 들일 가구를 사는 일 같았다—그 모래집이 언제 파도에 쓸려 사라질지, 언제 허물어지기 시작해서 모래 덩어리로 돌아갈지 누가 알겠나? 그나마 버는 돈은 자신이 아직도 살아 있음을 증명하는 데 쓰는 편이 훨씬 나았다. 친구 하나는 연인이 죽은 후 걸신들린 듯이 먹기 시작했다. 있는 돈이란 돈은 모두 음식에 썼다. 한 번은 같이 저녁을 먹으러 갔다가 에즈라가 완탕수프 한 그릇을 먹은 다음 깍지 완두와 마름 튀김 한 접시를 먹고 뒤이어 우설찜 한 접시를 먹고도 베이징덕 한 마리를 다 먹는 것을 경악하며 지켜본 적 있다. 그는 한결같이 쓸쓸한 결의를 보이며 마지막 남은 소스까지 손가락으로 싹싹 닦아 먹고는 빈 접시들을 완성된 서류처럼 차곡차곡 포개놓았다. 혐오스러운 광경이었지만, 이해도 됐다. 음식은 진짜다, 음식은 살아 있다는 증거다. 자기 몸이 여전히 자기 것이라는 증거, 무슨 음식이건 넣어주는 대로 몸이 여전히 반응할 수 있고 계속 반응할 거라는 증거, 몸을 움직이게 할 수 있다는 증거다. 허기를 느낀다는 것은 살아 있다는 의미고, 살아 있다는 것은 음식이 필요하다는 뜻이다. 몇 달에 걸쳐 에즈라는 살이 쪘다. 처음에는 서서히, 그러다가 급속히, 그리고 이제는 뚱뚱해졌다. 하지만 뚱뚱한 체격을 유지하는 한 그는 아프지 않았고, 아무도 그를 아픈 사람이라고 생각하지 않을 것이다. 뺨은 따뜻하고 발그스름했고, 입술과 손가락 끝은 종종 기름기가 묻어 반질반질했다—어디를 가든 그는 자기의 흔적을 남겼다. 새로운 거대한 체격마저 일종의 고함, 저항이었다. 그는 허락된 것보다 더 많은 공간을 차지하는 예의 없는 몸이 됐다. 그는 스스로를 무시할 수 없는 존재로 만들었다. 부정할 수 없게 만들었다.

하지만 데이비드가 자기 인생에 대해 느끼는 거리감은 그보다 더 말이 안 됐다. 그는 아프지 않았다. 그는 가난하지 않았고, 찰스와 함께 있는 한 절대 가난해지지 않을 것이다. 그런데도 그는 자기가 무엇을 위해 살아 있는지 상상할 수 없었다. 로스쿨 1년을 마치고 재정적 이유로 자퇴한 다음 3년 전 라슨, 웨슬리에 법률 보조원으로 들어온 그에게 찰스는 늘 다시 학교에 등록하라고 권하곤 했다. "어디든 원하는 곳, 들어갈 수 있는 곳 중 최고 학교에 가."(데이비드가 전에 다닌 곳은 주립대였지만, 찰스는 더 좋은 학교를 기대할 것이다). "학비는 내가 다 댈게." 데이비드가 반대하자, 찰스는 어리둥절했다. "왜?" 그는 물었다. "1년 다녔잖아―전엔 분명 원해서 했을 거잖아. 적성도 맞고. 그런데 왜 계속하지 않겠다는 거지?" 찰스에게 사실 법에 딱히 열정이 있는 게 아니었다고, 애초에 왜 로스쿨에 지원했는지조차 모르겠다고 말할 수가 없었다―아버지가 원했을 것 같아서, 아버지에게 자부심을 드릴 수 있을 것 같아서라는 이유 말고는 아무것도 없었다. 로스쿨 진학은 스스로를 책임질 수 있는 능력이라는 커다란 범주에 들어갔고, 그건 아버지가 늘 강조하던 덕목―아버지는 한 번도 가지지 못했던 능력―이었다.

이 이야기해야 해요? 그는 찰스에게 묻는다.

"아니." 찰스는 말한다. "하지만 너처럼 똑똑한 인재가 법률 보조원을 하면서 시간을 낭비하는 걸 보고 싶지 않아서 그래."

난 법률 보조원 일 좋아요, 그는 말한다. 난 당신이 바라는 것처럼 야심만만하지 않거든요, 찰스.

찰스는 웃는다. "난 네가 행복하기만 하면 돼, 데이비드." 찰스는 말한다. "그저 네가 인생에서 뭘 원하는지 알고 싶을 뿐이야. 네 나이였을 때 난 모든 걸 다 원했거든. 영향력을 가지고 싶었고,

대법원 앞에서 논쟁하고 싶었고, 존경받고 싶었지. 넌 뭘 원하지?"

난 여기 있고 싶어요, 그는 늘 이렇게 말하곤 했다, 당신이랑. 그러면 찰스는 다시 한숨을 내쉬지만 미소 짓는다, 답답해하면서도 기뻐한다. "데이비드." 그는 투덜거리고, 논쟁―그걸 논쟁이라고 할 수 있다면―은 거기서 끝난다.

그래도 때로는, 그런 여름밤이면, 자기가 원하는 바를 정확히 알 것 같았다. 그는 지금 이곳과 저 길거리 사이 어딘가에 있고 싶었다. 사랑하게 된 남자 옆에서 고급 면 시트를 휘감고 누워 있는 이 침대도 아니고, 공원 주위를 술에 취해 야단법석을 떨며 희망도 없이 돌아다니다 발 바로 옆 그늘에서 쥐가 튀어나오면 친구들에게 찰싹 붙어 꽥 소리를 질러대는, 아무도, 심지어 자기 자신조차 그에게 기대를 가지지 않고 인생을 흘려보내는 저 길거리도 아닌 곳 어딘가에 있고 싶었다.

거실에는 웨이터 두 명이 물 잔을 다시 채우고 빈 접시를 치우며 돌아다니고 있었고, 애덤스는 음료를 내고 있었다. 케이터링 직원 중에도 바텐더가 있었지만, 바텐더가 도와주려고 해도 음료를 직접 만드는 걸 좋아하고 누구도 자기 방식에 간섭하지 못하게 하는 애덤스에게 거절당한 채 부엌에 잡혀 있다는 것을 데이비드는 알고 있었다. 그래서 파티 때마다 찰스는 파티 플래너에게 바텐더를 데려오지 말라고 케이터링 담당자에게 말하라고 하지만, 매번 케이터링 담당자는 "만약을 대비해" 누군가를 데려오곤 했고, 매번 바텐더는 자기 일을 하지 못하고 부엌 일만 했다.

그는 계단 옆 자기 자리에서 제임스가 방에 들어가는 모습을,

그를 본 손님들이 그의 엉덩이를, 눈을, 미소를 눈여겨보는 모습을 봤다. 이제 데이비드가 없으니 제임스가 그 방에서 유일한 유색인이었다. 제임스가 세 자매에게 몸을 굽히고 데이비드에게는 들리지 않는 무슨 말을 건네 다들 웃음을 터뜨리게 하더니 허리를 펴고 쌓은 접시를 들고 나왔다. 몇 분 후 그는 깨끗한 접시들과 파스타를 담은 커다란 접시를 들고 다시 거실로 가서 오른쪽 손바닥 위에 커다란 음식 접시를 안정감 있게 올려놓고 왼손은 등 뒤에서 주먹을 쥔 채 방안을 돌며 음식을 권했다.

　제임스가 방에서 나올 때 그의 이름을 부르면 어떻게 될까? 제임스는 놀라서 주위를 둘러보다 그를 발견하고 미소를 지으며 다가올 테고, 데이비드는 그 손을 잡고 그를 계단 밑 비스듬한 창고, 애덤스가 방충제와 초, 그리고 여름 동안 찰스의 스웨터들을 치워둘 때 그 사이사이 끼워두는 삼목 조각들, 좋은 향을 내려고 찰스가 벽난로에 던져 넣는 삼목 조각들을 담은 삼베 주머니들을 보관하는 창고로 데려갈 것이다. 겨우 설 수 있을 정도 높이에 한 사람이 무릎을 꿇고 앉을 정도의 깊이밖에 되지 않는 좁은 공간이다. 벌써 제임스의 피부가 손가락 끝에 느껴지고, 벌써 두 사람이 내는 소리가 들린다. 그러다가 제임스는 다시 업무에 복귀하러 나갈 테고, 그러면 데이비드는 200을 셀 때까지 기다리다가 밖으로 나가 찰스와 함께 쓰는 위층 침실로 달려 올라가 입을 헹군 다음, 제임스가 이번에는 스테이크 혹은 닭고기를 권하며 돌아다니고 있는 거실로 내려와 찰스 옆에 앉는다. 그 밤 내내 그들은 서로에게 너무 오래 시선을 주지 않으려 애쓰지만, 제임스는 방 안을 한 바퀴 돌 때마다 그를 곁눈질하고 그도 제임스를 곁눈질하다가, 케이터링 직원들이 뒷정리를 하고 있을 때 책을 두고 온 것 같다며 찰스가 뭐라고 하기도 전에 아래층으로 내려가서 거기서 막 코트를 입고 있는 제임스를 발견해 그의 손바닥 안에 직장 전화번호를 적은 쪽지를 쥐어주며 전화하라고 말한다. 그 후 그들은 몇 주 동안, 어쩌면 몇 달 동안, 늘 제임스의 집에서 만나고, 그러다가 어느 날 제임스는 다른 사람을 만나기 시작하거나 먼 곳으로 이사하거나 아니면 그냥 싫증이 날 테고, 데이비드는 다시는 그의 소식을 듣지 못할 것이다. 그 모든 게 어찌나 생생하게 눈에 보이고 손에, 혀에 느껴지는지 마치 이미 일어난 일들을 다시 기억 속에 반추하고 있는 것 같았다. 하지만 마침내 부엌으로 돌아오는 제임스의 모습이 보이자 그는 말 걸고 싶은 유혹을 참기 위해 벽 쪽으로 얼굴을 돌린 채 얼른 숨었다.

이 끊임없는 욕구! 그건 예전처럼 섹스하는 게 위험하기 때문일까, 찰스와 서로 정절을 지키는 관계를 지속하고 있기 때문일까, 아니면 지루해서 그런 걸까? "그건 정상이야. 앞으로 60년쯤 지나면 다 사라져." 하지만 과연 그럴까. 아니, 그것 때문만은 아닐 것 같았다. 그는 더 많은 활력을 원했다. 그걸로 뭘 할지는 알 수 없지만, 어쨌거나 가지고 싶었다―자기 것만이 아니라 모두의 활력을. 많이, 많이, 더 많이 가져서 활력으로 자신을 온통 채우고 싶었다.

어쩔 수 없이 아버지 생각이, 아버지가 갈망했던 것이 생각났다. 사랑, 애정. 하지만 오로지 그것뿐이었다. 아버지는 음식에도,

섹스에도, 여행에도, 차에도, 음식이나 집에도 관심이 없었다. 어느 해 크리스마스―그들이 리포-와오-나헬레로 떠나기 한 해 전이니까 그가 아마도 아홉 살이었을 때―에 학교에서 부모님이 크리스마스 선물로 받고 싶은 선물을 알아내서 미술 시간에 만드는 과제를 받았다. 물론 부모님이 진짜 원하는 것은 아이들이 만들 수 없는 것들이었지만, 다른 아이들의 어머니와 아버지들은 과제의 의미를 이해하고 그럴듯한 대답들을 해줬다. "난 늘 널 근사하게 그린 스케치를 가지고 싶었어." 어떤 어머니는 말했다. "난 새 사진 액자가 있었으면 좋겠어." 하지만 데이비드의 아버지는 그저 그의 손을 잡았다. "나한텐 네가 있잖아." 아버지는 말했다. "다른 건 아무것도 필요 없어." 하지만 뭔가 갖고 싶다고 해야 해요, 그는 실망해서 계속 말했다. "아니." 아버지는 똑같은 대답을 되풀이했다. "네가 내 최고의 보물이야. 너만 있으면 다른 건 아무것도 필요 없어." 결국 데이비드는 이 난감한 상황을 할머니에게 설명했고, 할머니는 벌떡 일어나 아버지가 누워 있는 포치로 당당히 걸어갔다. "위카! 뭔가 얘가 만들어줄 수 있을 만한 걸 말해주지 않으면 니 아들 과제 점수는 빵점이 될 거다!"

결국 그는 학교 가마에서 구워 만든 진흙 트리 장식을 아버지에게 선물했다. 원래 계획은 별 모양이었지만 우둘투둘하고 엉성한 모양새에다 유약도 반밖에 안 바르고 아버지 이름―두 사람의 이름―을 표면에 새겨 넣은 장식이었지만, 아버지는 너무나 좋아하면서 직접 못을 박아 침대 위에 걸어놓았다(그해에는 트리를 사지 않았다). 울먹울먹하던 아버지 모습, 얼른 친구들과 나가 놀고 싶어서 고작 몇 분 만에 허둥지둥 만든 그런 시시하고 못생기고 조잡한 물건을 받고 그렇게 행복해하는 아버지 모습을 보고 얼마나 당황했는지 모른다.

아니면, 어쩌면 섹스에 대한 이 끝없는 갈망은 찰스 탓이다. 처음 만났을 때 그는 찰스에게 끌리지 않았고—끼를 부린 건 진심이었다기보다 그냥 자동적인 행동이었다—저녁 식사 초대를 받아들인 이유도 욕망이 아니라 호기심 때문이었다. 하지만 그날 식사를 하던 중, 뭔가 변화가 생겼고, 그다음 날 찰스 집에서 두 번째로 만났을 때 두 사람은 열정적으로, 거의 아무 말도 없이 서로를 애무했다.

하지만 서로 끌렸으면서도 그들은 실제 섹스는 몇 주 동안이나 하지 않았다. 그 전에 나눠야만 하는 대화, 수많은 지인들의 얼굴에 새겨져 있는 그 대화를 두 사람 다 피하고 싶었기 때문이다.

마침내 그가 먼저 말을 꺼냈다. 저기요, 그는 말했다. 난 그거 없어요. 그리고 찰스의 얼굴에서 긴장이 풀리는 것을 지켜봤다.

"다행이야." 그가 말했다. 그는 찰스가 자기도 없다고 말하기를 기다렸지만, 찰스는 그러지 않았다. "아무도 몰라." 그가 말했다. "그래도 넌 알아야지. 하지만 올리비에—전 남자친구야—말고는 아무도 몰라. 내 주치의, 올리비에, 나, 그리고 이제 너. 아, 애덤스도 물론 알고. 그래도 직장에서는 아무도 몰라. 알 수도 없고."

그는 잠시 말문이 막혔지만, 찰스가 그 고요를 깨고 말했다. "난 정말 건강해." 그가 말했다. "약도 먹고 있고, 부작용도 없어." 그러고는 잠시 말을 멈췄다. "아무도 알 필요 없어."

그는 놀랐고, 자기가 놀랐다는 사실에 또 놀랐다. 그는 그 병에 걸린 남자들과 애무도 하고 심지어 사귀기도 했지만, 찰스는 그 병과는 완전한 대척점, 그 병이 감히 들어갈 생각조차 못 할 사람 같았다. 멍청한 생각이라는 건 알지만, 그런 느낌이 들었다. 연인이 된 후, 찰스의 친구들은—반은 놀리듯이, 반은 진심으로—도대체 저 늙어빠진 친구 ("꺼져," 찰스는 싱글거리며 친구들을 비난한다) 어디가 좋냐고 묻곤 했고, 그러면 데이비드는 찰스의 자신감이라고 대답했다 ("네 외모 때문이라고 안 하는 거 보이지, 찰스?" 피터는 말하곤 했다). 그게 사실이기는 하지만, 그게 찰스에게 끌린 유일한 이유는 아니었다, 아니 고작 그런 이유 때문만은 아니었다. 그는 절대 파괴될 수 없을 것 같은 느낌을 줘서 좋았다. 모든 게 해결 가능하다는 그의 굳건한 믿음, 적절한 돈과 네트워크와 마음만 있으면 어떤 일도 바로잡을 수 있다는 믿음이 좋았다. 죽음 외에는 세상 모든 게 그의 앞에 머리를 조아려야 할 것이다. 적어도 그렇게 보였다. 그건 찰스가 남은 평생 가지고 있을 자질이었고, 그가 죽고 나서 데이비드가 가장 그리워할 점이었다.

바로 그런 면모 때문에 데이비드는 찰스에게 병이 있다는 사실을—항상은 아니더라도 한동안—잊을 수 있었다. 찰스가 약을 먹는 것도 보고 매달 첫 번째 월요일 점심시간에는 주치의를 만나는 것도 알면서도, 몇 시간 동안, 며칠 동안, 몇 주 동안 찰스의 인생이, 그리고 그와 함께 하는 자신의 삶이 계속될 것처럼, 마치 기다란 길을 따라 굴러가며 술술 풀려나가는 두루마리 양피지같이 계속될 것처럼 스스로를 속일 수 있었다. 거울 앞에서 보내는 시간이 너무 길다고 찰스를 놀릴 수도 있었다. 잠자리에 들기 전에 얼굴을 톡톡 두드리며 크림을 바르고, 입 모양을 바꿔가며 얼굴을 이리저리 찡그려보고, 샤워하고 나오면 허리에 감은 타월을 한 손으로 잡고 목을 한껏 돌려 등을 쳐다보며 자기 모습을 관찰하고, 이를 드러낸 채 손톱으로 잇몸을 톡톡 두드리는 찰스의 모습을 놀려댔다. 찰스가 이렇게 자기 모습을 꼼꼼히 살피는 것은 중년의 허영과 불안의 결과이고, 그렇다, 데이비드와 그의 젊음으로 인해 더 심화된 면도 있지만, 그건 또한 찰스가 느끼는 두려움의 표현이기도 하다는 것을 데이비드는 알고 있─지만 무시하려고 애썼─다. 살이 빠지고 있나? 손톱이 변색 되지 않았나? 뺨이 수척해지지 않았나? 병변이 생기지 않았나? 언제 병이 몸 위에 흔적이 드러낼까? 지금까지 병을 막아주던 약이 언제 같은 짓을 할까? 그는 언제 병자들의 땅에 속하게 될까? 자기기만은 바보 같은 짓이었지만, 둘 다 그러는 게 위험할 때를 제외하고는 계속 외면했다. 찰스는 괜찮은 척했고, 데이비드는 내버려뒀다. 아니면 데이비드가 괜찮은 척하고, 찰스가 내버려둔 건가? 어느 쪽이건 결과는 마찬가지였다. 그들은 병 이야기를 하는 일이 거의 없었고, 심지어 그 이름을 입에 올리지도 않았다.

그래도 찰스는 자신의 병은 공언하지 않아도, 친구들의 병을 부정하지는 않았다. 퍼시벌, 티모시, 테디, 노리스─찰스는 그 친구들에게 돈을 줬고, 자기 주치의와 약속을 잡아줬고, 도울 용기를 낸 요리사와 가정부, 간호사를 고용했다. 데이비드가 찰스를 만나기 직전에 죽은 테디 같은 경우는 심지어 자기 침실 옆 서재에서 살게 했고, 테디는 그 방에서 찰스가 수집한 식물 판화들에 둘러싸인 채 생애 마지막 몇 달을 보냈다. 테디가 죽었을 때 다른 몇몇 친구들도 돕긴 했지만, 공감해주는 목사를 찾고, 장례식 전 경야를 꾸리고, 테디의 재를 친구들에게 나눠주는 일에 앞장선 사람은 찰스였다. 그러고 다음 날에는 직장에 출근했다. 직장과 직장 밖은 서로 다른 영역이었고, 그는 그 둘이 절대 겹치지 않는다는 것을 받아들인 것 같았다. 친구의 죽음은 결코 직장에 늦게 출근하거나 아예 출근하지 않는 핑계가 될 수 없었다. 사랑도 그렇지만, 슬픔에 있어서도 그는 라슨, 웨슬리의 그 누구에게도 이해나 공감을 바라지 않았다. 데이비드는 나중에 알았지만, 그는 기진맥진했지만 절대 불평하지 않았다. 지친다는 것도 살아 있는 사람이 누리는 특권이니까.

그 점에서도 데이비드는 부끄러웠다. 겁에 질린 게, 불쾌감을 느낀 게 부끄러웠다. 그는 티모시의 홀쭉해진 얼굴을 보고 싶지 않았다. 피터의 손목을 보고 싶지 않았다. 피터의 손목은 어쩌나 뼈만 앙상하게 남았는지, 예전에 차던 메탈 시계 대신 어린이용 플라스틱 시계를 찼는데도 시계가 팔찌처럼 헐렁하게 팔 아래쪽에 내려와 있었다. 그에게도 병든 친구들이 있었지만, 그는 친구들에게서 움츠러들었다. 뺨에 입 맞추는 대신 손바닥 키스를 날렸고, 이야기하지 않으려고 일부러 길을 건넜고, 전에는 달려 들어가던 건물 밖 모퉁이에서 꾸물거리면서 친구들을 안아주러 들어간 이든을 기다렸고, 방문객을 간절히 기다리는 방에 들어가지 않고 밖에서 어정거렸다. 스물다섯에 이렇게 살아야 한다는 것만으로도 충분하지 않나? 이 정도만 해도 용감한 것 아닌가? 어떻게 그 이상하라고 그 이상이 되라고 요구할 수 있나?

그런 행동, 그런 비겁함—이든과 그가 처음으로 대판 싸운 것은 그 때문이었다. "넌 진짜 개새끼야." 이든은 그가 추운 날 친구 집 현관 앞 계단에 앉아 30분 동안 자기를 기다리는 꼴을 보고 폭발했다. 그는 감당할 수가 없었다—그 방의 냄새, 친구와의 가까운 거리, 그 공포와 체념을. "너라면 기분이 어떻겠어, 데이비드?" 그녀는 고함질렀고, 그가 겁이 나서 그랬다고 하자 콧방귀를 뀌었다. "겁났다고." 그녀는 말했다. "니가 겁이 났다고? 맙소사, 데이비드, 나 죽을 때에는 그놈의 용기가 좀 생기면 좋겠네." 그랬다. 22년 후 이든이 죽어가고 있던 몇 달 동안 밤이면 밤마다 그 옆을 지킨 사람은 데이비드였다. 화학 요법 치료를 하고 올 때마다 집에 데려다주는 사람도 데이비드, 마지막 날 이든을 안아주고, 이든의 피부가 온기를 잃고 반질반질해지는 사이 등을 쓸어주던 사람도 데이비드였다. 사람들이 더 건강해지겠다고 결심하는 것처럼, 그는 더 나은 사람, 더 용감한 사람이 되겠다고 결심했고, 이든이 마침내 세상을 떠났을 때는 흐느껴 울었다. 이든이 그를 떠나서만이 아니라, 세상에서 이든보다 그를 자랑스러워한 사람은 없었기 때문이다. 도망가지 않기 위해 그가 했던 그 힘든 노력들을 오로지 이든만이 지켜봤기 때문이다. 이든은 그의 예전 모습을 지켜본 마지막 증인이었고, 이제 이든이 죽으면서 그의 변화를 지켜본 이든의 기억도 함께 사라졌다.

수십 년 후 찰스는 죽은 지 오래고 죽고 데이비드도 노인이 되었을 때, 그보다 훨씬 젊은 남편—역사는 반전된 모습으로 되풀이됐다—은 그 시절에 대해 호기심 어린 향수를, 그리고 고집스레 "역병"이라고 부르는 그 병에 대해 궁금증을 보이곤 했다. "사방이 다 무너져내리는 것 같지 않았어요?" 그는 데이비드와 친구들을 위해 격분할 준비, 공감과 위로를 건넬 준비를 하고 묻곤 했지만, 그땐 이미 거의 남편이 살아온 만큼이나 긴 세월 동안 그 병과 함께 살아온 데이비드는 그렇지 않다고 대답했다. 찰스는 그랬을지도 모르지, 그는 말했다. 하지만 난 아냐. 내가 처음으로 섹스를 했던 해에 그 병에 이름이 생겼거든—난 그게 없는 섹스도, 성인기도 몰라. "하지만 그 병 때문에 그렇게 많은 사람이 죽었는데 어떻게 살아갈 수가 있었어요? 불가능하게 느껴지지 않았어요?" 남편은 묻곤 했고, 데이비드는 오브리가 이해하기를 바라며 대답하려고 애썼다. 맞아, 그는 천천히 말했다. 때론 그랬지. 하지만 우린 다 살아갔어. 그래야만 했으니까. 장례식장, 병원에도 갔지만, 직장과 파티, 미술 전시회도 가고 볼일도 보고 섹스도 하고 데이트도 했고 젊고 멍청하게 살았어. 서로 도왔고, 사실이야, 서로 사랑했지만, 남 뒷담화를 하고 놀리고 싸우기도 했고, 때로는 형편없는 친구고 남자친구였지. 우린 둘 다 했어—모두 다 했어. 수년이 지나서야 그 시절이 얼마나 놀라웠는지, 얼마나 수많은 공포가 도사렸는지, 가장 선명한 기억들이 그냥 평범한 일, 쓸모없는 상세 사항들, 본인 외에는 누구에게도 중요하지 않은 자잘한 것들—병실이나 얼굴들이 아니라 이든이랑 새벽까지 밤새자고 결심하고 커피를 몇 잔이나 연거푸 들이붓다가 결국 카페인에 취해 말이 제대로 안 나왔던 날이라거나, 호레이셔 스트리트와 8번가가 만나는 곳에 있던 조그만 단골 꽃집에 있던 회백색 고양이라거나, 찰스 다음에 사랑하고 같이 살았던 너대니얼이 좋아한 훈제 연어와 쪽파 비슷한 허브인 차이브 스프레드를 바른 양귀비씨 베이글 같은 것—이라는 게 얼마나 기이한지 이해하게 되었다는 말은 하지 않았다. (그는 오브리와 그의 아들 이름을 너대니얼이라고 지었다—빙엄 집안에서 데이비드라고 불리지 않는 첫째는 수세대 만에 그 아이가 처음이었다.) 또한 수년이 지나서야 그는 정말 받아들이지 않았어야 하는 것들—20대를 미래계획을 세우는 대신 장례식에 가며 보내야 했던 것, 절대 그 해를 넘어서는 판타지를 품어본 적이 없었던 것—을 그냥 사실로 받아들이고 살았음을 깨달았다. 나중에야 볼 수 있었지만, 그는 20대를 몽유병자처럼 초연하게 부유하며 흘려보냈다—거기서 깨버리면 그가 보고 견딘 일들이 몽땅 덮쳐와 견딜 수 없을 테니까. 다른 사람들은 그럴 수 있었지만, 그는 아니었다. 그는 자신을 애지중지 아껴주고 싶었다. 안전한 장소, 바깥세상이 완전히 밀고 들어올 수 없는 곳을 만들려고 했다. 그들 세대는 정지된 세대였다—일부는 분노에서 위안을 찾았고, 또 다른 사람들은 침묵에서 위안을 찾았다. 친구들은 행진하고 항의하고 정부와 제약회사에 소리쳐 반대했다. 그들은 자발적으로 나섰고, 주위를 둘러싼 공포 속으로 들어갔다. 하지만 그는 아무것도 하지 않았다. 아무것도 하지 않으면 자신에게 아무 일도 생기지 않을 것처럼. 시끄러운 시대였지만, 그는 침묵을 택했고, 수동적인 자신이, 자기가 느끼는 두려움이 부끄러웠지만 아무리 수치스러워도 주위를 둘러

싼 세상일에 참여하고 싶은 마음은 들지 않았다. 그는 보호를 원했다. 그는 벗어나 있고 싶었다. 자신도 알다시피, 그는 아마도 아버지가 리포-와오-나헬레에서 찾고 있었던 것을 찾고 있었다. 그리고 그도 아버지처럼 잘못된 선택을 했다—자신의 분노를 대면하는 대신 거기서 숨으려고 했다. 하지만 숨는다고 일어나는 일들을 막을 수는 없었다. 숨어서 막을 수 있는 유일한 일은 결국 발견되는 것뿐이다.

이제 오후 9시였다. 식당 탁자 위에 있던 음식 접시들은 모두 사라지고 디저트가 차려졌다. 다들 또다시 분발하며 잣 타르트, 설탕에 조린 오렌지를 빙 두르고 설탕 시럽을 입힌 폴렌타 케이크, 찰스가 주최하는 정찬마다 나오는, 찰스 할머니 요리사의 조리법으로 만든 더블초콜릿케이크를 자르러 갔다. 데이비드도 또 한 번 피터와 찰스의 디저트를 가져오기 위해 손님들을 따라 식당으로 갔다.

다시 거실에 돌아와 보니, 제임스가 찰스와 피터가 여전히 앉아 있는 소파 옆 커피 테이블에 말린 살구와 무화과, 짠 아몬드, 다크초콜릿 조각을 담은 접시를 놓고 있었다. 데이비드는 두 남자가 제임스를 유심히, 하지만 알 수 없는 표정으로 쳐다보는 모습을 지켜봤다. "고마워요, 젊은이." 제임스가 허리를 펴는데, 피터가 말했다.

문간에서 서로를 지나치며 제임스의 왼팔이 그의 오른팔을 스쳤지만, 그는 제임스에게 눈길을 주는 것을 피하고, 피터 옆에 그의 접시를 놓은 다음 찰스에게 그의 접시를 건넸다. 접시를 받으며 찰스가 그의 손을 잡는 것을 옆에서 피터가 봤지만, 그의 표정은 여전히 알 수가 없었다.

그는 찰스의 다른 친한 친구들을 다 만나고 나서야 피터를 만났다. 찰스는 두 사람의 만남을 티가 날 정도로 미루면서도 걸핏하면 피터의 아름과 의견—"피터가 시그너처에서 벌써 그 새 작품을 봤는데 쓰레기라고 하더라" "쓰리라이브즈에 들러서 피터가 추천한 이 전기를 사고 싶어" "피터가 그러는데, 폴라 쿠퍼에서 에이드리언 파이퍼 쇼가 시작되자마자 꼭 가야 한대"—을 들먹여서 그를 불안하게 했다. 찰스와 만난 지 3개월째에 피터를 만날 즈음에 데이비드의 불안은 근심으로 굳어져 있었고, 찰스의 걱정은 이를 더 부채질했다. "음식이 괜찮아야 할 텐데." 찰스는 초조하게 말했다. 데이비드는 양말 한 짝을 찾아 헤매다가 자기가 바로 5분 전에 침대 위에 뒀다는 걸 깨달았다. "피터는 음식에 굉장히 까다롭거든. 미각이 탁월해. 그러니 음식이 훌륭하지 않으면 한 소리할 거야." ("들어보니 피터 딱 재수 없는 사람이네." 데이비드가 피터 이야기, 적어도 그가 간접적으로 들은 피터 이야기를 해주자 이든은 말했고, 데이비드는 순간 이든이 했던 말을 입 밖에 낼 뻔하다가 겨우 참았다.)

이렇게 당황하고 허둥대는 찰스의 모습은 흥미로우면서도 놀라웠다. 찰스마저 부족하다고 느낄 수 있다는 게 약간 안심이 되기도 했지만, 반면 두 사람 모두 이렇게 자신 없는 상태로 그날 밤을 시작할 수는 없었다—그는 찰스가 자기를 지켜주리라 믿고 있었다. 왜 이렇게 긴장해요? 그는 찰스에게 물었다. 가장 오랜 친구잖아요.

"가장 오랜 친구라서 긴장하는 거야." 찰스가 면도기로 턱을 밀며 말했다. "너한테는 그 사람 의견이 세상에서 제일 중요한 그런 친구 없어?"

없는데, 그는 이든을 떠올리면서도 그렇게 말했다.

"음, 언젠간 생길 거야." 찰스가 말했다. "젠장." 살을 베는 바람에 그는 화장지를 잡아 피부에 갖다 댔다. "운이 좋으면 말이지. 약간 무서워하는 친한 친구는 꼭 있어야 해."

왜요?

"그건 너한테 진짜 도전을 주는 사람, 네가 가장 두려워하는 방식으로 더 나은 사람이 되도록 강제하는 그런 사람이 네 인생에 생긴다는 뜻이거든. 그 친구의 승인이 널 책임감 있는 사람으로 만들 거야."

하지만 그게 진짜 사실일까? 그는 확실히 에드워드를 두려워했던 아버지를 생각했다. 아버지는 에드워드의 승인을 원했다, 그건 사실이다. 그리고 에드워드는 아버지에게 도전했다, 그것도 사실이다. 하지만 에드워드는 아버지가 더 나아지기를—더 똑똑하거나 더 배우거나 더 독립적이 되기를—원하지 않았다. 그가 아버지에게 바란 건 그저—뭐? 동의하고, 복종하고, 같이 있는 것뿐이었다. 그는 그런 복종이 더 큰 임무를 위한 일인 척했지만 그렇지 않았다—마침내 그를 존경해줄 사람을 찾는 게 목적이었다. 사람들이 바라는 건 다 그런 거다. 찰스가 말하는 친구는 친구가 더 자신다운 사람이 되기를 바라는 사람이었다. 하지만 에드워드가 데이비드의 아버지에게 바란 것은 그 반대였다. 그는 아버지를 아무 것도 생각하지 않는 물건으로 격하시키고 싶어 했다.

어, 그는 말했다. 하지만 친구라면 잘해줘야 하는 거 아니에요?

"그거라면 네가 있잖아." 찰스가 거울 속에서 그를 바라보며 미소 지었다.

드디어 피터를 만났을 때, 그는 홀릴 정도로 못생긴 피터의 외모에 깜짝 놀랐다. 어느 한 군데가 대단히 보기 싫은 게 아니라— 그는 개 눈처럼 커다란 옅은 색 눈에, 뼈가 도드라지는 자신만만한 코, 털 하나하나가 모여서 이루어졌다기보다 한 단위로 자란 것 같은 길고 짙은 눈썹을 가지고 있었다—그 조합의 강력한 부조화가 문제였다. 마치 얼굴의 모든 부분이 앙상블 단원이 아니라 독주자가 되기로 작정이라도 한 것 같았다.

"피터." 찰스가 그를 포옹하며 말했다.

"찰스." 피터도 화답했다.

식사 초반에는 피터가 대화를 주도했다. 그는 세상 거의 모든 주제에 대해 박식한 정보에 기반한 강한 의견이 있는 사람 같았고, 간간이 찰스가 던지는 질문과 견해에 힘입은 그의 독백은 피터 건물의 줄눈 재시공 작업부터 시작해서 거의 멸종한 호박 변종의 부활, 큰 호평을 받은 최근 소설의 결함, 14세기 일본 승려가 쓴 짧은 에세이 재출간본, 반모더니즘과 반유대주의의 관계를 거쳐 그가 왜 이제부터는 하이드라가 아니라 로즈에서 휴가를 보낼 건지에 이르기까지 계속해서 이어졌다. 데이비드는 하나도 모르는 주제들이었지만, 점점 불편해지는 와중에도 피터가 흥미로웠다.

그가 하는 이야기 때문이 아니라—어차피 그 대부분은 알아들을 수도 없었다—그 이야기를 하는 방식 때문이었다. 그의 목소리는 근사한 저음이었고, 그는 마치 자기 혀에서 나오는 말의 맛을 음미하는 것처럼, 오로지 그 느낌이 좋기 때문에 그 말을 하는 것처럼 이야기했다.

"자, 데이비드." 데이비드가 각오하고 있던 대로 피터가 그를 돌아보며 말했다. "두 사람이 어떻게 만났는지는 찰스한테 벌써 들었어요. 하지만 당신 이야기를 좀 들려줘요."

별로 할 이야기가 없어요, 그는 찰스를 슬쩍 쳐다보며 입을 열었고, 찰스는 이야기하라고 독려하는 미소를 지었다. 그는 찰스가 이미 알고 있는 일들을 다시 말했고, 피터는 옅은, 늑대 같은 눈으로 그를 빤히 쳐다봤다. 사람들이 늘 던지는 질문들—그래서 아버지는 한 번도 일한 적이 없다고요, 단 한 번도? 어머니는 몰라요? 조금도?—을 피터가 취조하듯 던질 거라 생각했지만, 그는 고개만 끄덕거리다가 한 마디도 하지 않았다.

지루하죠, 그는 사과하듯 말을 맺었고, 피터는 데이비드가 무슨 심오한 소리라도 한 것처럼 천천히 진중하게 고개를 끄덕거렸다. "네." 그가 말했다. "그래요. 하지만 젊잖아요. 젊은 사람은 지루한 법이죠." 그는 이 말을 어떻게 해석해야 할지 알 수가 없었지만, 찰스는 미소만 지었다. "그건 너도 스무 살 때는 지루했다는 말이야, 피터?" 그가 놀리며 묻자, 피터는 다시 고개를 끄덕였다. "물론 그랬지. 너도 그랬고, 찰스."

"그럼 우린 언제부터 재미있어지기 시작한 거지?"

"그건 오만한 추정인데? 그래도 지난 10년 정도라고 할게."

"그렇게 최근이라고?"

"난 지금 내 이야기만 한 건데." 피터가 말하자 찰스는 웃음을 터뜨렸다. "이 자식." 그가 다정하게 말했다.

"오늘 좋았어." 찰스가 그날 밤 침대에서 말했고, 데이비드도 동의했지만 실제로는 그렇게 생각하지 않았다. 그날 밤 이후 피터를 만난 건 겨우 몇 번에 불과하지만, 매번 만날 때마다 대화가 중단되면서 피터가 그 커다란 머리를 데이비드 쪽으로 돌리고 묻는 순간이 있었다. "자, 지난번 만난 이후로 무슨 일이 있었어요, 젊은이?" 마치 인생이 데이비드가 경험하는 게 아니라 그에게 주어진 것처럼 말이다. 그러고는 피터의 병이 더 심해지면서 만남이 급격히 줄어들었고, 오늘 밤 이후로는 다시는 만나지 않게 될 것이다. 찰스는 피터가 실망을 안고 죽어가고 있다고 했다. 그는 유명한 시인이었지만 지난 30년 동안은 소설을 쓰고 있었는데 그 책을 내줄 출판사를 찾지 못했다. "피터는 그게 자기의 유산이 될 거라고 생각하고 있었거든." 찰스가 말했다.

그는 찰스와 찰스 친구가 유산에 갖는 관심이 완전히 이해되지 않았다. 이런 파티에서 때로 대화는 그들이 죽고 나서 나중에 어떻게 기억될지, 그들이 남길 것들에 대한 이야기로 흘러가곤 했다. 때로는 만족스럽거나 도전적인 어조로 이야기할 때도 있었지만, 애처로운 어조로 이야기할 때가 더 많았다. 많은 걸 남기지 않는다고 생각하는 친구들이 몇몇 있어서만이 아니라, 그들이 남기고 가는 게 너무 복잡하고 너무 손상되었기 때문이다. 누가 그들을 기억할까, 그리고 무엇을 기억할까? 자식들은 그들의 어떤 모습을 기억할까? 티파티를 해주고 책을 읽어주고 공 던지기를 가르쳐준 것? 아니면 그들의 노력에도 불구하고 자기 어머니를 떠났던 것, 코네티컷 집을 떠나 아이들에게는 절대 편하지 않은 시내 아파트로 이사했던 것을 기억할까? 연인들은 그들의 어떤 모습을 기억할까? 건강해서 빛나던 시절, 거리를 걸어가면 남자들이 문자 그대로 돌아서서 바라보던 때의 모습, 아니면 얼굴과 몸을 보면 사람들이 피하는, 늙지도 않았는데 노인이 된 현재의 모습? 살아생전 어떤 사람이라는 인식과 인정은 힘들게 이뤄냈지만, 죽어서 어떤 사람이 되는지는 아무도 통제할 수 없다.

그런들 누가 상관하겠나? 죽은 자는 아무것도 모르고, 아무것도 느끼지 못하고, 아무것도 아니다. 이든에게 찰스와 찰스 친구들의 걱정에 대해 이야기해주자, 이든은 유산 걱정은 굉장히 백인 남성다운 집착이라고 했다. 무슨 소리야, 그가 물었다. "역사에 길이 남을 희망을 어느 정도 가진 사람들만이 어떤 식으로 길이 남을지에 그렇게 집착하는 거야." 그때는 이든에게 신파에다 반동적인 남성혐오자라고 웃으며 놀렸지만, 그날 밤 침대에 누워 이든이 한 말을 생각하자 정말 옳은 말이 아닐까 싶었다. "내게 자식이 있었다면," 찰스는 가끔 말했다. "뭔가 남겨놓고 간다는 생각이 들 것 같아―세상에 흔적을 남긴 것처럼." 무슨 뜻으로 한 말인지는 알지만, 찰스가 그 말에 담긴 본질적 가정을 못 보는 게 이해가 되지 않았다. 자식이 있다는 게 어떻게 뭔가를 보장할 수 있나? 자식이 부모를 좋아하지 않으면 어쩔 건가? 자식이 부모를 걱정하지 않으면 어쩔 건가? 자식이 끔찍한 어른이 되고 그런 인간이 자식이라는 게 부끄러워지면 어쩔 건가? 그러면 어쩔 건가? 사람은 최악의 유산이다. 사람은 근본적으로 예측 불가능하니까.

할머니는 이걸 알았다. 아주 어렸을 때 그는 할머니에게 진짜 이름이 데이비드라면 왜 카위카라고 부르냐고 물었었다. 집안 장자들 이름은 다 데이비드였지만, 다들 데이비드의 하와이식 이름인 카위카로 불렸다. 우린 다 카위카라고 불리는데, 이름이 왜 데이비드예요? 그는 큰 소리로 할머니에게 물었고, 아버지—그들은 저녁 식사 중이었다—는 겁에 질리거나 걱정이 있을 때면 그러듯이 조그맣게 찍찍 소리를 냈다.

하지만 겁낼 일은 아무것도 없었다. 할머니는 화내지 않았을 뿐만 아니라 살짝 미소까지 지었다. "왜냐하면," 할머니는 말했다. "왕의 이름이 데이비드였거든." 왕, 그들의 조상. 그도 그 정도는 알고 있었다.

그날 밤, 잠들기 전 아버지가 그를 보러 왔다. "할머니한테 그런 질문하지 마." 아버지가 말했다. 왜요? 그는 물었다. 할머니는 화 안 냈는데. "너한테는 안 내." 아버지가 말했다. "하지만 나중에 나한테 내—너한테 왜 이런 것들을 더 잘 가르치지 않았냐고 물으시더라." 아버지가 너무 속상해 보여서 그는 약속하고 사과했고, 아버지는 안도의 한숨을 내쉬며 몸을 굽혀 그의 이마에 입 맞췄다. "고맙다." 아버지가 말했다. "잘 자, 카위카."

그때는 너무 어려서 무슨 말로 표현해야 할지 몰랐지만, 심지어 그때도 할머니가 아버지를 부끄러워한다는 것은 알았다. 5월에 할머니 사교계 연례 파티에 갈 때면, 할머니와 궁전에 함께 걸어 들어가는 사람은 데이비드였고, 할머니는 데이비드를 친구들에게 소개하고 친구들이 그의 뺨에 입 맞추며 잘생겼다고 칭찬하는 것을 환한 얼굴로 지켜봤다. 그 뒤 어딘가에서 아버지가 알아봐주기를 바라지도 않고 실제로 아무에게도 인사도 받지 않은 채, 땅바닥만 보고 미소 짓고 있으리라는 것을 그는 알고 있었다. 손님들이 궁전 마당에 차려진 저녁식사를 하러 밖으로 나가고 나면, 데이비드는 몰래 건물 안으로 다시 들어와 여전히 알현실에서 창문 실크 커튼에 반쯤 몸을 가리고 앉아 횃불 켜진 잔디밭을 물끄러미 바라보고 있는 아버지를 발견하곤 했다.

아빠, 그는 말했다. 와서 파티 같이 해요.

"아니, 카위카." 아버지는 말하곤 했다. "넌 가서 재밌게 놀아. 거기선 날 원하지 않아."

하지만 그가 계속 우기면 결국 아버지는 말하곤 했다. "네가 같이 간다면 갈게." 물론이죠, 그는 말하며 손을 내밀었고, 아버지는 그 손을 잡고 함께 밖으로 나가 그들 없이도 잘 진행되고 있던 파티장으로 걸어가곤 했다.

아버지는 할머니의 첫 번째 실망스러운 유산이었다. 자기가 두 번째라는 걸 데이비드는 알고 있었다. 하와이를 영영 떠날 결심을 하고 떠날 때, 그는 할머니에게 말하러 갔다—할머니의 허락을 바라서라거나 (그때 그는 허락을 받건 안 받건 상관하지 않는다고 다짐했다) 할머니가 그와 설전을 벌이기를 바라서가 아니라, 아버지를 돌봐달라고, 보호해달라고 부탁하고 싶었기 때문이었다. 거기서 떠나면

장자상속권—땅, 돈, 신탁—또한 버린다는 것을 잘 알고 있었다. 하지만 그 정도 희생은 별것도 아닌, 이론상의 희생 같았다. 애초부터 그 어떤 것도 그의 소유는 아니었으니까. 그 상속권은 그라는 특정 인물이 아니라 그 이름을 가진 사람에게 속했고, 그는 그 이름도 버릴 작정이었다.

그때 그는 빅아일랜드에서 2년째 살고 있었다. 오아후 애비뉴 집에 다시 갔을 때, 할머니는 일광욕실에서 대나무 의자 팔걸이 끝을 길고 강인한 손가락으로 거머쥐고 앉아 있었다. 그는 이야기했고, 할머니는 말이 없었고, 이야기가 끝나자 할머니는 드디어 그를 한 번 쳐다보더니 다시 고개를 돌렸다. "실망이구나." 할머니가 말했다. "너랑 니 아비, 둘 다. 내가 널 어떻게 키웠는데, 카위카. 널 어떻게 키웠는데."

제 이름은 이제 카위카가 아니에요, 그는 말했다. 데이비드가에요. 그리고 그는 할머니가 뭐라고 더 말하기 전에 돌아서서 달아났다. 넌 카위카라 불릴 자격이 없어. 너는 그 이름을 가질 자격이 없다.

몇 달이 지난 후, 그는 이 대화를 생각하며 눈물짓곤 했다. 그가 할머니의 자랑이었던 때—몇 년 동안—가, 할머니가 2인용 소파 옆자리에 그를 바싹 끼고 앉던 시절이 있었기 때문이다. "난 죽음이 두렵지 않다." 할머니는 말하곤 했다. "왠지 아니, 카위카?"

아뇨, 그는 대답했다.

"네 안에서 내가 계속 살아갈 걸 알기 때문이야. 내 목적—내 삶—은 내 자랑이자 기쁨인 네 안에서 계속 살아갈 거다. 내 이야기, 우리 역사는 네 안에 살아 있을 거야."

하지만 그렇지 않았다. 적어도 할머니가 의도한 대로는 되지 않았다. 그는 너무 많은 면에서 할머니를 실망시켰다. 할머니를 떠났고, 집을, 믿음을, 이름을 거부했다. 뉴욕에서 남자와, 백인과 살고 있다. 자기 집안과 조상에 대해서는 어떤 이야기도 하지 않았다. 배웠던 성가들을 절대 부르지 않았고, 배웠던 이야기 춤도 절대 추지 않았으며, 존경하라고 배운 역사도 절대 낭송하지 않았다. 할머니는 당신이—당신뿐만 아니라 할아버지와 할아버지의 할아버지까지—그를 통해 계속될 거라고 생각했다. 그는 늘 자기가 할머니를 배신한 것은 할머니가 아버지를 충분히 사랑해주지 않았기 때문이라고 되뇌었지만, 최근에는 자기의 배신이 신중한 숙고 끝에 나온 선택인지, 아니면 자기 안에 있는 어떤 결함, 근본적인 차가움 같은 것 때문인지 자신할 수 없어졌다. 그런 대화를 한 후 찰스에게 *자기가* 찰스의 유산이 되겠다고, 찰스는 언제나 자기 안에서 살아 있을 거라고 약속한다면 찰스가 얼마나 행복해할지 데이비드는 알고 있었다. 그런 말을 하면 찰스가 얼마나 감동할지 알고 있었다. 그래도 절대 그럴 수 없었다. 그게 사실이 아니어서가 아니라—그는 찰스를 사랑할 *테고*, 찰스가 죽고 나서도 수십 년 동안 미래의 연인들, 미래의 남편, 미래의 아들, 미래의 동료들과 친구들 모두에게 찰스 이야기(찰스에게 무엇을 배웠고, 어디를 함께 갔으며, 찰스의 체취가 어땠는지, 찰스가 얼마나 용감하고 관대했는지, 아티초크, 연골, 달팽이 요리 먹는 법을 어떻게 가르쳐줬는지, 얼마나 용감하고 관대했는지, 얼마나 섹시했는지, 그들이 어떻게 만났으며, 어떻게 헤어졌는지)를 할 것이다—다른 사람의 유산이 되는 것에 질렸기 때문이다. 그는 자신의 모자람에 대한 두려움, 실망시키지 않으려는 부담감이 뭔지 알고 있었다. 다시는 그런 일은 하지 않을 것이다. 자유롭게 살 것이다. 나이가 훨씬 더 나이가 들고 나서야 그가 알게 될 진실은 누구도 자유롭지 않다는 것, 누군가를 알게 되고 사랑하게 된다는 것은 그 사람을, 심지어 아직 살아 있는 사람이라 할지라도 그를 기억할 임무를 가지게 된다는 것이었다. 누구도 그 의무를 피할 수는 없다. 나이가 들수록 사람은, 가끔은 지긋지긋할 때가 있어도 그런 책임을 갈망하게 된다. 자기의 삶이 다른 사람의 삶과 뗄 수 없이 연결되어 있다는 것, 자신과의 관계를 통해 다른 사람이 존재의 흔적을 남긴다는 것을 간절히 알고 싶어 한다.

지금 그는 찰스 옆에 서서 심호흡을 했다. 언젠가는 피터에게 이야기를 해야 한다. 작별 인사를 해야만 한다. 지난 몇 주 동안 무슨 말을 할지 고민했지만, 자기가 의미 있다고 생각하는 말은 다 피터에게는 진부하게 들릴 것 같았고, 그렇다고 상냥하고 논란 없을 말을 하는 것은 시간 낭비 같았다. 그는 피터가 가지지 않은 것—생명, 앞으로도 긴 세월을 살 거라는 약속과 기대—을 가지고 있었지만, 피터 앞에서는 여전히 주눅 들었다. 지금 해, 그는 생각했다. 지금 해, 방이 여전히 비어 있고 들을 사람들이 없을 때.

하지만 그가 드디어 찰스 왼쪽 자리에 앉았는데도 찰스와 피터는 대화를 멈추지 않고 소리 죽여 중얼중얼 계속 이야기했고, 그는 피터에게 이야기하는 대신 찰스에게 기댔고, 찰스는 다시 그의 손을 꽉 잡더니 그를 돌아보며 미소 지었다. "저녁 내내 못 본 기분이야."

밤은 아직 젊어요, 나도 그렇고. 그는 말했다. 둘 사이의 오랜 농담이었다. 찰스가 데이비드의 뒤통수에 손을 대고 얼굴을 가까이 끌어당겼다. "도와줄래?" 그가 물었다.

함께 피터를 도와줘야 한다는 언질을 미리 받았기 때문에, 그는 일어나서 찰스를 도와 피터를 휠체어에 앉히고 방 밖으로 밀고 나와 복도 왼쪽으로 돌고 계단 밑 비스듬한 창고를 지나 계단 밑에 자리한 조그만 화장실로 갔다. 이 화장실은 전설이지, 찰스가 말해줬다. 찰스가 젊고 열정이 넘치던 시기, 그 시절 파티 때는 정찬이나 늦은 밤 모임 도중 사람들이 둘씩, 셋씩 짝을 지어 몰래 자리를 빠져나와 여기로 왔고, 그러면 식당이나 거실에서 자리를 지키고 있던 다른 사람들은 사라진 친구들에 대해 농담을 했고 친구들이 돌아오면 야유를 퍼붓고 웃으며 반기곤 했다. 누구랑 거기 간 적 있어요? 그가 묻자 찰스는 씩 웃었다. "물론이지." 그가 말했다. "뭐라고 생각한 거야? 난 피 끓는 미국 남자라고." 애덤스는 이 화장실을 파우더룸이라고 부르며 잘 꾸며놓으려고 했지만, 찰스 친구들은 그걸 웃기다고 여겼다.

하지만 이제 그 파우더룸은 제 용도─화장실─로만 쓰였고, 요즘 그 안에 두 명이 들어갈 때는 오로지 한 사람이 다른 사람의 용무를 도울 때뿐이었다. 데이비드는 찰스가 피터를 일으키는 것을 도와준 다음 (피골이 상접한데도, 다리가 거의 무용지물이나 마찬가지여서 피터는 이상하게 보기보다 무거웠다) 찰스가 피터의 상체를 단단히

감싸 안자, 두 사람에게 가볍게 목례한 다음 문을 닫고 피터가 내
는 소리를 듣지 않으려고 애쓰며 문밖에 서 있었다. 인간의 육체
가 마지막 순간까지, 심지어 소화시킬 거리조차 거의 없을 때마저
만들어내는 엄청난 분비물들은 늘 당혹스럽고 감탄스러웠다. 삶
이 계속되면서 즐거운 일들—먹고, 섹스하고, 마시고, 춤추고, 걷
는 일—은 하나하나 떨어져 나가고 결국에는 품위 없는 활동과 움
직임, 육체라는 존재의 핵심만이 남는다. 육체는 마치 말라붙기로
작정한 강처럼 싸고 누고 울고 피 흘리며 액체를 배출한다.

　수도꼭지 돌리는 소리, 손 씻는 소리가 나더니 찰스가 그의 이
름을 불렀다. 그는 문을 열고 의자를 제자리에 위치시킨 다음 찰
스를 도와 피터를 휠체어에 앉히고 등 뒤에 베개를 괴어줬다. 데이
비드는 자기가 여기 있는 것을 분명 피터가 좋아하지 않을 거라고
생각해서 눈을 피했지만, 숙였던 몸을 펴는데 피터가 고개를 들
었고, 순간 두 사람의 시선이 마주쳤다. 너무 순식간의 일이라 피
터의 스웨터를 정리해주고 있던 찰스는 눈치도 못 챘지만, 피터를
데리고—이제 다시 손님들로 차서 설탕과 초콜릿, 애덤스가 잔에
따르고 있는 커피향이 가득한—거실로 돌아온 다음—데이비드는
다시 찰스 옆에 바짝 붙어 앉았다. 어린애 같긴 했지만, 피터의 얼
굴에서 봤던 노여움과 격분, 끔찍한 욕구로부터 보호받고 싶었다.
알고는 있었다. 그 감정이 구체적으로 그를 향한 게 아니라 그가
대표하는 것들을 향한 것이라는 걸. 그는 살아 있고, 이 밤이 끝
나고 나면 위층으로 올라가 찰스와 섹스를 할 수도, 하지 않을 수
도 있고, 다음 날이면 일어나 먹고 싶은 것을 골라 아침을 먹고 그

날 하고 싶은 일을 할 것이다—서점이나 영화관, 박물관에 갈 수도 있고, 점심 먹으러 갈 수도 있고, 그냥 산책을 할 수도 있다. 그날 그는 수백 가지의 선택을 할 테고, 너무 많은 선택을 해서 기억도 하지 못하고 선택을 하고 있다는 것조차 잊어버릴 테고, 그 선택 하나하나와 함께 자신의 존재, 이 세상 속에서 자기가 차지하고 있는 자리를 주장할 것이다. 그리고 그가 한 가지 선택을 할 때마다, 피터는 삶으로부터, 그의 기억으로부터 점점 더 멀어져서 마침내 어느 날 완전히 잊힐 것이다. 아무 유산도 남기지 않고, 누구의 기억에도 남지 않은 채.

그날 밤 거의 내내, 피터의 손님들은 피터와 직접 대화를 나누기보다는 그 주위를 맴돌기만 했다. 가끔은 옆에서 다른 사람과 이야기를 나누는 중에 피터를 돌아보며 질문—"그날 밤 기억나, 피터?" "그 남자 말이야, 피터, 이름이 뭐였더라? 있잖아, 우리가 팜스프링스에서 만났던 사람" "피터, 78년도에 우리가 같이 갔던 여행 이야기를 하는 중인데"—을 던지기도 했지만, 대체로 피터는 소파 저 끝자리에 찰스와 함께 두고 자기들끼리만 이야기를 나눴다. 데이비드가 이미 오래전에 깨달았듯이 다들 피터를 무서워했고, 이제는 특히 더 무서워했다. 이건 피터를 만나는 마지막 자리였고 피터에게 작별 인사를 해야 한다는 압박이 너무 큰 나머지 모두 오히려 그를 무시하고 있었다. 하지만 피터는 그런 입장에 만족하고 있는 것 같았다. 그 침착함에는 뭔가 위엄이 있었다. 그는 그날 밤 주인의 안전에 어떤 위협도 없음을 알고 주인 옆에 딱 붙어 앉아 방안을 살펴보는 늙은 대형견처럼 간간이 찰스가 건네는 말에 고개를 끄덕여가며 자신을 위해 모인 친구들을 죽 둘러보고 있었다.

하지만 갑자기 자기들 귀에만 들리는 소환 명령을 받은 것처럼 사람들이 하나하나 피터에게 다가오더니 몸을 숙이고 그의 귀에 대고 이야기하기 시작했다. 존이 가장 먼저였다. 데이비드는 일어나서 피터에게 친구와 둘이 있을 자리를 만들어주라고 찰스를 쿡 찔렀지만, 피터가 찰스의 다리를 잡아 다시 자리에 앉혔다. 그래서 찰스와 데이비드는 그 자리에 앉아 존이 원래 앉아 있던 방 반대편 의자로 돌아가는 것을 봤고, 다음에는 퍼시벌이, 그 다음에는 티모시가, 그 뒤에는 노리스와 줄리엔과 크리스토퍼가 와서 차례로 피터의 손을 잡고 몸을 굽히거나 무릎을 꿇거나 옆에 앉아 다정한 목소리로 마지막 대화를 나누는 모습을 지켜봤다. 그 대화의 대부분이, 혹은 전부 다 들리지 않았지만, 그와 찰스는 꼼짝도 않고 자리를 지켰다. 마치 피터는 황제고, 이 사람들은 제국 각지에서 소식을 가져온 대신들이며, 그와 찰스는 아무 소리도 들어서는 안 되지만 자기들이 속한 부엌으로 달아날 수도 없는 하인들 같았다.

물론 피터 친구들이 해야 하는 말들은 비밀스러운 내용이 아니라 그저 내밀히 전하는 진부한 말들이었다. 그들은 피터가 이미 오래전 사람이고 그의 기억도 오래전에 사라진 것처럼 이야기했다. "물론 기억하지." 피터는 누군가 이야기 서두를 "기억나?"라고 시작하면 평상시에 늘 그랬던 것처럼 대답하곤 했다. "난 그렇게 멀리 가버리지 않았어." 하지만 이 순간 그에게는 인내심으로 드러나는 새로운 품위가 생긴 것 같았다. 그는 친구 하나 하나에게 포옹을, 그리고 반응을 바라지 않는 듯한 대화를 허락했다. 그는 피터가 잘 죽는 일에 관심 있다거나, 하물며 그럴 능력이 있다고 생각하지 않았지만, 지금 피터는 관대하고 위엄 있는 모습으로 앉아 친구들의 이야기에 귀를 기울이고 순간순간 미소를 짓고 고개를 끄덕이고 손을 잡도록 허락하고 있었다.

"예전 그때 싸웠던 거 늘 미안하게 생각하고 있었어—무슨 말인지 알지? 늘 후회하고 있었어. 늘 되돌리고 싶었어. 미안해, 피터. 부디 용서한다고 말해줘."

"피터, 너 없이 어떻게 이걸—이 모든 걸—할 수 있을지 모르겠어. 우리 사이가 늘 좋았던 것만은 아니지만, 정말 네가 그리울 거야. 너한테 너무 많은 걸 배웠어—그냥 고맙다는 말을 하고 싶어."

그는 사람들이 죽어가는 사람 앞에서 대부분 바라기만 한다는 것을 깨닫게 됐다—그들은 기억해주기를, 안심시켜주기를, 용서해주기를 바랐다. 인정과 구원을 바랐다. 자기들은 남아 있는데 떠나는 것, 떠나는 사람을 미워하고 무서워하는 것, 그의 죽음으로 인해 언젠가 닥칠 자신의 죽음을 상기해야 한다는 것, 무슨 말을 해야 할지 몰라 몹시 불편한 것—이런 복잡한 마음을 떠나는 사람이 풀어주기를 바랐다. 죽는다는 것은 지금 피터가 하고 있는 것처럼 똑같은 일을 되풀이하는 것을 뜻했다. *그래, 기억해. 아니, 난 괜찮을 거야. 아니, 넌 괜찮을 거야. 그래, 물론 용서해. 아니, 죄책감 가지지 마. 아니, 전혀 아프지 않아. 아니, 무슨 말 하려는*

지 다 알아. 응, 나도 사랑해, 나도 사랑해, 나도 사랑해.

그는 오른팔로 찰스의 어깨를 감싸고 찰스의 왼팔에 안긴 채 그 옆에 딱 붙어 앉아 이 모든 대화를 들었다. 찰스의 느리고 안정된 숨소리를 듣기 위해, 찰스의 따스한 온기를 뺨에 느끼기 위해 그는 어린아이처럼 찰스의 흉곽에 얼굴을 파묻고 있었다. 그러다 손을 위로 뻗어 자기 왼팔 아래 끼어 있는 찰스의 왼손에 깍지를 꼈다. 두 사람은 이 장면에 불필요한 사람들이었지만, 위에서 보면 세 사람은 팔다리 열두 개에 머리 세 개가 달린 하나의 생물처럼 보였을 것이다. 머리 하나는 계속 끄덕이며 듣고 있고 나머지 머리 두 개는 말없이 꼼짝하지도 않은 채 거대한 심장 하나, 찰스의 가슴 속에서 한결같이 묵묵히 뛰면서 세 개의 형체를 연결하는 수십 야드의 동맥에 선명하고 깨끗한 피를 공급해 생명력을 채워주는 심장 하나에 의지해 살아 있는 하나의 생물처럼.

아직 이른 시간이었지만 사람들은 벌써 떠날 준비를 하고 있었다. "피터가 피곤하잖아." 그들은 서로 피터에 대해 수군댔고, 피터에게는 "너 피곤하지 않아?"하고 물었고, 그러면 피터는 몇 번이고 "그래, 조금"하고 대답했지만, 마침내 피터의 목소리에서 지친 기색이 배어 나왔다. 그의 인내심이 마침내 고갈되었을 수도 있고, 진짜 피곤해서였을 수도 있다. 그는 대부분의 날들을 잠으로 보낸다고, 저녁이면 자정까지 꾸벅꾸벅 졸다가 깨어나 "할 일을 한다"고 찰스에게 말했다.

어떤 일요? 6개월 전쯤 점심 모임에서 그가 물었다. 피터가 스위스 행을 결심한 직후의 일이다.

"서류들을 모으고. 엉뚱한 사람 손에 들어가게 하고 싶지 않은 편지들을 태우고. 유서에 추가할 선물 목록—누가 뭘 받을지—을 완성하고. 작별 인사하고 싶은 사람들 명단을 만들고. 장례식에 초대하기 싫은 사람들 명단을 만들고. 죽는 데 이렇게 목록을 많이 만들어야 할 줄이야 정말 꿈에도 몰랐어요. 좋아하는 사람들과 싫어하는 사람들 명단. 감사 인사하고 싶은 사람들 명단, 용서를 구하고 싶은 사람들 명단. 보고 싶은 사람들과 보기 싫은 사람들 명단. 추모식 때 틀었으면 하는 노래들, 낭송했으면 하는 시들, 거기 초대하고 싶은 사람들 목록.

물론 이것도 멀쩡한 정신을 유지할 정도로 운이 좋을 때 이야기죠. 하지만 최근엔 그게 정말 행운일까 하는 생각이 들더군요. 지금부터는 절대 발전하지 못한다는 걸 그렇게 의식하고 있다는 게, 그렇게 잘 알고 있다는 게. 앞으로는 절대 지금보다 더 배우지도, 박식해지지도, 재미있어지지도 못하잖아요—본격적으로 죽어가기 시작하는 순간부터는 모든 행동, 모든 경험이 무의미해요. 이야기의 끝을 바꾸려는 헛된 시도에 불과하죠. 그런데도 어쨌거나 계속 하려고 하거든요—아직 읽지 않았던 것들을 읽고, 아직 보지 않았던 것들을 보고. 하지만 그건 뭘 *위해서*도 아니에요. 그냥 습관적으로 하는 거지—그게 인간이 하는 거니까."

하지만 꼭 뭔가를 *위해서* 해야 하나요? 그는 주저하며 물었다. 그는 늘 피터에게 직접 말을 거는 게 겁났지만, 저도 모르게 말이 나왔다—그는 아버지 생각을 하고 있었다.

"아니, 물론 아니죠. 하지만 우린 그래야만 한다고 배웠거든. 경험은, 배움은 구원으로 가는 길이라고. 그게 인생의 핵심이라고. 하지만 아니에요. 무지한 사람도 배운 사람과 똑같이 죽어요. 결국에는 아무런 차이도 없지."

"음, 그럼 즐거움은 어쩌고?" 찰스가 물었다. "그 때문에 하는 거잖아."

"그렇지, 즐거움. 하지만 즐거움은 아무것도 바꾸지 못해, 정말로. 결국에는 아무 차이도 없으니까 해야 한다거나 안 해야 한다거나 그런 건 아니지만."

무서우세요? 그가 물었다.

피터가 말이 없어서, 데이비드는 무례를 저질렀을까 봐 걱정됐다. 하지만 그 순간 피터가 말했다. "아플까 봐 걱정돼서 무서운 건 아니에요." 그는 느릿느릿 말했고, 고개를 들었을 때 안 그래도 크고 옅은 그 눈은 평소보다 더 크고 옅어 보였다. "마지막 순간 내가 얼마나 시간을 허비했나 생각할 걸 알기 때문에 무서워요. 내가 살아온 인생을 자랑스러워하지 않으며 죽을 게 무서워요."

그 후 침묵이 이어졌고, 대화는 어찌어찌 방향을 틀었다. 그는 피터가 여전히 그렇게 생각하고 있을지 궁금했다. 지금도 인생을 허비했다고 생각하고 있을지 궁금했다. 그런 이유로 피터가 화학 치료를 시도한 건지, 한 번 더 노력해보겠다고 결심했던 건지, 마음을 바꿀 수 있기를, 다르게 생각할 수 있기를 바라는 건지 궁금했다. 데이비드는 그가 진짜로 다르게 생각하기를 바랐다. 피터가 아직도 그렇게 생각하고 있지 않기를 바랐다. 그건 물어볼 수 없는 질문—아직도 인생을 허비했다고 느끼세요?—이었고, 그래서 물어보지 않았지만, 나중에는 방법을 찾아서 물어봤으면 좋았을 거라고 후회할 것이다. 언제나처럼 그는 아버지에 대해, 아버지가 어떻게 인생을 날려버렸는지—아니면 인생으로부터 스스로를 날려버린 걸까?—생각했다. 그건 아버지가 유일하게 저지른 불복종이었고, 그것 때문에 데이비드는 아버지가 미웠다.

거실에서는 세 자매가 코트를 입고 목에 목도리를 두르며 피터에게 입 맞추고 찰스에게 작별 인사를 하고 있었다. "괜찮을 거지?" 찰스가 퍼시벌에게 묻는 게 들렸다. "다음 주에 만나, 괜찮지?" 그리고 퍼시벌의 대답도. "그래, 괜찮아. 고마워, 찰리—모두 다." 데이비드는 찰스의 이런 면, 어머니처럼 보살펴주는 모습에 늘 감동했다. 갑자기 아버지와 같이 읽던 그림책에 있던 어머니 삽화 하나가 떠올랐다. 유럽 어느 이름 없는 나라 이름 없는 마을 돌집에 살면서 아이들이 학교 가는 길에 춥지 않도록 오븐에 데운 조약돌들을 호주머니에 넣어주는, 머리 스카프를 하고 앞치마를 두른 보기 좋게 뚱뚱한 어머니 그림이.

손님 누구라도 가져갈 수 있도록 케이터링 직원들에게 남은 음식을 싸두게 하라고 찰스가 애덤스에게 말해두었다는 것을 알고 있었지만, 찰스의 진짜 의도는 그 대부분을 존과 티모시에게 주려는 것이라는 걸 그는 알고 있었다. 부엌에서는 웨이터 몇 명이 마지막 쿠키들과 케이크들을 마분지 상자들에, 그리고 그 상자들을 종이 가방들에 넣고 있었고, 다른 사람들은 더러워진 접시들을 담은 커다란 나무 상자들을 예전에는 본 건물과 마차 차고 사이에 있던 안마당이었지만 지금은 주차장이 된 집 뒤쪽 공간에 주차된 밴으로 나르고 있었다. 그는 제임스가 보이지 않는 걸 보고 실망하면서도 안도했고, 한 젊은 여자가 남은 치즈케이크 4분의 1조각을 마치 요람에 아기를 넣듯이 조심조심 플라스틱 통에 넣는 모습을 홀린 듯이 잠시 지켜봤다.

아직 남아 있는 것은 특대형 자동차 배터리처럼 여기저기 긁히고 먼지 앉은 못생긴 벽돌 같은 다크 초콜릿뿐이었다. 이 또한 더블초콜릿 케이크처럼 찰스의 파티에 늘 등장하는 대표 디저트였다. 이 초콜릿을 처음 봤을 때, 웨이터 하나는 송곳을 초콜릿 옆구리에 박아 넣고 조그만 망치로 두드려대고 다른 웨이터 하나는 쟁반을 높이 들고 거기서 떨어지는 조각들을 받는 광경을 봤을 때, 데이비드는 황홀하게 즐거웠다. 옆면이 쥐에게 갉아 먹힌 것처럼 보일 때까지 망치와 끌로 진짜로 파 들어가야 하는 거대한 초콜릿 덩어리를 사람들이 주문한다는 게 터무니없고 우스꽝스러운 일 같았고, 그보다 더 말도 안 되는 것은 이런 게 특별하지 않다고 생각하는 사람과 데이트하고 있다는 사실이었다. 나중에 그 광경을 이든에게 설명해줬더니 콧방귀를 뀌며 "이래서 혁명이 일어나는 거야"라거나 "다른 누구보다도 너는 설탕을 먹는 게 악의적인 제국주의적 행위라는 걸 알아야지" 같은 도움 안 되는 소리를 했지만, 그는 이든도 어린아이의 판타지를 현실로 가져온 것 같은 이야기에 매혹되었다는 걸 알 수 있었다—그 후로 왜 생강 과자로 만든 집이 있을 거라고 생각하면 안 돼? 왜 솜사탕으로 만든 구름이 있을 거라고 생각하면 안 돼? 왜 스퀘어의 나무들이 박하껍질로 만들어져 있을 거라고 생각하면 안 돼? 같은 농담들이 둘 사이에서 계속 오갔다. 이든이 만든 오믈렛은 맛있긴 하지만, 그는 말했다, 초콜릿 산만큼 맛있진 않아. 어젯밤 같이 잔 여자는 괜찮았긴 한데, 그녀는 말했다, 초콜릿 산 급은 아니야. "다음 파티 때는 꼭 사진을 찍어서 찰스의 자본주의적 악행의 심연을 내게 증명해 줘." 이든은 말했다. 그녀는 늘 다음 모임이 언제냐고, 언제 마침내 그 증거를 볼 수 있냐고 물어댔다.

그래서 이든을 찰스의 다음 파티, 크리스마스 전 연례 모임에 초대하게 됐을 때 그는 흥분했다. 그건 작년, 그가 찰스의 집에 들어온 직후의 일이었고, 그는 소심하게 물었지만 찰스는 열광적으로 대답했다. "당연히 불러야지." 그는 말했다. "그 전투기 같은 친구를 만난다니 기대되는 걸." 와, 그는 이든에게 말했다. 쫄쫄 굶고 와.

이든은 눈알을 굴렸다. "난 오로지 초콜릿 산 때문에 가는 거야." 그녀는 말했다. 무심해 보이려고 애쓰고 있지만 이든도 흥분했다는 걸 데이비드는 알고 있었다.

하지만 파티날 밤, 기다리고 또 기다려도 이든은 나타나지 않았다. 그 파티는 자리가 정해진 정찬 모임이었고, 이든의 자리는 여전히 접혀 있는 냅킨만 접시 위에 놓인 채 텅 비어 있었다. 그는 당황했고 걱정됐지만, 찰스는 상냥했다. "분명 무슨 일이 있었겠지." 이든에게 세 번째 전화를 걸고 다시 자리에 돌아온 데이비드에게 찰스가 속삭였다. "걱정 마, 데이비드. 이든은 분명 괜찮을 거야. 분명 그럴 만한 이유가 있겠지."

그들이 거실에서 커피를 마시고 있을 때 애덤스가 못마땅한 표정을 하고 그에게 다가왔다. "데이비드 씨." 그가 나지막이 말했다. "어떤 분—이든 양이라는 분—이 찾아오셨습니다."

그는 안도했고, 다음 순간 화가 치밀었다. 생색내며 정중하게 구는 애덤스를 향해, 또 늦게 와서 그를 기다리게 하고 걱정시킨 이든을 향해.

들여보내주세요, 애덤스. 그는 말했다.

"들어오시지 않겠답니다. 데이비드 씨에게 나와달라고 하셨습니다. 안마당에서 기다리고 계십니다."

그는 자리에서 일어나 옷장에서 코트를 집어 들고는 몰려 있는 웨이터들을 제치고 이든이 서 있는 돌바닥 안마당으로 통하는 뒷문으로 갔다. 하지만 집을 나가기 직전, 그는 멈춰서서 이든을 봤다. 이든은 따스한 불빛이 새어 나오고 김이 뿌옇게 서린 창문을, 와이셔츠 바람에 검은 타이를 맨 잘생긴 웨이터들을 하얀 입김을 뿜어내며 쳐다보고 있었다. 갑자기 이든이 소리내어 말하기라도 한 것처럼 모든 게 분명하게 이해됐다. 이든은 겁이 났던 거다. 눈으로 본 것처럼 이든의 모습이 그려졌다. 워싱턴 스퀘어 북쪽을 따라 서쪽으로 씩씩하게 걸어와 집 앞에 서서 번지수를 몇 번이나 확인한 다음 천천히 계단을 오르는 이든. 안을 들여다보다가 방을 가득 채우고 있는, 스웨터와 청바지를 입고 있어도 대부분 딱 봐도 부자 티가 나는 중년 남자들을 보고 움찔하는 이든. 손가락을 들어 벨을 누르기 전 머뭇거리는 이든, 자기가 저 사람들보다 하나도 못할 것 없다고, 저 사람들 의견 같은 건 상관하지 않는다고,

357

저 사람들은 그저 늙은 부자 백인 남자 무리에 불과하다고, 자기는 변명할 것도, 부끄러워할 것도 없다고 되새기는 이든의 모습이.

그러다 이든은 거실에 들어와 저녁 준비가 다 되었다고 알리는 애덤스를 본다. 찰스에게 집사가 있다는 걸 알고는 있었지만, 정말로 그를 보게 *되리라*고는 생각지 못했다. 그리고 사람들이 방에서 나가고 나서 눈을 가늘게 뜨고 보다가 소파 위 저쪽 편 벽에 걸린 그림이 재스퍼 존스―이든이 침실 벽에 압정으로 꽂아둔 복제본이 아니라―진짜 재스퍼 존스 그림, 찰스가 서른 살을 기념해 자신에게 선물한 그림이라는 것을 깨닫는다. 데이비드가 전혀 이야기해주지 않은 사실이다. 그러자 이든은 돌아서서 휘청휘청 계단을 내려가서 광장을 한 바퀴 돌며 저 집에 들어갈 수 있다고, 저 자리에 있어도 된다고, 절친이 저 집에서 산다고, 자기도 충분히 저기 있을 권리가 있다고 중얼거린다.

하지만 이든은 그러지 못한다. 그래서 길 건너 광장을 둘러싼 차가운 철제 울타리에 기대서 웨이터들이 수프를 내오고, 고기를 내오고, 샐러드를 내오고, 와인을 따르는 모습을 지켜본다. 들리지는 않지만, 농담이 오가고 모두 웃는 모습이 보인다. 손님들이 모두 자리에서 일어났을 때쯤엔 너무 추워서 몸도 못 움직이고 절연 테이프로 수선한 낡은 군용 장화 안 발도 감각이 없다. 그 순간 이든은 웨이터 하나가 담배를 피우러 5번가로 슬쩍 나왔다가 집 뒤쪽으로 사라지는 것을 보고 일꾼 전용 출입구가 거기 있다는 것을 깨닫고, 그쪽으로 가서 벨을 누르고 데이비드의 이름을 댄 다음 그 화려한 집에 들어가기를 거부한다.

데이비드는 이든은 보며 그녀가 마음 한켠에서 절대 자신을 용서하지 않으리라는 것을 알았다. 이든은—아무리 의도하지 않았다 해도—그가 자기를 그렇게 불편하게 만든 걸, 그렇게 하찮은 존재처럼 느끼게 만든 것을 절대 용서하지 않을 것이다. 그는 찰스가 사준 스웨터와 바지, 평생 입어본 중 최고로 부드러운 스웨터를 입고 문 안쪽에 서서 자칭 근사한 옷—너무 길어서 땅바닥에 끌리는 나달나달한 헤링본 남성 울코트, 오래 입어서 반질반질하게 낡은 갈색 중고 양복, 오렌지색과 검정색 줄무늬가 있는 낡은 넥타이, 동그랗고 수수한 얼굴 뒤로 젖혀 쓴 페도라, 특별한 자리에 갈 때 윗입술 위에 아이라이너로 그리는 가느다란 콧수염—을 차려입은 이든을 바라봤고, 이든을 이 자리에 초대함으로써, 이곳에서 그의 생활을 보게 함으로써 자기가 이든에게서 저 옷들을 입는 기쁨을, 자기 자신으로 사는 기쁨을 빼앗았다는 사실을 깨달았다. 이든은 소중한 친구, 가장 가까운 친구, 아버지에게 무슨 일이 있었는지 진짜로 이야기해준 유일한 친구였다. "너한테 집적대는 것들은 다 베어버릴 거야." 알파벳 시티나 로어이스트 사이드 위험한 지역을 가로질러 갈 때면 이든은 이렇게 말했고, 그러면 그는 웃지 않으려고 애썼다. 이든은 그보다 1피트는 더 작은 데다 너무 통통하고 뒤뚱거려서 이든이 칼을 들고 적에게 돌진하는 모습을 생각만 해도 미소가 절로 나왔지만, 그 말이 진심이라는 것 또한 잘 알고 있었다. 이든은 언제나, 누구로부터건 그를 보호할 것이다. 하지만 이든을 이곳에 초대함으로써 그는 이든을 보호하지 못했다. 그들의 세상, 그들의 친구들 사이에서 이든은 반짝반짝 빛나고 재치 있고 유일무이한 이든이었다. 하지만 찰스의 세상에서 이든은 다른 사람들이 보는 이든일 것이다. 남자처럼 구는 키 작고 뚱뚱한 중국계 미국인 여성, 여성스럽지도, 아름답지도, 매력적이지도 않고, 싸구려 중고옷 차림에 화장품으로 콧수염을 그린 시끄러운 여자, 사람들이 무시하고 비웃는 사람. 찰스의 친구들도 안 그러려고 애는 쓰겠지만 분명 그럴 것이다. 이제 찰스의 세상은 그의 세상이 되었고, 친구가 된 이후 처음으로 그들 사이에 참호가 패였다. 이든이 그에게 올 방법도, 그가 이든에게 돌아갈 방법도 없었다.

그는 문을 열고 이든에게 걸어갔다. 이든이 고개를 들고 그를 봤고, 그들은 말없이 서로를 물끄러미 쳐다봤다. 이든, 그가 말했다. 들어가자. 춥잖아.

하지만 이든은 고개를 저었다. "안 돼." 그녀가 말했다.

제발. 차도 있고, 와인도 있고, 커피도 있고, 사이다도 있고, 또……

"못 있어." 이든이 말했다. 그럼 왜 왔어? 그는 이렇게 묻고 싶었지만 그러지 않았다. "다른 데 가야 해." 이든이 계속해서 말했다. "그냥 너한테 이거 주려고 왔어." 그러더니 신문으로 싼 조그맣고 울퉁불퉁한 꾸러미 하나를 내밀었다. "나중에 열어 봐." 이든의 지시에 따라 그는 꾸러미를 코트 주머니에 넣었다. "가야겠어." 그녀가 말했다.

잠깐만. 그는 이렇게 말하고 서둘러 안으로 들어갔다. 안에서는 직원들이 마지막 남은 음식들을 싸면서 초콜릿 산을 호일로 싸고 있었다. 그는 그걸 덥석 들어―애덤스는 눈썹을 치켜올렸지만 아무 말도 하지 않았다―양팔로 감싸 안고 비틀거리며 계단을 내려왔다.

여기. 그는 호일 덩어리를 넘겨주며 말했다. 초콜릿 산이야.

이든은 깜짝 놀랐고, 그 무게에 살짝 휘청거리며 덩어리를 고쳐 안았다. "무슨 짓이야, 데이비드?" 그녀가 말했다. "이걸 어쩌라고?"

그는 어깨를 으쓱했다. 몰라, 그는 말했다. 하지만 네 거야.

"집에 어떻게 가져가라고?"

택시?

"택시 탈 돈 없어. 그리고 난 안," 데이비드가 주머니에 손을 넣는데 이든이 말했다. "네 돈은 안 받을 거야, 데이비드."

네가 무슨 말을 듣고 싶어 하는지 모르겠다, 이든, 그는 이렇게 말했다가 이든이 아무 말도 하지 않자 말했다. 난 그 사람 사랑해. 미안하지만 그래. 난 그 사람 사랑해.

한동안 그들은 매섭게 추운 밤공기 속에서 말없이 거기 그대로 서 있었다. 안에서 쿵-쿵-쿵 하우스 뮤직이 흘러나오기 시작했다. "그럼 꺼져, 데이비드." 이든은 조용히 말하더니 초콜릿 산을 힘겹게 들고 돌아서서 떠났고, 뒤에서 질질 끌려가는 코트 자락 때문에 한순간 이든이 장대해 보였다. 그는 이든이 모퉁이를 돌 때까지 지켜봤다. 그리고 다시 집으로 들어와 찰스 옆자리로 돌아갔다.

"다 괜찮은 거야?" 찰스가 묻자 데이비드는 고개를 끄덕였다.

나중에, 그들은 최선을 다했다. 다음날 그는 이든 집에 전화해서 자동응답전화기—안내 문구는 여전히 그의 목소리로 되어 있었다—에 메시지를 남겼지만, 이든은 전화를 받지도 않았고 나중에 다시 전화하지도 않았다. 한 달 내내 그들은 아무 대화도 하지 않았고, 오후마다 데이비드는 라슨, 웨슬리 자기 책상 위의 전화를 노려보며 벨이 울리고 전화기 건너편에서 건조하고 거친 이든의 목소리가 들리기를 기다렸다. 그러다 1월 말 어느 오후 드디어 이든의 전화가 왔다.

"난 사과 안 해." 이든이 말했다.

기대도 안 해, 그가 말했다.

"새해 전날 나한테 어떤 일이 있었는지 넌 못 믿을 걸." 이든이 말했다. "나랑 자던 그 여자 생각나? 테오도라?"

나한테 어떤 일이 있었는지도 너도 못 믿을 거야, 그도 그렇게 말할 수 있었다. 그때 그는 찰스를 따라 크슈타트로 깜짝 여행을 다녀왔기 때문이다. 이 생애 최초 외국 여행, 스위스 베른주의 조그만 스키 리조트 마을에서 그는 스키 타는 법을 배우고, 대패질한 트러플을 눈처럼 덮은 피자와 흰 아스파라거스 퓌레와 크림으로 만든 벨벳처럼 부드러운 수프를 먹었고, 찰스와 스키 선생님 하나와 함께—데이비드의 첫—스리섬을 했고, 그는 며칠 동안 자신이 누군지 완전히 잊어버렸다. 하지만 이든에게는 절대 그 이야기를 하지 않았다. 그는 이든이 아무것도 변하지 않았다고 생각하기를 바랐고, 이든 쪽에서도 자기가 그렇게 믿고 있다고 데이비드가 거짓 믿음을 가지고 살도록 내버려뒀다.

또한 그가 절대 하지 않은 것은 고맙다는 말이었다. 그날 밤, 이든이 떠나고 손님들도 떠난 다음, 그는 찰스와 자기들의 방으로 올라갔다. "친구는 괜찮은 거지?" 침대에 들어가면서 찰스가 물었다.

네, 그는 거짓말했다. 날짜를 잘못 알았대요. 정말 미안하다며 사과 전해 달랬어요. 이제는 알게 됐지만, 이든과 찰스가 만날 일은 절대로 없을 것이다. 그래도 찰스에게는 예의가 중요했고, 그는 찰스가 이든을 좋아하기를, 적어도 들어서 아는 이든을 좋아하기를 바랐다.

찰스는 잠이 들었지만, 데이비드는 이든 생각에 잠을 이루지 못했다. 그러다가 이든이 뭔가 줬다는 게 생각나서 침대에서 나와 아래층 옷장에 가서 코트를 더듬더듬 찾아 딱딱하고 조그만 꾸러미를 꺼냈다. 꾸러미는 그들의 표준 포장지인 〈빌리지 보이스〉 파트너 광고란으로 싸고 끈으로 묶어놓아서 묶은 끈을 칼로 잘라야 했다.

안에는 점토로 조각한 조그만 형상 두 개, 손을 꼭 잡은 채 바짝 기대선 두 남자의 형상이 들어 있었다. 이든이 점토 작업을 시작한 것은 데이비드가 이사 나가기 겨우 몇 달 전이어서 인체 모양이 아직 불완전하긴 했지만 실력이 는 게 보였다—선이 더 유려해지고 인체 모양도 더 자신감 있고 비율도 더 정확했다. 그래도 여전히 소박했다. 실물처럼 생생하다기보다는 생기가 있는 정도였고, 그마저도 인위적이었다. 이든은 수세기에 걸쳐 서구 약탈자들에 의해 파괴된 세상을 조각상으로 다시 채우려 하고 있었다. 작품을 더 자세히 관찰하다가 그는 그 두 남자가 자기와 찰스라는 것을 깨달았다―찰스의 콧수염이 일련의 짧은 수직선들로 표현되어 있고 날카롭게 꺾이며 내려오는 옆머리도 포착되어 있었다. 바닥에는 두 사람의 이름 앞 글자와 날짜가, 그 아래에는 이든의 이름 앞 글자가 새겨져 있었다.

이든은 찰스를 좋아하지 않았다―원칙적으로도 싫어했고, 찰스가 절친을 빼앗아갔기 때문에 싫어했다. 하지만 이 조각 속에 그녀는 세 사람을 하나로 묶어놓았다. 데이비드와 찰스의 인생에 자신을 새겨 넣었다.

그는 계단을 올라가 다시 그와 찰스의 방으로 돌아갔다. 함께 쓰는 옷장에 들어가 운동용 양말 안에 조각을 집어넣고 속옷 서랍 저 뒤쪽에 쑤셔 넣었다. 그는 그 조각을 찰스에게 보여주지 않았고, 이든도 조각에 대해 한 번도 묻지 않았다. 하지만 훗날 찰스의 집에서 나올 때 그는 그 조각을 찾아 새 아파트 벽난로 위에 올려놓았고 가끔 조각을 들어 꼭 쥐어보곤 했다. 그는 어린 시절 대부분을 혼자라 생각하며 보냈고, 그래서 찰스를 만났을 때 결코 다시는 혼자가 되거나 외로울 일이 없을 것 같았다.

물론 그는 틀렸다. 찰스와 있어도 여전히 외로웠다. 찰스 이후에는 더 외로웠다. 그건 절대 없어지지 않는 감정이었다. 하지만 그 조각상은 뭔가 다른 것을 떠올리게 하는 물건이었다. 알고 보면 그는 찰스를 만나기 전에도 혼자가 아니었다―그는 이든의 것이었다. 단지 그가 몰랐을 뿐.

하지만 이든은 알고 있었다.

손님들이 떠나고 케이터링 직원들도 떠나고 나자, 집에는 파티가 끝나면 늘 그렇듯이 유독 적적한 분위기가 감돌았다. 집은 소환에 응해 몇 시간 화려한 공연을 펼쳤고 이제는 평상시의 지루한 존재로 되돌아가고 있었다. 제일 늦게까지 꾸물거렸던 세 자매도 드디어 음식 용기가 가득 찬 종이 가방 여섯 개를 들고 떠났고, 가방을 받은 존은 한껏 만족한 모습이었다. 애덤스마저 내보냈다. 그래도 그는 떠나기 전 피터 앞에서 정중하게 고개 숙여 인사했고, 피터도 답례로 고개를 숙였다. "여행 잘 하시기 바랍니다, 피터 씨." 애덤스가 엄숙하게 말했다. "안전한 여행이 되시길."

"고마워요, 애덤스." 전에는 뒤에서 "애덤스 양"이라고 놀리곤 했던 피터가 말했다. "모든 거 다요. 지난 세월 동안 제게—우리 모두에게—얼마나 잘 해주셨는지." 그들은 악수를 나누었다.

"잘 가게, 애덤스." 피터 뒤에 서 있던 찰스가 말했다. "오늘 밤 고마워—모든 게 완벽했어, 늘 그렇듯이." 그러자 애덤스는 다시 고개를 끄덕이고 거실에서 나가 부엌을 향해 걸어갔다. 찰스의 부모님이 살아 계셨을 때는 애덤스뿐만 아니라 상주 요리사와 상주 가정부, 하녀, 운전사까지 있었고, 이들 모두는 오갈 때 뒷문을 쓰게 되어 있었다. 찰스는 오래전 이 규칙을 고쳤지만, 애덤스는 여전히 들어오고 나갈 때 부엌 출입구만을 고집했다—찰스는 처음에는 그렇게 오래 지속되던 전통을 깨는 게 불편해서라고 생각했지만, 최근에는 애덤스도 늙었고 뒤쪽 계단이 더 얕고 폭도 넓기 때문이라고 생각을 바꿨다.

애덤스가 가는 걸 보면서, 데이비드는 이 집 밖에서 애덤스의 삶은 어떨지 궁금해졌다. 가끔 드는 궁금증이었다. 찰스의 집에 있지 않을 때, 양복을 입고 있지 않을 때, 시중을 들고 있지 않을 때, 애덤스는 어떤 옷을 입고, 누구와, 어떤 식으로 이야기할까? 자기 아파트에서는 무엇을 할까? 취미는 뭘까? 그는 일요일과 매 달 세 번째 월요일을 쉬고 휴가는 5주인데, 그중 2주는 찰스가 스 키를 타러 가는 1월 초에 썼다. 데이비드가 물어보자, 찰스는 애 덤스가 키웨스트에서 오두막을 빌려 낚시를 하는 것 같지만 확실 히는 모르겠다고 답했다. 찰스는 애덤스의 사생활에 대해서도 거 의 아는 게 없었다. 애덤스는 결혼했어요? 남자친구, 여자친구는 있어요? 있은 적 있어요? 형제나 조카는요? 친구는 있어요? 애덤 스의 존재에 여전히 적응 중이던 연애 초기, 그가 찰스에게 이런 질문들을 던지자 찰스는 당황하며 웃었다. "터무니없지만," 그는 말했다. "하나도 대답 못 하겠는데." 어떻게 그럴 수가 있어요? 그 는 자기도 모르게 물었지만, 찰스는 기분 상해하지 않았다. "설명 하기 어렵지만," 그는 말했다. "살다 보면 그냥—그냥 너무 많은 걸 알지 않는 게 더 편한 사람들도 있어."

지금 그는 생각했다. 찰스의 인생에서 자기도 그런 사람일까. 복잡한 과거사를 알게 되면 매력이 없어질 뿐 아니라 사실 자기 는 과거가 전혀 없어 보이기 때문에 선택된 게 아닐까. 찰스가 힘 든 삶을 두려워하지 않는다는 것은 알고 있었지만, 어쩌면 데이비 드가 매력적이었던 것은 너무 단순해 보여서, 나이나 경험의 흔적 이 아직 없었기 때문이었을지 모른다. 부모님은 돌아가셨고, 로스 쿨에 1년 다녔고, 저 먼 곳 중산층 가정에서 어린 시절을 보냈고,

잘생겼지만 위협적일 정도는 아니고, 똑똑하지만 인상적일 정도는 아니고, 기호와 욕구는 있지만 찰스의 취향을 수용하지 않을 정도로 강하지는 않은 사람. 그는 찰스에게 자신은 없는 것들—비밀도, 골치 아픈 전 남자친구도, 병도, 과거도 없다—로 정의된다는 것을 알았다.

그리고 피터가 있다. 찰스가 속속들이 알고 있고, 뒤늦게 깨닫고 있지만, 자기가 아무리 해도 따라갈 수 없을 만큼 찰스에 대해 많은 걸 알고 있는 사람. 자기가 아무리 찰스 옆에 오래 있어도, 찰스에 대해 아무리 많은 것들을 알게 되어도, 피터는 늘 찰스에 대해 더 많은 걸—그냥 수년, 수십 년 정도가 아니라 시대들을—소유하고 있을 것이다. 피터는 어린 시절의 찰스, 청년기의 찰스, 중년의 찰스를 알고 있었다. 그는 찰스에게 첫 키스, 첫 구강 섹스, 첫 담배, 첫 맥주, 첫 실연의 경험을 준 사람이다. 세상에서 무엇을 좋아하는지—어떤 음식, 어떤 책, 어떤 연극, 어떤 그림, 어떤 생각, 어떤 사람—그들은 함께 알아나갔다. 그는 지금의 찰스가 되기 전의 찰스, 그냥 건장하고 운동 잘하는 소년이었던 때의 찰스, 그가 반했던 시절의 찰스를 알고 있었다. 피터에게 어떻게 말을 건네야 할지 몇 달이나 머리를 싸매고 고민했는데, 너무 늦게야 그는 깨달았다. 그냥 피터에게 그들이 공유하고 있는 찰스에 대해, 찰스가 예전엔 어땠는지, 데이비드가 그의 인생에 등장하기 전 찰스의 삶은 어땠는지 물어볼 수 있었다는 것을, 물어봤어야 했다는 것을. 찰스가 데이비드에게 호기심을 가지지 않았을 수도 있지만, 데이비드도 같은 죄를 지었다. 두 사람 다 상대방이 현재 경험하고 있는 모습으로만 존재하기를 원했다—마치 둘 다 너무 상상력이 없어서 서로를 다른 문맥에 놓고는 생각해볼 수도 없는 것처럼 말이다.

하지만 만약 그런 그들이 그렇게 할 수밖에 없는 상황이 된다면 어떻게 될까? 만약 지구가 다른 자리로, 고작 1, 2인치에 불과하다 하더라도 그들의 세상을, 나라를, 도시를, 그들 자신을 완전히 다시 그릴 정도로 옮겨진다면? 맨해튼이 강과 운하로 범람하는 섬이고, 사람들은 대형 나무 보트를 타고 다니고, 그들은 각주 위에 높이 지은 집 아래 흐르는 뿌연 물속에서 굴 그물을 잡아당기며 산다면? 혹은 만약 그들이 완전히 서리로 이루어져 반짝거리는, 나무 하나 없는 대도시에서, 얼음덩이를 쌓아 만든 건물에서 살면서 북극곰을 타고 다니고 물개를 애완동물로 키우면서 밤이면 온기를 찾아 물개 옆구리에 딱 붙어 자는 사람들이라면? 다른 보트를 타고 지나쳐 가다가, 눈을 저벅저벅 밟으며 서둘러 자기 집 불가로 돌아가다가, 서로를 알아볼 수 있을까?

만약 뉴욕이 모습은 완전히 똑같지만, 지인 중 누구도 죽어가지 않고, 아무도 죽지 않았고, 오늘 밤 파티는 그냥 평범한 친구들 모임이고, 서로에게 해주고 싶은 말을 생각할 시간은 앞으로도 수백 번의 정찬 모임, 수천 번의 밤, 수십 년의 세월이 있을 터라 어떤 지혜로운 말, 끝맺는 말을 해야 하는 부담도 없다면? 두려움 때문에 함께 있을 필요가 없는 세상, 폐렴, 암, 진균증, 시각장애 같은 것은 알려져 있지도 않고 쓸모없고 우스꽝스러운 지식이 될 그런 세상에서도 그들은 함께 있을까?

아니면, 이 세계적인 변동 와중에 옆쪽, 서남쪽에서 충돌이 일어나고 그들이 정신을 차려보니 완전히 다른 곳, 하와이, 하와이 중에서도 다른 하와이, 아버지가 아주 오래 전 그를 세상과 단절시켜 데려간 리포-와오-나헬레가 꿈꿨던 것들이 사실 현실이기 때문에 그런 장소가 존재할 여유가 없는 그런 하와이라면? 하와이에서는 섬들이 미국의 일부가 아니라 여전히 왕국이고, 아버지는 왕이고, 그, 데이비드는 왕세자라면? 그래도 그들이 서로를 알고 있을까? 그래도 사랑에 빠질까? 그래도 데이비드는 찰스를 필요로 할까? 거기서는 두 사람 중 그가 더 힘이 있을 것이다—그는 다른 사람의 후함, 다른 사람의 보호, 다른 사람의 교육을 필요로 하지 않을 것이다. 거기서 찰스는 그에게 어떤 사람이 될까? 그래도 데이비드는 찰스에게서 사랑할 만한 점을 발견할까? 그리고 아버지는—아버지는 어떤 사람일까? 더 자신감 있고, 더 자신을 믿고, 덜 두려워하고, 덜 당황할까? 그래도 에드워드에게 쓸모가 있었을까? 아니면 에드워드는 하인, 이름 없는 신하에 불과할까? 환히 빛나는 훤칠한 얼굴을 매일 아침 마카다미아 오일을 발라 윤을 낸 나무 바닥을 맨발로 걸어 서류와 조약에 서명하기 위해 서재에 가는 아버지가 보지도 않고 지나치는 티끌 같은 존재에 불과할까?

절대 알 수 없는 일이다. 아버지와 그가 사는 이 세상 속에서 그들은 지금의 모습—다른 남자에게서 구원을 찾는, 보잘것없는 자기 인생에서 자신을 구해줄 사람을 찾고자 했던 두 남자—일 수밖에 없는데, 아버지의 선택은 좋지 못했다. 데이비드는 아니다.

하지만 결국에는 둘 다 과거에 실망하고 현재를 두려워하는 의존적인 존재일 뿐이다.

그들은 아무 말도 하지 않았고, 데이비드는 자신이 침입자가 된 기분, 봐서는 안 될 내밀한 순간을 지켜보고 있는 느낌이 들었다. 두 사람을 볼 때 종종 느끼는 기분이기는 하지만 그날 밤처럼 통렬하게 느끼기는 처음이었다. 그는 움직이지 않았지만, 그럴 필요도 없었다―그들은 심지어 그가 거기 있다는 것조차 잊고 있었다. 원래 피터는 그날 밤을 찰스의 집에서 보낼 생각이었지만, 전날 밤 마음을 바꿨다. 간호사에게 전화를 해뒀고, 간호사와 보조가 그를 집으로 데려가기 위해 오는 중이었다.

작별을 할 시간이었다. "잠깐만." 찰스가 두 사람에게 목멘 소리로 말하더니 방에서 나갔고, 계단을 달려 올라가는 소리가 들렸다.

이제 데이비드와 피터만 남았다. 피터는 코트를 단단히 여미고 모자를 쓴 채 휠체어에 앉아 있었다. 얼굴 위쪽과 아래쪽을 울로 어찌나 돌돌 감싸뒀는지, 그는 죽어가는 게 아니라 변이 중인 것처럼 보였다. 울이 피부처럼 그를 스멀스멀 덮어나가 안락하고 부드러운 뭔가―소파, 쿠션, 털실뭉치―로 변화시키고 있는 것 같았다. 찰스가 소파에 앉아 피터와 이야기하고 있었기 때문에, 피터의 휠체어는 이제는 텅 빈 방의 그 빈자리를 여전히 향하고 있었다.

그는 소파로 가서 찰스가 앉았던 자리에 앉았다. 등 뒤 쿠션에 아직도 온기가 남아 있었다. 찰스는 피터의 손을 잡고 있었지만, 그는 그러지 않았다. 아직도―아직도, 피터가 그를 가만히 바라보고 있는데도, 할 말이 생각나지 않았다. 불가능한 소리가 아닌 말은 생각나지 않았다. 피터가 먼저 말해야만 할 것 같았고, 결국 피터가 입을 열었고, 데이비드는 그의 말을 듣기 위해 앞으로 몸을 기울였다.

"데이비드."

네.

"우리 찰스 부탁해요. 그렇게 해줄 거죠?"

네, 그는 더 많은 것을 부탁하지 않아서, 피터가 이 기회를 이용해 자신이 관찰한 데이비드에 대한 진실, 그가 평생 잊지 못할, 압도적으로 파괴적인 의견을 내놓지 않아 안도하며 약속했다. 물론 그럴게요.

피터는 조그맣게 무시하는 소리를 냈다. "물론이라," 그가 중얼거렸다. 그럴게요, 그는 피터에게 격하게 말했다. 그럴게요. 피터가 그를 믿는 게 중요하다. 하지만 데이비드가 말하고 있는데 피터는 이미 찰스가 돌아오는 소리를 향해 고개를 돌리고 있었다. 찰스는 친구를 향해 완전히 아이처럼, 한없는 애정을 담아 팔을 뻗고 있었고, 그 후로 영원히 데이비드는 찰스를 다른 모습으로 상상할 수 없게 됐다. 피터도 눈밭에 나가 놀기 전 옷을 꽁꽁 싸매 입힌 유아 같은 모습으로 팔을 뻗었고, 찰스는 두 사람을 자신의 존재로 채워주기 위해 얼굴을 온통 구긴 채 그들을 향해 걸어왔다. 세상에 다른 누구도 존재하지 않는다는 듯이 오로지 피터만을 바라보면서.

그날 밤 그와 찰스는 서로를 만지지도, 이야기도 하지 않고 침대에 누워, 누가 봤다면 서로 모르는 사람들이라고 착각할 정도로 골똘히 각자의 생각에 잠겨 있었다.

피터는 갔다. 간호사와 보조에게 들려 내려가 찰스가 부른 차에 실렸고, 데이비드와 찰스가 뒤를 따라갔다. 그리고 차는 강 근처 베튠 스트리트에 있는 페인트칠한 벽돌집, 망가진 계단 위 2층에 자리한 피터의 따뜻하고 어수선한 아파트로 달려갔고, 데이비드와 찰스는 추위 속에서도 계속 보도에 서 있었다. 그는 저녁 모임이 끝나면 두 사람의 인생—찰스의 인생—속에서 피터도 끝날 거라고 늘 생각했지만, 이제 실제로 이런 상황이 되고 보니 모든 게 너무 갑작스럽고, 마치 동화 속 이야기처럼 너무 많은 게 생략된 것 같았다. 시계가 자정을 알리면 세상이 회색 안개로 휩싸이고 함께 할 수도 있었을 인생들이 스르르 사라져버리는 이야기 같았다.

그들은 차가 시야에서 사라지고 나서도 한참 동안 거기 그대로 서 있었다. 아주 늦은 시각은 아니었지만, 추위 때문에 거의 모든 사람들이 집안에 있었고 방황하는 몇몇 사람들만 검정 옷을 꽁꽁 싸맨 채 그들 앞을 지나갔다. 길 건너 공원은 눈에 덮여 반짝반짝 빛나고 있었다. 마침내 그가 찰스의 팔을 잡았다. 날씨가 추워요, 그가 말했다. 안으로 들어가요. "그래." 찰스가 기운 없는 목소리로 동의했다.

안에 들어와서 그들은 거실 불들을 껐고, 찰스는 늘 하던 대로 뒷문이 잠겼는지 확인했고, 그들은 2층 방으로 올라가 옷을 벗고 잠옷으로 갈아입은 다음 말없이 양치질을 했다.

그들 주위로 밤이 점점 깊어가며 자리를 잡았다. 한 시간은 되는 듯한 시간이 지난 다음, 드디어 찰스의 숨소리가 느려지고 깊어지자, 그는 침대에서 나와 조용히 옷장으로 가서 가방에서 편지를 꺼낸 다음 아래층으로 살금살금 내려갔다.

그는 잠시 동안 양손으로 편지 봉투를 든 채 불 꺼진 거실 소파에 앉아 있었다. 이건 모르고 살 수 있는, 아닌 척하며 살 수 있는 마지막 순간이었고, 그는 그 순간이 끝나기를 바라지 않았다. 하지만 결국 그는 스탠드 불을 켜고 편지를 꺼내 거기 써진 내용을 읽기 시작했다.

그는 자기 이름을 부르는 소리와 뺨에 닿는 찰스의 손바닥에 잠이 깼고, 눈을 떴을 때 방을 채우고 있는 환한 빛을 보고 다시 눈이 내리고 있다는 것을 알았다. 앞에 놓인 발판 의자에 찰스가 그들이 노인 잠옷이라 부르는, 가슴 주머니에 검은색으로 그의 이름 첫 글자가 수놓인 파란 줄무늬 면 잠옷과 잠옷 가운 차림으로 앉아 있었다. 찰스는 머리를 빗지 않고 아래층에 내려오는 법이 절대 없는데, 지금 그의 머리는 헝클어져 엉겨 있어서 휑해진 정수리 부분에 하얀 두피가 드러나 보였다.

"피터가 갔어." 찰스가 말했다.

아, 찰스, 그가 말했다. 언제요?

"한 시간 쯤 전에. 간호사가 전화했어. 잠에서 깨어 옆을 봤더니 네가 옆에 없길래"—그는 사과하려 했지만, 찰스가 그의 팔을 잡고 말렸다—"혼란스러웠어. 순간적으로 여기가 어딘지 모르겠더라고. 그래도 다음 순간 기억났어. 여긴 내 집이고, 파티 다음 날이고, 이 전화를 기다리고 있었다고—그게 어떤 전화인지 알고 있었으니까. 잠깐 동안 오늘이 아니라 내일이라고 생각했던 거야. 그런데 아니었어—피터는 공항까지도 가지 못한 거야. 그래서 전화를 받지 않았어. 전화 소리 못 들었어? 난 그냥 누워서 전화벨 소리가 울리고, 울리고, 또 울리는 걸 듣고만 있었어. 여섯 번, 열 번, 스무 번—어젯밤 자동응답기를 꺼뒀거든. 벨소리는 너무 시끄러웠어. 그렇게 끈덕지고 무례한 소음이라니, 전에는 몰랐어. 마침내 벨소리가 멈추자 나는 침대 가장자리에 일어나 앉아 귀를 기울였지. 그 순간 동생 생각이 나는 거야. 아, 맞다—넌 모르지. 어, 내가 다섯 살 때 어머니가 동생을 낳았거든. 남동생, 모건. 어머니와 아버지가 몇 년 동안 아이를 가지려고 노력했다는 걸 난 나중에 알았어. 어머니는 예정일보다 10주 전에 진통을 시작했지. 그 시절에는—그때가 1943년이었을 거야—그런 조산아에게 해줄 수 있는 일이 없었어. 신생아 간호 같은 것도 없었는데 뭐. 인큐베이터도 지금과 비교하면 단순하기 그지없고. 살아서 태어난 게 용한 일이었어. 의사는 부모님에게 동생이 48시간 내로 죽을 거라고 했지. 물론 그런 이야기를 내게 해준 사람은 없었어. 나는 요즘 부모들이 아이들에게 너무 많은 정보를, 아이들이 이해할 준비가 되어 있지 않은 정보를 주는 게 늘 너무 놀라워. 어렸을 때 난 *아무것도* 몰랐고, 날 돌봐주던 사람들은 책임지고 내가 아무것도 모르도록 했지. 내가 알게 된 것들은 사람들이 속삭이는 걸 엿들어서 모은 것들이었어. 그래도 속상했던 기억은 없어. 부모님의 인생이 내 인생의 일부라는 생각은 하지도 못했을 테니까. 내 세상은 내

장난감과 책들이 있는 4층이었어. 부모님은 방문객들이고, 그 세상에 속한 어른들은 유모와 가정 교사가 다였지. 하지만 그런 나조차도 뭔가 잘못되었다는 걸 알겠더라고—어른들이 복도에서 속삭이다가 나를 보면 갑자기 말을 멈췄거든. 날 사랑해주던 유모마저 정신을 딴 데 팔고 있다가 하녀가 내 점심을 가지고 들어오면 그쪽을 보면서 질문하듯 눈썹을 치켜올렸다가는 하녀가 고개를 절레절레 저으면 입을 꾹 다물곤 했고. 아래층은 쥐죽은 듯이 고요했어. 하인들은—이건 애덤스가 들어오기 전의 일이야—소리 죽여 이야기했고, 난 사흘 동안 아래층 부모님께 먼저 들르는 절차 없이 잠자리에 들었어. 나흘째 되던 날, 난 몰래 아래층에 내려가 무슨 일이 벌어지고 있는지 알아보겠다고 결심했지. 그래서 그날 밤 유모가 왔을 때 잠든 척했고, 그러고도 마지막 하녀가 계단을 올라 자기 방에 가는 소리가 들릴 때까지 계속 기다리고 또 기다렸어. 그제야 난 침대에서 나와 까치발로 부모님 침실로 갔지. 그런데 부모님 침실 옆 응접실 문에서 희미한 불빛, 촛불 빛이 새어 나오는 거야. 그 불빛을 보고 있는데, 무슨 소리인지 알 수 없는 이상한 소리가 조그맣게 들리더라고. 난 응접실 가까이 기어갔어. 굉장히 조심조심, 조용조용 기어갔어. 그리고 드디어 살짝 열린 문 앞까지 가서 안을 들여다봤지. 어머니가 의자에 앉아 있었어. 옆의 탁자 위에 촛불이 켜져 있었고, 어머니는 동생을 안고 있었지. 나중에 생각났던 건 어머니가 너무 아름다웠다는 거야. 어머니는 늘 핀으로 올려 고정하고 있던 긴 붉은 머리를 베일처럼 풀어 내린 채, 연보라색 실크 가운과 흰 잠옷을 입고 있었어. 발은 맨발이었고. 그런 모습의 어머니는 그때 처음 봤어—내가 본 부모님의 모습은 늘 부모님이 보여주고 싶었던 모습, 정장을 차려 입은 유능하고 자신만만한 모습밖에 없었거든. 어머니는 왼팔로 아기를 감싸 안고, 오른손에는 투명한 유리 돔 같이 생긴 이상한 기구를 들고 있었는데, 그 돔을 아기 입과 코에 갖다 댄 다음 거기 달린 고무 진공관을 꽉 쥐어짜고 있었어. 그게 내가 들었던 소리 였지. 진공관에 공기가, 어머니가 모건에게 주고 있던 공기가 쉭쉭 거리며 차고 빠지는 소리. 어머니는 규칙적인 박자를 지켰고, 서두 르지 않았어. 너무 빠르지도 않고, 너무 넘치지도 않게. 열 번 정 도 짜고 나면 잠깐 멈추곤 했는데, 그때 아기 숨소리를 간신히 들 을 수 있었어. 너무 조용한 숨소리였어. 얼마나 오랫동안 거기 서 서 어머니를 지켜봤는지 몰라. 어머니는 한 번도 고개를 들지 않 았어. 어머니 표정은—설명을 못하겠네. 그건 절망도, 슬픔도, 좌 절도 아니었어. 그냥—아무 감정도 없었어. 그렇다고 멍한 건 아니 고. 집중한, 그런 표정. 어머니 인생에 다른 건 아무것도—과거도, 현재도, 남편도, 아들도, 집도—존재하지 않는 것처럼, 아기의 폐 에 공기를 넣어주기 위해서만 존재하는 것처럼.

물론 그건 소용없었지. 모건은 다음 날 죽었어. 유모가 마침내 내게 이야기해주더라고. 나한테 남동생이 있고, 동생은 폐가 안 좋았고, 그래서 죽었고, 그래도 동생은 이제 하나님과 같이 있으 니 슬퍼하지는 말라고. 나중에 어머니가 돌아가시기 전에, 그때 부모님이 싸웠던 걸 알게 됐어. 아버지는 어머니 시도에 반대했고, 그 기구 사용을 허락하지 않았다고. 어머니가 그걸 어디서 구했는지 모르겠어. 어머니가 과연 아버지를 용서했는지도 모르겠고. 믿음을 가지지 않은 걸, 시도조차 못하게 하려 한 걸. 나중에 알게된 건데, 아버지는 동생을 병원에서 집에 데려오지조차 않으려 했고, 어머니가 동생을 데려오려고 싸웠을 때—부모님이 병원에 거금을 기부했기 때문에 어머니 요청을 거부하기 힘들었거든—아버지는 그것도 반대했다더군. 어머니는 감상적인 사람이 아니었어. 한 번도 모건 이야기를 하지 않았고, 모건이 죽고 나서도 결국엔 회복했지. 어머니는 수십 년 동안 자선사업을 운영하고, 정찬모임을 열고, 말을 타고, 그림을 그리고, 희귀본 책들을 읽고 수집하고, 미혼모 시설에서 자원봉사를 했어. 이 집에서 나와 아버지의 삶을 만들어줬지. 난 한 번도 어머니와 닮았다고 생각해본 적이 없고, 그건 어머니도 마찬가지야. '넌 네 아버지랑 똑같아' 어머닌 가끔 그렇게 말했는데, 그 말은 늘 약간 슬프게 들렸어. 어머니 말이 맞았어—난 어머니와 죽이 맞는 그런 게이 남자는 아니었으니까. 내가 누굴 사랑하는지에 대해 절대 논하지 않는다는 점만 빼면, 난 정말 아버지와 잘 맞았어. 오랫동안 난 내가 어떤 사람인지, 아니 내 일부가 어떤 사람인지 우리가 절대 이야기하지 않는다는 걸 모른 체할 수 있었어. 아버지와 난 이야기할 거리가 무궁무진했거든. 예를 들어, 법 이야기, 사업 이야기, 우리 둘 다 좋아하는 장르인 전기 이야기 같은 것. 모른 체하기를 그만뒀을 때는 아버지는 이미 오래 전에 돌아가셨지. 하지만 최근에는 그날 밤생각이 점점 더 많이 나. 생각했던 것보다 사실 난 어머니를 더 많이 닮은 게 아닐까. 내 차례가 됐을 때 그 조그만 공기 펌프를 누가 잡아줄까. 그게 날 되살려낼 거라거나 구해줄 거라고 생각해서가 아니라, 시도라도 해보고 싶어서 말이야. 이런 생각들을 하며 앉아 있는데 전화가 다시 울렸고, 이번에는 일어나서 받았어. 피터가 새로 고용한 낮 담당 간호사였어. 몇 번 만났는데, 좋은 남자야. 피터가 죽었다고, 편안하게 갔다고 알리더니 조의를 표하더군. 그리고 전화를 끊고 널 찾으러 왔어."

그는 입을 다물었고, 데이비드는 이야기가 끝났다는 것을 알았다. 찰스는 이야기하는 내내 하얀 장막이 된 창밖을 바라보고 있다가 이제 다시 데이비드를 돌아봤고, 데이비드가 소파 쿠션에 등을 딱 붙이고 찰스에게 오라고 손짓하자 옆에 와서 누웠다.

그들은 한참 동안 아무 말 없이 그대로 누워 있었다. 데이비드의 머릿속에서는 여러 가지 생각이 오갔지만, 대부분은 이 순간이, 바깥에는 눈이 내리는데 따뜻한 방안에서 찰스 옆에 누워 있는 이 순간이 너무 좋다는 생각이었다. 찰스에게 자기가 공기 펌프를 잡아주겠다고 말해야 한다는 생각이 들었지만, 그럴 수 없었다. 찰스에게 뭔가를, 찰스가 준 위안의 어느 정도라도 주고 싶은 마음이 굴뚝같았지만, 그럴 수 없었다. 먼 훗날, 그는 뭐라고 말했어야 했다고, 아무리 서툴러도 무슨 말이라도 했어야 했다고 다시, 또다시 후회할 것이다. 그 시절 그는—멍청한 소리, 부적절한 소리를 할까 봐—두려운 나머지 마땅히 보여줬어야 하는 관대함을 보이지 못했고, 후회되는 순간들을 수없이 쌓고 나서야 어떤 형태로든 위로를 줄 수 있었다는 것을, 중요한 것은 조금이라도 위로를 해주는 거라는 걸 깨달았다.

"여기 내려왔는데," 찰스가 마침내 말했다. "여기 내려와서 널 찾았는데."—그가 심호흡을 했다—"넌 잠이 들어 있었어. 손에 쥔 편지를 가슴에 올려놓은 채. 그래서—그 편지를 빼내 읽었어. 왜 그랬는지 모르겠어. 미안해, 데이비드." 그는 말을 멈췄다. "그 편지 내용도 유감이고. 왜 나한테 한 번도 이야기하지 않았던 거지?"

모르겠어요, 그가 마침내 말했다. 하지만 찰스가 편지를 읽은 게 화나지는 않았다. 오히려 마음이 놓였다—찰스가 알게 돼서, 또다시 찰스의 과단성 덕분에 어려운 일이 쉬워져서.

"그래서—아버지 말이야. 아직 살아 계신 거지."

간신히요, 그가 말했다. 지금은 그렇죠.

"그래. 그리고 할머니는 네가 아버지를 보러 오기를 바라시고."

네.

"그리고 아버지가 계시던 그곳은……."

생각하는 것 같은 그런 곳 아니었어요, 그가 찰스의 말을 잘랐다. 내 말은, 그랬죠. 하지만 아니었어요. 찰스에게 어떻게 설명할 수 있을까? 어떻게 이해시킬 수 있을까? 어떻게 리포-와오-나헬레를 뭔가 다르고, 실제보다 더 낫고, 더 정상적인 곳으로 보이게 할 수 있을까? 어리석거나 상상이거나 불가능한 게 아니라, 아버지가—심지어 그도—한때 온 희망을 다해 믿었던 곳, 역사가 아무 의미도 없는 곳, 드디어 집처럼 느낄 수 있는 곳, 아버지가 두려움뿐만 아니라 기대를 가지고 갔던 곳이라고. 그는 설명할 수 없었다. 할머니는 절대 이해하지 못했다. 찰스도 분명 이해하지 못할

379

것이다.

설명 못 해요, 마침내 그는 말했다. 이해 못 할 거예요.

"날 시험해 봐." 찰스가 말했다.

음, 어쩌면, 그는 말했지만, 자기가 설명하게 되리라는 걸 알고 있었다. 찰스는 모든 사람을 돕는 법을 알고 있었다—혹시 찰스는 데이비드를 도울 방법도 알고 있지 않을까? 시도조차 하지 않는다면, 찰스를 사랑하고 사랑받는 의미가 뭐란 말인가?

하지만 먼저 그는 뭔가 먹어야 했다. 배가 고팠다. 그는 소파에서 힘들게 빠져나와 찰스에게 손을 내밀었고, 함께 부엌으로 가며 또 아버지 생각을 했다. 지금 살고 있는 요양원에서의 모습이나 리포-와오-나헬레에서의 마지막 모습, 눈은 텅 비고 온 얼굴에 흙으로 선을 그린 모습이 아니라, 원래 집에서 같이 살 때의 모습, 그가 네 살, 다섯 살, 여섯 살, 일곱 살, 여덟 살, 아홉 살 때, 아버지와 아들이었을 때의 모습을. 그때 그는 아버지가 언제나 그를 보살펴줄 거라고, 적어도 언제나 보살펴주려고 애쓸 거라는 사실을 전혀 의심하지 않았다. 아버지가 늘 그러겠다고 약속했으니까, 아버지가 그를 사랑한다는 걸 알고 있으니까, 그게 당연한 거니까. 상실, 상실—그는 너무 많은 것들을 상실했다. 과연 다시 완전한 느낌을 가질 수가 있을까? 그 세월을 어떻게 보상할 수 있을까? 어떻게 용서할 수 있을까? 어떻게 용서받을 수 있을까?

"어디 보자." 함께 부엌에 서서 뭘 먹을 수 있을지 살펴보며 찰스가 말했다. 갈색 봉지에 담긴 사워도우 빵을 애덤스가 따로 챙겨 싱크대 위에 올려둔 걸 보고, 찰스가 두 조각을 자르고 자기

조각을 높이 들어 올렸다. "네 아버지를 위해." 그가 말했다.

피터를 위해, 그도 화답했다.

"이른 새해 축배사도 하지." 찰스가 선언했다. "21세기까지 이제 6년."

그들은 엄숙하게 빵조각을 서로 부딪친 다음 먹었다. 뒤에서는 창문들이 바람에 덜거덕거렸지만, 바람은 하나도 느껴지지 않았다―집이 너무 잘 지어졌기 때문이다. "애덤스가 뭘 남겨놨는지 보자." 빵을 먹고 나서 찰스는 냉장고를 열고 마요네즈 병, 차가운 스테이크를 담은 통, 머스타드 병, 쐐기 모양 치즈 한 조각을 꺼냈다. "자스버그네." 그는 이렇게 말하더니, 거의 혼잣말처럼 중얼거렸다. "피터가 제일 좋아하던 거야."

그가 찰스를 껴안자 찰스는 그에게 기댔고, 그들은 그대로 잠시 말없이 서 있었다. 그 순간 그에게 먼 미래 어느 날 두 사람의 모습이 갑자기 보였다. 바깥세상은 달라져 있었다. 거리에는 잡초가 무성하고, 안마당 돌길 사이사이에도 풀이 수북하게 자라 있었고, 끈적끈적한 녹색 하늘에서는 고무 물갈퀴 같은 날개를 가진 생물이 머리 위를 미끄러지듯 날아갔다. 차 한 대가 땅바닥에서 몇 인치 붕 떠서 5번가를 따라 남쪽으로 공기를 쉭쉭 내뿜으며 달려갔다. 벽돌이 푸석푸석해진 차고는 반은 무너져 내려 폐허로 변해 있었는데, 무너져가는 그 지붕 한가운데를 뚫고 아버지와 살던 집 앞마당에 있던 것 같은 망고나무가 불룩한 열매를 가지에 맺은 채 솟아 나와 있었다. 세상의 종말이 아니라면, 거의 종말에 가까운 광경이었다―열매는 독성 물질이 가득해서 먹을 수 없었고, 차에는 창문이 없었고, 대기는 끈적한 연기로 뒤덮여 뿌옇게 흐려져 있었다. 그 생물은 길 건너 건물 위에 내려앉아 흙벽을 발톱으로 거머쥔 채 휙 덮쳐 잡아먹을 거리를 찾아 검은 눈으로 사방을 두리번거렸다.

하지만 집 안에 있는 그와 찰스는 어쩐지 전과 똑같았다. 여전히 건강하고, 여전히 그 자리에서, 여전히 기적처럼 그 모습 그대로였다. 두 연인은 먹을 것을 만들고 있었고, 부엌에는 음식이 풍족했고, 함께 집 안에 있는 한 어떤 나쁜 일도 일어나지 않을 것이다. 그들의 오른쪽, 부엌 저쪽 끝에는 문이 하나 있고, 그 문을 열고 통과하면 이 집의 복제본 같은 집이 나타난다. 다른 점이라고는 그 집에는 피터가, 냉소적이고 위협적이고 살아 있는 피터가 있다는 것뿐. 그 집 오른쪽에는 존과 티모시, 퍼시의 집이, 그 집의 오른쪽에는 이든과 테디의 집이, 그런 식으로 집들이 끝도 없이 연결되고, 그들이 사랑하는 사람들이 부활하고 회복되어 영원히 먹고 대화하고 논쟁하고 용서하며 살아간다. 두 사람은 함께 문을 열고 친구들을 만나고 문을 닫으며 연속된 집들을 통과해 나가고, 마침내 왜인지는 몰라도 마지막이라는 걸 알고 있는 문 앞에 도달한다. 여기서 그들은 잠시 걸음을 멈추고 서로의 손을 힘주어 잡은 다음 손잡이를 돌리고, 자기 집과 똑같은 옥색 벽에 똑같은 금박상감 도자기가 찬장에 들어 있고 똑같은 에칭 판화 액자들이 벽에 걸려 있고 똑같이 물푸레나무로 조각한 걸이못에 똑같이 부드러운 리넨 행주가 걸려 있는 똑같은 부엌이지만 잎사귀가 천장을 스칠 정도로 망고나무가 높이 자라고 있는 부엌으로 들어간다.

여기서 그의 아버지가 의자에 앉아 참을성 있게 기다리고 있다. 데이비드를 보자 아버지는 기쁨으로 얼굴이 환해지며 벌떡 일어나 외친다. "우리 카위카." 아버지가 말한다. "날 위해 와줬구나! 마침내 날 위해 와주었어!" 그는 주저하지 않고 아버지를 향해 달려가고, 뒤에서는 찰스가 환한 얼굴로 이 궁극의 재회를, 마침내 서로를 발견한 아버지와 아들을 지켜본다.

#2

내 아들, 우리 카위카—오늘은 뭘 하고 있니? 네가 어디 있는지 안다. 어머니가 뉴욕이라고 말해줬거든. 하지만 뉴욕 어디일까? 거기서 넌 뭘 하고 있을까? 어머니는 네가 변호사는 아닌데 법률 회사에서 일하고 있다고 했지만, 그렇다고 내가 널 덜 자랑스럽게 여길 거라고는 절대 생각하지 마라. 그거 아니? 나도 뉴욕에 한 번 가본 적 있어. 그래, 사실이야—네 아빠도 자기만의 비밀이 좀 있거든.

네 생각을 자주 해. 깨어 있을 때도, 하지만 자고 있을 때도. 내 꿈들은 어떤 식으로든 다 너에 관한 꿈이야. 가끔은 우리가 리포-와오-나헬레에 가기 전, 할머니 집에서 같이 살면서 한밤중에 산책을 하곤 했던 때 꿈을 꾸곤 해. 기억나? 내가 널 깨워서 몰래 밖

384

으로 나가곤 했잖아. 오아후 애비뉴를 따라 올라가 이스트 마노아 로드로, 그리고 다시 모할라 웨이를 따라 올라가곤 했지. 그 길에 있는 집들 중 앞마당에 네가 좋아했던 황종화가 있는 집이 있었거든. 기억나? 상아색 같은 연노랑 꽃들이 피어 있었는데, 꽃이 거꾸로 뒤집혀 자라서 코넷 벨부분처럼 생겼던 거. 적어도 사람들은 그렇게 말했어. 하지만 넌 생각이 달랐지. "뒤집힌 튤립나무." 넌 그렇게 불렀고, 그 후로는 그 꽃이 절대 다른 식으로 안 보이더라. 그 다음에는 리피오마 웨이로 내려오다가 베퀴스로 들어가서 마노아 로드로 내려와 다시 집에 오지. 재미있었어―난 무서워하는 게 많았지만, 어둠은 전혀 무섭지 않았어. 어둠 속에서는 모든 사람이 무력하다는 걸 알게 되자, 나도 그냥 다른 사람과 다를 바 없다는 걸 알게 되자, 더 용기가 생겼거든.

난 그 산책이 좋았어. 너도 그랬을 거야. 네가 선생님에게 그 이야기를 한 다음엔 그만둘 수밖에 없었지만―네가 수업 시간에 졸아서 선생님이 이유를 물으니까 네가 야밤 산책 때문이라고 해서 선생님이 나한테 면담을 요청했고 난 곤란한 상황에 처했지. "지금은 성장기예요, 빙엄 씨." 선생님은 말했어. "잠을 자야 해요. 한밤중에 애를 깨워서 산책을 하시면 안 됩니다." 바보가 된 기분이었지만, 선생님은 친절했어. 네 할머니한테 말할 수도 있었지만, 그러지 않았거든. "그냥 애랑 더 많은 시간을 보내고 싶어서요." 이렇게 말하니까 선생님이 사람들이 종종 보는 시선으로 날 쳐다보더라고. 그래서 내 말이 틀렸고 이상했다는 걸 깨달았지만, 결국엔 선생님이 고개를 끄덕여줬어. "아들을 사랑하시는군요, 빙엄 씨. 그건 멋진 일이죠. 그래도 정말로 애를 사랑하신다면 잠을 재워야 해요." 나는 부끄러웠어. 물론 선생님 말씀이 옳았으니까. 넌 그냥 애였는데. 내겐 널 깨워서 침대에서 데리고 나갈 권리가 없었어. 처음 그랬을 때는 넌 어리둥절했지만, 나중엔 산책을 기대하더라. 눈을 비비며 하품은 해도 한 번도 불평하지 않았어—슬리퍼를 신고 내 손을 잡고 날 따라 길을 나섰지. 할머니한테 말하지 말라고 말할 필요도 없었어. 넌 그러면 안 된다는 걸 벌써 알고 있었거든. 나중에 에드워드에게 선생님과 문제가 생긴 적 있었다며 왜 그랬는지 말하니까, 에드워드는 "이 바보"라고 했지만, 화가 난 게 아니라 그냥 실망한 어조였어. "아동보호국에 연락해서 카위카를 데려갈 수도 있었다고." "그럴 수 있어?" 내가 물었지. 그건 상상할 수 있는 최악의 상황이니까. "물론이지. 하지만 걱정 마. 우리가 리포-와오-나헬레에 가면, 넌 네 마음대로 카위카를 키울 수 있고 아무도 뭐라 할 수 없어."

넌 그밖에 뭐가 기억나니? 내가 할 수 있는 거라곤 기억하는 것뿐이야. 눈이 조금 보이긴 하지만, 그냥 빛과 어둠뿐이야. 예전에 중국 묘지에 가서 언덕 꼭대기에 있는 멍키포드나무 근처에 있었던 거 기억나? 태양을 향해 얼굴을 똑바로 한 채 풀밭 위에 누워 있곤 했잖아. "눈 감고 있어." 너한테 그렇게 말했지만, 눈을 감고 있어도 눈앞에 오렌지색 바탕에 파리처럼 깜박대는 얼룩들이 계속 보였지. 시각이 어떤 식으로 작동하는지 말해줬더니, 넌 네가 지금 보고 있는 게 눈의 뒤쪽이냐고 물었어. 난 넌 그럴지도 모른다고 했고. 어쨌거나, 그거 비슷해—색깔과 그런 얼룩들은 보이지만 그 이상은 별로 안 보여. 그래도 날 밖에 데리고 나갈 때는 먼저 선글라스를 씌워줘. 왜냐하면, 여기 의사 선생님 말에 의하면, 내 눈이 보여야 한대—눈 자체에는 이상이 없기 때문에 눈을 보호해줘야 한다는 거야. 최근까지는 네 할머니가 네 사진을 가져와서 내 눈앞에, 코에 닿을 정도로 가까이 들이대고 보여줬어. "봐라, 위카." 할머니는 그랬지. "얠 보라고. 그런 말도 안 되는 짓 그만하고. 넌 네 아들 사진이 보고 싶지도 않냐?" 물론 보고 싶지. 그래서 노력했어, 정말 노력했어. 하지만 사진의 사각형 윤곽, 어쩌면 네 검은 머리, 그 정도 이상은 죽어도 안 보여. 어쩌면 할머니가 보여주던 게 네 사진이 아니었을지도 몰라. 그냥 고양이나 버섯 사진이었을지도 모르지. 난 그 차이를 모를 테니까. 요지는, 난 이제 새로운 것을 절대 볼 수 없다는 거야. 내가 보는 건 모두 예전에 봤던 것들이야.

그래도 볼 수는 없어도 들을 수는 있어. 대부분은 뭔지 알 수 없는 소리들이지만. 정확히 이해를 못 해서가 아니라, 계속 깜박 깜박 잠이 드니까 실제로 들은 소리인지 상상한 소리인지 기억하기가 힘들어서 그래. 때로는 이해하려고 애쓰던 중에 또 잠이 들고, 그러면 다음에 일어났을 때는 더 혼란스러워—잠들기 전에는 분류하려던 걸 기억할 수 있다고 생각하지만, 깨고 나면 내가 들었다고 생각하는 말을 진짜 들은 건지 환각을 겪은 건지 알 수가 없거든. 예를 들어, 네가 뉴욕에 있다는 것도. 잠에서 깼을 때는 네가 거기 있다고 확신했지만, 정말로 거기 있었던 게 맞나? 누군가 말해줬거나, 내가 만들어낸 게 아니라? 머리가 터지도록 생각하고 또 생각하다 보면 너무 혼란스럽고 좌절한 나머지 훌쩍거리게 되고, 그러면 누군가 방에 들어오고, 그 후에는 기억이 없어졌어. 다시 깨었을 때 기억나는 거라곤 속상했다는 것밖에 없었고, 훨씬 나중에야 왜 그랬었는지 기억이 났지. 물론 네가 뉴욕에 있었는지 아닌지 물어볼 길도 없었고, 그래서 그냥 누가─네 할머니가─다시 날 찾아오기를 기다리고 할머니가 네 이야기를 해주기를 바라는 수밖에 없었어. 그리고 드디어 네 할머니가 와서 네게서 편지를 받았다고, 뉴욕 날씨는 덥다고, 덥고 비가 온다고, 네가 내 회복을 바란다고 말해줬어. 자, 이제 넌 어떻게 이게 내가 꾼 꿈이 아니라 실제로 일어난 일인지 아는지 궁금하겠지. 그건 그날 네 할머니가 달고 온 꽃들 냄새를 맡았기 때문이야. 파카라나 덩굴에 꽃이 필 때면 할머니가 너한테 집 옆벽에 핀 꽃송이를 몇 개 꺾어오게 했던 거 기억나? 그러면 할머니가 실제로 꽃 몇 송이를 꽂을 수 있는 꽃병 모양 조그만 은브로치에 그 꽃들을 꽂고 다녔던 거? 그래서 그게 진짜였다는 걸, 또 그때가 여름이었다는 걸 아는 거야. 파카라나는 여름에만 피니까. 그래서 널 생각할 때마다, 뉴욕을 생각할 때마다 파카라나 향기가 나.

네가 집을 떠난 산 게 얼마나 오래 되었는지 난 몰라. 분명 굉장히 오랜 시간이겠지. 수년. 어쩌면 심지어 십 년. 그런데 만약 그렇다면 그건 내가 여기 이곳에 있었던 게 수년, 어쩌면 심지어 십 년이라는 뜻이잖아. 그걸 깨달으면 난 끙끙대며 신음하기 시작하고, 그 소리가 점점 더 커지면서 내가 팔다리를 때리고 오줌을 싸며 난리를 쳐대면, 사람들이 몰려오는 소리가 들리고 때로는 내 이름을 부르는 소리도 들려. "위카. 위카. 진정해요. 진정하라고요, 위카." 위카, 사람들은 날 위카라고만 불러. 여기서는 네 할머니가 오는 날 외에는 아무도 날 빙엄 씨라고 부르지 않아. 하지만 괜찮아. 어차피 빙엄 씨라고 불리는 게 한 번도 편하지 않았으니까.

하지만 진정할 수는 없어. 이제 난 여기서 절대 나갈 수 없다는 사실에 대해, 내 인생—평생—을 탈출할 수 없는 곳들에서 보냈다는 사실에 대해 생각하고 있거든. 네 할머니 집. 리포-와오-나헬레. 그리고 이젠 여기. 이 섬. 난 절대 진짜로 떠날 수 없을 거야. 하지만 넌 떠났어. 넌 벗어났어.

그래서 난 계속 그 사람들 손을 쳐내고 날 진정시키려는 시도보다 더 크게 울부짖으며 내가 낼 수 있는 소리를 내. 약이 내 혈관에 들어와 내 몸을 덥히고 내 심장을 진정시켜서 날 망각의 상태로 되돌려 보낼 때까지 계속해서.

너한테 이야기해주고 싶다. 내 아들, 우리 카워카. 네가 절대 듣지 못할 거라는 거 알아. 이 중 어떤 이야기도 너한테 소리 내어 말할 수 없을 테니까, 더 이상은. 그래도 어떤 일이 있었는지 모두 이야기해주고 싶어, 내가 왜 그런 일들을 했는지 설명하고 싶어.

넌 한 번도 날 찾아오지 않았지. 난 그걸 알지만, 또 모르기도 해. 가끔은 네가 날 찾아온 적 있다고, 내가 그냥 헷갈린 거라고 거짓말할 수도 있어. 하지만 네가 오지 않은 거 알아. 이젠 네 목소리가 어떤지도 모르겠어. 네게서 어떤 냄새가 나는지도. 내 머릿속 네 모습은 네가 열다섯 살 때 평소처럼 주말을 함께 보내고 떠날 때 모습이고, 그때는 널 다시는 못 보게 될 줄 몰랐지—어쩌면 너도 몰랐을지도 모르지, 어쩌면 그때는 그 모든 일에도 불구하고 네가 날 여전히 조금은 사랑했을지도 모르고. 물론 이런 생각을 하면 슬퍼. 나를 위해서만 슬픈 게 아니라—너를 생각해서도. 네 아버지는 살아 있으면서도 살아 있지 않잖아. 그렇지만 넌 아직 젊고, 젊은이에게는 아버지가 필요하니까.

여기가 정확히 어딘지 알 수가 없어. 난 모르니까. 때로는 여긴 분명히 숲속 높이 자리한 탄탈러스일 거라고 상상해. 여긴 시원하고 비가 많고 굉장히 조용하거든. 하지만 누아누아 심지어 마노아일 수도 있겠지. 여기가 우리 집이 아니라는 건 확실히 알아. 여긴 우리 집 냄새가 나지 않으니까. 한참 동안은 여기가 병원이라고 생각했지만, 여기 냄새는 병원 같지 않아. 하지만 의사와 간호사, 병원 잡역부들은 있거든. 다들 날 돌봐줘.

오랫동안 난 침대에서 나가지도 않았어. 그랬더니 일어나게 만들기 시작하더라고. "자, 위카." 남자 목소리가 말하곤 했지." 자, 이봐요." 등에 손이 닿아 날 일으켜 앉히고, 내 허리를 감은 손 두 개를 포함해 네 개의 손이 날 일으켜 세웠다가 다시 어딘가에 앉히는 거야. 그리고는 날 밀고 가. 건물 밖으로 나왔다는 게 느껴지고, 목에 닿는 햇살이 느껴져. 손 하나가 내 턱 끝을 치켜올리길래 눈을 감았지. "기분 좋지 않아요, 위카?" 목소리가 말해. 하지만 그리고 나서 턱을 놔버리면 내 머리는 다시 앞으로 털썩 떨어지는 거야. 이제는 나를 건물 주위나 정원에 데려갈 때는 내 머리가 고정될 수 있도록 이마 주위를 뭔가로 묶더라고. 때로는 여자가 와서 내 팔다리를 움직이며 말을 걸어. 팔다리를 하나하나 굽혔다 폈다 해주고, 날 엎드리게 한 다음 등을 안마하고 문질러줘. 옷을 홀딱 벗고 누운 채로 낯선 여자가 만져주는 걸 부끄러워했을 때도 있었겠지만, 이제는 상관 안 해. 그 여자 이름은 로즈메리인데, 마사지를 하면서 그날 있었던 일, 가족 이야기를 해 줘. 회계사인 남편, 아직 초등학생인 아들과 딸 이야기. 가끔은 로즈메리가 하는 이야기를 듣다 얼마나 많은 시간이 지났는지 깨닫게 되는 순간도 있지만, 그러다 나중에는—또—로즈메리가 정말로 그런 말을 했는지 내가 지어냈는지 몰라서 혼란스러워져. 베를린 장벽이 무너졌어, 안 무너졌어? 화성에 새 식민지들이 있어, 없어? 에드워드가 결국 승리하고 왕정이 복원돼서 내가 하와이 섬들의 왕이 되고 어머니가 섭정 여왕이 된 거야, 아니야? 한 번은 어머니가 너, 내 아들에 대해 뭔가 이야기를 했는데, 내가 흥분해서 소동을 피우는 바람에 벨을 눌러 도움을 요청해야만 했고, 그 후로 어머니는 다시는 네 이야기를 하지 않아.

오늘은 사람이 와서 저녁을 먹여주고 있는데 네 생각이 났어. 내가 먹는 음식은 다 부드러워. 왜냐하면 삼켜야 한다는 생각을 너무 열심히 하다보면 공포에 질려 구역질을 할 때가 있는데, 씹지 않아도 되는 음식일 때는 그런 생각을 덜 할 수 있거든. 저녁은 삭힌 계란과 부추를 올린 죽이었는데, 그건 네가 아플 때 제인에게 부탁해 만들어준 음식 중 하나야—내가 어렸을 때 제인이 만들어준 음식이기도 하고, 우리 아버지가 제일 좋아하던 음식이기도 해. 아버지는 삶은 닭고기를 올린 걸 더 좋아했지만.

제인은 죽었겠지. 매튜도. 아무도 이런 이야기를 해주지 않았지만, 난 알아. 예전에는 보러 왔었는데 이제는 안 오니까. 그게 언제였는지, 어떻게 왔는지는 묻지 마. 어차피 난 말해줄 수 없을 테니까. 하지만 둘 다 늙었어—네 할머니보다 더. 예전에 네 할머니가 너한테 아버지에게서 결혼 선물로 제인과 매튜를 받았다는 이야기를 하는 걸 어쩌다 들었어. 네 할머니 살림을 도와주도록 아버지 집 하인 둘을 줬다고. 하지만 그건 사실이 아니야. 제인과 매튜는 네 할머니가 이 집에 들어오기 훨씬 전부터 여기 있었어. 게다가 그때 할머니의 아버지는 하인 둘은 고사하고 하나 쓸 돈도 없었다고. 둘을 준다는 건 말할 것도 없고. 돈이 있었다 하더라도, 하인들을 주진 않았을 거야. 법적으로 따지면 네 할머니는 아버지와 피도 안 섞여 있었거든.

네 할머니가 너한테 사실도 아닌 이야기를 하는 걸 들었을 때 난 어째야 할지 몰랐어. 반박하고 싶지 않았어. 그러면 안 된다는 것 정도는 알지. 그리고 네가 할머니를 믿고 사랑하기를 바랐고—난 네가 나보다는 좀 더 수월하게 살길 바랐어. 그리고 그건 할머니와 좋은 사이로 지낸다는 뜻이야. 난 그러려고 정말 노력했고, 성공했다고 생각해. 널 완전히 실망시키지는 않았다는 말이야. 네 할머니가 널 사랑하도록 만들었으니까. 하지만 이제 넌 다 커서 안전하게 뉴욕에서 살고 있으니까 너한테 진실을 말할 수 있을 것 같다.

네 할머니를 위해서 이 말은 해야겠다. 할머니가 가진 것 중 당연하게 받은 것은 아무것도 없어. 할머니가 가진 건 전부 싸워서 얻은 거고, 그것들이 사라지지 않도록 지키는데 평생을 바쳤어. 네 할머니는 날 그 반대로 키웠지만, 그런 나를 원망하는 듯한 느낌이 들 때가 있었지. 그게 할머니 의도였으면서 말이야. 아버지는 그런 일로 한 번도 원망하지 않았으면서 나한테는 화내고 원망했어. 내 일부는 네 할머니한테서 온 거고, 그러니 내 입장이 얼마나 불안정한지 나도 마땅히 알아야 하는 거지. 그래야 할머니의 불안이 덜 외롭게 느껴질 테니까. 사람들은 자식이 자기들의 소원을 이루었을 때 종종 자식을 미워하게 되기도 해.—널 원망한다는 말을 에둘러서 하는 게 아니야. 내 유일한 바람이 네가 자라서 나를 떠나는 거긴 했지만.

아버지에 대해선 네가 이미 알고 있는 이상은 해줄 말이 거의 없구나. 아버지가 돌아가셨을 때, 난 벌써 여덟 살, 거의 아홉 살이었지만, 아버지에 대한 기억은 거의 없어—희미한 기억 속 아버진 유쾌하고 운동을 좋아하고 기운이 넘치는 사람이었고, 퇴근하고 집에 오면 날 하늘 높이 휘휘 들어 올려주고, 깩깩대며 비명 지르는 날 거꾸로 매달아 흔들고, 공 치는 법을 가르쳐주려 했지만 늘 실패했지. 난 아버지를 닮지 않았지만, 아버지는 어머니와는 달리 내게 불만 없어 보였어. 어머니가 무슨 생각을 하고 있는지 조금이라도 알아차릴 수 있게 된 이후로 어머니가 내게 만족하는 건 거의 본 적이 없었거든. 난 책 읽기를 좋아했고, 그런 나를 아버지는 "교수님"이라 부르곤 했어. 내가 좋아했던 책들은 그냥 만화책들이었는데도, 절대 비아냥이 아니었어. "얘가 위카예요, 우리 집안 독서가죠." 아버지는 지인들에게 날 이렇게 소개했고, 난

393

부끄러웠어. 난 시시한 것들만 읽는 데다, 정말로 독서가라 불릴 자격이 없다는 걸 알고 있었거든. 그래도 아버지는 상관하지 않았어. 아버진 내가 말을 탔으면 기수라고, 테니스를 쳤으면 운동선수라고 불렀을 거야. 내가 뛰어나건 아니건, 아버지는 전혀 상관하지 않았을 거야.

아버지가 집안 회사에 들어갔을 무렵에는 대부분의 가산이 없어졌지만, 아버지는 그 재원을 다시 채울 생각도 없어 보였어. 우린 클럽에서 주말을 보내고 거기서 점심을 먹었지―사람들은 우리 자리에 와서 아버지와 악수하고 어머니에게 미소를 지어 보였고. 어머니가 반대해도 마지막에 꼭 아버지가 시켜줬던, 카펫 보풀처럼 포슬포슬한 코코넛 층을 올린 달콤한 조각케이크가 내 앞에 놓이면―아버지는 골프를 치러 갔고, 어머니는 풀장 옆 파라솔 아래 잡지들을 쌓아놓고 앉아 날 지켜보곤 했어. 나중에 에드워드와 친구가 되고 나서 에드워드한테 주말에 어머니와 바닷가에 놀러갔던 이야기를 듣고 난 아무 말도 하지 않았어. 에드워드와 어머니는 음식을 바리바리 싸들고 가서 바닷가에서 하루 종일 놀았고, 어머니는 친구들이랑 담요 위에 앉아 있고 에드워드는 물에 뛰어들어갔다가 나왔다 들락거리다 하늘이 어둑어둑해져야 짐을 싸서 떠났다는 거야. 클럽은 바다 가까이 있었지만―골프 코스 위에서 보면 나무 사이로 반짝거리는 파란 해변이 조금 보였거든―우린 그 해변에 가볼 생각조차 하지 않았어. 너무 모래투성이고 너무 야생적이고 너무 가난했으니까. 하지만 에드워드에겐 절대 이런 말은 안 했어. 그냥 나도 해변에 가는 거 좋아했다고 했지. 그래도 같이 해변에 가기 시작했을 때, 내 마음 한편에는 늘 언제 떠날 수 있을까, 언제 샤워를 하고 다시 상쾌하게 있을 수 있을까, 그런 생각뿐이었어.

아버지가 돌아가시고 나서야 난 우리가 부자라는 걸 알았는데, 그때는 예전에 비하면 훨씬 형편이 안 좋아져 있을 때였어. 하지만 아버지가 소유한 재산은 명백하게 보이는 재산은 아니었어—우리 집은 크긴 했지만 다른 사람들 집과 다를 바 없이 넓은 포치와 커다랗고 복잡한 일광욕실, 조그만 부엌이 있는 그런 집이었어. 원하는 장난감을 다 가지긴 해도 내 첫 번째 자전거는 동네 아이에게 물려받은 중고였고. 제인과 매튜가 있었지만, 식사는 소박했어—저녁엔 쌀이랑 이런저런 고기, 아침엔 쌀이랑 생선, 계란을 먹었고, 학교에는 철제도시락에 점심을 싸서 갔지—그 집이 성대해 보일 때는 부모님이 연회를 열어서 촛불들을 켜고 샹들리에 청소를 했을 때뿐이었어. 그럴 때는 소박한 집 속에 자리한 장중한 기품이 드러나 보였어. 윤나는 검은 식탁에, 반지르르한 흰색 나무벽과 천장에, 이틀마다 가는 꽃병의 꽃들. 그때는 1940년대 후반이어서 이웃들은 바닥에 리놀륨을 깔고 플라스틱 식기를 쓰기 시작했지만, 우리 집은, 어머니 말로 하자면, 편리를 내세우는 집이 아니었지. 우리 집은 나뭇바닥에 은제 커틀러리를 쓰고 자기 식기를 썼어. 비싼 자기는 아니었지만, 그렇다고 플라스틱도 아니었어. 전후 시기, 섬에는 본토에서 새로운 부, 새로운 것들이 들어왔지만, 우리 집은 어머니가 유행이라고 생각한 것들에 빠지지 않았어. 우리 집 마당에서 자라는 오렌지가 훨씬 나은데 왜 플로리다

산 비싼 오렌지를 사겠어? 우리 집 나무에 열린 여지 열매가 훨씬 단데 왜 캘리포니아산 건포도를 사야 해? "다들 본토에 미쳤어." 어머니는 이웃들을 비난하곤 했지. 그렇게 술술 속아 넘어가는 걸 못마땅해했어. 그런 게 다 우리 땅, 우리 자신에 대한 자기혐오의 일환이라며. 에드워드는 그런 어머니를, 어머니의 맹렬한 국수주의와 애향심을 절대 이해하지 못했어—에드워드는 오로지 그 자긍심의 표현 속에 드러난 모순만을 찾았어. 본토에서 온 최신 음악과 음식을 좋아하는 사람들은 경멸하면서 자신은 왜 뉴욕에서 사 온 진주목걸이를 하고 다니느냐, 부모님이 매년 갔고 아버지가 돌아가시고 나서도 어머니 혼자 계속 갔던 샌프란시스코에 있는 의상실에서 주문한 긴 면치마는 왜 입느냐, 이런 식이었지.

우리 셋은 일 년에 두 번 노스쇼어 라이에로 드라이브를 갔어. 거기에는 증조할아버지가 젊은 시절부터 후원했던 조그만 산호초 교회가 있는데, 거기서 아버지는 증조할아버지 생신 때는 20달러를 넣은 봉투를 성인 한 사람당 하나씩 나눠주며 생신을 축하했고 기일에는 증조할아버지가 사랑했던 사람들에게 선물을 주곤 했거든. 흙길을 달려 교회 앞에 거의 다 오면 마을 사람들이 문 주위에 모이는 게 보였고, 아버지가 차에서 내려 건물 쪽을 걸어가면 사람들은 고개를 숙였어. "전하" 덩치 크고 새까만 사람들이 부자연스러울 정도로 부드러운 목소리로 중얼거렸어. "돌아오신 것을 환영합니다, 왕이시여." 아버지는 고개를 끄덕하며 사람들이 잡도록 손을 내밀어줬고, 교회 안에 들어가서 돈을 나눠준 다음 동네에서 제일 노래 잘하는 사람의 노래와 또 다른 사람의 성가

영창을 들은 다음 다시 차에 타서 집으로 돌아오곤 했어.

　그런 방문이 난 늘 불편했어. 어렸을 때조차 사기꾼이 된 기분이 들었어—내가 무엇을 했길래 "왕자"라고 불리고, 너무 나이가 많아서 하와이 말밖에 할 줄 모르는 할머니가 지팡이 머리를 꼭 잡고 쓰러지지 않으려고 버티면서 내 앞에서 머리를 조아리는 거지? 집에 오는 길에 아버지는 방금 들은 노래를 휘파람으로 유쾌하게 불렀고, 어머니는 그 옆에서 꼿꼿하고 품위 있는 자세로 말 없이 앉아 있었어. 아버지가 돌아가신 후에는 어머니랑 둘이서만 갔는데, 마을 사람들은 공손하기는 했지만 나만 인정해줬어, 어머니가 아니라. 어머니는 늘 그 사람들한테 친절하게 대하긴 했지만, 아버지의 유머 감각도 없었고, 훨씬 가난한 사람도 동등한 사람처럼 대해주는 아버지 같은 능력이 없었거든. 그래서 그 자리는 긴장감이 흘렀지. 내가 열여덟 살이 되어 그 의무를 직접 이행할 때가 되었을 무렵에는 그 일 전체가 시대착오적이고 생색내는 행사처럼 느껴지기 시작했고, 그때부터 어머니는 그냥 지역 커뮤니티 센터에 연례 기부금만 보내서 어떤 식으로든 주민들에게 혜택을 줄 수 있도록 나눠주라고 했어. 어쨌거나 난 아버지처럼 할 수 있는 능력도 없었어. 어머니한테도 그렇게 말했어—난 아버지를 대체할 수 없다고. "이해를 못하는구나, 위카." 어머니는 기운 없이 말했어. "넌 아버지를 대체하는 게 아냐. 아버지의 후계자지." 하지만 내 말을 반박하지도 않았지. 내가 아버지 같은 능력이 있다고는 우리 둘 다 믿지 않았으니까.

　물론 아버지가 돌아가시고 나서 상황은 바뀌었어. 어머니 입장에서 그 변화는 더 크고 위협적이었지. 아버지가 진 빚을 다 갚고 나자—아버진 노름과 차를 좋아했거든—어머니가 생각했던 것보다 더 돈이 없었어. 아버지가 돌아가시면서 어머니의 위치에 대한 보장도 사라졌고—어머니가 늘 주장하던 바를 정당화시켜주던 존재가 아버지였는데, 아버지가 사라지자 귀족을 자칭할 권리를 늘 방어해야만 하게 됐지.

하지만 또 다른 변화는 어머니와 나, 우리 둘만 남게 됐다는 거야. 아버지가 떠나고 나서야 우린 우리에게 정체성을 줬던 사람이 아버지라는 걸 깨닫게 됐어. 어머니는 카위카 빙엄의 아내였고, 나는 카위카 빙엄의 아들이었지. 아버지가 떠났는데도 우린 여전히 아버지와의 관계를 통해 우릴 정의하고 있었어. 하지만 아버지가 없으니 우리 두 사람의 관계는 더 불안해 보였어. 어머니는 이제 고(故) 카위카 빙엄의 부인이고, 난 그의 후계자였지만, 카위카 빙엄 본인은 더 이상 존재하지 않았고, 그 부재 속에서 우리 두 사람은 이제 어떻게 관계를 맺어야 할지 알 수가 없었어.

아버지가 돌아가시고 나서 어머니는 점점 더 사교모임 활동에 매진했어. 카이카마히네 쿠 하와이라는 그 모임의 회원들은 자기들을 '도터스*'라고 불렀는데, 귀족 혈통만 증명할 수 있으면 누구나 들어올 수 있는 모임이었지.

어머니는 귀족 혈통이라 주장했지만 그 문제는 복잡했어. 아버

* 딸들.

지의 먼 사촌인 어머니 양아버지가 귀족이었고, 그 분의 가계도는 우리 아버지와 마찬가지로 저 위 대왕 때까지로 거슬러 올라가거든. 커가면서 나는 어머니에 대한 여러가지 이야기를 들었어. 가장 흔한 이야기는 어머니가 양아버지의 사생아라는 거였는데, 그 소문에 따르면, 어머니의 어머니는 외지인 백인인 하울리(haole) 칵테일 웨이트리스고, 잠깐 불장난으로 생긴 아이를 낳고 나서 고향 미국으로 돌아가버렸다는 거야. 하지만 다른 이야기들도 있었어. 어머니는 귀족이 아닐 뿐더러 하와이 혈통조차 아니라는 이야기, 어머니의 어머니는 양아버지의 비서였고, 아버지는 양아버지의 하인이었다는 소문이었지—어머니의 양아버지는 하울리 하인을 더 좋아하는 걸로 유명했거든. 백인들을 부릴 수 있는 지위와 돈이 있다고 뻐기고 싶어 했으니까. 가끔 양아버지 이야기를 할 때면 어머니는 당신한테 늘 잘해줬다고 말했지만, 다른 사람—누군지는 모르겠어—이야기를 들었을 때 난 어머니한테 잘해줬을지는 몰라도 뭔가 애매하다는 인상을 분명히 받았어. 그 분은 자기 친자식—딸이랑 아들이 있었어—한테는 엄격했거든. 자기 자식들에게는 더 많은 걸 바랐어. 친자식들은 아버지를 실망시킬 힘도 있지만, 아버지를 기쁘게 해줄 힘도 있었지. 친자식들은 아버지의 체현이지만, 그건 어머니에겐 불가능한 일이거든.

아버지와 결혼함으로써 어머니는 그 소문들을 대부분 잠재웠지만—아버지의 혈통은 논쟁의 여지도 없고, 이의를 제기할 수도 없이 확실하니까—아버지가 돌아가시면서 어머니는 또다시 방어를 시작해야 한다고 생각했던 거 같아. 어떤 도전에도 응수하기 위해 바짝 경계 태세를 취했어. 그래서 도터스 모임에서 그렇게 많은 일을 한 것 같아―연례 모금 행사를 주최하고, 위원회를 이끌고, 자선사업 의장을 맡고, 어머니의 상상력과 시대에 맞는 온갖 방식으로 이상적인 하와이 여성이 되고자 노력한 게 바로 그런 이유에서였던 것 같아.

하지만 뭔가 이상적인 게 되기 위해 노력할 때의 문제점은 결국에는 정의 자체가 변한다는 거야. 그래서 이제껏 추구해왔던 일이 단 하나의 진실이 아니라 문맥 속에서 결정된 기대들에 불과했다는 것을 깨닫게 되는 거지. 그 문맥에서 벗어나서 그런 기대들을 떠나고 나면, 다시 아무것도 아닌 사람이 되어버리는 거야.

어머니를 처음 만났을 때, 에드워드는 조심하고 예의 발랐어. 나중에, 어른이 돼서 다시 가까워졌을 때에야 에드워드는 어머니를 의심하게 됐지. 어머니는 하와이어를 못 한다고, 에드워드는 지적했어 (나도 못 해. 다들 아는 문구와 단어들 몇 개, 그리고 노래와 송가들 열두어 개를 제외하고는 영어랑 불어 조금밖에 못 했어). 어머니는 투쟁을 지지하지 않는다고. 하와이 왕정의 부활을 지지하지 않는다고. 하지만 에드워드는 다른 사람들처럼 어머니의 옅은 피부색 이야기는 절대 하지 않았어. 자기는 더 옅으니까. 섬에서 자라지 않은 사람은 에드워드의 머리카락과 눈 아래 숨어 있는 하와이인의 특성을 절대 알아보지 못할 거야. 그때쯤 그는 내 생김새, 내 피부와 머리카락과 눈을 부러워하기 시작했어. 가끔 고개를 들어보면 에드워드가 나를 빤히 보고 있었지. "머리 길러." 한 번은 나보고 그러는 거야. "그게 더 진짜 같아." 모두가 긴 머리를 하고 다니던 그 시절에도 내가 여전히 아버지처럼 단정하고 굉장히 짧은 머리를 하고 다니는 걸 에드워드는 싫어했어. 난 그냥 머리가 양털 같고 숱이 많아서 너무 길면 얼굴 주위로 구름처럼 부풀어 오르는 게 싫어서 그랬을 뿐인데.

"아프로형으로 보이는 건 싫은데." 이렇게 말하자, 그는 늘 앉아 있던 안락의자에서 벌떡 일어나 내 앞으로 상체를 쑥 내밀었어.

"아프로형 머리가 어때서?" 때로 그렇듯이 그는 눈도 깜박이지 않고 나를 빤히 쳐다봤고, 그럴 때면 그 눈은 더 짙어지면서 남색으로 변했지. 그래서 나는 긴장하면 그렇듯이 말을 더듬기 시작했어.

"아냐." 나는 말했지. "아프로형은 아무 문제없어."

에드워드가 다시 기대앉아 한참 동안 나를 물끄러미 바라보는 바람에 나는 시선을 딴 곳으로 돌려야 했어. "진짜 하와이인은 긴 머리를 해." 그가 말했지. 에드워드의 머리는 곱슬이지만 아이 머리처럼 가늘어서 고무줄로 묶고 다녔거든. "크고 자랑스럽게." 그때부터 에드워드는 날 회계사라고 부르기 시작했어. 내가 어디 은행에서 다른 사람 돈을 세며 일하는 사람처럼 생겼다는 거야. "안녕, 회계사?" 날 태우러 올 때면 그렇게 인사했어. "일 잘 돼?" 놀리는 말이라는 걸 알고 있었지만, 때로는 거의 다정하고 애정 어린 말처럼, 우리 둘만 공유하는 비밀처럼 느껴지기도 했어.

에드워드가 어머니를 비판할 때면 뭐라고 해야 할지 알 수가 없었어. 그때쯤엔 내가 절대 어머니를 행복하게 만들 수 없으리라는 게 이미 명백해진 지 오래였거든. 그래도 어머니를 보호해야 한다는 생각이 들었어. 어머니는 절대 내 보호를 바라지 않았고, 사실 어머니를 보호해줄 능력도 없었으면서. 돌이켜 보면, 하와이인이 되는 길은 한 가지밖에 없다는 에드워드의 암시 때문에 마음이 좀 불편했다고 생각하고 싶은 것 같아. 하지만 그때 난 그런 용어로 생각할 정도로 고상하지 않았거든—우리 종족이 나더러 이런 사람, 저런 사람이 되라고 강요한다는 생각 자체가 너무 낯설었기 때문에, 그런 이야기를 했다면 숨 쉬고 삼키는 다른 방법, 더 옳은 방법이 있다고 말하는 것처럼 어리둥절했을 거야. 그때 내 주변에서 내 또래들은 다 그런—흑인, 동양인, 미국인, 여자가 되는 법에 관한—대화를 하고 있었다는 걸 이제는 알아. 하지만 난 그런 대화를 한 번도 들어본 적 없었고, 마침내 들었을 때는 에드워드와 함께 있을 때였거든.

그래서 난 그 대신 그냥 이렇게 말했어. "어머닌 하와이 사람이야." 하지만 그 말을 하는 순간에도 그게 질문처럼 들렸지. "어머니가 하와이 사람이야?"

아마 그래서 에드워드가 이렇게 대답했을지도 몰라.

"아니, 아니야." 그는 말했지.

하지만 우리가 처음 만났을 때 이야기로 거슬러 가볼게. 그때 난 아버지를 막 잃은 열 살이었어. 에드워드는 그해에 새로 들어왔고. 학교에서 유치원, 5학년, 7학년, 9학년에 새 학생들을 받았거든. 나중에 에드워드는 우리가 하와이 혈통 학생만 받는 학교에 갈 수도 있었는데 이 학교에 다녔다고 욕을 했지. 우리 학교는 왕

402

실 헌장에 의해 허가를 받기는 했지만 선교사들이 세운 학교였거든. "그러니까 우리가 누구며 어디서 왔는지도 안 배웠지." 에드워드는 그렇게 말하곤 했어. "그러니까 안 배운 거야. 그놈의 학교의 목적이라곤 우릴 식민화시켜서 복종하게 만드는 것뿐이니까." 그래도 에드워드도 그 학교에 다녔어. 학교는 우리가 함께 한 세월 동안 에드워드가 증오하거나 수치스러워하게 된 여러 가지 것들 중 하나였고, 그런 것들에 대해—다른 수많은 것들은 수치스러워하면서—에드워드와 똑같이 수치스러워하기를 거부하거나 그렇게 못하면 불같이 화를 내게 됐지.

내가 그 학교에 다닌 이유는 우리 집안사람들이 다 그 학교에 다녔기 때문이야. 고등학교 쪽에는 심지어 빙엄홀이라는 건물도 있었어. 선교사들이 처음 지었던 건물 중 하나인데, 나중에 황녀랑 결혼한 목사 이름을 따서 그렇게 명명했지. 그 학교에 다닌 모든 카위카 빙엄—우리 아버지, 할아버지, 증조할아버지, 고조할아버지—은 그 건물 앞, 돌에 박아 새겨놓은 이름 밑에서 포즈를 잡고 사진을 찍거나 초상화를 그렸어.

에드워드 가족 중에 그 학교에 다닌 사람은 아무도 없었고, 거기 갈 수 있었던 건 오로지—에드워드가 말해줬는데—장학금 덕분이었대. 에드워드는 이런 이야기를 어떤 자기 연민이나 당황스러움도 내비치지 않고 사무적으로 해줬고, 난 그게 대단하다고 생각했어.

우린 천천히 친구가 됐어. 우리 둘 다 다른 친구들이 없었어. 더 어렸을 때는 우리 아버지가 누구며 어머니가 누군지 아는 어머니들에게 등 떠밀려 나랑 놀아준 애들이 몇 명 있긴 했어. 그 생각을 하면 지금도 몸이 움츠러들어. 그런 애 하나가 놀이터를 터벅터벅 가로질러 나한테 와서 자기소개를 하고는 같이 놀고 싶냐고 묻는 거야. 난 항상 좋다고 했고, 그러면 미적지근한 공놀이가 시작돼. 그렇게 며칠 놀고 나면 그 애 집에 초대되지. 그 애 집이 분지쪽에 있지 않으면 매튜가 태워줘. 도착하면 그 애 어머니를 만나고, 그분은 웃으며 간식을 줘. 비엔나 소시지와 쌀밥, 혹은 패션푸르트 잼 바른 빵, 혹은 버터 발라 구운 빵나무 열매 같은 거. 그러고 나면 또 아무 말없이 공놀이를 하고, 나중에 매튜가 와서 날 집으로 데려가. 그 애 어머니의 야심이 어느 정도인가에 따라 두세번 더 초대할 수도 있지만, 결국엔 그것도 끝나고 학교 휴식 시간에 그 애는 날 쳐다보지도 않고 자기 진짜 친구들에게 달려가. 나한테 잔인하게 굴거나 괴롭히거나 하진 않지만, 그건 그냥 내가 괴롭힐 가치조차 없기 때문이야. 말했듯이, 동네에는 날 괴롭히던 애들이 있었지만, 거기에도 익숙해졌어―그것도 일종의 관심이니까.

난 지루해서 친구가 없었지만, 에드워드는 이상해서 친구가 없었어. 겉모습은 이상하지 않지만―에드워드는 우리처럼 새 옷을 입진 않지만, 늘 같은 옷을 입었어. 똑같은 하와이 셔츠와 면바지들―심지어 그때도 에드워드에겐 내면에 집중하는 분위기가 있었어. 에드워드는 말 한마디 없이도 자기는 아무도 필요 없다고, 자긴 다른 누구도 모르는 뭔가를 알고 있고, 우리가 그걸 알기 전까지는 우리와 이야기할 가치가 없다고 알려줄 수 있는 능력이 있었지.

학기 초 어느 날 휴식 시간에 에드워드가 내게 다가왔어. 난 언제나처럼 커다란 멍키포드나무 밑에 앉아 만화책을 읽고 있었어. 그 나무는 학교 캠퍼스 남쪽 끝 쪽으로 살짝 경사를 이루며 올라가는 들판 꼭대기에 있었는데, 거기선 만화를 보면서 반 아이들이 노는 모습―축구하는 남자애들과 고무줄놀이 하는 여자애들-을 볼 수 있었거든. 그러다 고개를 들었는데 에드워드가 내 쪽으로 성큼성큼 다가오고 있는 거야. 그래도 뭔가 분위기상 내 쪽으로 오는 것뿐이지 내게 오고 있다는 생각은 들지 않았어.

그런데 에드워드가 내 앞에 와서 딱 서더라고. "네가 카와카 빙엄이지" 하는 거야.

"위카야." 내가 그랬어.

"뭐라고?" 그는 물었어.

"위카라고." 내가 말했지. "보통 위카라고 불러."

"알았어." 그가 말했어. "위카." 그러더니 가버리는 거야. 난 잠시 동안 확신―내가 카와카 빙엄 맞나?―이 서지 않았고, 그러다 맞다는 걸 깨달았어. 에드워드가 확인해줬으니까.

다음 날 그가 다시 왔어. "엄마가 내일 학교 마치고 놀러 오래." 그가 말했어. 에드워드는 상대방이 아니라 상대방 너머 어딘가를 보면서 말을 했는데, 그러다 보니 마침내 그가 상대방을 똑바로 바라보면―그 순간 내 대답을 기다리며 그랬듯이―그 시선이 너무 강렬해서 마치 취조당하는 기분이 들었어.

"좋아." 난 그랬어. 달리 뭐라고 해야 할지 알 수가 없었거든.

다음 날 아침 난 매튜랑 제인에게 학교 마치고 친구 집에 놀러 갈 거라고 알렸어. 아침을 먹으면서 재빨리 소리 낮춰 말했어. 어쩐지 어머니가 에드워드를 허락하지 않을 것 같다는 생각이 들었거든. 이렇게 말하면 어머니한테 좀 부당할 수도 있지만—어머니는 당신보다 돈 없는 사람들을 무시하지 않았어. 적어도 그때 내가 알아챌 수 있을 정도로는—어머니한테는 말할 수 없다는 걸 알았어.

매튜와 제인이 서로를 쳐다봤어. 다른 친구들 집에 갈 때는 모두 그쪽 어머니들이 우리 어머니랑 이야기해서 약속을 잡았었거든. 내가 직접 친구 집에 가기로 약속한 적은 한 번도 없었어. 두 사람이 기뻐하면서도 내가 너무 자의식을 가질까 봐 억누르고 있다는 걸 알 수 있었어.

"나중에 데리러 갈까, 위카?" 매튜가 물었지만 난 고개를 저었어—에드워드 집이 학교 근처여서 평소처럼 걸어올 수 있다는 걸 알고 있었거든.

"그 애 어머니한테 드릴 게 있어야지." 제인이 자리에서 일어나더니, 찬장 쪽으로 가서 망고잼을 한 병 하나 챙겼어. "병은 나중에 다 드신 다음 네 편에 보내면 된다고 말씀드려. 그럼 내가 다음 철에 다시 채워드린다고. 알겠지, 위카?" 그건 굉장히 낙관적인 말이었어—망고 철이 막 끝났기 때문에 그 병을 다시 채워 받으려면 비숍 부인은 아들과 내가 앞으로 1년은 더 친구로 지내길 기대해야 할 상황이었거든. 그래도 난 그냥 고맙다고만 하고 병을 내 배낭에 집어넣었어.

에드워드는 옆 반이어서 건물 입구에서 날 기다렸어. 우린 말없이 중학교 캠퍼스를 가로질러 학교를 둘러싸고 있는 나지막한 담장을 폴짝 뛰어넘었지. 에드워드네 집은 그 담장에서 남쪽으로 한 블록 거리에 있는 비좁은 거리 중간에 있었어. 매튜랑 차 타고 종 종 지나가던 곳이었어.

그 집을 처음 봤을 때, 난 집이 마법에 걸린 줄 알았어. 그 거리 에는 조그만 1층짜리 가게들—포목상, 철물점, 식료품 가게—이 늘어서 있었는데, 그러다 갑자기 마법처럼 조그만 목조집이 나타 나는 거야. 그 블록의 나머지 부분에는 초록색이라고는 없는데, 거기엔 커다란 망고나무가 집 위로 솟아올라 있었어. 어찌나 당당 하고 잎이 무성한지 나무가 그 조그만 집이 보이지 않도록 보호해 주고 있는 것처럼 보였어. 마당에는 그 외엔 아무것도 없었어. 풀 조차 없이 콘크리트 깔린 보도가 나무뿌리에서부터 집 앞 포치 까지 이어져 있었는데, 블록 하나는 뿌리 때문에 두 개로 쪼개져 있었어. 집 자체는 네가 우리 동네에서 본 집들의 축소판이었지— 그런 집을 농장 집이라고 부르더라고. 넓은 베란다와 철제 차양이 달린 커다란 창문이 있는 집.

다음으로 놀란 건 문이었어. 진짜로 닫혀 있었거든. 내가 아는 집들은 다 잠잘 때까지 문을 열어놓고 지냈고, 방충망 문이 있어 서 들락거릴 때는 그것만 밀고 들어가면 됐거든. 난 에드워드가 셔츠 안으로 손을 집어넣어 목에 걸고 있던 무명실에 매달린 열쇠 를 꺼내 문을 여는 걸 지켜봤어. 에드워드는 조리를 벗고 안으로 들어갔고, 난 멍청하게도 들어오라고 할 때까지 기다리다가 나중 에야 따라 들어가야 한다는 걸 깨달았지.

집 안은 좁고 어두웠어. 에드워드는 다시 문을 잠그고 거실을 돌며 갤러리 창들을 열어 바람이 통하게 했어. 그래봤자 망고나무 때문에 빛이라곤 들어오지 않았지만. 그래도 나무 그늘 덕분에 집은 시원했고 더 마법 같은 분위기가 들긴 했어.

"간식 먹을래?" 에드워드가 부엌 쪽으로 걸어가면서 물었지.

"응, 줘." 내가 말했어.

몇 분 뒤에 에드워드가 접시 두 개를 들고 거실로 돌아와서 나한테 하나를 줬어. 접시에는 마요네즈를 바른 소다크래커 네 개가 있었어. 에드워드는 라탄 소파 하나에, 나도 다른 소파에 앉아 말없이 간식을 먹었어. 크래커에 마요네즈를 발라먹어 본 적이 없어서 마음에 드는지 아닌지도 알 수가 없었고 이걸 좋아해야 하는 건지조차 모르겠더라.

에드워드는 자기 몫 크래커를 마치 해치워야 하는 일거리처럼 재빨리 먹고 다시 일어났어. "내 방 볼래?" 그가 물었고, 이번에도 거의 곁눈질하는 것처럼, 방안 다른 사람에게 말하는 것처럼 물었어. 거기 있는 사람은 나뿐인데도.

"그래." 내가 대답했지.

거실 왼쪽에 닫힌 문이 세 개 있었는데, 그는 오른쪽 문을 열고 침실로 들어갔어. 이 방도 작았지만 아늑하기도 했어. 마치 해롭지 않은 동물 우리처럼 말이야. 침실에는 줄무늬 담요가 덮인 좁은 침대가 하나 있었고, 그 위로 밝은색 판지로 만든 사슬이 한쪽 구석에서 맞은편 구석까지 천장을 가로질러 걸려 있었어. "엄마랑 같이 만든 거야." 에드워드가 설명했는데, 나중에는—사춘기에 접어들 때 공예품을 만들었다고, 하물며 엄마랑 같이 만들었다고 말하는 게 별로 권장할 만한 일은 아니라는 걸 생각하면 사실을 담담히 말하면서도 거의 자랑스러워하는—그 어조가 얼마나 대단한 건지 생각하곤 했지만, 그때는 엄마랑 뭔가를, 특히 천장에 걸어놓을 뭔가를 만들어서 가뜩이나 이상한 자기 방을 더 지저분하고 이상하게 만든다는 게 너무 이상하다는 생각만 했어.

그 순간 에드워드가 돌아서서 침대 옆 탁자 서랍에서 뭘 가져왔어. "이거 봐." 그가 엄숙하게 말하며 카드 한 벌 정도 크기의 검정색 벨벳 상자를 내밀더라고. 경첩 달린 뚜껑을 열어 보여주는데, 안에 구리 같은 걸로 만든 메달이 들어 있는 거야. 우리 학교 인장이었는데, 아래 로고면에는 "장학금: 1953-1954"라는 글자가 새겨져 있었어. 그러고는 메달을 뒤집어서 뒤에 새겨진 이름, 에드워드 파이에아 비숍을 보여줬어.

"이걸로 뭘 하는 거야?" 내가 물으니까, 에드워드는 조그맣게 짜증 섞인 소리를 냈어.

"따로 무슨 목적이 있는 게 아냐." 그는 말했지. "장학금 받았을 때 받은 거야."

"아." 무슨 말을 해야 할 것 같았지만 뭐라고 해야 할지 알 수가 없었어. 장학금을 받는 사람을 본 적이 없었거든. 사실 에드워드를 만날 때까진 장학금이 뭔지도 몰라서 제인한테 물어봤어야 했어. "좋네." 내가 말하니까, 에드워드는 또 그 소리를 냈어.

"시시한 거야." 말은 그렇게 했지만, 그는 보들보들한 상자 표면을 손으로 잘 쓰다듬고 조심조심 다시 서랍에 넣었어.

그러더니 이번엔 침대 밑에 밀어 넣어둔 다른 서랍—거기 좀 있으면서 깨달았지만, 그 방은 작긴 해도 선원의 선실처럼 효율적으로 잘 정리되어 있었어. 누가 정리했는지 몰라도 에드워드의 관심사와 필요를 모두 고려한 깔끔한 정리였어—을 꺼내 마분지 상자를 꺼내는 거야. "장기 놀이야." 그가 말했지. "할래?"

거의 말도 없이 몇 판이나 장기를 계속 두는 사이에 난 에드워드의 집에서 가장 이상한 점에 대해 생각해볼 수 있었어. 이상했던 건 이 집이 작다거나 어둡다거나 (하지만 이상하게도 어두침침해서 우울한 게 아니라 아늑한 느낌이 들었어. 오후가 깊어가는데도 불을 켤 필요도 없었지) 그런 게 아니라, 거기 우리밖에 없었다는 거야. 우리 집에서는 내가 혼자 있는 법이 없었거든. 어머니가 모임에 가고 없어도 제인이 있었고, 때로는 매튜도 있었어. 그래도 제인은 항상 집에 있었어. 부엌에서 요리를 하거나 거실에서 먼지를 털거나 위층 복도를 쓸거나 했지. 제일 멀리 가봤자 집 옆에 가서 빨랫줄에 빨래를 널거나 간혹 집 앞 진입로에서 세차를 하고 있는 매튜에게 점심을 갖다주는 정도였어. 심지어 밤에도 제인과 매튜는 겨우 몇백 피트 떨어진 곳에 있었어. 차고 위 아파트에서 살았거든. 하지만 어머니가 안 계신 친구 집에 가본 적은 한 번도 없었어. 아버지를 만날 거라고 생각하지는 않지만—아버지들은 낮엔 절대 없고 저녁 시간에만 나타나는 생물들이니까—어머니들은 소파나 식탁처럼 믿음직한 존재로 늘 집에 있잖아. 에드워드의 침대에 앉아 장기를 두고 있다 보니 갑자기 개가 혼자 산다는 생각이 드는 거야. 에드워드가 스토브(우리 집에서 난 스토브를 만지지조차 못했어)로 저녁밥을 만들어 부엌 식탁에 앉아 먹고 설거지를 하고 목욕을 하고 혼자 잠자리에 드는 모습이 그려졌지. 우리 집에는 의미 있는 진짜 사생활이 없다고 싫어한 적도 많았지만, 갑자기 그 반대—사람이라곤 없고 시간과 고요밖에 없는 상황—를 보니 끔찍해 보였어. 최대한 오래 에드워드와 있어 줘야 할 것만 같았어. 내가 가고 나면 아무도 없이 혼자 있을 테니까.

그런 생각을 하고 있는데, 문이 열리는 소리가 들리더니 밝고 쾌활한 여자 목소리가 에드워드의 이름을 부르는 거야. "엄마야." 에드워드가 말하더니 처음으로 환한 미소를 슬쩍 지으며 침대에서 내려가 거실로 달려갔어.

따라 나가보니 어머니가 에드워드에게 입을 맞추고 있었고, 그러더니 에드워드가 뭐라고 말하기도 전에 내게 와서 팔을 내밀었어. "네가 위카구나." 미소를 지으면서 말이야. "에드워드가 네 이야기 정말 많이 했어." 그리고 날 당겨 안았어.

"만나서 반갑습니다, 비숍 부인." 그렇게 말하자, 부인은 다시 환히 웃더니 날 또 안아줬어. "빅토리아야." 내 말을 정정해주더니 내 얼굴을 보고는, "아니면 아주머니라고 하던지! 비숍 부인이라고만 부르지 마." 부인은 날 여전히 안은 채 에드워드를 돌아보며 말했어. "너희 배고프니?"

"아뇨, 간식 먹었어요." 에드워드가 그렇게 대답하자 부인은 또 미소를 지어 보이고 말했지. "착한 것." 그런데 그 칭찬에 왠지 나도 포함된 것 같은 기분이 들었어.

난 부인이 부엌에 가는 걸 지켜봤어. 부인은 내가 본 어머니들 중에 제일 아름다웠어. 너무 아름다워서 다른 상황에서 봤다면 어

411

머니라고는 전혀 생각하지 못했을 거야. 부인은 짙은 금발 머리를 목덜미에 틀어 올렸고, 피부색도 진한 황금색이었고—나보다 더 환한 색이었지만 아들보다는 진했어—그 당시 기준으로는 좀 깊게 파인 분홍색 면 원피스를 입고 있었어. 소매와 목 부분에 흰 테두리가 있고 폭넓은 스커트가 움직일 때마다 다리 주위로 휘날리는, 그런 원피스였어. 부인에게선 좋은 냄새가 났어. 튀긴 고기 냄새에다 부인이 귀 뒤에 꽂고 있는 치자나무 꽃 향이 살짝 뒤섞인 그런 냄새였지. 부인은 거기가 비싸고 화려한 궁전이라도 되는 것처럼 조그만 집 안을 걷지 않고 경쾌하게 빙빙 돌며 돌아다녔어.

더 있다가 저녁 먹고 가라고 부인이 말했을 때야 나는 싱크대 위에 걸린 동그란 시계를 봤고 시간이 거의 5시 반이라는 걸 깨닫고 깜짝 놀랐어. 매튜와 제인에게 한 시간 전까지 가겠다고 했는데 말이야—다른 애 집에 그렇게 오래 있고 싶어할 거라고는 생각도 못 했거든. 뭔가 잘못을 저질렀을 때면 종종 느끼는 불안 상태에 접어들기 시작했지만, 비숍 부인은 걱정 말라며, 그냥 집에 전화하면 된다고 했어. 전화를 받은 제인의 목소리에 안도감이 묻어났어. "매튜가 지금 데리러 갈 거야." 제인은 내가 저녁 먹고 가도 되냐고 묻기도 전에 말했어 (사실 나도 그러고 싶은지도 잘 몰랐어). "10분 내에 도착할 거다."

"집에 가야 해요." 내가 전화를 끊고 비숍 부인에게 "죄송해요" 하고 말하자 부인은 또 미소를 지어 보였어.

"다음에 먹으면 되지." 부인이 말했어. 마치 노래하는 듯한 말투였어. "그러면 좋겠다, 안 그래, 에드워드?" 에드워드는 고개를 끄덕였지만, 이미 어머니와 부엌 안을 돌아다니며 냉장고 안에서 뭘 꺼내느라 내가 아직 거기 있다는 건 다 잊어버린 것 같았어.

떠나기 전 난 망고잼 병을 가방에서 꺼내 부인에게 줬어. "이건 선물이에요." 내가 말했어. "집에서"—"집"이 어머니가 아니라 가정부라는 건 굳이 말하지 않았어—"다 드시고 저한테 주시면 다음 철에 다시 채워 드릴 거라고 했어요." 하지만 순간 마당의 나무가 생각났고 바보 같은 기분이 들어서 사과하려는데 비숍 부인이 다시 나를 끌어안았어.

"내가 제일 좋아하는 거야." 부인이 말했지. "어머니께 감사하다고 전해줘." 부인은 웃으며 말했어. "어머니께 만드는 법을 물어봐야 할지도 모르겠네. 난 부엌일에는 워낙 서툴러서 말이야." 부인은 마치 다른 사람, 심지어 아들에게도 알려주지 않은 비밀을 말해주는 것처럼 내게 실제로 눈을 찡긋해 보였어.

밖에 매튜의 차가 서는 소리가 들려서 난 두 사람에게 인사를 하고 나왔어. 하지만 베란다에 나와 난 뒤를 돌아봤고, 방충망 문 너머로 부엌에서 저녁을 만드는 두 모자를 봤어. 에드워드가 부인에게 뭐라고 하자 부인이 고개를 뒤로 젖히고 웃더니 손을 뻗어 에드워드 머리를 장난스레 쓰다듬어줬어. 두 사람이 부엌 불을 켜자, 마치 모형 세트를 들여다보고 있는 것 같은, 볼 수는 있지만 절대 들어갈 수 없는 행복한 광경을 보고 있는 것 같은 이상한 기분이 들었어.

"비숍," 그날 밤늦게 어머니는 말했어. "비숍."

심지어 그때도 난 어머니가 무슨 생각을 하는지 알고 있었어.

비숍은 유명하고 유서 깊은 가문 이름이었거든. 거의 우리 집만큼이나 유명하고 오래된 가문. 어머니는 에드워드가 우리 같은 사람이라고 생각하고 있었지만, 난 아니라는 걸 알고 있었어. 어머니가 생각하는 방식으로는 아니라는 걸.

"아버지는 뭘 하신대니?" 어머니 질문에 모른다고 대답하면서 나는 에드워드의 아버지 생각은 전혀 하지 않았다는 걸 깨달았어. 그건 어느 정도는, 아까 말했다시피, 아버지들이란 우리 인생에서 그림자 같은 존재들이기 때문이야. 아버지들이란 주말과 저녁에 보는 사람, 운이 좋으면 가깝게 느껴지지는 않아도 사탕을 가져다주는 친절한 존재이지만 운이 나쁘면 볼기짝을 때리고 매질을 하는 냉담하고 먼 존재지. 난 세상을 거의 몰랐지만, 그래도 에드워드에게 아버지가 없다는—더 정확하게 말하자면, 비숍 부인에게 남편이 없다는—정도는 이해했어. 그 두 모자가 함께 있는 모습은 너무나 완전했어. 그 조그만 부엌에서 음식을 만들면서 부인이 장난스레 엉덩이로 아들 옆구리를 치면, 아들은 과장스럽게 오른쪽으로 쓱 미끄러져 피하고, 그걸 보고 부인이 웃는 그 광경 안에는 아버지나 남편의 자리는 전혀 없었어. 그 둘은 여자 하나, 남자 하나, 딱 맞는 짝이었고, 거기 남자 하나가 더 들어오는 건 그 균형을 깨뜨릴 일이 될 거야.

"음," 어머니가 말했어. "차 마시러 오라고 초대해야겠네."

그래서 다음 일요일에 두 사람이 왔어. 제인이 어머니에게 하는 말을 들었는데, 토요일에는 비숍 부인이 교대 근무를 해야 해서 못 온다고 했거든 ("교대 근무라." 어머니는 내가 정확히 해석하기 힘든

414

의미를 담은 어조로 그 말을 되풀이했어. "알았어, 제인, 일요일에 오시라고 말씀드려.") 두 사람은 걸어서 왔지만, 더워한다거나 얼굴이 달아오르지는 않았어. 버스를 타고 가까운 정류장에서 내려서 걸어왔다는 뜻이지. 에드워드는 학교에 올 때 입은 옷을 입고 있었고, 어머니는 스커트 폭이 넓은, 노란 히비스커스 색의 또 다른 면 원피스 차림에 짙은 금발머리를 틀어 올렸고 입술에는 체리색 립스틱을 바르고 있었어. 내 기억 속 모습보다 훨씬 더 아름다웠어.

어머니가 다가가자 부인은 미소를 지었지. "비숍 부인, 만나서 정말 반가워요." 어머니가 말하자, 비숍 부인은 내게 했던 것처럼 대답했어. "아유, 빅토리아라고 불러주세요."

"빅토리아," 어머니는 그게 마치 외국 이름이어서 제대로 발음하기 위해 확인하는 것처럼 되풀이했지만, 같은 부탁을 하진 않았어. 비숍 부인도 그런 기대는 하지 않은 것 같았지만.

"초대해주셔서 정말 감사합니다." 부인이 말했어. "에드워드는"―의심이라고는 할 수 없지만 경계하는 표정으로 심각하게 우리 어머니를 계속 쳐다보고 있던 에드워드를 향해 환한 미소를 지으며―"올해 새로 들어갔는데, 위카가 정말 잘해줬답니다." 이제 부인은 나를 쳐다보며 전처럼 살짝 눈을 찡긋했어. 마치 내가 바쁜 일정을 제치고 그렇게 하기라도 한 것처럼, 내가 에드워드에게 호의라도 베푼 것처럼 말이지.

심지어 우리 어머니조차 그 말에 약간 놀란 것 같았어. "음, 위카에게 새 친구가 생겼다니 굉장히 기쁘네요. 들어오시겠어요?"

우리는 일광욕실로 줄지어 들어갔고, 제인이 쇼트브레드를 내

오고 여자들에게는 커피를—"오! 고마워요—제인 맞죠? 고마워요, 제인. 정말 맛있어 보이네요!"—에드워드와 내겐 구아바 주스를 따라줬어. 어머니의 지인들은 이 일광욕실에 들어오면 위엄에 압도되어 조용해지곤 했어. 일광욕실은 나한텐 그저 햇빛 잘 드는 따분한 방에 불과하지만, 다른 사람들에게는 우리 아버지 조상들의 박물관이었거든. 당당한 왕자라고 불렸던 증조할아버지가 와이키키에서 타셨던 생채기투성이 나무 서핑보드, 검정색 태피터 가운을 입은 고조할아버지 여동생과 유명한 대학에 자기 이름을 딴 건물이 있는 탐험가인 8촌 사촌의 은판 사진. 하지만 비숍 부인은 주눅 들어 보이지 않았어. 진짜 즐거워하며 방을 마음껏 구경하더라고. "정말 예쁜 방이에요, 빙엄 부인." 부인은 어머니에게 미소 지으며 말했지. "우리 집 사람들은 다 늘 남편 분 가족을 굉장히 존경하고 있답니다. 그분이 이 섬을 위해 해주신 일들도요."

소박하게 잘 말한, 딱 맞는 발언이었고, 어머니도 놀란 것 같았어. "고마워요." 어머니는 약간 딱딱하게 말했지. "남편도 집을 좋아했어요."

잠시 동안 어머니는 대화 상대를 에드워드에게 옮겨 여러 가지 질문을 했어. 학교는 마음에 드니 (네), 예전 친구들이 그립지 않니 (별로요), 취미가 뭐니 (수영, 등산, 캠핑, 해변에 가기). 어린 아들 아버지가 되고 보니, 에드워드의 침착함, 누가 봐도 차분한 그 태도가 얼마나 대단한 것인지 이젠 알겠어. 어릴 때 부모님 친구들과 이야기를 할 때면 난 잘 보이려고 너무 조바심을 치면서 대화하는 내내 열심히 미소를 지었거든. 부모님 얼굴에 먹칠을 할까 봐 걱정

돼서. 하지만 에드워드는 환심을 사려고 하지도 않았고 어색하게 굴지도 않았어—어머니 질문들에 영합도, 변명도 하지 않으면서 솔직하게 대답했어. 그렇게 어렸을 때조차 에드워드에게는 특별한 품위가 있었고, 그래서 무적으로 보였지. 에드워드는 다른 사람들은 거의 신경도 안 쓰는 것처럼 보였어. 그러면 초연하다거나 오만하게 보일 수도 있겠지만, 에드워드는 그렇지도 않았어.

마침내 어머니는 비숍 씨에 대해 물어볼 기회를 잡았지. 비숍 가의 이런 분이 제 남편의 먼 사촌이었다는데, 그러니까 하와이 왕족과 결혼한 선교사 집안들끼리 다 먼 사촌들인 것처럼요—무슨 관계가 있을 수도 있지 않을까요?

비숍 부인이 웃음을 터뜨렸지. 그 웃음에는 빈정거림도, 거짓도 없었어. 순수하게 웃겨서 웃는 웃음이었어. "아, 아니에요." 부인은 말했어. "저만 하와이 사람이고, 남편은 아니에요." 어머니가 멍한 표정을 짓자, 비숍 부인은 다시 미소 지었어. "루크는 그런 소리 듣고 굉장히 놀랐어요. 그이는 텍사스 조그만 마을에서 온 하울리고 아버지는 건설 노동자였는데, 여기선 자기 성이 그렇게 특별하다니까요."

"그렇군요," 어머니는 조용히 말했어. "그럼 남편분도 건설쪽에 계시나요?"

"그럴 수도 있겠죠." 다시 미소. "하지만 우린 몰라요. 그치, 에드워드?" 그리고는 다시 어머니를 보면서, "오래전에 떠났거든요. 에드워드가 아기 때—그 후로는 본 적이 없어요."

물론 50년대 초반에는 남자들이 가정을 버리지 않았다고는 말할 수 없어. 하지만 이 말은 할 수 있다—그리고 이건 수십 년이 지난 지금도 사실이야—남편이나 아버지가 떠나고 없다는 건 뭔가 부끄러운 일이지. 마치 그 책임이 버려진 사람들, 아내와 아이들에게 있는 것처럼. 사람들은 그런 이야기를 할 때 소리 죽여 말해. 하지만 비숍은 그렇지 않았어. 비숍 씨는 떠났지만, 그 모자는 패배자가 아니야—*비숍 씨가 패배자지.*

그건 어머니와 내가 불편함으로 하나 되는 굉장히 드문 순간이었어. 비숍 모자가 떠나기 전, 우린 부인이 쉬는 날이 일요일이라는 것을 알게 됐어. 부인이 나머지 6일은 집에서 몇 블록 떨어진 미즈모토라는 북적이는 다이너—어머니는 들어본 적 없지만 제인과 매튜는 들어봤다고 하더라—에서 웨이트리스로 일한다는 것, 빅아일랜드에 있는 호노카라는 정말로 조그만 마을 출신이라는 것도.

"대단한 여자야." 어머니는 비숍 모자가 우리 집 진입로 끝에서 오른쪽으로 돌아 버스 정류장을 향해 사라질 때까지 지켜보고 있다가 말했어. 그게 딱히 칭찬이 아니라는 걸 알 수 있었지.

나도 동의했어—정말 대단한 분이세요. 둘 다 그랬어. 자기 환경을 그렇게 부끄러워하지 않는 듯한 사람들은 처음 봤어. 하지만 변명하지 않는 태도가 비숍 부인의 경우에는 억누를 수 없는 경쾌함, 평생 자기 자신을 부끄러워해본 적 없는 극소수의 사람들에게서만 보이는 쾌활함으로 드러난다면, 에드워드에게서는 도전적인 자세, 훗날 분노로 응결될 반항적인 태도로 나타났지.

물론 이제야 그게 보여. 하지만 오랜 시간이 걸렸단다. 그리고 그게 보였을 즈음에 난 이미 내 인생을, 따라서 네 인생까지 에드워드에게 바쳤지. 에드워드의 분노에 동참해서가 아니라—에드워드의 확신을 갈망했기 때문이야. 세상에는 정말로 단 하나의 해답이 있다는 이상하고 놀라운 생각, 그리고 그 믿음을 갖게 되면 나 자신에 대해 그렇게 오랫동안 괴로워했던 모든 것들을 믿지 않게 될 거라는 에드워드의 확신을 갈망했던 거지.

자, 카위카, 이제 몇 년을 건너뛸게. 하지만 먼저 어제 일어났던 이야기부터 하고 싶다.

난 평소처럼 침대에 누워 있었어. 오후였고 더웠지. 아침에 창문을 열고 선풍기를 켰지만, 이제 바람이 전혀 없는데도 아무도 와서 에어컨을 켜주지 않았어. 가끔 있는 일이야. 그랬다가 누가 방에 들어오면 방이 왜 이렇게 덥냐고 소리를 치면서 날 야단치지. 마치 내게 사람들을 부를 능력이 있는데 그냥 고집으로 버티고 있었던 것처럼 말이야. 한번은 에어컨 켜는 걸 완전히 잊어버렸는데 어머니가 예고도 없이 찾아온 적이 있었어. 어머니 목소리가 들리고 당당한 발소리가 들리더니, 다시 뛰쳐나가는 소리가 들렸고 몇 초 후 어머니가 잡역부를 데리고 들어왔어. 어머니의 질책을 받으며 잡역부는 연신 사과를 했어. "내 아들을 돌보라고 돈을 얼마나 내는지 알기나 해요? 당장 매니저를 데려와요. 이건 묵과할 수 없어요." 그 소리를 들으면서 이렇게 나이가 많은데 여전히 어머니의 보호를 받고 있다는 게 부끄러웠지만, 한편으로는 위안이 됐어. 그래서 분노하는 어머니 목소리를 들으며 스르르 잠에 빠져들었지.

보통 난 더위를 그다지 신경 쓰지 않지만, 어제는 숨이 막히더라. 얼굴과 머리가 축축했고, 기저귀 안으로 땀이 또르르 흘러 들어가는 게 느껴졌어. 왜 아무도 도와주러 오지 않지? 난 생각했어. 소리를 내려 했지만, 물론 그건 불가능했지.

그런데 그 순간 굉장히 이상한 일이 벌어졌어. 내가 선 거야. 어떻게 된 일인지 설명은 못 해—리포-와오-나헬레에서 구조된 이후로 몇 년 동안 내 발로 서본 적이 없으니까. 하지만 그 순간 난 서 있었을 뿐만 아니라, 에어컨이 있는 쪽을 향해 걸으려고까지 했어. 하지만 그걸 깨닫는 순간 쓰러지고 말았지. 몇 분 후 누군가 방에 들어왔다가 날 보더니 왜 바닥에 있냐고, 침대에서 굴러떨어졌냐고 물으며 법석을 떨었어. 한순간 그 사람이 날 침대에 묶어둘까 봐 걱정됐지만—전에 그런 적 있었거든—다행히 그러지 않고 그냥 벨을 눌러 도움을 청했고, 그러자 한 사람이 더 와서 함께 힘을 모아 날 침대에 올린 다음, 감사하게도, 에어컨을 켜줬어.

하지만 이 이야기의 핵심은 내가 내 발로 섰다는 거야. 서 있었다는 거야. 다시 똑바로 서 있으니까 낯설면서 익숙한 느낌이 들더라. 비록 팔다리 힘이 너무 빠져서 그 후 오랫동안 와들와들 떨기는 했지만. 어젯밤, 저녁 식사와 목욕이 다 끝난 다음 방이 캄캄하고 고요해지자 난 생각하기 시작했어. 내가 서 있는 모습을 아무도 못 봐서 다행이었어. 만약 그랬으면 다들 질문을 하고, 어머니를 불렀을 테고, 검사를 했을 테니까. 처음 여기 왔을 때 했던 검사들 말이야. 왜 안 걸으려는 거죠? 왜 말을 안 하려는 거죠?

왜 안 보려는 거죠? "질문이 잘못됐네요." 어머니가 의사인 듯한 사람에게 딱딱대며 물었어. "왜 저런 것들을 못 하느냐고 물어야 하잖아요." "아뇨, 빙엄 부인." 의사의 대답에 날이 서 있는 게 느껴졌어. "제대로 질문하고 있는 거 맞습니다. 아드님은 이런 일들을 못 하는 게 아니에요—안 하는 겁니다." 그러자 어머니는 아무 말도 없었어.

하지만 이제 난 깨달았어. 다시 걷는 법을 배울 수 있*다면*? 매일 서는 연습을 한다면? 어떻게 될까? 그런 생각을 하자 무서웠지만 흥분되기도 했어. 결국 내가 회복되고 있는 중이라면?

하지만 내 이야기를 계속 할게. 남은 5학년 내내 에드워드와 나는 자주 만났어. 가끔은 에드워드가 우리 집에 오기도 했지만, 주로 내가 에드워드 집에 갔고, 함께 장기나 카드놀이를 했어. 우리 집에 오면 에드워드는 밖에서 놀고 싶어 했어. 그 집 마당은 너무 좁아서 공을 던질 수가 없었거든. 하지만 에드워드는 곧 내가 운동에는 영 소질이 없다는 것을 알게 됐지. 하지만 이상한 건 우리 사이가 더 가까워진다는 느낌이 절대 들지 않았다는 거야. 그 나이 남자아이들은 내밀한 이야기나 비밀을 나누진 않지만, 서로 몸으로 부대끼면서 놀잖아. 그 나이 때 네가 친구들이랑 흙투성이가 돼서 재미있게 놀던 게 생각나. 하지만 에드워드와 난 그렇지 않았어—난 너무 까다로웠고, 에드워드는 너무 차분했지. 난 에드워드가 편하게 같이 있을 수 있는 사람이 절대 아니라는 걸 일찌감치 알아봤고, 별로 개의치 않았어.

그러고 여름이 됐지. 에드워드는 빅아일랜드의 조부모님 댁에 갔고, 어머니와 난 하나에 갔어. 합병 이전부터 아버지 집안 소유이던 집이 그땐 거기 있었거든. 다시 학교가 시작됐을 때, 변화가 생겼어. 그 나이 때 우정이란 너무 연약한 법이야. 자기가—육체적 측면뿐만 아니라 감정적 측면에서도—어떤 사람이라는 이해가 한 달이 멀다 하고 휙휙 바뀌거든. 에드워드는 야구부와 수영부에 들어가 새 친구들을 사겼고, 나는 다시 예전의 고독으로 돌아갔어. 지금 생각해보면 분명 슬펐을 텐데, 이상하게도 슬픔도, 분노도 기억나지 않아—마치 작년이 실수였고, 어느 시점에는 모든 게 정상으로 돌아온다는 것을 알고 있었던 것 같았어. 그리고 무슨 싸움을 했다거나 그런 것도 아니었어—우린 헤어진 게 아니라 스르르 멀어졌고, 캠퍼스나 복도에서 마주치면 가볍게 목례를 하거나 손을 흔들어 인사했지. 넓은 바다에서 목소리가 안 들리기 때문에 하는 손짓처럼 말이야. 10년도 더 지난 후에 우리가 다시 만났을 때, 그 만남은 예정된 일처럼 느껴졌어. 너무 오래 표류했기 때문에 우리가 반드시 서로를 다시 찾을 수밖에 없도록 정해진 것만 같았어.

하지만 우리가 소원했던 시기에 있었던 두 번의 만남이 특히 기억나. 첫 번째는 내가 열세 살쯤 되었을 때 일이야. 우리 학년 여자애 둘이 이야기하는 걸 어쩌다 듣게 됐는데, 그중 하나는 에드워드를 짝사랑하고 있었고 애들도 다 알고 있었어. 그런데 친구는 반대하는 거야. "그러면 안 돼, 벨." 친구가 씩씩거리며 말했어. "왜 안 돼?" "왜냐하면," 친구의 목소리가 급격히 작아지면서 말했어. "엄마 때문에. 걔 엄마 댄서야."

에드워드가 그 학교에 입학한 후로 가끔 대화—다 사실이기 때문에 소문이라고는 할 수는 없고 이야기—의 소재가 되는 일이 있었어. 결국 우린 장학금 수혜 학생들이 누군지 알게 됐고, 그 부모님들 직업도 때로 아이들의 입에서 입으로 옮겨졌지. 다들 자기 부모님이 신입생 이야기를 하던 목소리를 흉내 내며 속살거렸어. 에드워드에게는 아버지가 없었고 어머니는 웨이트리스지만, 그는 대놓고 조롱당하지 않았어. 에드워드는 운동을 잘했고, 무엇보다 사람들 말에 신경 쓰지 않는 것 같았었든. 사실 그런 이야기를 하는 이유가 어느 정도는 그런 것 때문이니까—다른 학생들은 에드워드를 자극해서 반응을 보고 싶어 했던 것 같지만, 에드워드는 절대 반응하지 않았어.

　적어도 에드워드는 동양인은 아니었어. 이건 할당제가 있던 때 이야기인데, 학생들 중 10퍼센트만 동양인이었거든. 속령에서 동양인의 실제 인구 비율은 30퍼센트 정도 됐는데 말이야. 학교에 다니는 동양인 대부분은 간혹 신발을 전혀 신지 않거나 고무 슬리퍼만 신고 오곤 했어. 다 공립학교 선생님들께 가능성이 있고 활발하다는 평을 받고 입학 전 여러 가지 시험을 쳐서 장학금을 받고 들어온 아이들이었지. 부모님은 이 섬의 마지막 사탕수수 농장이나 통조림 공장에서 일했고, 주말과 여름에는 그 아이들도 들판에서 소위 사탕수수를 자르거나 소나무를 뽑아 트럭에 나르는 작업을 했어. 7학년 때 그 학교에 들어온 해리라는 애가 있었는데, 아버지가 분뇨 수거 일을 했거든. 농장 변소를 치우고 인분을 옮기는 일을 하는 사람—그걸 어디로 옮기는지는 우린 몰랐지만. 아이들은 개한테서 똥 냄새가 난다고 했고, 걔도 점심시간에 늘 혼자 앉아 밥 샌드위치를 먹었지만, 난 한 번도 개한테 가서 말 걸어볼 생각을 하지 않았어. 나도 걔를 업신여겼던 거지.

비숍 부인 이야기를 듣자 보고 싶더라고. 사실 에드워드와 친구로 지내던 시절에서 가장 그리운 건 비숍 부인이었어. 내 어깨를 잡고 끌어당겨 안아주던 거, 웃음소리, 저녁 때 집으로 돌아갈 때면 내 이마에 입 맞춰주던 거, 곧 또 보자고 말하던 거.

에드워드에 대한 이야기는 한 번도 귀담아들은 적이 없었는데, 그 이야기는 귀 기울여 들었어. 몇 주 후 나는 비숍 부인이 여전히 미즈모토에서 웨이트리스 일도 하지만, 포시시아라는 레스토랑에서 일주일에 세 번 춤을 춘다는 것을 알게 됐어. 그곳은 미즈모토 근처에 있는 인기 많은 레스토랑이었는데, 온갖 인종의 노조 남자들이 주로 가는 곳이었지. 매튜가 굉장히 자랑스러워하는 남동생이 통조림 공장 필리핀 노동자 노조 대표고, 가끔 포시시아에 간다는 걸 알고 있었거든. 학교 갔다 왔을 때 간혹 제인이 날 부엌으로 손짓해서 짠 하면서 장밋빛 윤기가 흐르는 구아바 쉬폰 케이크가 담긴 포시시아의 노란 빵 상자를 내밀곤 했으니까.

"매튜의 동생이 준 거야." 제인도 그를 자랑스럽게 여겼고, 자긍심 덕분에 더 관대해졌어. "큰 조각 하나 먹어라, 위카. 더 먹어."

왜 그렇게 비숍 부인을 보고 싶어 했는지 잘 모르겠어. 하여간 어느 금요일 오후, 난 매튜랑 제인에게 학교에서 하는 연례 연극 세트 칠을 돕느라 늦게 올 거라고 말해놓고 자전거를 타고 거기 갔어. 포시시아는 (훨씬 나중에 누가 이 이름을 골랐을까 생각하곤 했지. 포시시아는 하와이에서 자라지도 않고 아무도 모르는 개나리 꽃인데 말이야) 비숍네 집을 둘러싸고 줄지어 늘어선, 대개 일본인 소유인 조그만 가게들 중 맨 끝에 있었어. 건물 외부 벽토는 환한 노란색으로 칠해놓았지만, 디자인은 일본 찻집 풍이어서 지붕이 뾰족하고 벽 저 위쪽에 조그만 창문들이 나 있었어. 하지만 건물 뒤쪽, 한쪽 모퉁이 근처에는 길고 좁은 창문이 있어서, 나는 조용히 그쪽으로 자전거를 타고 갔어.

앉아서 기다렸지. 몇 피트 떨어진 곳에 부엌 출입구가 있었지만, 거기 쓰레기통이 있어서 그 뒤에 숨었어. 금요일이랑 주말에는 여기서 하와이 악단이 아버지가 좋아하던 빅 밴드 대표곡 모두—〈나니 와이미아〉〈하와이의 달빛〉〈에 릴리 우에〉—를 연주했는데, 네 번째 곡이 끝나고서야 기타 연주자가 소개하는 소리가 들렸어. "자, 이제 신사—그리고 약간의 숙녀, 응?—여러분, 부디 아름다운 빅토리아 나나하나이칼레레오칼라니 비숍 양을 반가이 맞아주시기 바랍니다!"

관객들이 환호했고, 창문 사이로 비숍 부인이 보였어. 하얀 히비스커스 무늬가 있는 딱 붙는 노란 하와이 전통 드레스 홀로쿠를 입고 틀어 올린 머리카락 위에 오렌지색 푸아케니케니로 만든 화환 레이를 쓰고 진홍색 입술을 한 비숍 부인이 조그만 무대 위로 올라왔어. 부인은 박수치는 관객들에게 손을 흔들고 "내 노란 진저 레이"와 "팔롤로"에 맞춰 춤을 추기 시작했어. 아름다운 춤이었어. 하와이어라고는 단어 몇 개밖에 몰랐는데도, 부인의 몸짓을 보니 가사를 이해할 수 있었어.

부인을 보고 있다 보니, 얼굴에 행복이 가득하다는 생각이 들었어. 난 늘 부인을 좋아했지만, 부인이 좀 타락한 처지에 놓이는 걸 보고 싶었던 마음이 한구석에 있었거든. "춤"이라 말하는 학교 친구의 어조에는 그게 너무 더럽고, 막다른 처지에 놓인 여자나 할 일이라는 비난이 담겨 있었고, 그런 모습을 직접 보고 싶은 갈망이 내 속에 있었던 거야. 여왕처럼 당당하고 우아하게 춤추는 비숍 부인의 모습을 보면서 난 안도하면서도, 인정하기 정말 싫지만, 실망했어—결국 난 부인 아들에게 화가 나 있었다는 걸, 에드워드에게 부끄러워할 일이 있기를, 그 부끄러워할 일이 늘 내게 잘해줬던, 에드워드는 절대 할 수 없을 정도로 친절하게 잘해줬던 어머니이기를 바랐다는 걸 깨달았지. 부인은 상황에 내몰려 춤추는 게 아니었어—부인은 춤추는 게 좋아서 추고 있었어. 관객들의 박수에 우아하게 고개를 까딱일 때조차, 부인이 느끼는 기쁨은 관객들의 호응과는 별개라는 게 분명히 보였어.

난 부인의 무대가 끝나기 전에 그 자리를 떠났어. 하지만 그날 밤 난 잠을 이루지 못하고 비숍네 집에 처음 갔던 날 생각을 했어, 그 집에서 나와 뒤를 돌아봤다가 부엌의 따스한 노란 불빛 속에서 함께 웃고 이야기하는 두 사람의 모습을 봤을 때 생각을. 이제 난 그 기억을 수정했어. 두 사람은 축음기 위에 레코드 판을 올려놓은 채, 비숍 부인은 여전히 미즈모토 유니폼을 입은 채 춤을 췄고 에드워드는 거기 맞춰 우쿨렐레를 불었어. 집 밖 조그만 마당에는 에드워드와 우리 반 친구들, 포시시아 단골손님들이 모두 모여서 그 광경을 보며 손뼉 치고 있었지만, 두 모자는 우리 쪽으로는 고개도 돌리지 않았어—두 사람에게는 오로지 두 사람밖에 존재하지 않았고 우린 마치 존재하지 않는 사람들 같았어.

그게 너한테 이야기해주고 싶었던 첫 번째 사건이야. 두 번째는 3년 뒤 1959년의 일이야.

그날은 8월 21일이었고, 학기가 막 시작됐을 때였어. 난 거의 열여섯 살이 되어 10학년이었지. 고등학교에 다니니까 서로 다른 반에 배정되던 지난 몇 년보다 에드워드를 훨씬 자주 만났어. 이제는 선생님들을 찾아 돌아다니며 수업을 들었기 때문에 때로는 같은 반에 있었거든. 에드워드가 운동을 잘하는 게 알려졌을 때 한때 반짝 치솟았던 인기는 이제 적당히 사그라들어서 그 시절 에드워드는 주로 같은 애들 서너 명이랑만 붙어 다녔어. 늘 그렇듯이 우린 지나칠 때 고개만 까딱했고, 가까이 있을 때는 가끔 말도 몇 마디—화학 시험 망친 거 같아. 아, 나도 그래—했지만 우릴 친구로 생각한 사람은 아무도 없었을 거야.

영어 수업을 하고 있는데, 인터콤이 삑삑거리더니 교장선생님 목소리가 나왔어. 아이젠하워 대통령이 하와이를 주로 인정하는 법안에 서명을 했다는 거야. 이제 우린 공식적으로 미국의 50번째 주였지. 많은 학생들도, 선생님도 박수를 치기 시작했어.

이날을 기념해 그날 수업은 모두 휴강이 됐어. 우리 대부분에게 이 일은 형식적인 것에 불과했지만, 매튜와 제인은 기뻐하리라는 걸 알고 있었지. 두 사람은 30년이 넘도록 속령에 살았고—투표권을 가지길 원했거든. 그건 내가 생각해보지 못한 일이었어.

캠퍼스 서쪽문을 향해 걸어가고 있는데 에드워드가 남쪽으로 걸어가는 게 보였어. 가장 먼저 굉장히 느린 걸음이 눈에 띄더라고. 다른 학생들이 이 뜻밖의 휴일을 어떻게 보낼 건지 이야기하면서 지나가는 와중에 에드워드는 몽유병에라도 걸린 것처럼 느릿느릿 걸어가고 있었어.

가까이 다가가자 그가 갑자기 고개를 들고 나를 쳐다봤어. "안녕." 인사를 했는데, 대답하지 않자 물었어. "이제부터 뭐 할 거야?"

잠시 아무 말도 하지 않기에 내 말을 못 들은 건가 싶었지. 하지만 다음 순간 에드워드가 입을 열었어. "끔찍한 소식이야."

너무 조용히 말해서 처음에는 잘못 들은 줄 알았어. "아." 난 멍청하게 그렇게만 말했어.

하지만 논쟁을 하려 했다거나 그런 건 아니야. "끔찍한 소식이야." 그는 아무 감정도 없는 목소리로 되풀이했어. "끔찍해." 그러더니 돌아서서 계속 걸어갔어. 그 모습이 외로워 보인다고 생각했던 게 기억나. 에드워드가 혼자 있는 건 수없이 봤지만, 한 번도 그런 모습을 외로움과 연결시켜본 적이 없었거든. 내 경우는 다르지만. 하지만 이번에는 뭔가 다른 느낌이 들었어. 에드워드는—비록 그때는 표현할 말을 몰랐겠지만—고아가 된 것처럼 보였어. 얼굴은 보이지 않았지만, 어깨가 축 처진 뒷모습이 어딘지 모르게 그랬어. 에드워드에 대해 더 잘 알지 못했더라면 막 끔찍한 상실을 겪은 사람이라고 생각했을 거야.

넌 에드워드를 아니까, 그날 일이 대단히 별나게 느껴지지 않을 수도 있어. 하지만 그건 그 당시 내가—굉장히 잘 안다고는 말할 수 없었겠지만—알던 에드워드 답지 않은 행동이었어. 하지만 에드워드가 하와이 원주민들 권리에 대해 강한 감정을 표출했다면—그를 통해서건 소문을 통해서건—나도 알았을 거야. 심지어 하와이 원주민 권리라는 생각 자체가 그때는 아직 만들어지지도 않긴 했지만. (에드워드 목소리가 들리는 것 같네. "당연히 만들어져 있었지." 그래, 좋아. 아직 이름이 없었다고 치자. 이름도 없고, 아주 조금도 대중들에게 알려져 있지 않았다고.) 우리 학년에 정치에 관심 있는 학생들이 몇 명 있었어—하나는 아버지가 속령 주지사였는데, 심지어 언젠가는 미국 대통령이 될 거라는 생각을 가지고 있었지. 하지만 에드워드는 그런 부류가 아니었어. 그래서 나중에 일어난 일이 훨씬 더 놀라웠던 거야.

그래도 그날 속상해한 사람이 에드워드만은 아니라는 걸 덧붙여야겠다. 집에 와보니 어머니가 일광욕실에 앉아 퀼트를 만들고 있었어. 이상한 일이었지. 보통 금요일 오후에는 도터스와 함께 하와이 가족들을 위한 무료 급식소 자원봉사를 하거든. 방에 들어가자 어머니가 고개를 들었고 우린 말없이 서로를 물끄러미 쳐다봤어.

"빨리 보내줬어요." 내가 그랬지. "발표 때문에요."

어머니는 고개를 끄덕였어. "난 오늘 집에 있었다. 참을 수가 없었어." 그러고는 퀼트를 내려다보고는—흰 바탕에 진초록으로 빵나무 무늬가 있는 퀼트였어—다시 고개를 들어 나를 봤어. "이걸로 바뀌는 건 아무것도 없어, 알지, 카위카." 어머니가 말했어. "네 아버지는 여전히 왕이어야 해. 그리고 언젠가는 네가 여전히 왕이어야 하고. 기억해라."

이상하게 뒤섞인 시제였다. 약속과 애도, 확인과 위로가 뒤섞인 문장이라니.

"알았어요." 내가 말하자 어머니도 고개를 끄덕였다.

"아무것도 달라지지 않아." 어머니는 말했어. "이 땅은 우리 거야." 그러더니 다시 퀼팅링으로 시선을 내렸다. 나가라는 신호였고, 그래서 난 2층 내 방으로 올라갔어.

나는 하와이가 주가 되는 것에 대해 아무런 감정도 없었어. 그건 "정부"라는 넓은 지붕 밑에 들어가는 일이라고 생각했고, 정부 일에는 전혀 관심도 없었거든. 누가 책임자고, 어떤 결정들을 내리고—그런 일들은 내겐 아무 상관도 없는 일이었어. 종이 한 장 위 서명은 내 인생과 무관했어. 우리 집, 우리 집 사람들, 우리 학교. 이런 것들은 변하지 않을 거니까. 내가 진 무게는 시민이 아니라 유산의 무게였어. 난 아버지의 아들이자 아버지가 대변하는 모든 것들을 표상하는 데이비드 빙엄이니까. 돌아보면 난 심지어 안도했을지도 몰라—이제 섬의 운명이 결정되었고, 그건 어쩌면 역사를 바꾸려고 노력할 책임과 의무를 내가 더 이상 지지 않아도 된다는 뜻일 수도 있으니까. 바꿀 희망이 전혀 없는 역사를.

에드워드의 궤도 안으로 돌아간 것은 거의 십 년 뒤의 일이었지만, 그 사이 많은 일들이 있었어.

첫 번째는 내가 졸업했다는 거—우리 모두 했지. 학교 친구들 대부분은 본토 대학으로 진학했어. 그렇게 해야 한다고 배우고 컸거든—그게 학교에 다니는 목적이라고. 우린 본토로 떠나 학위를 따고, 어쩌면 여행도 좀 하고, 그런 다음 대학이나 로스쿨이나 의과대학을 졸업한 후 돌아와 친척과 조상들이 소유한 지역 최고 은행과 법률 회사, 병원에 취직하게 되어 있었어. 그중 상당수는 정부에 들어가 교통부나 교육부, 농업부를 이끌기도 했고.

처음에는 나도 거기 속해 있었어. 학장님은 날 뉴욕 허드슨 밸리에 있는, 사람들이 잘 모르는 학부 대학에 나를 추천했고, 1962년 9월 나는 집을 떠났어.

내가 대학에 맞지 않은 사람이라는 건 금세 분명해졌어. 그 학교가 조그맣고 비싸고 잘 알려지지 않았을지 모르지만, 다른 학생들, 대부분 뉴욕시의 부유하고 자유분방한 집안 출신인 학생들은 나보다 훨씬 세련되고 교육을 잘 받은 사람들이었어. 나도 여행을 안 해본 건 아니지만, 내가 여행한 곳은 주로 동쪽이었고, 새로운 학교 친구들은 내가 가본 곳들에는 관심도 없어 보였어. 다들 유럽 여행을 했고, 몇몇은 매년 여름마다 거기 갔지. 난 내가 얼마나 시골뜨기인지 곧 깨닫게 되었어. 하와이가 왕국이라는 걸 아는 사람은 거의 없었고, 나한테 "진짜" 집, 석조와 지붕널이 있는 집에 사느냐고 물은 학생도 몇 명이나 있었어. 처음에는 이런 어처구니없는 질문에 어떻게 대답해야 할지조차 몰라서 눈만 껌벅거리며 서 있었더니, 질문한 학생이 그냥 가버리더라고. 친구들의 이야기에 언급되는 것들, 인용하는 책들, 휴가, 좋아하는 음식과 와인, 모두가 알고 있는 듯한 사람들—그 모든 것들은 나를 휙 스치고 지나갈 뿐이었어.

그래도 이상한 건 그 친구들이 밉지 않았어. 내 고향이 미웠어. 내 학교를 저주했어. 수세대에 걸쳐 빙엄들이 다녔는데, 제대로 준비도 시켜주지 못했다고 원망했지. 거기서 배운 것 중에 쓸모 있는 게 뭐가 있어? 난 새 학교 친구들이 수강하는 과목들을 똑같이 들었지만, 내가 받았던 교육에서 하와이 역사와 심지어 말도 못 하는 하와이 언어가 너무 많은 비중을 차지했던 것 같았어. 세상의 반이 관심도 없는 그런 지식이 어떻게 유용할 수가 있겠어? 우리 집안 이야기는 감히 꺼내지도 못했지—반은 믿지도 않을 테고, 나머지 반은 놀릴 테니까.

그걸 장기자랑 행사 후에 확실히 알았어. 그 학교에서는 매년 12월에 여러 학생들이 학교 교수와 관리자들을 풍자하는 짧은 촌극들을 올렸거든. 그 중 하나는 총장님을 풍자하는 극이었는데, 극 속 총장은 새로운 나라들, 예상치 않은 곳들에서 학생들을 데려와야 한다는 소리를 입에 달고 살면서 석기시대 야만족—우가-우가의 왕자 우우가 우우가—에게 학교에 다녀야 한다고 설득하려고 해. 야만인을 연기하는 학생은 구두약으로 얼굴을 시커멓게 칠하고 커다란 기저귀를 입고 코 양쪽에 마분지로 만든 뼈를 반쪽씩 붙여서 뼈가 콧대를 뚫고 지나간 것처럼 보이게 분장했어. 머리에는 검게 염색한 밀대를 뒤집어쓰고 뒤로 묶었고.

"거기, 젊은이." 총장을 연기하는 학생이 말했어. "자넨 똑똑한 젊은이 같구만."

"우가부가, 우가부가." 야만인 왕자 역 학생은 원숭이처럼 겨드랑이 아래를 긁고 펄쩍펄쩍 뛰면서 야유를 퍼부었지.

"우린 교육 받았다고 할 수 있는 젊은이가 배워야 할 모든 걸 다 가르치네." 총장은 야만인의 기행을 참을성 있게 무시하며 계속 설득했어. "기하학, 역사, 문학, 라틴어, 그리고 물론 운동도 가르쳐. 라크로스와 테니스, 축구, 배드민턴." 그러면서 배드민턴 공 하나를 야만인에게 내밀자, 야만인이 그걸 냉큼 입 안에 쑤셔 넣는 거야.

"아냐, 아냐!" 총장은 마침내 당황해서 소리 질렀어. "이건 먹는 게 아니야, 젊은이! 당장 뱉어내!"

야만인은 공을 뱉고 몸을 긁적이며 펄쩍펄쩍 뛰었고, 그러고는 관객석을 잠시 물끄러미 바라보다가 눈이 휘둥그레지면서 빨간 립스틱으로 크게 색칠한 입술을 옆으로 팽팽하게 잡아 늘이더니 느닷없이 총장을 확 덮치는 거야. 총장의 뺨을 한 입 뜯어먹으려는 심사였어.

"도와줘요!" 총장이 외쳤어. "도와줘요!" 두 사람은 무대를 뱅글뱅글 돌기 시작했고, 야만인은 이빨을 앞으로 내밀고 공기를 딱딱 씹고 꽥꽥 야유를 퍼부으며 총장을 뒤쫓아 무대 밖으로 사라졌어.

두 배우는 우레 같은 박수를 받으며 무대로 돌아왔지. 관객들은 내내 배꼽을 잡고 상스럽게 웃어댔어. 마치 한 번도 웃어본 적 없고 이제 막 웃는 걸 배우는 사람들 같더라고. 그 와중에 조용한 사람은 딱 둘밖에 없었어. 아는 사이는 아니지만 가나에서 온

상급생과 나. 그가 가만히 이를 악물고 무대를 바라보는 것을 보면서 나는 그가 이 극을 자기와 자기 고향 이야기라고 생각하고 있다는 것을 알았어. 하지만 그건 나와 내 고향에 관한 이야기였어—마분지로 만든 야자수, 야만인이 발목과 손목에 조잡하게 두른 양치류, 플라스틱 빨대와 신문지 꽃으로 만든 라이. 조롱하는 와중에도 무시하면서 만든, 조잡한 싸구려 의상이었어. 그게 사람들이 생각하는 나라는 걸 깨달았지. 나중에 에드워드에게 처음 리포-와오-나헬레 이야기를 들었을 때 난 이날 밤을 떠올렸어. 내 모든 것, 내 가족의 모든 것이 잔인하게 난도질당하고 발가벗겨지고 조롱거리로 무대에 올려진 걸 얼어붙은 채 지켜봤던 그 날의 심정을.

그런 꼴을 보고 어떻게 거기 계속 있을 수 있었겠어? 난 가방을 꾸려 남쪽 맨해튼으로 가는 버스를 타고 플라자 호텔, 이름을 아는 유일한 호텔에 투숙했어. 아버지 재산을 관리하는 윌리엄 숙부님께 전보를 보내 돈을 좀 부쳐달라고, 하지만 어머니께는 말하지 말아달라고 부탁했어. 숙부님은 그러겠다고 답장을 보냈지만, 언제까지나 어머니께 숨길 수는 없다며 현명하게 잘 알아서 하라고 하셨지.

난 며칠 동안 그냥 걸어 다니며 시간을 보냈다. 아침은 매일 카네기홀 근처 다이너에 가서 계란 후라이와 감자, 베이컨, 커피를 먹었어. 거기서는 호텔로다 훨씬 싼 값에 먹을 수 있었거든. 그러고는 그냥 동서남북으로 걸어 다녔어. 값비싸고 근사한 트위드 코트를 입고 있었지만 별로 따뜻하지는 않아서 걸으면서 손을 호호 녹였고 추위를 더 이상 참을 수 없을 때는 근처 다이너나 커피숍에 들어가 핫초콜릿을 마시며 몸을 녹였어.

내 정체성은 발길 닿은 동네에 따라 변했지. 미드타운에서는 사람들이 날 흑인으로 생각했지만, 할렘 사람들은 내가 흑인이 아닌 걸 알고 있었어. 사람들은 내게 스페인어, 포르투갈어, 이탈리아어, 심지어 인도어로 말을 걸었고, 내가 "전 하와이인이에요"라고 답하면, 하나 같이 자기가, 자기 형제나 사촌이 전쟁 후에 거기 가본 적 있다고 하면서, 훌라춤 추는 예쁘장한 소녀와 고향 해변에서 놀 수 있는데 이렇게 먼 곳에서 뭘 하고 있냐고 내게 물었어. 그런 질문에 한 번도 대답이 준비되어 있지 않았지만, 그 사람들도 대답을 바라지 않았어—그냥 물어볼 말이 그것밖에 없으니까 하는 말일 뿐, 내 대답을 듣고 싶어 하는 사람은 아무도 없었지.

그러다가 8일째 되는 날—그날 아침 윌리엄 숙부님이 전보를 보내 어머니가 대학 장학처에서 내가 학교를 떠났다는 소리를 듣고 내게 집으로 돌아가는 표를 보내주라고 했다며, 그날 밤 표가 도착할 거라고 알려줬어—아치를 보러 갔던 워싱턴 스퀘어 파크에서 호텔로 돌아가던 길이었어. 그날 오후는 칼바람이 부는 굉장히 추운 날이었고, 회색빛 우울한 도시가 꼭 내 마음 같았어.

브로드웨이 가를 따라 북쪽으로 걸어 올라가다가 센트럴파크 사우스에서 동쪽으로 방향을 트는 순간, 난 거지 하나랑 거의 부딪힐 뻔했어. 전에도 본 적 있는 거지였어. 기력이라고는 하나도 없는 땅딸막하고 가무잡잡한 남자였는데, 너무 긴 검정 코트를 입고 늘 그 모퉁이에 있었지—그는 30년 전 유행했을 법한 낡은 펠트 모자를 양손으로 잡고 내 앞으로 내밀었어. 지나가는 사람들에게 그 모자를 흔들며 구걸하는 거야. "선생님, 10센트 있어요?" "5센트 있어요?"

중얼중얼 유감을 표하며 그냥 지나치려는데, 그가 날 보더니 갑자기 군인처럼 허리를 꼿꼿하게 펴고 섰다가 깊숙이 허리 숙여 깍듯이 인사하는 거야. 헉 하고 놀라는 숨소리가 들렸어. "전하." 그는 보도에 대고 말했어.

가장 먼저 창피하다는 생각이 들었어. 주위를 둘러봤더니, 다행히 우릴 지켜보는 사람도 없었고, 본 사람도 없었어.

그는 눈물 고인 눈으로 나를 물끄러미 올려다봤어. 그러고 봤더니 우리 종족, 하와이 사람이더라고. 그 얼굴은 세세한 데까진 아니더라도 내가 아는 모양, 색깔, 형상의 얼굴이었어. "카위카 왕자님." 그는 울컥한 감정과 술기운이 뒤섞인 목소리로 말했어. 술 냄새가 나더라. "아버님을 압니다." 그가 말했어. "아버님을 알아요." 그러고는 내게 모자를 흔들었지. "제발요, 전하." 그가 말했어. "고향에서 이렇게 멀리 온 국민에게 뭘 좀 주세요."

그 목소리에서는 애원 외엔 아무것도 느껴지지 않았어. 나중에 방에 돌아와서야 나는 그가 왜 이렇게 먼 곳에 있을까, 어쩌다 뉴욕 길모퉁이에서 구걸하는 신세가 됐을까, 정말로 우리 아버지를 알까—결국 가능하긴 한 일이지—여러 가지 의문이 들었어. 그 사람이 보이는 것처럼 진정한 왕당파라면 하와이가 주가 되는 것은 모욕이자 희망이 사라지는 일이었겠지. "제발요, 전하, 너무 배가

436

고픕니다." 그 짙은 모자 안, 반들반들한 펠트 바닥에는 고작 동전 몇 개가 굴러다니고 있었어.

난 지갑을 꺼내 허둥지둥 가진 걸—40달러쯤 됐던 거 같아—다 내놓고는 그가 외치는 감사 인사를 피하기 위해 급히 발걸음을 재촉해 거기서 벗어났어. 내가 우가-우가의 우우가 우-우가 왕자였어. 다만 난 누구를 쫓아가는 대신 도망치고 있었지. 국민을 자칭하는 그 거지가 날 쫓아오기라도 할 것처럼. 그는 배가 고프고, 입을 벌릴 테고, 그가 그 턱을 다시 닫을 때면 나는 그 안에 있을 거야. 머리를 잘근잘근 씹어 먹히면서 연극이 끝나기를 기다리겠지.

나는 집에 돌아갔어. 우리 학교 졸업생 중 가난하거나 성적이 나쁜 학생들만 가는 하와이 대학에 등록했고, 졸업하자마자 아버지 회사였던 곳에서 일자리를 얻었어. 다만 그건 진짜 회사는 아니야. 아무것도 생산하지 않고, 팔지 않고, 사지도 않지—그 회사는 집안의 남은 부동산 소유권과 투자금을 모아놓은 곳이었고, 변호사인 윌리엄 숙부님과 회계사 하나 외에는 급사와 비서밖에 없었어.

처음에는 매일 9시에 출근했어. 하지만 몇 달이 지나자 내가 거기 있을 필요가 없다는 게 명백해졌어. 내 직함은 "재무관리자"였지만 관리할 게 없었거든. 신탁 투자는 신중하게 했고, 1년에 몇 번 일부 주식을 사고판 다음 배당금은 재투자했어. 토끼같이 생긴 중국계 청년 하나를 계약직으로 들여 여러 가지 거주용 부동산에서 세를 거뒀고, 세입자들이 거부하거나 세를 못 내면 덩치가 크고 무섭게 생긴 사모안을 보내 후속조치를 취했어. 신탁의 목적은 신중하게 욕심을 부리지 않는 것이었지. 야심에는 위험이 따르는 법이야. 아버지 빚을 청산한 후로는 어머니와 내 생활비가 충분하게 나오고, 제대로 계획할 경우 증손자나 고손자까지도 잘 살 수 있을 정도로 유지하는 데 투자의 초점을 맞추고 있었어.

내가 거기 있건 없건 회사가 굴러간다는 게 확실해지자, 나는 휴식 시간을 길게 쓰기 시작했어. 사무실은 시내의 아름다운 옛 스페인풍 건물에 있었는데, 나는 복잡한 점심시간이 되기 전 11시에 사무실에서 나와 몇 블록 걸어서 차이나타운에 갔어. 월급을 받았지만 난 검소하게 살았거든—거기 레스토랑에 가서 25센트짜리 돼지고기새우 완탕면 한 그릇을 먹고 돈을 지불한 다음 스타푸르트와 람부탄을 피라미드처럼 쌓아놓고 파는 행상인들을 지나고, 말라 쪼그라든 뿌리와 말린 씨앗을 넣은 통과 뿌연 액체가 든 유리병, 꼬불꼬불 말린 약초, 털을 제거한 알 수 없는 동물들의 앞발 들을 주르르 늘어놓고 있는 약제상들을 지나 거리를 이리저리 걸어 다니곤 했지. 하와이에서는 아무것도 바뀌지 않아. 매일 똑같은 무대를 걷는 기분이었어. 그리고 그 거리는 매일 아침 내가 잠에서 깨기 훨씬 전에 새로 좍 펼쳐지고 깨끗이 빗질되어 내가 다시 걸을 수 있는 준비를 마치지.

물론 난 외로웠어. 고등학교 친구들인 척할 수 있었던 몇몇 친구들도 마을에 돌아왔지만, 대학원이나 새 직장일로 바빴고 난 대부분의 시간을 어린 시절처럼, 어머니 집 침실에 있거나 일광욕실에서 내 월급으로 산 흑백 텔레비전을 보면서 보냈어. 주말이면

와이마날로나 카이마나에 어부들을 보러 가고, 영화를 보러 갔어. 난 스물두 살이 됐고, 스물세 살이 됐지.

스물네 살 때 어느 날, 난 차를 몰고 시내로 돌아오고 있었어. 늦은 저녁 시간이었어. 그때쯤 난 사무실에서 보내는 시간을 조금씩 줄여나가서 아예 회사에 다시 들어가지 않았고, 그러다 아예 출근도 하지 않았어. 아무도 당황하지도, 심지어 놀라지도 않았어. 어차피 그건 내 돈이고, 돈은 2주마다 꼬박꼬박 수표 형식으로 계속 들어왔지.

카일루아를 통과해 달리고 있다가 버스 정류장 하나를 지나쳤어. 당시 카일루아는 10년 후와는 달리 가게와 레스토랑 같은 게 하나도 없던 곳이었어. 난 한 달에 두 번 섬 전체를 드라이브했어. 한 주는 동쪽으로, 다음번에는 서쪽으로. 그건 시간을 보내기 위한 방편이었고, 난 아버지가 예전에 돈을 나눠줬던 라이에의 석조 교회 근처 해변에 앉아서 바다를 보곤 했어. 그 길에 몇 개 없는 정류장 중 하나인 그 버스 정류장은 가로등 아래 있었는데, 거기 벤치에 젊은 여자 하나가 앉아 있었어. 나는 차를 천천히 몰아서 그녀가 머리를 뒤로 넘기고 무늬 있는 오렌지색 면셔츠를 입고 있는 걸 봤어—가로등 불빛 아래 있으니 여자에게서 빛이 나오는 것 같았어. 여자는 굉장히 똑바른 자세로 앉아 있었어. 다리를 모으고, 손은 가지런히 무릎 위에 올리고, 핸드백 끈을 한쪽 손목에 걸고 있었지.

왜 그냥 계속 차를 몰아가지 않았는지 모르겠지만, 난 그러지 않았어. 나는 인적 없는 그 길에서 차를 돌려 여자에게 돌아갔어.

"안녕하세요." 내가 인사하며 다가가자, 여자도 나를 쳐다봤어.

"안녕하세요." 여자가 대답했지.

"어디 가세요?" 내가 물었어.

"시내로 가는 버스를 기다리고 있어요." 여자가 대답했어.

"버스는 이렇게 늦게까지 다니지 않아요." 내가 말하자, 처음으로 여자 얼굴이 걱정스런 표정으로 변했어.

"저런." 여자가 말했어. "기숙사에 돌아가지 않으면 문을 잠가 버리는데."

"태워 드릴게요." 내가 제안하자 여자가 어둡고 텅 빈 길을 이리저리 보며 주저하더라고. "뒷자리에 앉으세요." 내가 덧붙였지.

그 말에 여자는 고개를 끄덕이며 미소를 지었어. "고맙습니다. 정말 감사해요."

그녀는 버스 정류장에서와 똑같은 자세로 앉았어. 꼿꼿이 차분한 자세로, 시선은 똑바로 정면을 향하고 앉았어. 난 백미러로 여자를 관찰했지. "전 대학생이에요." 그녀가 마침내 뭔가 내놓기 위한 것처럼 자기소개를 했어.

"몇 학년이에요?" 내가 물었어.

"3학년이요." 여자가 말했어. "하지만 여기는 1년만 있을 거예요."

그녀는 교환학생으로 와 있다고 했어. 다음 해에는 미니애폴리스로 돌아가 거기서 졸업할 거라고. 이름은 앨리스였어.

난 앨리스와 데이트하기 시작했어. 앨리스는 여자 기숙사 중 하나인 프레아 홀에 살고 있었고, 나는 로비에서 앨리스가 내려오길 기다리곤 했지. 앨리스는 수요일마다 카일루아에서 나이 지긋한 하와이 부인에게 천 짜는 법을 배웠는데, 그때는 늘 정숙한 무릎 길이 치마를 입고 머리를 뒤로 넘겼지만, 평상시에는 청바지에 머리를 풀고 다녔어. 코 모양과 특징으로 보아 완전히 하울리가 아닌 건 알 수 있었지만, 진짜 인종이 뭔지는 알 수 없었어. "난 스페인계야." 앨리스는 말했지만, 난 본토에서의 경험으로 "스페인계"라는 건 때로 멕시코나 푸에르토리칸, 때로는 완전히 다른 걸 의미할 수도 있다는 걸 알고 있었어. 앨리스는 자기 전공 이야기, 평생 한 번은 따뜻한 곳에 있어 보고 싶어서 여기에 오게 됐는데 이곳을 너무 사랑하게 됐다는 이야기, 엄마랑 어린 남동생이 (아버지는 돌아가셨대) 너무 보고 싶다는 이야기를 했지. 모험이 가득한 인생을 살고 싶어 했고, 언젠가는 중국과 인도에서, 그리고 전쟁이 끝나면 태국에서도 살고 싶어 했어. 우린 베트남에서 벌어지고 있는 일과 선거, 음악에 대해 이야기했고, 매번 앨리스가 나보다 더 할 말이 많았어. 때로는 나에 대해서도 물었지만, 난 별로 해줄 이야기가 없었어. 그래도 날 꽤 좋아하는 것 같았어. 굉장히 친절해서, 내가 옷을 너무 오래 더듬거리며 실수를 하니까 내 손을 어깨 위에 올려놓고 옷을 직접 벗었지.

우린 앨리스 룸메이트가 외출하고 없었던 어느 날 밤 기숙사 방에서 섹스를 했어. 앨리스가 무엇을, 어떻게 해야 하는지 말해줘야 했고, 난 처음에는 당황해서 쩔쩔맸고 나중에는 아무것도 느끼지 못했어. 나중에 그 경험에 대해 생각해봤는데, 즐겁지도 불쾌하지도 않았어. 그래도 섹스를 해서 좋았고 끝나서 좋았어. 뭔가 중요한 단계를 넘은 기분이었지. 매일의 일상은 그렇지 않지만, 어른이 되는 단계를 넘어선 것 같았어. 생각했던 것보다 덜 즐거웠지만, 한편으로는 더 쉽기도 했어. 우린 몇 번 더 만났고, 내 인생은 앞으로 나아가고 있는 것 같았지.

이제 네가 아는 이야기가 나와, 카위카. 힘든 부분이기도 하지만.
물론 앨리스는 우리 집안에 대해 알고 있었지만, 그게 얼마나 대단한 의미인지는 집에 돌아가고서야 깨달았던 것 같아. 그 편지가 회사에 왔을 때, 난 처음으로 발작을 했어. 처음에는 두통이라고 생각했지. 세상이 조용하고 평평해지더니 명멸하는 색깔들—태양을 보고 있다가 눈을 감으면 보였던 것 같은 색깔들—이 시야에 둥둥 떠다녔어. 정신이 들었을 때는 1분이 지났는지 한 시간이 지났는지도 몰랐고 얼이 빠져서 뭐가 뭔지 하나도 알 수가 없었어. 진단이 나온 뒤에는 운전면허증을 잃었고, 그때부터는 매튜가 날 태워줘야 했고 매튜가 안 될 때는 어머니가 태워줘야 했어.
그래서 네가 우리 집에 온 과정이 정확하게는 기억나지 않아. 네 엄마가 사실상 널 버린 거나 다름없다고 네 할머니가 말했다는 거 알아. 누가 와서 널 데려가야 한다고, 자기는 미니애폴리스를 또 떠나서 이번에는 일본으로 공부하러 가고, 자기 어머니는 아기를 돌볼 입장이 아니라고 윌리엄 숙부님께 편지를 보냈다고 말이야. 나중에 윌리엄 숙부님께 들었는데, 앨리스가 회사에 연락한 것은 맞지만, 네가 빙엄이라는 증거를 받자마자 네 엄마한테 돈을 제안한 건 네 할머니였다더라. 네 엄마, 앨리스는 다른 액수로 맞

받아쳤고, 윌리엄 숙부님은 네 할머니한테 하나에 있는 집을 팔아야 할 수도 있다고 경고했어. "하세요." 네 할머니는 그렇게 대답했고, 설명할 필요도 없었어. 넌 집안의 후계자가 될 테고, 내가 애를 더 가진다는 보장도 없었으니까. 네 할머니는 당신에게 온 기회를 잡아야만 했어. 한 달 후, 윌리엄 숙부님이 미니애폴리스로 날아가 서류에 확인 서명을 받아왔고, 숙부님이 돌아왔을 때는 너와 함께였어. 사람들이 추정하는 어머니의 출생 이야기와 비슷했지만, 우리 둘 다 그 이야기는 하지 않았지.

어느 이야기가 맞는지는 모르겠다. 앨리스가 나한테 임신 이야기도, 출산 이야기도 전혀 해주지 않았다는 것은 말할 수 있어. 앨리스는 1967년 학기가 끝난 후 내 인생에서 사라졌지. 앨리스가 죽었다는 건 알아—고베에서 공부하던 시절 만난 남자와 70년대 초반 언제쯤 결혼했다가 74년 보트 사고로 둘 다 죽었다고 하더라. 하지만 앨리스나 앨리스 가족들이 너와 연락하지 않은 이유는—네 할머니와 맺은 계약 조건이 연락 금지였기 때문이라고밖에 생각할 수 없어.

그래도 원망하지 마, 카워카—네 할머니도, 앨리스도 원망하지 마. 한 사람은 널 간절하게 원했고, 다른 사람은 엄마가 될 준비가 되어 있지 않았을 뿐이야.

넌 언제나 내 삶의 기쁨이었고 지금도 마찬가지야. 널 가져서 나도 뭔가 공헌했다는 느낌을 가질 수 있었어. 처음 만났을 때 넌 아직 아기였고, 네가 뒤집고, 앉고, 걷고, 말하는 법을 배우던 시절, 어머니와 난 평화로웠어—네 덕분에. 때로 우린 일광욕실 바닥에 앉아 네가 발을 버둥거리며 옹알이하는 걸 지켜봤고, 네가 하는 일들에 웃고 박수치면서 가끔은 서로 눈이 마주치기도 했지. 그럴 때면 우리가 어머니와 아들이 아니라 남편과 부인 같았어. 넌 우리 아이고.

네 할머니는 늘 너를 자랑스러워 했어, 카와카. 내가 그랬고 지금도 그런 것처럼. 네 할머니도 여전히 그래, 난 알아—그냥 실망한 거야. 네가 보고 싶으니까. 내가 널 그리워하는 것처럼 말이야.

여기서 한 번 더 말해야겠다. 난 네가 날 떠난 걸 절대 비난하지 않아. 난 네가 책임져야 할 사람이 아니었어. 네가 내 책임이었지. 넌 말려들어서는 안 되었던 상황에서 빠져나가야만 했던 거야.

세월이 흐르는 동안, 난 네가 네 엄마에 대해 질문할 날을 계속 기다렸지만, 넌 한 번도 묻지 않았어. 인정할게, 마음이 놓이더라. 하지만 나중에는 네가 날 보호하려고 안 물어봤을지도 모른다는 걸 깨닫게 됐어. 넌 늘 날 보호해주려고 했으니까. 사실은 내가 널 보호했어야 하는 사람인데. 네가 어머니 존재에 너무 관심을 보이지 않아서 한 번은 네 할머니와 싸운 적 있어. 내가 어머니에게 대든 몇 안 되는 때였지. "이상해." 함께 교사 학부모 모임에 참석하고 와서 네 할머니가 말했어. 모임에서 네 선생님이 자기는 네 어머니에 대해 아무것도 모른다며 "애가 너무 호기심이 없는 게 이상하다"고 했다는 거야. 네 할머니는 그 말이 네가 느리거나 열의 없이 시들하다는 뜻이라고 넌지시 암시했고, 난 어머니에게 소리를 질렀어. "그래서 카와카가 질문을 하길 바라는 거예요?" 내가 묻자 어머니는 퀼팅 링에서 시선을 떼지도 않고 어깨를 살짝 으쓱하며 말했어. "당연히 아니지. 그냥 안 하는 게 이상하다는 것뿐이야." 난 어머니에게 불같이 화를 냈어. "그냥 어린애잖아요." 난 말했어. "어머니가 한 말을 그대로 믿고 있고요. 애가 어머니 말을 믿는 걸 불평하다니, 그게 무슨 결함이라도 되는 것처럼 말하다니 믿을 수가 없군요." 나는 자리에서 일어나 방에서 나갔고, 그날 밤 어머니와 제인은 네가 제일 좋아하는 쌀 푸딩을 준비했어. 그게 네 할머니가 너한테 사과하는 방식이야. 비록 넌 그게 사과였다는 걸 절대 모르겠지만.

결국 너한테는 엄마가 전혀 없었던 척하기가 쉬워졌어. 네가 듣기 좋아했던 일본 민간설화 있잖아, 복숭아에서 태어나서 아이 없는 늙은 부부에게 발견된 소년 이야기. "'모모타로' 이야기 또 해 줘." 넌 졸랐고 내가 이야기를 해주면 넌 "또" 하고 말하곤 했지. 얼마 후 난 그 이야기를 조금 바꿔서 이야기해주기 시작했어. 우리 마당 나무에 매달린 망고에서 발견된 망고타로 이야기로, 그 아이가 자라나서 수많은 모험을 하고 많은 친구들을 사귀는 이야기로. 그 이야기는 언제나 그 아이가 아버지와 할머니, 숙모와 숙부를 떠나서 먼 곳으로 가는 데서 끝났어. 그리고 그 먼 곳에서 새로운 모험을 하고 새 친구들을 사귀겠지. 그때도 난 내가 할 일은 남는 거고, 네가 할 일은 떠나는 것, 내가 절대 보지 못할 어딘가로 가서 네 인생을 사는 거라는 걸 알고 있었어.

"그다음엔 어떻게 돼?" 이야기가 끝나면 넌 물어봤고, 그러면 난 잘 자라고 입맞춤을 해줬어.

"나중에 네가 돌아와서 말해줘." 난 그렇게 대답했어.

카위카. 그 일이 또 일어났어. 서 있는 꿈을, 서 있기만 한 것이 아니라 걸어 다니는 꿈을 꿨어. 내가 좀비처럼 두 팔을 앞으로 뻗고 한 걸음씩 발을 끌며 걷고 있었어. 그러다가 이번에도 꿈이 아니라 정말로 걷는다는 걸 알고서는 집중해서 손으로 벽을 더듬으면서 방 가장자리를 따라 돌았어.

내 침대는 방 가운데 있는데, 어머니의 불평 소리를—어머니가 왜 침대를 한쪽 벽에 붙여 두지 않고 *가운데* 뒀냐고 물었거든—들어서 알았지만, 나는 그게 좋더라. 덕분에 돌기가 쉬웠으니까. 여기는 정원을 내다보는 창이 난 벽. 여기는 목욕과 샤워를 하러 가는 욕실 문. 여기는 아마 복도로 나가는 문—그건 잠겨 있어. 여기는 서랍장이 있었고 그 위에 병이 몇 개 놓여 있었는데, 무거운 것도 있고, 가벼운 것도 있고, 유리병도 있고 플라스틱 병도 있었어. 맨 위 서랍을 열어 반바지와 티셔츠를 만져봤지. 바닥이 차가운 걸 보면 타일이나 석재 같은데, 침대 가까이에 가면 표면이 달라져. 집 내 방에 있는 것과 똑같은, 매끄러운 라우할라 돗자리야. 그 돗자리를 깔면 방 전체가 시원하고, 갈라지고 닳아도 몇 달에 한 번씩 쉽게 바꿀 수 있다고 제인이 말했지.

침대로 돌아온 뒤 한참을 깨어 있었어. 이런 생각이 들었거든. 떠나면 어떨까? 걸을 수 있다면, 다른 것도 돌아오지 않을까? 가령 시력도? 말도 할 수 있지 않을까? 어느 날 밤에 여기서 걸어 나가면 어떨까? 가서 너를 찾으면? 놀라운 일이 아닐까? 너를 다시 보고, 다시 안는다면? 그 사이, 연습을 더 하기 전까지는 아무에게도 말 안 할 생각이야. 사실 조금 걸었을 뿐인데도 숨이 찼으니까. 하지만 이젠 너도 알지. 난 널 찾으러 갈 거야—내 발로 걸어서 갈 거야.

에드워드와 재회한 날에도 걷고 있었어. 1969년, 너와 산 지 겨우 넉 달째였어—넌 한 살도 채 안 됐고. 난 일주일에 서너 번, 매튜에게 운전을 시켜 카피올라니 공원으로 가 멍키포드나무와 샤워나무 사이에서 너를 유모차에 태워 걷곤 했어. 걸음을 멈추고 크리켓 클럽 경기를 구경하기도 했지. 너를 데리고 카이마나 해변으로 가서 어부들을 구경하기도 했고.

그 시절에는—아마 지금도—젊은 남자가 유모차 미는 것이 드문 광경이라 웃는 사람도 있었지. 그래도 나는 아무 말 하지 않고, 아무 대꾸도 하지 않고 그냥 계속 걸었어. 그래서 그날 아침, 누군가가 걸음을 멈추고 빤히 보는 걸 딱히 보지 않고도 느꼈지만 대수롭지 않게 여겼어. 그 사람이 내 이름을 부르고 나서야 아는 목소리라서 걸음을 멈췄지.

"어떻게 지냈어?" 마지막으로 본 지 10년이 다 되어 가는데도 헤어진 지 1주일된 사람처럼 에드워드가 물었어.

"잘 지냈어." 난 악수하면서 대답했어. 에드워드가 로스앤젤레스로 이사 가서 거기서 대학에 들어갔다는 소식을 들었고, 그렇게 말했지만, 그는 어깨만 으쓱했어. "이제 막 돌아왔어." 그리고 유모차를 들여다보더라. "누구 아기야?" 에드워드가 물었어.

"내 아이." 내 말에 에드워드가 눈을 껌뻑였어. 다른 사람이라면 놀라 탄성을 지르거나 농담하지 말라고 했을 텐데, 고개만 끄덕이는 거야. 에드워드는 농담하는 법이 없었고, 남이 농담한다고 생각하는 법도 없었다는 게 기억났지.

"네 아들이구나." 에드워드가 그 말을 곱씹듯이 말했어. "꼬마 카위카." 이름을 한 번 말해보더군. "아니면 '데이비드'라고 부르나?"

"아니, 카위카야." 내 말에 에드워드는 살짝 웃었어.

"잘했네." 에드워드가 말했어.

어쩌다 보니 같이 먹을 것을 사러 가기로 했고 에드워드의 고물차에 산 것을 전부 싣고 차이나타운으로 가서 내 단골, 25센트짜리 완탕면 식당에 갔어. 가는 길에 에드워드에게 어머니 안부를 물었는데, 그가 침묵하더니 대답하기 전 얼굴을 씰룩이는 것을 보고 돌아가신 것을 알았지. 유방암이랬어. 그래서 돌아온 것이고.

"나도 알았더라면 좋았을 걸." 나는 한 대 맞은 기분이었어. 하지만 에드워드는 어깨를 으쓱했어. "느리게 진행됐는데, 갑자기 빨라졌어." 에드워드가 말했어. "심한 고통을 겪진 않았어. 호노카에 묻어 드렸어."

그날 점심을 함께하고 우리는 다시 만나기 시작했어. 따로 어떻게 하자고 이야기한 것은 아니었어. 에드워드가 일요일 정오에 데리러 올 테니 해변으로 가자기에 그러자고 했을 뿐이야. 그 후로 몇 주, 몇 달 동안 우리는 점점 자주 만났고 이틀에 한 번씩 만나게 됐지. 희한하게도 에드워드가 어디 있었는지, 내가 어디 있었는지, 헤어진 후로 무엇을 하며 지냈는지, 애초에 우리가 왜 멀어졌는지는 거의 이야기하지 않았어. 과거를 잊기보다는 삭제한 상황이지만, 둘 다 우리가 다시 연락하고 지내는 것을 어머니에게는

숨기려고 조심했어—이것 또한 따로 의논하지는 않았지. 에드워드
가 오면, 어머니가 외출 중일 때는 (가끔은 너와 함께, 가끔은 혼자서)
현관문 앞에서 기다렸고 어머니가 집에 있을 때는 언덕 밑에서 기
다렸어. 에드워드가 나를 내려준 곳도 거기였고.

  그 시절에 무슨 이야기를 했는지는 기억이 잘 안 나. 네가 들으
면 놀랄지도 모르겠다만, 여러 달이 지나고서야 난 에드워드가 근
본적으로 변했다는 걸 깨달았어. 어린이에서 성인이 될 때 다들
겪는 그런 변화가 아니라, 믿음과 신념에 있어서 내가 모르는 사
람이 되는 그런 변화. 말하기 창피하지만, 내눈엔 에드워드가 예
전과 거의 다름없어 보였기 때문에 예전과 다름없는 사람이*라고*
생각했어. 난 본토에 머리 기른 히피가 그득하다는 것을 텔레비전
뉴스로 알았어. 호놀룰루에도 히피가 있긴 있지만, 분노나 혁명의
분위기는 없었지. 하와이에는 모든 것이 늦게 왔고—신문마저 하
루 늦은 소식을 전했잖아—그래서 그때 에드워드를 봐도 외모만
으로는 곧바로 급진파라고 알아볼 수 없었을 거야. 그래, 에드워
드는 머리가 나보다 길고 복슬복슬했지만, 늘 깔끔했거든. 긴 머
리지만 위협적이기보다는 그냥 예뻤어.

  우린 둘 다 일을 안 했어. 나와 달리 에드워드는 학위를 마치지
않았어. 4학년 초에 자퇴를 하고 남은 가을 동안 히치하이킹을 하
며 서부를 돌아다녔다고 나중에 설명하더라. 돈이 필요하면 캘리
포니아로 돌아가서 포도든 마늘이든 딸기든 호두든 수확하는 걸
땄대—평생 딸기는 하나도 더 먹지 않을 거라고 했지. 호놀룰루로
돌아온 에드워드는 단기 일자리를 구했어. 친구가 집에 페인트칠

하는 것을 돕거나 며칠 동안 이삿짐센터에서 일하기도 했어. 에드워드가 어머니와 함께 살았던 작은 집은 월세집이고, 집주인 중국인 영감이 비숍 부인을 좋아했다는데, 언젠가는 그 집에서 나와야 했지만 그런 문제든, 자기 미래든 걱정하지 않는 눈치였어. 에드워드는 걱정하는 법이 거의 없어 보였어. 그걸 보자 그가 어린 시절에도 자신감 있고 불안이라고는 전혀 없는 성격이었던 게 기억나더군.

그렇지만 그해 말쯤 그가 얼마나 다른 사람이 되었는지 깨달았어. "행사가 하나 있는데, 거기 가자." 에드워드가 어느 날 저녁 언덕 밑에서 나를 안아 올리며 말했어. "내 친구들 만나러." 더 이상 설명이 없기에 평소에도 그랬듯이 나는 아무것도 묻지 않았어. 그렇지만 에드워드는 흥분했고, 심지어 초조해했어—운전을 하면서 불안한 박자로 운전대를 한 손가락으로 쳤거든.

차는 누아누 깊숙이 들어갔고, 나무가 너무 울창하고 가로등이 없어서 전조등을 켜고도 내가 손전등을 비추며 길을 찾아야 하는 좁은 사유 도로를 따라 달렸어. 문을 여러 개 지났고, 네 번째 문에서는 에드워드가 차를 세우고 내렸어. 대문 기둥에 긴 철사에다 열쇠를 연결해놓아서, 에드워드가 문을 열고 차를 통과시킨 뒤에 다시 세우고 문을 닫았어. 거기서부터는 긴 비포장 길이 있었고, 덜컹거리며 가는 동안 난 길가에 핀 흰 생강꽃을 보고 꽃향기를 맡았지. 어스름에 꽃이 유령 같았어.

길 끝에 희고 큰 목조주택이 보였어. 우리 집 비슷한, 한때는 웅장하고 잘 관리되던 그런 집이었는데, 다만 그 앞에 차가 적어도 스무 대는 서 있었어. 밖에 있는데도 조용한 계곡에 울려 퍼지는 사람들 말소리가 들렸어.

"가자." 에드워드가 말했어.

안에는 사람들이 오십 명쯤 모여 있었고, 처음에 놀랐던 마음이 좀 진정되고 나자 사람들을 좀 더 자세히 살펴볼 수 있었어. 대부분은 우리 또래였고 모두 그 지역 사람이더라고. 누가 봐도 히피인 사람들도 있었는데, 그중 많은 수가 굉장히 키가 큰 니그로 주위에 모여 있었어. 그 흑인은 내게 등을 지고 있어서 크고 숱이 많고 번들거리는 아프로 헤어스타일밖에 보이지 않았지. 그 사람이 몸을 움직이자, 정수리가 천장에 매단 조명 아랫부분을 스치는 바람에 등이 흔들리면서 불빛이 실내에 일렁거렸어. "가자." 에드워드가 다시 말했고, 그때는 음성에서 흥분이 느껴졌어.

모인 사람들이 하나의 유기체처럼 들썩이기 시작했고, 그 바람에 우리는 입구에서 널찍하고 트인 공간으로 밀려갔어. 그곳은 처음 들어갔던 방처럼 가구가 없었고, 마룻바닥은 습기 때문에 곳곳이 갈라지고 금이 가 있었어. 그 방에서는 대화 소리 위로 하늘에 비행기가 지나가는 듯한 굉음이 들렸는데, 창밖을 내다보니 그곳 정원 끄트머리 폭포에서 나는 소리였어.

전부 바닥에 자리를 잡고 앉자 긴장감이 감도는 침묵이 내려앉았고, 그 침묵은 점점 더 길어지고 깊어졌어. "뭘 지랄이야?" 누군가, 어떤 남자가 묻자 사람들이 쉬 하고 조용히 시켰어. 다른 누군가는 키득거렸지. 계속해서 침묵이 이어졌고, 한참 뒤에야 부스럭거리고 숙덕이는 소리가 사라졌어. 그러고도 우린 적어도 1분은 더 거기 말없이, 꼼짝도 않고 함께 앉아 있었어.

그제야 키 큰 흑인이 사람들 가운데 앉아 있다가 일어나 앞으로 나갔어. 안 그래도 키가 큰데 바닥에 앉은 우리가 올려보기까지 하니 사람이라기보다 우뚝 솟은 건물 같더라고. 그 사람은 피부색이 그렇게 검지 않았고—내 피부색이 더 짙었지—딱히 잘생기지도 않았어. 피부는 번들거렸고, 턱수염은 듬성듬성 났고, 왼쪽 뺨에 여드름이 나서 어린애처럼 보였어. 본인은 그렇게 보이고 싶지 않겠지만. 하지만 그 사람에게는 어딘가 반박할 수 없는 데가 있었어. 그는 앞니 사이가 벌어진 치아를 드러내며 활짝 웃었는데, 그게 어떨 땐 바보 같고 어떨 땐 사나워 보이는 데다가, 길고 흐느적거리는 팔다리를 구부리고 비틀어대며 움직여서, 그가 말할 때는 말만 경청할 뿐 아니라 모습도 보지 않을 수 없었어. 그렇지만 정말로 빠져드는 건 그의 목소리였어. 말하는 내용뿐 아니라, 부드럽고 나직하고 폭신폭신한 그 어조라니. 날 얼마나 사랑하는지, 어째서, 어떻게 사랑하는지 듣고 싶어지는, 그런 목소리였어.

그 사람이 미소를 지으며 입을 열었어. "형제자매 여러분." 그가 말했어. "알로하(aloha)." 그러자 모인 사람들이 박수를 쳤고, 그 나른하고 유혹적인 미소가 더 커졌지. "알로하, 그리고 저를 이 아름다운 여러분의 땅에 불러 준 것에 마할로(mahalo), 감사합니다."

"오늘 밤 이 집에 모인 것이 특히나 옳은 일로 느껴집니다. 이 집 이름이 뭐라고 들었는지 아세요? 네, 그렇습니다. 이 집에는 이름이 있어요. 전 세계 멋진 집은 다 그럴 것 같은데요—이 집은 헤일 킬로하, 알로하의 집이랍니다. 사랑의 집, 사랑받는 자의 집. 제겐 그것이 특히 흥미롭게 느껴집니다. 제 이름, 베데스다, 역시 집 이름을 딴 이름이거든요. 이 중에 성경, 신약복음을 기억하는 사람 있습니까? 아, 뒤에 손 든 사람이 있군요. 또 있군요. 뒷자리, 자매님 무슨 뜻인지 말해주세요. 그렇죠, 베데스다의 연못이죠. 베데스다는 자비의 집이란 뜻입니다. 그 연못가에서 그리스도께서 병자를 치유하셨어요. 그래서 저도 여기 왔습니다. 사랑의 집에 자비의 집이 온 것이죠. 제게 오늘 밤, 이곳뿐 아니라 여러분의 섬들, 여러분의 가정에 와 달라고 부탁한 사람은 제 좋은 친구, 저기 오른쪽에 앉은 루이스 형제입니다. 고마워요, 루이스 형제. 말하기 부끄럽지만, 이곳에 초대를 받았을 때 전 이곳이 어떤 곳인지 다 안다고 생각했어요. 파인애플을 떠올렸죠. 무지개를 떠올리고. 훌라 춤을 추는 여자들이 허리를 앞뒤로 멋지고 예쁘게 흔드는 모습을 떠올렸죠. 알아요, 안다고요! 하지만 전 그렇게 생각했어요. 하지만 며칠 만에, 심지어 캘리포니아를 채 떠나기도 전에 제 생각이 틀렸다는 것을 깨달았습니다. 그리고 여기 오고 싶지도 않았다고, 처음에는 그랬다고 말하기도 부끄럽군요. 뭐랄까, 이곳에서 여러분이 갖고 있는 것은 현실이 아니라고 생각했어요. 그건 현실 세계의 일부가 아니라고. 저는 오클랜드 근처에 사는데—그런 게 현실 세계라고 여겼죠. 그곳에서 벌어지는 일들 알고 계시죠. 거기서 우리가 무엇에 맞서 고투하고 있는지, 무엇에 맞서 싸우는지. 흑인에 대한 억압, 미국이 세워진 이래로 계속되어왔고, 미국이 잿더미가 되어 새로운 것을 시작할 때까지 계속될 억압 말입니다. 지금의 미국은 도저히 고칠 수가 없으니까요—가장자리만 좀 정리하고 정의를 회복했다고 말할 수는 없어요. 그렇습니다, 형제자매 여러분. 정의란 그런 게 아닙니다. 제 어머니는 휴스턴 흑인 병원이라고 부르던 곳에서 간호조무사로 일했는데, 심장 발작으로 들어온 사람들이 숨을 못 쉬고 산소가 없어 손톱이 파랗게 질렸다는 이야기를 들려주곤 했어요. 상급 간호사들이 환자 손을 마사지해주라고, 말단에 피가 통하게 해주라고 지시했고, 어머니가 그렇게 하면 손톱이 다시 분홍색이 되고 만져보면 손이 따뜻해졌죠. 하지만 어느 날 어머니는 그것이 아무런 해결책도 안 된다는 것을 깨달았어요—어머니는 손을 더 예쁘게 만들어 주고 어쩌면 일도 더 잘하게 해줬지만, 그 환자들의 심장은 여전히 병들어 있었으니까요. 결국 실제로 변한 것은 아무것도 없는 겁니다. 마찬가지로, 이곳에서 실제로 변한 것은 아무것도 없습니다. 미국은 심장에 죄를 가진 나라입니다. 제 말뜻 아시죠. 한 집단을 자기 땅에서 내보내고, 다른 집단을 자기 땅에서 훔쳐 왔습니다. 우리가 여러분을 대체했지만, 우리는 여러분을 대체하길 원한 적 없습니다—우린 있던 자리에 그대로 있고 싶었어요. 우리 조상, 조부모님의 조부모님의 조부모님 중 그 누구도 어느 날 일어나 이런 생각을 한 적 없었다구요. *지구 반대편으로 배를 타고 가서 땅뺏기에 참가해 다른 원주민과 싸우자.* 절대, 결코. 보통 사람들, 점잖은 사람들은 그렇게 생각하지 않습니다—악마의 생각이죠. 하지만 그 죄악, 그 표식은 사라지지 않고, 우리가 만든 것이 아니지만 우리는 모두 거기에 영향을 받습니다. 이유를 말씀드리죠. 다시 좀 전의 심장을 떠올리되, 이번에는 기름이 묻은 걸로 생각해보세요. 식용유가 아니라, 자동차 기름, 두텁고 끈적거리고 시커먼 것, 타르처럼 손과 옷에 묻는 걸로 말이에요. 그냥 기름 조금일 뿐인 걸, 좀 있으면 씻겨나가겠지 생각하겠죠. 그래서 잊어버리려고 합니다. 하지만 그렇게 되지 않아요. 대신, 심장이 쿵쿵 뛸 때마다, 그 기름, 그 조그만 자국이 자꾸 퍼져나갑니다. 동맥이 그 기름을 운반해요. 혈관이 기름을 다시 가져오고. 그리고 그 기름이 몸을 한 바퀴 돌 때마다 침전물을 남겨서 결국에는―당장은 아니지만 시간이 흐르면―모든 기관, 모든 혈관, 모든 세포가 그 기름으로 더러워지는 겁니다. 때로는 심지어 안 보일 수도 있어요―하지만 그게 거기 있다는 건 알 수 있죠. 형제자매 여러분, 그쯤 되면 그 기름은 전부 다 퍼져 있으니까요. 혈관 내벽에 온통 그 기름이 묻어 있고, 대장과 간도 그 기름투성이입니다. 비장과 신장도 기름으로 번들거리죠. 뇌도. 그 약간의 기름이, 무시해도 될 줄 알았던 기름 방울이 이제 온몸에 퍼진 겁니다. 그러면 그걸 씻어낼 방법이 없어요. 씻을 방법은 심장을 완전히 멈추게 하는 것뿐입니다. 기름을 없앨 방법은 몸을 불사르는 것뿐입니다. 없앨 방법은 끝내는 것뿐입니다. 흔적을 없애고 싶으면, 숙주를 없애야 합니다. 자자. 이런 이야기가 여기 하와이에 사는 우리랑 무슨 상관이냐고 묻고 싶을 겁니다. 미국은 사람의 몸이 아니라고 하겠죠. 비유가 적절하지 않다고. 하지만 정말 그런가요? 형제자매 여러분, 우리는 여기, 오클랜드로부터 멀리 떨어진 이 아름다운 곳에 앉아 있습니다. 하지만 이곳은 그렇게 멀지 않아요. 왜냐면 말입니다, 형제자매 여러분. 여긴 정말로 파인애플이 있으니까요. 무지개도 있고, 훌라 춤을 추는 여자들도 있어요. 하지만 그중 여러분 것은 하나도 없습니다. 루이스 형제가 구경시켜준 파인애플 밭이요? 그 주인이 누굽니까? 여러분은 아니죠. 저 무지개요? 무지개가 있긴 하지만, 지금 올라가는 고층 빌딩, 와이키키의 호텔과 콘도 때문에 보이기나 합니까? 그럼 그 건물은 누구 소유입니까? 여러분인가요? 여러분은요? 훌라 춤을 추는 여자들—여러분의 누이, 갈색 피부의 누이들인데, 그 누이들에게……. 누구를 위해 춤추게 하는 겁니까? 이것이 바로 이곳에서 사는 삶이 지니는 불협화음입니다. 이것이 여러분이 듣고 자란 거짓말입니다. 여기 모인 여러분을, 갈색 얼굴을, 곱슬머리를 보고, 이곳을 관리하는 사람이 누군지 봅니다. 여러분이 뽑은 관리가 누군지 봅니다. 여러분의 은행과 사업체, 학교를 운영하는 사람이 누군지 봅니다. 그 사람들은 여러분처럼 생기지 않았어요. 그래서, 여러분은 가난한가요? 돈이 없어요? 학교에 가고 싶어요? 집을 사고 싶어요? 그런데 못해요? 왜죠? 이유가 뭐라고 생각합니까? 여러분이 모두 머리가 나빠서? 여러분은 학교에 갈 자격이 없고, 살 곳을 가질 자격이 없어서? 나쁜 사람이라서? 아니면 여러분이 잠들어 있기 때문인가요? 잊어버리자고 마음먹기 때문인가요? 여러분은 젖과 꿀이 흐르는 땅이 아니라, 설탕과 햇볕이 가득한 땅에 살고 있는데, 거기 취해버렸습니다. 거기서 게으름을 부리게 됐습니다. 안주하게 됐습니다. 그리고 어떻게 됐습니까? 여러분이 서핑을 하고 노래를 하고 허리를 흔드는 동안? 여러분의 땅을, 여러분의 영혼을 앗아갔습니다. 조금씩 조금씩, 여러분이 보는 앞에서, 여러분이 보면서도 막기 위해 아무것도—아무것도—안 하는 사이에. 여러분을 본 사람이라면 누구나 여러분이 전부 포기하고 싶어 한다고 여겼을 겁니다. '내 땅을 가져가!' 여러분이 말했습니다. '다 가져가라고! 난 상관없으니까. 방해하지 않을게.'"

그리고 그는 숨을 들이쉬고 뒤꿈치에 체중을 싣더니 붉은 반다나로 이마를 닦았어. 모인 사람들은 숨죽인 듯 가만히 있었지만, 곧 벌레 떼가 날아가듯 공중에 쉭 소리가 났지. 다시 입을 열었을 때 그는 더 상냥하고 부드럽게, 마치 달래는 것처럼 말했어.

"형제자매 여러분. 우리에게는 다른 공통점도 있습니다. 우린 다 다 왕들의 땅에서 왔어요. 우리는 모두 왕과 왕비, 왕자와 공주였습니다. 우리는 모두 아버지로부터 아들, 손자와 증손자에게 내려온 재산이 있었습니다. 하지만 여러분은 다 운이 좋아요. 여러분은 왕과 왕비를 기억하니까요. 와과 왕비의 이름을 *아니까요*. 왕과 왕비가 어디 묻혔는지 *아니까요*. 지금은 1969년입니다, 여러분. 일천구백육십구년. 즉 여러분의 땅을 미국인이 훔쳐간 지 71년, 여러분의 여왕이 미국의 악마에게 배신당한 지 76년밖에 안 됐습니다. 그런데 여기 여러분은—물론, 전부는 아니지만, 형제자매 여러분 중 많은 수가—스스로를 미국인이라고 부릅니다. 미국인이라고요? '미국은 모두를 위한 나라'라는 헛소리를 믿습니까? 미국은 모두를 위한 나라가 아닙니다—우리를 위한 나라는 아니에요. 그거 아시잖아요? 마음으로, 영혼으로는 말이에요. 여러분은 미국이 여러분을 경멸하는 걸 알고 있어요, 맞죠? 미국은 여러분의 땅을, 여러분의 산을 원하지만, *여러분은* 원하지 않습니다.

이 땅은 그들의 땅이 아니었어요. 법적으로, 그들의 땅이 아니죠. 이 땅은 빼앗겼습니다. 그건 여러분 잘못이 아니에요. 하지만 계속 빼앗긴 채로 산다면? 뭐, 그건 여러분 잘못이죠.

형제자매 여러분은 매수당했습니다. 그들에게 땅을 조금 돌려주겠다는 약속을 받았습니다. 하지만 주위를 둘러보세요. 여러분이 그 누구보다 감옥에 많이 갔다는 걸 압니까? 여러분이 그 누구보다 빈곤하다는 걸 압니까? 여러분이 그 누구보다 굶주리고 있는 걸 압니까? 여러분은 그 누구보다 더 일찍 죽고, 아기들도 더 어려서 죽고, 출산 중에 더 많이 죽어요. *하와이인이니까요.* 이 땅은 여러분 것입니다. 그것을 돌려받을 때가 왔습니다. 어째서 자기 땅에서 세입자처럼 사는 거죠? 어째서 자기 것을 내놓으라고 못 하는 거죠? 와이키키를 걸으며 봤는데—어제 걸었습니다—어째서 여러분은 그 하얀 악마들에게, 도둑놈들에게, 여러분의 땅에 왔다고 미소를 짓고 고마워합니까? '오, 와 주셔서 감사합니다! 어서 오세요, 알로하! 우리 섬에 와줘서 고마워요—즐거운 시간 보내세요!' 고맙다고요? 뭐가 고맙죠? 여러분을 자기 땅에서 거지로 만들어서? 여러분, 왕과 왕비들을 어릿광대와 구경거리로 만들어서?"

또다시, 그 쇳소리가 들렸고 사람들은 한 몸처럼 움츠리며 그 사람에게서 피했어. 이 부분을 연설하는 내내 그 사람은 목소리를 점점 죽였지만, 몇 초 동안 참을 수 없을 정도로 불편한 침묵을 지킨 뒤 다시 입을 열었을 때, 그의 음성은 다시 강해졌어.

"여긴 형제자매 여러분의 땅입니다. 여러분이 되돌려 받아야

458

해요. 할 수 있습니다. 해야만 합니다. 여러분이 직접 나서지 않으면 아무도 나서지 않을 거예요. 존중을 요구하지 않는데, 누가 여러분을 존중하겠습니까?

제가 여기 오기 전, 여러분의 땅—여러분의 땅 말입니다—에 찾아오기 전, 조사를 좀 했습니다. 공공도서관에 가서 자료를 읽기 시작했죠. 거의 모든 책이 그렇듯, 책에 거짓말도 많았지만, 형제자매 여러분, 그건 상관없습니다. 여러분은 거짓말 사이 참말을 읽어내는 법을 배우니까요. 허위 속에 도사리고 있는 진실을 읽어내는 법을 배우니까요. 그렇게 읽다 보니 이 노래를 찾았습니다. 이 노래를 알 사람이 많겠지만, 음악 없이, 영어로 낭송할 테니 가사를 제대로 들어 보세요.

하와이의 아이들은 유명하지
언제나 땅에 충직해
마음이 악한 전령이
탐욕스러운 갈취 문서를 가지고 찾아올 때……."

그 사람이 첫 줄을 읽기 무섭게 노래가 시작됐어. 우리더러 가사를 들어 보라고 해놓고서는 곡이 시작되자 그도 손뼉을 쳤고, 친구 루이스 형제가 일어나 춤을 추자 또 손뼉을 쳤어. 우리가 다 아는 노래, 여왕이 쫓겨난 직후에 쓴 노래였어. 나는 늘 그 곡이 옛날 노래라고 생각했어. 베데스다 말처럼 그렇게 오래된 노래가 아닌데도—그 곡이 작곡된 직후, 왕립 하와이 악단이 연주하는 것을 들었을 사람들이 그때도 살아 있었으니까. 여왕이 검은 옷을 입고 궁전 계단에서 손 흔드는 걸 본 할아버지 할머니의 자손들도 그 자리에 있었고.

그리고 베데스다는 일어나서 다시 활짝 미소를 지으면서 우리를 봤어. 자신의 뜻으로 이 모든 일이 일어난 것처럼, 긴 동면 후에 우리를 깨워낸 것처럼, 그리고 우리가 자신이 누구인지 기억해내는 광경을 목격하고 있는 것처럼. 나는 그 사람의 자부심 가득한 표정이 싫었어. 우리가 자기의 영리한 자식들이고, 자기는 지칠 줄 모르는 선생이라는 듯한 표정이었으니까. 노래를 절마다 하와이어로 그리고 영어로 불렀는데, 그가 바지 주머니에서 꺼낸 종이를 보면서 번역한 내용을 낭송하는 것도 싫었어.

하지만 가장 싫었던 건, 에드워드 쪽을 슬쩍 봤을 때 그가 짓고 있는 표정이었어. 내가 처음 보는 황홀해하는 표정으로, 베데스다처럼 주먹을 쳐들고, 그 노래의 가장 유명한 가사를 거의 목놓아 외치고 있었지. 마치 자기 앞에 수천 명이 모여 있고, 그들이 한 번도 들어 본 적 없는 이야기를 그로부터 들으러 모인 것처럼 말이야.

'A 'ole a 'e kan I ka pūlima	*적의 문서에*
Maluna o ka pepa o ka 'enemi	*서명하지 말라*
Ho 'ohui 'āina kū 'ai hewa	*합병의 죄악과*
I ka pono sivila a 'o ke kanaka	*민족의 시민권을 팔아넘기는 문서에*
'A 'ole mākou a 'e minamina	*정부가 건네는 돈더미는*

I ka pu 'u kālā a ke aupuni   필요 없다

Ua lawa mākou I ka pōhaku   우리는 이 땅의 돌과

I ka 'ai kamaha 'o o ka āina   경이로운 음식으로 만족한다

    그다음에 무슨 일이 벌어졌는지 어머니에게 묻는다면—나도, 그 누구도 물을 수 없지만—아주 갑작스럽고 완전히 놀라운 일이었다고 하겠지. 하지만 그렇지 않았어. 어머니가 그렇게 느낀 까닭은 이해할 수 있지만 말이다. 아무 일도 없이 세월이 흐르다가— 경고 한 번 없었다고 어머니는 말하겠지—갑자기 뒤집어졌으니. 하루는 오아후 애비뉴의 집에서 너랑 침대에 누워있었는데, 다음 날 밤에는 그러지 않았어. 나중에 어머니는 우리가 떠난 것을 가출이라고, 갑작스럽고 예상치 못한 일이라고 이야기했지. 가끔은 우리 둘이 단추나 안전핀이라도 되는 것처럼 우릴 잃어버렸다고 설명하기도 했고. 하지만 그건 사라진 것에 가까웠어. 비누가 어머니 손끝 아래서 줄어들면서 점점 닳다가 완전히 사라지는 것처럼.

    하지만 이후 사건에 대한 어머니의 설명에 동의할 사람이 하나 더 있었는데, 우습게도 그건 에드워드였어. 나중에 에드워드는 자기는 헤일 킬로하의 그날 밤 "변신"했고, 일종의 부활을 겪었다고 말하곤 했지. 그렇게 느꼈을 거야. 그날 밤 시내로 돌아오는 길에 우리는 거의 말을 하지 않았어. 나는 베데스다와 그의 말을 어떻게 받아들여야 할지 몰라서, 에드워드는 거기 너무나 큰 충격을 받아서였지. 차를 몰면서 에드워드는 이따금 손바닥으로 운전대를 치면서 "젠장!"이라거나 "와!"라거나 "세상에!"라고 외쳤는데, 마음이 그렇게 불안하지만 않았다면 우습다고 생각했을 정도였

어. 우습거나 놀라웠어—어떤 일에도 흥분을 내비치지 않는 에드 워드가 말이 아닌 소리를 내뱉을 수밖에 없다니 말이야.

베데스다의 강연은 녹음을 했는데, 에드워드가 복사본을 하나 얻었어. 그 후 몇 주간 우리는 에드워드가 분지의 가족에게서 빌 린 방 매트리스에 누워 그의 녹음기로 그 녹음을 듣고 또 들어서 우리 둘 다 그 연설을 다 외웠어—강연 내용뿐 아니라, 청중의 성 난 숨소리, 베데스다가 체중을 한쪽 발에서 다른 쪽으로 옮길 때 삐걱거리는 마룻바닥 소리, 사람들의 흐릿하고 작은 노랫소리, 그 위로 이따금 들려오는 베데스다의 손뼉은 폭발음 같았지.

그렇지만 심지어 그날 밤 이후에도 난 몇 달이 지나서야 에드워 드에게 뭔가 돌이킬 수 없는 변화가 생긴 것을 깨달았어. 나는 (내 가 아는 한) 에드워드는 한 가지를 열정적으로 좋아하다가 다른 데 로 휙 넘어가는 얄팍한 애호가나 변덕쟁이가 아닌 걸 알기 때문 에, 그가 하와이 주권에 점점 관심을 갖는 것을 보고 저러다 말겠 거니 생각하지 않았어—오히려, 그가 자신의 변한 모습 어딘가를 내게 감췄다고 확신해. 그게 에드워드가 이중적으로 행동했기 때 문이라고 생각하지 않아. 그에게 소중한 일이었기에, 소중하고 사 적인 일이었기에, 그리고 어느 정도는 가늠할 수조차 없는 일이었 기에, 아무도 볼 수 없고 뭐라 할 수 없는 곳에서 남몰래 키우고 싶었을 거라고 생각해.

하지만 에드워드가 달라지기 시작한 날을 짚어낼 수 있다면, 아마 1970년 12월, 누아누의 그 집에서 베데스다의 강연을 들은 지 1년쯤 지난 후였을 거야. 그때도 어머니는 에드워드가 내 삶 속

462

에 다시 등장한 것을 모르고 있었어―그는 여전히 나를 언덕 아래 내려줬거든. 그때까지도 집에는 오지 않았어. 난 차에서 내리기 전에 집에 올 생각 있는지 묻곤 했지만, 매번 그는 아니라고 했고 나는 안도했어. 하지만 어느 날 물었더니 에드워드가 "좋지, 못 갈 게 뭐야?"그러는 거야. 오로지 자기 기분에 따라서 초청을 자주 받아들이기라도 했던 것처럼 말이야.

"아." 나는 그렇게 대답했어. 농담인 척 할 수가 없었어―좀 전에 말했듯이, 에드워드는 농담을 안 했거든. 그래서 내가 차에서 내리니 에드워드도 잠시 뒤따라 내렸어.

언덕을 올라가는데 점점 초조해졌고, 집에 닿자 나는 너를 살펴봐야 되겠다고 웅얼거렸고―너를 데리고 가는 날이면 뒷자리에 앉아서 널 안고 있었거든―침대에서 잠든 너를 보러 계단을 달려 올라갔어. 네가 몸부림을 치며 자는 아이라 가끔 자리에서 바닥으로 떨어지기 때문에 낮고 쿠션을 두른 네 침대에 재우기 시작한 지 얼마 안 됐었거든. "카위카." 네게 이렇게 속삭인 기억이 난다. "난 어쩌지?" 당연히 너는 대답하지 않았지―넌 잠들어 있었고, 겨우 두 살이었으니까.

아래층으로 내려가니 어머니와 에드워드가 이미 만나서 식탁에서 나를 기다리고 있었어. "에드워드가 너희들이 다시 만났다고 하는구나." 식탁을 차린 뒤 어머니가 말하기에 나는 고개를 끄덕였어. "고개만 끄덕이지 말고 말을 해." 어머니 말에 나는 목청을 가다듬고 말했어.

"네." 내가 말했다.

463

어머니가 에드워드에게 물었어. "이번 크리스마스에는 뭐 할 거니?" 어머니는 매달 에드워드를 만났고, 그가 평소 크리스마스를 어떻게 보내는지 알고 있어서 올해 계획이 늘 하던 대로인지 아닌지 아는 사람처럼 물었어.

"아무것도 안 합니다." 에드워드가 대답했고, 조금 있다 말했어. "트리가 있군요."

에드워드는 중립적으로 말했지만, 이미 그를 의심해서 경계하던 어머니는 허리를 꼿꼿이 세웠지. "그래." 어머니 역시 중립적으로 대답했어.

"하와이사람답지 않은 일이네요, 그렇죠?" 에드워드가 물었어.

우리 모두 일광욕실 구석에 있는 트리를 봤어. 트리가 거기 있었던 건, 늘 트리가 있었기 때문이야. 해마다 본토에서 몇 그루 안 되는 트리가 수입됐고 비싼 값에 팔렸지. 들척지근하고 찝찌름한 냄새 말고는 특별한 구석이 없는 나무였어. 난 오랫동안 그 냄새와 본토 전체를 연결 지었어. 본토는 아스팔트와 눈과 고속도로와 솔향기였지. 영영 겨울에 갇힌 나라였어. 우리는 그 나무를 장식하려고 별다른 애를 쓰지도 않았지만—대부분 장식은 사실 제인이 했고—그래도 그해에는 전보다 재미있게 느껴졌어. 네가 함께 있었고, 트리 가지를 잡아당기고 내가 그러지 말라고 꾸짖으면 웃을 만큼 자랐으니까.

"하와이 사람이냐 아니냐의 문제가 아니지." 어머니가 말했어. "전통이야."

"그렇죠, 하지만 누구의 전통인가요?" 에드워드가 물었다.

464

"뭐, 모두의 전통이지." 어머니가 말했어.

"전 아니에요." 에드워드가 말했다.

"네 전통이라고 생각하는데." 어머니가 말하더니 내게 말했어. "밥 좀 건네주렴, 위카."

"음, 제 전통은 아니에요." 에드워드가 다시 말했다.

어머니는 반응하지 않았어. 난 많은 세월이 지나고 나서야 그날 밤 어머니의 평정심을 고맙게 여길 수 있었어. 에드워드의 말투에 싸우려는 의도는 딱히 없었지만, 어머니는 어쨌든, 나보다 훨씬 먼저 알고 있었지—나는 내 정체성이나 자격에 도전하는 사람 없이 자랐지만, 어머니는 달랐으니까. 이름과 출생에 대한 어머니 권리는 늘 문제시되었으니까. 어머니는 누군가가 도발하면 알아챘지.

"트리는 기독교 전통입니다." 말없는 어머니에게 에드워드가 결국 이렇게 말했어. "우리 전통이 아니라."

어머니는 살짝 미소를 지어 보이느라 접시에서 고개를 들었어. "그럼 하와이인 기독교도 같은 건 없나?" 어머니가 물었지.

에드워드가 어깨를 으쓱였어. "진짜 하와이인이라면 없죠."

어머니의 미소가 더 크고 팽팽해졌어. "그렇구나." 어머니가 말했어. "할아버지가 그 말을 들으면 놀라시겠네—그분은 기독교인이셨잖니. 왕의 궁정에서 봉사하셨고."

에드워드는 다시 어깨를 으쓱였어. "하와이인 기독교도라는 것이 없다는 말이 아닙니다. 그 두 가지가 서로 반대라는 거죠." (나중에 에드워드는 내게 같은 말을 반복하면서 직접 겪어 보지 못한 내용으로 주장을 확대했어. "사람들이 늘 흑인 기독교도 경험을 이야기하는 것과 비슷해. 하지만 흑인들은 억압자의 도구를 찬양하고 있다는 걸 모르나? 흑인은 사후에, 오랫동안 학대당한 뒤에 좋은 것이 기다리고 있다고 생각하도록 기독교인이 되기를 권장당한 거야. 기독교는 정신 통제 형태였고, 지금도 마찬가지야. 온갖 교훈, 온갖 죄에 관한 이야기—흑인들은 그걸 삼키고 이제는 거기 갇혀 있어.") 어머니가 계속 아무 말도 하지 않자 에드워드가 계속 말했다. "우리의 춤과 언어와 종교, 우리 땅—우리 여왕을 앗아간 건 기독교인이었어요. 그건 아셔야죠." 그러자 어머니는 놀라서 고개를 들었고, 나도 고개를 들고보니—그 누구도 어머니에게 그런 식으로 맞선 사람은 없었거든—에드워드가 어머니를 빤히 마주보고 있었어. "그러니까 진정한 하와이인이 모은 걸 앗아간 자들의 이념을 믿을 수 있다는 게 기이할 뿐입니다."

(진짜 하와이인, 진정한 하와이인—에드워드가 그런 말을 쓰는 건 그때 처음 들었는데, 곧 그런 용어가 지겨워졌어. 내가 그 말을 이해하지 못했기 때문이고, 그 말에 비난받는 느낌이었기 때문이야. 내가 아는 건 진짜 하와이인은 나와는 다르다는 것뿐이었어. 진짜 하와이인은 나보다 더 화를 내고, 더 가난하고, 더 공격적이었어. 하와이어를 더 잘했고. 힘차게 춤을 췄지. 영혼을 담아 노래했어. 진짜 하와이인은 미국인이 아닐 뿐 아니라 미국인이라는 소릴 들으면 화를 내. 나와 진짜 하와이인의 유일한 공통점은 피부색과 혈통뿐이었는데, 나중에는 내 가족조차 부족해졌어. 내 타협주의 성향의 증거지. 내 이름마저 하와이인답지 않은 것으로 여겨질 거야. 하와이 왕의 이름이었는데도 말이지—내 이름은 기독교 이름을 하와이어로 만든 이름이었고, 그러므로 하와이인답지 않았지.)

어머니가—당연히 화가 나서—내 쪽을 돌아봤다가 헉 하고 놀라지 않았다면 우린 거기 얼어붙은 채 영영 앉아 있었을지도 몰

라. "위카!" 어머니의 말소리가 들렸고, 다시 눈을 떠 보니 난 어두운 방 내 침대에 누워 있었어.

어머니가 내 옆에 앉아 있었어. "조심해라." 일어나려고 하니 어머니가 말했다. "발작이 일어나 머리를 부딪쳤다. 의사가 하루 더 누워 있어야 한다더라. 카위카는 잘 있어." 내가 말하려고 하자 어머니가 말했어.

한동안 우리는 아무 말도 안 했어. 그리고 어머니가 다시 말했지. "에드워드는 만나지 않는 게 좋겠다. 내 말 알아듣겠니, 위카?" 어머니가 물었어.

웃을 수도 있었고, 조롱할 수도 있었고, 이제 나는 어른이니 이래라저래라 할 수 없다고 말할 수도 있었어. 나도 에드워드가 두렵지만 흥분되기도 한다고, 계속 만날 거라고 말할 수도 있었고.

하지만 그러지 않았어. 난 고개만 끄덕이고 눈을 감았고, 다시 잠들기 전에 어머니가 "착하지"라고 말하는 걸 듣고 내 이마에 손을 얹는 것을 느꼈어. 의식을 잃으면서 난 다시 아이가 되어, 인생을 다시 살 수 있는 기회를 얻은 느낌을 받았어. 이번에는 모든 것을 제대로 할 거라고 생각했지.

—

나는 약속을 지켰어. 에드워드를 만나지 않았어. 에드워드가 전화를 걸었지만, 받지 않았어. 집에도 들렀지만 제인에게 내가 없다고 하라고 시켰어. 나는 집에서 지내며 네가 자라는 걸 봤어. 밖에 나가면 불안했어. 호놀룰루는 작은 섬의 작은 도시여서 (지금도 그렇지) 에드워드와 마주칠까 봐 늘 두려웠지만, 어쩌다 보니 그런 일은 한 번도 없었어.

숨어 지내던 3년 동안 나는 하나도 변하지 않았어. 하지만 넌 변했지. 넌 말을 배웠어. 처음에는 문장으로, 다음에는 문단으로. 달리기를 배우고, 읽기와 수영을 배웠다. 매튜가 네게 망고의 맨 아래 가지에 오르는 법을 가르쳤지. 제인은 네게 질긴 망고와 즙 많은 망고를 구별하는 법을 가르쳤고. 너는 하와이어 단어 몇 개를 배웠는데, 그건 어머니가 가르친 것이고, 제인에게서는 타가로 그어 몇 단어를 배웠는데 그건 비밀이었어. 네 할머니는 타가로그어 소리를 싫어했고, 너는 할머니 앞에서는 그 말을 쓰지 않았어. 너는 좋아하는 음식을 알게 됐고—나처럼 너도 설탕보다 소금을 좋아했지—넌 나와는 전혀 다르게 별반 애쓰지 않고도 친구들을 사귀었어. 너는 내가 발작을 일으킬 때 도움을 청하는 법을 배웠고, 내가 정신을 차리면 다가와 내 뺨을 문지르는 법도 배웠지. 그러면 나는 네 손을 잡곤 했다. 그 시절 너는 나를 가장 사랑했어. 예전이나 지금이나 네가 너를 사랑한 것보다 네가 나를 더 사랑할 수는 없겠지만, 그 시절 우리는 서로 사랑했고 가장 가까웠지.

너는 변했고, 세상도 변했어. 매일 밤 텔레비전에서는 그날 있었던 시위 보도가 적어도 하나는 나왔어. 처음에는 월남전에 반대하는 이들이 있었고, 흑인을 위해, 여성을 위해, 그리고 동성애자를 위한 시위들이 있었어. 난 우리 집 작은 흑백 텔레비전으로 샌프란시스코와 워싱턴 D.C., 뉴욕, 오클랜드, 시카고에 모여 흔들리며 움직이는 인파를 지켜봤어—연설을 마치자마자 하와이를 떠난 베데스다가 그중에 있을지 늘 궁금했어. 시위자들은 늘 젊은이였고, 나도 1973년에는 서른이 안 되었으니 젊은 나이였지만, 훨씬 나이가 든 느낌이었어—그들 속에서 나와 같은 사람은 보이지 않았고. 그들에게도, 그들의 분투나 열정에도 동질감이 느껴지지 않았어. 나와 그들의 생김새가 다른 것만이 아니었어. 그들의 열의를 이해할 수 없었지. 그들은 극단을 접하고 이해할 수 있게 태어났지만, 나는 그렇지 않았어. 나는 시간이 나를 스쳐 지나가기를, 한 해와 다음 해를 구별할 수 없기를 바랐다. 내가 가진 달력은 너뿐이었어. 하지만 그들은 시간을 멈추고 싶어 했지. 멈춘 뒤, 속도를 높여 시간이 점점 더 빠르게 흘러 온 세상이 화염 속에서 폭발한 후 모든 게 다시 시작되기를 바랐어.

이곳에도 변화가 있었어. 텔레비전에 케이키 쿠 알리에 관한 내용이 나오기도 했어. 그건 하와이 원주민 단체였는데, 누구에게 어느 날 묻느냐에 따라, 미국으로부터 하와이의 분리 독립이나 군주제 부활, 하와이 원주민에게 국가 내 국가 위상 부여 혹은 하와이 국가 건립을 요구했어. 그들은 학교에서 하와이어 수업을 의무화하기를 원했고, 왕이나 여왕을 원했으며, 모든 하올리를 쫓아내고 싶어 했어. 그들은 자신을 하와이인이라고 부르는 것도 원하지 않았어. 이제 그들은 카나카 마올리였어.

이런 보도를 보는 건 늘 불법 행위 같았고, 어머니와 함께 있다가 그런 보도가 나올까 두려운 마음에 초저녁 뉴스를 아예 보지 않게 됐어. 어머니가 외출 중일 때만 뉴스를 봤고, 그런 경우에도 음량을 낮춰서 어머니가 일찍 돌아오는 소리가 들리면 텔레비전을 껐지. 텔레비전 앞에 앉아서 손에 땀을 쥐고, 재빨리 끌 준비를 하고 있었어.

이상하게 보호해주고 싶었어―어머니가 아니라, 시위자들을. 머리를 멋대로 한 젊은이들, 흑인 인권 운동가들을 따라 구호를 외치고 주먹을 치켜든 내 또래의 사람들을. 어머니가 그들을 어떻게 생각하는지 이미 알고 있었거든―"머저리들 같으니." 1년 전 방송한 보도 첫 부분을 홀린 듯 말없이 함께 보고 난 뒤, 어머니는 거의 동정하듯이 중얼거렸어. "자기가 뭘 원하는지도 모르는 인간들이야. 게다가 저걸 어떻게 얻을 거라고 생각하지? 군주제 부활과 새로운 국가를 동시에 요청할 수는 없지"―그런데 나는 어째서인지 어머니가 그들을 더 모욕하는 걸 듣고 싶지 않았어. 비합리적이라는 건 알고 있었어. 어머니 의견에 동의하지 않는 건 아니니까. 티셔츠 차림에 커다란 머리를 하고는 카메라가 자신들을 향하면 돌연 거친 구호를 외치고 노래를 부르는 모습이 정말 우스꽝스러웠어. 대변인은 제대로 된 영어도 거의 못 했지만 하와이어도 더 듬거렸지. 그들이 부끄러웠어. 그들은 너무 요란했어.

그런데도 그 사람들이 부럽기도 했어. 난 너 말고는 그 무엇에도 그런 열정을 느낀 적 없었거든. 그 사람들을 보면 무엇을 원하는지 알 수 있었어―그들이 원하는 건 논리나 조직보다 위대했어. 나는 늘 행복하게 살도록 노력해야 한다고 배웠지만, 분노가 분명하게 줄 수 있는 열정과 에너지를 행복이 줄 수 있을까? 그들의 열망은 다른 어떤 욕구보다 우선하는 것 같았어―그런 열망을 가지면 다시는 다른 것을 원하지 않을 것 같았지. 밤이면 나는 그들 같은 사람이 되어 보는 실험을 하곤 했어. 나도 그렇게 격분할 수가 있을까? 나도 그렇게 무엇인가를 간절히 바랄 수 있을까? 나도 그렇게 억울함을 느낄 수 있을까?

안 되더라. 그래도 노력해보기 시작했어. 이미 말했지만, 난 그전까지는 하와이인이라는 정체성의 의미를 별로 생각하지 않았어. 그건 남자라는 것, 인간이라는 것에 대해 생각하는 것과 비슷했어—그런 것들이 나고, 내가 그런 것들이라는 것만으로 늘 충분하게 느껴졌거든. 실제로 다른 존재 방식이 있는지, 내가 내내 잘못 생각한 것인지, 다른 사람들이 확실하게 아는 것을 나만 어쩌다 모르는 것인지 의아해지기 시작했지.

도서관에 가서 여왕의 축출에 대해 이미 읽었던 책들을 다시 읽었어. 박물관에 가서 유리 진열장에 전시된 증조할아버지의 깃털 망토—아버지가 망토와 진열장을 기부하셨지—도 봤어. 뭔가 느껴보려고 했지만—내 이름을 걸고 일을 하는 게 하울리들이 아니라 이런 활동가 자신들이라는 게 재미있으면서도 믿을 수 없는 느낌이 슬쩍 드는 게 고작이었어. 케이키 쿠 알리, 왕의 아이들. 하지만 내가 진짜 왕의 아이였다고. 그들이 언젠가 복위할 왕에 대해 이야기할 때 그 왕은 당연히 나를 의미했지만, 그들은 내가 누군지 몰랐어. 그들은 돌아올 왕에 대해 이야기했지만, 왕 본인에게 돌아오기를 원하는지 물을 생각은 하지 않았지. 그렇지만 내가 지닌 지위가 나라는 사람보다 항상 중요하리라는 것은 나도 알고 있었어—사실, 나라는 사람을 조금이라도 중요하게 만드는 유일한 게 내 지위였지. 그러니 내게 물어볼 생각을 왜 하겠어?

그들은 하지 않겠지만, 에드워드는 하겠지. 인정해, 나는 겁이 나서 그에게 말도 못 걸면서도 늘 그를 찾고 있었어. 곁눈질로 텔레비전을 보면서 주지사실, 시장실, 대학 총장실에 밀고 들어가려는 시위자들을 훑어봤지. 하지만 루이스—루이스 형제—는 한두 번 봤지만, 에드워드는 보지 못했어. 그래도 늘 에드워드가 거기 있다고, 카메라에 찍히는 곳 바깥에서 벽에 기대서 사람들을 살피고 있다고 믿었어. 내 상상 속에서 에드워드는 찾기도, 잡기도 어려운 리더 같은 존재가 되어 추종자들이 기쁜 일을 하면 축복하듯 드물게 미소를 지어 주곤 했지. 밤이면 에드워드가 헤일 킬로아처럼 어둑어둑한 집 안에 서서 연설을 하는 꿈을 꿨고, 깨어나면 그의 달변과 우아한 모습에 찬탄과 존경심을 느끼다가 그렇게 빠져들었던 말이 에드워드가 아닌 베데스다의 말이었음을 깨달았어. 그 연설을 너무 여러 차례 반복해서 듣다 보니, 제인이 나 어릴 적에 불러주었고, 나중엔 내가 너한테 불러준 노래—*바나나 나무 위의 노란 새야/나처럼 혼자 앉아 있는 노란 새야……*—나 국가처럼 내 의식 저변에 자리 잡은 송가가 된 것이지.

그래서, 결국 에드워드와 마주쳤을 때는 그렇게 오래 걸린 것이 놀라울 뿐이었어. 그날은 수요일이었어. 매주 수요일 너를 학교에 데려다주고 와이키키까지 오래 걸어가 네가 아기 때 함께 앉아 있곤 했던 카피올라니 공원 나무 아래 앉아 크래커 한 봉지를 먹고 왔기 때문에 그날이 기억나. 한 봉지에 크래커가 여덟 개 들었는데, 나는 늘 일곱 개만 먹었어. 마지막 크래커는 잘게 부숴 찌르레기에게 먹이고 다시 일어나 계속 걸었어.

"위카." 누군가 부르는 소리에 고개를 들어 보니 에드워드가 나를 향해 걸어오고 있더라고.

"이런, 이런." 그가 미소를 지으며 말했어. "참 오랜만이다, 형제."

못 보던 미소였어. "형제"란 말도 마찬가지고. 머리칼은 이제 훨씬 더 길었고 햇볕에 거의 노랗게 바랜 곳도 있었는데, 동그랗게 틀어 올린 머리에서 몇 가닥이 빠져나와 머리 주위에서 나풀거리고 있었지. 전보다 피부색이 더 짙어져서 눈은 더 빛나고 환해졌지만, 눈가에는 주름이 졌고 체중도 줄었어. 빛바래 하늘색이 된 알로하셔츠에 길이를 자른 청바지를 입고 있었어—내 기억보다 젊은 것 같기도, 늙은 것 같기도 했어.

여전한 것은 나와 마주치고도 놀라지 않는 태도였어. "배고파?" 그가 묻기에 그렇다고 하니 차이나타운에 가서 국수를 먹자고 했어. "이젠 차가 없어." 에드워드의 말에 내가 염려 혹은 동정하는 소리를 내니 어깨를 으쓱했어. "상관없어. 차는 되찾을 거야. 지금 없을 뿐이지." 왼쪽 앞니가 홍차색으로 물들었더라.

에드워드의 가장 큰 변화는 예전과 다른 입담이었어. (그때 다시 만나고 처음 6개월 동안 난 늘 그의 어떤 점이 달라졌고 어떤 점이 그대로인지 셌는데, 그 결과는 늘 불안한 깨달음이었어. 난 그가 누군지 몰랐어. 몇 가지 사실은 알고, 몇 가지 인상을 받긴 했지만, 나머지는 내 마음대로 꾸며내 내게 필요한 사람으로 만든 것뿐이야.) 점심을 먹는 사이에도, 그리고 그 후 몇 달 동안 내내 에드워드는 점점 더 말이 많아져서 몇 시간 동안 차를 몰면서 (알 수 없이 사라졌던 차는 역시 알 수 없이 다시 나타났어) 말을

473

하고 하고 또 해서 난 가끔은 그냥 귀를 닫고 시트에 머리를 댄 채 에드워드의 말이 라디오의 지루한 뉴스처럼 흘러가게 두는 날도 있었어.

에드워드가 무슨 이야기를 했냐고? 음, 우선, 에드워드의 이야기 방식부터 이야기할게. 에드워드는 일종의 피진어 억양을 썼는데, 문제는 피진어를 쓰면서 자라지 않았기 때문에―따지고 보면 그는 장학생이었잖아, 그의 어머니가 정신을 바짝 차리고 표준 영어를 시키지 않았으면, 학교도 못 들어갔을 거야―부자연스럽고 이상하게 형식적으로 들렸어. 원어민들이 하는 피진어는 내 귀에도 굉장히 풍부하고 단단하면서도 편안하게 들리거든. 피진어는 생각을 교환하는 언어가 아니라 농담과 모욕, 뒷이야기를 주고받는 데 어울리는 언어였어. 그런데 에드워드는 피진어를 설명의 언어로 만들었어. 아니, 만들려고 했어.

에드워드는 내가 상황을 이해하는지 물을 필요도 없었어―이해 못 하는 걸 알고 있었으니까. 나는 하와이인으로서 우리 운명이 왜 본토 흑인의 운명과 연결되어 있는지 이해하지 못했어. ("하와이에는 흑인이 없잖아." 어느 날 같이 본토 흑인 시위 뉴스를 보던 중 어머니가 했던 말을 나는 고대로 따라 했어. "하와이엔 니그로가 없잖아." 실제 어머니가 한 말은 이거였고, 어머니가 그 뒤에 굳이 덧붙이지 않은 말―참 다행이지―은 우리 사이 허공에서 떠돌고 있었지.) 우리가 졸로 이용됐다거나, 동양인들이 우리를 이용한다는 주장도 이해할 수 없었는데―내가 알거나 보는 동양인들은 분명 가난하거나 적어도 부자와는 거리가 멀었는데, 에드워드는 우리 땅이 사라진 데는 하울리 선교사만큼

474

이나 동양인들의 책임도 있다고 했어. "동양인들이 이제 집을 사고 가게를 열잖아." 에드워드가 말했어. "지금은 가난하다 해도, 그들은 영원히 가난하진 않을 거야." 하지만 동양인과 하울리를 우리의 정체성과 분리하는 건 불가능해 보였어—모든 하와이인에게는 동양인의 피나 하울리의 피, 혹은 둘 다의 피가 흘렀고, 에드워드 같은 경우에는 (그렇게 말하지는 않았지만) 거의 하울리였거든.

내가 이해하기 가장 어려웠던 개념 하나는 나와 어머니가 우리라는 집단에 속한다는 거였어. 아둔한 갈색 피부의 남자들, 공원에서 술에 취하거나 졸고 있는 느려터진 덩치들. 그 사람들도 하와이인일 수는 있지만, 나는 그들에게 연대감을 느끼지 않았어. "그들도 왕이야, 형제." 에드워드는 나를 꾸짖었고, 말은 안 했지만 난 어릴 때 어머니가 해준 말이 생각났어. "소수의 사람만 왕이야, 위카." 상처를 줄 생각은 없지만, 아마 결국 나도 어머니와 비슷했던 모양이야. 어머니는 그런 사람들이 자기보다 못하다고 생각해서 다르다고 여겼을 테지만, 나는 그들이 두려워서 다르다고 생각했어. 우리가 같은 종족이라는 건 부인하지 않겠지만, 우리는 다른 부류의 사람이고, 그것이 우리를 갈라놓았어.

나는 내내 에드워드가 케이키 쿠 알리의 일원이라고 생각하고 있었어—좀 전에 말했듯이, 내 꿈속에서 그는 그냥 일원일 정도가 아니라 지도자였으니까. 하지만 알고 보니 그렇지 않더라. 에드워드는 거기 가입하기는 했지만, 곧 그만뒀대. "무식쟁이들." 그는 경멸하며 말했어. "조직도 할 줄 모르더라." 에드워드는 본토에 있던 시절 조직에 대해 배운 것을 그들에게 가르치려고 했고, 좀 더 광범위하고 급진적인 접근 방식 쪽으로 몰아갔대. 하지만 그들은 작은 것만 원했다는 거야. 하와이 빈민을 위한 토지, 사회복지제도 같은 것. "이곳의 문제는 그거야—너무 편협하다고." 에드워드는 종종 말했지. 이 사실을 지적하면 질색을 했겠지만, 에드워드 역시 속물이었어. 그 역시 자기가 더 잘났다고 여겼거든.

에드워드는 자기가 그 단체에 환멸을 느낀 데는 내가 은연중에 한몫했다고 했어. 군주제 복구를 주장한 것도, 분리 독립과 전복이라는 말을 처음 쓴 것도 에드워드였어. "나는 이미 왕을 알고 있다고 했어." 그건 칭찬이기보다는 사실의 선언에 가까웠지만—따지고 보면 내가 왕이 될 사람이었고, 왕이 되었을 수도 있었으니까—그래도 나를 찬양하는 것 같아서 얼굴이 뜨거워졌어. 그런데 분리 독립이나 전복이라는 말을 대부분 회원들은 너무 위협적이라고 느꼈다는군. 그러면 정부에서 다른 혜택을 얻을 기회를 잃을까 봐 다들 두려워했어. 그들은 다퉜고 에드워드가 졌지. "안타까워." 에드워드가 차창 밖으로 손가락을 내밀면서 말했어. "참 속좁은 인간들이야." 우리는 동해안의 와이마날로로 가는 길이었고, 길을 따라 내려가면서, 나는 주름진 파란 종잇장 같은 바다를 내다봤어.

원래는 셔우드 숲 바로 앞에 있는, 에드워드가 좋아하던 식당에 들를 생각이었는데, 우린 그냥 계속 갔어. 도중에 내가 발작을 일으켰거든. 머리가 시트에 부딪히는 게 느껴졌고, 무슨 말인지는 알아들을 수 없지만 에드워드 목소리가 들렸고, 눈꺼풀 속까지 햇빛이 찌르는 게 느껴졌어. 깨어나보니 큰 아카시아나무 밑에 차가 서 있었어. 차에서 구운 고기 냄새가 나서 에드워드 쪽을 보니 나를 빤히 보며 햄버거를 먹고 있더라고. "일어나, 바보야." 그래도 온화한 말투였어. "햄버거 사 왔어." 하지만 나는 고개를 저었고, 그러는 바람에 더 어지러웠어—발작 후에는 속이 메슥거려서 먹을 수가 없었거든. 에드워드는 어깨를 으쓱했어. "마음대로 해." 나머지 햄버거 한 개도 에드워드가 먹었고, 그가 다 먹었을 때 즈음에는 나도 좀 나아졌어.

에드워드가 보여줄 게 있다고 해서, 우리는 차에서 내려 걷기 시작했어. 섬의 가장 북쪽 지역 어딘가였어—그 황량한 풍경을 보니 알 수 있었지. 볕에 마른, 깎지 않은 풀이 자라는 넓은 평원이었고, 주위에는 아무것도 없었어. 주택도, 건물도, 차도 없었지. 뒤에는 산이, 앞에는 바다가 있었어.

"바다로 가자." 에드워드의 말에 나는 따라갔어. 가는 길에 울퉁불퉁한 진흙길을 지나갔어. 포장도로라고는 하나도 보이지 않았어. 가는 동안 높이 자란 풀은 점점 줄어들더니 결국 모래밭이 나왔고, 우린 파도가 철썩이고 빠져나가기를 반복하는 해변에 나왔어.

무엇이 그곳을 그렇게 낯설게 만들었는지, 말로는 설명 못 하겠어. 사람이 없어서였을 수도 있어. 그 시절에는 혼자 있을 수 있는 조용한 곳들이 섬에 있긴 했지만. 그래도 그곳에는 유난히 고립된, 고립되고 버려진 느낌이 있었어. 그 이유는 그때도—지금도 여전히—설명할 수 없었지만. 여기에는 모래, 풀, 산, 섬 전체에 있는 세 가지 요소가 다 있었어. 야자수, 멍키포드, 할라, 아카시아

나무들은 분지에 있는 나무들과 같았어. 헬리코니아 줄기도 같았고. 그런데도 뭐라고 설명하기 어려운 차이가 있었어. 나중에 나는 그 땅을 처음 보는 순간부터 그곳으로 돌아가게 될 것을 알았다고 설명하려 해봤지만, 그건 허구였어. 오히려 그 반대였지. 거기서 일어났던 일 때문에 난 그곳을 다르게, 의미 있는 장소로 기억하기 시작했던 거야. 사실 그 순간에는 전혀 특별한 구석 없는 텅 빈 땅이란 생각밖에 하지 않았으면서.

"어때?" 에드워드가 한참 만에 물었고 나는 하늘을 올려다봤어.

"예쁘네." 내가 말했다.

에드워드는 내가 심오한 말이라도 한 것처럼 천천히 고개를 끄덕였어. "네 땅이야." 그가 말했어.

에드워드는 자주 그렇게 말했어. 차창 밖, 아이들이 모래밭을 뛰어다니며 하늘에 연을 날리고 있는 해변이나 주차장을 가리키면서, 차이나타운을 걸어가다가도 *이 땅은 네 거야*라고 말하곤 했지. 내 조상 때문에 내 땅이라는 뜻이기도 했고, 때로는 내 땅이기 때문에 자기 것이기도 하다는 뜻이기도 했고, 우리가 하와이인이기 때문에 그 땅이 우리에게 속한다는 뜻이기도 했어.

그런데 돌아서보니 에드워드가 나를 빤히 보고 있더라고. "네 땅이야." 그가 다시 말했어. "너와 카위카의 땅. 자." 에드워드는 이렇게 말하더니, 내가 뭐라고 말하기도 전에 주머니에서 종이 한 장을 꺼내 재빨리 펼쳐서 내게 내밀었어. "주정부 건물 부동산 등기 사무소에 갔어." 에드워드가 흥분해서 말했어. "네 가족 기록을 찾아봤어. 위카, 이 땅은 네 소유야—네 아버지의 것이었고, 지금은 네 것이야."

난 서류를 봤지. "하울라, 45090부지, 30.3에이커." 거기까지 보고 갑자기 더 이상 읽을 수가 없어서 난 서류를 그에게 돌려줬어.

너무 피곤하고 동시에 목이 말랐어. 하늘의 태양이 너무 뜨거웠지. "다시 누워야겠어." 그렇게 말하는데, 발밑의 땅이 움푹 들어가면서 가라앉는 느낌이 들더니 슬로모션처럼 머리가 에드워드의 손에 떨어지는 거야. 한동안 사방이 고요했어. "이런 바보 같으니." 한참 만에 에드워드의 말소리가 멀리서 들리듯이 들려왔고, 그 음성에서 애정이 느껴졌어. "이런 얼간이." 에드워드가 말했어. "이런 얼간이, 얼간이, 얼간이." 그는 쓰다듬듯 그 말을 반복했고, 하늘에서는 태양이 걸음을 멈춰 주위 모든 것을 환하게, 눈부신 흰색으로 바꿔놓았지.

—

카위카. 이제 지치지 않고도 방을 한 바퀴 돌 수 있어. 벽을 오른쪽에 두고 손을 써서 길을 찾아. 벽토로 장식한 벽이고 시원하고 울퉁불퉁해서 가끔은 살아 있는 생물, 파충류의 살갗을 만지고 있는 것 같기도 해. 내일 밤에는 복도를 걸어 볼 참이야. 어젯밤에는 문손잡이가 잠겨 있으리라 생각하며 처음으로 돌려봤는데, 잡아 보니 쉽게 밀리더라. 너무 쉬워서 실망스러울 지경이었어. 하지만 새롭게 시도할 거리가 있다는 걸, 매일 밤 좀 더 멀리 걸어갈 수 있다는 걸, 네게 더 가까이 갈 수 있다는 걸 증명할 수 있다는 것을 기억했어.

네 할머니가 오늘 나를 찾아왔어. 어머니는 돼지고기 가격과 못 마땅한 새 이웃—남자는 카카아코에서 자란 일본인이고 여자는 버몬트 출신 하울리야. 둘 다 연구원인데 무슨 항바이러스 약을 제조해 부자가 됐대—그리고 오하이알리 나무 병충해 이야기를 했어. 어머니가 네 소식을 갖고 오기를 바랐지만, 아니었어. 어머니가 네 이야기를 한 지 너무 오래 되어서 무슨 일이 있는지 걱정도 돼. 하지만 그런 건 낮 동안뿐이야—어쩐지, 밤이면 네가 안전하다는 확신이 들어. 네가 멀리, 어쩌면 너무 멀리 있을지 몰라도 살아서 건강히 지낸다는 걸 확실히 알 수 있어. 최근에는 네가 여자랑 있는 꿈을 꿨어. 너희 둘이 팔짱을 끼고, 내가 예전에 그랬듯이 57번 스트리트를 걸어가고 있어. 네가 그 여자아이에게 고개를 돌리면 그 아이가 미소를 지어. 그 아이 얼굴은 보이지 않아. 네 엄마처럼 검은 머리라는 것밖에 모르지만, 그 아이는 아름답고 너는 행복해. 아마 지금 네가 그렇게 지내고 있을까? 그렇게 생각하고 싶구나.

그렇지만 이런 이야기를 듣고 싶지 않겠지. 그다음에 어떻게 됐는지 듣고 싶을 거야.

하울라에 간 다음 날, 윌리엄 숙부님을 찾아갔어. 나를 보고 놀라더구나—사무실에 들른 지 5년도 더 됐으니까. 그리고 우리 가족의 부동산 보유 상황을 자세히 설명해줄 수 있는지 물었지. 숙부님께 그런 걸 한 번도 물어본 적 없다는 게 지금 생각하면 터무니없고 심지어 부끄럽기도 하지만, 내가 관심을 가질 이유가 없었어. 필요할 때는 항상 돈이 있었으니까. 그 돈의 출처는 생각할 필요도 없었고.

가엾은 윌리엄 숙부님은 내가 신탁에 관심을 보인 것을 반기면서 우리가 가진 땅이 무엇이며 어디인지 설명하기 시작했어. 모두 소박한 부동산들이기는 해도, 내 예상보다 훨씬 많더라고. 댈러스 외곽에 7에이커, 노스캐롤라이나에 주차장 2개, 오자이 외곽에 10에이커 농장이 있었어. "네 할아버지께서 평생 본토의 싼 땅을 사들이셨지." 윌리엄 숙부님은 자신이 직접 산 것처럼 자랑스레 말했어.

결국 내가 숙부님의 말을 막아야 했어. "그런데 하와이는요?" 이렇게 묻자 숙부님은 마우이 지도를 꺼냈고, 나는 다시 숙부님을 막았어. "정확히는 오아후요."

난 또 한 번 놀랐어. 마노아의 우리 집에다가 와이키키의 낡은 아파트 건물 두 채, 차이나타운에 있는 서로 연결된 가게 세 개, 카일루아의 작은 집, 게다가 라이의 교회까지 있었거든. 윌리엄 숙부님이 호놀룰루 남부에서 반시계 방향으로 주 전체를 돌아가며 설명하는 걸 들으면서, 숙부님 음성에서 느껴지는 애정과 자기 것도 아닌 땅에 느끼는 자부심에 전에 없이 동정심이 느껴졌어.

하지만 윌리엄 숙부님에게 동정을 느꼈다면, 나 자신에게는 혐오감이 들었어. 이런 것을 얻기 위해 난 무슨 일을 했지? 아무것도 안 했어. 돈, 내 돈은 정말로 나무에 달렸어. 나무와 들판, 그리고 콘크리트 벽돌 사이에. 그 돈을 거둬들이고, 세탁하고, 세고 저장해 놓았다가, 내가 원할 때마다, 내가 원하는 것을 미처 알기도 전에, 내가 원하는 것보다 훨씬 많은 돈뭉치가 턱턱 나왔어.

481

난 윌리엄 숙부님이 설명하는 동안 계속 말없이 앉아 있었고, 마침내 숙부님이 말했어. "그리고 하울라에도 땅이 있지." 그 말에 나는 일어나 상체를 내밀고 숙부님이 애정 어린 손짓으로 가리키는 섬 지도를 봤어. "30에이커가 조금 넘지만, 쓸모없는 땅이야." 숙부님이 말했어. "제대로 된 농장을 만들기에는 너무 건조하고 작아. 좋은 택지로 쓰기에는 너무 외딴 곳이고. 해변도 쓸모가 없어—너무 거칠고 산호가 많아서. 길도 흙길에다, 주 정부에서는 거기까지 아스팔트를 깔 계획이 없어. 이웃도, 식당도, 식료품점도, 학교도 없으니."

숙부님이 그 땅의 결점을 계속 들먹이기에 결국 내가 이렇게 물었어. "그럼 거길 왜 갖고 있는 거죠?"

"아." 숙부님이 미소를 지었어. "네 할아버지의 변덕으로 샀는데, 네 아버지는 너무 감상적이라 팔지 못했어. 맞아." 숙부님은 내 표정을 놀란 것으로 착각하고 말했어. "네 아버지도 감상적이 될 때도 있었거든." 숙부님은 다시 미소를 지으며 고개를 저었어. "리포-와오-나할레." 숙부님이 덧붙여 말했어.

"그게 뭐예요?" 내가 물었지.

"네 할아버지가 이 땅에 붙인 이름이었어." 숙부님이 말했어. "엄밀히 말하면 어두운 숲이라는 뜻이지만, 당신은 낙원의 숲이라고 번역했지." 숙부님이 날 쳐다봤어. "그러자면 네헬레쿨라니라고 해야 한다고 생각하지?" 숙부의 질문에 나는 어깨만 으쓱했어. 윌리엄 숙부님은 나보다 하와이어를 훨씬 잘했거든. 숙부님이 대학생 시절 우리 가족 업무를 막 시작했을 때, 할아버지가 하와이어를 공부하라고 돈을 대줬어. "엄밀히 따지면, 네 생각이 옳지만, 네 할아버지 카위카께선 그러면 게으른 하와이어라고 하시면서 그러면, 아, 카위카쿨라니라고 부르는 거랑 비슷하다고 하셨지." *카위카쿨라니, 천국의 데이비드.* 숙부님이 노래하기 시작했어.

He ho ʻoheno kē ʻike aku   넓디 넓은 바다를 보는 건
Ke kai moana nui lā   크나큰 즐거움
nui ke aloha e hi ʻipoi nei   향긋한 해초향 가득한
Me ke ʻala o ka līpoa   정겹고 소중한 바다

"당연히 너도 이 노래 알지."(알다마다. 유명한 노래였어.) 〈카 울루웨히 오 케 카이(Ka Uluwehi O Ke Kai)〉 즉, '바다의 풍요로움.' 리포아*(lipoa)*, 소리가 똑같지? 하지만 아니야. 여기서 *리포아*는 해초를 가리키지. 하지만 네 할아버지는 리포아를 우아 리포아 왈레 이 카 우아 카 나헬레*(ua lipoa wale I ka ua ka nahele)*, 즉 '비 내리는 어두운 숲'이라는 뜻으로 쓰셨어. 참 아름답지, 안 그래? 그래서 '리포 와오 나헬레,*(Lipo wao nahele)*' 즉 어두운 숲이 된 거야. 하지만 네 할아버지는 그 이름의 *마나(mana)*를 유지하셨어. '천국의 숲'이라는 이름에 담긴 초자연적 힘을 유지하셨지."

숙부님은 의자에 등을 기대고 앉아 내가 쓰지도, 제대로 이해하지도 못하는 언어를 이해하는 기쁨으로 가득 차 참으로 상냥한 미소를 짓고 있었어. 문득 숙부님이 미웠어―내가 갖지 못한 것을 가졌으니까. 돈이 아니라 그 언어, 마치 달처럼 새하얗고 깨끗하게, 매끄럽고 반짝이는 조약돌처럼 입에서 굴러나오는 그 말을 가

졌으니까.

"거기 숲이 있어요?" 한참 만에 내가 물었지만, 질문이 아니라 서술로 내놓은 말이었어. 거긴 숲이 없어요.

"이젠 없지." 숙부님이 말했어. "하지만 예전에는 있었어. 네 할아버지는 그렇게 말씀하셨다. 언젠가 거기 다시 나무를 심어 낙원으로 만들 계획이었지.

네 할아버지는 네 아버지처럼 이 땅의 가치를 인정하지 않으셨어—신경 쓸 가치가 없다고 생각하셨지. 하지만 팔지도 않으셨어. 늘 그 땅이 너무 외지고, 좋은 시절은 다 지나가버린 땅이라 아무도 사지 않을 거라서 안 판다고 하셨지. 하지만 난 그것도 또 다른 형태의 감상주의가 아닐까 늘 생각했어. 네 할아버지와 아버지는 굉장히 살가운 사이는 아니었잖아. 적어도 본인들은 그렇게 말하겠지만, 난 사실은 그렇지 않았다고 생각해. 두 사람은 너무 비슷했고, 둘 다 그 이야기에 익숙해졌지. 두 사람 사이를 좁히려고 애쓰는 것보다는 멀다고 하는 편이 쉽고 위엄 있어 보였으니까. 하지만 난 속지 않았지. 참, 내 기억에……."

그리고 숙부님은 내가 이미 다 들은 이야기를 늘어놓았어. 아버지가 할아버지의 차를 망가뜨리고도 사죄하지 않은 것. 아버지가 불량한 고등학생이라 할아버지가 졸업을 시키려고 학교에 기부금을 더 낸 것. 할아버지는 아버지가 학자가 되기를 바랐지만, 아버지는 운동선수가 되기를 원했다는 것. 전형적인 부자 사이의 문제였지만, 마치 책에서 읽은 이야기처럼 나와는 무관하고 재미없는 일로 느껴졌어.

그리고 이 모든 이야기의 뒤에는 *리포-와오-나헬레*라는 말이 있어. 낭송하고 암기해야 해야 하는 말이었지. 난 미소를 짓고 고개를 끄덕이며 계속 이야기하는 윌리엄 숙부님을 보고 있었지만, 속으로는 결국은 내 것인 그 땅 생각을 하고 있었어. 그 땅 아카시아 나무 밑에 누워 에드워드가 반바지와 셔츠를 벗어 던지고 고함을 지르며 번쩍이는 바닷물 속으로 뛰어들어가 집채만 한 파도, 몇 초 동안은 에드워드가 모종의 연금술에 희생되어 뼈가 거품으로 변한 게 아닌가 생각했을 정도로 어마어마한 파도 아래로 자맥질하는 모습을 지켜봤던 그 날을,

드디어 내겐 에드워드에게 전할 정보가 생겼어. 에드워드가 그 땅이 내 소유라는 사실은 알아냈을지 모르지만, 나는 그 땅이 할아버지, 우리 가문에서 마지막으로 카와카 군주라고 불린 분에게 어떤 의미였는지 알려줄 수 있었지. 에드워드의 흥분한 모습에, 드디어 그에게 줄 수 있는 것이 생긴 것에, 그렇게 열광적으로 받아들이는 모습에, 선물을 주는 사람의 자기도취에 빠져 얼마나 만족했는지, 지금 생각하니 창피하구나.

그것은 우리 사이 약칭이 됐어. 장난은 아니었어. 하지만 진지하게 받아들인 것도 아니었어. 나는 상상력이 없었고, 에드워드는 더했지만, 우리는 그곳을 현실의 장소로 이야기하기 시작했어. 마치, 그곳 이름을 말할 때마다 새로 나무가 자랄 것처럼. 우리가 그 숲을 말로 만들어낼 것처럼 말이야. 주말 자동차 여행에 너를 데려가기도 했는데, 너랑 에드워드가 수영을 하고 나서 오후에 내

곁에 와서 누우면, 난 어린 시절 들었던 이야기를 들려주면서 마법의 숲이나 유령이 사는 협곡이 나올 때마다 그걸 리포-와오-나헬레로 바꿨어. 내가 어릴 적 생강 과자 벽과 젤리 과자로 장식한 처마 때문에 어리둥절했던 (생강 과자가 뭐지? 젤리 과자는 뭐고? 처마는 또 뭐야?) 《헨젤과 그레텔》에 나오는 마녀의 집은 리포-와오-나헬레의 야자수 오두막이 되었어. 지붕에는 말린 망고를 부채꼴로 얹었고 문에는 말린 과일을 줄로 엮어 커튼을 쳤고, 그 짭짤하고 달착지근한 냄새가 마녀의 부엌을 채웠지. 그곳이 실제로 존재하는 것처럼 네게 이야기하기도 했어—아니, 무엇이든 네가 원하는 대로 만들 수 있다고 믿게 해줄 생각이었어. "거기 토끼 있어?" 넌 묻곤 했지 (그때 너는 토끼를 아주 좋아했거든). "그럼." 난 대답했어. "아이스크림도?" 네가 물으면. "그럼." 나는 대답했어. 리포-와오-나헬레에 장난감 기차 세트가 있어? 나만 독차지할 수 있는 정글짐은? 타이어 그네는? 그럼, 그럼, 그럼. 네가 원하는 것은 뭐든 리포-와오-나헬레에서 찾을 수 있단다. 마찬가지로, 그곳은 거기 없는 것들에 의해서도 규정됐어. 그곳엔 잠잘 시간, 목욕 시간, 숙제, 양파 같은 건 없어. 리포-와오-나헬레에는 네가 싫어하는 것들이 들어올 자리는 없었어. 제외된 것들만 생각해도 그곳은 낙원이었지.

난 뭘 하고 있었던 거지? 그때는 네가 다섯, 여섯, 일곱, 여덟 살이었으니, 내가 멋진 이야기를 들려주면 나도 멋진 사람이라고 믿을 만큼 어렸어. 그때는 그게 그저 무해할 뿐 아니라 도움 되는 것처럼 보였어. 그러면 나는 평생 처음으로 나도 결국 왕이구나 싶은 느낌이 들었어. 할아버지가 천국이라고 여긴 땅이 여기 있는

데, 내가 동의하지 못할 이유가 뭐야? 내가 뭐라고 할아버지 생각이 틀렸다고 하겠어?

네 할머니가 이 일들에 대해 어떻게 생각했는지 궁금할지도 모르겠구나. 내가 다시 에드워드를 만나는 것을 알고—물론 어머니는 알게 됐어, 그건 필연이었지—어머니는 일주일 동안 나랑 말도 하지 않았어. 하지만 리포-와오-나헬레가 어쩌나 강력한지, 내 기억에, 난 신경도 쓰지 않았어. 내게는 다른, 더 큰 비밀이 있었고, 그 비밀은 내가 무적이 된 느낌이 드는 곳, 처음으로 내 자리로 느껴지는 곳, 내가 어떤 사람인지 부끄러워하거나 변명하지 않아도 되는 느낌이 드는 곳이었어. 어린 시절 난 단 한 번도 반항하지 않았지만, 그래도 어머니를 실망시켰어. 어머니가 원한 아들이 될 수 없었으니까. 하지만 일부러 그런 건 아니었고, 솔직히 말하면 어머니를 무시하는 게, 어머니를 당혹하게 만드는 게, 에드워드를 우리 집, 내 집에 다시 부르고 우리 식탁에 앉혀 어머니를 인질 삼는 게 흥분되고 좋았어.

우리는, 에드워드랑 나는 주말마다 차를 몰고 거기 가기 시작했어. 처음 갔을 때는 윌리엄 숙부님이 한 말(쓸모없는 땅)만 생각하며 풀이 죽었지만, 에드워드가 너무 들뜨니까 나도 덩달아 흥분했지. "여기 내 사무실을 지을 거야." 에드워드는 아카시아 나무 주위를 네모 모양으로 걸으며 말했어. "저 나무는 두고 그 주위에 마당을 짓자. 그리고 저기에는 학교를 세워 하와이어로만 아이들을 가르칠 거야. 그리고 네 궁전은 저기, 멍키포드나무 근처에 지을 거야. 보여? 궁전이 바다 쪽을 향하게 해서 아침에 일어나면 바다 위에 떠오른 태양을 볼 수 있을 거야." 그다음 주말, 우리는 해변에서 캠핑을 하며 거기서 밤을 보냈고, 해가 진 뒤 에드워드는 바닷가로 밀려온 작은 섬광 오징어 열두 마리를 집어와 오히아 나뭇가지에 꽂아서 구웠어. 이튿날 아침, 난 에드워드보다 일찍 일어나 산 쪽을 봤어. 평소에는 바짝 타들어 간 것 같던 그 땅이 새벽에는 녹음이 우거지고 부드럽고 연약해 보였어.

하지만 이제는 리포-와오-나헬레가 우리에게 서로 다른 의미였다는 걸 알아—다르지만, 같기도 했지. 우리 두 사람 모두에게 그 땅은 쓸모, 우리 자신의 쓸모라는 판타지였어. 에드워드는 어머니로부터 약간의 돈을 물려받았는데, 우리 집에서 도보 5분 거리에 있는, 한국인 가족 소유의 로어 밸리의 부지에 방 하나짜리 집을 빌릴 정도는 됐어. 가끔은 건설 팀에 들어가 방에 페인트칠을 하는 일을 했지. 나는 그조차 없었어—네가 학교에 가고 나면 네가 오기를 기다리는 것 밖에 할 일이 없었어. 어머니를 도와 도터스에서 주최하는 연례 기부 행사의 기부 요청서를 봉투에 넣는다거나 하는 간단한 일을 하기도 했지만, 주로 그냥 기다렸어. 잡지나 책을 읽고, 한참을 걷고, 잤어. 그 시절에는 발작이 일어나기를 바랐지. 그러면 내가 가만히 있는 게 게으르거나 둔해서가 아니라 필요해서라는 것을 증명하니까. "쉬엄쉬엄 지내고 있나?" 의사—어릴 때부터 나를 맡아 온 의사—는 진료 때 묻곤 했고 나는 늘 그렇다고 대답했어. "잘했어." 의사는 근엄하게 말했어. "위카, 무리해서는 안 돼." 그러면 나는 안 그러겠다고 약속했지.

우리는 모든 면에서 없어도 되는 존재였어. 나는 너와 어머니에게, 우리 둘 다 하와이에게 그런 존재였어. 그게 아이러니였지—하와이가 우리를 필요로 하는 것보다 우리에게 하와이라는 개념이 더 필요했다는 게. 누구도 우리더러 군주제를 맡아달라고 아우성치지 않았고, 누구도 우리 도움을 원하지 않았어. 우리는 연기를 했고, 우리 연기가 아무에게도 영향을 미치지 않았기에—물론, 영향을 주는 날이 오긴 했지만—마음껏 즐기며 살 수 있었어. 우리가 빠져 있었던 생각들! 나는 왕이 될 것이고, 에드워드는 내 첫 고문이 될 것이며, 리포-와오-나헬레에서 할아버지가 꿈꿨다는 낙원을 재건할 거라고 생각했지. 비록 할아버지는 나 같은 사람이 대리인이 될 줄은 꿈에도 생각지 못했겠지만. 하지만 현실에서 우리는 아무것도 안 했어—할아버지가 바라던 숲을 위해 나무 한 그루 심으려는 노력조차 안 했어.

그렇지만 우리의 차이는, 에드워드는 진짜로 믿었다는 거야. 그는 믿음이 풍부했어. 가진 건 믿음뿐이었지. 리포-와오-나헬레는 내게 그랬듯이 에드워드에게도 안식처이자 소일거리였지만, 그 이상이기도 했어. 돌이켜보면, 에드워드가 왜 하와이인이 될 필요가 있었는지, 아니 적어도 그가 만들어낸 하와이인이라는 개념이 왜 필요했는지 이해할 수 있어. 에드워드는 자신이 뭔가 더 크고 위대한 전통의 일부라고 느껴야 했거든. 에드워드는 어머니가 돌아가셨고 아버지는 알지도 못해. 친구도 몇 안 되고 가족은 없었지. 하와이인이라는 것은 에드워드에게는 정치적이기라기보다 사적인 요구였어. 하지만 여기서도 에드워드는 남들에게 믿음을 주지 못해서 케이키 쿠 알리에서 쫓겨나고 하와이어 수업에서도 환영받지 못하고 (그랬다고 했어) 페인트칠 일 때문에 연습에 너무 많이 빠지는 바람에 훌라 춤 모임에서도 제명됐어. 그곳에 속할 권리는 그에게 생득권이었는데, 거기서마저 그를 달갑게 여기지 않은 거야.

하지만 리포-와오-나헬레에서는 그를 거부할 사람이 없었고, 그에게 하와이인으로서 사는 방식이 틀렸다고 말할 사람도 없었거든. 거기는 오로지 나, 그리고 가끔 너만 있었고 우리는 에드워드의 말이라면 뭐든지 믿었으니까. 나는 왕이었지만 지도자는 에드워드였고, 세월이 흐르면서 그곳 30에이커 땅은 그의 마음속에서 은유가 아니라 다른 것으로 재분류되고 있었어. 결국 그곳은 그의 왕국이 되고, 우리는 그의 신민이 되며, 다시는 그 누구도 그를 거부하지 않을 곳이 되는 거야.

그 첫 단계는 우리 이름을 바꾸는 거였어.

1978년, 우리가 떠나기 한 해 전의 일이야. 에드워드는 이미 그전 해에 자기 이름을 바꿨어. 처음에는 에드워드의 하와이식 이름, 에케와카였어. 소리 내어 부르기에 이상하고 어색한 이름이지. 그가 중간 이름인 파이에아로 바꾼다고 하자 마음이 놓이더라. "진짜 하와이 이름이지." 늘 거기 있던 이름을 기억해낸 것이 아니라 스스로 생각해낸 이름처럼 자랑스러운 말투였어. 파이에아, 게. 카메하메하 대왕의 이름. 그리고 이제는 에드워드의 이름이기도 하고.

에드워드가 우리 이름도 바꾸고 싶어할 거라고 예상했어야 하지만, 다른 여러 가지와 마찬가지로 그가 그렇게 큰일을 요구할 거라는 생각이 들지 않았어. "기독교 이름을 하와이식으로 바꿔도

브라운페이스일 뿐, 여전히 기독교 이름이지." 에드워드가 말했어. "브라운페이스"라는 용어는 배운 지 얼마 안 되는 게 틀림없었어. 그 말을 하면서 확신이 없어 목소리를 살짝 낮췄으니까.

"하지만 그건 왕의 이름이었어." 내가 드물게 저항하며 말했지만, 반대하기보다는 당황해서 그랬어. 왕조차 충분히 하와이인답지 않단 말인가?

"맞아." 에드워드는 인정했고, 잠시 혼란스러운 표정을 지었어. 그러더니 표정이 밝아졌어. "그렇지만 리포-와오-나헬레에서는 새로 시작할 거잖아. 네 혈통이 왕권은 줄 테지만, 그곳에서는 새 왕조를 시작할 거야."

에드워드는 서구와의 접촉 이전에 쓰던, 자기 생각에 "진정한" 하와이인 이름들의 목록을 작성하기 시작했어. 하지만 그런 이름이 적다고, 관심 부족으로 거의 멸종 상태라고 괴로워했지. 어리석게도 난 이름도 식물이나 동물처럼 인기가 떨어지면 사라질 수 있다는 생각을 해본 적 없었고, 에드워드의 탐색에도 무슨 의미가 있는지 모르겠더라. 이름은 식물도 동물도 아니잖아—이름은 필요가 아니라 욕망에 의해 번성하고, 그러므로 인간의 변덕스러운 관심에 영향을 받지. 예전 이름들이 그의 주장대로 선교사들이 금지해서 사라졌거나, 단순히 신기한 서구 이름과 상대가 되지 않아 사라진 것일까? 에드워드는 두 가지 주장이 같은 곳에서 출발했다고 말했을 거야. 침입자들이 예전 하와이 이름을 치워버린 거라고. 하지만 의미 있는 이름이라면 심지어 반란에 맞서서도 그 자리를 지킬 만큼 의미가 있어야 하는 것 아닐까?

나는 그렇게 묻지 않았어. 그리고 에드워드가 처음에는 내게, 그리고 네게 새 이름을 주었을 때도 저항하지도 않았어. 하지만 내가 우리 이름을 빼앗기지 않았다는 걸 너도 알 거야—아니면, 알기 바라. 애드워드와 함께 있을 때만 너를 그가 붙인 이름으로 불렀고, 다른 때는 여전히 나의 카위카였다는 것을, 앞으로도 늘 그럴 거라는 걸 너도 알기를 바란다. 그리고 또 다른 작은 저항도 했는데—결국 그를 파이에아라고 부르긴 했지만 머릿속으로는 계속 그를 에드워드라고 생각하면서 불렀어.

이런 이야기를 하다 보니 그런 게 모두 가장에 불과했다는 실감이 드는구나. 우리는 그 무엇에 관해서도 거의 아무것도 몰랐어. 역사도, 일도, 하와이도, 책임에 대해서도 아는 게 없었어. 그리고 우리가 알고 있던 건 잊으려고 했지. 증조할아버지의 누이, 증조할아버지가 일찍 돌아가시고 왕위를 계승한 분, 축출되어 왕국의 종말을 본 분—그분은 기독교인이 아니었나? 그분이 기독교인이자 백인인 선교사들에게 권력과 재산을 주고도 나중에 바로 그들에게 왕위를 빼앗기지 않았나? 백성들이 영어를 배우고 교회에 가라고 독려받는 것을 지켜보지 않았나? 영국 여왕처럼 실크 드레스를 입고 머리와 목에는 다이아몬드 장식을 하고 검은 머리에 기름을 발라 빗질하지 않았나? 하지만 그런 것은 우리의 상상을 흐트러뜨리는 사실이기에 우린 무시하기로 했어. 우리는 역할 놀이를 할 나이를 한참 지난 어른이었는데도, 마치 목숨이 달린 일처럼 열심히 역할 놀이를 했어. 우린—나는—무슨 일이 생길 거라고 생각한 걸까? 이런 가장극이 어떤 결과를 낳을 거라고 난 생각한 걸까? 가장 한심한 대답은 아무 생각도 안 했다는 거야. 내가 그런 가장을 하고 살았던 건, 그러고 있으면 뭔가 할 일이 생겼기 때문이야.

그렇다고 우리가 어떤 일이 생기기를 바란 건 아니었어—오히려 반대였지. 네가 나이가 들수록, 난 세상이 점점 이해하기 힘들어졌어. 밤이면 뉴스에서 파업과 시위 보도, 행진과 이따금 축하 행사를 봤어. 전쟁이 끝나고 자유의 여신상 위로 폭죽이 터지고, 그 아래 강물이 기름을 뿌린 것처럼 빛나는 것도 봤어. 새로운 대통령이 취임하고 암살당한 사람이 샌프란시스코에 간 사진도 봤어. 이런 세상을 나도 이해할 수 없는데, 네게 어떻게 설명할까? 사방에 테러와 공포, 너를 깨워 잊게 할 수 없는 악몽이 가득한데, 너를 어떻게 세상 속에 내보낼 수 있을까?

하지만 리포-와오-나헬레에서는 아무것도 변하지 않았어. 그곳은 판타지라기보다 정지된 곳이었어—그 안에 있으면, 시간이 멈췄어. 네가 나이 먹지 않으면 네 지식이 나를 뛰어넘는 날이, 네가 나를 보고 경멸하는 날이 오지 않을 것 같았어. 네가 나이 들지 않으면, 내가 널 실망시키지 않을 것 같았어. 때로는 시간이 거꾸로 가게 해달라고 기도했지—에드워드가 원하는 대로 과거의 하와이를 볼 수 있는 200년 전이 아니라, 8년 전으로, 네가 아직 아기라서 걸음마를 배우고 내가 하는 모든 것에 경이로워할 때, 네 이름을 부르기만 해도 네 얼굴에 웃음꽃이 피던 때로 돌아가게 달라고 말이야. "절대 떠나지 마." 그때 나는 네게 속삭이곤 했어. 너를 키워 떠나보내는 게 내가 맡은 일이고, 내 아이로서 네가 가

493

진 목적은 나를 떠나는 것—나는 달성하지 못했던 그 목적—이라는 걸 알면서도 그랬어. 난 네가 늘 나를 사랑해주기를 바랐어. 난 네게 가장 좋은 일을 하지 않았어—내게 가장 좋은 일을 했지.

하지만 결국, 그것도 잘못된 생각이었어.

—

카위카, 어젯밤에 아주 중요한 일이 있었어. 난 바깥으로 나갔어.

몇 달 동안 겨우 방안만 돌 수 있었는데, 그것만으로도 숨이 찼거든. 용기가 꺾이는 건 물론이고. 그런데 어젯밤, 특별한 이유도 없이 방문 손잡이를 눌러 열고 복도에 나섰어. 한순간 방에 있었는데 그다음 순간 밖에 나가 있더라고. 시도했다는 사실 말고 그순간 변한 것은 아무것도 없었어. 가끔 그럴 때가 있잖아. 기다리고 기다리고 기다리다가—겁이 나서, 늘 기다렸으니까—어느 날 기다림이 끝나는 거. 그 순간 기다림이 무엇인지 잊어버리는 거. 가끔은 몇 년을 살아온 상태가 사라지고, 그때의 기억도 사라지는 거. 결국 남는 건 상실이지.

문 앞에서 오른쪽으로 돌아 복도를 걸어가면서 오른손을 벽에 대고 길을 찾았어. 처음에는 너무 긴장해서 토할 것 같았고, 작은 소리가 들릴 때마다 심장이 멎는 것 같았지.

하지만 그때—길이로나 시간으로나 얼마나 걸었는지 모르겠구나—아주 이상한 일이 일어났어. 일종의 환희가, 황홀감이 느껴지더니, 갑자기, 문손잡이를 누르고 나왔을 때처럼 갑자기 벽에서 손을 떼지면서 난 복도 가운데로 와서 내 기억으로는 평생 처음으로 빠르고 확고하게 걷기 시작했어. 내 발걸음은 더 빠르고 확고해졌고, 발걸음을 옮길 때마다 발밑에 새로운 돌바닥이 생겨나는 것 같았어. 마치 주위에서 건물이 생겨나고, 내가 벗어나지만 않으면 복도도 무한히 뻗어나갈 것만 같았어.

어느 시점에서 오른쪽으로 돌아 손을 앞으로 뻗었더니, 또다시 내 의지로 만들어내기라도 한 것처럼 거기 손잡이가 있더라고. 무슨 영문인지, 이유를 모르겠지만 정원으로 나가는 문이란 것을 알 수 있었어. 손잡이를 누르자, 문이 열리는 게 느껴지기도 전에 피카케 냄새가 났어. 벽 전체를 따라 자라는 나무야—어머니가 알려줘서 아는 거야.

난 정원을 걷기 시작했어. 휠체어로 그곳을 지나갈 때는 그 크기나 오솔길에 관심을 가진 적 없었는데, 여기서 거의 9년을 있다 보니—그 사실을 깨닫자 문득 환희가 사라지면서 난 걸음을 멈췄어—그곳 윤곽을 기억하게 된 게 틀림없어. 어찌나 자신감이 들던지, 잠시 정신이 없었을 때는 내가 앞을 볼 수 있게 된 것인가, 시력이라는 것이 변해서 이제는 이런 느낌인가 그런 생각이 들 정도였어. 분간할 수 있는 것은 날마다 보는 진회색 장막뿐이지만, 그건 상관없어 보였어. 난 길을 따라 자신 있게 걸어 다녔고, 멈춰서 앞을 더듬을 필요도, 쉴 필요도 없었으니까—하지만 쉬어야 했다면 벤치가 어디 있는지도 직관적으로 알았을 거야.

정원 반대편 끝에 문이 있었고, 난 그 손잡이를 돌리면 밖으로 나간다는 것을 알았어—단순히 고요하고 따뜻한 공기가 있는 바깥에 나가는 것만이 아니라, 이곳에서 벗어나 세상 속에 나간다는 걸. 잠시 손바닥을 문에 대고 서서 무엇을 할지, 어떻게 떠날지 생각했지.

하지만 그때 깨달았어. 어디로 간단 말인가? 어머니 집으로 돌아갈 수는 없었어. 그리고 리포-와오-나헬레로 돌아갈 수도 없었지. 첫째, 거기 가면 뭐가 있을지 정확히 알고 있고, 두 번째, 그곳은 사라졌으니까. 물리적으로 사라진 것은 아니지만, 그곳의 관념—그게 에드워드와 함께 사라졌어.

하지만 카워카, 네가 알았다면 나를 자랑스럽게 여겼을 거야. 예전이라면 난 이 일로 기가 꺾였겠지. 어찌할 바를 모르고 땅바닥에 드러누워 도와달라고 앓아댔을 거야. 머리를 팔로 감싸고 내 위에 산이 쌓이기를, 모든 게 그렇게 많이, 그렇게 빨리 움직이는 걸 멈춰달라고 큰 소리로 애원했을 거야. 내가 그러는 거 너도 여러 번 봤지. 처음 그랬던 건 우리가 리포-와오-나헬레로 떠난 뒤 겨울이었는데, 난 내가 저지른 짓—너를 집에서 데리고 나오고, 어머니를 화나게 하고, 그런데도 결국은 아무것도 변하지 않은 것—에 짓눌린 나머지 제정신이 아니었어. 나는 여전히 실망스러운 존재였고, 겁에 질려 있었고, 그런 특징들을 극복하기는커녕 오히려 거기 매몰되어 다른 사람이 되지 못하고 내가 되어버렸다는 사실 때문에 말이야. 그 주말에 네가 와 있었는데, 너는 두려워하면서 내가 발작을 일으킬 때처럼 손을 잡아줬고, 그게 발작이 아니라 다른 상태라는 게 분명해지자 너는 내 손을 놓고 평원을 달려가며 에드워드를 불렀어. 그리고 에드워드가 너와 함께 돌아와 나를 세게 흔들면서 그렇게 바보처럼, 어린애처럼 굴지 말라고 고함을 쳤지. "아버지를 바보라고 부르지 마요." 그때도 그렇게 용감했던 네가 그렇게 말하자 에드워드가 네게 고함쳤어. "바보처럼 굴면 바보라고 부를 거야." 그러니까 네가 에드워드를 향해 침을 뱉었어. 실제로 에드워드를 맞추려던 게 아니라 그냥 침을 뱉기 위해서였지만, 에드워드는 손을 들었어. 땅에 누워있던 내가 보기에는, 마치 볕을 막아주려는 동작처럼 보였어. 그리고 용감한 너는 팔짱을 끼고 서 있었지. 겨우 열한 살인데도, 분명 두려웠을 텐데도. "이번 한 번만 봐준다." 에드워드가 말했어. "왕자를 존중하니까." 웃을 수만 있었다면, 난 그 거만한 허세에 웃음을 터뜨렸을 거야. 하지만 오랜 세월이 지나서야 난 그 순간, 나도 너만큼 겁이 났다는 생각을 하게 됐어. 다만, 나는 땅에 누워 구경만 할 게 아니라 널 지켜야 했다는 차이가 있었을 뿐이지.

어쨌든—나는 정원 바닥에 쓰러지지 않았어. 흐느끼지도 울부짖지도 않았어. 대신 난 어느 나무(가느다란 반얀나무 같았어)에 등을 대고 앉아 네 생각을 했지. 그때 난 내가 할 일은 계속 연습하는 거라는 걸 알게 됐어. 그날 밤에는 정원 길을 돌아다니며 길을 익혔어. 다음 날, 어쩌면 다음 주에는 이곳을 떠나볼 거야. 매일 밤, 더 멀리 가볼 거야. 매일 밤 더 강해질 거야. 그리고 언젠가, 조만간, 너를 다시 보고 이 모든 이야기를 직접 할 거야.

—

우리가 떠난 날 기억하지. 네가 4학년을 마친 날이었어. 넌 열 살이었고, 6월이면 열한 살이 될 참이었지.

난 네 짐을 꾸려 에드워드의 차 트렁크에 넣어두었어. 그 전 두 달 동안도 네 방에서 조금씩 조금씩 물건들을 빼내갔지—속옷과 티셔츠, 반바지와 네가 제일 좋아하는 카드, 스케이트보드, 아끼는 봉제 인형. 네가 이따금 함께 잔다는 것을 인정하기 부끄러워 침대 밑에 감춰 둔 폭신한 상어 인형. 너는 옷이 없어진 것은 알아 차리지 못했지만, 스케이트보드는 찾더라. "아빠, 내 스케이트 보드 봤어요? 아니, 자주색. 아니, 찾아봤는데, 거기 없어요. 제인한 테 다시 물어봐야지."

식량도 쌌어. 스팸 통조림과 옥수수와 강낭콩 캔. 냄비와 주전 자. 성냥과 라이터 연료. 크래커와 인스턴트 라면. 물을 채운 유리 병. 주말마다 우리는 조금씩 더 가져갔어. 4월이 되자, 우린 방수 포를 가져와서 바다에서 힘겹게 끌고나온 산호석 밑에 텐트를 감 춰놓았어. "나중에 진짜 궁전을 지을 거야." 에드워드가 말했고, 그런 말, 그런 불가능한 이야기를 할 때면 늘 그러듯이 나는 입을 다물고 있었어. 진심으로 한 말이면, 에드워드가 부끄러웠어. 진심 이 아니었다면, 내 자신이 부끄러웠고.

여기서 내 이야기와 네 이야기가 만나지만, 네가 어떻게 느꼈고 무엇을 봤는지 내가 모르는 게 너무 많구나. 그날 오후, 리포-와 오-나헬레에 도착해서 아카시아나무 아래 쳐진 텐트들—너랑 내 것 하나, 에드워드 것 하나—과 섬 서쪽 버려진 시멘트 공장에서 주워온 금속 장대에 방수포를 팽팽하게 당겨 씌우고 그 아래 식 량과 옷가지, 생필품을 상자에 담아놓은 것을 봤을 때 너는 무슨 생각을 했니? 네 시선이 나에게서 방수포로, 그리고 차에서 숯불

화로를 꺼내는 에드워드를 옮겨가면서 네가 조금 불안한 표정으로 미소를 짓고 있었던 게 기억나. "아빠?" 네가 내 얼굴을 올려다보며 물었지. 하지만 넌 그다음에는 무슨 말을 해야 할지 몰랐어. "이게 뭐야?" 네가 한참 만에 물었고 나는 못 들은 척 했지만 물론 들었어—다만 뭐라고 대답해야 할지 몰랐지.

그 주말에는 너도 동조하는 척했어. 금요일 아침 일찍 에드워드가 우리를 깨워 성가를 낭송하자고 하자 너도 그렇게 했고, 또 에드워드가 그날부터 우리 셋이 하와이어 수업을 들을 텐데 거기서는 하와이어만 쓴다고 하자 너는 나를 쳐다봤고 내가 끄덕이자 따르겠다는 듯이 어깨만 으쓱했지. "네." 네가 말했어.

"에이(ae, 네)." 에드워드가 엄격한 표정으로 고쳐주자, 너는 다시 어깨를 으쓱였어.

"에이." 너도 따라했어.

대체로 네 속은 알 수 없었지만, 네 얼굴에는 곤혹스러운 표정도 스쳐갔지만, 흥미로운 표정도 보였어. 에드워드는 정말로 네가 물고기를 잡아 음식을 마련하기를 기대했을까? 넌 정말로 모닥불로 생선 요리하는 법을 배우게 될까? 우리가 정말로 8시에 잠들어 동틀 때 일어나게 될까? 그래, 그런 것 같았어. 그래, 맞아. 너는 그때도 영리해서 에드워드에게 도전하지 않았지—그가 장난치는 것이 아니라는 걸, 그에겐 유머 감각이 없다는 것을 넌 알았어. "에드워드." 한번은 네가 그렇게 불렀는데, 에드워드가 못 들은 척 고개를 들지 않았어. 네 얼굴에 서서히 이해의 기색이 번져가더라. "파이에아." 그렇게 부르니까 그제야 에드워드가 돌아봤지.

"에이?"

아버지로서 내 능력을 믿지 못했기 때문에, 넌 사람들이 제 할 일을 하지 않을 수 없고 사물이 보이는 것과 다를 수 있다는 것을 일찌감치 깨우친 것 같아. 거기서 우리, 네 아버지와 네가 아기 때부터 알던 아버지 친구는 해변에서 캠핑을 하며 재미있게 놀고 있었지. 하지만 그게 정말 보이는 것과 같았을까? 아무도 재미있다는 말은 하지 않았고, 사실 네가 하고 싶은 일—물고기 잡고 헤엄치고 근처 산을 오르고 야채를 뜯어오는 것—을 다 하긴 했지만, 리포-와오-나헬레에서 보낸 시간에는 뭔가 고된 데가 있었어. 어딘가 잘못됐어—어딘가 틀렸지. 넌 딱히 설명은 못했지만, 문제는 느꼈어.

"아빠." 이틀째 밤, 우리 사이에 켜둔 허리케인 램프 속의 촛불을 불어 끄는데, 네가 소곤거리며 물었어. "우리 여기서 뭐하는 거야?"

내가 하도 오래 대답을 안 하니까 넌 내 팔을 살짝 찔렀어. "아빠?" 네가 물었지. "내 말 들었어?"

"캠핑하는 거지, 카위카." 내 대답에 네가 말이 없자 물었어. "즐겁지 않아?"

"그런 거 같아." 네가 한참 만에 내키지 않는 말투로 말했어. 즐겁지 않았지만, 왜 즐겁지 않은지 설명할 수 없었던 거지. 너는 아이였고, 문제는 아이들이 어른처럼 온갖 감정을 가지지 못한 것이 아니라, 그것을 표현할 어휘를 갖지 못한 것뿐이야. 나는 어른이었고, 어휘도 알았지만, 나 역시 그 상황의 문제를 설명하지 못했고,

내 감정을 표현할 수 없었어.

그 주 월요일도 똑같았어. 하와이어 수업, 길고 지루한 시간, 낚시, 불 피우기. 너는 이따금 차를 빤히 보더구나. 강아지를 부르듯 차를 불러 네 곁에 와서 부르릉거리게 만들 수 있다는 듯이.

목요일에 너는 로봇 만들기 캠프에 참가할 예정이었어. 그 캠프를 굉장히 고대하고 있었지. 몇 달 동안 그곳 이야기를 하면서 안내 책자를 거듭 읽고 어떤 로봇을 만들지 이야기했어—이름은 스파이더였고, 스파이더는 선반 위를 기어 다니며 제인의 손이 닿지 않는 물건을 가져올 수 있는 로봇이었어. 네 친구 셋도 그 캠프에 참가할 계획이었고.

그 전날 네가 말했어. "몇 시에 가?" 그리고 내가 대답하지 않으니 이렇게 말했어. "아빠. 캠프는 내일 아침 8시에 시작해."

"파이에아에게 말해." 나는 한참 만에 나조차 알아볼 수 없는 목소리로 말했어.

너는 믿을 수 없다는 표정으로 나를 빤히 보더니 일어나서 페이아에게 달려갔어. "파이에아." 네 목소리가 들렸어. "언제 떠나요? 전 내일 캠프가 있어요!"

"넌 캠프 안 가." 에드워드가 침착하게 말했어.

"그게 무슨 말이에요?" 넌 이렇게 물었다가, 그가 대답하기도 전에 말했어. "에드워드—아니, 파이에아—무슨 말이냐고요?"

오, 우리 둘 다 에드워드가 농담하는 것이기를, 농담할 줄 아는 사람이기를 얼마나 바랐는지 몰라. 난 에드워드가 농담하는 게 아니라는 것을 알고 있었지만, 그가 항상 말한 곧이곧대로 행동하는 사람이라는 사실을 절대, 진심으로 믿지 않았고—내가 아는 사람 중에 가장 비밀이 없고, 음모를 꾸밀 줄 모르는 사람인데도 말이야—결국 돌이킬 수 없는 곳까지 가고 말았지. 에드워드는 하겠다는 건 하는 사람이었어.

"너는 안 가." 에드워드가 다시 말했어. "여기서 지낼 거야."

"여기서요?" 네가 물었어. "어디요?"

"여기." 에드워드가 말했지. "리포-와오-나헬레에서."

"하지만 그건 지어낸 거잖아요!" 네가 외치더니 나를 보고 말했어. "아빠! 아빠!" 하지만 나는 아무 말도 안 했어. 할 수가 없었고, 너는 네겐 더 조르지도 않고—내가 쓸모없다는 걸, 도움이 안 된다는 것을 알았으니까—에드워드를 향해 돌아섰어. "집에 가고 싶어요." 네 말에 에드워드도 대답하지 않자, 네 목소리가 날카로 워졌어. "집에 가고 싶어요. 집에 가고 싶어요!"

너는 차로 달려가 운전석에 올라타더니 경적을 두드리기 시작했고, 날카로운 소리가 났어. "집에 데려다줘!" 넌 소리지르며 울었어. "아빠! 아빠! 에드워드! 집에 데려다 줘!" 빵. 빵. 빵. "투투(tutu, 할머니)!" 넌 할머니가 어느 텐트에서 나오기라도 할 것처럼 고함을 질러댔어. "제인! 매튜! 도와줘! 도와줘! 집에 갈 거야!"

다른 사람이라면 너를 보고 웃었겠지만, 에드워드는 웃지 않았어—그에게 유머 감각이 없어서 좋은 점 하나는 남을 조롱하지 않는다는 거였지. 그는 자기 나름대로 너를 진지하게 받아들였어. 네가 몇 분 더 고함을 지르고 외치도록 내버려두자, 너는 지쳐 울면서 차에서 내렸고, 에드워드는 아카시아나무 밑에서 일어나 네

502

옆으로 가서 앉았어. 그러니 너는 싫어도 축 늘어져 그에게 몸을 기댔지.

"괜찮아." 에드워드가 네게 말하더니 팔을 두르고 머리를 쓰다듬기 시작했어. "괜찮아. 여기가 네 집이야, 꼬마 왕자님. 여기가 집이야."

너는 에드워드를 어떻게 생각했어? 대답을 알고 싶지 않았고, 어쨌든 부모가 자식에게 물을 수 없는 이상한 질문이었기 때문에 네게 물은 적이 없었다. 내 친구를 어떻게 생각하냐니. 하지만 이제 우리가 모두 어른이 되었으니 물을 수 있구나. 어떻게 생각했어?

나는 아직도 대답이 두렵다. 너는 나보다 훨씬 먼저 에드워드에게 뭔가 무섭고 믿을 수 없는 점이 있다는 것을 간파하고 있었지. 아주 꼬맹이던 시절에도 너는 이따금 에드워드 숙부님이 저녁을 먹고 가는 날에는 네 할머니와 나, 숙부님을 번갈아 살폈고, 우리 사이의 긴장감을 말로 설명하지는 못해도 당연히 느끼고 있었어. 너는 내가 에드워드 주위에서 말이 없어지는 것을 봤고, 내가 그 앞에서는 말하기 전에 허락을 기다리는 것도 봤어. 네가 열 살 때쯤 우리가 리포-와오-나헬레 해변에서 하루를 보내고 있었을 때였어. 늦은 오후, 거기서 떠날 때쯤이었는데 내가 에드워드에게 용변을 봐도 되는지 물었지. "그래." 그의 말에 나는 그렇게 했어. 내게는 별거 아닌 일이었어—무슨 일을 해도 되는지 늘 물었으니까. 먹어도 될까? 잠시 있어도 될까? 집에 가도 될까? 그에게 묻지 않은 것은 너와 관련된 일들뿐이었어. 그날 밤 너를 재울 때, 너는

503

내게 왜 그냥 가지 않았는지, 왜 허락을 구했는지 물었어. 그런 게 아니라고 말하려고 했지만, 어째서 아닌지, 어째서 네 생각이 틀렸는지, 어째서 내가 원할 때—필요할 때—그저 일어서서 움직일 수 없었는지 설명할 수가 없었어. 부모가 약하다는 것을, 너무 약해서 자식을 보호할 수 없다는 것을 깨닫는 건 아이에게 지독한 일이야. 경멸하는 아이도 있고, 그때 너처럼 동정하는 아이도 있어. 그때 너는 네가 더 이상 아이가 아니란 것을, 나를 지켜야 한다는 것을, 내게 네 도움이 필요하다는 것을 깨달았어. 네 스스로 상황을 헤쳐나가야 한다는 것을 그때 깨달았던 거야.

가끔 에드워드는 베데스다가 우리에게 들려준 내용을 서투르게 옮겨 네게 강의하곤 했어. 베데스다처럼 시적으로, 리듬을 타며 전하려고 했지만, 몇 가지 빌려온 문장—"미국은 심장에 죄를 가진 나라다"—을 구두점처럼 반복한 것 외에는 제대로 못 했고, 강의는 앞뒤가 안 맞고 반복적이고 지루하고 진전이 없었어. 이런 생각이 들면 배신했다는 죄책감을 느끼곤 했지만, 소리 내어 말한 적도, 네게 말한 적도 없었다. "어떤 땅에도 주인은 없어," 에드워드는 곧잘 네게 이렇게 말했어. 리포-와오-나헬레의 소유권이 자기 판타지의 핵심이라는 사실을 잊거나, 아마 무시하고 한 말이었지. "너는 원하는 것은 무엇이든지 될 권리가 있어." 그 말 역시 진심은 아니었어—너는 그가 부른 대로 하와이인, 어린 왕자가 될 터였지만, 그는 그 의미를 제대로 파악하지 못했고, 나도 마찬가지였지. 그때 네가 커서 금발의 백인 여자와 결혼하고 오하이오에 살면서 은행을 경영하고 싶다고 말했다면—네겐 그럴 권리가 얼마든지 있었으니까—그는 질색했을 거야. 하지만 네 선택에 질색한 것일까, 네 야심에 질색한 것일까? 네 이름이 보장하는 모든 특권을 버리고, 낯설고 우스꽝스러운 우우가우우가 왕자 취급을 받을 수도 있는 오하이오까지 간다면 얼마나 용감한 일일까, 조그만 코코넛 나무 카누에 올라타 우가-우가의 모래 해변을 떠나자마자 네 지위는 다 사라지는데도!

하와이가 무엇인지, 하와이인으로서 우리는 어떤 존재인지에 대해 에드워드가 가진 생각은 너무나 얄팍했고, 지금에 와서는 온갖 것이 다 부끄럽지만, 그게 가장 마음이 쓰인다. 내가 그 사실에 눈을 감은 것, 그가 연극을 하게 두고 우리의 삶을 거기 희생시킨 것이 부끄러워. 에드워드는 대학 도서관에서 훔친 낡은 독본으로 네게 몇 년이나 하와이어를 가르쳤지만, 너는 배우지 못했어. 그가 배우지 못했기 때문이지. 그가 가르친 하와이 역사도 대체로 지어낸 것, 실제로 있었던 일이 아니라 자기가 일어나기 바란 일을 투사한 역사였어. "우리는 왕과 왕비, 왕자와 공주의 나라다." 그가 네게 말하곤 했지만 실상은 우리 땅에 왕자는 단둘, 너랑 나뿐이었고 왕족이 가득한 나라는 있을 수 없어. 왕족에게는 받들어줄 백성이 있어야 하고, 그게 없으면 왕족이 아니니까.

그가 네게 이런 강의를 하는 것을 듣고도 나는 막을 수 없었어. 날마다 내가 방치한 일을 점점 더 돌이킬 수 없다고 느꼈어. 마치 내가 리포-와오-나헬레에 가겠다고 선택한 게 아니라 누가 나를 거기 데려다놓은 것 같았어. 바람이 나를 휩쓸어 그곳 아카시아나무 아래 떨어뜨린 것 같았어. 내 인생, 내가 사는 곳이 낯설어졌어.

너를 로봇 만들기 캠프에 데려가지 못한 뒤 일요일에 자동차 소리가 들렸어. 소리가 들리더니, 돌길을 달리는 자동차가 보였지. 너는 그 전 사흘을 네게 벌어진 일에 놀라 얼이 빠진 채로 보냈어. 로봇 캠프에 가기로 되어 있던 목요일 아침에 일어나 여전히 리포-와오-나헬레에 있는 것을 보고—너는 그것이 꿈이기를, 할머니 집 네 침대에서 일어나기를 바랐을 거다—너는 땅바닥에 드러누워 어린아이가 떼쓰는 것마냥 팔다리를 치면서 흐느꼈다. "카위카." 난 네게 살그머니 다가가며 말했어 (에드워드는 해변을 걷고 있었거든). "카위카, 괜찮아질 거야."

그러자 네가 벌떡 일어나 얼굴이 젖은 채로 앉더라. "어떻게 괜찮아져?" 네가 외쳤어. "응? 어떻게?"

나는 쪼그리고 앉았어. "모르겠다." 인정할 수밖에 없었어.

"당연히 모르겠지." 네가 으르렁거리듯 말했어. "아빠는 아무것도 몰라. 아무것도." 그리고 너는 다시 울기 시작했고 나는 살그머니 자리를 피했어. 너를 탓하지 않았다. 어떻게 탓해? 네 말이 옳은걸.

금요일과 토요일, 너는 말수가 없어졌어. 텐트에서 나오지 않았어. 먹지도 않았지. 네가 염려됐지만, 에드워드는 안 그랬어. "그냥 놔둬." 에드워드가 말했지. "결국 나올 거야."

하지만 넌 나오지 않았어. 그러다가 차가 오니까 천천히 텐트에서 나오더니 햇볕 속에서 눈을 깜빡이며 환영을 보듯이 차를 빤히 쳐다봤어. 윌리엄 숙부님이 운전석에서 나오고 나서야 너는 힘없이, 한 번도 낸 적 없는 동물 같은 소리를 내고 탈수와 배고픔에 휘청거리며 숙부님을 향해 달려가기 시작했어.

숙부님은 혼자 오지 않았어. 네 할머니가 조수석에 있었고, 제인과 매튜는 겁먹은 표정으로 뒤에 있었다. 널 데려가 뒤에 세우고 에드워드가 손을 뻗어 널 때리기라도 할 것처럼 가로 막고 선건 할머니였어. "무슨 장난을 치는 건지, 무슨 짓을 하는 건지 모르겠구나." 할머니가 말했어. "하지만 내 손자는 내가 맡아서 데리고 간다."

에드워드는 어깨를 으쓱했어. "그건 아주머니가 결정할 일이 아닌 것 같군요." 에드워드의 말에, 나도 모르게 뒷걸음질을 쳤다. 아주머니라니. 어머니를 그렇게 무례하게 부르는 말은 처음이었어. "아드님이 결정할 일이죠."

"그 생각은 틀렸어요, 비숍 씨." 어머니가 말하고 네게 좀 더 상냥하게 말했다. "차에 타거라, 카위카."

하지만 너는 움직이지 않았어. 대신 네 할머니 주위를 둘러보고 나를 봤지. "아빠?" 네가 물었어.

"카위카." 어머니가 말했어. "차에 타거라. 어서."

"싫어요." 네가 말했어. "같이 갈래요." 나랑 같이 간다는 말이었어.

"제발 이러지 마라, 카위카." 어머니가 조급해하며 말했어. "네 아빠는 가고 싶지 않아."

"아뇨, 아빠도 가고 싶어요." 네가 고집을 부렸다. "아빠는 여기 있고 싶지 않아요, 그렇지, 아빠? 우리랑 같이 집에 가자."

"여긴 네 아빠 땅이야." 에드워드가 말했어. "순수한 땅. 하와이의 땅. 네 아빠는 있을 거다."

그들, 에드워드와 네 할머니는 다투기 시작했고 나는 하늘을 올려다봤어. 하얗고, 뜨거웠다. 5월치고는 너무 뜨거웠어. 그들은 내가 존재한다는 사실을, 두 사람 모두에게서 거리를 두고, 삼각형의 한 꼭짓점에 서 있다는 사실을 잊은 것 같았어. 그렇지만 나는 그들의 말을, 에드워드의 유치한 지껄임도 네 할머니의 명령도 듣지 않았어. 대신 윌리엄 숙부님과 제인과 매튜를 봤지. 그들 세 사람은 우리 셋뿐만 아니라 그 땅도 보고 있었어. 텐트와 파란 비닐 방수포, 종이 상자를 보고 있었어. 이틀 전에 비가 와서 너랑 내가 함께 쓰던 텐트 한쪽이 바람에 무너지는 바람에, 그 밑에서 자면 나일론이 수의처럼 나를 덮었지. 상자는 여전히 젖은 채였고 그 안의 내용물—옷가지와 네 책—을 말리려고 들판 여기저기 흩어 놓았어. 마치 폭탄이 터져 죄다 날아간 것 같은 꼴이었다. 방수포에는 흙이 묻어 있었고, 식량은 개미와 몽구스로부터 지키려고 비닐 봉투에 넣어 아카시아나무에 주렁주렁 매달아놨어. 나도 그들의 눈으로 그 광경을 보게 됐어. 너저분한 쓰레기—플라스틱 병과 부서진 플라스틱 포크, 바람에 날리는 방수포—가 흩어진, 볼품없는 땅이었지. 리포-와오-나헬레라고 하면서 우리는 나무 한 그루 심지 않았고 거기 있던 나무는 가구로 썼어. 그곳은 사랑받지 못한 정도가 아니었어. 그곳은 타락했고, 그곳을 타락시킨 건 에드워드와 나였지.

그들은 그날 너를 데리고 갔다. 그들은 나를 무능력자로 신고하려고 했어. 그들은 나를 부모로 부적합한 사람으로 신고하려고 했어. 그들은 내 신탁을 앗아가려고 했어. "그들"이라고 하는 건, 윌리엄 숙부님이 (비밀리에) 아동 보호국 사람을 만나고 가정법원 판사가 된 예전 로스쿨 동창과 의논을 했기 때문이야. 하지만 사실은 "그들"이 아니라 "그분," 네 할머니였지.

이제 와서 어머니를 탓할 수 없고, 그때도 마찬가지였어. 내 행동이 그릇된 것을 알고 있었다. 너는 집에서 지내야 한다는 걸, 리포-와오-나헬레는 네가 살 곳이 아니라는 것을 알고 있었어. 그런데 왜 그런 짓을 했냐고? 어떻게 그런 짓을 할 수 있었냐고? 너와 뭔가 함께 하고 싶었다고 할 수 있겠지. 잘잘못을 떠나서 내가 우리를 위해 만들어낸 것, 어떻게든 네게 도움이 되고, 어떻게든 너를 풍요롭게 할 결정을 내릴 수 있는 공간을 너와 함께 하고 싶었어. 하지만 그건 사실이 아닐 거야. 혹은 처음에는 나도 리포-와오-나할레에, 우리가 거기서 누릴 삶에 희망이 있었다고, 그 꿈이 이뤄지지 않자 나도 놀랐다고 할 수도 있겠구나. 하지만 그것도 진실은 아니야.

저런 말들 다 진실이 아니야. 진실은 훨씬 더 한심해. 사실은 내가 누군가를 마냥 따랐고, 내 삶을 남에게 넘겼다는 것이고, 내 삶을 넘기면서 네 삶도 넘겼다는 거야. 게다가 그렇게 하고 나서 내가 한 짓을 고칠 줄, 바로 잡을 줄 몰랐다는 거지. 진실은 내가 나약했다는 거야. 진실은 내가 무능했다는 거야. 진실은 내가 포기했다는 거야. 진실은 내가 너까지 포기했다는 거야.

가을 무렵 우리는 합의에 도달했어. 리포-와오-나헬레에서 한 달에 두 번 주말에 너를 만날 수 있는데, 네가 지낼 제대로 된 숙소를 짓는다는 조건이 붙었어. 안 그러면 너는 할머니와 내내 지내기로 했다. 내가 어떻게든 이 결정에 이의를 제기하면 수감된다고 했어. 에드워드는 분개했지만, 내게는 도리가 없었다. 어머니는 여전히 절차를 회피할 능력이 있었고, 우리 사이에 분쟁이 있으면 내가 진다는 것을 우리 둘 다 알고 있었어—나는 너를 잃고, 운신의 자유도 잃게 될 거야. 하지만 그때 이미 난 둘 다 잃어버린 상태였어.

어머니가 딱 한 번 더, 우리가 합의서에 서명한 직후에 나를 만나러 왔어. 11월, 추수감사절 한 주 전쯤이었어—그때는 아직 날짜를 확인하고 있었거든. 어머니가 오는지 난 모르고 있었어. 그 전 주 동안 목수들이 그 땅 북쪽 가장자리, 산그늘에 작은 집을 짓고 있었어. 내 방, 에드워드 방, 네 방을 지을 계획이었지만, 가구는 네 방에만 넣는다고 했어. 치사한 행동이 아니었어—윌리엄 숙부의 제안을 거절하며, 라우할라 돗자리를 깔고 밖에서 자겠다고 한 건 에드워드였지.

"아이가 여기 있을 때, 안에서 자기만 하면 어디서 자든지 상관없다." 윌리엄 숙부님이 말했어.

에드워드는 우리 실험이 시험받는 중이라고 했어. 항복해서는 안 된다고. 네가 함께 지내지 않을 때는 계속해서 과거 조상들처럼 살 거라고. 네가 함께 있을 때 먹을거리가 오면 그 음식을 먹겠지만, 네가 없을 때는 수렵채집만 할 테고, 불을 피워 익힐 거라고 했어. 타로 토란과 고구마를 스스로 키우고. 용변을 보려고 판

510

구덩이를 치우고, 그것을 작물 거름으로 쓰는 것은 내가 맡은 일이었어. 큰 비용을 들여 설치한 전화는—그 지역에는 전화선이 없었거든—네가 가고 나면 뽑아 버리기로 했어. 윌리엄 숙부님이 주 정부에 어찌어찌 신청한 전기는 쓰지 않기로 했고. "저 인간들이 우리를 부수려고 하는 걸 모르겠어?" 에드워드는 물었지. "이게 시험이란 걸, 우리가 얼마나 열심인지 저 인간들이 알아내려는 방법이란 걸 모르겠냐고?"

네 할머니가 찾아온 날 아침에는 비가 왔고, 네 할머니는 내가 아카시아 밑 방수포에 누워있는 곳까지 진흙 풀밭을 가로질러 왔어. 천장으로 쓰던 방수포는 바닥이 되었고, 나는 하루 대부분을 거기서 자면서 하루가 끝나고 다음 날이 시작되기를 기다리며 보냈어. 에드워드가 나를 깨워보기도 했지만, 그런 일은 점점 줄었고 에드워드가 몇 시간인지 며칠인지 사라지면—애를 써봐도 시간을 구별하기가 점점 어려워지더라—나는 혼자 남아 졸다가 배가 너무 고파 잘 수 없을 때만 깼어. 그날 밤 그 집에서 베테스다의 강연을 듣던 꿈을 꾸기도 했고, 그가 진짜였는지, 어딘가 다른 영역에서 우리가 그를 불러낸 것인지 궁금하기도 했어.

어머니는 내 앞에 잠시 버티고 서 있더니 말했어. "일어나라, 위카." 내가 움직이지 않자 어머니는 무릎을 꿇고 앉아 내 어깨를 흔들었어. "위카, 일어나." 어머니가 다시 말하자 나는 그제야 일어났어.

어머니는 잠시 나를 보더니 일어섰어. "일어나." 어머니가 지시했어. "걷자."

나는 일어나서 어머니를 따랐어. 어머니는 천가방과 다다미 깔개를 들고 있다가 깔개를 내게 건넸어. 비는 그쳤지만, 하늘은 여전히 잿빛이었고 해는 없었어. 우리는 산 쪽으로 걸어갔고, 멍키포드나무 앞에서 어머니가 그 깔개를 펼치라고 손짓했어. "피크닉 음식을 가져왔다." 어머니가 말했고, 내가 주위를 둘러보기 전에 덧붙였어. "그 애는 없어."

배가 고프지 않다고 말하고 싶었지만, 어머니는 이미 먹을 것을 꺼내고 있었어. 밥과 튀긴 닭, 니시메, 오이 절임과 디저트로 멜론을 담은 도시락이었어―전부 내가 좋아하던 것들이었지. "다 네 몫이야." 내가 어머니 앞에 도시락을 펼치니 어머니가 말했어. "나는 먹었다."

너무 빨리, 너무 많이 먹어서 구역질을 했지만, 어머니는 꾸짖지 않았고 내가 식사를 마친 뒤에도 어머니는 아무 말도 하지 않았어. 어머니는 구두를 벗어 깔개 가장자리에 가지런히 놓았고 다리를 앞으로 뻗고 있었다. 어머니가 늘 자기 피부색보다 한 단계 어두운 스타킹을 신던 게 기억났어. 어머니는 내가 어릴 적부터 입던 흰 장미 무늬가 있는 연두색 스커트를 입고 있었고, 어머니가 고개를 젖히고 나뭇가지 사이로 하늘을 올려다보다가 눈을 감는 것을 보면서 난 어머니도―나도 훨씬 드물기는 했지만 이따금 가능했으니까―그 땅의 까다로운 아름다움을, 그 누구에게도 굽히지 않는 모습을 알아보는지 궁금했어. 좀 떨어진 곳에서 인부들이 점심 휴식을 끝내고 다시 두드리고 톱질을 하고 있었어. 그 땅이 목조주택을 짓기에는 너무 습하다고 말하는 사람이 있었

512

고, 또 다른 사람은 습도가 아니라 열기가 문제라고 했어. 그들은
기초 작업을 연장시키고, 원래 위치에 근처에 늪을 발견하고 물을
빼고 흙을 채운 뒤 재배치해야 했어. 한동안 우리는 공사 소리를
들었고 나는 어머니가 무슨 말을 할지 기다렸어.

"네가 세 살이 다 됐을 때, 본토에 데려가 진찰을 받게 했다."
어머니가 말을 꺼냈어. "네가 말을 안 했거든. 처음에는 듣지 못하
는가 했는데, 그렇지 않았어. 네 아버지나 내가 이름을 부르면 네
가 돌아봤고, 밖에 나가서 개 짖는 소리가 들리면 너는 신이 나서
웃으면서 박수를 쳤거든.

너는 음악도 좋아했고, 네가 좋아하는 노래를 연주하면 너는
가끔—따라 흥얼거리는 것까진 아니라도 작은 소리를 내기도 했
다. 그런데도 말은 안 했어. 의사가 우리가 말을 적게 해서 그럴지
모른다고 하기에 우리는 네게 끊임없이 말을 했어. 밤이면 네 아
버지가 너를 옆에 앉히고 스포츠 면을 읽어주기도 했지. 하지만
너랑 가장 많이 지내는 건 나였으니까 내가 가장 많이 말했다. 사
실, 쉬지 않고 말했어. 어딜 가나 널 데리고 다녔어. 책을 읽어주
고, 요리법도 읽어주고, 차를 타고 갈 때면 지나가는 것을 모두 알
려줬어. '봐라. 네가 나중에, 조금 더 크면 다닐 학교가 있다. 저
기는 네 아버지와 내가 결혼한 뒤에 살던 집이야. 계곡으로 이사
하기 전에 말이지. 저 언덕 위에는 네 아버지 고등학교 친구가 살
아—너랑 동갑인 아들이 있지.'

하지만 대부분, 내 삶에 대해 이야기했어. 내 아버지와 형제자
매에 대해서, 어릴 적 로스앤젤레스로 가서 댄서가 되고 싶었지

만, 그럴 수 없었고, 어쨌든 춤도 잘 못 췄다는 이야기를 했다. 네 아버지와 내가 네게 여동생을 만들어 주려고 숱하게 노력했지만, 매번 그 애는 빠져나가고 의사가 결국 네가 우리 외동아들이 될 거라고 했다는 이야기까지 했어.

얼마나 많은 이야기를 했는지! 그 시절 나는 외로웠다. 아직 여성단체에 들어가기 전이었고, 학교 친구들은 대부분 아이가 많거나 자기 집 살림에 바빴어. 그때 이미 내 형제자매와는 멀어졌고. 그래서 내겐 너뿐이었어. 가끔 저녁에 침대에 누워 네게 한 이야기를 떠올리면, 아이에게 해서는 안 될 이야기를 해서 너를 다치게 한 게 아닐까 겁이 나기도 했어. 한 번은 너무 근심스러워 네 아버지에게 털어놓았더니 네 아버지는 웃으면서 나를 안고 말했지. '바보처럼 굴지 마, 내 강아지'—날 강아지라고 불렀어—'쟤는 뭐라는지 알지도 못하는 걸. 뭐, 하루 종일 욕을 해도 하나도 달라질 것 없을 걸!' 나는 네 아버지 팔을 때리며 나무랐지만, 네 아버지는 또 웃기만 해서 기분이 좀 나아졌어.

샌프란시스코로 가는 비행기 안에서 네게 얼마나 많은 이야기를 했는지 다시 떠올랐어. 내가 뭘 바랐는지 아니? 네가 아예 말을 안 하기를 바랐다. 네가 말을 하면 내가 한 말을, 내 비밀을 모두 남에게 말할까 봐 겁이 났어. '아무에게도 말하지 마.' 무릎에서 잠든 네 귀에 대고 속삭였어. '내가 한 말을 절대 하지 마.' 그리고 죄책감이 들었어—내 하나뿐인 아이가 말하지 않기를 바라다니, 그렇게 이기적인 생각을 하다니. 나는 대체 어떤 엄마란 말인가?

하지만 어쨌든, 걱정할 것 없었다. 집으로 돌아온 지 3주 뒤—

샌프란시스코의 의사는 우리 주치의보다 아는 게 없었어—너는 말을 시작했고, 단어가 아니라 온전한 문장으로 말했어. 안심이 되더라. 기뻐서 울었어. 나처럼 걱정하지 않았던 네 아버지는 놀렸지만, 그 사람 식으로 착하게 놀렸지. '알겠지, 강아지?' 네 아버지가 물었어. '멀쩡할 줄 알았어! 제 아비처럼 말이지, 내가 말하지 않았어? 이제 저 애가 말 좀 그만하게 해달라고 기도하게 될 걸!'

모두 다 그렇게 말했어—언젠가 네가 말 좀 그만하게 해달라고 기도할 거라고. 하지만 그런 기도는 할 필요가 없었다. 너는 참 조용한 아이였으니까. 그리고 네가 커갈수록 가끔은 궁금해졌어. 내가 벌을 받는 걸까? 네게 아무 말도 하지 말라고 했더니, 너는 정말 아무 말도 안 했어. 그리고 말수가 점점 더 줄더니 이젠……." 어머니는 말을 멈추고 목청을 가다듬었어. "이젠 이렇게 됐구나." 어머니가 말을 맺었어.

우리 둘 다 한참 아무 말도 안 했어. "제발 부탁이다, 위카." 어머니가 한참 만에 말했지. "뭐라고 말 좀 해라."

"할 말이 없어요." 내가 말했다.

"여기서 이러는 건 사는 게 아니야, 알지." 어머니가 급히 말했어. "넌 서른여섯 살이야. 열한 살짜리 아들이 있고. 여기—여길 뭐라고 한다고? 리포-와오-나헬레? 여기서 지낼 순 없어, 위카. 너나 네 친구나 아무 기술이 없잖아. 네 손으로 요리도 할 줄 모르고, 네 앞가림도—아무것도 못 하잖니. 넌 아무것도 모른다, 위카. 넌……."

어머니는 또다시 말을 끝맺지 않았어. 그리고 빠르게 고개를 저었어. 다시 집중하는 것 같았어. 그리고 어머니는 빈 통을 안에 하나씩 담더니 가방에 넣고 일어서려고 발을 바닥에 디뎠어. 구두를 신고, 가방을 들었지.

나는 어머니를 올려다보고 어머니는 나를 내려다봤지. 어머니가 심한 말을, 너무 모욕적이라 다시는 어머니를 용서할 수 없을 말, 어머니도 스스로를 용서할 수 없을 말을 할 거라고 생각했어.

하지만 그러지 않았어. "참 걱정이다." 어머니는 냉랭하게 말하며 내 얼굴뿐 아니라 전체를, 빨지 않은 티셔츠와 찢어진 반바지, 뺨을 근질거리게 하는 듬성듬성한 턱수염을 살폈어. "너는 여기서 살아남지 못할 거야. 금방 집에 돌아올 거야."

그리고 어머니는 돌아서서 걸어갔고 나는 어머니 뒷모습을 봤어. 어머니는 차에 올라타더니 빈 통을 옆자리에 놓았어. 룸미러로 자기 모습을 확인하고 옆얼굴이 아직 거기 있다는 것을 확인하듯이 손으로 쓰다듬었지. 그리고 시동을 걸고 떠났어.

"안녕히 가세요." 나는 차가 사라질 때 말했어. "안녕히." 하늘의 구름이 잿빛으로 변했어―십장이 일꾼들에게 서두르라고, 비가 오기 전에 일을 마치라고 다그치는 소리가 들렸어.

나는 다시 누웠어. 눈을 감았고 결국 잠들었어. 깨어서 사는 것보다 더 실감나는 잠이었고, 일어나니―이튿날 아침 일찍, 에드워드는 여전히 아무 데도 없었어―아직도 새 출발을 할 수 있다고 내 자신을 설득할 수 있을 것 같았지.

결국 어머니 말이 틀렸어. 나는 다시 집에 돌아가지 않았으니까. 금방 돌아가지 않았어. 영영 돌아가지 않았지. 시간이 지나며 리포-와오-나헬레는 내가 사는 곳, 나 자신이 되었어. 하지만 아무리 시간이 지나도 오로지 기다릴 목적으로 임시로 지내는 곳 같은 느낌은 절대 사라지지 않았어. 게다가 기다릴 것이라고는 다음 날이 시작되는 것뿐이었지.

한 번도 사람이 산 적 없었던 그 땅은 거기서 살아보려는 어떤 시도도 좌절시킬 테고, 거기 만드는 인간 숙소는 영원할 수 없다는 징후가 사방에 가득했어. 콘크리트와 목재로 지은 집은 못난 상자 모양에 싸구려였어. 네 방에만 페인트칠을 했고, 침대와 돗자리, 천장에 전등이 있었지—다른 방들은 마감 없는 석고보드 벽에, 에드워드가 하라는 대로 맨 시멘트 바닥뿐이었어.

심지어 너도 거기 오면 대부분 바깥에서 시간을 보냈어. 야외가 좋아서가 아니라—적어도 리포-와오-나헬레의 야외는 좋아하진 않았지—그 집이 너무 삭막하고, 사람에게 편한 구석이 없었으니까. 나도 네가 오기를 기다렸다. 네가 보고 싶었어. 하지만 네가 거기 오면 며칠간은 맛있고 다양한 음식을 풍족하게 먹게 되리란 것도 알고 있었지. 네가 오기 전 목요일이면 윌리엄 숙부님이 식료품을 잔뜩 싣고 찾아오곤 했어. 빈 봉투는 우리 생필품을 담으려고 보관해뒀지. 숙부님은 냉장고를 켜고—에드워드가 냉장고 사용을 달가워하지 않았거든—우유와 주스, 오렌지와 양상추, 소고기 패티—예전에는 원할 때마다 먹었던 온갖 멋진 슈퍼마켓 상품들—를 넣었어. 에드워드가 없을 때는 내게 초콜릿 바도 서너 개 슬쩍 쥐어줬어. 숙부님이 처음 그걸 주려고 했을 때는 거절했지

517

만, 결국에는 받았고, 그러자 숙부님은 눈물을 글썽이며 내게서 돌아섰어. 나는 집 뒤에 구멍을 파고 초콜릿을 감춰뒀어. 시원하고 에드워드가 발견하지 못하는 곳이었으니까.

항상 윌리엄 숙부님이 왔어, 사환이나 다른 사무실 직원이 아니라. 왜 그럴까 까닭이 궁금했는데, 어머니가 자기 아들인 내가 그렇게 사는 꼴을 다른 누구에게도 보이고 싶지 않았기 때문이라는 걸 깨달았지. 어머니는 윌리엄 숙부 말고는 아무도 믿지 못했어. 전기와 전화 요금을 낸 것도 윌리엄 숙부, 수도 요금을 낸 것도 윌리엄 숙부였을 거야. 숙부님이 화장지를 가져왔고, 그 지역에는 쓰레기 처리 서비스가 없었으니 우리 쓰레기도 가져갔어. 파란 방수포가 너무 헤져서 거미줄처럼 되었을 때, 새 방수포를 가져온 것도 윌리엄 숙부님이었어. 에드워드는—한동안—그것을 쓰지 않겠다고 버티더니, 결국 어쩔 수 없다고 인정했지.

숙부님은 집으로 출발할 때마다 내게 함께 가겠냐고 물었고 나도 매번 고개를 저었어. 한 번은 묻지 않았는데, 숙부님이 갈 때 버림받은 기분이 들었어. 그 문이 닫히고 진짜 혼자가 되어 나약함과 고집에 꼼짝달싹 못하는 신세가 된 것 같았지. 나약함과 고집은 서로를 상쇄하는 상반되는 자질이니, 남은 것은 정체뿐이었어.

3년째 접어들자, 에드워드는 점점 더 자주 그곳을 비웠어. 윌리엄 숙부님은 너의 열두 살 생일 선물로 카약을 사줬고 리오-와오-나헬레로 배달시켰어. 너랑 내가 함께 탈 수 있도록 2인용이었지. 하지만 너는 관심이 없었고 나는 너무 기운이 없었기 때문에, 결국 에드워드가 그 카약을 징발하더니 날마다 아침 일찍 타고 나

518

가 만을 지나고 노두 한 곳을 돌아 사라졌어. 에드워드는 가끔 어두워질 때까지도 안 돌아왔고, 그러면 나는 남은 음식이 없을 때는 구할 수 있는 것을 먹어야 했어. 땅 동쪽 끝에 애플바나나나무가 한 그루 있었는데, 어떤 날 밤에는 질기고 덜 익은 짤막한 그 초록 바나나밖에 먹을 것이 없어서 먹고 배가 아파도 어쩔 수 없이 먹기도 했어. 나는 에드워드에게 개 같은 존재가 됐어. 그는 보통은 내게 밥을 줘야 한다는 걸 기억했지만, 기억하지 못하면 나는 기다리는 수밖에 없었어.

우린 가진 것도 거의 없었는데, 어쩐 일인지 그 땅 여기저기에는 늘 쓰레기가 널려 있는 것 같았어. 늘 찢어져 쓸모없는 빈 비닐봉투가 여기저기 날아다녔지. 네가 와서 하와이어 교본을 한 권밖에 두고 간 적이 있었는데—의도적이었는지 아닌지는 알 수 없었어—그 낱장이 물에 불었다가 볕에 바짝 말라서 바람이 불면 바스락거렸어. 우리가 시작한 적 없는 계획(산호석 피라미드, 또 하나의 불쏘시개)의 잔해가 아카시아나무 근처에 쌓였어. 여기에 오면 너는 지루하고 진절머리가 나서 집과 아카시아나무 사이를 오락가락하곤 했어. 걸어서 다른 것을—친구나 새로운 아버지를—만들어내기라도 할 것처럼 말이야. 한 번은 윌리엄 숙부님이 네가 오면 주라고 연을 가져왔는데, 너는 열심히 했지만 연을 날리지 못했어. 바람마저 우리를 버린 거지.

일요일에 네가 떠나면 너무 괴로워서 나무 밑에서 일어나 할머니 차까지 너를 바래다주지도 못했어. 처음 그럴 때는 네가 내 이름을 세 번 부르고 다가와 내 어깨를 흔들었어. "투투!" 네가 외쳤어. "아빠가 이상해요!"

"아니, 그런 거 아니다, 카위카." 어머니 목소리는 지쳐 있었어. "그저 못 일어나는 거야. 인사하고 오거라. 집에 가야지. 제인이 저녁으로 스파게티랑 미트볼을 만들었다."

네가 곁에 쪼그리고 앉는 것이 느껴졌어. "안녕, 아빠." 네가 나직이 말했다. "사랑해." 그리고 너는 몸을 숙이더니 내게 입 맞췄다. 날개처럼 가볍게 닿더니 떠났어. 그날 아침에 네가 다가와 내 얼굴을 손으로 감싸고 흔들었어. 그건 이가 너무 아파서 내가 시작한 행동이었지. "아빠, 어디 봐." 넌 염려스러운 표정으로 말했고, 내가 한참 만에, 마지못해 입을 열자 너는 깜짝 놀랐어. "아빠." 네가 말했어. "이가—정말 엉망이야. 시내로 돌아가서 치료받고 싶지 않아?" 나는 고개를 저었고, 그렇게 간단한 동작만으로도 통증이 몰려야 신음했지. 너는 내 곁에 앉아 내 등을 두드렸어. "아빠." 네가 말했어. "나랑 집에 가." 하지만 그럴 수 없었어. 너는 열세 살이었어. 네가 올 때마다 시간이 얼마나 흘렀는지 알 수 있었다. 네가 떠날 때마다 시간이 다시 늦게 흘러, 내게는 과거도 미래도 없고 아무런 실수도 저지르지 않는 곳에 온 느낌이었어. 나는 아무 결정도 내리지 않고, 남은 것이라고는 가능성뿐이었으니까.

결국, 내 예상대로, 너는 오지 않게 됐어. 너는 나이가 들었어. 어른이 됐지. 너는 리포-와오-나헬레에 오면 너무 화가 났어—네 할머니에게, 에드워드에게, 하지만 대부분 내게 화가 났지. 네가 열다섯 살이 된 직후, 이곳에 더 이상 오지 않기 전 방문했던 어느 주말, 너는 내가 죽순 캐는 걸 돕고 있었어. 2년 전 산 반대편에서 자라는 죽순을 네가 발견했거든. 그 죽순이 나를 구했지만, 내가 캐내기는 너무 어려웠어. 그 무렵 나는 너무 쇠약해져서 윌리엄 숙부님은 진료받으러 돌아오라고 청하다 못해 아예 매달 의사를 보내기 시작했어. 의사가 눈이 따가울 때 넣는 안약과 기운이 나는 음료, 얼굴에 벌레 물린 데 바를 연고, 발작에 도움이 되는 알약을 줬어. 치과의사도 와서 이를 뽑아주고, 빈자리를 거즈로 채운 뒤 잇몸이 나을 때 바를 연고도 주고 갔어.

그날 나는 지쳐 있었어. 내가 맡은 일은 네가 죽순을 담도록 낡은 쌀포대를 벌리고 있는 것뿐이었어. 너는 일을 마친 뒤 포대를 내게서 받아 어깨에 메고 다른 쪽 손으로 내 손을 잡아 이끌며 언덕을 내려갔지. 그 무렵 너는 나와 키가 비슷했지만, 힘은 훨씬 더 셌어. 너는 부서질까 두려운 것처럼 내 손끝을 부드럽게 잡았어.

그날은 에드워드가 있었지만, 우리에게 아무 말도 하지 않았고 그건 좋았어. 나는 그가 내게 화를 낼까 봐 긴장했지만, 너는 에드워드가 너를 어떻게 생각하는지 신경 쓰지 않은 지 오래였고, 그에게서 두려워할 것이 없다는 것을 깨달은 지도 한참 됐어—에드워드 역시 나와는 다른 방식이긴 하지만 붕괴된 인간이었으니까. 위험한 적이 있었다 하더라도 이제 그는 위험한 사람이 아니라 짜증 나는 사람이었어. 우리를 만나러 오면 넌 바닥에 앉아 아이처럼 손을 내밀고 있는 우리에게 식사를 조금씩 나눠주고 마지막으로 자리에 앉았지. 우린 이미—혹은 겨우—마흔이었는데도 말이야. 그렇게 식사를 할 때면 에드워드만 네게 오래된 이야기, 낡아빠진 이야기를 했어. 이 섬을 예전처럼 회복시킬 거라는 둥, 우리가 너, 우리 하와이의 아들, 우리 왕자를 위해 이 일을 하고 있다는 둥 그런 이야기를. "고맙네요, 파이에아." 그가 똑같은 말을 하고 또 하는 아이라도 되는 양, 너는 너그럽게 말하곤 했어. 한번은 에드워드가 혼란스러운 표정으로 너를 본 적도 있었지. "에드워드." 그가 말했어. "내 이름은 에드워드야." 하지만 대부분은 그런 말 없이 계속 이야기하고 이야기하다가 결국에는 목소리가 잦아들면서 일어나 밖으로, 해변으로 걸어가 바다를 물끄러미 바라봤어. 우리 둘 다 쇠약해졌어—우리는 그 땅에 생명을 주러 갔지만, 그 땅이 결국 우리에게서 생명을 앗아가버렸어.

우리는 부엌에 갔고 네가 저녁을 만들기 시작했어. 나는 앉아서 네가 돌아다니며 네가 떠난 뒤 내가 먹을 수 있도록 죽순은 따로 챙겨두고 냉장고에서 다진 돼지고기를 꺼내는 모습을 지켜봤어. 그때도 이미 시력을 잃어가고 있었지만, 앉아서 네가 얼마나 잘생겼는지, 네가 얼마나 완벽한지 감탄하며 지켜볼 수 있었어.

제인이 네게 요리를—국수나 볶음밥처럼 간단한 것으로—가르쳐줘서, 우리를 찾아오면 네가 요리를 맡았지. 그즈음에는 빵 굽는 법도 배워서 그때 왔을 때는 달걀과 밀가루, 우유와 크림도 가져왔어. 이튿날 아침에 바나나 빵을 만들겠다고 했지. 그 전에 두 차례 왔을 때는 네가 부루퉁하고 무뚝뚝했는데, 그날 아침에 도착했을 때는 명랑하고 밝은 모습으로 식료품을 꺼내며 휘파람을 불었어. 애정과 그리움에 너무 벅차서 말도 제대로 못 하고 지켜보다가, 난 문득 네가 왜 그렇게 행복한지 깨달았어—사랑에 빠진 거였어.

"아빠, 냉장고에 크림이랑 우유를 넣어 줄래?" 네가 물었어. "가지고 올 게 더 있어." 네가 어릴 적에는 윌리엄 숙부님이 네게 생필품을 보내지 않았는데, 그때는 가끔 보냈고 나는 네가 화장지와 먹거리, 가끔은 장작을 내리는 모습을 지켜보곤 했어. 그러는 동안 네 할머니는 운전석에 앉아서 창밖 바다를 내다보고 있었고.

네가 나가고 난 후, 나는 의자(우리의 유일한 의자)에 앉아 부엌 벽을 바라보면서 네가 누구를 사랑할까, 그 여자아이도 너를 사랑할까 생각했어. 그렇게 생각에 빠져 있는데, 네가 나를 다시 불렀고—그때 너는 우리를 개를 부르듯이 손짓해서 불러야 했고, 그러면 우리는 이름을 부르는 대로 순순히 네게 걸어갔어—나는 너를 따라 죽순을 캐러 갔어.

그날 아침, 네 꿈꾸는 듯한 수줍은 미소를 생각하고 있는데, 네가 혼잣말을 중얼거리며 볶음 요리에 쓸 후추와 호박을 꺼내려고 냉장고를 열다가 갑자기 욕하는 소리가 들렸어. "젠장, 아빠!" 네 말을 듣고 힘들게 초점을 맞춰 너를 봤더니, 넌 내가 잊어버리고 네가 시키는 대로 치워두지 않았던 크림 병을 들고 있었어. "크림을 밖에 뒀잖아, 아빠! 우유도! 이제 다 상해버렸어!"

너는 크림을 싱크에 내던지고 내게 돌아섰어. 네 치아랑 반짝이는 검은 눈이 보였어. "아빠는 아무것도 못 해? 딱 하나, 크림이랑 우유를 넣어두라고 했는데 그것도 못 해?" 너는 내게 다가와 어깨를 잡더니 흔들기 시작했어. "아빠 대체 왜 이래?" 네가 외쳤다. "왜 이러는 거야? 아무것도 못 해?"

나는 그동안 누가 잡아 흔들면 싸우지 말고 힘을 빼는 것이 최선임을 배웠고, 그래서 고개를 숙이고, 팔에 힘을 뺐더니 너는 결국 날 흔들기를 멈추고 세게 밀었어. 그래서 나는 의자에서 바닥으로 쓰러졌고, 내게서 달아나는 네 발이 보였고 앞쪽 방충만 문이 쾅 닫히는 소리가 들렸어.

내가 돌아왔을 때는 밤이었어. 나는 쓰러진 곳에 계속 누워있었고. 싱크대에 둔 돼지고기도 상해버렸어. 램프 불빛에 작은 각다귀가 그 위에 몰려든 것이 보였지.

너는 내 옆에 앉았고, 나는 네 따뜻한 맨살에 몸을 기댔어. "아빠." 네가 말했고 나는 일어나 앉으려고 버둥거렸어. "자. 도와줄게." 너는 그렇게 말하고 내게 팔을 둘러 일으켜 앉히고는 물 한 잔을 줬어. "먹을 걸 만들게." 네가 말했고, 돼지고기를 쓰레기통에 버리고 야채 다지는 소리가 들렸어.

너는 밥과 야채 볶음 두 접시를 만들었고 우리는 거기, 부엌 바닥에 앉아서 먹었어.

"미안해, 아빠." 네가 결국 말했고, 나는 입 안에 음식이 가득해서 고개만 끄덕였어. "가끔 아빠 때문에 너무 짜증이 나." 넌 계속 말했고, 나는 다시 끄덕였어. "아빠, 나 좀 보면 안 돼?" 네가 물었고 나는 고개를 들고 네 눈을 찾으려고 했고, 네가 내 머리를 양손으로 잡더니 네 얼굴에 가까이 댔어. "나 여기 있어." 네가 속삭였어. "이제 내가 보여?" 나는 또 끄덕였어.

"끄덕이지 말고 말을 해." 넌 지시했지만, 상냥한 목소리였어.

"그래." 내가 말했어. "그래, 보여."

나는 그날 밤, 실내에서, 네 방, 네 침대에서 잤어. 에드워드가 없었으니 말리는 사람도 없었고, 너는 밤낚시를 하러 간다고 했어. "네가 돌아오면 어쩌고?" 내가 묻자 너는 내 옆에서 자겠다고, 텐트에서처럼 나란히 자면 된다고 했어. "어서." 네가 말했어. "침대에서 자." 나는 안 된다고 해야 했지만, 침대에 누웠어. 그렇지만 너는 돌아와 곁에 누워서 함께 자지 않았고, 그다음 날에는 말수도 없고 거리가 느껴졌어. 전날 아침 즐거워하던 모습은 사라지고 없었지.

그 주말 너를 본 게 마지막이었어. 2주 뒤, 방수포에 앉아 너를 기다리는데 윌리엄 숙부님이 오더니 차에서 내리는데 빈손이더구나. 그 주말에는 네가 올 수 없다고, 빠지면 안 되는 학교 일이 있다고 했어. "아." 내가 말했지. "다음 주에 올 건가요?" 윌리엄 숙부님은 느릿느릿 고개를 끄덕였어. "그렇겠지." 하지만 너는 오지 않았고, 그때는 윌리엄 숙부님이 와서 알려주지 않았어. 숙부님은 한 달 뒤에야 다시 왔는데, 그때는 먹을 것과 생필품, 그리고 전갈을 가지고 왔어. 네가 리포-와오-나헬레에 다시는 오지 않는다는 전갈. "이런 식으로 생각해보렴, 위카." 숙부님은 애원하듯 말했어. "카위카는 자라고 있잖니—친구나 학교 아이들과 어울리고 싶어 해. 젊은 아이가 지내기에 여기는 너무 힘든 곳이지." 숙부님은 내가 반박하기를 기대한 듯 했지만, 그럴 수 없었다. 그 말이 전부 옳았으니까. 그리고 숙부님의 말뜻도 알았어. 리포-와오-나헬레란 곳 자체가 힘든 것이 아니라, 힘든 건 나랑, 나 같은 사람과 함께 있는 것이었지—아마 늘 그랬을 거야.

많은 사람들이 자기 삶을 낭비했다고 생각해. 본토 대학교에

525

다닐 때, 어느 날 밤 눈이 와서 다음날 강의가 취소됐어. 내 기숙사 방은 연못으로 이어지는 가파른 언덕을 내다보고 있었는데, 창가에 서서 보니 학교 친구들이 그날 오후 썰매와 터보건을 타고 그 언덕을 내려왔다가 다시 힘겹게 올라가면서 지쳐 죽겠다는 듯이 서로 붙잡고 깔깔 웃고 있었어. 저녁때가 되어서야 모두 기숙사로 돌아왔는데, 문밖에서 그날 일에 대해 이야기하는 소리가 들렸어. "나 어떡하지?" 한 남학생이 절망한 척 괴로워했어. "내일까지 써야 하는 그리스어 과제가 있는데! 나는 인생을 허비하고 있어!"

그들은 모두 웃었어. 터무니없는 말이었으니까—그는 인생을 허비한 게 아니었지. 그는 그리스어 과제를 하고, 학점을 받고 졸업할 것이고, 세월이 흘러 자기 아들을 대학에 보내면서 이렇게 말하겠지. "즐기면서 지내라, 너무 지나치게는 말고." 그리고 자기 대학 시절을, 눈 온 날 썰매 탄 이야기를 할 거야. 하지만 그 이야기에는 진짜 긴장감은 없을 거야. 모두 결말을 이미 알고 있었으니까.

하지만 나야말로 인생을 *허비*했어. 너를 제외하면 내가 이룬 것은 리포-와오-나헬레를 떠나지 않은 것뿐이었어. 하지만 어떤 일을 안 하는 것은 하는 것과는 다르잖아. 나는 인생을 허비했지만, 넌 네 인생까지 허비하지는 않을 작정이었어. 그래서 네가 나를 떠난 게, 내가 할 수 없는 일을 한 게 자랑스러웠다—너는 꾐에 빠지거나, 속거나, 넋이 나가지 않았으니까. 너는 떠났고, 단순히 나와 리포-와오-나헬레를 떠난 것이 아니라, 하와이 섬과 주, 역사, 네가 되었어야 하는, 네가 되었을지도 모르는 미래의 모습을 전부 두고 떠났어. 너는 그 모든 것을 버릴 테고, 그렇게 버리고 나자

아주 가벼워져서 바다에 발을 담가도 발이 물속으로 빠지지 않고 물 위를 스쳤을 거야. 거기서 너는 동쪽으로, 다른 삶을 향해, 아무도, 너 자신조차도 네가 누군지 모르는 곳을 향해 걸어가기 시작할 거야.

—

그다음에 어떻게 됐는지는 아마 네가 나보다 더 잘 알 거야, 카위카. 네가 떠나고 몇 달 뒤―윌리엄 숙부님은 7개월이라고 했어―에드워드가 익사했고, 사고사로 판정되기는 했지만, 의도적인 게 아니었나 싶기도 해. 에드워드는 뭔가 찾으러 거기 갔지만 그것을 찾을 힘이 없었고 나도 마찬가지였어. 나는 그의 청중이 되어야 했지만 그럴 수 없었고 내가 없으니 그도 포기한 거지.

윌리엄 숙부님이 찾아왔다가 바닷가에서 그의 시신을 발견했고, 같은 날―경찰의 조사를 받은 뒤―숙부님이 나를 호놀룰루 병원으로 데려갔어. 깨어나보니 병실이었고 위를 쳐다보니 의사가 내 이름을 되풀이해서 부르며 눈부신 하얀 불빛을 내 눈에 비추고 있었어.

의사가 내 옆에 앉아 질문했지. 내 이름을 아는지? 거기가 어딘지 아는지? 대통령이 누군지 아는지? 100부터 6씩 빼면서 거꾸로 셈할 수 있는지? 나는 대답했고, 의사는 내 대답을 적었어. 그리고 나가기 전에 말했어. "위카, 너는 나를 기억하지 못하겠지만, 나는 널 알아." 내가 대답하지 않자, 의사가 말했어. "나 해리 요시모토야―학교에 함께 다녔잖아. 기억해?" 하지만 밤이 되어 침대에 혼자 누워있을 때야 그가 기억났어. 해리, 밥 샌드위치를 먹고, 아무도 말을 걸지 않았던 아이. 해리, 그 아이가 아닌 것에 감사했던 아이.

그리고 그게 끝이었어. 나는 분지의 우리 집에 돌아가지 못했어. 좀 지난 뒤 사람들이 나를 여기로 데려왔어. 결국 남아 있던 시력도 잃었지. 뭔가를 해볼 관심도, 능력도 다 잃었어. 침대에 누워 꿈을 꿨고, 시간이 흐려지고 분간할 수 없어졌고, 그러자 내가 아무런 잘못도 저지르지 않은 것만 같았어. 너조차—그때 넌 빅아일랜드의 다른 학교에 다니고 있다는 이야기를 들었어—한 번도 오지 않는 너조차 옆에 불러낼 수 있었어. 가끔 운이 억세게 좋을 때는, 애시당초 너를 안 적도 없다고 나 자신을 속일 수도 있었지. 너는 학교를 졸업하지 않은 최초의 카위카 빙엄이 될 거였어—그밖에 또 어떤 면에서 최초의 카위카 빙엄이 될 알 게 뭐야? 아마도, 해외에서 사는 최초의 카위카 빙엄? 다른 사람이 되는 최초의 카위카 빙엄? 아주 먼 곳, 하와이와 다른 곳의 거리조차 가깝게 느껴질 정도로 머나먼 곳에 간 최초의 카위카 빙엄?

오늘은 이런 생각을 하다가 누가 우는 소리에 잠이 깼어—울면서도 울음을 참느라 끅끅거리는 소리였지. "죄송합니다, 빙엄 부인." 누군가가 말했어. "하지만 환자가 떠나려고 하는 것 같습니다—살기를 원해야지 살릴 수 있어요." 그리고 그 처절하고 슬픈 소리가 다시 들렸고, 목소리도 한 번 더 들렸어. "죄송합니다, 빙엄 부인. 죄송합니다."

"손자에게 편지를 써야겠어—아들의 아들에게." 그렇게 말하는 소리가 들렸어. "이 이야기는 전화로 할 수 없어. 시간이 될까?"

"네." 남자 목소리가 말했어. "하지만 서두르라고 하세요."

사람들에게 염려 말라고, 나는 나아지고 있다고, 거의 건강해졌다고 말할 수 있었으면 좋았을 텐데. 웃지 않으려고, 기뻐서 소리치지 않으려고, 네 이름을 부르지 않으려고 안간힘을 쓰느라 그럴 수 없었어. 하지만 깜짝 놀라게 해주고 싶어—네가 드디어 저 문으로 들어올 때, 내가 침대에서 벌떡 일어나 맞이할 때 네 표정을 보고 싶어. 네가 얼마나 놀랄지! 모두 얼마나 놀랄지. 다들 내게 박수를 칠까? 자랑스러워할까? 아니면 창피해하거나 화를 낼까—나를 과소평가한 걸 창피해하고, 내가 자기들을 속였다고 화를 낼까?

하지만 안 그랬으면 좋겠어. 화를 낼 시간이 없으니까. 네가 온다니, 심장이 점점 더 빨리 뛰는 게, 귓가에서 맥박이 뛰는 게 느껴져. 하지만 당분간은 계속 연습할 거야. 이제 난 아주 강해, 카위카—거의 준비가 다 됐어. 이번에는 너를 자랑스럽게 해줄 거야. 이번에는 널 실망시키지 않을 거야. 그동안 나는 늘 리포-와오-나헬레가 내 삶 속에서 전할 유일한 이야기가 될 거라고 여겼는데, 이제 알겠어. 또 다른 기회, 다른 이야기를 전할 기회, 네게 새로운 이야기를 할 기회가 내게 주어지고 있는 거야. 그래서 오늘 밤, 어두워지고 이곳이 온통 조용해지면 나는 일어나 정원을 다시 찾아 나갈 거고, 이번에는 뒷문을 통해 세상 밖으로 나갈 거야. 검은 하늘을 배경으로 새카만 나무들이 벌써 보여. 주위에 가득한 생강 냄새가 벌써 나는 것 같아. 저들의 생각은 틀렸어. 아직 너무 늦지 않았어, 늦지 않았어, 결국 늦지 않았어. 그리고 나는 걷기 시작할 거야—어머니 집이 아니라, 리포-와오-나헬레가 아니라, 다른 곳으로, 네가 가 있길 바라는 그곳을 향해서. 난 멈추지 않을 테고, 쉴 필요도 없을 거야. 거기, 네가 있는 곳에 다다를 때까지, 낙원을 향하여.

▶ 3부에 계속

To Paradise

투 파라다이스 1

초판 1쇄 인쇄일 2023년 11월 23일
초판 1쇄 발행일 2023년 12월 14일

지은이 한야 야나기하라
옮긴이 권진아

발행인 윤호권
사업총괄 정유한

편집 구민준 **디자인** 김효정 **마케팅** 정재영, 윤아림
발행처 ㈜시공사 **주소** 서울시 성동구 상원1길 22, 7-8층(우편번호 04779)
대표전화 02-3486-6877 **팩스(주문)** 02-585-1755
홈페이지 www.sigongsa.com / www.sigongjunior.com

글 ⓒ 한야 야나기하라, 2023

ISBN 979-11-6925-751-0 04840

*시공사는 시공간을 넘는 무한한 콘텐츠 세상을 만듭니다.
*시공사는 더 나은 내일을 함께 만들 여러분의 소중한 의견을 기다립니다.
*잘못 만들어진 책은 구입하신 곳에서 바꾸어 드립니다.

WEPUB 원스톱 출판 투고 플랫폼 '위펍' __wepub.kr
위펍은 다양한 콘텐츠 발굴과 확장의 기회를 높여주는
시공사의 출판IP 투고·매칭 플랫폼입니다.